Diogenes Tas

# Hermann Hesse

# *Meister-erzählungen*

*Zusammengestellt und mit
einem Nachwort von
Volker Michels*

Diogenes

Die vorliegende Auswahl erschien 1977
unter dem Titel ›Die Fremdenstadt im
Süden‹ im Diogenes Verlag.
Umschlag: Ernst Ludwig Kirchner,
›Marzella‹, 1909/10, (Ausschnitt)

Veröffentlicht als Diogenes Taschenbuch, 1977
Lizenzausgabe mit freundlicher
Genehmigung des Suhrkamp Verlags
Einzelnachweise am Schluß des Bandes
80/92/29/8
ISBN 3 257 20984 3

# Inhalt

## Anhang

# Der Wolf

Noch nie war in den französischen Bergen ein so unheimlich kalter und langer Winter gewesen. Seit Wochen stand die Luft klar, spröde und kalt. Bei Tage lagen die großen, schiefen Schneefelder mattweiß und endlos unter dem grellblauen Himmel, nachts ging klar und klein der Mond über sie hinweg, ein grimmiger Frostmond von gelbem Glanz, dessen starkes Licht auf dem Schnee blau und dumpf wurde und wie der leibhaftige Frost aussah. Die Menschen mieden alle Wege und namentlich die Höhen, sie saßen träge und schimpfend in den Dorfhütten, deren rote Fenster nachts neben dem blauen Mondlicht rauchig trüb erschienen und bald erloschen.

Das war eine schwere Zeit für die Tiere der Gegend. Die kleineren erfroren in Menge, auch Vögel erlagen dem Frost, und die hageren Leichname fielen den Habichten und Wölfen zur Beute. Aber auch diese litten furchtbar an Frost und Hunger. Es lebten nur wenige Wolfsfamilien dort, und die Not trieb sie zu festerem Verband. Tagsüber gingen sie einzeln aus. Da und dort strich einer über den Schnee, mager, hungrig und wachsam, lautlos und scheu wie ein Gespenst. Sein schmaler Schatten glitt neben ihm über die Schneefläche. Spürend reckte er die spitze Schnauze in den Wind und ließ zuweilen ein trockenes, gequältes Geheul vernehmen. Abends aber zogen sie vollzählig aus und drängten sich mit heiserem Heulen um die Dörfer. Dort war Vieh und Geflügel wohlverwahrt, und hinter festen Fensterladen lagen Flinten angelegt. Nur selten fiel eine kleine Beute, etwa ein Hund, ihnen zu, und zwei aus der Schar waren schon erschossen worden.

Der Frost hielt immer noch an. Oft lagen die Wölfe still und brütend beisammen, einer am andern sich wärmend, und lauschten beklommen in die tote Öde hinaus, bis einer, von den grausamen Qualen des Hungers gefoltert, plötzlich mit schauerlichem Gebrüll aufsprang. Dann wandten alle anderen ihm die Schnauze zu, zitterten und brachen miteinander in ein furchtbares, drohendes und klagendes Heulen aus.

Endlich entschloß sich der kleinere Teil der Schar, zu wandern. Früh am Tage verließen sie ihre Löcher, sammelten sich und schnoberten erregt und angstvoll in die frostkalte Luft. Dann trabten sie rasch und gleichmäßig davon. Die Zurückgebliebenen sahen ihnen mit weiten, glasigen Augen nach, trabten ein paar Dutzend Schritte hinterher, blieben unschlüssig und ratlos stehen und kehrten langsam in ihre leeren Höhlen zurück.

Die Auswanderer trennten sich am Mittag voneinander. Drei von ihnen wandten sich östlich dem Schweizer Jura zu, die anderen zogen südlich weiter. Die drei waren schöne, starke Tiere, aber entsetzlich abgemagert. Der eingezogene helle Bauch war schmal wie ein Riemen, auf der Brust standen die Rippen jämmerlich heraus, die Mäuler waren trocken und die Augen weit und verzweifelt. Zu dreien kamen sie weit in den Jura hinein, erbeuteten am zweiten Tag einen Hammel, am dritten einen Hund und ein Füllen und wurden von allen Seiten her wütend vom Landvolk verfolgt. In der Gegend, welche reich an Dörfern und Städtchen ist, verbreitete sich Schrecken und Scheu vor den ungewohnten Eindringlingen. Die Postschlitten wurden bewaffnet, ohne Schießgewehr ging niemand von einem Dorf zum anderen. In der fremden Gegend, nach so guter Beute, fühlten sich die drei Tiere zugleich scheu und wohl; sie wurden tollkühner als je zu Hause und brachen am hellen Tage in den Stall eines Meierhofes, Gebrüll von Kühen, Geknatter, splitternder Holzschranken, Hufegetrampel und heißer, lechzender Atem erfüllten den engen, warmen Raum. Aber diesmal kamen Menschen dazwischen. Es war ein Preis auf die Wölfe gesetzt, das verdoppelte den Mut der Bauern. Und sie erlegten zwei von ihnen, dem einen ging ein Flintenschuß durch den Hals, der andere wurde mit einem Beil erschlagen. Der dritte entkam und rannte so lange, bis er halbtot auf den Schnee fiel. Er war der jüngste und schönste von den Wölfen, ein stolzes Tier von mächtiger Kraft und gelenken Formen. Lange blieb er keuchend liegen. Blutig rote Kreise wirbelten vor seinen Augen, und zuweilen stieß er ein pfeifendes, schmerzliches Stöhnen aus. Ein Beilwurf hatte ihm den Rücken getroffen. Doch erholte er sich und konnte sich wieder erheben. Erst jetzt sah er, wie weit er gelaufen war. Nirgends waren Menschen oder Häuser zu sehen. Dicht vor ihm lag ein verschneiter, mächtiger Berg. Es war der Chasseral. Er beschloß, ihn zu umgehen. Da ihn Durst quälte, fraß er kleine Bissen von der gefrorenen, harten Kruste der Schneefläche.

Jenseits des Berges traf er sogleich auf ein Dorf. Es ging gegen Abend. Er wartete in einem dichten Tannenforst. Dann schlich er vorsichtig um die Gartenzäune, dem Geruch warmer Ställe folgend. Niemand war auf der Straße. Scheu und lüstern blinzelte er zwischen den Häusern hindurch. Da fiel ein Schuß. Er warf den Kopf in die Höhe und griff zum Laufen aus, als schon ein zweiter Schuß knallte. Er war getroffen. Sein weißlicher Unterleib war an der Seite mit Blut befleckt, das in dicken Tropfen zäh herabrieselte. Dennoch gelang es ihm, mit großen Sätzen zu entkommen und den jenseitigen Bergwald zu erreichen. Dort wartete er horchend einen Augenblick und hörte von zwei Seiten Stimmen und Schritte. Angstvoll blicke er am Berg empor. Er war steil, bewaldet und mühselig zu ersteigen. Doch blieb ihm keine Wahl. Mit keuchendem Atem klomm er die steile Bergwand hinan, während unten ein Gewirre von Flüchen, Befehlen und Laternenlichtern sich den Berg entlangzog. Zitternd kletterte der verwundete Wolf durch den halbdunklen Tannenwald, während aus seiner Seite langsam das braune Blut hinabrann.

Die Kälte hatte nachgelassen. Der westliche Himmel war dunstig und schien Schneefall zu versprechen.

Endlich hatte der Erschöpfte die Höhe erreicht. Er stand nun auf einem leicht geneigten, großen Schneefelde, nahe bei Mont Crosin, hoch über dem Dorfe, dem er entronnen. Hunger fühlte er nicht, aber einen trüben, klammernden Schmerz von der Wunde. Ein leises, krankes Gebell kam aus seinem hängenden Maul, sein Herz schlug schwer und schmerzhaft und fühlte die Hand des Todes wie eine unsäglich schwere Last auf sich drücken. Eine einzeln stehende breitästige Tanne lockte ihn; dort setzte er sich und starrte trübe in die graue Schneenacht. Eine halbe Stunde verging. Nun fiel ein mattrotes Licht auf den Schnee, sonderbar und weich. Der Wolf erhob sich stöhnend und wandte den schönen Kopf dem Licht entgegen. Es war der Mond, der im Südost riesig und blutrot sich erhob und langsam am trüben Himmel höher stieg. Seit vielen Wochen war er nie so rot und groß gewesen. Traurig hing das Auge des sterbenden Tieres an der matten Mondscheibe, und wieder röchelte ein schwaches Heulen schmerzlich und tonlos in die Nacht.

Da kamen Lichter und Schritte nach. Bauern in dicken Mänteln, Jäger und junge Burschen in Pelzmützen und mit plumpen
Gamaschen stapften durch den Schnee. Gejauchze erscholl. Man
hatte den verendenden Wolf entdeckt, zwei Schüsse wurden auf
ihn abgedrückt und beide fehlten. Dann sahen sie, daß er schon
im Sterben lag, und fielen mit Stöcken und Knütteln über ihn
her. Er fühlte es nicht mehr.

Mit zerbrochenen Gliedern schleppten sie ihn nach St. Immer
hinab. Sie lachten, sie prahlten, sie freuten sich auf Schnaps und
Kaffee, sie sangen, sie fluchten. Keiner sah die Schönheit des ver-
schneiten Forstes, noch den Glanz der Hochebene, noch den
roten Mond, der über dem Chasseral hing und dessen schwaches
Licht in ihren Flintenläufen, in den Schneekristallen und in den
gebrochenen Augen des erschlagenen Wolfes sich brach.

*(1903)*

## Aus Kinderzeiten

Der ferne braune Wald hat seit wenigen Tagen einen heiteren Schimmer von jungem Grün; am Lettensteg fand ich heute die erste halberschlossene Primelblüte; am feuchten klaren Himmel träumten die sanften Aprilwolken, und die weiten, kaum gepflügten Äcker sind so glänzend braun und breiten sich der lauen Luft so verlangend entgegen, als hätten sie Sehnsucht, zu empfangen und zu treiben und ihre stummen Kräfte in tausend grünen Keimen und aufstrebenden Halmen zu erproben, zu fühlen und wegzuschenken. Alles wartet, alles bereitet sich vor, alles träumt und sproßt in einem feinen, zärtlich drängenden Werdefieber – der Keim der Sonne, die Wolke dem Acker, das junge Gras den Lüften entgegen. Von Jahr zu Jahr steh ich um diese Zeit mit Ungeduld und Sehnsucht auf der Lauer, als müßte ein besonderer Augenblick mir das Wunder der Neugeburt erschließen, als müsse es geschehen, daß ich einmal, eine Stunde lang, die Offenbarung der Kraft und der Schönheit ganz sähe und begriffe und miterlebte, wie das Leben lachend aus der Erde springt und junge große Augen zum Lichte aufschlägt, Jahr für Jahr auch tönt und duftet das Wunder an mir vorbei, geliebt und angebetet – und unverstanden; es ist da, und ich sah es nicht kommen, ich sah nicht die Hülle des Keimes brechen und den ersten zarten Quell im Lichte zittern. Blumen stehen plötzlich allerorten, Bäume glänzen mit lichtem Laube oder mit schaumig weißer Blust, und Vögel werfen sich jubelnd in schönen Bogen durch die warme Bläue. Das Wunder ist erfüllt, ob ich es auch nicht gesehen habe, Wälder wölben sich, und ferne Gipfel rufen, und es ist Zeit, Stiefel und Tasche, Angelstock und Ruderzeug zu rüsten und sich mit allen Sinnen des jungen Jahres zu erfreuen, das jedesmal schöner ist, als es jemals war, und das jedesmal eiliger zu schreiten scheint. – Wie lang, wie unerschöpflich lang ist ein Frühling vorzeiten gewesen, als ich noch ein Knabe war!

Und wenn die Stunde es gönnt und mein Herz guter Dinge ist, leg ich mich lang ins feuchte Gras oder klettere den nächsten tüchtigen Stamm hinan, wiege mich im Geäste, rieche den Knospenduft und das frische Harz, sehe Zweigenetz und Grün und Blau sich über mir verwirren und trete traumwandelnd als ein stiller Gast in den seligen Garten meiner Knabenzeit. Das gelingt so selten und ist so köstlich, einmal wieder sich dort hinüberzuschwingen und die klare Morgenluft der ersten Jugend zu atmen und noch einmal, für Augenblicke, die Welt so zu sehen, wie sie aus Gottes Händen kam und wie wir alle sie in Kinderzeiten gesehen haben, da in uns selber das Wunder der Kraft und der Schönheit sich entfaltete.

Da stiegen die Bäume so freudig und trotzig in die Lüfte, da sproß im Garten Narziß und Hyazinth so glanzvoll schön; und die Menschen, die wir noch so wenig kannten, begegneten uns zart und gütig, weil sie auf unserer glatten Stirn noch den Hauch des Göttlichen fühlten, von dem wir nichts wußten und das uns ungewollt und ungewußt im Drang des Wachsens abhanden kam. Was war ich für ein wilder und ungebändigter Bub, wieviel Sorgen hat der Vater von klein auf um mich gehabt und wieviel Angst und Seufzer die Mutter! – und doch lag auch auf meiner Stirne Gottes Glanz, und was ich ansah, war schön und lebendig, und in meinen Gedanken und Träumen, auch wenn sie gar nicht frommer Art waren, gingen Engel und Wunder und Märchen geschwisterlich aus und ein.

Mir ist aus Kinderzeiten her mit dem Geruch des frischgepflügten Ackerlandes und mit dem keimenden Grün der Wälder eine Erinnerung verknüpft, die mich in jedem Frühling heimsucht und mich nötigt, jene halbvergessene und unbegriffene Zeit für Stunden wieder zu leben. Auch jetzt denke ich daran und will versuchen, wenn es möglich ist, davon zu erzählen.

In unserer Schlafkammer waren die Läden zu, und ich lag im Dunkel halbwach, hörte meinen kleinen Bruder neben mir in festen, gleichen Zügen atmen und wunderte mich wieder darüber, daß ich bei geschlossenen Augen statt des schwarzen Dunkels lauter Farben sah, violette und trübdunkelrote Kreise, die beständig weiter wurden und in die Finsternis zerflossen und beständig von innen her quellend sich erneuerten, jeder von einem dünnen gelben Streifen umrändert. Auch horchte ich auf den Wind, der von den Bergen her in lauen, lässigen Stößen kam und weich in den großen Pappeln wühlte und sich zuzeiten

schwer gegen das ächzende Dach lehnte. Es tat mir wieder
so leid, daß Kinder nachts nicht aufbleiben und hinausgehen
oder wenigstens am Fenster sein dürfen, und ich dachte an
eine Nacht, in der die Mutter vergessen hatte, die Läden zu
schließen.

Da war ich mitten in der Nacht aufgewacht und leise aufgestanden und mit Zagen ans Fenster gegangen, und vor dem Fenster war es seltsam hell, gar nicht schwarz und todesfinster, wie
ich mir vorgestellt hatte. Es sah alles dumpf und verwischt und
traurig aus, große Wolken stöhnten über den ganzen Himmel
und die bläulich-schwarzen Berge schienen mitzufluten, als hätten sie alle Angst und strebten davon, um einem nahenden
Unglück zu entrinnen. Die Pappeln schliefen und sahen ganz
matt aus wie etwas Totes oder Erloschenes, auf dem Hof aber
stand wie sonst die Bank und der Brunnentrog und der junge
Kastanienbaum, auch sie ein wenig müd und trüb. Ich wußte
nicht, ob es kurz oder lang war, daß ich im Fenster saß und in
die bleiche verwandelte Welt hinüberschaute; da fing in der
Nähe ein Tier zu klagen an, ängstlich und weinerlich. Es konnte
ein Hund oder auch ein Schaf oder Kalb sein, das erwacht war
und im Dunkeln Angst verspürte. Sie faßte auch mich, und ich
floh in meine Kammer und in mein Bett zurück, ungewiß, ob ich
weinen sollte oder nicht. Aber ehe ich dazu kam, war ich eingeschlafen.

Das alles lag jetzt wieder rätselhaft und lauernd draußen,
hinter den verschlossenen Läden, und es wäre so schön und
gefährlich gewesen, wieder hinauszusehen. Ich stellte mir die
trüben Bäume wieder vor, das müde, ungewisse Licht, den ver-
stummten Hof, die samt den Wolken fortfliehenden Berge, die
fahlen Streifen am Himmel und die bleiche, undeutlich in die
graue Weite verschimmernde Landstraße. Da schlich nun, in
einen großen, schwarzen Mantel verhüllt, ein Dieb, oder ein
Mörder, oder war jemand verirrt und lief dort hin und her, von
der Nacht geängstigt und von Tieren verfolgt. Es war vielleicht
ein Knabe, so alt wie ich, der verlorengegangen oder fortgelaufen oder geraubt worden oder ohne Eltern war, und wenn er
auch Mut hatte, so konnte doch der nächste Nachtgeist ihn
umbringen oder der Wolf ihn holen. Vielleicht nahmen ihn auch
die Räuber mit in den Wald, und er wurde selber ein Räuber,

bekam ein Schwert oder eine zweiläufige Pistole, einen großen Hut und hohe Reiterstiefel.

Von hier war es nur noch ein Schritt, ein willenloses Sichfallenlassen, und ich stand im Träumeland und konnte alles mit Augen sehen und mit Händen anfassen, was jetzt noch Erinnerung und Gedanke und Phantasie war.

Ich schlief aber nicht ein, denn in diesem Augenblick floß durch das Schlüsselloch der Kammertür, aus der Schlafstube der Eltern her, ein dünner, roter Lichtstrom zu mir herein, füllte die Dunkelheit mit einer schwachen zitternden Ahnung von Licht und malte auf die plötzlich matt aufschimmernde Tür des Kleiderkastens einen gelben, zackigen Fleck. Ich wußte, daß jetzt der Vater ins Bett ging. Sachte hörte ich ihn in Strümpfen herumlaufen, und gleich darauf vernahm ich auch seine gedämpfte tiefe Stimme. Er sprach noch ein wenig mit der Mutter.

»Schlafen die Kinder?« hörte ich ihn fragen.

»Ja, schon lang«, sagte die Mutter, und ich schämte mich, daß ich nun doch wach war. Dann war es eine Weile still, aber das Licht brannte fort. Die Zeit wurde mir lang, und der Schlummer wollte mir schon bis in die Augen steigen, da fing die Mutter noch einmal an.

»Hast auch nach dem Brosi gefragt?«

»Ich hab ihn selber besucht«, sagte der Vater. »Am Abend bin ich dort gewesen. Der kann einem leid tun.«

»Geht's denn so schlecht?«

»Ganz schlecht. Du wirst sehen, wenn's Frühjahr kommt, wird es ihn wegnehmen. Er hat schon den Tod im Gesicht.«

»Was denkst du«, sagte die Mutter, »soll ich den Buben einmal hinschicken? Es könnt vielleicht gut tun.«

»Wie du willst«, meinte der Vater, »aber nötig ist's nicht. Was versteht so ein klein Kind davon?«

»Also gut Nacht.«

»Ja, gut Nacht.«

Das Licht ging aus, die Luft hörte auf zu zittern, Boden und Kastentür waren wieder dunkel, und wenn ich die Augen zumachte, konnte ich wieder violette und dunkelrote Ringe mit einem gelben Rand wogen und wachsen sehen.

Aber während die Eltern einschliefen und alles stille war,

arbeitete meine plötzlich erregte Seele mächtig in die Nacht hinein. Das halbverstandene Gespräch war in sie gefallen wie eine Frucht in den Teich, und nun liefen schnellwachsende Kreise eilig und ängstlich über sie hinweg und machten sie vor banger Neugierde zittern.

Der Brosi, von dem die Eltern gesprochen hatten, war fast aus meinem Gesichtskreis verloren gewesen, höchstens war er noch eine matte, beinahe schon verglühte Erinnerung. Nun rang er sich, dessen Namen ich kaum mehr gewußt hatte, langsam kämpfend empor und wurde wieder zu einem lebendigen Bilde. Zuerst wußte ich nur, daß ich diesen Namen früher einmal oft gehört und selber gerufen hatte. Dann fiel ein Herbsttag mir ein, an dem ich von jemand Äpfel geschenkt bekommen hatte. Da erinnerte ich mich, daß das Brosis Vater gewesen sei, und da wußte ich plötzlich alles wieder.

Ich sah also einen hübschen Knaben, ein Jahr älter, aber nicht größer als ich, der hieß Brosi. Vielleicht vor einem Jahre war sein Vater unser Nachbar und der Bub mein Kamerad geworden; doch reichte mein Gedächtnis nimmer dahin zurück. Ich sah ihn wieder deutlich: er trug eine gestrickte blaue Wollenkappe mit zwei merkwürdigen Hörnern, und er hatte immer Äpfel oder Schnitzbrot im Sack, und er hatte gewöhnlich einen Einfall und ein Spiel und einen Vorschlag parat, wenn es anfangen wollte, langweilig zu werden. Er trug eine Weste, auch werktags, worum ich ihn sehr beneidete, und früher hatte ich ihm fast gar keine Kraft zugetraut, aber da hieb er einmal den Schmiedsbarzle vom Dorf, der ihn wegen seiner Hörnerkappe verhöhnte (und die Kappe war von seiner Mutter gestrickt), jämmerlich durch, und dann hatte ich eine Zeitlang Angst vor ihm. Er besaß einen zahmen Raben, der hatte aber im Herbst zu viel junge Kartoffeln ins Futter bekommen und war gestorben, und wir hatten ihn begraben. Der Sarg war eine Schachtel, aber sie war zu klein, und der Deckel ging nimmer drüber, und ich hielt eine Grabrede wie ein Pfarrer, und als der Brosi dabei anfing zu weinen, mußte mein kleiner Bruder lachen; da schlug ihn der Brosi, da schlug ich ihn wieder, der Kleine heulte, und wir liefen auseinander, und nachher kam Brosis Mutter zu uns herüber und sagte, es täte ihm leid, und wenn wir morgen nachmittag zu ihr kommen wollten, so gäbe es Kaffee und Hefenkranz, er sei schon im Ofen. Und bei dem Kaffee erzählte der Brosi uns eine Geschichte, die fing mittendrin immer wieder von vorne an, und obwohl ich die Geschichte nie behalten konnte, mußte ich doch lachen, sooft ich daran dachte.

Das war aber nur der Anfang. Es fielen mir zu gleicher Zeit tausend Erlebnisse ein, alle aus dem Sommer und Herbst, wo Brosi mein Kamerad gewesen war, und alle hatte ich in den paar Monaten, seit er nimmer kam, so gut wie vergessen. Nun drangen sie von allen Seiten her, wie Vögel, wenn man im Winter Körner wirft, alle zugleich, ein ganzes Gewölk.

Es fiel mir der glänzende Herbsttag wieder ein, an dem des Dachtelbauers Turmfalk aus der Remise durchgegangen war. Der beschnittene Flügel war ihm gewachsen, das messingene Fußkettlein hatte er durchgerieben und den engen finsteren Schuppen verlassen. Jetzt saß er dem Haus gegenüber ruhig auf einem Apfelbaum, und wohl ein Dutzend Leute stand auf der Straße davor, schaute hinauf und redete und machte Vorschläge. Da war uns Buben sonderbar beklommen zumute, dem Brosi und mir, wie wir mit allen anderen Leuten dastanden und den Vogel anschauten, der still im Baume saß und scharf und kühn herabäugte. »Der kommt nicht wieder«, rief einer. Aber der Knecht Gottlob sagte: »Fliegen wann er noch könnt, dann wär er schon lang über Berg und Tal.« Der Falk probierte, ohne den Ast mit den Krallen loszulassen, mehrmals seine großen Flügel; wir waren schrecklich aufgeregt, und ich wußte selber nicht, was mich mehr freuen würde, wenn man ihn finge oder wenn er davonkäme. Schließlich wurde vom Gottlob eine Leiter angelegt, der Dachtelbauer stieg selber hinauf und streckte die Hand nach seinem Falken aus. Da ließ der Vogel den Ast fahren und fing an, stark mit den Flügeln zu flattern. Da schlug uns Knaben das Herz so laut, daß wir kaum atmen konnten; wir starrten bezaubert auf den schönen, flügelschlagenden Vogel, und dann kam der herrliche Augenblick, daß der Falke ein paar große Stöße tat, und wie er sah, daß er noch fliegen konnte, stieg er langsam und stolz in großen Kreisen höher und höher in die Luft, bis er so klein wie eine Feldlerche war und still im flimmernden Himmel verschwand. Wir aber, als die Leute schon lang verlaufen waren, standen noch immer da, hatten die Köpfe nach oben gestreckt und suchten den ganzen Himmel ab, und da tat der Brosi plötzlich einen hohen Freudensatz in die Luft und schrie dem Vogel nach: »Flieg du, flieg du, jetzt bist du wieder frei.«

Auch an den Karrenschuppen des Nachbars mußte ich denken. In dem hockten wir, wenn es so recht herunterregnete, im Halbdunkel beisammengekauert, hörten dem Klingen und Tosen des Platzregens zu und betrachteten den Hofboden, wo Bäche, Ströme und Seen entstanden und sich ergossen und durchkreuzten und veränderten. Und einmal, als wir so hockten und lauschten, fing der Brosi an und sagte: »Du, jetzt kommt die Sündflut, was machen wir jetzt? Also alle Dörfer sind schon ertrunken, das Wasser geht jetzt schon bis an den Wald.« Da dachten wir uns alles aus, spähten im Hof umher, horchten auf den schüttenden Regen und vernahmen darin das Brausen ferner Wogen und Meeresströmungen. Ich sagte, wir müßten ein Floß aus vier oder fünf Balken machen, das würde uns zwei schon tragen. Da schrie mich der Brosi aber an: »So, und dein Vater und die Mutter, und mein Vater und meine Mutter, und die Katz und dein Kleiner? Die nimmst nicht mit?« Daran hatte ich in der Aufregung und Gefahr freilich nicht gedacht, und ich log zur Entschuldigung: »Ja, ich hab mir gedacht, die seien alle schon untergegangen.« Er aber wurde nachdenklich und traurig, weil er sich das deutlich vorstellte, und dann sagte er: »Wir spielen jetzt was anderes.«

Und damals, als sein armer Rabe noch am Leben war und überall herumhüpfte, hatten wir ihn einmal in unser Gartenhaus mitgenommen, wo er auf den Querbalken gesetzt wurde und hin und her lief, weil er nicht herunterkonnte. Ich streckte ihm den Zeigefinger hin und sagte im Spaß: »Da, Jakob, beiß!« Da hackte er mich in den Finger. Es tat nicht besonders weh, aber ich war zornig geworden und schlug nach ihm und wollte ihn strafen. Der Brosi packte mich aber um den Leib und hielt mich fest, bis der Vogel, der in der Angst vom Balken heruntergeflügelt war, sich hinausgerettet hatte. »Laß mich los«, schrie ich, »er hat mich gebissen«, und rang mit ihm. »Du hast selber zu ihm gesagt: Jakob beiß!« rief der Brosi und erklärte mir deutlich, der Vogel sei ganz in seinem Recht gewesen. Ich war ärgerlich über seine Schulmeisterei, sagte ›meinetwegen‹ und beschloß aber im stillen, mich ein anderes Mal an dem Raben zu rächen.

Nachher, als Brosi schon aus dem Garten und halbwegs daheim war, rief er mir noch einmal und kehrte um, und ich wartete auf ihn. Er kam her und sagte: »Du, gelt, du versprichst mir ganz gewiß, daß du dem Jakob nichts mehr tust?« Und als ich keine Antwort gab und trotzig war, versprach er mir zwei große Äpfel, und ich nahm an, und dann ging er heim. Gleich darauf wurden auf dem Baum in seines Vaters Garten die ersten Jakobiäpfel reif; da gab er mir die versprochenen zwei Äpfel, von den schönsten und größten. Ich schämte mich jetzt und wollte sie nicht gleich annehmen, bis er sagte: »Nimm doch, es ist ja nicht mehr wegen dem Jakob; ich hätte sie dir auch so gegeben, und dein Kleiner kriegt auch einen.« Dann nahm ich sie.

Aber einmal waren wir den ganzen Nachmittag auf dem Wiesenland herumgesprungen und dann in den Wald hineingegangen, wo unter dem Gebüsch weiches Moos wuchs. Wir waren müd und setzten uns auf den Boden. Ein paar Fliegen sumsten über einem Pilz, und allerlei Vögel flogen; von denen kannten wir einige, die meisten aber nicht; auch hörten wir einen Specht fleißig klopfen, und es wurde uns ganz wohl und froh zumute, so daß wir fast gar nichts zueinander sagten, und nur wenn einer etwas Besonderes entdeckt hatte, deutete er dorthin und zeigte es dem andern. In dem überwölbten grünen Raume floß ein grünes mildes Licht, während der Waldgrund in die Weite sich in ahnungsvolle braune Dämmerung verlor. Was sich dort hinten regte, Blättergeräusch und Vogelschlag, das kam aus verzauberten Märchengründen her, klang mit geheimnisvoll fremdem Ton und konnte viel bedeuten.

Weil es dem Brosi zu warm vom Laufen war, zog er seine Jacke aus und dann auch noch die Weste und legte sich ganz ins Moos hin. Da kam es, daß er sich umdrehte, und sein Hemd ging am Halse auf, und ich erschrak mächtig, denn ich sah über seine weiße Schulter eine lange rote Narbe hinlaufen. Gleich wollte ich ihn ausfragen, wo denn die Narbe herkäme, und freute mich schon auf eine rechte Unglücksgeschichte; aber wer weiß, wie es kam, ich mochte auf einmal doch nicht fragen und tat so, als hätte ich gar nichts gesehen. Jedoch zugleich tat mir Brosi mit seiner großen Narbe furchtbar leid, sie hatte sicher schrecklich geblutet und weh getan, und ich faßte in diesem Augenblick eine viel stärkere Zärtlichkeit zu ihm als früher, konnte aber nichts sagen. Also gingen wir später miteinander aus dem Wald und kamen heim, dann holte ich in der Stube meine beste Kugelbüchse aus einem dicken Holderstamm, die hatte mir der Knecht einmal gemacht, und ging wieder hinunter und schenkte sie dem Brosi. Er meinte zuerst, es sei ein Spaß, dann aber wollte er sie nicht nehmen und legte sogar die Hände auf den Rücken, und ich mußte ihm die Büchse in die Tasche stecken.

Und eine Geschichte um die andere, alle kamen sie mir wieder. Auch die vom Tannenwald, der stand auf der anderen Seite vom Bach, und einmal war ich mit meinem Kameraden hinübergegangen, weil wir gern die Rehe gesehen hätten. Wir traten in den weiten Raum, auf den glatten braunen Boden zwischen den himmelhohen geraden Stämmen, aber so weit wir liefen, wir fanden kein einziges Reh. Dafür sahen wir eine Menge große Felsenstücke zwischen den bloßen Tannenwurzeln liegen, und fast alle diese Steine hatten Stellen, wo ein schmales Büschelchen helles Moos auf ihnen wuchs, wie kleine grüne Male. Ich wollte so ein Moosplätzchen abschälen, es war nicht viel größer als eine Hand. Aber der Brosi sagte schnell: »Nein, laß es dran!« Ich fragte warum, und er erklärte mir: »Das ist, wenn ein Engel durch den Wald geht, dann sind das seine Tritte; überall wo er hintritt, wächst gleich so ein Moosplatz in den Stein.« Nun vergaßen wir die Rehe und warteten, ob vielleicht gerade ein Engel käme. Wir blieben stehen und paßten auf; im ganzen Wald war eine Todesstille, und auf dem braunen Boden fackelten helle Sonnenflecken, in der Ferne gingen die senkrechten Stämme wie eine hohe rote Säulenwand zusammen, in der Höhe stand hinter den dichten schwarzen Kronen der blaue Himmel. Ein ganz schwaches kühles Wehen lief unhörbar hin und wieder vorüber. Da wurden wir beide bang und feierlich, weil es so ruhig und einsam war und weil vielleicht bald ein Engel kam, und wir gingen nach einer Weile ganz still und schnell miteinander weg, an den vielen Steinen und Stämmen vorbei und aus dem Wald hinaus. Als wir wieder auf der Wiese und über dem Bach waren, sahen wir noch eine Zeitlang hinüber, dann liefen wir schnell nach Haus.

Später hatte ich noch einmal mit dem Brosi Streit, dann versöhnten wir uns wieder. Es ging schon gegen den Winter hin, da hieß es, der Brosi sei krank und ob ich nicht zu ihm gehen wollte. Ich ging auch ein- oder zweimal, da lag er im Bett und sagte fast gar nichts, und es war mir bang und langweilig, obgleich seine Mutter mir eine halbe Orange schenkte. Und dann kam nichts mehr; ich spielte mit meinem Bruder und mit dem Löhnersnikel oder mit den Mädchen, und so ging eine lange, lange Zeit vorbei. Es fiel Schnee und schmolz wieder und fiel noch einmal; der Bach fror zu, ging wieder auf und war braun und weiß und machte eine Überschwemmung und brachte vom Obertal eine ertrunkene Sau und eine Menge Holz mit; es wurden kleine Hühner geboren, und drei davon starben; mein Brüderlein wurde krank und wurde wieder gesund; es war in den Scheuern gedroschen und in den Stuben gesponnen worden, und jetzt wurden die Felder wieder gepflügt, alles ohne den Brosi. So war er ferner und ferner geworden und am Ende verschwunden und von mir vergessen worden – bis jetzt, bis auf diese Nacht, wo das rote Licht durchs Schlüsselloch floß und ich den Vater zur Mutter sagen hörte: ›Wenn's Frühjahr kommt, wird's ihn wegnehmen.‹

Unter vielen sich verwirrenden Erinnerungen und Gefühlen schlief ich ein, und vielleicht wäre schon am nächsten Tage im Drang des Erlebens das kaum erwachte Gedächtnis an den entschwundenen Spielgefährten wieder untergesunken und wäre dann vielleicht nie mehr in der gleichen, frischen Schönheit und Stärke zurückgekommen. Aber gleich beim Frühstück fragte mich die Mutter: »Denkst du auch noch einmal an den Brosi, der immer mit euch gespielt hat?«

Da rief ich ›ja‹, und sie fuhr fort mit ihrer guten Stimme: »Im Frühjahr, weißt du, wäret ihr beide miteinander in die Schule gekommen. Aber jetzt ist er so krank, daß es vielleicht nichts damit sein wird. Willst du einmal zu ihm gehen?«

Sie sagte das so ernsthaft, und ich dachte an das, was ich in der Nacht den Vater hatte sagen hören, und ich fühlte ein Grauen, aber zugleich eine angstvolle Neugierde. Der Brosi sollte, nach des Vaters Worten, den Tod im Gesicht haben, und das schien mir unsäglich grauenhaft und wunderbar.

Ich sagte wieder ›ja‹, und die Mutter schärfte mir ein: »Denk dran, daß er so krank ist! Du kannst jetzt nicht mit ihm spielen und darfst kein Lärmen vollführen.«

Ich versprach alles und bemühte mich schon jetzt, ganz still und bescheiden zu sein, und noch am gleichen Morgen ging ich hinüber. Vor dem Hause, das ruhig und ein wenig feierlich hinter seinen beiden kahlen Kastanienbäumen im kühlen Vormittagslichte lag, blieb ich stehen und wartete eine Weile, horchte in die Flur hinein und bekam fast Lust, wieder heimzulaufen. Da faßte ich mir ein Herz, stieg schnell die drei roten Steinstufen hinauf und durch die offenstehende Türhälfte, sah mich im Gehen um und klopfte an die nächste Tür. Des Brosi Mutter war eine kleine, flinke und sanfte Frau, die kam heraus und hob mich auf und gab mir einen Kuß, und dann fragte sie: »Hast du zum Brosi kommen wollen?«

Es ging nicht lang, so stand sie im oberen Stockwerk vor einer weißen Kammertür und hielt mich an der Hand. Auf diese ihre Hand, die mich zu den dunkel vermuteten grauenhaften Wunderdingen führen sollte, sah ich nicht anders als auf die eines Engels oder eines Zauberers. Das Herz schlug mir geängstigt und ungestüm wie ein Warner, und ich zögerte nach Kräften und strebte zurück, so daß die Frau mich fast in die Stube ziehen mußte. Es war eine große, helle und behaglich nette Kammer; ich stand verlegen und grausend an der Tür und schaute auf das lichte Bett hin, bis die Frau mich hinzuführte. Da drehte der Brosi sich zu uns herum.

Und ich blickte aufmerksam in sein Gesicht, das war schmal und spitzig, aber den Tod konnte ich nicht darin sehen, sondern nur ein feines Licht, und in den Augen etwas Ungewohntes, gütig Ernstes und Geduldiges, bei dessen Anblick mir ähnlich ums Herz ward wie bei jenem Stehen und Lauschen im schweigenden Tannenwald, da ich in banger Neugierde den Atem anhielt und Engelsschritte in meiner Nähe vorbeigehen spürte.

Der Brosi nickte und streckte mir eine Hand hin, die heiß und trocken und abgezehrt war. Seine Mutter streichelte ihn, nickte mir zu und ging wieder aus der Stube; so stand ich allein an seinem kleinen hohen Bett und sah ihn an, und eine Zeitlang sagten wir beide kein Wort.

»So, bist du's denn noch?« sagte dann der Brosi.

Und ich: »Ja, und du auch noch?«

Und er: »Hat dich deine Mutter geschickt?«

Ich nickte.

Er war müde und ließ jetzt den Kopf wieder auf das Kissen fallen. Ich wußte gar nichts zu sagen, nagte an meiner Mützentroddel und sah ihn nur immer an und er mich, bis er lächelte und zum Scherz die Augen schloß.

Da schob er sich ein wenig auf die Seite, und wie er es tat, sah ich plötzlich unter den Hemdknöpfen durch den Ritz etwas Rotes schimmern, das war die große Narbe auf seiner Schulter, und als ich die gesehen hatte, mußte ich auf einmal heulen.

»Ja, was hast du denn?« fragte er gleich.

Ich konnte keine Antwort geben, weinte weiter und wischte mir die Backen mit der rauhen Mütze ab, bis es weh tat.

»Sag's doch. Warum weinst du?«

»Bloß weil du so krank bist«, sagte ich jetzt. Aber das war nicht die eigentliche Ursache. Es war nur eine Woge von heftiger und mitleidiger Zärtlichkeit, wie ich sie schon früher einmal gespürt hatte, die quoll plötzlich in mir auf und konnte sich nicht anders Luft machen.

»Das ist nicht so schlimm«, sagte der Brosi.

»Wirst du bald wieder gesund?«

»Ja, vielleicht.«

»Wann denn?«

»Ich weiß nicht. Es dauert lang.«

Nach einer Zeit merkte ich auf einmal, daß er eingeschlafen war. Ich wartete noch eine Weile, dann ging ich hinaus, die Stiege hinunter und wieder heim, wo ich sehr froh war, daß die Mutter mich nicht ausfragte. Sie hatte wohl gesehen, daß ich verändert war und etwas erlebt hatte, und sie strich mir nur übers Haar und nickte, ohne etwas zu sagen.

Trotzdem kann es wohl sein, daß ich an jenem Tag noch sehr ausgelassen, wild und ungattig war, sei es, daß ich mit meinem kleinen Bruder händelte oder daß ich die Magd am Herd ärgerte oder im nassen Feld strolchte und besonders schmutzig heimkam. Etwas Derartiges ist jedenfalls gewesen, denn ich weiß noch gut, daß am selben Abend meine Mutter mich sehr zärtlich und ernst ansah – mag sein, daß sie mich gern ohne Worte an heute morgen erinnert hätte. Ich verstand sie auch wohl und fühlte Reue, und als sie das merkte, tat sie etwas Besonderes. Sie gab mir von ihrem Ständer am Fenster einen kleinen Tonscherben voll Erde, darin steckte eine schwärzliche

Knolle, und diese hatte schon ein paar spitzige, hellgrüne, saftige junge Blättlein getrieben. Es war eine Hyazinthe. Die gab sie mir und sagte dazu: »Paß auf, das geb ich dir jetzt. Später wird's dann eine große rote Blume. Dort stell ich sie hin, und du mußt darauf achtgeben, man darf sie nicht anrühren und herumtragen, und jeden Tag muß man sie zweimal gießen; wenn du es vergißt, sag ich dir's schon. Wenn es aber eine schöne Blume werden will, darfst du sie nehmen und dem Brosi hinbringen, daß er eine Freude hat. Kannst du dran denken?«

Sie tat mich ins Bett, und ich dachte indessen mit Stolz an die Blume, deren Wartung mir als ein ehrenvoll wichtiges Amt erschien, aber gleich am nächsten Morgen vergaß ich das Begießen, und die Mutter erinnerte mich daran. »Und was ist denn mit dem Brosi seinem Blumenstock?« fragte sie, und sie hat es in jenen Tagen mehr als das eine Mal sagen müssen. Dennoch beschäftigte und beglückte mich damals nichts so stark wie mein Blumenstock. Es standen noch genug andere, auch größere und schönere, im Zimmer und im Garten, und Vater und Mutter hatten sie mir oft gezeigt. Aber es war nun doch das erstemal, daß ich mit dem Herzen dabei war, ein solches kleines Wachstum mit anzuschauen, zu erwünschen und zu pflegen und Sorge darum zu haben.

Ein paar Tage lang sah es mit dem Blümlein nicht erfreulich aus, es schien an irgendeinem Schaden zu leiden und nicht die rechten Kräfte zum Wachsen zu finden. Als ich darüber zuerst betrübt und dann ungeduldig wurde, sagte die Mutter einmal: »Siehst du, mit dem Blumenstock ist's jetzt gerade so wie mit dem Brosi, der so krank ist. Da muß man noch einmal so lieb und sorgsam sein wie sonst.«

Dieser Vergleich war mir verständlich und brachte mich bald auf einen ganz neuen Gedanken, der mich nun völlig beherrschte. Ich fühlte jetzt einen geheimen Zusammenhang zwischen der kleinen, mühsam strebenden Pflanze und dem kranken Brosi, ja ich kam schließlich zu dem festen Glauben, wenn die Hyazinthe gedeihe, müsse auch mein Kamerad wieder gesund werden. Käme sie aber nicht davon, so würde er sterben, und ich trüge dann vielleicht, wenn ich die Pflanze vernachlässigt hätte, mit Schuld daran. Als dieser Gedankenkreis in mir fertig geworden war, hütete ich den Blumentopf mit Angst und

Eifersucht wie einen Schatz, in welchem besondere, nur mir bekannte und anvertraute Zauberkräfte verschlossen wären.

Drei oder vier Tage nach meinem ersten Besuch – die Pflanze sah noch ziemlich kümmerlich aus – ging ich wieder ins Nachbarhaus hinüber. Brosi mußte ganz still liegen, und da ich nichts zu sagen hatte, stand ich nahe am Bett und sah das nach oben gerichtete Gesicht des Kranken an, das zart und warm aus weißen Bett-Tüchern schaute. Er machte hin und wieder die Augen auf und wieder zu, sonst bewegte er sich nicht, und ein klügerer und älterer Zuschauer hätte vielleicht etwas davon gefühlt, daß des kleinen Brosi Seele schon unruhig war und sich auf die Heimkehr besinnen wollte. Als gerade eine Angst vor der Stille des Stübleins über mich kommen wollte, trat die Nachbarin herein und holte mich freundlich und leisen Schrittes weg.

Das nächste Mal kam ich mit viel froherem Herzen, denn zu Hause trieb mein Blumenstock mit neuer Lust und Kraft seine spitzigen freudigen Blätter heraus. Diesmal war auch der Kranke sehr munter.

»Weißt du auch noch, wie der Jakob noch am Leben war?« fragte er mich.

Und wir erinnerten uns an den Raben und sprachen von ihm, ahmten die drei Wörtlein nach, die er hatte sagen können, und redeten mit Begierde und Sehnsucht von einem grau und roten Papagei, der sich vorzeiten einmal hierher verirrt haben sollte. Ich kam ins Plaudern, und während der Brosi bald wieder ermüdete, hatte ich sein Kranksein für den Augenblick ganz vergessen. Ich erzählte die Geschichte vom entflogenen Papagei, die zu den Legenden unseres Hauses gehörte. Ihr Glanzpunkt war der, daß ein alter Hofknecht den schönen Vogel auf dem Dach des Schuppens sitzen sah, sogleich eine Leiter anlegte und ihn einfangen wollte. Als er auf dem Dach erschien und sich dem Papagei vorsichtig näherte, sagte dieser: »Guten Tag!« Da zog der Knecht seine Kappe herunter und sagte: »Bitt um Vergebung, jetzt hätt ich fast gemeint, Ihr wäret ein Vogeltier.«

Als ich das erzählt hatte, dachte ich, der Brosi müsse nun notwendig laut hinauslachen. Da er es nicht gleich tat, sah ich ihn ganz verwundert an. Ich sah ihn fein und herzlich lächeln, und seine Backen waren ein wenig röter als vorher, aber er sagte nichts und lachte nicht laut.

Da kam es mir plötzlich vor, als sei er um viele Jahre älter als ich. Meine Lustigkeit war im Augenblick erloschen, statt ihrer befiel mich Verwirrung und Bangigkeit, denn ich empfand wohl, daß zwischen uns beiden jetzt etwas Neues fremd und störend aufgewachsen sei. Es surrte eine große Winterfliege durchs Zimmer, und ich fragte, ob ich sie fangen solle.

»Nein, laß sie doch!« sagte der Brosi.

Auch das kam mir vor wie von einem Erwachsenen gesprochen. Befangen ging ich fort.

Auf dem Heimweg empfand ich zum erstenmal in meinem Leben etwas von der ahnungsvollen verschleierten Schönheit des Vorfrühlings, das ich erst um Jahre später, ganz am Ende der Knabenzeiten, wieder gespürt habe.

Was es war und wie es kam, weiß ich nicht. Ich erinnere mich aber, daß ein lauer Wind strich, daß feuchte dunkle Erdschollen am Rande der Äcker aufragten und streifenweise blank erglänzten und daß ein besonderer Föhngeruch in der Luft war. Ich erinnere mich auch dessen, daß ich eine Melodie summen wollte und gleich wieder aufhörte, weil irgend etwas mich bedrückte und still machte.

Dieser kurze Heimweg vom Nachbarhaus ist mir eine merkwürdig tiefe Erinnerung. Ich weiß kaum etwas Einzelnes mehr davon; aber zuweilen, wenn es mir gegönnt ist, mit geschlossenen Augen mich dahin zurückzufinden, meine ich die Erde noch einmal mit Kindesaugen zu sehen – als Geschenk und Schöpfung Gottes, im leise glühenden Träumen unberührter Schönheit, wie wir Alten sie sonst nur aus den Werken der Künstler und Dichter kennen. Der Weg war vielleicht nicht ganz zweihundert Schritt lang, aber es lebte und geschah auf ihm und über ihm und an seinem Rande unendlich viel mehr als auf mancher ganzen Reise, die ich später unternommen habe.

Es streckten kahle Obstbäume verschlungene und drohende Äste und von den feinen Zweigspitzen rotbraune und harzige Knospen in die Luft, über sie hinweg ging Wind und schwärmende Wolkenflucht, unter ihnen quoll die nackte Erde in der Frühlingsgärung. Es rann ein vollgeregneter Graben über und sandte einen schmalen trüben Bach über die Straße, auf dem schwammen alte Birnenblätter und braune Holzstückchen, und jedes von ihnen war ein Schiff, jagte dahin und strandete, erlebte Lust und Pein und wechselnde Schicksale, und ich erlebte sie mit.

Es hing unversehens vor meinen Augen ein dunkler Vogel in der Luft, überschlug sich und flatterte taumelnd, stieß plötzlich einen langen schallenden Triller aus und stob verglitzernd in die Höhen, und mein Herz flog staunend mit.

Ein leerer Lastwagen mit einem ledigen Beipferd kam gefahren, knarrte und rollte fort und fesselte noch bis zur nächsten Krümme meinen Blick, mit seinen starken Rossen aus einer unbekannten Welt gekommen und in sie verschwindend, flüchtige schöne Ahnungen aufregend und mit sich nehmend.

Das ist eine kleine Erinnerung oder zwei und drei; aber wer will die Erlebnisse, Erregungen und Freuden zählen, die ein Kind zwischen einem Stundenschlag und dem andern an Steinen, Pflanzen, Vögeln, Lüften, Farben und Schatten findet und sogleich wieder vergißt und doch mit hinübernimmt in die Schicksale und Veränderungen der Jahre? Eine besondere Färbung der Luft am Horizont, ein winziges Geräusch in Haus oder Garten oder Wald, der Anblick eines Schmetterlings oder irgendein flüchtig herwehender Geruch rührt oft für Augenblicke ganze Wolken von Erinnerungen an jene frühen Zeiten in mir auf. Sie sind nicht klar und einzeln erkennbar, aber sie tragen alle denselben köstlichen Duft von damals, da zwischen mir und jedem Stein und Vogel und Bach ein inniges Leben und Verbundensein vorhanden war, dessen Reste ich eifersüchtig zu bewahren bemüht bin.

Mein Blumenstock richtete sich indessen auf, reckte die Blätter höher und erstarkte zusehends. Mit ihm wuchs meine Freude und mein Glaube an die Genesung meines Kameraden. Es kam auch der Tag, an welchem zwischen den feisten Blättern eine runde rötliche Blütenknospe sich zu dehnen und aufzurichten begann, und der Tag, an dem die Knospe sich spaltete und ein heimliches Gekräusel schönroter Blütenblätter mit weißlichen Rändern sehen ließ. Den Tag aber, an dem ich den Topf mit Stolz und freudiger Behutsamkeit ins Nachbarhaus hinübertrug und dem Brosi übergab, habe ich völlig vergessen.

Dann war einmal ein heller Sonnentag; aus dem dunklen Ackerboden stachen schon feine grüne Spitzen, die Wolken hatten Goldränder, und in den feuchten Straßen, Hofräumen und

Vorplätzen spiegelte ein sanfter reiner Himmel. Das Bettlein des Brosi war näher zum Fenster gestellt worden, auf dessen Simsen die rote Hyazinthe in der Sonne prunkte; den Kranken hatte man ein wenig aufgerichtet und mit Kissen gestützt. Er sprach etwas mehr als sonst mit mir, über seinen geschorenen blonden Kopf lief das warme Licht fröhlich und glänzend und schien rot durch seine Ohren. Ich war sehr guter Dinge und sah wohl, daß es nun schnell vollends gut mit ihm werden würde. Seine Mutter saß dabei, und als es ihr genug schien, schenkte sie mir eine gelbe Winterbirne und schickte mich heim. Noch auf der Stiege biß ich die Birne an, sie war weich und honigsüß, und der Saft tropfte mir aufs Kinn und über die Hand. Den abgenagten Butzen warf ich unterwegs in hohem Bogen feldüber.

Tags darauf regnete es, was heruntermochte, ich mußte daheimbleiben und durfte mit sauber gewaschenen Händen in der Bilderbibel schwelgen, wo ich schon viele Lieblinge hatte, am liebsten aber waren mir doch der Paradieslöwe, die Kamele der Elieser und das Moseskäblein im Schilf. Als es aber am zweiten Tage in einem Strich fortregnete, wurde ich verdrießlich. Den halben Vormittag starrte ich durchs Fenster auf den plätschernden Hof und Kastanienbaum, dann kamen der Reihe nach alle meine Spiele dran, und als sie fertig waren und es gegen Abend ging, bekam ich noch Streit mit meinem Bruder. Das alte Lied: wir reizten einander, bis der Kleine mir ein arges Schimpfwort sagte, da schlug ich ihn, und er floh heulend durch Stube, Öhrn, Küche, Stiege und Kammer bis zur Mutter, der er sich in den Schoß warf, und die mich seufzend wegschickte. Bis der Vater heimkam, sich alles erzählen ließ, mich abstrafte und mit den nötigen Ermahnungen ins Bett steckte, wo ich mir namenlos unglücklich vorkam, aber bald unter noch rinnenden Tränen einschlief.

Als ich wieder, vermutlich am folgenden Morgen, in des Brosi Krankenstube stand, hatte seine Mutter beständig den Finger am Mund und sah mich warnend an, der Brosi aber lag mit geschlossenen Augen leise stöhnend da. Ich schaute bang in sein Gesicht, es war bleich und vom Schmerz verzogen. Und als seine Mutter meine Hand nahm und sie auf seine legte, machte er die Augen auf und sah mich eine kleine Weile still an. Seine Augen waren groß und verändert, und wie er mich ansah, war es ein fremder wunderlicher Blick wie aus einer weiten Ferne her, als kenne er mich gar nicht und sei über mich verwundert, habe aber zugleich andere und viel wichtigere Gedanken. Auf den Zehen schlich ich nach kurzer Zeit wieder hinaus.

Am Nachmittag aber, während ihm auf seine Bitte die Mutter eine Geschichte erzählte, sank er in einen Schlummer, der bis an den Abend dauerte und währenddessen sein schwacher Herzschlag langsam einträumte und erlosch.

Als ich ins Bett ging, wußte es meine Mutter schon. Doch sagte sie mir's erst am Morgen, nach der Milch. Darauf ging ich den ganzen Tag traumwandelnd umher und stellte mir vor, daß der Brosi zu den Engeln gekommen und selber einer geworden sei. Daß sein kleiner magerer Leib mit der Narbe auf der Schulter noch drüben im Hause lag, wußte ich nicht, auch vom Begräbnis sah und hörte ich nichts. Meine Gedanken hatten viel Arbeit damit, und es verging wohl eine Zeit, bis der Gestorbene mir fern und unsichtbar wurde. Dann aber kam früh und plötzlich der ganze Frühling, über die Berge flog es gelb und grün, im Garten roch es nach jungem Wuchs, der Kastanienbaum tastete mit weich gerollten Blättern aus den aufgesprungenen Knospenhüllen, und an allen Gräben lachten auf fetten Stielen die goldgelben glänzenden Butterblumen.

(1903)

# Heumond

Das Landhaus Erlenhof lag nicht weit vom Wald und Gebirge in der hohen Ebene.

Vor dem Hause war ein großer Kiesplatz, in den die Landstraße mündete. Hier konnten die Wagen vorfahren, wenn Besuch kam. Sonst lag der viereckige Platz immer leer und still und schien dadurch noch größer, als er war, namentlich bei gutem Sommerwetter, wenn das blendende Sonnenlicht und die heiße Zitterluft ihn so anfüllten, daß man nicht daran denken mochte, ihn zu überschreiten.

Der Kiesplatz und die Straße trennten das Haus vom Garten. ›Garten‹ sagte man wenigstens, aber es war vielmehr ein mäßig großer Park, nicht sehr breit, aber tief, mit stattlichen Ulmen, Ahornen und Platanen, gewundenen Spazierwegen, einem jungen Tannendickicht und vielen Ruhebänken. Dazwischen lagen sonnige, lichte Rasenstücke, einige leer und einige mit Blumenrondells oder Ziersträuchern geschmückt, und in dieser heiteren, warmen Rasenfreiheit standen allein und auffallend zwei große einzelne Bäume.

Der eine war eine Trauerweide. Um ihren Stamm lief eine schmale Lattenbank, und ringsum hingen die langen, seidig zarten, müden Zweige so tief und dicht herab, daß es innen ein Zelt oder Tempel war, wo trotz des ewigen Schattens und Dämmerlichtes eine stete, matte Wärme brütete.

Der andere Baum, von der Weide durch eine niedrig umzäunte Wiese getrennt, war eine mächtige Blutbuche. Sie sah von weitem dunkelbraun und fast schwarz aus. Wenn man jedoch näher kam oder sich unter sie stellte und emporschaute, brannten alle Blätter der äußeren Zweige, vom Sonnenlichte durchdrungen, in einem warmen, leisen Purpurfeuer, das mit verhaltener und feierlich gedämpfter Glut wie in Kirchenfenstern leuchtete. Die alte Blutbuche war die berühmteste und merkwürdigste Schönheit des großen Gartens, und man konnte sie von überallher sehen. Sie stand allein und dunkel mitten in dem hellen Graslande, und sie war hoch genug, daß man, wo

29

man auch vom Park aus nach ihr blickte, ihre runde, feste, schöngewölbte Krone mitten im blauen Luftraum stehen sah, und je heller und blendender die Bläue war, desto schwärzer und feierlicher ruhte der Baumwipfel in ihr. Er konnte je nach der Witterung und Tageszeit sehr verschieden aussehen. Oft sah man ihm an, daß er wußte, wie schön er sei, und daß er nicht ohne Grund allein und stolz weit von den anderen Bäumen stehe. Er brüstete sich und blickte kühl über alles hinweg in den Himmel. Oft auch sah er aber aus, als wisse er wohl, daß er der einzige seiner Art im Garten sei und keine Brüder habe. Dann schaute er zu den übrigen, entfernten Bäumen hinüber, suchte und hatte Sehnsucht. Morgens war er am schönsten, und auch abends, bis die Sonne rot wurde, aber dann war er plötzlich gleichsam erloschen, und es schien an seinem Orte eine Stunde früher Nacht zu werden als sonst überall. Das eigentümlichste und düsterste Aussehen hatte er jedoch an Regentagen. Während die anderen Bäume atmeten und sich reckten und freudig mit hellerem Grün erprangten, stand er wie tot in seiner Einsamkeit, vom Wipfel bis zum Boden schwarz anzusehen. Ohne daß er zitterte, konnte man doch sehen, daß er fror und daß er mit Unbehagen und Scham so allein und preisgegeben stand.

Früher war der regelmäßig angelegte Lustpark ein strenges Kunstwerk gewesen. Als dann aber Zeiten kamen, in welchen den Menschen ihr mühseliges Warten und Pflegen und Beschneiden verleidet war und niemand mehr nach den mit Mühe hergepflanzten Anlagen fragte, waren die Bäume auf sich selber angewiesen. Sie hatten Freundschaft untereinander geschlossen, sie hatten ihre kunstmäßige, isolierte Rolle vergessen, sie hatten sich in der Not ihrer alten Waldheimat erinnert, sich aneinandergelehnt, mit den Armen umschlungen und gestützt. Sie hatten die schnurgeraden Wege mit dickem Laub verborgen und mit ausgreifenden Wurzeln an sich gezogen und in nährenden Waldboden verwandelt, ihre Wipfel ineinander verschränkt und festgewachsen, und sie sahen in ihrem Schutze ein eifrig aufstrebendes Baumvolk aufwachsen, das mit glatteren Stämmen und lichteren Laubfarben die Leere füllte, den brachen Boden eroberte und durch Schatten und Blätterfall die Erde schwarz, weich und fett machte, so daß nun auch die Moose und Gräser und kleinen Gesträuche ein leichtes Fortkommen hatten.

Als nun später von neuem Menschen herkamen und den einstigen Garten zu Rast und Lustbarkeit gebrauchen wollten, war er ein kleiner Wald geworden. Man mußte sich bescheiden. Zwar wurde der alte Weg zwischen den zwei Platanenreihen wiederhergestellt, sonst aber begnügte man sich damit, schmale und gewundene Fußwege durch das Dickicht zu ziehen, die heidigen Lichtungen mit Rasen zu besäen und an guten Plätzen grüne Sitzbänke aufzustellen. Und die Leute, deren Großväter die Platanen nach der Schnur gepflanzt und beschnitten und nach Gutdünken gestellt und geformt hatten, kamen nun mit ihren Kindern zu ihnen zu Gast und waren froh, daß in der langen Verwahrlosung aus den Alleen ein Wald geworden war, in welchem Sonne und Winde ruhen und Vögel singen und Menschen ihren Gedanken, Träumen und Gelüsten nachhängen konnten.

Paul Abderegg lag im Halbschatten zwischen Gehölz und Wiese und hatte ein weiß und rot gebundenes Buch in der Hand. Bald las er darin, bald sah er übers Gras hinweg den flatternden Bläulingen nach. Er stand eben da, wo Frithjof über Meer fährt, Frithjof der Liebende, der Tempelräuber, der von der Heimat Verbannte. Groll und Reue in der Brust, segelt er über die ungastliche See, am Steuer stehend; Sturm und Gewoge bedrängen das schnelle Drachenschiff, und bitteres Heimweh bezwingt den starken Steuermann.

Über der Wiese brütete die Wärme, hoch und gellend sangen die Grillen, und im Innern des Wäldchens sangen tiefer und süßer die Vögel. Es war herrlich, in dieser einsamen Wirrnis von Düften und Tönen und Sonnenlichtern hingestreckt in den heißen Himmel zu blinzeln, oder rückwärts in die dunklen Bäume hineinzulauschen, oder mit geschlossenen Augen sich auszurecken und das tiefe, warme Wohlsein durch alle Glieder zu spüren. Aber Frithjof fuhr über Meer, und morgen kam Besuch, und wenn er nicht heute noch das Buch zu Ende las, war es vielleicht wieder nichts damit, wie im vorigen Herbst. Da war er auch hier gelegen und hatte die Frithjofsage angefangen, und es war auch Besuch gekommen, und mit dem Lesen hatte es ein Ende gehabt. Das Buch war dageblieben, er aber ging in der Stadt in seine Schule und dachte zwischen Homer und Tacitus beständig an das angefangene Buch und was im Tempel geschehen würde, mit dem Ring und der Bildsäule.

Er las mit neuem Eifer, halblaut, und über ihm lief ein schwacher Wind durch die Ulmenkronen, sang das Gevögel und flogen die gleißenden Falter, Mücken und Bienen. Und als er zuklappte und in die Höhe sprang, hatte er das Buch zu Ende gelesen, und die Wiese war voll Schatten, und am hellroten Himmel erlosch der Abend. Eine müde Biene setzte sich auf seinen Ärmel und ließ sich tragen. Die Grillen sangen noch immer. Paul ging schnell davon, durchs Gebüsch und den Platanenweg und dann über die Straße und den stillen Vorplatz ins Haus. Er war schön anzusehen, in der schlanken Kraft seiner sechzehn Jahre, und den Kopf hatte er mit stillen Augen gesenkt, noch von den Schicksalen des nordischen Helden erfüllt und zum Nachdenken genötigt.

Die Sommerstube, wo man die Mahlzeiten hielt, lag zuhinterst im Hause. Sie war eigentlich eine Halle, vom Garten nur durch eine Glaswand getrennt, und sprang geräumig als ein kleiner Flügel aus dem Hause vor. Hier war nun der eigentliche Garten, der von alters her ›am See‹ genannt wurde, wenngleich statt eines Sees nur ein kleiner, länglicher Teich zwischen den Beeten, Spalierwänden, Wegen und Obstpflanzungen lag. Die aus der Halle ins Freie führende Treppe war von Oleandern und Palmen eingefaßt, im übrigen sah es ›am See‹ nicht herrschaftlich, sondern behaglich ländlich aus.

»Also morgen kommen die Leutchen«, sagte der Vater. »Du freust dich hoffentlich, Paul?«

»Ja, schon.«

»Aber nicht von Herzen? Ja, mein Junge, da ist nichts zu machen. Für uns paar Leute ist ja Haus und Garten viel zu groß, und für niemand soll doch die ganze Herrlichkeit nicht da sein! Ein Landhaus und ein Park sind dazu da, daß fröhliche Menschen drin herumlaufen, und je mehr, desto besser. Übrigens kommst du mit solenner Verspätung. Suppe ist nimmer da.«

Dann wandte er sich an den Hauslehrer.

»Verehrtester, man sieht Sie ja gar nie im Garten. Ich hatte immer gedacht, Sie schwärmen fürs Landleben.«

Herr Homburger runzelte die Stirn.

»Sie haben vielleicht recht. Aber ich möchte die Ferienzeit doch möglichst zu meinen Privatstudien verwenden.«

»Alle Hochachtung, Herr Homburger! Wenn einmal Ihr

Ruhm die Welt erfüllt, lasse ich eine Tafel unter Ihrem Fenster anbringen. Ich hoffe bestimmt, es noch zu erleben.«

Der Hauslehrer verzog das Gesicht. Er war sehr nervös.

»Sie überschätzen meinen Ehrgeiz«, sagte er frostig. »Es ist mir durchaus einerlei, ob mein Name einmal bekannt wird oder nicht. Was die Tafel betrifft –«

»Oh, seien Sie unbesorgt, lieber Herr! Aber Sie sind entschieden zu bescheiden. Paul, nimm dir ein Muster!«

Der Tante schien es nun an der Zeit, den Kandidaten zu erretten. Sie kannte diese Art von höflichen Dialogen, die dem Hausherrn so viel Vergnügen machten, und sie fürchtete sie. Indem sie Wein anbot, lenkte sie das Gespräch in andere Gleise und hielt es darin fest. Es war hauptsächlich von den erwarteten Gästen die Rede. Paul hörte kaum darauf. Er aß nach Kräften und besann sich nebenher wieder einmal darüber, wie es käme, daß der junge Hauslehrer neben dem fast grauhaarigen Vater immer aussah, als sei er der Ältere.

Vor den Fenstern und Glastüren begannen Garten, Baumland, Teich und Himmel sich zu verwandeln, vom ersten Schauer der heraufkommenden Nacht berührt. Die Gebüsche wurden schwarz und rannen in dunkle Wogen zusammen, und die Bäume, deren Wipfel die ferne Hügellinie überschnitten, reckten sich mit ungeahnten, bei Tage nie gesehenen Formen dunkel und mit einer stummen Leidenschaft in den lichteren Himmel. Die vielfältige, fruchtbare Landschaft verlor ihr friedlich buntes zerstreutes Wesen mehr und mehr und rückte in großen, fest geschlossenen Massen zusammen. Die entfernten Berge sprangen kühner und entschlossener empor, die Ebene lag schwärzlich hingebreitet und ließ nur noch die stärkeren Schwellungen des Bodens durchfühlen. Vor den Fenstern kämpfte das noch vorhandene Tageslicht müde mit dem herabfallenden Lampenschimmer.

Paul stand in dem offenen Türflügel und schaute zu, ohne viel Aufmerksamkeit und ohne viel dabei zu denken. Er dachte wohl, aber nicht an das, was er sah. Er sah es Nacht werden. Aber er konnte nicht fühlen, wie schön es war. Er war zu jung und lebendig, um so etwas hinzunehmen und zu betrachten und sein Genüge daran zu finden. Woran er dachte, das war eine Nacht am nordischen Meer. Am Strande zwischen schwarzen

Bäumen wälzt der düster lodernde Tempelbrand Glut und Rauch gen Himmel, an den Felsen bricht sich die See und spiegelt wilde rote Lichter, im Dunkel enteilt mit vollen Segeln ein Wikingerschiff.

»Nun, Junge«, rief der Vater, »was hast du denn heut wieder für einen Schmöker draußen gehabt?«

»Oh, den Frithjof!«

»So, so, lesen das die jungen Leute noch immer? Herr Homburger, wie denken Sie darüber? Was hält man heutzutage von diesem alten Schweden? Gilt er noch?«

»Sie meinen Esajas Tegner?«

»Ja, richtig, Esajas. Nun?«

»Ist tot, Herr Abderegg, vollkommen tot.«

»Das glaube ich gerne! Gelebt hat der Mann schon zu meinen Zeiten nicht mehr, ich meine damals, als ich ihn las. Ich wollte fragen, ob er noch Mode ist.«

»Ich bedaure, über Mode und Moden bin ich nicht unterrichtet. Was die wissenschaftlich-ästhetische Wertung betrifft –«

»Nun ja, das meinte ich. Also die Wissenschaft – –?«

»Die Literaturgeschichte verzeichnet jenen Tegner lediglich noch als Namen. Er war, wie Sie sehr richtig sagten, eine Mode. Damit ist ja alles gesagt. Das Echte, Gute ist nie Mode gewesen, aber es lebt. Und Tegner ist, wie ich sagte, tot. Er existiert für uns nicht mehr. Er scheint uns unecht, geschraubt, süßlich . . .«

Paul wandte sich heftig um.

»Das kann doch nicht sein, Herr Homburger!«

»Darf ich fragen, warum nicht?«

»Weil es schön ist! Ja, es ist einfach schön.«

»So? Das ist aber doch kein Grund, sich so aufzuregen.«

»Aber Sie sagten, es sei süßlich und habe keinen Wert. Und es ist doch wirklich schön.«

»Meinen Sie? Ja, wenn Sie so felsenfest wissen, was schön ist, sollte man Ihnen einen Lehrstuhl einräumen. Aber wie Sie sehen, Paul – diesmal stimmt Ihr Urteil nicht mit der Ästhetik. Sehen Sie, es ist gerade umgekehrt wie mit Thucydides. Den findet die Wissenschaft schön, und Sie finden ihn schrecklich. Und den Frithjof –«

»Ach, das hat doch mit der Wissenschaft nichts zu tun.«

34

»Es gibt nichts, schlechterdings nichts in der Welt, womit die Wissenschaft nicht zu tun hätte. – Aber, Herr Abderegg, Sie erlauben wohl, daß ich mich empfehle.«

»Schon?«

»Ich sollte noch etwas schreiben.«

»Schade, wir wären gerade so nett ins Plaudern gekommen. Aber über alles die Freiheit! Also gute Nacht!«

Herr Homburger verließ das Zimmer höflich und steif und verlor sich geräuschlos im Korridor.

»Also die alten Abenteuer haben dir gefallen, Paul?« lachte der Hausherr. »Dann laß sie dir von keiner Wissenschaft verhunzen, sonst geschieht's dir recht. Du wirst doch nicht verstimmt sein?«

»Ach, es ist nichts. Aber weißt du, ich hatte doch gehofft, der Herr Homburger würde nicht mit aufs Land kommen. Du hast ja gesagt, ich brauche in diesen Ferien nicht zu büffeln.«

»Ja, wenn ich das gesagt habe, ist's auch so, und du kannst froh sein. Und der Herr Lehrer beißt dich ja nicht.«

»Warum mußte er denn mitkommen?«

»Ja, siehst du, Junge, wo hätte er denn sonst bleiben sollen? Da, wo er daheim ist, hat er's leider nicht sonderlich schön. Und ich will doch auch mein Vergnügen haben! Mit unterrichteten und gelehrten Männern verkehren ist Gewinn, das merke dir. Ich möchte unsern Herrn Homburger nicht gern entbehren.«

»Ach, Papa, bei dir weiß man nie, was Spaß und was Ernst ist.«

»So lerne es unterscheiden, mein Sohn. Es wird dir nützlich sein. Aber jetzt wollen wir noch ein bißchen Musik machen, nicht?«

Paul zog den Vater sogleich freudig ins nächste Zimmer. Es geschah nicht häufig, daß Papa unaufgefordert mit ihm spielte. Und das war kein Wunder, denn er war ein Meister auf dem Klavier, und der Junge konnte, mit ihm verglichen, nur eben so ein wenig klimpern.

Tante Grete blieb allein zurück, Vater und Sohn gehörten zu den Musikanten, die nicht gerne einen Zuhörer vor der Nase haben, aber gerne einen unsichtbaren, von dem sie wissen, daß er nebenan sitzt und lauscht. Das wußte die Tante wohl. Wie sollte sie es auch nicht wissen? Was sollte ihr irgendein kleiner, zarter

Zug an den beiden fremd sein, die sie seit Jahren mit Liebe umgab und behütete und die sie beide wie Kinder ansah.

Sie saß ruhend in einem der biegsamen Rohrsessel und horchte. Was sie hörte, war eine vierhändig gespielte Ouvertüre, die sie gewiß nicht zum erstenmal vernahm, deren Namen sie aber nicht hätte sagen können; denn so gern sie Musik hörte, verstand sie doch wenig davon. Sie wußte, nachher würde der Alte oder der Bube beim Herauskommen fragen: ›Tante, was war das für ein Stück?‹ Dann würde sie sagen ›von Mozart‹ oder ›aus Carmen‹ und dafür ausgelacht werden, denn es war immer etwas anderes gewesen.

Sie horchte, lehnte sich zurück und lächelte. Es war schade, daß niemand es sehen konnte, denn ihr Lächeln war von der echten Art. Es geschah weniger mit den Lippen als mit den Augen; das ganze Gesicht, Stirn und Wangen glänzten innig mit, und es sah aus wie ein tiefes Verstehen und Liebhaben.

Sie lächelte und horchte. Es war eine schöne Musik, und sie gefiel ihr höchlich. Doch hörte sie keineswegs die Ouvertüre allein, obwohl sie ihr zu folgen versuchte. Zuerst bemühte sie sich herauszubringen, wer oben sitze und wer unten. Paul saß unten, das hatte sie bald erhorcht. Nicht daß es gehapert hätte, aber die oberen Stimmen klangen so leicht und kühn und sangen so von innen heraus, wie kein Schüler spielen kann. Und nun konnte sich die Tante alles vorstellen. Sie sah die zwei am Flügel sitzen. Bei prächtigen Stellen sah sie den Vater zärtlich schmunzeln. Paul aber sah sie bei solchen Stellen mit geöffneten Lippen und flammenden Augen sich auf dem Sessel höher recken. Bei besonders heiteren Wendungen paßte sie auf, ob Paul nicht lachen müsse. Dann schnitt nämlich der Alte manchmal eine Grimasse oder machte so eine burschikose Armbewegung, daß es für junge Leute nicht leicht war, an sich zu halten.

Je weiter die Ouvertüre vorwärtsgedieh, desto deutlicher sah das Fräulein ihre beiden vor sich, desto inniger las sie in ihren vom Spielen erregten Gesichtern. Und mit der raschen Musik lief ein großes Stück Leben, Erfahrung und Liebe an ihr vorbei.

Es war Nacht, man hatte einander schon ›Schlaf wohl‹ gesagt, und jeder war in sein Zimmer gegangen. Hier und dort ging noch eine Türe, ein Fenster auf oder zu. Dann ward es still.

Was auf dem Lande sich von selber versteht, die Stille der Nacht, ist doch für den Städter immer wieder ein Wunder. Wer aus seiner Stadt heraus auf ein Landgut oder in einen Bauernhof kommt und den ersten Abend am Fenster steht oder im Bette liegt, den umfängt diese Stille wie ein Heimatzauber und Ruheport, als wäre er dem Wahren und Gesunden nähergekommen und spüre ein Wehen des Ewigen.

Es ist ja keine vollkommene Stille. Sie ist voll von Lauten, aber es sind dunkle, gedämpfte, geheimnisvolle Laute der Nacht, während in der Stadt die Nachtgeräusche sich von denen des Tages so bitter wenig unterscheiden. Es ist das Singen der Frösche, das Rauschen der Bäume, das Plätschern des Baches, der Flug eines Nachtvogels, einer Fledermaus. Und wenn etwa einmal ein verspäteter Leiterwagen vorüberjagt oder ein Hofhund anschlägt, so ist es ein erwünschter Gruß des Lebens und wird majestätisch von der Weite des Luftraums gedämpft und verschlungen.

Der Hauslehrer hatte noch Licht brennen und ging unruhig und müde in der Stube auf und ab. Er hatte den ganzen Abend bis gegen Mitternacht gelesen. Dieser junge Herr Homburger war nicht, was er schien oder scheinen wollte. Er war kein Denker. Er war nicht einmal ein wissenschaftlicher Kopf. Aber er hatte einige Gaben, und er war jung. So konnte es ihm, in dessen Wesen es keinen befehlenden und unausweichlichen Schwerpunkt gab, an Idealen nicht fehlen.

Zur Zeit beschäftigten ihn einige Bücher, in welchen merkwürdig schmiegsame Jünglinge sich einbildeten, Bausteine zu einer neuen Kultur aufzutürmen, indem sie in einer weichen, wohllauten Sprache bald Ruskin, bald Nietzsche um allerlei kleine, schöne, leicht tragbare Kleinode bestahlen. Diese Bücher waren viel amüsanter zu lesen als Ruskin und Nietzsche selber, sie waren von koketter Grazie, groß in kleinen Nuancen und von seidig vornehmem Glanze. Und wo es auf einen großen Wurf, auf Machtworte und Leidenschaft ankam, zitierten sie Dante oder Zarathustra.

Deshalb war auch Homburgers Stirn umwölkt, sein Auge müde wie vom Durchmessen ungeheurer Räume und sein Schritt erregt und ungleich. Er fühlte, daß an die ihn umgebende schale Alltagswelt allenthalben Mauerbrecher gelegt waren und daß es galt, sich an die Propheten und Bringer der neuen Seligkeit zu halten. Schönheit und Geist würden ihre Welt durchfluten, und jeder Schritt in ihr würde von Poesie und Weisheit reifen.

Vor seinen Fenstern lag und wartete der gestirnte Himmel, die schwebende Wolke, der träumende Park, das schlafend atmende Feld und die ganze Schönheit der Nacht. Sie wartete darauf, daß er ans Fenster trete und sie schaue. Sie wartete darauf, sein Herz mit Sehnsucht und Heimweh zu verwunden, seine Augen kühl zu baden, seiner Seele gebundene Flügel zu lösen. Er legte sich aber ins Bett, zog die Lampe näher und las im Liegen weiter.

Paul Abderegg hatte kein Licht mehr brennen, schlief aber noch nicht, sondern saß im Hemde auf dem Fensterbrett und schaute in die ruhigen Baumkronen hinein. Den Helden Frithjof hatte er vergessen. Er dachte überhaupt an nichts Bestimmtes, er genoß nur die späte Stunde, deren reges Glücksgefühl ihn noch nicht schlafen ließ. Wie schön die Sterne in der Schwärze standen! Und wie der Vater heute wieder gespielt hatte! Und wie still und märchenhaft der Garten da im Dunkeln lag!

Die Juninacht umschloß den Knaben zart und dicht, sie kam ihm still entgegen, sie kühlte, was noch in ihm heiß und flammend war. Sie nahm ihm leise den Überfluß seiner Jugend ab, bis seine Augen ruhig und seine Schläfen kühl wurden, und dann blickte sie ihm lächelnd als eine gute Mutter in die Augen. Er wußte nicht mehr, wer ihn anschaute und wo er sei, er lag schlummernd auf dem Lager, atmete tief und schaute gedankenlos hingegeben in große, stille Augen, in deren Spiegel Gestern und Heute zu wunderlich verschlungenen Bildern und schwer zu entwirrenden Sagen wurden.

Auch des Kandidaten Fenster war nun dunkel. Wenn jetzt etwa ein Nachtwanderer auf der Landstraße vorüberkam und Haus und Vorplatz, Park und Garten lautlos im Schlummer liegen sah, konnte er wohl mit einem Heimweh herüberblicken und sich des ruhevollen Anblicks mit halbem Neide freuen. Und wenn es ein armer, obdachloser Fechtbruder war, konnte er unbesorgt in den arglos offenstehenden Park eintreten und sich die längste Bank zum Nachtlager aussuchen.

Am Morgen war diesmal gegen seine Gewohnheit der Hauslehrer vor allen andern wach. Munter war er darum nicht. Er hatte sich mit dem langen Lesen bei Lampenlicht Kopfweh geholt; als er dann endlich die Lampe gelöscht hatte, war das Bett schon zu warmgelegen und zerwühlt zum Schlafen, und nun stand er nüchtern und fröstelnd mit matten Augen auf. Er fühlte deutlicher als je die Notwendigkeit einer neuen Renaissance, hatte aber für den Augenblick zur Fortsetzung seiner Studien keine Lust, sondern spürte ein heftiges Bedürfnis nach frischer Luft. So verließ er leise das Haus und wandelte langsam feldeinwärts.

Überall waren schon die Bauern an der Arbeit und blickten dem ernst Dahinschreitenden flüchtig und, wie es ihm zuweilen scheinen wollte, spöttisch nach. Dies tat ihm weh, und er beeilte sich, den nahen Wald zu erreichen, wo ihn Kühle und mildes Halblicht umflossen. Eine halbe Stunde trieb er sich verdrossen dort umher. Dann fühlte er eine innere Öde und begann zu erwägen, ob es nun wohl bald einen Kaffee geben werde. Er kehrte um und lief an den schon warm besonnten Feldern und unermüdlichen Bauersleuten vorüber wieder heimwärts.

Unter der Haustür kam es ihm plötzlich unfein vor, so heftig und happig zum Frühstück zu eilen. Er wandte um, tat sich Gewalt an und beschloß, vorher noch gemäßigten Schrittes einen Gang durch die Parkwege zu tun, um nicht atemlos am Tisch zu erscheinen. Mit künstlich bequemem Schlenderschritt ging er durch die Platanenallee und wollte soeben gegen den Ulmenwinkel umwenden, als ein unvermuteter Anblick ihn erschreckte.

Auf der letzten, durch Holundergebüsche etwas versteckten Bank lag ausgestreckt ein Mensch. Er lag bäuchlings und hatte das Gesicht auf die Ellbogen und Hände gelegt. Herr Homburger war im ersten Schrecken geneigt, an eine Greueltat zu denken, doch belehrte ihn bald das feste tiefe Atmen des Daliegenden, daß er vor einem Schlafenden stehe. Dieser sah abgerissen aus, und je mehr der Lehrersmann erkannte, daß er es mit einem vermutlich ganz jungen und unkräftigen Bürschlein zu tun habe, desto höher stiegen der Mut und die Entrüstung in seiner Seele. Überlegenheit und Mannesstolz erfüllten ihn, als er nach kurzem Zögern entschlossen nähertrat und den Schläfer wachrüttelte.

»Stehen Sie auf, Kerl! Was machen Sie denn hier?«

Das Handwerksbürschlein taumelte erschrocken empor und starrte verständnislos und ängstlich in die Welt. Es sah einen Herrn im Gehrock befehlend vor sich stehen und besann sich

39

eine Weile, was das bedeuten könne, bis ihm einfiel, daß er zu Nacht in einen offenen Garten eingetreten sei und dort genächtigt habe. Er hatte mit Tagesanbruch weiterwollen, nun war er verschlafen und wurde zur Rechenschaft gezogen.

»Können Sie nicht reden, was tun Sie hier?«

»Nur geschlafen hab ich«, seufzte der Angedonnerte und erhob sich vollends. Als er auf den Beinen stand, bestätigte sein schmächtiges Gliedergerüst den unfertig jugendlichen Ausdruck seines fast noch kindlichen Gesichts. Er konnte höchstens achtzehn Jahr alt sein.

»Kommen Sie mit mir!« gebot der Kandidat und nahm den willenlos folgenden Fremdling mit zum Hause hinüber, wo ihm gleich unter der Tür Herr Abderegg begegnete.

»Guten Morgen, Herr Homburger, Sie sind ja früh auf! Aber was bringen Sie da für merkwürdige Gesellschaft?«

»Dieser Bursche hat Ihren Park als Nachtherberge benützt. Ich glaubte Sie davon unterrichten zu müssen.«

Der Hausherr begriff sofort. Er schmunzelte.

»Ich danke Ihnen, lieber Herr. Offen gestanden, ich hätte kaum ein so weiches Herz bei Ihnen vermutet. Aber Sie haben recht, es ist ja klar, daß der arme Kerl zum mindesten einen Kaffee bekommen muß. Vielleicht sagen Sie drinnen dem Fräulein, sie möchte ein Frühstück für ihn herausschicken? Oder warten Sie, wir bringen ihn gleich in die Küche. – Kommen Sie mit, Kleiner, es ist schon was übrig.«

Am Kaffeetisch umgab sich der Mitbegründer einer neuen Kultur mit einer majestätischen Wolke von Ernst und Schweigsamkeit, was den alten Herrn nicht wenig freute. Es kam jedoch zu keiner Neckerei, schon weil die heute erwarteten Gäste alle Gedanken in Anspruch nahmen.

Die Tante hüpfte immer wieder sorgend und lächelnd von einer Gaststube in die andere, die Dienstboten nahmen maßvoll an der Aufregung teil oder grinsten zuschauend, und gegen Mittag setzte sich der Hausherr mit Paul in den Wagen, um zur nahen Bahnstation zu fahren.

Wenn es in Pauls Wesen lag, daß er die Unterbrechungen seines gewohnten stillen Ferienlebens durch Gastbesuche fürchtete, so war es ihm ebenso natürlich, die einmal Angekommenen nach seiner Weise möglichst kennenzulernen, ihr Wesen zu beobachten und sie sich irgendwie zu eigen zu machen. So betrachtete er auf der Heimfahrt im etwas überfüllten Wagen die drei Fremden mit stiller Aufmerksamkeit, zuerst den lebhaft redenden Professor, dann mit einiger Scheu die beiden Mädchen.

Der Professor gefiel ihm, schon weil er wußte, daß er ein Duzfreund seines Vaters war. Im übrigen fand er ihn ein wenig streng und ältlich, aber nicht zuwider und jedenfalls unsäglich gescheit. Viel schwerer war es, über die Mädchen ins reine zu kommen. Die eine war eben schlechthin ein junges Mädchen, ein Backfisch, jedenfalls ziemlich gleich alt wie er selber. Es würde nur darauf ankommen, ob sie von der spöttischen oder gutmütigen Art war, je nachdem würde es Krieg oder Freundschaft zwischen ihm und ihr geben. Im Grunde waren ja alle jungen Mädchen dieses Alters gleich, und es war mit allen gleich schwer zu reden und auszukommen. Es gefiel ihm, daß sie wenigstens still war und nicht gleich einen Sack voll Fragen auskramte.

Die andere gab ihm mehr zu raten. Sie war, was er freilich nicht zu berechnen verstand, vielleicht drei- oder vierundzwanzig und gehörte zu der Art von Damen, welche Paul zwar sehr gerne sah und von weitem betrachtete, deren näherer Umgang ihn aber scheu machte und meist in Verlegenheit verwickelte. Er wußte an solchen Wesen die natürliche Schönheit durchaus nicht von der eleganten Haltung und Kleidung zu trennen, fand ihre Gesten und ihre Frisuren meist affektiert und vermutete bei ihnen eine Menge von überlegenen Kenntnissen über Dinge, die ihm tiefe Rätsel waren.

Wenn er genau darüber nachdachte, haßte er diese ganze Gattung. Sie sahen alle schön aus, aber sie hatten auch alle die gleiche demütigende Zierlichkeit und Sicherheit im Benehmen, die gleichen hochmütigen Ansprüche und die gleiche geringschätzende Herablassung gegen Jünglinge seines Alters. Und wenn sie lachten oder lächelten, was sie sehr häufig taten, sah es oft so unleidlich maskenhaft und verlogen aus. Darin waren die Backfische doch viel erträglicher.

Am Gespräch nahm außer den beiden Männern nur Fräulein Thusnelde – das war die ältere, elegante – teil. Die kleine blonde Berta schwieg ebenso scheu und beharrlich wie Paul, dem sie gegenübersaß. Sie trug einen großen, weich gebogenen, ungefärbten Strohhut mit blauen Bändern und ein blaßblaues, dünnes Sommerkleid mit losem Gürtel und schmalen weißen Säumen. Es schien, als sei sie ganz in den Anblick der sonnigen Felder und heißen Heuwiesen verloren.

Aber zwischenein warf sie häufig einen schnellen Blick auf Paul. Sie wäre noch einmal so gern mit nach Erlenhof gekommen, wenn nur der Junge nicht gewesen wäre. Er sah ja sehr ordentlich aus, aber gescheit, und die Gescheiten waren doch meistens die Widerwärtigsten. Da würde es gelegentlich so heimtückische Fremdwörter geben und auch solche herablassende Fragen, etwa nach dem Namen einer Feldblume, und dann, wenn sie ihn nicht wußte, so ein unverschämtes Lächeln, und so weiter. Sie kannte das von ihren zwei Vettern, von denen einer Student und der andere Gymnasiast war, und der Gymnasiast war eher der schlimmere, einmal bubenhaft ungezogen und ein andermal von jener unausstehlich höhnischen Kavalierhöflichkeit, vor der sie so Angst hatte. Eins wenigstens hatte Berta gelernt, und sie hatte beschlossen, sich auch jetzt auf alle Fälle daran zu halten: weinen durfte sie nicht, unter keinen Umständen. Nicht weinen und nicht zornig werden, sonst war sie unterlegen. Und das wollte sie hier um keinen Preis. Es fiel ihr tröstlich ein, daß für alle Fälle auch noch eine Tante da sein würde; an die wollte sie sich dann um Schutz wenden, falls es nötig werden sollte.

»Paul, bist du stumm?« rief Herr Abderegg plötzlich.

»Nein, Papa. Warum?«

»Weil du vergißt, daß du nicht allein im Wagen sitzt. Du könntest dich der Berta schon etwas freundlicher zeigen.«

Paul seufzte unhörbar. Also nun fing es an.

»Sehen Sie, Fräulein Berta, dort hinten ist dann unser Haus.«

»Aber Kinder, ihr werdet doch nicht Sie zueinander sagen!«

»Ich weiß nicht, Papa – ich glaube doch.«

»Na, dann weiter! Ist aber recht überflüssig.«

Berta war rot geworden, und kaum sah es Paul, so ging es ihm nicht anders. Die Unterhaltung zwischen ihnen war schon wieder zu Ende, und beide waren froh, daß die Alten es nicht merkten. Es wurde ihnen unbehaglich, und sie atmeten auf, als der Wagen mit plötzlichem Krachen auf den Kiesweg einbog und am Hause vorfuhr.

»Bitte, Fräulein«, sagte Paul und half Berta beim Aussteigen.

Damit war er der Sorge um sie fürs erste entledigt, denn im Tor stand schon die Tante, und es schien, als lächle das ganze Haus, öffne sich und fordere zum Eintritt auf, so gastlich froh und herzlich nickte sie und streckte die Hand entgegen und empfing eins um das andere und dann jedes noch ein zweites Mal. Die Gäste wurden in ihre Stuben begleitet und gebeten, recht bald und recht hungrig zu Tische zu kommen.

Auf der weißen Tafel standen zwei große Blumensträuße und dufteten in die Speisengerüche hinein. Herr Abderegg tranchierte den Braten, die Tante visierte scharfäugig Teller und Schüsseln. Der Professor saß wohlgemut und festlich im Gehrock am Ehrenplatz, warf der Tante sanfte Blicke zu und störte den eifrig arbeitenden Hausherrn durch zahllose Fragen und Witze. Fräulein Thusnelde half zierlich und lächelnd beim Herumbieten der Teller und kam sich zuwenig beschäftigt vor, da ihr Nachbar, der Kandidat, zwar wenig aß, aber noch weniger redete. Die Gegenwart eines altmodischen Professors und zweier junger Damen wirkte versteinernd auf ihn. Er war im Angstgefühl seiner jungen Würde beständig auf irgendwelche Angriffe, ja Beleidigungen gefaßt, welche er zum voraus durch eiskalte Blicke und angestrengtes Schweigen abzuwehren bemüht war.

Berta saß neben der Tante und fühlte sich geborgen. Paul widmete sich mit Anstrengung dem Essen, um nicht in Gespräche verwickelt zu werden, vergaß sich darüber und ließ es sich wirklich besser schmecken als alle anderen.

Gegen das Ende der Mahlzeit hatte der Hausherr nach hitzigem Kampfe mit seinem Freunde das Wort an sich gerissen und ließ es sich nicht wieder nehmen. Der besiegte Professor fand nun erst Zeit zum Essen und holte maßvoll nach. Herr Homburger merkte endlich, daß niemand Angriffe auf ihn richtete, sah aber nun zu spät, daß sein Schweigen unfein gewesen war, und glaubte sich von seiner Nachbarin höhnisch betrachtet zu wissen. Er senkte deshalb den Kopf so weit, daß eine leichte Falte unterm Kinn entstand, zog die Augenbrauen hoch und schien Probleme im Kopf zu wälzen.

Fräulein Thusnelde begann, da der Hauslehrer versagte, ein sehr zärtliches Geplauder mit Berta, an welchem die Tante sich beteiligte.

Paul hatte sich inzwischen vollgegessen und legte, indem er sich plötzlich übersatt fühlte, Messer und Gabel nieder. Aufschauend erblickte er zufällig gerade den Professor in einem komischen Augenblick: er hatte eben einen stattlichen Bissen zwischen den Zähnen und noch nicht von der Gabel los, als ihn gerade ein Kraftwort in der Rede Abdereggs aufzumerken nötigte. So vergaß er für Augenblicke die Gabel zurückzuziehen und schielte großäugig und mit offenem Munde auf seinen sprechenden Freund hinüber. Da brach Paul, der einem plötzlichen Lachreiz nicht widerstehen konnte, in ein mühsam gedämpftes Kichern aus.

Herr Abderegg fand im Drang der Rede nur Zeit zu einem eiligen Zornblick. Der Kandidat bezog das Lachen auf sich und biß auf die Unterlippe. Berta lachte mitgerissen ohne weiteren Grund plötzlich auch. Sie war so froh, daß Paul diese Jungenhaftigkeit passierte. Er war also wenigstens keiner von den Tadellosen.

»Was freut Sie denn so?« fragte Fräulein Thusnelde.

»Oh, eigentlich gar nichts.«

»Und dich, Berta?«

»Auch nichts. Ich lache nur so mit.«

»Darf ich Ihnen noch einschenken?« fragte Herr Homburger mit gepreßtem Ton.

»Danke, nein.«

»Aber mir, bitte«, sagte die Tante freundlich, ließ jedoch den Wein alsdann ungetrunken stehen.

Man hatte abgetragen, und es wurden Kaffee, Kognak und Zigarren gebracht.

Paul wurde von Fräulein Thusnelde gefragt, ob er auch rauche.

»Nein«, sagte er, »es schmeckt mir gar nicht.«

Dann fügte er, nach einer Pause, plötzlich ehrlich hinzu: »Ich darf auch noch nicht.«

Als er das sagte, lächelte Fräulein Thusnelde ihm schelmisch zu, wobei sie den Kopf etwas auf die Seite neigte. In diesem Augenblick erschien sie dem Knaben charmant, und er bereute den vorher auf sie geworfenen Haß.

Sie konnte doch sehr nett sein.

Der Abend war so warm und einladend, daß man noch um elf Uhr unter den leise flackernden Windlichtern im Garten draußen saß. Und daß die Gäste sich von der Reise müde gefühlt hatten und eigentlich früh zu Bett hatten gehen wollen, daran dachte jetzt niemand mehr.

Die warme Luft wogte in leichter Schwüle ungleich und träumend hin und wider, der Himmel war ganz in der Höhe sternklar und feuchtglänzend, gegen die Berge hin tiefschwarz und goldig vom fiebernden Geäder des Wetterleuchtens überspannt. Die Gebüsche dufteten süß und schwer, und der weiße Jasmin schimmerte mit unsicheren Lichtern fahl aus der Finsternis.

»Sie glauben also, diese Reform unserer Kultur werde nicht aus dem Volksbewußtsein kommen, sondern von einem oder einigen genialen Einzelnen?«

Der Professor legte eine gewisse Nachsicht in den Ton seiner Frage. »Ich denke es mir so –« erwiderte etwas steif der Hauslehrer und begann eine lange Rede, welcher außer dem Professor niemand zuhörte.

Herr Abderegg scherzte mit der kleinen Berta, welcher die Tante Beistand leistete. Er lag voll Behagen im Stuhl zurück und trank Weißwein mit Sauerwasser.

»Sie haben den ›Ekkehard‹ also auch gelesen?« fragte Paul das Fräulein Thusnelde.

Sie lag in einem sehr niedriggestellten Klappstuhl, hatte den Kopf ganz zurückgelegt und sah geradeaus in die Höhe.

»Jawohl«, sagte sie. »Eigentlich sollte man Ihnen solche Bücher noch verbieten.«

»So? Warum denn?«

»Weil Sie ja doch noch nicht alles verstehen können.«

»Glauben Sie?«

»Natürlich.«

»Es gibt aber Stellen darin, die ich vielleicht besser als Sie verstanden habe.«

»Wirklich? Welche denn?«

»Die lateinischen.«

»Was Sie für Witze machen!«

Paul war sehr munter. Er hatte zu Abend etwas Wein zu trinken bekommen, nun fand er es köstlich, in die weiche, dunkle Nacht hineinzureden, und wartete neugierig, ob es ihm gelänge, die elegante Dame ein wenig aus ihrer trägen Ruhe zu bringen, zu einem heftigeren Widerspruch oder zu einem Gelächter. Aber sie schaute nicht zu ihm herüber. Sie lag unbeweglich, das Gesicht nach oben, eine Hand auf dem Stuhl, die andre bis zur Erde herabhängend. Ihr weißer Hals und ihr weißes Gesicht hoben sich matt schimmernd von den schwarzen Bäumen ab.

»Was hat Ihnen denn im ›Ekkehard‹ am besten gefallen?« fragte sie jetzt, wieder ohne ihn anzusehen.

»Der Rausch des Herrn Spazzo.«

»Ach?«

»Nein, wie die alte Waldfrau vertrieben wird.«

»So?«

»Oder vielleicht hat mir doch das am besten gefallen, wie die Praxedis ihn aus dem Kerker entwischen läßt. Das ist fein.«

»Ja, das ist fein. Wie war es nur?«

»Wie sie nachher Asche hinschüttet –«

»Ach ja. Ja, ich weiß.«

»Aber jetzt müssen Sie mir auch sagen, was Ihnen am besten gefällt.«

»Im ›Ekkehard‹?«

»Ja, natürlich.«

»Dieselbe Stelle. Wo Praxedis dem Mönch davonhilft. Wie sie ihm da noch einen Kuß mitgibt und dann lächelt und ins Schloß zurückgeht.«

»Ja – ja«, sagte Paul langsam, aber er konnte sich des Kusses nicht erinnern.

Des Professors Gespräch mit dem Hauslehrer war zu Ende gegangen. Herr Abderegg steckte sich eine Virginia an, und Berta sah neugierig zu, wie er die Spitze der langen Zigarre über der Kerzenflamme verkohlen ließ. Das Mädchen hielt die neben ihr sitzende Tante mit dem rechten Arm umschlungen und hörte großäugig den fabelhaften Erlebnissen zu, von denen der alte Herr ihr erzählte. Es war von Reiseabenteuern, namentlich in Neapel, die Rede.

»Ist das wirklich wahr?« wagte sie einmal zu fragen.

Herr Abderegg lachte.

»Das kommt allein auf Sie an, kleines Fräulein. Wahr ist an einer Geschichte immer nur das, was der Zuhörer glaubt.«

46

»Aber nein?! Da muß ich Papa drüber fragen.«

»Tun Sie das!«

Die Tante streichelte Bertas Hand, die ihre Taille umfing.

»Es ist ja Scherz, Kind.«

Sie hörte dem Geplauder zu, wehrte die taumelnden Nachtmotten von ihres Bruders Weinglas ab und gab jedem, der sie etwa anschaute, einen gütigen Blick zurück. Sie hatte ihre Freude an den alten Herren, an Berta und dem lebhaft schwatzenden Paul, an der schönen Thusnelde, die aus der Gesellschaft heraus in die Nachtbläue schaute, am Hauslehrer, der seine klugen Reden nachgenoß. Sie war noch jung genug und hatte nicht vergessen, wie es der Jugend in solchen Gartensommernächten warm und wohl sein kann. Wieviel Schicksal noch auf alle diese schönen Jungen und klugen Alten wartete! Auch auf den Hauslehrer.

Wie jedem sein Leben und seine Gedanken und Wünsche so wichtig waren! Und wie schön Fräulein Thusnelde aussah! Eine wirkliche Schönheit.

Die gütige Dame streichelte Bertas rechte Hand, lächelte dem etwas vereinsamten Kandidaten lieblich zu und fühlte von Zeit zu Zeit hinter dem Stuhl des Hausherrn, ob auch seine Weinflasche noch im Eise stehe.

»Erzählen Sie mir etwas aus Ihrer Schule!« sagte Thusnelde zu Paul.

»Ach, die Schule! Jetzt sind doch Ferien.«

»Gehen Sie denn nicht gern ins Gymnasium?«

»Kennen Sie jemand, der gern hingeht?«

»Sie wollen aber doch studieren?«

»Nun ja. Ich will schon.«

»Aber was möchten Sie noch lieber?«

»Noch lieber? – Haha –. Noch lieber möchte ich Seeräuber werden.«

»Seeräuber?«

»Jawohl, Seeräuber. Pirat.«

»Dann könnten Sie aber nimmer soviel lesen.«

»Das wäre auch nicht nötig. Ich würde mir schon die Zeit vertreiben.«

»Glauben Sie?«

»O gewiß. Ich würde –«

»Nun?«

47

»Ich würde – ach, das kann man gar nicht sagen.«

»Dann sagen Sie es eben nicht.«

Es wurde ihm langweilig. Er rückte zu Berta hinüber und half ihr zuhören. Papa war ungemein lustig. Er sprach jetzt ganz allein, und alles hörte zu und lachte.

Da stand Fräulein Thusnelde in ihrem losen, feinen englischen Kleide langsam auf und trat an den Tisch.

»Ich möchte gute Nacht sagen.«

Nun brachen alle auf, sahen auf die Uhr und konnten nicht begreifen, daß es wirklich schon Mitternacht sei.

Auf dem kurzen Weg bis zum Hause ging Paul neben Berta, die ihm plötzlich sehr gut gefiel, namentlich seit er sie über Papas Witze so herzlich hatte lachen hören. Er war ein Esel gewesen, sich über den Besuch zu ärgern. Es war doch fein, so des Abends mit Mädchen zu plaudern.

Er fühlte sich als Kavalier und begann zu bedauern, daß er sich den ganzen Abend nur um die andere gekümmert hatte. Die war doch wohl ein Fratz. Berta war ihm viel lieber, und es tat ihm leid, daß er sich heute nicht zu ihr gehalten hatte. Und er versuchte ihr das zu sagen. Sie kicherte.

»Oh, Ihr Papa war so unterhaltend! Es war reizend.«

Er schlug ihr für morgen einen Spaziergang auf den Eichelberg vor. Es sei nicht weit und so schön. Er kam ins Beschreiben, sprach vom Weg und von der Aussicht und redete sich ganz in Feuer.

Da ging gerade Fräulein Thusnelde an ihnen vorüber, während er im eifrigsten Reden war. Sie wandte sich ein wenig um und sah ihm ins Gesicht. Es geschah ruhig und etwas neugierig, aber er fand es spöttisch und verstummte plötzlich. Berta blickte erstaunt auf und sah ihn verdrießlich werden, ohne zu wissen, warum.

Da war man schon im Hause. Berta gab Paul die Hand. Er sagte gute Nacht. Sie nickte und ging.

Thusnelde war vorausgegangen, ohne ihm gute Nacht zu sagen. Er sah sie mit einer Handlampe die Treppe hinaufgehen, und indem er ihr nachschaute, ärgerte er sich über sie.

Paul lag wach im Bette und verfiel dem feinen Fieber der warmen Nacht. Die Schwüle war im Zunehmen, das Wetterleuchten zitterte beständig an den Wänden. Zuweilen glaubte er es in weiter Ferne leise donnern zu hören. In langen Pausen kam und ging ein schlaffer Wind, der kaum die Wipfel rauschen machte.

Der Knabe überdachte halb träumend den vergangenen Abend und fühlte, daß er heute anders gewesen sei als sonst. Er kam sich erwachsener vor, vielmehr schien ihm die Rolle des Erwachsenen heute besser geglückt als bei früheren Versuchen. Mit dem Fräulein hatte er sich doch ganz flott unterhalten und nachher auch mit Berta.

Es quälte ihn, ob Thusnelde ihn ernstgenommen habe. Vielleicht hatte sie eben doch nur mit ihm gespielt. Und das mit dem Kuß der Praxedis mußte er morgen nachlesen. Ob er das wirklich nicht verstanden oder nur vergessen hatte?

Er hätte gern gewußt, ob Fräulein Thusnelde wirklich schön sei, richtig schön. Es schien ihm so, aber er traute weder sich noch ihr. Wie sie da beim schwachen Lampenlicht im Stuhl halb saß und halb lag, so schlank und ruhig, mit der auf dem Boden niederhängenden Hand, das hatte ihm gefallen. Wie sie lässig nach oben schaute, halb vergnügt und halb müde, und der weiße schlanke Hals – im hellen, langen Damenkleid –, das könnte geradeso auf einem Gemälde vorkommen. Freilich, Berta war ihm entschieden lieber. Sie war ja vielleicht ein wenig sehr naiv, aber sanft und hübsch, und man konnte doch mit ihr reden ohne den Argwohn, sie mache sich heimlich über einen lustig. Wenn er es von Anfang an mit ihr gehalten hätte, statt erst im letzten Augenblick, dann könnten sie möglicherweise jetzt schon ganz gute Freunde sein. Überhaupt begann es ihm jetzt leid zu tun, daß die Gäste nur zwei Tage bleiben wollten. Aber warum hatte ihn, als er beim Heimgehen mit der Berta lachte, die andere so angesehen?

Er sah sie wieder an sich vorbeigehen und den Kopf umwenden, und er sah wieder ihren Blick. Sie war doch schön. Er stellte sich alles wieder deutlich vor, aber er kam nicht darüber hinweg – ihr Blick war spöttisch gewesen, überlegen spöttisch. Warum? Noch wegen des ›Ekkehard‹? Oder weil er mit der Berta gelacht hatte?

Der Ärger darüber folgte ihm noch in den Schlaf. Am Morgen war der ganze Himmel bedeckt, doch hatte es noch nicht geregnet. Es roch überall nach Heu und nach warmem Erdstaub.

»Schade«, klagte Berta beim Herunterkommen, »man wird heute keinen Spaziergang machen können?«

»Oh, es kann sich noch den ganzen Tag halten«, tröstete Herr Abderegg.

»Du bist doch sonst nicht so eifrig fürs Spazierengehen«, meinte Fräulein Thusnelde.

»Aber wenn wir doch nur so kurz hier sind!«

»Wir haben eine Luftkegelbahn«, schlug Paul vor. »Im Garten. Auch ein Krocket. Aber Krocket ist langweilig.«

»Ich finde Krocket sehr hübsch«, sagte Fräulein Thusnelde.

»Dann können wir ja spielen.«

»Gut, nachher. Wir müssen doch erst Kaffee trinken.«

Nach dem Frühstück gingen die jungen Leute in den Garten; auch der Kandidat schloß sich an. Fürs Krocketspielen fand man das Gras zu hoch, und man entschloß sich nun doch zu dem andern Spiel. Paul schleppte eifrig die Kegel herbei und stellte auf.

»Wer fängt an?«

»Immer der, der fragt.«

»Also gut. Wer spielt mit?«

Paul bildete mit Thusnelde die eine Partei. Er spielte sehr gut und hoffte, von ihr dafür gelobt oder auch nur geneckt zu werden. Sie sah es aber gar nicht und schenkte überhaupt dem Spiel keine Aufmerksamkeit. Wenn Paul ihr die Kugel gab, schob sie unachtsam und zählte nicht einmal, wieviel Kegel fielen. Statt dessen unterhielt sie sich mit dem Hauslehrer über Turgenjew. Herr Homburger war heute sehr höflich. Nur Berta schien ganz beim Spiel zu sein. Sie half stets beim Aufsetzen und ließ sich von Paul das Zielen zeigen.

»König aus der Mitte!« schrie Paul. »Fräulein, nun gewinnen wir sicher. Das gilt zwölf.«

Sie nickte nur.

»Eigentlich ist Turgenjew gar kein richtiger Russe«, sagte der Kandidat und vergaß, daß es an ihm war zu spielen. Paul wurde zornig.

»Herr Homburger, Sie sind dran!«

»Ich?«

»Ja doch, wir warten alle.«

Er hätte ihm am liebsten die Kugel ans Schienbein geschleudert. Berta, die seine Verstimmung bemerkte, wurde nun auch unruhig und traf nichts mehr.

»Dann können wir ja aufhören.«

Niemand hatte etwas dagegen. Fräulein Thusnelde ging langsam weg, der Lehrer folgte ihr. Paul warf verdrießlich die noch stehenden Kegel mit dem Fuße um.

»Sollen wir nicht weiterspielen?« fragte Berta schüchtern.

»Ach, zu zweien ist es nichts. Ich will aufräumen.«

Sie half ihm bescheiden. Als alle Kegel wieder in der Kiste waren, sah er sich nach Thusnelde um. Sie war im Park verschwunden. Natürlich, er war ja für sie nur ein dummer Junge.

»Was nun?«

»Vielleicht zeigen Sie mir den Park ein wenig?«

Da schritt er so rasch durch die Wege voran, daß Berta außer Atem kam und fast laufen mußte, um nachzukommen. Er zeigte ihr das Wäldchen und die Platanenallee, dann die Blutbuche und die Wiesen. Während er sich beinahe ein wenig schämte, so grob und wortkarg zu sein, wunderte er sich zugleich, daß er sich vor Berta gar nimmer geniere. Er ging mit ihr um, wie wenn sie zwei Jahre jünger wäre. Und sie war still, sanft und schüchtern, sagte kaum ein Wort und sah ihn nur zuweilen an, als bäte sie für irgend etwas um Entschuldigung.

Bei der Trauerweide trafen sie mit den beiden andern zusammen. Der Kandidat redete noch fort, das Fräulein war still geworden und schien verstimmt. Paul wurde plötzlich gesprächiger. Er machte auf den alten Baum aufmerksam, schlug die herabhängenden Zweige auseinander und zeigte die um den Stamm laufende Rundbank.

»Wir wollen sitzen«, befahl Fräulein Thusnelde.

Alle setzte sich nebeneinander auf die Bank. Es war hier sehr warm und dunstig, die grüne Dämmerung war schlaff und schwül und machte schläfrig. Paul saß rechts neben Thusnelde.

»Wie still es da ist!« begann Herr Homburger.

Das Fräulein nickte.

»Und so heiß!« sagte sie. »Wir wollen eine Weile nichts reden.«

Da saßen alle vier schweigend. Neben Paul lag auf der Bank Thusneldes Hand, eine lange und schmale Damenhand mit schlanken Fingern und feinen, gepflegten, mattglänzenden Nägeln. Paul sah beständig die Hand an. Sie kam aus einem weiten hellgrauen Ärmel hervor, so weiß wie der bis übers Gelenk sichtbare Arm, sie bog sich vom Gelenk etwas nach außen und lag ganz still, als sei sie müde.

Und alle schwiegen. Paul dachte an gestern abend. Da war dieselbe Hand auch so lang und still und ruhend herabgehängt und die ganze Gestalt so regungslos halb gesessen, halb gelegen. Es paßte zu ihr, zu ihrer Figur und zu ihren Kleidern, zu ihrer angenehm weichen, nicht ganz freien Stimme, auch zu ihrem Gesicht, das mit den ruhigen Augen so klug und abwartend und gelassen aussah.

Herr Homburger sah auf die Uhr.

»Verzeihen Sie, meine Damen, ich sollte nun an die Arbeit. Sie bleiben doch hier, Paul?« Er verbeugte sich und ging.

Die andern blieben schweigend sitzen. Paul hatte seine Linke langsam und mit ängstlicher Vorsicht wie ein Verbrecher der Frauenhand genähert und dann dicht neben ihr liegen lassen. Er wußte nicht, warum er es tat. Es geschah ohne seinen Willen, und dabei wurde ihm so drückend bang und heiß, daß seine Stirn voll von Tropfen stand.

»Krocket spiele ich auch nicht gerne«, sagte Berta leise, wie aus einem Traum heraus. Durch das Weggehen des Hauslehrers war zwischen ihr und Paul eine Lücke entstanden, und sie hatte sich die ganze Zeit besonnen, ob sie herrücken solle oder nicht. Es war ihr, je länger sie zauderte, immer schwerer vorgekommen, es zu tun, und nun fing sie, nur um sich nicht länger ganz allein zu fühlen, zu reden an.

»Es ist wirklich kein nettes Spiel«, fügte sie nach einer langen Pause mit unsicherer Stimme hinzu. Doch antwortete niemand. Es war wieder ganz still. Paul glaubte sein Herz schlagen zu hören. Es trieb ihn, aufzuspringen und irgend etwas Lustiges oder Dummes zu sagen oder wegzulaufen. Aber er blieb sitzen, ließ seine Hand liegen und hatte ein Gefühl, als würde ihm langsam, langsam die Luft entzogen, bis zum Ersticken. Nur war es angenehm, auf eine traurige, quälende Art angenehm.

Fräulein Thusnelde blickte in Pauls Gesicht, mit ihrem ruhigen und etwas müden Blick. Sie sah, daß er unverwandt auf seine Linke schaute, die dicht neben ihrer Rechten auf der Bank lag.

Da hob sie ihre Rechte ein wenig, legte sie fest auf Pauls Hand und ließ sie da liegen.

Ihre Hand war weich, doch kräftig und von trockener Wärme. Paul erschrak wie ein überraschter Dieb und fing zu zittern an, zog aber seine Hand nicht weg. Er konnte kaum noch atmen, so stark arbeitete sein Herzschlag, und sein ganzer Leib brannte und fror zugleich. Langsam wurde er blaß und sah das Fräulein flehend und angstvoll an.

»Sind Sie erschrocken?« lachte sie leise. »Ich glaube, Sie waren eingeschlafen?«

Er konnte nichts sagen. Sie hatte ihre Hand weggenommen, aber seine lag noch da und fühlte die Berührung noch immer. Er wünschte sie wegzuziehen, aber er war so matt und verwirrt, daß er keinen Gedanken oder Entschluß fassen und nichts tun konnte, nicht einmal das.

Plötzlich erschreckte ihn ein ersticktes, ängstliches Geräusch, das er hinter sich vernahm. Er wurde frei und sprang tiefatmend auf. Auch Thusnelde war aufgestanden.

Da saß Berta tiefgebückt an ihrem Platz und schluchzte.

»Gehen Sie hinein«, sagte Thusnelde zu Paul, »wir kommen gleich nach.«

Und als Paul wegging, setzte sie noch hinzu: »Sie hat Kopfweh bekommen.«

»Komm, Berta. Es ist zu heiß hier, man erstickt ja vor Schwüle. Komm, nimm dich zusammen! Wir wollen ins Haus gehen.«

Berta gab keine Antwort. Ihr magerer Hals lag auf dem hellblauen Ärmel des leichten Backfischkleidchens, aus dem der dünne, eckige Arm mit dem breiten Handgelenk herabhing. Und sie weinte still und leise schluckend, bis sie nach einer langen Weile rot und verwundert sich aufrichtete, das Haar zurückstrich und langsam und mechanisch zu lächeln begann.

Paul fand keine Ruhe. Warum hatte Thusnelde ihre Hand so auf seine gelegt? War es nur ein Scherz gewesen? Oder wußte sie, wie seltsam weh das tat? Sooft er es sich wieder vorstellte, hatte er von neuem dasselbe Gefühl: ein erstickender Krampf vieler Nerven oder Adern, ein Druck und leichter Schwindel im Kopf, eine Hitze in der Kehle und ein lähmend ungleiches, wunderliches Wallen des Herzens, als sei der Puls unterbunden. Aber es war angenehm, so weh es tat.

Er lief am Hause vorbei zum Weiher und in den Obstgängen

auf und ab. Indessen nahm die Schwüle zu. Der Himmel hatte sich vollends ganz bezogen und sah gewitterig aus. Es ging kein Wind, nur hin und wieder im Gezweig ein feiner, zager Schauer, vor dem auch der fahle, glatte Spiegel des Weihers für Augenblicke kraus und silbern erzitterte.

Der kleine alte Kahn, der angebunden am Rasenufer lag, fiel dem Jungen ins Auge. Er stieg hinein und setzte sich auf die einzige noch vorhandene Ruderbank. Doch band er das Schifflein nicht los: es waren auch schon längst keine Ruder mehr da. Er tauchte die Hände ins Wasser, das war widerlich lau.

Unvermerkt überkam ihn eine grundlose Traurigkeit, die ihm ganz fremd war. Er kam sich wie in einem beklemmenden Traume vor – als könnte er, wenn er auch wollte, kein Glied rühren. Das fahle Licht, der dunkel bewölkte Himmel, der laue dunstige Teich und der alte, am Boden moosige Holznachen ohne Ruder, das sah alles unfroh, trist und elend aus, einer schweren, faden Trostlosigkeit hingegeben, die er ohne Grund teilte.

Er hörte Klavierspiel vom Hause herübertönen, undeutlich und leise. Nun waren also die andern drinnen, und wahrscheinlich spielte Papa ihnen vor. Bald erkannte Paul auch das Stück, es war aus Griegs Musik zum ›Peer Gynt‹, und er wäre gern hineingegangen. Aber er blieb sitzen, starrte über das träge Wasser weg und durch die müden, regungslosen Obstzweige in den fahlen Himmel. Er konnte sich nicht einmal wie sonst auf das Gewitter freuen, obwohl es sicher bald ausbrechen mußte und das erste richtige in diesem Sommer sein würde.

Da hörte das Klavierspiel auf, und es war eine Weile ganz still. Bis ein paar zarte, wiegende laue Takte aufklangen, eine scheue und ungewöhnliche Musik. Und nun Gesang, eine Frauenstimme. Das Lied war Paul unbekannt, er hatte es nie gehört, er besann sich auch nicht darüber. Aber die Stimme kannte er, die leicht gedämpfte, ein wenig müde Stimme. Das war Thusnelde. Ihr Gesang war vielleicht nichts Besonderes, aber er traf und reizte den Knaben ebenso beklemmend und quälend wie die Berührung ihrer Hand. Er horchte, ohne sich zu rühren, und während er noch saß und horchte, schlugen die ersten trägen Regentropfen lau und schwer in den Weiher. Sie trafen seine Hände und sein Gesicht, ohne daß er es spürte. Er fühlte nur, daß etwas Drängendes, Gärendes, Gespanntes um ihn her oder auch in ihm selber sich verdichte und schwelle und Auswege suche. Zugleich fiel ihm eine Stelle aus dem ›Ekkehard‹ ein, und in diesem Augenblick überraschte und erschreckte ihn plötzlich die sichere Erkenntnis. Er wußte, daß er Thusnelde lieb habe. Und zugleich wußte er, daß sie erwachsen und eine Dame war, er aber ein Schuljunge, und daß sie morgen abreisen würde.

Da klang – der Gesang war schon eine Weile verstummt – die helltönige Tischglocke, und Paul ging langsam zum Hause hinüber. Vor der Türe wischte er sich die Regentropfen von den Händen, strich das Haar zurück und tat einen tiefen Atemzug, als sei er im Begriff, einen schweren Schritt zu tun.

»Ach, nun regnet es doch schon«, klagte Berta. »Nun wird also nichts daraus?«

»Aus was denn?« fragte Paul, ohne vom Teller aufzublicken.

»Wir hatten doch – – Sie hatten mir versprochen, mich heut auf den Eichelberg zu führen.«

»Ja so. Nein, das geht bei dem Wetter freilich nicht.«

Halb sehnte sie sich danach, er möchte sie ansehen und eine Frage nach ihrem Wohlsein tun, halb war sie froh, daß er's nicht tat. Er hatte den peinlichen Augenblick unter der Weide, da sie in Tränen ausgebrochen war, völlig vergessen. Dieser plötzliche Ausbruch hatte ihm ohnehin wenig Eindruck gemacht und ihn nur in dem Glauben bestärkt, sie sei doch noch ein recht kleines Mädchen. Statt auf sie zu achten, schielte er beständig zu Fräulein Thusnelde hinüber.

Diese führte mit dem Hauslehrer, der sich seiner albernen Rolle von gestern schämte, ein lebhaftes Gespräch über Sportsachen. Es ging Herrn Homburger dabei wie vielen Leuten; er sprach über Dinge, von denen er nichts verstand, viel gefälliger und glatter als über solche, die ihm vertraut und wichtig waren. Meistens hatte die Dame das Wort, und er begnügte sich mit Fragen, Nicken, Zustimmen und pausenfüllenden Redensarten. Die etwas kokette Plauderkunst der jungen Dame enthob ihn seiner gewohnten dickblütigen Art; es gelang ihm sogar, als er beim Weineinschenken daneben goß, selber zu lachen und die Sache leicht und komisch zu nehmen. Seine mit Schlauheit eingefädelte Bitte jedoch, dem Fräulein nach Tisch ein Kapitel aus einem seiner Lieblingsbücher vorlesen zu dürfen, wurde zierlich abgelehnt.

»Du hast kein Kopfweh mehr, Kind?« fragte Tante Grete.

»O nein, gar nimmer«, sagte Berta halblaut. Aber sie sah noch elend genug aus.

»O ihr Kinder!« dachte die Tante, der auch Pauls erregte Unsicherheit nicht entgangen war. Sie hatte mancherlei Ahnungen und beschloß, die zwei jungen Leutchen nicht unnötig zu stören, wohl aber aufmerksam zu sein und Dummheiten zu verhüten. Bei Paul war es das erstemal, dessen war sie sicher. Wie lang noch, und er würde ihrer Fürsorge entwachsen sein und seine Wege ihrem Blick entziehen! – O ihr Kinder!

Draußen war es beinahe finster geworden. Der Regen rann und ließ nach mit den wechselnden Windstößen, das Gewitter zögerte noch, und der Donner klang noch meilenfern.

»Haben Sie Furcht vor Gewittern?« fragte Herr Homburger seine Dame.

»Im Gegenteil, ich weiß nichts Schöneres. Wir könnten nachher in den Pavillon gehen und zusehen. Kommst du mit, Berta?«

»Wenn du willst, ja, gern.«

»Und Sie also auch, Herr Kandidat? – Gut, ich freue mich darauf. Es ist in diesem Jahr das erste Gewitter, nicht?«

Gleich nach Tisch brachen sie mit Regenschirmen auf, zum nahen Pavillon. Berta nahm ein Buch mit.

»Willst du dich denen nicht anschließen, Paul?« ermunterte die Tante.

»Danke, nein. Ich muß eigentlich üben.«

Er ging in einem Wirrwarr von quellenden Gefühlen ins Klavierzimmer. Aber kaum hatte er zu spielen begonnen, er wußte selbst nicht was, so kam sein Vater herein.

»Junge, könntest du dich nicht um einige Zimmer weiter verfügen? Brav, daß du üben wolltest, aber alles hat seine Zeit, und wir älteren Semester möchten bei dieser Schwüle doch gern ein wenig zu schlafen versuchen. Auf Wiedersehen, Bub!«

Der Knabe ging hinaus und durchs Eßzimmer, über den Gang und zum Tor. Drüben sah er gerade die andern den Pavillon betreten. Als er hinter sich den leisen Schritt der Tante hörte, trat er rasch ins Freie und eilte mit unbedecktem Kopf, die Hände in den Taschen, durch den Regen davon. Der Donner nahm stetig zu, und erste scheue Blitze rissen zuckend durch das schwärzliche Grau.

Paul ging um das Haus herum und gegen den Weiher hin. Er fühlte mit trotzigem Leid den Regen durch seine Kleider dringen. Die noch nicht erfrischte, schwebende Luft erhitzte ihn, so daß er beide Hände und die halbentblößten Arme in die schwer fallenden Tropfen hielt. Nun saßen die andern vergnügt im Pavillon beisammen, lachten und schwatzten, und an ihn dachte niemand. Es zog ihn hinüber, doch überwog sein Trotz; hatte er einmal nicht mitkommen wollen, so wollte er ihnen auch nicht hinterdrein nachlaufen. Und Thusnelde hatte ihn ja überhaupt nicht aufgefordert. Sie hatte Berta und Herrn Homburger mitkommen heißen und ihn nicht. Warum ihn nicht?

Ganz durchnäßt kam er, ohne auf den Weg zu achten, ans Gärtnerhäuschen. Die Blitze jagten jetzt fast ohne Pause herab und quer durch den Himmel in phantastisch kühnen Linien, und der Regen rauschte lauter. Unter der Holztreppe des Gärtnerschuppens klirrte es auf, und mit verhaltenem Grollen kam der große Hofhund heraus. Als er Paul erkannte, drängte er sich fröhlich und schmeichelnd an ihn. Und Paul, in plötzlich überwallender Zärtlichkeit, legte ihm den Arm um den Hals, zog ihn in den dämmernden Treppenwinkel zurück und blieb dort bei ihm kauern und sprach und koste mit ihm, er wußte nicht wie lang.

Im Pavillon hatte Herr Homburger den eisernen Gartentisch an die gemauerte Rückwand geschoben, die mit einer italienischen Küstenlandschaft bemalt war. Die heiteren Farben, Blau, Weiß und Rosa, paßten schlecht in das Regengrau und schienen trotz der Schwüle zu frieren.

»Sie haben schlechtes Wetter für Erlenhof«, sagte Herr Homburger.

»Warum? Ich finde das Gewitter prächtig.«

»Und Sie auch, Fräulein Berta?«

»Oh, ich sehe es ganz gerne.« Es machte ihn wütend, daß die Kleine mitgekommen war. Gerade jetzt, wo er anfing, sich mit der schönen Thusnelde besser zu verstehen.

»Und morgen werden Sie wirklich schon wieder reisen?«

»Warum sagen Sie das so tragisch?«

»Es muß mir doch leid tun.«

»Wahrhaftig?«

»Aber gnädiges Fräulein –«

Der Regen prasselte auf dem dünnen Dach und quoll in leidenschaftlichen Stößen aus den Mündungen der Traufen.

»Wissen Sie, Herr Kandidat, Sie haben da einen lieben Jungen zum Schüler. Es muß ein Vergnügen sein, so einen zu unterrichten.«

»Ist das Ihr Ernst?«

»Aber gewiß. Er ist doch ein prächtiger Junge. – Nicht, Berta?«

»Oh, ich weiß nicht, ich sah ihn ja kaum.«

»Gefällt er dir denn nicht?«

»Ja, das schon. – O ja.«

»Was stellt das Wandbild da eigentlich vor, Herr Kandidat? Es scheint eine Rivieravedute?«

Paul war nach zwei Stunden ganz durchnäßt und todmüde heimgekommen, hatte ein kaltes Bad genommen und sich umgekleidet.

Dann wartete er, bis die drei ins Haus zurückkehrten, und als sie kamen und als Thusneldes Stimme im Gang laut wurde, schrak er zusammen und bekam Herzklopfen. Dennoch tat er gleich darauf etwas, wozu er sich selber noch einen Augenblick zuvor den Mut nicht zugetraut hätte.

Als das Fräulein allein die Treppe heraufstieg, lauerte er ihr auf und überraschte sie in dem oberen Flur. Er trat auf sie zu und streckte ihr einen kleinen Rosenstrauß entgegen. Es waren wilde Heckenröschen, die er im Regen draußen abgeschnitten hatte.

»Ist das für mich?« fragte Thusnelde.

»Ja, für Sie.«

»Womit hab ich denn das verdient? Ich fürchtete schon, Sie könnten mich gar nicht leiden.«

»Oh, Sie lachen mich ja nur aus.«

»Gewiß nicht, lieber Paul. Und ich danke schön für die Blumen. Wilde Rosen, nicht?«

»Hagrosen.«

»Ich will eine davon anstecken, nachher.«

Dann ging sie weiter nach ihrem Zimmer.

Am Abend blieb man diesmal in der Halle sitzen. Es hatte schön abgekühlt, und draußen fielen noch die Tropfen von den blankgespülten Zweigen. Man hatte im Sinn gehabt zu musizieren, aber der Professor wollte lieber die paar Stunden noch mit Abderegg verplaudern. So saßen nun alle bequem in dem großen Raum, die Herren rauchten, und die jungen Leute hatten Limonadenbecher vor sich stehen.

Die Tante sah mit Berta ein Album an und erzählte ihr alte Geschichten. Thusnelde war guter Laune und lachte viel. Den Hauslehrer hatte das lange erfolglose Reden im Pavillon stark mitgenommen, er war wieder nervös und zuckte leidend mit den Gesichtsmuskeln. Daß sie jetzt so lächerlich mit dem Büblein Paul kokettierte, fand er geschmacklos, und er suchte wählerisch nach einer Form, ihr das zu sagen.

Paul war der lebhafteste von allen. Daß Thusnelde seine Rosen im Gürtel trug und daß sie ›lieber Paul‹ zu ihm gesagt hatte, war ihm wie Wein zu Kopf gestiegen. Er machte Witze, erzählte Geschichten, hatte glühende Backen und ließ den Blick nicht von seiner Dame, die sich seine Huldigung so graziös gefallen ließ. Dabei rief es im Grund seiner Seele ohne Unterlaß: ›Morgen geht sie fort! Morgen geht sie fort!‹ und je lauter und schmerzlicher es rief, desto sehnlicher klammerte er sich an den schönen Augenblick, und desto lustiger redete er darauf los.

Herr Abderegg, der einen Augenblick herüberhorchte, rief lachend: »Paul, du fängst früh an!«

Er ließ sich nicht stören. Für Augenblicke faßte ihn ein drängendes Verlangen, hinauszugehen, den Kopf an den Türpfosten zu lehnen und zu schluchzen. Aber nein, nein!

Währenddessen hatte Berta mit der Tante ›Du‹ gemacht und gab sich dankbar unter ihren Schutz. Es lag wie eine Last auf ihr, daß Paul von ihr allein nichts wissen wollte, daß er den ganzen Tag kaum ein Wort an sie gerichtet hatte, und müde und unglücklich überließ sie sich der gütigen Zärtlichkeit der Tante.

Die beiden alten Herren überboten einander im Aufwärmen von Erinnerungen und spürten kaum etwas davon, daß neben ihnen junge unausgesprochene Leidenschaften sich kreuzten und bekämpften.

Herr Homburger fiel mehr und mehr ab. Daß er hin und wieder eine schwach vergiftete Pointe ins Gespräch warf, wurde kaum beachtet, und je mehr die Bitterkeit und Auflehnung in ihm wuchs, desto weniger wollte es ihm gelingen, Worte zu finden. Er fand es kindisch, wie Paul sich gehen ließ, und unverzeihlich, wie das Fräulein darauf einging. Am liebsten hätte er gute Nacht gesagt und wäre gegangen. Aber das mußte aussehen wie ein Geständnis, daß er sein Pulver verschossen habe und kampfunfähig sei. Lieber blieb er da und trotzte. Und so widerwärtig ihm Thusneldes spielerisches Wesen heute abend war, so hätte er sich doch vom Anblick ihrer weichen Gesten und ihres schwach geröteten Gesichtes jetzt nicht trennen mögen.

Thusnelde durchschaute ihn und gab sich keine Mühe, ihr Vergnügen über Pauls leidenschaftliche Aufmerksamkeiten zu verbergen, schon weil sie sah, daß es den Kandidaten ärgerte. Und dieser, der in keiner Hinsicht ein Kraftmensch war, fühlte langsam seinen Zorn in jene weiblich trübe, faule Resignation übergehen, mit der bis jetzt fast alle seine Liebesversuche geendet hatten. War er denn je von einem Weib verstanden und nach seinem Wert geschätzt worden? Oh, aber er war Künstler genug, um auch die Enttäuschung, den Schmerz, das Einsambleiben mit allen ihren verborgensten Reizen zu genießen. Wenn auch mit zuckender Lippe, er genoß es doch; und wenn auch verkannt und verschmäht, er war doch der Held in der Szene, der Träger einer stummen Tragik, lächelnd mit dem Dolch im Herzen.

Man trennte sich erst spät. Als Paul in sein kühles Schlafzimmer trat, sah er durchs offene Fenster den beruhigten Himmel mit stillstehenden, milchweißen Flaumwölkchen bedeckt; durch ihre dünnen Flöre drang das Mondlicht weich und stark und spiegelte sich tausendmal in den nassen Blättern der Parkbäume. Fern über den Hügeln, nicht weit vom dunklen Horizont, leuchtete schmal und langgestreckt wie eine Insel ein Stück reinen Himmels feucht und milde, darin ein einziger blasser Stern.

Der Knabe blickte lange hinaus und sah es nicht, sah nur ein bleiches Wogen und fühlte reine, frisch gekühlte Lüfte um sich her, hörte niegehörte, tiefe Stimmen wie entfernte Stürme brausen und atmete die weiche Luft einer anderen Welt. Vorgebeugt stand er am Fenster und schaute, ohne etwas zu sehen, wie ein Geblendeter, und vor ihm ungewiß und mächtig ausgebreitet lag das Land des Lebens und der Leidenschaften, von heißen Stürmen durchzittert und von dunkelschwülem Gewölk verschattet.

Die Tante war die letzte, die zu Bette ging. Wachsam hatte sie noch Türen und Läden revidiert, nach den Lichtern gesehen und einen Blick in die dunkle Küche getan, dann war sie in ihre

Stube gegangen und hatte sich beim Kerzenlicht in den altmodischen Sessel gesetzt. Sie wußte ja nun, wie es um den Kleinen stand, und sie war im Innersten froh, daß morgen die Gäste wieder reisen wollten. Wenn nur auch alles gut ablief! Es war doch eigen, so ein Kind von heut auf morgen zu verlieren. Denn daß Pauls Seele ihr nun entgleiten und mehr und mehr undurchsichtig werden müsse, wußte sie wohl, und sie sah ihn mit Sorge seine ernsten, knabenhaften Schritte in den Garten der Liebe tun, von dessen Früchten sie selber zu ihrer Zeit nur wenig und fast nur die bitteren gekostet hatte. Dann dachte sie an Berta, seufzte und lächelte ein wenig und suchte dann lange in ihren Schubladen nach einem tröstenden Abschiedsgeschenk für die Kleine. Dabei erschrak sie plötzlich, als sie sah, wie spät es schon war.

Über dem schlafenden Haus und dem dämmernden Garten standen ruhig die milchweißen, flaumig dünnen Wolken, die Himmelsinsel am Horizont wuchs langsam zu einem weiten, reinen, dunkelklaren Felde, zart von schwachglänzenden Sternen durchglüht, und über die entferntesten Hügel lief eine milde, schmale Silberlinie, sie vom Himmel trennend. Im Garten atmeten die erfrischten Bäume tief und rastend, und auf der Parkwiese wechselte mit dünnen, wesenlosen Wolkenschatten der schwarze Schattenkreis der Blutbuche.

Die sanfte, noch von Feuchtigkeit gesättigte Luft dampfte leise gegen den völlig klaren Himmel. Kleine Wasserlachen standen auf dem Kiesplatz und auf der Landstraße, blitzten goldig oder spiegelten die zarte Bläue. Knirschend fuhr der Wagen vor, und man stieg ein. Der Kandidat machte mehrere tiefe Bücklinge, die Tante nickte liebevoll und drückte noch einmal allen die Hände, die Hausmädchen sahen vom Hintergrunde des Flures der Abfahrt zu.

Paul saß im Wagen Thusnelde gegenüber und spielte den Fröhlichen. Er lobte das gute Wetter, sprach rühmend von köstlichen Ferientouren in die Berge, die er vorhabe, und sog jedes Wort und jedes Lachen des Mädchens gierig ein. Am frühen Morgen war er mit schlechtem Gewissen in den Garten geschlichen und hatte in dem peinlich geschonten Lieblingsbeet seines Vaters die prächtigste halboffene Teerose abgeschnitten. Die trug er nun, zwischen Seidenpapier gelegt, versteckt in der Brusttasche und war beständig in Sorge, er könnte sie zerdrücken. Ebenso bang war ihm vor der Möglichkeit einer Entdeckung durch den Vater.

Die kleine Berta war ganz still und hielt den blühenden Jasminzweig vors Gesicht, den ihr die Tante mitgegeben hatte. Sie war im Grunde fast froh, nun fortzukommen.

»Soll ich Ihnen einmal eine Karte schicken?« fragte Thusnelde munter.

»O ja, vergessen Sie es nicht! Das wäre schön.«

Und dann fügte er hinzu: »Aber Sie müssen dann auch unterschreiben, Fräulein Berta.«

Sie schrak ein wenig zusammen und nickte.

»Also gut, hoffentlich denken wir auch daran«, sagte Thusnelde.

»Ja, ich will dich daran erinnern.«

Da war man schon am Bahnhof. Der Zug sollte erst in einer Viertelstunde kommen. Paul empfand diese Viertelstunde wie eine unschätzbare Gnadenfrist. Aber es ging ihm sonderbar; seit man den Wagen verlassen hatte und vor der Station auf und ab spazierte, fiel ihm kein Witz und kein Wort mehr ein. Er war plötzlich bedrückt und klein, sah oft auf die Uhr und horchte, ob der kommende Zug schon zu hören sei. Erst im letzten Augenblick zog er seine Rose hervor und drückte sie noch an der Wagentreppe dem Fräulein in die Hand. Sie nickte ihm fröhlich zu und stieg ein. Dann fuhr der Zug ab, und alles war aus. Vor der Heimfahrt mit dem Papa graute ihm, und als dieser schon eingestiegen war, zog er den Fuß wieder vom Tritt zurück und meinte: »Ich hätte eigentlich Lust, zu Fuß heimzugehen.«

»Schlechtes Gewissen, Paulchen?«

»O nein, Papa, ich kann ja auch mitkommen.«

Aber Herr Abderegg winkte lachend ab und fuhr allein davon. ›Er soll's nur ausfressen‹, knurrte er unterwegs vor sich hin, ›umbringen wird's ihn nicht.‹ Und er dachte, seit Jahren zum erstenmal, an sein erstes Liebesabenteuer und war verwundert, wie genau er alles noch wußte. Nun war also schon die Reihe an seinem Kleinen! Aber es gefiel ihm, daß der Kleine die Rose gestohlen hatte. Er hatte sie wohl gesehen.

Zu Hause blieb er einen Augenblick vor dem Bücherschrank im Wohnzimmer stehen. Er nahm den Werther heraus und steckte ihn in die Tasche, zog ihn aber gleich darauf wieder

62

heraus, blätterte ein wenig darin herum, begann ein Lied zu pfeifen und stellte das Büchlein an seinen Ort zurück.

Mittlerweile lief Paul auf der warmen Landstraße heimwärts und war bemüht, sich das Bild der schönen Thusnelde immer wieder vorzustellen. Erst als er heiß und erschlafft die Parkhecke erreicht hatte, öffnete er die Augen und besann sich, was er nun treiben solle. Da zog ihn die plötzlich aufblitzende Erinnerung unwiderstehlich zur Trauerweide hin. Er suchte den Baum mit heftig wallendem Verlangen auf, schlüpfte durch die tiefhängenden Zweige und setzte sich auf dieselbe Stelle der Bank, wo er gestern neben Thusnelde gesessen war und wo sie ihre Hand auf seine gelegt hatte. Er schloß die Augen, ließ die Hand auf dem Holz liegen und fühlte noch einmal den ganzen Sturm, der gestern ihn gepackt und berauscht und gepeinigt hatte. Flammen wogten um ihn, und Meere rauschten, und heiße Ströme zitterten sausend auf purpurnen Flügeln vorüber.

Paul saß noch nicht lange auf seinem Platz, so klangen Schritte, und jemand trat herzu. Er blickte verwirrt auf, aus hundert Träumen gerissen, und sah den Herrn Homburger vor sich stehen.

»Ah, Sie sind da, Paul? Schon lange?«

»Nein, ich war ja mit an der Bahn. Ich kam zu Fuß zurück.«

»Und nun sitzen Sie hier und sind melancholisch.«

»Ich bin nicht melancholisch.«

»Also nicht. Ich habe Sie zwar schon munterer gesehen.«

Paul antwortete nicht.

»Sie haben sich ja sehr um die Damen bemüht.«

»Finden Sie?«

»Besonders um die eine. Ich hätte eher gedacht, Sie würden dem jüngeren Fräulein den Vorzug geben.«

»Dem Backfisch? Hm.«

»Ganz richtig, dem Backfisch.«

Da sah Paul, daß der Kandidat ein fatales Grinsen aufsetzte, und ohne noch ein Wort zu sagen, kehrte er sich um und lief davon, mitten über die Wiese.

Mittags bei Tisch ging es sehr ruhig zu.

»Wir scheinen ja alle ein wenig müde zu sein«, lächelte Herr Abderegg. »Auch du, Paul. Und Sie, Herr Homburger? Aber es war eine angenehme Abwechslung, nicht?«

»Gewiß, Herr Abderegg.«

»Sie haben sich mit dem Fräulein gut unterhalten? Sie soll ja riesig belesen sein.«

»Darüber müßte Paul unterrichtet sein. Ich hatte leider nur für Augenblicke das Vergnügen.«

»Was sagst du dazu, Paul?«

»Ich? Vom wem sprecht ihr denn?«

»Von Fräulein Thusnelde, wenn du nichts dagegen hast. Du scheinst einigermaßen zerstreut zu sein –«

»Ach, was wird der Junge sich viel um die Damen gekümmert haben«, fiel die Tante ein.

Es wurde schon wieder heiß. Der Vorplatz strahlte Hitze aus, und auf der Straße waren die letzten Regenpfützen vertrocknet. Auf ihrer sonnigen Wiese stand die alte Blutbuche, von warmem Licht umflossen, und auf einem ihrer starken Äste saß der junge Paul Abderegg, an den Stamm gelehnt und ganz von rötlich dunkeln Laubschatten umfangen. Das war ein alter Lieblingsplatz des Knaben, er war dort vor jeder Überraschung sicher. Dort auf dem Buchenast hatte er heimlicherweise im Herbst vor drei Jahren die ›Räuber‹ gelesen, dort hatte er seine erste halbe Zigarette geraucht, und dort hatte er damals das Spottgedicht auf seinen früheren Hauslehrer gemacht, bei dessen Entdeckung sich die Tante so furchtbar aufgeregt hatte. Er dachte an diese und andere Streiche mit einem überlegenen, nachsichtigen Gefühl, als wäre das alles vor Urzeiten gewesen. Kindereien, Kindereien.

Mit einem Seufzer richtete er sich auf, kehrte sich behutsam im Sitze um, zog sein Taschenmesser heraus und begann am Stamm zu ritzen. Es sollte ein Herz daraus werden, das den Buchstaben T umschloß, und er nahm sich vor, es schön und sauber auszuschneiden, wenn er auch mehrere Tage dazu brauchen sollte.

Noch am selben Abend ging er zum Gärtner hinüber, um sein Messer schleifen zu lassen. Er trat selber das Rad dazu. Auf dem Rückweg setzte er sich eine Weile in das alte Boot, plätscherte mit der Hand im Wasser und suchte sich auf die Melodie des Liedes zu besinnen, das er gestern von hier aus hatte singen hören. Der Himmel war halb verwölkt, und es sah aus, als werde in der Nacht schon wieder ein Gewitter kommen.

*(1904)*

# Taedium vitae

## Erster Abend

Es ist Anfang Dezember. Der Winter zögert noch, Stürme heulen und seit Tagen fällt ein dünner, hastiger Regen, der sich manchmal, wenn es ihm selber zu langweilig wird, für eine Stunde in nassen Schnee verwandelt. Die Straßen sind ungangbar, der Tag dauert nur sechs Stunden.

Mein Haus steht allein im freien Feld, umgeben vom heulenden Westwind, von Regendämmerung und Geplätscher, von dem braunen, triefenden Garten und schwimmenden bodenlos gewordenen Feldwegen, die nirgendshin führen. Es kommt niemand, es geht niemand, die Welt ist irgendwo in der Ferne untergegangen. Es ist alles, wie ich mir's oft gewünscht habe – Einsamkeit, vollkommene Stille, keine Menschen, keine Tiere, nur ich allein in einem Studierzimmer, in dessen Kamin der Sturm jammert und an dessen Fensterscheiben Regen klatscht.

Die Tage vergehen so: Ich stehe spät auf, trinke Milch, besorge den Ofen. Dann sitze ich im Studierzimmer, zwischen dreitausend Büchern, von denen ich zwei abwechselnd lese. Das eine ist die ›Geheimlehre‹ der Frau Blavatsky, ein schauerliches Werk. Das andere ist ein Roman von Balzac. Manchesmal stehe ich auf, um ein paar Zigarren aus der Schublade zu holen, zweimal um zu essen. Die ›Geheimlehre‹ wird immer dicker, sie wird nie ein Ende nehmen und mich ins Grab begleiten. Der Balzac wird immer dünner, er schwindet täglich, obwohl ich nicht viel Zeit an ihn wende.

Wenn mir die Augen weh tun, setze ich mich in den Lehnstuhl und schaue zu, wie die dürftige Tageshelle an den bücherbedeckten Wänden hinstirbt und versiegt. Oder ich stelle mich vor die Wände und schaue die Bücherrücken an. Sie sind meine Freunde, sie sind mir geblieben, sie werden mich überleben; und wenn auch mein Interesse für sie im Schwinden begriffen ist, muß ich mich doch an sie halten, da ich nichts anderes habe. Ich schaue sie an, diese stummen, zwangsweise treu gebliebenen Freunde, und denke an ihre Geschichten. Da ist ein griechischer Prachtband, in Leyden gedruckt, irgendein Philosoph. Ich kann ihn nicht lesen, ich kann schon lang kein Griechisch mehr. Ich kaufte ihn in Venedig, weil er billig war und weil der Antiquar ganz überzeugt war, ich lese Griechisch geläufig. So kaufte ich ihn, aus Verlegenheit, und schleppte ihn in der Welt herum, in Koffern und Kisten, sorgfältig eingepackt und ausgepackt, bis hierher, wo ich nun festsitze und wo auch er seinen Stand und seine Ruhe gefunden hat.

So vergeht der Tag, und der Abend vergeht bei Lampenlicht, Büchern, Zigarren, bis gegen zehn Uhr. Dann steige ich im kalten Nebenzimmer ins Bett, ohne zu wissen warum, denn ich kann wenig schlafen. Ich sehe das Fensterviereck, den weißen Waschtisch, ein weißes Bild überm Bett in der Nachtblässe schwimmen, ich höre den Sturm im Dach poltern und an den Fenstern zittern, höre das Stöhnen der Bäume, das Fallen des gepeitschten Regens, meinen Atem, meinen leisen Herzschlag. Ich mache die Augen auf, ich mache sie wieder zu; ich versuche an meine Lektüre zu denken, doch gelingt es mir nicht. Statt dessen denke ich an andere Nächte, an zehn, an zwanzig vergangene Nächte, da ich ebenso lag, da ebenso das bleiche Fenster schimmerte und mein leiser Herzschlag die blassen, wesenlosen Stunden abzählte. So vergehen die Nächte.

Sie haben keinen Sinn, so wenig wie die Tage, aber sie vergehen doch, und das ist ihre Bestimmung. Sie werden kommen und vergehen, bis sie wieder irgendeinen Sinn erhalten oder auch bis sie zu Ende sind, bis mein Herzschlag sie nimmer zählen kann. Dann kommt der Sarg, das Grab, vielleicht an einem hellblauen Septembertag, vielleicht bei Wind und Schnee, vielleicht im schönen Juni, wenn der Flieder blüht. Immerhin sind meine Stunden nicht alle so. Eine, eine halbe von hundert ist doch anders. Dann fällt mir plötzlich das wieder ein, an was ich eigentlich immerfort denken will und was mir die Bücher, der Wind, der Regen, die blasse Nacht immer wieder verhüllen und entziehen. Dann denke ich wieder: Warum ist das so? Warum hat Gott dich verlassen? Warum ist deine Jugend von dir gewichen? Warum bist du so tot?

Das sind meine guten Stunden. Dann weicht der erdrückende Nebel. Geduld und Gleichgültigkeit fliehen fort, ich schaue erwacht in die scheußliche Öde und kann wieder fühlen. Ich fühle die Einsamkeit wie einen gefrorenen See um mich her, ich fühle die Schande und Torheit dieses Lebens, ich fühle den Schmerz um die verlorene Jugend grimmig flammen. Es tut weh, freilich, aber es ist doch Schmerz, es ist doch Scham, es ist doch Qual, es ist doch Leben, Denken, Bewußtsein.

Warum hat Gott dich verlassen? Wo ist deine Jugend hin? Ich weiß es nicht, ich werde es nie erdenken. Aber es sind doch Fragen, es ist doch Auflehnung, es ist doch nicht mehr Tod. Und statt der Antwort, die ich doch nicht erwarte, finde ich neue Fragen. Zum Beispiel: Wie lange ist es her? Wann war's das letzte Mal, daß du jung gewesen bist?

Ich denke nach, und die erfrorene Erinnerung kommt langsam in Fluß, bewegt sich, schlägt unsichere Augen auf und strahlt unversehens ihre klaren Bilder aus, die unverloren unter der Todesdecke schliefen.

Anfangs will es mir scheinen, die Bilder seien ungeheuer alt, zum mindesten zehn Jahre alt. Aber das taub gewordene Zeitgefühl wird zusehends wacher, legt den vergessenen Maßstab auseinander, nickt und mißt. Ich erfahre, daß alles viel näher beieinander liegt, und nun tut auch das entschlafene Indentitätsbewußtsein die hochmütigen Augen auf und nickt bestätigend und frech zu den unglaublichsten Dingen. Es geht von Bild zu Bild und sagt: ›Ja, das war ich‹, und jedes Bild rückt damit sofort aus seiner kühlschönen Beschaulichkeit heraus und wird ein Stück Leben, ein Stück meines Lebens. Das Identitätsbewußtsein ist eine zauberhafte Sache, gar fröhlich zu sehen, und doch unheimlich. Man hat es, und man kann doch ohne es leben und tut es oft genug, wenn nicht meistens. Es ist herrlich, denn es vernichtet die Zeit; und ist schlimm, denn es leugnet den Fortschritt.

Die erwachten Funktionen arbeiten, und sie stellen fest, daß ich einmal an einem Abend im vollen Besitz meiner Jugend war, und daß es erst vor einem Jahr gewesen ist. Es war ein unbedeutendes Erlebnis, viel zu klein, als daß es sein Schatten sein könnte, in dem ich nun so lange lichtlos lebe. Aber es war ein Erlebnis, und da ich seit Wochen, vielleicht Monaten vollkommen ohne Erlebnisse war, dünkt es mir eine wunderbare Sache, schaut mich wie ein Paradieslein an und tut viel wichtiger, als nötig wäre. Allein mir ist das lieb, ich bin dafür unendlich dankbar. Ich habe eine gute Stunde. Die Bücherreihen, die Stube, der Ofen, der Regen, das Schlafzimmer, die Einsamkeit, alles löst sich auf, zerrinnt, schmilzt hin. Ich rege, für eine Stunde, befreite Glieder.

Das war vor einem Jahr, Ende November, und es war ein ähnliches Wetter wie jetzt, nur war es fröhlich und hatte einen Sinn. Es regnete viel, aber melodisch schön, und ich hörte nicht vom Schreibtisch aus zu, sondern ging im Mantel und auf leisen, elastischen Gummischuhen draußen umher und betrachtete die Stadt. Ebenso wie der Regen war mein Gang und meine Bewegungen und mein Atem, nicht mechanisch, sondern schön, freiwillig, voller Sinn. Auch die Tage schwanden nicht so totgeboren hin, sie verliefen im Takte, mit Hebungen und Senkungen, und die Nächte waren lächerlich kurz und erfrischend, kleine Ruhepausen zwischen zwei Tagen, nur von den Uhren gezählt. Wie herrlich ist es, so seine Nächte zu verbringen, ein Drittel seines Lebens guten Mutes zu verschwenden, statt dazuliegen und die Minuten nachzuzählen, von denen doch keine den geringsten Wert hat.

Die Stadt war München. Ich war dorthin gereist, um ein Geschäft zu besorgen, das ich aber nachher brieflich abtat, denn ich traf so viele Freunde, sah und hörte so viel Hübsches, daß an Geschäfte nicht zu denken war. Einen Abend saß ich in einem schönen, wundervoll erleuchteten Saal und hörte einen kleinen, breitschultrigen Franzosen namens Lamond Stücke von Beethoven spielen. Das Licht glänzte, die schönen Kleider der Damen funkelten freudevoll, und durch den hohen Saal flogen große, weiße Engel, verkündeten Gericht und verkündeten frohe Botschaft, gossen Füllhörner der Lust aus und weinten schluchzend hinter vorgehaltenen, durchsichtigen Händen.

Einen Morgen fuhr ich, nach einer durchgezechten Nacht, mit Freunden durch den Englischen Garten, sang Lieder und trank beim Aumeister Kaffee. Einen Nachmittag war ich ganz von Gemälden umgeben, von Bildnissen, von Waldwiesen und Meerufern, von denen viele wunderbar erhöht und paradiesisch atmeten wie eine neue, unbefleckte Schöpfung. Abends sah ich den Glanz der Schaufenster, der für Landleute unendlich schön und gefährlich ist, sah Photographien und Bücher ausgestellt, und Schalen voll fremdländischer Blumen, teure Zigarren in Silberpapier gewickelt und feine Lederwaren von lachender Eleganz. Ich sah elektrische Lampen in den feuchten Straßen spiegelnd blitzen und die Helme alter Kirchentürme in Wolkendämmerung verschwinden.

Mit alledem verging die Zeit schnell und leicht, wie ein Glas leer wird, aus dem jeder Schluck Vergnügen macht. Es war Abend, ich hatte meinen Koffer gepackt und mußte morgen abreisen, ohne daß es mir leid tat. Ich freute mich schon auf die Eisenbahnfahrt an Dörfern, Wäldern und schon beschneiten Bergen vorbei, und auf die Heimkehr.

Für den Abend war ich noch eingeladen, in einem schönen neuen Hause in einer vornehmen Schwabinger Straße, wo es mir bei lebhaften Gesprächen und feinen Speisen wohl erging. Es waren auch einige Frauen da, doch bin ich im Verkehr mit solchen schamhaft und behindert, so daß ich lieber zu den Männern hielt. Wir tranken Weißwein aus dünnen Kelchgläsern, und rauchten gute Zigarren, deren Asche wir in silberne, innen vergoldete Becher fallen ließen. Wir sprachen von Stadt und Land, von der Jagd und vom Theater, auch von der Kultur, die uns nahe herbeigekommen schien. Wir sprachen laut und zart, mit Feuer und mit Ironie, ernst und witzig, und schauten uns klug und lebhaft in die Augen. Erst spät, als der Abend beinahe vorüber war und das Männergespräch sich zur Politik wandte, wovon ich wenig verstehe, sah ich mir die eingeladenen Damen an. Sie wurden von einigen jungen Malern und Bildhauern unterhalten, die zwar arme Teufel, aber sämtlich mit großer Eleganz gekleidet waren, so daß ich ihnen gegenüber nicht Mitleid fühlen konnte, sondern Achtung und Respekt empfinden mußte. Doch ward ich auch von ihnen liebenswürdig geduldet, ja als zugereister Gast vom Lande freundlich ermuntert, so daß ich meine Schüchternheit ablegte und auch mit ihnen ganz brüderlich ins Reden kam. Daneben warf ich neugierige Blicke auf die jungen Damen.

Unter ihnen entdeckte ich nun eine ganz junge, vielleicht neunzehn Jahre alt, mit hellblonden, kinderhaften Haaren und einem blauäugigen, schmalen Märchengesicht. Sie trug ein helles Kleid mit blauen Besätzen und saß horchend und zufrieden in ihrem Sessel. Ich sah sie kaum, da ging auch schon ihr Stern mir auf, daß ich ihre feine Gestalt und innige, unschuldige

Schönheit im Herzen begriff und die Melodie erfühlte, in welche eingehüllt sie sich bewegte. Eine stille Freude und Rührung machte meinen Herzschlag leicht und schnell, und ich hätte sie gerne angeredet, doch wußte ich nichts Stichhaltiges zu sagen. Sie selber sprach wenig, lächelte nur, nickte und sang kurze Antworten mit einer leichten, hold schwebenden Stimme. Über ihr dünnes Handgelenk fiel eine Manschette aus Spitzen, daraus die Hand mit den zarten Fingern kindlich und beseelt hervorschaute. Ihr Fuß, den sie spielend schaukelte, war mit einem feinen, hohen Stiefel aus braunem Leder bekleidet, und seine Form und Größe stand, wie auch die ihrer Hände, in einem richtigen, wohlgefälligen Verhältnis zu der ganzen Gestalt.

›Ach du!‹ dachte ich mir und sah sie an, ›du Kind, du schöner Vogel du! Wohl mir, daß ich dich in deinem Frühling sehen darf.‹

Es waren noch andere Frauen da, glänzendere und verheißungsvolle in reifer Pracht, und kluge mit durchdringenden Augen, doch hatte keine einen solchen Duft und keine war so von sanfter Musik umflossen. Sie sprachen und lachten und führten Krieg mit Blicken aus Augen aller Farben. Sie zogen auch mich gütig und neckend ins Gespräch und erwiesen mir Freundlichkeit, doch gab ich nur wie im Schlummer Antwort und blieb mit dem Gemüt bei der Blonden, um ihr Bild in mich zu fassen und die Blüte ihres Wesens nicht aus der Seele zu verlieren.

Ohne daß ich darauf achtete, wurde es spät, und plötzlich waren alle aufgestanden und unruhig geworden, gingen hin und her und nahmen Abschied. Da erhob auch ich mich schnell und tat dasselbe. Draußen zogen wir Mäntel und Kragen an und ich hörte einen von den Malern zu der Schönen sagen:

»Darf ich Sie begleiten?« Und sie sagte: »Ja, aber das ist ein großer Umweg für Sie. Ich kann ja auch einen Wagen nehmen.«

Da trat ich rasch hinzu und sagte: »Lassen Sie mich mitgehen, ich habe den gleichen Weg.«

Sie lächelte und sagte: »Gut, danke schön.« Und der Maler grüßte höflich, sah mich verwundert an und ging davon.

Nun schritt ich neben der lieben Gestalt die nächtliche Straße hinab. An einer Ecke stand eine späte Droschke und schaute uns aus müden Laternen an. Sie sagte: »Soll ich nicht lieber die Droschke nehmen? Es ist eine halbe Stunde weit.« Ich bat sie jedoch, es nicht zu tun. Nun fragte sie plötzlich: »Woher wissen Sie denn, wo ich wohne?«

»Oh, das ist ja gleichgültig. Übrigens weiß ich es gar nicht.«

»Sie sagten doch, Sie hätten den gleichen Weg?«

»Ja, den habe ich. Ich wäre ohnehin noch eine halbe Stunde spazierengegangen.«

Wir schauten an den Himmel, der war klar geworden und stand voll von Sternen, und durch die weiten, stillen Straßen strich ein frischer, kühler Wind.

Anfangs war ich in Verlegenheit, da ich durchaus nichts mit ihr zu reden wußte. Sie schritt jedoch frei und unbefangen dahin, atmete die reine Nachtluft mit Behagen und tat nur hie und da, wie es ihr einfiel, einen Ausruf oder eine Frage, auf die ich pünktlich Antwort gab. Da wurde auch ich wieder frei und zufrieden und es ergab sich im Takt unserer Schritte ein ruhiges Plaudern, von dem ich heute kein Wort mehr weiß.

Wohl aber weiß ich noch, wie ihre Stimme klang; sie klang rein, vogelleicht und dennoch warm, und ihr Lachen ruhig und fest. Ihr Schritt nahm meinen gleichmäßig mit, ich bin nie so froh und schwebend gegangen, und die schlafende Stadt mit Palästen, Toren, Gärten und Denkmälern glitt still und schattenhaft an uns vorüber.

Es begegnete uns ein alter Mann in schlechten Kleidern, der nicht mehr gut zu Fuß war. Er wollte uns ausweichen, doch nahmen wir das nicht an, sondern machten ihm zu beiden Seiten Platz, und er drehte sich langsam um und blickte uns nach. ›Ja, schau du nur!‹ sagte ich, und das blonde Mädchen lachte vergnügt.

Von hohen Türmen schollen Stundenschläge, flogen klar und frohlockend im frischen Winterwind über die Stadt und vermischten sich fern in den Lüften zu einem verhallenden Brausen. Ein Wagen fuhr über einen Platz, die Hufschläge tönten klappernd auf dem Pflaster, die Räder aber hörte man nicht, sie liefen auf Gummireifen.

Neben mir schritt heiter und frisch die schöne junge Gestalt, die Musik ihres Wesens umschloß auch mich, mein Herz schlug denselben Takt wie ihres, meine Augen sahen alles, was ihre Augen sahen. Sie kannte mich nicht und ich wußte ihren Namen nicht, aber wir waren beide sorgenlos und jung, wir waren Kameraden wie zwei Sterne und wie zwei Wolken, die densel-

71

ben Weg ziehen, dieselbe Luft atmen und sich ohne Worte wunschlos fühlen. Mein Herz war wieder neunzehn Jahre alt und unversehrt.

Mir schien, wir beide müßten ohne Ziel und unermüdet weiter wandern. Mir schien, wir gingen schon unausdenklich lange nebeneinander, und es könnte nie ein Ende nehmen. Die Zeit war ausgelöscht, ob auch die Uhren schlugen.

Da aber blieb sie unvermutet stehen, lächelte, gab mir die Hand und verschwand in einem Haustor.

## Zweiter Abend

Ich habe den halben Tag gelesen und meine Augen schmerzen, ohne daß ich weiß, warum ich sie eigentlich so anstrenge. Aber auf irgendeine Art muß ich die Zeit doch hinbringen. Jetzt ist es wieder Abend, und indem ich überlese, was ich gestern schrieb, richtet sich jene vergangene Zeit wieder auf, blaß und entrückt, aber doch erkennbar. Ich sehe Tage und Wochen, Ereignisse und Wünsche, Gedachtes und Erlebtes schön verknüpft und in sinnvoller Folge aneinandergereiht, ein richtiges Leben mit Kontinuität und Rhythmus, mit Interessen und Zielen, und mit der wunderbaren Berechtigung und Selbstverständlichkeit eines gewöhnlichen, gesunden Lebens, was alles mir seither so völlig abhanden gekommen ist. Also ich war, am Tage nach jenem schönen Abendgang mit dem fremden Mädchen, abgereist und in meine Heimat gefahren. Ich saß fast ganz allein im Wagen und freute mich über den guten Schnellzug und über die fernen Alpen, die eine Zeitlang klar und glänzend zu sehen waren. In Kempten aß ich am Büfett eine Wurst und unterhielt mich mit dem Schaffner, dem ich eine Zigarre kaufte. Später wurde das Wetter trüb und den Bodensee sah ich grau und groß wie ein Meer im Nebel und leisem Schneegeriesel liegen.

Zu Hause in demselben Zimmer, in dem ich auch jetzt sitze, machte ich mir ein gutes Feuer in den Ofen und ging mit Eifer an meine Arbeit. Es kamen Briefe und Bücherpakete und gaben mir zu tun, und einmal in der Woche fuhr ich ins Städtchen hinüber, machte meine paar Einkäufe, trank ein Glas Wein und spielte eine Partie Billard.

Dabei merkte ich doch allmählich, daß die freudige Munterkeit und zufriedene Lebenslust, mit der ich noch kürzlich in
München umhergegangen war, sich anschickte zur Neige zu
gehen und durch irgendeinen kleinen, dummen Riß zu entrinnen, so daß ich langsam in einen minder hellen, träumerischen
Zustand hineingeriet. Im Anfang dachte ich, es werde ein kleines
Unwohlsein sich ausbrüten, darum fuhr ich in die Stadt und
nahm ein Dampfbad, das jedoch nichts helfen wollte. Ich sah
auch bald ein, daß dieses Übel nicht in den Knochen und im Blut
steckte. Denn ich begann jetzt, ganz wider oder doch ohne meinen Willen, zu allen Stunden des Tages mit einer gewissen hart-
näckigen Begierde an München zu denken, als ob ich in dieser
angenehmen Stadt etwas Wesentliches verloren hätte. Und ganz
allmählich nahm dieses Wesentliche für mein Bewußtsein Gestalt
an, und es war die liebliche schlanke Gestalt der neunzehnjähri-
gen Blonden. Ich merkte, daß ihr Bildnis und jener dankbar
frohe abendliche Gang an ihrer Seite in mir nicht zur stillen
Erinnerung, sondern zu einem Teil meiner selbst geworden war,
der jetzt zu schmerzen und zu leiden anfing.

Es ging schon leis in den Frühling hinein, da war die Sache
reif und brennend geworden und ließ sich auf keine Weise mehr
unterschlagen. Ich wußte jetzt, daß ich das liebe Mädchen
wiedersehen müsse, ehe an anderes zu denken war. Wenn alles
stimmte, so durfte ich den Gedanken nicht scheuen, meinem stillen Leben Fahrwohl zu sagen und mein harmloses Schicksal mitten in den Strom zu lenken. War es auch bisher meine Absicht
gewesen, meinen Weg allein als ein unbeteiligter Zuschauer zu
gehen, so schien doch jetzt ein ernsthaftes Bedürfnis es anders zu
wollen.

Darum überlegte ich mir alles Notwendige gewissenhaft und
kam zu dem Schlusse, es sei mir durchaus möglich und erlaubt,
mich einem jungen Mädchen anzutragen, falls es dazu kommen
sollte. Ich war wenig über dreißig Jahre alt, auch gesund und
gutartig, und besaß so viel Vermögen, daß eine Frau, wenn sie
nicht zu sehr verwöhnt war, sich mir ohne Sorge anvertrauen
konnte. Gegen Ende März fuhr ich denn wieder nach München,
und diesmal hatte ich auf der langen Eisenbahnfahrt recht viel
zu denken. Ich nahm mir vor, zunächst die nähere Bekanntschaft des Mädchens zu machen, und hielt es nicht für völlig

unmöglich, daß dann vielleicht mein Bedürfnis sich als minder heftig und überwindbar erweisen könnte. Vielleicht, meinte ich, werde das bloße Wiedersehen meinem Heimweh Genüge tun und das Gleichgewicht in mir sich dann von selber wieder herstellen.

Das war nun allerdings die törichte Annahme eines Unerfahrenen. Ich erinnere mich nun wieder wohl daran, mit wieviel Vergnügen und Schlauheit ich diese Reisegedanken spann, während ich im Herzen schon fröhlich war, da ich mich München und der Blonden nahe wußte.

Kaum hatte ich das vertraute Pflaster wieder betreten, so stellte sich auch ein Behagen ein, das ich wochenlang vermißt hatte. Es war nicht frei von Sehnsucht und verhüllter Unruhe, aber doch war mir längere Zeit nicht mehr so wohl gewesen. Wieder freute mich alles, was ich sah, und hatte einen wunderlichen Glanz, die bekannten Straßen, die Türme, die Leute in der Trambahn mit ihrer Mundart, die großen Bauten und stillen Denkmäler. Ich gab jedem Trambahnschaffner einen Fünfer Trinkgeld, ließ mich durch ein feines Schaufenster verleiten, mir einen eleganten Regenschirm zu kaufen, gönnte mir auch in einem Zigarrenladen etwas Feineres, als eigentlich meinem Stande und Vermögen entsprach, und fühlte mich in der frischen Märzluft recht unternehmungslustig.

Nach zwei Tagen hatte ich schon in aller Stille mich nach dem Mädchen erkundigt und nicht viel anderes erfahren, als ich ungefähr erwartet hatte. Sie war eine Waise und aus gutem Hause, doch arm, und besuchte eine kunstgewerbliche Schule. Mit meinem Bekannten in der Leopoldstraße, in dessen Haus ich sie damals gesehen hatte, war sie entfernt verwandt. Dort sah ich sie auch wieder. Es war eine kleine Abendgesellschaft, fast alle Gesichter von damals tauchten wieder auf, manche erkannten mich wieder und gaben mir freundlich die Hand. Ich aber war sehr befangen und erregt, bis endlich mit anderen Gästen auch sie erschien. Da wurde ich still und zufrieden, und als sie mich erkannte, mir zunickte und mich sogleich an jenen Abend im Winter erinnerte, fand sich bei mir das alte Zutrauen ein und ich konnte mit ihr reden und ihr in die Augen sehen, als wäre seither keine Zeit vergangen und wehte noch derselbe winterliche Nachtwind um uns beide. Doch hatten wir einander nicht viel mitzuteilen, sie fragte nur, wie es mir seither gegangen sei und ob ich die ganze Zeit auf dem Land gelebt habe. Als das besprochen war, schwieg sie ein paar Augenblicke, sah mich dann lächelnd an und wendete sich zu ihren Freunden, während ich sie nun aus einiger Ferne nach Lust betrachten konnte. Sie schien mir ein wenig verändert, doch wußte ich nicht wie und in welchen Zügen, und erst nachher, als sie fort war und ich ihre beiden Bilder in mir streiten fühlte und vergleichen konnte, fand ich heraus, daß sie ihr Haar jetzt anders aufgesteckt hatte und auch zu etwas volleren Wangen gekommen war. Ich betrachtete sie still und hatte dabei dasselbe Gefühl der Freude und Verwunderung, daß es etwas so Schönes und innig Junges gebe und daß es mir erlaubt war, diesem Menschenfrühling zu begegnen und in die hellen Augen zu sehen.

Während des Abendessens und nachher beim Moselwein ward ich in die Herrengespräche hineingezogen, und wenn auch von anderen Dingen die Rede war als bei meinem letzten Hiersein, schien mir das Gespräch doch wie eine Fortsetzung des damaligen, und ich nahm mit einer kleinen Genugtuung wahr, daß diese lebhaften und verwöhnten Stadtleute doch auch trotz aller Augenlust und Neuigkeiten einen gewissen Zirkel haben, in dem ihr Geist und Leben sich bewegt, und daß bei allem Vielerlei und Wechsel doch auch hier der Zirkel unerbittlich und verhältnismäßig eng ist. Obschon mir in ihrer Mitte recht wohl war, fühlte ich mich doch durch meine lange Abwesenheit im Grunde um nichts betrogen und konnte die Vorstellung nicht ganz unterdrücken, diese Herrschaften seien alle noch von damals her sitzen geblieben und redeten noch am selben Gespräch von damals fort. Dieser Gedanke war natürlich ungerecht und kam nur davon her, daß meine Aufmerksamkeit und Teilnahme diesmal häufig von der Unterhaltung abwich.

Ich wandte mich auch, so bald ich konnte, dem Nebenzimmer zu, wo die Damen und jungen Leute ihre Unterhaltung hatten. Es entging mir nicht, daß die jungen Künstler von der Schönheit des Fräuleins stark angezogen wurden und mit ihr teils kameradschaftlich, teils ehrerbietig umgingen. Nur einer, ein Bildnismaler namens Zündel, hielt sich kühl bei den älteren Frauen und schaute uns Schwärmern mit einer gutmütigen Verachtung zu. Er sprach lässig und mehr horchend als redend mit einer schönen braunäugigen Frau, von der ich gehört hatte, sie stehe im Ruf großer Gefährlichkeit und vieler gehabter oder noch schwebender Liebesabenteuer.

Doch nahm ich alles das nur nebenbei mit halben Sinnen wahr. Das Mädchen nahm mich ganz in Anspruch, doch ohne daß ich mich ins allgemeine Gespräch mischte. Ich fühlte, wie sie in einer lieblichen Musik befangen lebte und sich bewegte, und der milde, innige Reiz ihres Wesens umgab mich so dicht und süß und stark wie der Duft einer Blume. So wohl mir das jedoch tat, so konnte ich doch unzweifelhaft spüren, daß ihr Anblick mich nicht stillen und sättigen könne und daß mein Leiden, wenn ich jetzt wieder von ihr getrennt würde, noch weit quälender werden müsse. Mir schien in ihrer zierlichen Person mein eigenes Glück und der blühende Frühling meines Lebens mich anzublicken, daß ich ihn fasse und an mich nehme, der sonst nie wieder käme. Es war nicht eine Begierde des Blutes nach Küssen und nach einer Liebesnacht, wie es manche schöne Frau schon für Stunden in mir erweckt und mich damit erhitzt und gequält hatte. Vielmehr war es ein frohes Vertrauen, daß in dieser lieben Gestalt mein Glück mir begegnen wolle, daß ihre Seele mir verwandt und freundlich und mein Glück auch ihres sein müsse.

Darum beschloß ich, ihr nahe zu bleiben und zur rechten Stunde meine Frage an sie zu tun.


## Dritter Abend

Es soll nun einmal erzählt sein, also weiter!

Ich hatte nun in München eine schöne Zeit. Meine Wohnung lag nicht weit vom Englischen Garten, den suchte ich jeden Morgen auf. Auch in die Bildersäle ging ich häufig, und wenn ich etwas besonders Herrliches sah, war es immer wie ein Zusammentreffen der äußeren Welt mit dem seligen Bilde, das ich in mir bewahrte.

Eines Abends trat ich in ein kleines Antiquariat, um mir etwas zum Lesen zu kaufen. Ich stöberte in staubigen Regalen und fand eine schöne, zierlich eingebundene Ausgabe des Herodot, die ich erwarb. Darüber kam ich mit dem Gehilfen, der mich bediente, in ein Gespräch. Es war ein auffallend freundlicher, still höflicher Mann mit einem bescheidenen, doch heimlich durchleuchteten Gesicht, und in seinem ganzen Wesen lag eine sanfte, friedliche Güte, die man sofort spürte und auch aus seinen Zügen und Gebärden lesen konnte. Er zeigte sich belesen, und da er mir so gut gefiel, kam ich mehrmals wieder, um etwas zu kaufen und mich eine Viertelstunde mit ihm zu unterhalten. Ohne daß er dergleichen gesagt hätte, hatte ich von ihm den Eindruck eines Mannes, der die Finsternis und Stürme des Lebens vergessen oder überwunden habe und ein friedvolles und gutes Leben führe.

Nachdem ich den Tag in der Stadt bei Freunden oder in Sammlungen hingebracht, saß ich abends vor dem Schlafengehen stets noch eine Stunde in meinem Mietzimmer, in die Wolldecke gehüllt, las im Herodot oder ließ meine Gedanken hinter dem schönen Mädchen hergehen, dessen Namen Maria ich nun auch erfahren hatte.

Beim nächsten Zusammentreffen mit ihr gelang es mir, sie etwas besser zu unterhalten, wir plauderten ganz vertraulich und ich erfuhr manches über ihr Leben. Auch durfte ich sie nach Hause begleiten, und es war mir wie im Traum, daß ich wieder mit ihr denselben Weg durch die ruhigen Straßen ging. Ich sagte ihr, ich habe oft an jenen Heimweg gedacht und mir gewünscht, ihn noch einmal gehen zu dürfen. Sie lachte vergnügt und fragte mich ein wenig aus. Und schließlich, da ich doch am Bekennen war, sah ich sie an und sagte: »Ich bin nur Ihretwegen nach München gekommen, Fräulein Maria.« Ich fürchtete sogleich, das möchte zu dreist gewesen sein, und wurde verlegen. Aber sie sagte nichts darauf und sah mich nur ruhig und ein wenig neugierig an. Nach einer Weile sagte sie dann: »Am Donnerstag gibt ein Kamerad von mir ein Atelierfest. Wollen Sie auch kommen? – Dann holen Sie mich um acht Uhr hier ab.«

Wir standen vor ihrer Wohnung. Da dankte ich und nahm Abschied. So war ich denn von Maria zu einem Fest eingeladen worden. Eine große Freudigkeit kam über mich. Ohne daß ich mir von diesem Feste allzuviel versprach, war es mir doch ein wunderlich süßer Gedanke, von ihr dazu aufgefordert zu sein und ihr etwas zu verdanken. Ich besann mich, wie ich ihr dafür danken könne, und beschloß, ihr am Donnerstag einen schönen Blumenstrauß mitzubringen.

In den drei Tagen, die ich noch warten mußte, fand ich die heiter zufriedene Stimmung nicht wieder, in der ich die letzte Zeit gewesen war. Seit ich ihr das gesagt hatte, daß ich ihretwegen hierhergereist sei, war meine Unbefangenheit und Ruhe verloren. Es war doch so gut wie ein Geständnis gewesen, und nun mußte ich immer denken, sie wisse um meinen Zustand und überlege sich vielleicht, was sie mir antworten solle. Ich brachte diese Tage meist auf Ausflügen außerhalb der Stadt zu, in den großen Parkanlagen von Nymphenburg und von Schleißheim oder im Isartal in den Wäldern.

Als der Donnerstag gekommen war und es Abend wurde, zog ich mich an, kaufte im Laden einen großen Strauß rote Rosen und fuhr damit in einer Droschke bei Maria vor. Sie kam sogleich herab, ich half ihr in den Wagen und gab ihr die Blumen, aber sie war aufgeregt und befangen, was ich trotz meiner eigenen Verlegenheit wohl bemerkte. Ich ließ sie denn auch in Ruhe und es gefiel mir, sie so mädchenhaft vor einer Festlichkeit in Aufregung und Freudenfieber zu sehen. Bei der Fahrt im offenen Wagen durch die Stadt überkam auch mich allmählich eine große Freude, indem es mir scheinen wollte, als bekenne damit Maria, sei es auch nur für eine Stunde, sich zu einer Art von Freundschaft und Einverständnis mit mir. Es war mir ein festtägliches Ehrenamt, sie für diesen Abend unter meinem Schutz und meiner Begleitung zu haben, da es ihr hierzu doch gewiß nicht an anderen erbötigen Freunden gefehlt hätte.

Der Wagen hielt vor einem großen kahlen Miethause, dessen Flur und Hof wir durchschreiten mußten. Dann ging es im Hinterhause unendliche Treppen hinauf, bis uns im obersten Korridor ein Schwall von Licht und Stimmen entgegenbrach. Wir legten in einer Nebenstube ab, wo ein eisernes Bett und ein paar Kisten schon mit Mänteln und Hüten bedeckt waren, und traten dann in das Atelier, das hell erleuchtet und voll von Menschen war. Drei oder vier waren mir flüchtig bekannt, die andern samt dem Hausherrn aber alle fremd.

Diesem stellte mich Maria vor und sagte dazu: »Ein Freund von mir. Ich durfte ihn doch mitbringen?«

Das erschreckte mich ein wenig, da ich glaubte, sie habe mich angemeldet. Aber der Maler gab mir unbeirrt die Hand und sagte gleichmütig: »Ist schon recht.«

Es ging in dem Atelier recht lebhaft und freimütig zu. Jeder setzte sich, wo er Platz fand, und man saß nebeneinander, ohne sich zu kennen. Auch nahm sich jedermann nach Belieben von den kalten Speisen, die da und dort herumstanden, und vom Wein oder Bier, und während die einen erst ankamen oder ihr Abendbrot aßen, hatten andere schon die Zigarren angezündet, deren Rauch sich allerdings anfänglich in dem sehr hohen Raume leicht verlor.

Da niemand nach uns sah, versorgte ich Maria und dann auch mich mit einigem Essen, das wir ungestört an einem kleinen niederen Zeichentisch verzehrten, zusammen mit einem fröhlichen, rotbärtigen Manne, den wir beide nicht kannten, der uns aber munter und anfeuernd zunickte. Hie und da griff jemand von den später Gekommenen, für die es an Tischen fehlte, über unsre Schulter hinweg nach einem Schinkenbrot, und als die Vorräte zu Ende waren, klagten viele noch über Hunger und zwei von den Gästen gingen aus, um noch etwas einzukaufen, wozu der eine von seinen Kameraden kleine Geldbeträge erbat und erhielt.

Der Gastgeber sah diesem munteren und etwas lärmigen Wesen gleichmütig zu, aß stehend ein Butterbrot und ging mit diesem und einem Weinglas in den Händen plaudernd bei den Gästen hin und wider. Auch ich nahm an dem ungebundenen Treiben keinen Anstoß, doch wollte es mir im stillen leid tun, daß Maria sich hier anscheinend wohl und heimisch fühlte. Ich wußte ja, daß die jungen Künstler ihre Kollegen und zum Teil sehr achtenswerte Leute waren, und hatte keinerlei Recht, etwas anderes zu wünschen. Dennoch war es mir ein leiser Schmerz und fast eine kleine Enttäuschung, zu sehen, wie sie diese immerhin robuste Geselligkeit befriedigt hinnahm. Ich blieb bald allein, da sie nach der kurzen Mahlzeit sich erhob und ihre Freunde begrüßte. Den beiden ersten stellte sie mich vor und suchte mich mit in ihre Unterhaltung zu ziehen, wobei ich freilich versagte. Dann stand sie bald da, bald dort bei Bekannten, und da sie mich nicht zu vermissen schien, zog ich mich in einen Winkel zurück, lehnte mich an die Wand und schaute mir die lebhafte Gesellschaft in Ruhe an. Ich hatte nicht erwartet, daß Maria sich den ganzen Abend in meiner Nähe halten würde, und war damit zufrieden, sie zu sehen, etwa einmal mit ihr zu plaudern und sie dann wieder nach Hause zu begleiten. Trotzdem kam allmählich ein Mißbehagen über mich, und je munterer die andern wurden, desto unnützer und fremder stand ich da, nur selten von jemand flüchtig angeredet.

Unter den Gästen bemerkte ich auch jenen Porträtmaler Zündel sowie jene schöne Frau mit den braunen Augen, die mir als gefährlich und etwas übel berufen bezeichnet worden war. Sie schien in diesem Kreise wohlbekannt und ward von den meisten mit einer gewissen lächelnden Vertrautheit, doch ihrer Schönheit wegen auch mit freimütiger Bewunderung betrachtet. Zündel war ebenfalls ein hübscher Mensch, groß und kräftig, mit scharfen dunklen Augen und von einer sichern, stolzen und überlegenen Haltung wie ein verwöhnter und seines Eindrucks gewisser Mann. Ich betrachtete ihn mit Aufmerksamkeit, da ich von Natur für solche Männer ein merkwürdiges, mit Humor und auch mit etwas Neid vermischtes Interesse habe. Er versuchte den Gastgeber wegen der mangelhaften Bewirtung aufzuziehen.

»Du hast ja nicht einmal genug Stühle«, meinte er geringschätzig. Aber der Hausherr blieb unangefochten. Er zuckte die Achseln und sagte: »Wenn ich mich einmal zum Porträtmalen hergeb', wird's bei mir schon auch fein werden.« Dann tadelte Zündel die Gläser: »Aus den Kübeln kann man doch keinen Wein trinken. Hast du nie gehört, daß zum Wein feine Gläser gehören?« Und der Gastgeber antwortete unverzagt: »Vielleicht verstehst du was von Gläsern, aber vom Wein verstehst du nichts. Mir ist alleweil ein feiner Wein lieber als ein feines Glas.« Die schöne Frau hörte lächelnd zu, und ihr Gesicht sah merkwürdig zufrieden und selig aus, was kaum von diesen Witzen herrühren konnte. Ich sah denn auch bald, daß sie unterm Tischblatt ihre Hand tief in den linken Rockärmel des Malers gesteckt hielt, während sein Fuß leicht und nachlässig mit ihrem spielte. Doch schien er mehr höflich als zärtlich zu sein, sie aber hing mit einer unangenehmen Inbrunst an ihm und ihr Anblick wurde mir bald unerträglich. Übrigens machte sich auch Zündel nun von ihr los und stand auf. Es war jetzt ein starker Rauch im Atelier, auch Frauen und Mädchen rauchten Zigaretten, Gelächter und laute Gespräche klangen durcheinander, alles ging auf und ab, setzte sich auf Stühle, auf Kisten, auf den Kohlenbehälter, auf den Boden. Eine Pikkoloflöte wurde geblasen, und mitten in dem Getöse las ein leicht angetrunkener Jüngling einer lachenden Gruppe ein ernsthaftes Gedicht vor.

Ich beobachtete Zündel, der gemessen hin und wider ging und völlig ruhig und nüchtern blieb. Dazwischen sah ich immer wieder zu Maria hinüber, die mit zwei anderen Mädchen auf einem Diwan saß und von jungen Herren unterhalten wurde, die mit Weingläsern in den Händen dabeistanden. Je länger die Lustbarkeit dauerte und je lauter sie wurde, desto mehr kam eine Trauer und Beklemmung über mich. Es schien mir, ich sei mit meinem Märchenkind an einen unreinen Ort geraten, und ich begann darauf zu warten, daß sie mir winke und fortzugehen begehre.

Der Maler Zündel stand jetzt abseits und hatte sich eine Zigarre angezündet. Er beschaute sich die Gesichter und blickte auch aufmerksam zu dem Diwan hin. Da hob Maria den Blick, ich sah es genau, und sah ihm eine kleine Weile in die Augen. Er lächelte, sie aber blickte ihn fest und gespannt an, und dann sah ich ihn ein Auge schließen und den Kopf fragend heben, sie aber leise nicken.

Da wurde mir schwül und dunkel im Herzen. Ich wußte ja nichts und es konnte ein Scherz, ein Zufall, eine kaum gewollte Gebärde sein. Allein ich tröstete mich damit nicht. Ich hatte gesehen, es gab ein Einverständnis zwischen den beiden, die den ganzen Abend kein Wort miteinander gesprochen und sich fast auffallend voneinander ferngehalten hatten.

In jenem Augenblick fiel mein Glück und meine kindische Hoffnung zusammen, es blieb kein Hauch und kein Glanz davon übrig. Es blieb nicht einmal eine reine, herzliche Trauer, die ich gern getragen hätte, sondern nur eine Scham und Enttäuschung, ein widerwärtiger Geschmack und Ekel. Wenn ich Maria mit einem frohen Bräutigam oder Liebhaber gesehen hätte, so hätte ich ihn beneidet und mich doch gefreut. Nun aber war es ein Verführer und Weiberheld, dessen Fuß noch vor einer halben Stunde mit dem der braunäugigen Frau gespielt hatte. Trotzdem raffte ich mich zusammen. Es konnte immer noch eine Täuschung sein, und ich mußte Maria Gelegenheit geben, meinen bösen Verdacht zu widerlegen.

Ich ging zu ihr und sah ihr betrübt in das frühlinghafte, liebe

Gesicht. Und ich fragte: »Es wird spät, Fräulein Maria, darf ich Sie nicht heimbegleiten?«

Ach, da sah ich sie zum erstenmal unfrei und verstellt. Ihr Gesicht verlor den feinen Gotteshauch und auch ihre Stimme klang verhüllt und unwahr. Sie lachte und sagte laut: »O verzeihen Sie, daran hatte ich gar nicht gedacht. Ich werde abgeholt. Wollen Sie schon gehen?«

Ich sagte: »Ja, ich will gehen. Adieu, Fräulein Maria.«

Ich nahm von niemand Abschied und wurde von niemand aufgehalten. Langsam ging ich die vielen Treppen hinunter, über den Hof und durch das Vorderhaus. Draußen besann ich mich, was nun zu tun sei, und kehrte wieder um und verbarg mich im Hof hinter einem leeren Wagen. Dort wartete ich lang, beinahe eine Stunde. Dann kam der Zündel, warf einen Zigarrenrest weg und knöpfte seinen Mantel zu, ging durch die Einfahrt hinaus, kam aber bald wieder und blieb am Ausgang stehen.

Es dauerte fünf, zehn Minuten, und immerfort verlangte es mich, hervorzutreten, ihn anzurufen, ihn einen Hund zu heißen und an der Kehle zu packen. Aber ich tat es nicht, ich blieb still in meinem Versteck und wartete. Und es dauerte nicht lang, da hörte ich wieder Schritte auf der Treppe, und die Türe ging, und Maria kam heraus, schaute sich um, schritt zum Ausgang und legte still ihren Arm in den des Malers. Rasch gingen sie miteinander fort, ich sah ihnen nach und machte mich dann auf den Heimweg.

Zu Hause legte ich mich ins Bett, konnte aber keine Ruhe finden, so daß ich wieder aufstand und in den Englischen Garten ging. Dort lief ich die halbe Nacht herum, kam dann wieder in mein Zimmer und schlief nun fest bis in den Tag hinein.

Ich hatte mir nachts vorgenommen, gleich am Morgen fortzureisen. Dafür war ich nun aber zu spät erwacht und hatte also noch einen Tag hinzubringen. Ich packte und zahlte, nahm von meinen Freunden schriftlich Abschied, aß in der Stadt und setzte mich in ein Kaffeehaus. Die Zeit wollte mir lang werden und ich sann nach, womit ich den Nachmittag verbringen könne. Dabei fing ich an, mein Elend zu fühlen. Seit Jahren war ich nicht mehr in dem scheußlichen und unwürdigen Zustand gewesen, daß ich die Zeit fürchtete und verlegen war, wie ich sie umbringe. Spazierengehen, Gemälde sehen, Musik hören, ausfahren, eine Partie Billard spielen, lesen, alles lockte mich nicht, alles war dumm, fad, sinnlos. Und wenn ich auf der Straße um mich blickte, sah ich Häuser, Bäume, Menschen, Pferde, Hunde, Wagen, alles unendlich langweilig, reizlos und gleichgültig. Nichts sprach zu mir, nichts machte mir Freude, erweckte mir Teilnahme oder Neugierde. Während ich eine Tasse Kaffee trank, um die Zeit hinter mich zu bringen und eine Art von Pflicht zu erfüllen, fiel mir ein, ich müsse mich umbringen. Ich war froh, diese Lösung gefunden zu haben, und überlegte sachlich das Notwendige. Allein meine Gedanken waren zu unstet und haltlos, als daß sie länger als für Minuten bei mir geblieben wären. Zerstreut zündete ich mir eine Zigarre an, warf sie wieder weg, bestellte die zweite oder dritte Tasse Kaffee, blätterte in einer Zeitschrift und schlenderte schließlich weiter. Es kam mir wieder in den Sinn, daß ich hatte abreisen wollen, und ich nahm mir vor, es morgen gewiß zu tun. Plötzlich machte mich der Gedanke an meine Heimat warm, und für Augenblicke fühlte ich statt des elenden Ekels eine rechte, reinliche Trauer. Ich erinnerte mich daran, wie schön es in der Heimat war, wie dort die grünen und blauen Berge weich aus dem See emporstiegen, wie der Wind in den Pappeln tönte und wie die Möwen kühn und launisch flogen. Und mir schien, ich müsse nur aus dieser verfluchten Stadt hinaus und wieder in die Heimat kommen, damit der böse Zauber breche und ich die Welt wieder in ihrem Glanze sehen, verstehen und liebhaben könne.

Im Hinschlendern und Denken verlor ich mich in den Gassen der Altstadt, ohne genau zu wissen, wo ich war, bis ich unversehens vor dem Laden meines Antiquars stand. Im Fenster hing ein Kupferstich ausgestellt, das Bildnis eines Gelehrten aus dem siebzehnten Jahrhundert, und ringsum standen alte Bücher in Leder, Pergament und Holz gebunden. Das weckte in meinem ermüdeten Kopf eine neue, flüchtige Reihe von Vorstellungen, in denen ich eifrig Trost und Ablenkung suchte. Es waren angenehme, etwas träge Vorstellungen von Studien und mönchischem Leben, von einem stillen, resignierten und etwas staubigen Winkelglück bei Leselampe und Büchergeruch. Um den richtigen Trost noch eine Weile festzuhalten, trat ich in den Laden und wurde sogleich von jenem freundlichen Gehilfen empfangen. Er führte mich eine enge Wendeltreppe hinauf in das obere Stockwerk, wo mehrere große Räume ganz mit wandhohen Bücher-schäften gefüllt waren. Die Weisen und Dichter vieler Zeiten schauten mich traurig aus blinden Bücheraugen an, der schweig-same Antiquar stand wartend da und sah mich bescheiden an.

Da geriet ich auf den Einfall, diesen stillen Mann um Trost zu fragen. Ich sah in sein gutes, offenes Gesicht und sagte: »Bitte nennen Sie mir etwas, was ich lesen soll. Sie müssen doch wissen, wo etwas Tröstliches und Heilsames zu finden ist; Sie sehen gut und getröstet aus.«

»Sind Sie krank?« fragte er leise.

»Ein wenig«, sagte ich.

Und er: »Ist es schlimm?«

»Ich weiß nicht. Es ist *taedium vitae.*«

Da nahm sein einfaches Gesicht einen großen Ernst an. Er sagte ernst und eindringlich: »Ich weiß einen guten Weg für Sie.«

Und als ich ihn mit den Augen fragte, fing er an zu reden und erzählte mir von der Gemeinde der Theosophen, zu der er gehörte. Manches davon war mir nicht unbekannt, doch war ich nicht fähig, ihm mit rechter Aufmerksamkeit zuzuhören. Ich vernahm nur ein mildes, wohlgemeintes, herzliches Sprechen, Sätze von Karma, Sätze von Wiedergeburt, und als er innehielt und beinah verlegen schwieg, wußte ich gar keine Antwort. Schließlich fragte ich, ob er mir Bücher zu nennen wisse, in denen ich diese Sache studieren könne. Sofort brachte er mir einen kleinen Katalog theosophischer Bücher.

»Welches soll ich lesen?« fragte ich unsicher.

»Das grundlegende Buch über die Lehre ist von Madame Bla-vatsky«, sagte er entschieden.

»Geben Sie mir das!«

Wieder wurde er verlegen. »Es ist nicht hier, ich müßte es für Sie kommen lassen. Aber allerdings – – das Werk hat zwei starke Bände, es braucht Geduld zum Lesen. Und leider ist es sehr teuer, es kostet über fünfzig Mark. Soll ich versuchen, es Ihnen leihweise zu verschaffen?«

»Nein danke, bestellen Sie es mir!«

Ich schrieb meine Adresse auf, bat ihn, das Buch gegen Nach-nahme dahin zu schicken, nahm Abschied von ihm und ging. Ich wußte schon damals, daß die ›Geheimlehre‹ mir nicht helfen würde. Ich wollte nur dem Antiquar eine kleine Freude machen. Und warum sollte ich nicht ein paar Monate hinter den Blavatskybänden sitzen?

Ich ahnte auch, daß meine anderen Hoffnungen nicht haltbarer sein würden. Ich ahnte, daß auch in meiner Heimat alle Dinge grau und glanzlos geworden seien, und daß es überall so sein würde, wohin ich ginge.

Diese Ahnung hat mich nicht getäuscht. Es ist etwas verlorengegangen, was früher in der Welt war, ein gewisser unschuldiger Duft und Liebreiz, und ich weiß nicht, ob das wiederkommen kann.

*(1908)*

# Die Stadt

Es geht vorwärts!« rief der Ingenieur, als auf der gestern neugelegten Schienenstrecke schon der zweite Eisenbahnzug voll Menschen, Kohlen, Werkzeugen und Lebensmitteln ankam. Die Prärie glühte leise im gelben Sonnenlicht, blaudunstig stand am Horizont das hohe Waldgebirge. Wilde Hunde und erstaunte Präriebüffel sahen zu, wie in der Einöde Arbeit und Getümmel anhob, wie im grünen Lande Flecken von Kohlen und von Asche und von Papier und von Blech entstanden. Der erste Hobel schrillte durch das erschrockene Land, der erste Flintenschuß donnerte auf und verrollte am Gebirge hin, der erste Amboß klang helltönig unter raschen Hammerschlägen auf. Ein Haus aus Blech entstand, und am nächsten Tage eines aus Holz, und andere, und täglich neue, und bald auch steinerne. Die wilden Hunde und Büffel blieben fern, die Gegend wurde zahm und fruchtbar, es wehten schon im ersten Frühjahr Ebenen voll grüner Feldfrucht, Höfe und Ställe und Schuppen ragten daraus auf, Straßen schnitten durch die Wildnis.

Der Bahnhof wurde fertig und eingeweiht, und das Regierungsgebäude, und die Bank, mehrere kaum um Monate jüngere Schwesterstädte erwuchsen in der Nähe. Es kamen Arbeiter aus aller Welt, Bauern und Städter, es kamen Kaufleute und Advokaten, Prediger und Lehrer, es wurde eine Schule gegründet, drei religiöse Gemeinschaften, zwei Zeitungen. Im Westen wurden Erdölquellen gefunden, es kam großer Wohlstand in die junge Stadt. Noch ein Jahr, da gab es schon Taschendiebe, Zuhälter, Einbrecher, ein Warenhaus, einen Alkoholgegnerbund, einen Pariser Schneider, eine bayrische Bierhalle. Die Konkurrenz der Nebenstädte beschleunigte das Tempo. Nichts fehlte mehr, von der Wahlrede bis zum Streik, vom Kinotheater bis zum Spiritistenverein. Man konnte französischen Wein, norwegische Heringe, italienische Würste, englische Kleiderstoffe, russischen Kaviar in der Stadt haben. Es kamen schon Sänger, Tänzer und Musiker zweiten Ranges auf ihren Gastreisen in den Ort.

Und es kam auch langsam die Kultur. Die Stadt, die anfänglich nur eine Gründung gewesen war, begann eine Heimat zu werden. Es gab hier eine Art, sich zu grüßen, eine Art, sich im Begegnen zuzunicken, die sich von den Arten in andern Städten leicht und zart unterschied. Männer, die an der Gründung der Stadt teilgehabt hatten, genossen Achtung und Beliebtheit, ein kleiner Adel strahlte von ihnen aus. Ein junges Geschlecht wuchs auf, dem erschien die Stadt schon als eine alte, beinahe von Ewigkeit stammende Heimat. Die Zeit, da hier der erste Hammerschlag erschollen, der erste Mord geschehen, der erste Gottesdienst gehalten, die erste Zeitung gedruckt worden war, lag ferne in der Vergangenheit, war schon Geschichte.

Die Stadt hatte sich zur Beherrscherin der Nachbarstädte und zur Hauptstadt eines großen Bezirkes erhoben. An breiten, heiteren Straßen, wo einst neben Aschenhaufen und Pfützen die ersten Hütten aus Brettern und Wellblech gestanden hatten, erhoben sich ernst und ehrwürdig Amtshäuser und Banken, Theater und Kirchen, Studenten gingen schlendernd zur Universität und Bibliothek, Krankenwagen fuhren leise zu den Kliniken, der Wagen eines Abgeordneten wurde bemerkt und begrüßt, in zwanzig gewaltigen Schulhäusern aus Stein und Eisen wurde jedes Jahr der Gründungstag der ruhmreichen Stadt mit Gesang und Vorträgen gefeiert. Die ehemalige Prärie war von Feldern, Fabriken, Dörfern bedeckt und von zwanzig Eisenbahnlinien durchschnitten, das Gebirge war nahegerückt und durch eine Bergbahn bis ins Herz der Schluchten erschlossen. Dort, oder fern am Meer, hatten die Reichen ihre Sommerhäuser.

Ein Erdbeben warf, hundert Jahre nach ihrer Gründung, die Stadt bis auf kleine Teile zu Boden. Sie erhob sich von neuem, und alles Hölzerne ward nun Stein, alles Kleine groß, alles Enge weit. Der Bahnhof war der größte des Landes, die Börse die größte des ganzen Erdteils, Architekten und Künstler schmückten die verjüngte Stadt mit öffentlichen Bauten, Anlagen, Brunnen, Denkmälern. Im Laufe dieses neuen Jahrhunderts erwarb sich die Stadt den Ruf, die schönste und reichste des Landes und eine Sehenswürdigkeit zu sein. Politiker und Architekten, Techniker und Bürgermeister fremder Städte kamen gereist, um die Bauten, Wasserleitungen, die Verwaltung und andere Einrichtungen der berühmten Stadt zu studieren. Um jene Zeit begann der Bau des neuen Rathauses, eines der größten und herrlichsten

Gebäude der Welt, und da diese Zeit beginnenden Reichtums und städtischen Stolzes glücklich mit einem Aufschwung des allgemeinen Geschmacks, der Baukunst und Bildhauerei vor allem, zusammentraf, ward die rasch wachsende Stadt ein keckes und wohlgefälliges Wunderwerk. Den inneren Bezirk, dessen Bauten ohne Ausnahme aus einem edlen, hellgrauen Stein bestanden, umschloß ein breiter Gürtel herrlicher Parkanlagen, und jenseits dieses Ringes verloren sich Straßenzüge und Häuser in weiter Ausdehnung langsam ins Freie und Ländliche. Viel besucht und bewundert wurde ein ungeheures Museum, in dessen hundert Sälen, Höfen und Hallen die Geschichte der Stadt von ihrer Entstehung bis zur letzten Entwicklung dargestellt war. Der erste, ungeheure Vorhof dieser Anlage stellte die ehemalige Prärie dar, mit wohlgepflegten Pflanzen und Tieren und genauen Modellen der frühesten elenden Behausungen, Gassen und Einrichtungen. Da lustwandelte die Jugend der Stadt und betrachtete den Gang ihrer Geschichte, vom Zelt und Bretterschuppen an, vom ersten unebenen Schienenpfad bis zum Glanz der großstädtischen Straßen. Und sie lernten daran, von ihren Lehrern geführt und unterwiesen, die herrlichen Gesetze der Entwicklung und des Fortschritts begreifen, wie aus dem Rohen das Feine, aus dem Tier der Mensch, aus dem Wilden der Gebildete, aus der Not der Überfluß, aus der Natur die Kultur entstehe.

Im folgenden Jahrhundert erreichte die Stadt den Höhepunkt ihres Glanzes, der sich in reicher Üppigkeit entfaltete und eilig steigerte, bis eine blutige Revolution der unteren Stände dem ein Ziel setzte. Der Pöbel begann damit, viele von den großen Erdölwerken, einige Meilen von der Stadt entfernt, anzuzünden, so daß ein großer Teil des Landes mit Fabriken, Höfen und Dörfern teils verbrannte, teils verödete. Die Stadt selbst erlebte zwar Gemetzel und Greuel jeder Art, blieb aber bestehen und erholte sich in nüchternen Jahrzehnten wieder langsam, ohne aber das frühere flotte Leben und Bauen je wieder zu vermögen. Es war während ihrer üblen Zeit ein fernes Land jenseits der Meere plötzlich aufgeblüht, das lieferte Korn und Eisen, Silber und andere Schätze mit der Fülle eines unerschöpften Bodens, der noch willig hergibt. Das neue Land zog die brachen Kräfte, das Streben und Wünschen der alten Welt gewaltsam an sich,

Städte blühten dort über Nacht aus der Erde, Wälder verschwanden, Wasserfälle wurden gebändigt.

Die schöne Stadt begann langsam zu verarmen. Sie war nicht mehr Herz und Gehirn einer Welt, nicht mehr Markt und Börse vieler Länder. Sie mußte damit zufrieden sein, sich am Leben zu erhalten und im Lärme neuer Zeiten nicht ganz zu erblassen. Die müßigen Kräfte, soweit sie nicht nach der fernen neuen Welt fortschwanden, hatten nichts mehr zu bauen und zu erobern und wenig mehr zu handeln und zu verdienen. Statt dessen keimte in dem nun alt gewordenen Kulturboden ein geistiges Leben, es gingen Gelehrte und Künstler von der stillwerdenden Stadt aus, Maler und Dichter. Die Nachkommen derer, welche einst auf dem jungen Boden die ersten Häuser erbaut hatten, brachten lächelnd ihre Tage in stiller, später Blüte geistiger Genüsse und Bestrebungen hin, sie malten die wehmütige Pracht alter moosiger Gärten mit verwitternden Statuen und grünen Wassern und sangen in zarten Versen vom fernen Getümmel der alten heldenhaften Zeit oder vom stillen Träumen müder Menschen in alten Palästen. Damit klangen der Name und Ruhm dieser Stadt noch einmal durch die Welt. Mochten draußen Kriege die Völker erschüttern und große Arbeiten sie beschäftigen, hier wußte man in verstummter Abgeschiedenheit den Frieden walten und den Glanz versunkener Zeiten leise nachdämmern: stille Straßen, von Blütenzweigen überhangen, wetterfarbene Fassaden mächtiger Bauwerke über lärmlosen Plätzen träumend, moosbewachsene Brunnenschalen in leiser Musik von spielenden Wassern überronnen.

Manche Jahrhunderte war die alte träumende Stadt für die jüngere Welt ein ehrwürdiger und geliebter Ort, von Dichtern besungen und von Liebenden besucht. Doch drängte das Leben der Menschheit immer mächtiger nach anderen Erdteilen hin. Und in der Stadt selbst begannen die Nachkommen der alten einheimischen Familien auszusterben oder zu verwahrlosen. Es hatte auch die letzte geistige Blüte ihr Ziel längst erreicht, und übrig blieb nur verwesendes Gewebe. Die kleineren Nachbarstädte waren seit längeren Zeiten ganz verschwunden, zu stillen Ruinenhaufen geworden, zuweilen von ausländischen Malern und Touristen besucht, zuweilen von Zigeunern und entflohenen Verbrechern bewohnt.

Nach einem Erdbeben, das indessen die Stadt selbst verschonte, war der Lauf des Flusses verschoben und ein Teil des verödeten Landes zu Sumpf, ein anderer dürr geworden. Und von den Bergen her, wo die Reste uralter Steinbrücken und Landhäuser zerbröckelten, stieg der Wald, der alte Wald, langsam herab. Er sah die weite Gegend öde liegen und zog langsam ein Stück nach dem andern in seinen grünen Kreis, überflog hier einen Sumpf mit flüsterndem Grün, dort ein Steingeröll mit jungem, zähem Nadelholz.

In der Stadt hausten am Ende keine Bürger mehr, nur noch Gesindel, unholdes, wildes Volk, das in den schiefen, einsinkenden Palästen der Vorzeit Obdach nahm und in den ehemaligen Gärten und Straßen seine mageren Ziegen weidete. Auch diese letzte Bevölkerung starb allmählich in Krankheiten und Blödsinn aus, die ganze Landschaft war seit der Versumpfung von Fieber heimgesucht und der Verlassenheit anheimgefallen.

Die Reste des alten Rathauses, das einst der Stolz seiner Zeit gewesen war, standen noch immer sehr hoch und mächtig, in Liedern aller Sprachen besungen und ein Herd unzähliger Sagen der Nachbarvölker, deren Städte auch längst verwahrlost waren und deren Kultur entartete. In Kinder-Spukgeschichten und melancholischen Hirtenliedern tauchten entstellt und verzerrt noch die Namen der Stadt und der gewesenen Pracht gespenstisch auf, und Gelehrte ferner Völker, deren Zeit jetzt blühte, kamen zuweilen auf gefährlichen Forschungsreisen in die Trümmerstätte, über deren Geheimnisse die Schulknaben entfernter Länder sich begierig unterhielten. Es sollten Tore von reinem Gold und Grabmäler voll von Edelsteinen dort sein, und die wilden Nomadenstämme der Gegend sollten aus alten fabelhaften Zeiten her verschollene Reste einer tausendjährigen Zauberkunst bewahren.

Der Wald aber stieg weiter von den Bergen her in die Ebene, Seen und Flüsse entstanden und vergingen, und der Wald rückte vor und ergriff und verhüllte langsam das ganze Land, die Reste der alten Straßenmauern, der Paläste, Tempel, Museen, und Fuchs und Marder, Wolf und Bär bevölkerten die Einöde.

Über einem der gestürzten Paläste, von dem kein Stein mehr am Tage lag, stand eine junge Kiefer, die war vor einem Jahre noch der vorderste Bote und Vorläufer des heranwachsenden

Waldes gewesen. Nun aber schaute auch sie schon wieder weit auf jungen Wuchs hinaus.

»Es geht vorwärts!« rief ein Specht, der am Stamme hämmerte, und sah den wachsenden Wald und den herrlichen, grünenden Fortschritt auf Erden zufrieden an.

*(1910)*

## Doktor Knölge's Ende

Herr Doktor Knölge, ein ehemaliger Gymnasiallehrer, der sich früh zur Ruhe gesetzt und privaten philologischen Studien gewidmet hatte, wäre gewiß niemals in Verbindung mit den Vegetariern und dem Vegetarismus gekommen, wenn nicht eine Neigung zu Atemnot und Rheumatismen ihn einst zu einer vegetarischen Diätkur getrieben hätte. Der Erfolg war so ausgezeichnet, daß der Privatgelehrte von da an alljährlich einige Monate in irgendeiner vegetarischen Heilstätte oder Pension zubrachte, meist im Süden, und so trotz seiner Abneigung gegen alles Ungewöhnliche und Sonderbare in einen Verkehr mit Kreisen und Individuen geriet, die nicht zu ihm paßten und deren seltene, nicht ganz zu vermeidende Besuche in seiner Heimat er keineswegs liebte.

Manche Jahre hatte Doktor Knölge die Zeit des Frühlings und Frühsommers oder auch die Herbstmonate in einer der vielen freundlichen Vegetarierpensionen an der südfranzösischen Küste oder am Lago Maggiore hingebracht. Er hatte vielerlei Menschen an diesen Orten kennengelernt und sich an manches gewöhnt, an Barfußgehen und langhaarige Apostel, an Fanatiker des Fastens und an vegetarische Gourmands. Unter den letzteren hatte er manche Freunde gefunden, und er selbst, dem sein Leiden den Genuß schwerer Speisen immer mehr verbot, hatte sich zu einem bescheidenen Feinschmecker auf dem Gebiete der Gemüse und des Obstes ausgebildet. Er war keineswegs mit jedem Endiviensalat zufrieden und hätte niemals eine kalifornische Orange für eine italienische gegessen. Im übrigen kümmerte er sich wenig um den Vegetarismus, der für ihn nur ein Kurmittel war, und interessierte sich höchstens gelegentlich für alle die famosen sprachlichen Neubildungen auf diesem Gebiete, die ihm als einem Philologen merkwürdig waren. Da gab es Vegetarier, Vegetarianer, Vegetabilisten, Rohkostler, Frugivoren und Gemischtkostler!

Der Doktor selbst gehörte nach dem Sprachgebrauch der Eingeweihten zu den Gemischtkostlern, da er nicht nur Früchte und

Ungekochtes, sondern auch gekochte Gemüse, ja auch Speisen aus Milch und Eiern zu sich nahm. Daß dies den wahren Vegetariern, vor allem den reinen Rohkostlern strenger Observanz, ein Greuel war, entging ihm nicht. Doch hielt er sich den fanatischen Bekenntnisstreitigkeiten dieser Brüder fern und gab seine Zugehörigkeit zur Klasse der Gemischtkostler nur durch die Tat zu erkennen, während manche Kollegen, namentlich Österreicher, sich ihres Standes auf den Visitenkarten rühmten.

Wie gesagt, Knölge paßte nicht recht zu diesen Leuten. Er sah schon mit seinem friedlichen, roten Gesicht und der breiten Figur ganz anders aus als die meist hageren, asketisch blickenden, oft phantastisch gekleideten Brüder vom reinen Vegetarismus, deren manche die Haare bis über die Schultern hinab wachsen ließen und deren jeder als Fanatiker, Bekenner und Märtyrer seines speziellen Ideals durchs Leben ging. Knölge war Philolog und Patriot, er teilte weder die Menschheitsgedanken und sozialen Reformideen noch die absonderliche Lebensweise seiner Mitvegetarier. Er sah so aus, daß an den Bahnhöfen und Schiffhaltestellen von Locarno oder Pallanza ihm die Diener der weltlichen Hotels, die sonst jeden ›Kohlrabiapostel‹ von weitem rochen, vertrauensvoll ihre Gasthäuser empfahlen und ganz erstaunt waren, wenn der so anständig aussehende Mensch seinen Koffer dem Diener einer Thalysia oder Ceres oder dem Eselsführer des Monte Verità übergab. Trotzdem fühlte er sich mit der Zeit in der ihm fremden Umgebung ganz wohl. Er war ein Optimist, ja beinahe ein Lebenskünstler, und allmählich fand er unter den Pflanzenessern aller Länder, die jene Orte besuchten, namentlich unter den Franzosen, manchen friedliebenden und rotwangigen Freund, an dessen Seite er seinen jungen Salat und seinen Pfirsich ungestört in behaglichen Tischgesprächen verzehren konnte, ohne daß ihm ein Fanatiker der strengen Observanz seine Gemischtkostlerei oder ein reiskauender Buddhist seine religiöse Indifferenz vorwarf.

Da geschah es, daß Doktor Knölge erst durch die Zeitungen, dann durch direkte Mitteilungen aus dem Kreise seiner Bekannten von der großen Gründung der Internationalen Vegetarier-Gesellschaft hörte, die ein gewaltiges Stück Land in Kleinasien erworben hatte und alle Brüder der Welt bei mäßigsten Preisen einlud, sich dort besuchsweise oder dauernd niederzulassen. Es war eine Unternehmung jener idealistischen Gruppe deutscher, holländischer und österreichischer Pflanzenesser, deren Bestrebungen eine Art von vegetarischem Zionismus waren und dahin zielten, den Anhängern und Bekennern ihres Glaubens ein eigenes Land mit eigener Verwaltung irgendwo in der Welt zu erwerben, wo die natürlichen Bedingungen zu einem Leben vorhanden wären, wie es ihnen als Ideal vor Augen stand. Ein Anfang dazu war diese Gründung in Kleinasien. Ihre Aufrufe wandten sich ›an alle Freunde der vegetarischen und vegetabilistischen Lebensweise, der Nacktkultur und Lebensreform‹ und sie versprachen so viel und klangen so schön, daß auch Herr Knölge dem sehnsüchtigen Ton aus dem Paradies nicht widerstand und sich für den kommenden Herbst als Gast dort anmeldete.

Das Land sollte Obst und Gemüse in wundervoller Zartheit und Fülle liefern, die Küche des großen Zentralhauses wurde vom Verfasser der ›Wege zum Paradiese‹ geleitet, und als besonders angenehm empfanden viele den Umstand, daß es sich dort ganz ungestört ohne den Hohn der argen Welt würde leben lassen. Jede Art von Vegetarismus und von Kleidungsreformbestrebung war zugelassen, und es gab kein Verbot als das des Genusses von Fleisch und Alkohol.

Und aus allen Teilen der Welt kamen flüchtige Sonderlinge, teils um dort in Kleinasien endlich Ruhe und Behagen in einem ihrer Natur gemäßen Leben zu finden, teils um von den dort zusammenströmenden Heilsbegierigen ihren Vorteil und Unterhalt zu ziehen. Da kamen flüchtig gegangene Priester und Lehrer aller Kirchen, falsche Hindus, Okkultisten, Sprachlehrer, Masseure, Magnetopathen, Zauberer, Gesundbeter. Dieses ganze kleine Volk exzentrischer Existenzen bestand weniger aus Schwindlern und bösen Menschen als aus harmlosen Betrügern im Kleinen, denn große Vorteile waren nicht zu gewinnen, und die meisten suchten denn auch nichts anderes als ihren Lebensunterhalt, der für einen Pflanzenesser in südlichen Ländern sehr wohlfeil ist.

Die meisten dieser in Europa und Amerika entgleisten Menschen trugen als einziges Laster die so vielen Vegetariern eigene Arbeitsscheu mit sich. Sie wollten nicht Gold und Genuß, Macht und Vergnügen, sondern sie wollten vor allem ohne Arbeit und

Belästigung ihr bescheidenes Leben führen können. Mancher von ihnen hatte zu Fuß ganz Europa wiederholt durchmessen als bescheidener Türklinkenputzer bei wohlhabenden Gesinnungsgenossen oder als predigender Prophet oder als Wunderdoktor, und Knölge fand bei seinem Eintreffen in Quisisana manchen alten Bekannten, der ihn je und je in Leipzig als harmloser Bettler besucht hatte.

Vor allem aber traf er Größen und Helden aus allen Lagern des Vegetariertums. Sonnenbraune Männer mit langwallenden Haaren und Bärten schritten alttestamentlich in weißen Burnussen auf Sandalen einher, andere trugen Sportkleider aus heller Leinwand. Einige ehrwürdige Männer gingen nackt mit Lendentüchern aus Bastgeflecht eigener Arbeit. Es hatten sich Gruppen und sogar organisierte Vereine gebildet, an gewissen Orten trafen sich die Frugivoren, an anderen die asketischen Hungerer, an anderen die Theosophen oder Lichtanbeter. Ein Tempel war von Verehrern des amerikanischen Propheten Davis erbaut, eine Halle diente dem Gottesdienst der Neoswedenborgisten.

In diesem merkwürdigen Gewimmel bewegte sich Doktor Knölge anfangs nicht ohne Befangenheit. Er besuchte die Vorträge eines früheren badischen Lehrers namens Klauber, der in reinem Alemannisch die Völker der Erde über die Geschehnisse des Landes Atlantis unterrichtete, und bestaunte den Yogi Vishinanda, der eigentlich Beppo Cinari hieß und es in jahrzehntelangem Streben dahin gebracht hatte, die Zahl seiner Herzschläge willkürlich um etwa ein Drittel vermindern zu können.

In Europa zwischen den Erscheinungen des gewerblichen und politischen Lebens hätte diese Kolonie den Eindruck eines Narrenhauses oder einer phantastischen Komödie gemacht. Hier in Kleinasien sah das alles ziemlich verständig und gar nicht unmöglich aus. Man sah zuweilen neue Ankömmlinge in Verzückung über diese Erfüllung ihrer Lieblingsträume mit geisterhaft leuchtenden Gesichtern oder in hellen Freudentränen umhergehen, Blumen in den Händen, und jeden Begegnenden mit dem Friedenskuß begrüßend.

Die auffallendste Gruppe war jedoch die der reinen Frugivoren. Diese hatten auf Tempel und Haus und Organisation jeder Art verzichtet und zeigten kein anderes Streben als das, immer natürlicher zu werden und, wie sie sich ausdrückten, ›der

Erde näher zu kommen‹. Sie wohnten unter freiem Himmel und aßen nichts, als was von Baum oder Strauch zu brechen war. Sie verachteten alle anderen Vegetarier unmäßig, und einer von ihnen erklärte dem Doktor Knölge ins Gesicht, das Essen von Reis und Brot sei genau dieselbe Schweinerei wie der Fleischgenuß, und zwischen einem sogenannten Vegetarier, der Milch zu sich nehme, und irgendeinem Säufer und Schnapsbruder könne er keinen Unterschied finden.

Unter den Frugivoren ragte der verehrungswürdige Bruder Jonas hervor, der konsequenteste und erfolgreichste Vertreter dieser Richtung. Er trug zwar ein Lendentuch, doch war es kaum von seinem behaarten braunen Körper zu unterscheiden, und er lebte in einem kleinen Gehölz, in dessen Geäste man ihn mit gewandter Hurtigkeit sich bewegen sah. Seine Daumen und großen Zehen waren in einer wunderbaren Rückbildung begriffen, und sein ganzes Wesen und Leben stellte die beharrlichste und gelungenste Rückkehr zur Natur vor, die man sich denken konnte. Wenige Spötter nannten ihn unter sich den Gorilla, im übrigen genoß Jonas die Bewunderung und Verehrung der ganzen Provinz.

Auf den Gebrauch der Sprache hatte der große Rohkostler Verzicht getan. Wenn Brüder oder Schwestern sich am Rande seines Gehölzes unterhielten, saß er zuweilen auf einem Aste zu ihren Häupten, grinste ermunternd oder lachte mißbilligend, gab aber keine Worte von sich und suchte durch Gebärden anzudeuten, seine Sprache sei die unfehlbare Natur und werde später die Weltsprache aller Vegetarier und Naturmenschen sein. Seine nächsten Freunde waren täglich bei ihm, genossen seinen Unterricht in der Kunst des Kauens und Nüsseschälens und sahen einer fortschreitenden Vervollkommnung mit Ehrfurcht zu, doch hegten sie die Besorgnis, ihn bald zu verlieren, da er vermutlich binnen kurzem, ganz eins mit der Natur, sich in die heimatliche Wildnis der Gebirge zurückziehen werde.

Einige Schwärmer schlugen vor, diesem wundersamen Wesen, das den Kreislauf des Lebens vollendet und den Weg zum Ausgangspunkt der Menschwerdung zurückgefunden hatte, göttliche Ehren zu erweisen. Als sie jedoch eines Morgens bei Aufgang der Sonne in dieser Absicht das Gehölz aufsuchten und ihren Kult mit Gesang begannen, erschien der Gefeierte auf seinem großen

Lieblingsaste, schwang sein gelöstes Lendentuch höhnisch in Lüften und bewarf die Anbeter mit harten Pinienzapfen.

Dieser Jonas der Vollendete, dieser ›Gorilla‹, war unserem Doktor Knölge im Innersten seiner bescheidenen Seele zuwider. Alles, was er in seinem Herzen je gegen die Auswüchse vegetarischer Weltanschauung und fanatisch-tollen Wesens schweigend bewegt hatte, trat ihm in dieser Gestalt schreckhaft entgegen und schien sogar sein eigenes maßvolles Vegetariertum grell zu verhöhnen. In der Brust des anspruchslosen Privatgelehrten erhob sich gekränkt die Würde des Menschen, und er, der so viele Andersmeinende gelassen und duldsam ertragen hatte, konnte an dem Wohnort des Vollkommenen nicht vorübergehen, ohne Haß und Wut gegen ihn zu empfinden. Und der Gorilla, der auf seinem Aste alle Arten von Gesinnungsgenossen, Verehrern und Kritikern mit Gleichmut betrachtet hatte, fühlte ebenfalls wider diesen Menschen, dessen Haß sein Instinkt wohl witterte, eine zunehmende tierische Erbitterung. Sooft der Doktor vorüberkam, maß er den Baumbewohner mit vorwurfsvoll beleidigten Blicken, die dieser mit Zähnefletschen und zornigem Fauchen erwiderte.

Schon hatte Knölge beschlossen, im nächsten Monat die Provinz zu verlassen und nach seiner Heimat zurückzukehren, da führte ihn, beinahe wider seinen Willen, in einer strahlenden Vollmondnacht ein Spaziergang in die Nähe des Gehölzes. Mit Wehmut dachte er früherer Zeiten, da er noch in voller Gesundheit als ein Fleischesser und gewöhnlicher Mensch unter seinesgleichen gelebt hatte, und im Gedächtnis schönerer Jahre begann er unwillkürlich ein altes Studentenlied vor sich hin zu pfeifen.

Da brach krachend aus dem Gebüsch der Waldmensch hervor, durch die Töne erregt und wild gemacht. Bedrohlich stellte er sich vor dem Spaziergänger auf, eine ungefüge Keule schwingend. Aber der überraschte Doktor war so erbittert und erzürnt, daß er nicht die Flucht ergriff, sondern die Stunde gekommen fühlte, da er sich mit seinem Feinde auseinandersetzen müsse. Grimmig lächelnd verbeugte er sich und sagte mit so viel Hohn und Beleidigung in der Stimme, als er aufzubringen vermochte: »Sie erlauben, daß ich mich vorstelle. Doktor Knölge.«

Da warf der Gorilla mit einem Wutschrei seine Keule fort, stürzte sich auf den Schwachen und hatte ihn im Augenblick mit seinen furchtbaren Händen erdrosselt. Man fand ihn am Morgen, manche ahnten den Zusammenhang, doch wagte niemand etwas gegen den Affen Jonas zu tun, der gleichmütig im Geäste seine Nüsse schälte. Die wenigen Freunde, die sich der Fremde während seines Aufenthaltes im Paradiese erworben hatte, begruben ihn in der Nähe und steckten auf sein Grab eine einfache Tafel mit der kurzen Inschrift:

Dr. Knölge, Gemischtkostler aus Deutschland.

*(1910)*

# Pater Matthias

An der Biegung des grünen Flusses, ganz in der Mitte der hügeligen alten Stadt, lag im Vormittagslicht eines sonnigen Spätsommertages das stille Kloster. Von der Stadt durch den hoch ummauerten Garten, vom ebenso großen und stillen Nonnenkloster durch den Fluß getrennt, ruhte der dunkle breite Bau in behaglicher Ehrwürdigkeit am gekrümmten Ufer und schaute mit vielen blinden Fensterscheiben hochmütig in die entartete Zeit. In seinem Rücken an der schattigen Hügelseite stieg die fromme Stadt mit Kirchen, Kapellen, Kollegien und geistlichen Herrenhäusern bergan bis zum hohen Dom; gegenüber aber jenseits des Wassers und des einsam stehenden Schwesterklosters lag helle Sonne auf der steilen Halde, deren lichte Matten und Obsthänge da und dort von goldbraun schimmernden Geröllwällen und Lehmgruben unterbrochen wurden.

An einem offenen Fenster des zweiten Stockwerkes saß lesend der Pater Matthias, ein blondbärtiger Mann im besten Alter, der im Kloster und anderwärts den Ruf eines freundlichen, wohlwollenden und sehr achtbaren Herren genoß. Es spielte jedoch unter der Oberfläche seines hübschen Gesichtes und ruhigen Blickes ein Schatten von verheimlichter Dunkelheit und Unordnung, den die Brüder, sofern sie ihn wahrnahmen, als einen gelinden Nachklang der tiefen Jugendmelancholie betrachteten, welche vor zwölf Jahren den Pater in dieses stille Kloster getrieben hatte und seit geraumer Zeit immer mehr untergesunken und in liebenswürdige Gemütsruhe verwandelt schien. Aber der Schein trügt, und Pater Matthias selbst war der einzige, der um die verborgene Ursache dieses Schattens wußte.

Nach heftigen Stürmen einer leidenschaftlichen Jugend hatte ein Schiffbruch diesen einst glühenden Menschen in das Kloster geführt, wo er Jahre in zerstörender Selbstverleugnung und Schwermut hinbrachte, bis die geduldige Zeit und die ursprüngliche kräftige Gesundheit seiner Natur ihm Vergessen und neuen Lebensmut brachte. Er war ein beliebter Bruder geworden und stand im gesegneten Ruf, er habe eine besondere Gabe, auf Missionsreisen und in frommen Häusern ländlicher Gemeinden die Herzen zu rühren und die Hände zu öffnen, so daß er von solchen Zügen stets mit reichlichen Erträgen an barem Gut und rechtskräftigen Legaten in das beglückte Kloster heimkehrte.

Ohne Zweifel war dieser Ruf wohl erworben, sein Glanz jedoch und der des klingenden Geldes hatte die Väter für einige andere Züge im Bild ihres lieben Bruders blind gemacht. Denn wohl hatte Pater Matthias die Seelenstürme jener dunklen Jugendzeiten überwunden und machte den Eindruck eines ruhig gewordenen, doch vorwiegend frohgesinnten Mannes, dessen Wünsche und Gedanken im Frieden mit seinen Pflichten beisammen wohnten; wirkliche Seelenkenner aber hätten doch wohl sehen müssen, daß die angenehme Bonhommie des Paters nur einen Teil seines inneren Zustandes wirklich ausdrückte, über manchen verschwiegenen Unebenheiten aber nur als eine hübsche Maske lag. Der Pater Matthias war nicht ein Vollkommener; in dessen Brust alle Schlacken des Ehemals untergegangen waren; vielmehr hatte mit der Gesundung seiner Seele auch der alte, eingeborne Kern dieses Menschen wieder eine Genesung begangen und schaute, wenn auch aus veränderten und beherrschten Augen, längst wieder mit heller Begierde nach dem funkelnden Leben der Welt.

Um es ohne Umschweife zu sagen: Der Pater hatte schon mehrmals die Klostergelübde gebrochen. Seiner reinlichen Natur widerstrebte es zwar, unterm Mantel der Frömmigkeit Weltlust zu suchen, und er hatte seine Kutte nie befleckt. Wohl aber hatte er sie, wovon kein Mensch etwas wußte, schon mehrmals beiseite getan, um sie säuberlich zu erhalten und nach einem Ausflug ins Weltliche wieder anzulegen.

Pater Matthias hatte ein gefährliches Geheimnis. Er besaß, an sicherem Orte verborgen, eine angenehme, ja elegante Bürgerkleidung samt Wäsche, Hut und Schmuck, und wenn er auch neunundneunzig von hunderten seiner Tage durchaus ehrbar in Kutte und Pflichtübung hinbrachte, so weilten seine heimlichen Gedanken doch allzu oft bei jenen seltenen, geheimnisvollen Tagen, die er da und dort als Weltmann unter Weltmenschen verlebt hatte.

Dieses Doppelleben, dessen Ironie auszukosten des Paters Gemüt viel zu redlich war, lastete als ungebeichtetes Verbrechen auf seiner Seele. Wäre er ein schlechter, uneifriger und unbeliebter Pater gewesen, so hätte er längst den Mut gefunden, sich des Ordenskleides unwürdig zu bekennen und eine ehrliche Freiheit zu gewinnen. So aber sah er sich geachtet und geliebt und tat seinem Orden die trefflichsten Dienste, neben welchen ihm sogar zuweilen seine Verfehlungen beinahe verzeihlich erscheinen wollten. Ihm war wohl und frei ums Herz, wenn er in ehrlicher Arbeit für die Kirche und seinen Orden wirken konnte. Wohl war ihm auch, wenn er auf verbotenen Wegen den Begierden seiner Natur Genüge tun und lang unterdrückte Wünsche ihres Stachels berauben konnte. In allen müßigen Zwischenzeiten jedoch erschien in seinem guten Blick der unliebliche Schatten, da schwankte seine nach Sicherheit begehrende Seele zwischen Reue und Trotz, Mut und Angst hin und wider, und bald beneidete er jeden Mitbruder um seine Unschuld, bald jeden Städter draußen um seine Freiheit. So saß er auch jetzt, vom Lesen nicht erfüllt, an seinem Fenster und sah häufig vom Buche weg ins Freie hinaus. Indem er mit müßigem Auge den lichten frohen Hügelhang gegenüber betrachtete, sah er einen merkwürdigen Menschenzug dort drüben erscheinen, der von der Höhenstraße her auf einem Fußpfad näherkam.

Es waren vier Männer, von denen der eine fast elegant, die anderen schäbig und kümmerlich gekleidet waren, ein Landjäger in glitzernder Uniform ging ihnen voraus, und zwei andere Landjäger folgten hinten nach. Der neugierig zuschauende Pater erkannte bald, daß es Verurteilte waren, welche vom Bahnhofe her auf diesem nächsten Wege dem Kreisgefängnis zugeführt wurden, wie er es öfter gesehen hatte.

Erfreut durch die Ablenkung, beschaute er sich die betrübte Gruppe, jedoch nicht ohne in seinem heimlichen Mißmut unzufriedene Betrachtungen daran zu knüpfen. Er empfand zwar wohl ein Mitleid mit diesen armen Teufeln, von welchen namentlich einer den Kopf hängen ließ und jeden Schritt voll Widerstrebens tat; doch meinte er, es ginge ihnen eigentlich nicht gar so übel, wie ihre augenblickliche Lage andeutete.

›Jeder von diesen Gefangenen‹, dachte er, ›hat als ersehntes Ziel den Tag vor Augen, da er entlassen und wieder frei wird. Ich aber habe keinen solchen Tag vor mir, nicht nah noch ferne, sondern eine endlose bequeme Gefangenschaft, nur durch seltene gestohlene Stunden einer eingebildeten Freiheit unterbrochen. Der eine oder andere von den armen Kerlen da drüben mag mich jetzt hier sitzen sehen und mich herzlich beneiden. Sobald sie aber wieder frei sind und ins Leben zurückkehren, hat der Neid ein Ende, und sie halten mich lediglich für einen armen Tropf, der wohlgenährt hinterm zierlichen Gitter sitzt.‹

Während er noch, in den Anblick der Dahingeführten und Soldaten verloren, solchen Gedanken nachhing, trat ein Bruder bei ihm ein und meldete, er werde vom Guardian in dessen Amtszimmer erwartet. Freundlich kam der gewohnte Gruß und Dank von seinen Lippen, lächelnd erhob er sich, tat das Buch an seinen Ort, wischte über den braunen Ärmel seiner Kutte, auf dem ein Lichtreflex vom Wasser herauf in rostfarbenen Flecken tanzte, und ging sogleich mit seinem unfehlbar anmutig-würdigen Schritt über die langen kühlen Korridore zum Guardian hinüber.

Dieser empfing ihn mit gemessener Herzlichkeit, bot ihm einen Stuhl an und begann ein Gespräch über die schlimme Zeit, über das scheinbare Abnehmen des Gottesreiches auf Erden und die zunehmende Teuerung. Pater Matthias, der dieses Gespräch seit langem kannte, gab ernsthaft die erwarteten Antworten und Einwürfe von sich und sah mit froher Erregung dem Endziel entgegen, welchem sich denn auch der würdige Herr ohne Eile näherte. Es sei, so schloß er seufzend, eine Ausfahrt ins Land sehr notwendig, auf welcher Matthias den Glauben treuer Seelen ermuntern, den Wankelmut ungetreuer vermahnen solle und von welcher er, wie man hoffe, eine erfreuliche Beute von Liebesgaben heimbringen werde. Der Zeitpunkt sei nämlich ungewöhnlich günstig, da ja soeben in einem fernen südlichen Lande bei Anlaß einer politischen Revolution Kirchen und Klöster mörderlich heimgesucht worden, wovon alle Zeitungen meldeten. Und er gab dem Pater eine sorgfältige Auswahl von teils schrecklichen, teils rührenden Einzelheiten aus diesen neuesten Martyrien der kämpfenden Kirche.

Dankend zog sich der erfreute Pater zurück, schrieb Notizen in sein kleines Taschenbüchlein, überdachte mit geschlossenen Augen seine Aufgabe und fand eine glückliche Wendung und Lösung um die andere, ging zur gewohnten Stunde munter zu Tisch und brachte alsdann den Nachmittag mit den vielen kleinen Vorbereitungen zur Reise hin. Sein unscheinbares Bündel war bald beisammen; weit mehr Zeit und Sorgfalt erforderten die Anmeldungen in Pfarrhäusern und bei treuen gastfreien Anhängern, deren er manche wußte. Gegen Abend trug er eine Handvoll Briefe zur Post und hatte dann noch eine ganze Weile auf dem Telegrafenamt zu tun. Schließlich legte er noch einen tüchtigen Taschenvorrat von kleinen Traktaten, Flugblättern und frommen Bildchen bereit und schlief danach fest und friedvoll als ein Mann, der wohlgerüstet einer ehrenvollen Arbeit entgegengeht.

## 2

Am Morgen gab es, gerade vor seiner Abreise, noch eine kleine unerfreuliche Szene. Es lebte im Kloster ein junger Laienbruder von geringem Verstand, der früher an Epilepsie gelitten hatte, aber seiner zutraulichen Unschuld und rührenden Dienstwilligkeit wegen von allen im Hause geliebt wurde. Dieser einfältige Bursche begleitete den Pater Matthias zur Eisenbahn, seine kleine Reisetasche tragend. Schon unterwegs zeigte er ein etwas erregtes und gestörtes Wesen, auf dem Bahnhofe aber zog er plötzlich mit flehenden Mienen den reisefertigen Pater in eine menschenleere Ecke und bat ihn mit Tränen in den Augen, er möge doch um Gottes willen von dieser Reise absehen, deren unheilvollen Ausgang ihm eine sichere Ahnung vorausverkünde.

»Ich weiß, Ihr kommt nicht wieder!« rief er weinend mit verzerrtem Gesicht. »Ach, ich weiß gewiß, Ihr werdet nimmer wiederkommen!«

Der gute Matthias hatte alle Mühe, dem Trostlosen, dessen Zuneigung er kannte, zuzureden; er mußte sich am Ende beinahe mit Gewalt losreißen und sprang in den Wagen, als der Zug schon die Räder zu drehen begann. Und im Wegfahren sah er von draußen das angstvolle Gesicht des Halbklugen mit Wehmut und Sorge auf sich gerichtet. Der unscheinbare Mensch in seiner schäbigen und verflickten Kutte winkte ihm noch lange nach, Abschied nehmend und beschwörend, und es ging dem Abreisenden noch eine Weile ein leiser kühler Schauder nach.

Bald indessen überkam ihn die hintangehaltene Freude am Reisen, das er über alles liebte, so daß er die peinliche Szene rasch vergaß und mit zufriedenem Blick und gespannten Seelenkräften den Abenteuern und Siegen seines Beutezuges entgegenfuhr. die hügelige und waldreiche Landschaft leuchtete ahnungsvoll einem glänzenden Tag entgegen, schon von ersten herbstlichen Feuern überflogen, und der reisende Pater ließ bald das Brevier wie das kleine wohlgerüstete Notizbuch ruhen und schaute in wohliger Erwartung durchs offene Wagenfenster in den siegreichen Tag, der über Wälder hinweg und aus noch nebelverschleierten Tälern emporwuchs und Kraft gewann, um bald in Blau und Goldglanz makellos zu erstehen. Seine Gedanken gingen elastisch zwischen diesem Reisevergnügen und den ihm bevorstehenden Aufgaben hin und wider. Wie wollte er die fruchtbringende Schönheit dieser Erntetage hinmalen, und den nahen sicheren Ertrag an Obst und Wein, und wie würde sich von diesem paradiesischen Grunde das Entsetzliche abheben, das er von den heimgesuchten Gläubigen in dem fernen gottlosen Lande zu berichten hatte!

Die zwei oder drei Stunden der Eisenbahnfahrt vergingen schnell. An dem bescheidenen Bahnhofe, an welchem Pater Matthias ausstieg und welcher einsam neben einem kleinen Gehölz im freien Felde lag, erwartete ihn ein hübscher Einspänner, dessen Besitzer den geistlichen Gast mit Ehrerbietung begrüßte. Dieser gab leutselig Antwort, stieg vergnügt in das bequeme Gefährt und fuhr sogleich an Ackerland und schöner Weide vorbei dem stattlichen Dorfe entgegen, wo seine Tätigkeit beginnen sollte und das ihn bald einladend und festlich anlachte, zwischen Weinbergen und Gärten gelegen. Der fröhliche Ankommende betrachtete das hübsche gastliche Dorf mit Wohlwollen. Da wuchs Korn und Rübe, gedieh Wein und Obst, stand Kartoffel und Kohl in Fülle, da war überall Wohlsein und feiste Gedeihlichkeit zu spüren; wie sollte nicht von diesem Born des Überflusses ein voller Opferbecher auch dem anklopfenden Gaste zugut kommen? Der Pfarrherr empfing ihn und bot ihm Quartier im Pfarrhause an, teilte ihm auch mit, daß er schon auf den heutigen Abend des Paters Gastpredigt in der Dorfkirche angekündigt habe und daß, bei dem Ruf des Herrn Paters, ein bedeutender Zulauf auch aus dem Filialdorfe zu erwarten sei. Der Gast nahm die Schmeichelei mit Liebenswürdigkeit auf und gab sich Mühe, den Kollegen mit Höflichkeit einzuspinnen, da er die Neigung kleiner Landpfarrer wohl kannte, auf wortgewandte und erfolgreiche Gastspieler ihrer Kanzeln eifersüchtig zu werden.

Hinwiederum hielt der Geistliche mit einem recht üppigen Mittagessen im Hinterhalt, das alsbald nach der Ankunft im Pfarrhause aufgetragen wurde. Und auch hier wußte Matthias die Mittelstraße zwischen Pflicht und Neigung zu finden, indem er unter schmeichelnder Anerkennung hiesiger Küchenkünste dem Dargebotenen mit gesunder Begierde zusprach, ohne doch – zumal beim Weine – ein ihm bekömmliches Maß zu überschreiten und seiner Aufgabe zu vergessen. Gestärkt und fröhlich konnte er schon nach einer ganz kurzen Ruhepause dem Gastgeber mitteilen, er fühle sich nun ganz in der Stimmung, seine Arbeit im Weinberge des Herrn zu beginnen. Hatte also der Wirt etwa den schlimmen Plan gehabt, unseren Pater durch die so reichliche Bewirtung lahmzulegen, so war er ihm völlig mißlungen.

Dafür hatte nun allerdings der Pfarrer dem Gast eine Arbeit eingefädelt, welche an Schwierigkeit und Delikatesse nichts zu wünschen ließ. Seit kurzem lebte im Dorf, als am Heimatorte ihres Mannes, in einem neu erbauten Landhause die Witwe eines reichen Bierbrauers, die wegen ihres skeptischen Verstandes und ihrer anmutig gewandten Zunge nicht minder bekannt und mit Scheu geachtet war als wegen ihres Geldes. Diese Frau Franziska Tanner stand zuoberst auf der Liste derer, deren spezielle Heimsuchung der Pfarrer dem Pater Matthias ans Herz legte.

So erschien, auf das zu Gewärtigende vom geistlichen Kollegen wenig vorbereitet, der satte Pater zu guter Nachmittagsstunde im Landhause und begehrte mit der Frau Tanner zu sprechen. Eine nette Magd führte ihn in das Besuchszimmer, wo er eine längere Weile warten mußte, was ihn als eine ungewohnte Respektlosigkeit verwirrte und warnte. Alsdann trat zu seinem Erstaunen nicht eine ländliche Person und schwarzgekleidete Witwe, sondern eine grauseidene damenhafte Erscheinung in das Zimmer, die ihn gelassen willkommen hieß und nach seinem Begehren fragte.

Und nun versuchte er der Reihe nach alle Register, und jedes versagte, und Schlag um Schlag ging ins Leere, während die geschickte Frau lächelnd entglitt und von Satz zu Satz neue

Angeln auslegte. War er weihevoll, so begann sie zu scherzen; neigte er zu geistlichen Bedrohungen, so ließ sie harmlos ihren Reichtum und ihre Lust zu mildtätigen Werken glänzen, so daß er aufs neue Feuer fing und ins Disputieren kam, denn sie ließ ihn deutlich merken, sie kenne seine Endabsicht genau und sei auch bereit, Geld zu geben, wenn es ihm nur gelänge, ihr die tatsächliche Nützlichkeit einer solchen Gabe zu beweisen. War es ihr kaum gelungen, den gar nicht ungeschickten Herrn in einen leichten geselligen Weltton zu verstricken, so redete sie ihn plötzlich wieder devot mit Hochwürden an, und begann er sie wieder geistlicherweise als Tochter zu ermahnen, so war sie unversehens eine kühle Dame.

Trotz dieser Maskenspiele und Redekämpfe hatten die beiden ein Gefallen aneinander. Sie schätzte an dem hübschen Pater die männliche Aufmerksamkeit, mit der er ihrem Spiel zu folgen und sie im Besiegen zu schonen suchte, und er hatte mitten im Schweiß der Bedrängnis eine heimliche natürliche Freude an dem Schauspiel weiblich beweglicher Koketterie, so daß es trotz schwieriger Augenblicke zu einer ganz guten Unterhaltung kam und der lange Besuch in gutem Frieden verlief, wobei unausgesprochenerweise freilich der moralische Sieg auf der Seite der Dame blieb. Sie übergab zwar dem Pater am Ende eine Banknote und sprach ihm und seinem Orden ihre Anerkennung aus, doch geschah es in ganz gesellschaftlichen Formen und beinahe mit einem Hauch von Ironie, und auch sein Dank und Abschied fiel so diskret und weltmännisch aus, daß er sogar den üblichen feierlichen Segensspruch vergaß.

Die weiteren Besuche im Dorf wurden etwas abgekürzt und verliefen nach der Regel. Pater Matthias zog sich noch eine halbe Stunde in seine Stube zurück, aus welcher er wohlbereitet und frisch zur Abendpredigt wieder hervorging.

Diese Predigt gelang vortrefflich. Zwischen den im entlegenen Süden geplünderten Altären und Klöstern und dem Bedürfnis des eigenen Klosters nach einigen Geldern entstand ganz zauberhaft ein inniger Zusammenhang, der weniger auf kühlen logischen Folgerungen als auf einer mit Kunst erzeugten und gesteigerten Stimmung des Mitleids und unbestimmter frommer Erregung beruhte. Die Frauen weinten, und die Opferbüchsen klangen, und der Pfarrer sah mit Erstaunen die Frau Tanner unter den Andächtigen sitzen und dem Vortage zwar ohne Aufregung, doch mit freundlichster Aufmerksamkeit lauschen.

Damit hatte der feierliche Beutezug des beliebten Paters seinen glänzenden Anfang genommen. Auf seinem Angesicht glänzte Pflichteifer und herzliche Befriedigung, in seiner verborgenen Brusttasche ruhte und wuchs der kleine Schatz, in einige gefällige Banknoten und Goldstücke umgewechselt. Daß inzwischen die größeren Zeitungen draußen in der Welt berichteten, es stehe um die bei jener Revolution geschädigten Klöster bei weitem nicht so übel, als es im ersten Wirrwarr geschienen habe, das wußte der Pater nicht und hätte sich dadurch wohl auch wenig stören lassen.

Sechs, sieben Gemeinden hatten die Freude, ihn bei sich zu sehen, und die ganze Reise verlief aufs erfreulichste. Nun, indem er sich schon gegen die protestantische Nachbargegend hin dem letzten kleinen Weiler näherte, den zu besuchen ihm noch oblag, nun dachte er mit Stolz und Wehmut an den Glanz dieser Triumphtage und daran, daß nun für eine ungewisse Weile Klosterstille und mißmutige Langeweile den genußreichen Erregungen seiner Fahrt nachfolgen würden.

Diese Zeiten waren dem Pater stets verhaßt und gefährlich gewesen, da das Geräusch und die Leidenschaft einer frohen außerordentlichen Tätigkeit sich legte und hinter den prächtigen Kulissen der klanglose Alltag hervorschaute. Die Schlacht war geschlagen, der Lohn im Beutel, nun blieb nichts Lockendes mehr als die kurze Freude der Ablieferung und Anerkennung daheim, und diese Freude war auch schon keine richtige mehr.

Hingegen war von hier der Ort nicht weit entfernt, wo er sein merkwürdiges Geheimnis verwahrte, und je mehr die Feststimmung in ihm verglühte und je näher die Heimkehr bevorstand, desto heftiger ward seine Begierde, die Gelegenheit zu nützen und einen wilden frohen Tag ohne Kutte zu genießen. Noch gestern hätte er davon nichts wissen mögen, allein so ging es jedesmal, und er war es schon müde, dagegen anzukämpfen: am Schluß einer solchen Reise stand immer der Versucher plötzlich da, und fast immer war er ihm unterlegen. So ging es auch dieses Mal. Der kleine Weiler wurde noch besucht und gewissenhaft erledigt, dann wanderte Pater Matthias zu Fuße nach dem nächsten Bahnhof, ließ den nach seiner Heimat führenden Zug trotzig davonfahren und kaufte sich ein Billett nach der nächsten größeren Stadt, welche in protestantischem Lande lag und für ihn sicher war. In der Hand aber trug er einen kleinen hübschen Reisekoffer, den gestern noch niemand bei ihm gesehen hatte.

## 3

Am Bahnhof eines lebhaften Vorortes, wo beständig viele Züge aus- und einliefen, stieg Pater Matthias aus, den Koffer in der Hand, und bewegte sich ruhig, von niemandem beachtet, einem kleinen hölzernen Gebäude zu, auf dessen weißem Schilde die Inschrift ›Für Männer‹ stand. An diesem Ort verhielt er sich wohl eine Stunde, bis gerade wieder mehrere ankommende Züge ein Gewühl von Menschen ergossen, und da er in diesem Augenblicke wieder hervortrat, trug er wohl noch denselben Koffer bei sich, war aber nicht der Pater Matthias mehr, sondern ein angenehmer, blühender Herr in guter, wennschon nicht ganz modischer Kleidung, der sein Gepäck am Schalter in Verwahrung gab und alsdann ruhig der Stadt entgegenschlenderte, wo er bald auf der Plattform eines Trambahnwagens, bald vor einem Schaufenster zu sehen war und endlich im Straßengetöse sich verlor.

Mit diesem vielfach zusammengesetzten, ohne Pause schwingenden Getöne, mit dem Glanz der Geschäfte, dem durchsonnten Staub der Straßen atmete Herr Matthias die berauschende Vielfältigkeit und liebe Farbigkeit der törichten Welt, für welche seine wenig verdorbenen Sinne empfänglich waren, und gab sich jedem frohen Eindruck willig hin. Es schien ihm herrlich, die eleganten Damen in Federhüten spazieren oder in feinen Equipagen fahren zu sehen, und köstlich, als Frühstück in einem schönen Laden von marmornem Tische eine Tasse Schokolade und einen zarten, süßen französischen Likör zu nehmen. Und daraufhin, innerlich erwärmt und erheitert, hin und wider zu gehen, sich an Plakatsäulen über die für den Abend versprochenen Unterhaltungen zu unterrichten und darüber nachzudenken, wo es nachher sich am besten zu Mittag werde speisen lassen; das tat ihm in allen Fasern wohl. Allen diesen größeren und kleineren Genüssen ging er ohne Eile in dankbarer Kindlichkeit nach, und wer ihn dabei beobachtet hätte, wäre niemals auf den

Gedanken gekommen, dieser schlichte, sympathische Herr könnte verbotene Wege gehen.

Ein treffliches Mittagessen zog Matthias beim schwarzen Kaffee und einer Zigarre weit in den Nachmittag hinein. Er saß nahe an einer der gewaltigen bis zum Fußboden reichenden Fensterscheiben des Restaurants und sah durch den duftenden Rauch seiner Zigarre mit Behagen auf die belebte Straße hinaus. Vom Essen und Sitzen war er ein wenig schwer geworden und schaute gleichmütig auf den Strom der Vorübergehenden. Nur einmal reckte er sich plötzlich auf, leicht errötend, und blickte aufmerksam einer schlanken Frauengestalt nach, in welcher er einen Augenblick lang die Frau Tanner zu erkennen glaubte. Er sah jedoch, daß er sich getäuscht habe, fühlte eine leise Ernüchterung und erhob sich, um weiterzugehen.

Unschlüssig stand er eine Stunde später vor den Reklametafeln eines kinematographischen Theaters und las die großgedruckten Titel der versprochenen Darbietungen. Dabei hielt er eine brennende Zigarre in der Hand und wurde plötzlich im Lesen durch einen jungen Mann unterbrochen, der ihn mit Höflichkeit um Feuer für seine Zigarette bat.

Bereitwillig erfüllte er die kleine Bitte, sah dabei den Fremden an und sagte: »Mir scheint, ich habe Sie schon gesehen. Waren Sie nicht heute früh im Café Royal?«

Der Fremde bejahte, dankte freundlich, griff an den Hut und wollte weitergehen, besann sich aber plötzlich anders und sagte lächelnd: »Ich glaube, wir sind beide fremd hier. Ich bin auf der Reise und suche hier nichts als ein paar Stunden gute Unterhaltung und vielleicht ein bißchen holde Weiblichkeit für den Abend. Wenn es Ihnen nicht zuwider ist, könnten wir ja zusammenbleiben.«

Das gefiel Herrn Matthias durchaus, und die beiden Müßiggänger flanierten nun nebeneinander weiter, wobei der Fremde sich dem Älteren stets höflich zur Linken hielt. Er fragte ohne Zudringlichkeit ein wenig nach Herkunft und Absichten des neuen Bekannten, und da er merkte, daß Matthias hierüber nur undeutlich und beinahe etwas befangen sich äußerte, ließ er die Frage lässig fallen und begann ein munteres Geplauder, das Herrn Matthias sehr wohl gefiel. Der junge Herr Breitinger schien viel gereist zu sein und die Kunst wohl zu verstehen, wie man in fremden Städten sich einen vergnügten Tag macht. Auch am hiesigen Ort war er schon je und je gewesen und erinnerte sich einiger Vergnügungslokale, wo er damals recht nette Gesellschaft gefunden und köstliche Stunden verlebt habe. So ergab es sich bald von selbst, daß er mit des Herrn Matthias dankbarer Einwilligung die Führung übernahm. Nur einen heiklen Punkt erlaubte sich Herr Breitinger im voraus zu berühren. Er bat, es ihm nicht zu verübeln, wenn er darauf bestehe, daß jeder von ihnen beiden überall seine Zeche sofort aus dem eigenen Beutel bezahle. Denn, so fügte er entschuldigend bei, er sei zwar kein Rechner und Knicker, habe jedoch in Geldsachen gern reinliche Ordnung und sei zudem nicht gesonnen, seinem heutigen Vergnügen mehr als ein paar Goldfüchse zu opfern, und wenn etwa sein Begleiter großartigere Gewohnheiten habe, so würde es besser sein, sich in Frieden zu trennen, statt etwaige Enttäuschungen und Ärgerlichkeiten zu wagen.

Auch dieser Freimut war ganz nach Matthias' Geschmack. Er erklärte, auf einen goldenen Zwanziger hin oder her komme es ihm allerdings nicht an, doch sei er gerne einverstanden und im voraus überzeugt, daß sie beide aufs beste miteinander auskommen würden.

Darüber hatte Breitinger, wie er sagte, einen kleinen Durst bekommen, und ohnehin war es jetzt nach seiner Meinung Zeit, die angenehme Bekanntschaft durch Anstoßen mit einem Glase Wein zu feiern. Er führte den Freund durch unbekannte Gassen nach einer kleinen, abseits gelegenen Gastwirtschaft, wo man sicher sein dürfe, einen raren Tropfen zu bekommen, und sie traten durch eine klirrende Glastüre in die enge niedere Stube, in der sie die einzigen Gäste waren. Ein etwas unfreundlicher Wirt brachte auf Breitingers Verlangen eine Flasche herbei, die er öffnete und woraus er den Gästen einen hellgelben kühlen, leicht prickelnden Wein einschenkte, mit welchem sie denn anstießen. Darauf zog sich der Wirt zurück, und bald erschien statt seiner ein großes hübsches Mädchen, das die Herren lächelnd begrüßte und, da eben das erste Glas geleert war, das Einschenken übernahm.

»Prosit!« sagte Breitinger zu Matthias, und indem er sich zu dem Mädchen wandte: »Prosit, schönes Fräulein!«

Sie lachte und hielt scherzweise dem Herrn ein Salzfaß zum Anstoßen hin.

»Ach, Sie haben ja nichts zum Anstoßen«, rief Breitinger und holte selbst von der Kredenz ein Glas für sie. »Kommen Sie, Fräulein, und leisten Sie uns ein bißchen Gesellschaft!«

Damit schenkte er ihr Glas voll und hieß sie, die sich nicht sträubte, zwischen ihm und seinem Bekannten sitzen. Diese zwanglose Leichtigkeit der Anknüpfung machte Herrn Matthias Eindruck. Er stieß nun auch seinerseits mit dem Mädchen an und rückte seinen Stuhl dem ihren nahe. Es war inzwischen in dem unfrohen Raume schon dunkel geworden, die Kellnerin zündete ein paar Gasflammen an und bemerkte nun, daß kein Wein mehr in der Flasche sei.

»Die zweite Bouteille geht auf meine Kosten!« rief Herr Breitinger. Aber der andere wollte das nicht dulden, und es gab einen kleinen Wortkrieg, bis er sich unter der Bedingung fügte, daß nachher auf seine Rechnung noch eine Flasche Champagner getrunken werde. Fräulein Meta hatte inzwischen die neue Flasche herbeigebracht und ihren Platz wieder eingenommen, und während der Jüngere mit dem Korkziehen beschäftigt war, streichelte sie unterm Tisch leise die Hand des Herrn Matthias, der alsbald mit Feuer auf diese Eroberung einging und sie weiter verfolgte, indem er seinen Fuß auf ihren setzte. Nun zog sie den Fuß zwar zurück, liebkoste dafür aber wieder seine Hand, und so blieben sie in stillem Einverständnis triumphierend beieinander sitzen. Matthias ward jetzt gesprächig, er redete vom Wein und erzählte von Zechgelagen, die er früher mitgemacht habe, stieß immer wieder mit den beiden an, und der erhitzende falsche Wein machte seine Augen glänzen.

Als eine Weile später Fräulein Meta meinte, sie habe in der Nachbarschaft eine sehr nette und lustige Freundin, da hatte keiner von den Kavalieren etwas dagegen, daß sie diese einlade, den Abend mitzufeiern. Eine alte Frau, die inzwischen den Wirt abgelöst hatte, wurde mit dem Auftrag weggeschickt. Als nun Herr Breitinger sich für Minuten zurückzog, nahm Matthias die hübsche Meta an sich und küßte sie heftig auf den Mund. Sie ließ es still und lächelnd geschehen, da er aber stürmisch ward und mehr begehrte, leuchtete sie ihn aus feurigen Augen an und wehrte: »Später, du, später!«

Die klappernde Glastüre mehr als ihre beschwichtigende Gebärde hielt ihn zurück, und es kam mit der Alten nicht nur die erwartete Freundin herein, sondern auch noch eine zweite mit ihrem Bräutigam, einem halbeleganten Jüngling mit steifem Hütchen und glatt in der Mitte gescheiteltem schwarzem Haar, dessen Mund unter einem gezwickelten Schnauzbärtchen hervor hochmütig und gewalttätig ausschaute. Zugleich trat auch Breitinger wieder ein, es entstand eine Begrüßung und man rückte zwei Tische aneinander, um gemeinsam zu Abend zu essen. Matthias sollte bestellen und war für einen Fisch mit nachfolgendem Rindsbraten, dazu kam auf Metas Vorschlag noch eine Platte mit Kaviar, Lachs und Sardinen, sowie auf den Wunsch ihrer Freundin eine Punschtorte. Der Bräutigam aber erklärte mit merkwürdig gereizter Verächtlichkeit, ohne Geflügel tauge ein Abendessen nichts, und wenn auf das Rindfleisch nicht ein Fasanenbraten folge, so esse er schon lieber gar nicht mit. Meta wollte ihm zureden, aber Herr Matthias, der inzwischen zu einem Burgunderwein übergegangen war, rief munter dazwischen: »Ach was, man soll doch den Fasan bestellen! Die Herrschaften sind doch hoffentlich alle meine Gäste?«

Das wurde angenommen, die Alte verschwand mit dem Speisezettel, der Wirt tauchte auch wieder auf. Meta hatte sich nun ganz an Matthias angeschlossen, ihre Freundin saß gegenüber neben Herrn Breitinger. Das Essen, das nicht im Hause gekocht, sondern über die Straße herbeigeholt schien, wurde rasch aufgetragen und war gut. Beim Nachtisch machte Fräulein Meta ihren Verehrer mit einem neuen Genusse bekannt: er bekam in einem großen fußlosen Glase ein delikates Getränk dargereicht, das sie ihm eigens zubereitet hatte und das, wie sie erzählte, aus Champagner, Sherry und Kognak gemischt war. Es schmeckte gut, nur etwas schwer und süß, und sie nippte jedesmal selber am Glase, wenn sie ihn zum Trinken einlud. Matthias wollte nun auch Herrn Breitinger ein solches Glas anbieten. Der lehnte jedoch ab, da er das Süße nicht liebe, auch habe dies Getränk den leidigen Nachteil, daß man darauf hin nur noch Champagner genießen könne.

»Hoho, das ist doch kein Nachteil!« rief Matthias überlaut. »Ihr Leute, Champagner her!«

Er brach in ein heftiges Gelächter aus, wobei ihm die Augen voll Wasser liefen, und war von diesem Augenblick an ein hoffnungslos betrunkener Mann, der beständig ohne Ursache lachte,

Wein über den Tisch vergoß und rechenschaftslos auf einem breiten Strome von Rausch und Wohlleben dahintrieb. Nur zuweilen besann er sich für eine Minute, blickte verwundert in die Lustbarkeit und griff nach Metas Hand, die er küßte und streichelte, um sie bald wieder loszulassen und zu vergessen. Einmal erhob er sich, um einen Trinkspruch auszubringen, doch fiel ihm das schwankende Glas aus der Hand und zersprang auf dem überschwemmten Tische, worüber er wieder ein herzliches, doch schon ermüdetes Gelächter begann. Meta zog ihn in seinen Stuhl zurück, und Breitinger bot ihm mit ernsthafter Zurede ein Glas Kirschwasser an, das er leerte und dessen scharfer brennender Geschmack das Letzte war, was ihm von diesem Abend dunkel im Gedächtnis blieb.

### 4

Nach einem todschweren Schlaf erwachte Herr Matthias blinzelnd zu einem schauderhaften Gefühl von Leere, Zerschlagenheit, Schmerz und Ekel. Kopfweh und Schwindel hielten ihn nieder, die Augen brannten trocken und entzündet, an der Hand schmerzte ihn ein breiter verkrusteter Riß, an dessen Herkunft er keine Erinnerung hatte. Nur langsam erholte sich sein Bewußtsein, da richtete er sich plötzlich auf, sah an sich nieder und suchte Stützen für sein Gedächtnis zu gewinnen. Er lag, nur halb entkleidet, in einem fremden Zimmer und Bett, und da er erschreckend aufsprang und zum Fenster trat, blickte er in eine morgendliche unbekannte Straße hinab. Stöhnend goß er ein Waschbecken voll und badete das entstellte heiße Gesicht, und während er mit dem Handtuch darüber fuhr, schlug ihm plötzlich ein böser Argwohn wie ein Blitz ins Gehirn. Hastig stürzte er sich auf seinen Rock, der am Boden lag, riß ihn an sich, betastete und wendete ihn, griff in alle Taschen und ließ ihn erstarrt aus zitternden Händen sinken. Er war beraubt. Die schwarzlederne Brustmappe war fort.

Er besann sich, er wußte alles plötzlich wieder. Es waren über tausend Kronen in Papier und Gold gewesen.

Still legte er sich wieder auf das Bett und blieb wohl eine halbe Stunde wie ein Erschlagener liegen. Weindunst und Schlaftrunkenheit waren völlig verflogen, auch die Schmerzen spürte er nicht mehr, nur eine große Müdigkeit und Trauer. Langsam erhob er sich wieder, wusch sich mit Sorgfalt, klopfte und schabte seine beschmutzten Kleider nach Möglichkeit zurecht, zog sich an und schaute in den Spiegel, wo ein gedunsenes trauriges Gesicht ihm fremd entgegensah. Dann faßte er alle Kraft zu einem heftigen Entschluß zusammen und überdachte seine Lage. Und dann tat er ruhig und bitter das Wenige, was ihm zu tun übrig blieb.

Vor allem durchsuchte er seine ganze Kleidung, auch Bett und Fußboden genau. Der Rock war leer, im Beinkleid jedoch fand sich ein zerknitterter Schein von fünfzig Kronen und zehn Kronen in Gold. Sonst war kein Geld mehr da.

Nun zog er die Glocke und fragte den erscheinenden Kellner, um welche Zeit er heute Nacht angekommen sei. Der junge Mensch sah ihm lächelnd ins Gesicht und meinte, wenn der Herr selber sich nimmer erinnern könne, so werde einzig der Portier Bescheid wissen.

Und er ließ den Portier kommen, gab ihm das Goldstück und fragte ihn aus. Wann er ins Haus gebracht worden sei? – Gegen zwölf Uhr. – Ob er bewußtlos gewesen? – Nein, nur anscheinend bezecht. – Wer ihn hergebracht habe? – Zwei junge Männer. Sie hätten erzählt, der Herr habe sich bei einem Gastmahl übernommen und begehre hier zu schlafen. Er habe ihn zuerst nicht aufnehmen wollen, sei jedoch durch ein schönes Trinkgeld doch dazu bestimmt worden. – Ob der Portier die beiden Männer wiedererkennen würde? – Ja, das heißt wohl nur den einen, den mit dem steifen Hut. Matthias entließ den Mann und bestellte seine Rechnung samt einer Tasse Kaffee. Den trank er heiß hinunter, bezahlte und ging weg.

Er kannte den Teil der Stadt, in dem sein Gasthaus lag, nicht, und ob er wohl nach längerem Gehen bekannte und halbbekannte Straßen traf, so gelang es ihm doch in mehreren Stunden angestrengter Wanderung nicht, jenes kleine Wirtshaus wiederzufinden, wo das Gestrige passiert war.

Doch hatte er sich ohnehin kaum Hoffnung gemacht, etwas von dem Verlorenen wiederzugewinnen. Von dem Augenblick an, da er in plötzlich aufzuckendem Verdacht seinen Rock untersucht und die Brusttasche leer gefunden hatte, war er von der Erkenntnis durchdrungen, es sei nicht das Kleinste mehr zu retten. Dieses Gefühl hatte durchaus mit der Empfindung eines ärgerlichen Zufalls oder Unglücks nichts zu tun, sondern war frei von jeder Auflehnung und glich mehr einer zwar bitteren, doch entschiedenen Zustimmung zu dem Geschehenen. Dies Gefühl vom Einklang des Geschehens mit dem eigenen Gemüt, der äußeren und inneren Notwendigkeit, dessen ganz geringe Menschen niemals fähig sind, rettete den armen betrogenen Pater vor der Verzweiflung. Er dachte nicht einen Augenblick daran, sich etwa durch List reinzuwaschen und wieder in Ehre und Achtung zurückzustehlen, noch auch trat ihm der Gedanke nahe, sich ein Leid anzutun. Nein, er fühlte nichts als eine völlig klare und gerechte Notwendigkeit, die ihn zwar traurig machte, gegen welche er jedoch mit keinem Gedanken protestierte. Denn stärker als Bangnis und Sorge, wenn auch noch verborgen und außerhalb des Bewußtseins, war in ihm die Empfindung einer großen Erlösung vorhanden, da jetzt unzweifelhaft seiner bisherigen Unzufriedenheit und dem unklaren, durch Jahre geführten und verheimlichten Doppelleben ein Ende gesetzt war. Er fühlte wie früher zuweilen nach kleineren Verfehlungen die schmerzliche innere Befreitheit eines Mannes, der vor dem Beichtstuhl kniet und dem zwar eine Demütigung und Bestrafung bevorsteht, dessen Seele aber die beklemmende Last verheimlichter Taten schon weichen fühlt.

Dennoch aber war er über das, was nun zu tun sei, keineswegs im klaren. Hatte er innerlich seinen Austritt aus dem Orden schon genommen und Verzicht auf alle Ehren getan, so schien es ihm doch ärgerlich und recht unnütz, nun alle häßlichen und schmerzenden Szenen einer feierlichen Ausstoßung und Verurteilung auskosten zu sollen. Schließlich hatte er, weltlich gedacht, kein gar so schändliches Verbrechen begangen, und das viele Klostergeld hatte ja nicht er gestohlen, sondern offenbar jener Herr Breitinger.

Klar war ihm zunächst nur, daß noch heute etwas Entscheidendes zu geschehen habe; denn blieb er länger als noch diesen Tag dem Kloster fern, so entstand Verdacht und Untersuchung und ward ihm die Freiheit des Handelns abgeschnitten. Ermüdet und hungrig suchte er ein Speisehaus, aß einen Teller Suppe und schaute alsdann, rasch gesättigt und von verwirrten Erinnerungsbildern gequält, mit müden Augen durchs Fenster auf die

Straße hinaus, genau wie er es gestern ungefähr um dieselbe Zeit getan hatte.

Indem er seine Lage hin und her bedachte, fiel es ihm grausam auf die Seele, daß er auf Erden keinen einzigen Menschen habe, dem er mit Vertrauen und Hoffnung seine Not klagen könnte, der ihm hülfe und riete, der ihn zurechtweise, rette oder doch tröste. Ein Auftritt, den er erst vor einer Woche erlebt und schon völlig wieder vergessen hatte, stieg unversehens rührend und wunderlich in seinem Gedächtnis auf: der junge halbgescheite Laienbruder in seiner verflickten Kutte, wie er am heimischen Bahnhofe stand und ihm nachschaute, angstvoll und beschwörend.

Heftig wendete er sich von diesem Bilde ab und zwang seinen Blick, dem Straßenleben draußen zu folgen. Da trat ihm, auf seltsamen Umwegen der Erinnerung, mit einem Male ein Namen und eine Gestalt vor die Seele, woran sie sich sofort mit instinktivem Zutrauen klammerte.

Diese Gestalt war die der Frau Franziska Tanner, jener reichen jungen Witwe, deren Geist und Takt er erst kürzlich bewundert und deren anmutig strenges Bild ihn heimlich begleitet hatte. Er schloß die Augen und sah sie, im grauseidenen Kleide, mit dem klugen und beinahe spöttischen Mund im hübschen blassen Gesicht, und je genauer er zuschaute und je deutlicher nun auch der kräftig entschlossene Ton ihrer hellen Stimme und der feste, ruhig beobachtende Blick ihrer Augen ihm wieder vorschwebte, desto leichter, ja selbstverständlicher schien es ihm, das Vertrauen dieser ungewöhnlichen Frau in seiner ungewöhnlichen Lage anzurufen.

Dankbar und froh, das nächste Stück seines Wegs endlich klar vor sich zu sehen, machte er sich sofort daran, seinen Entschluß auszuführen. Von dieser Minute an bis zu jener, da er wirklich vor Frau Tanner stand, tat er jeden Schritt sicher und rasch, nur ein einzigesmal geriet er ins Zaudern. Das war, als er jenen Bahnhof des Vorortes wieder erreichte, wo er gestern seinen Sündenwandel begonnen hatte und wo seither sein Köfferchen in Verwahrung stand. Er war des Sinnes gewesen, wieder als Pater in der Kutte vor die hochgeschätzte Frau zu treten, schon um sie nicht allzusehr zu erschrecken, und hatte deshalb den Weg hierher genommen. Nun jedoch, da er nur eines Schrittes bedurfte, um am Schalter sein Eigentum wiederzufordern, kam diese Absicht ihm plötzlich töricht und unredlich vor, ja er empfand, wie nie zuvor, vor der Rückkehr in die klösterliche Tracht einen wahren Schreck und Abscheu, so daß er seinen Plan im Augenblick änderte und vor sich selber schwor, die Kutte niemals wieder anzulegen, es komme, wie es wolle.

Daß mit den übrigen Wertsachen ihm auch der Gepäckschein entwendet worden war, wußte und bedachte er dabei gar nicht. Darum ließ er sein Gepäck liegen, wo es lag, und reiste denselben Weg, den er gestern in der Frühe noch als Pater gefahren, im schlichten Bürgerrocke zurück. Dabei schlug ihm das Herz immerhin, je näher er dem Ziele kam, desto peinlicher; denn er fuhr nun schon wieder durch die Gegend, welcher er vor Tagen noch gepredigt hatte, und mußte in jedem neu einsteigenden Fahrgaste den beargwöhnen, der ihn erkennen und als erster seine Schande sehen würde. Doch war der Zufall und der einbrechende Abend ihm günstig, so daß er die letzte Station unerkannt und unbelästigt erreichte.

Bei sinkender Nacht wanderte er auf müden Beinen den Weg zum Dorfe hin, den er zuletzt bei Sonnenschein im Einspänner gefahren war, und zog, da er noch überall Licht hinter den Läden bemerkte, noch am selben Abend die Glocke am Tore des Tannerschen Landhauses.

Die gleiche Magd wie neulich tat ihm auf und fragte nach seinem Begehren, ohne ihn zu erkennen. Matthias bat, die Hausfrau noch heute abend sprechen zu dürfen, und gab dem Mädchen ein verschlossenes Billett mit, das er vorsorglich noch in der Stadt geschrieben hatte. Sie ließ ihn, der späten Stunde wegen ängstlich, im Freien warten, schloß das Tor wieder ab und blieb eine bange Weile aus.

Dann aber schloß sie rasch wieder auf, hieß ihn mit verlegener Entschuldigung ihrer vorigen Ängstlichkeit eintreten und führte ihn in das Wohnzimmer der Frau, die ihn dort allein erwartete.

»Guten Abend, Frau Tanner«, sagte er mit etwas befangener Stimme, »darf ich Sie nochmals für eine kleine Weile stören?« Sie grüßte gemessen und sah ihn an.

»Da Sie, wie Ihr Billett mir sagt, in einer sehr wichtigen Sache kommen, stehe ich gerne zur Verfügung. – Aber wie sehen Sie denn aus?«

»Ich werde Ihnen alles erklären, bitte, erschrecken Sie nicht!
Ich wäre nicht zu Ihnen gekommen, wenn ich nicht das Zutrauen
hätte, Sie werden mich in einer sehr schlimmen Lage nicht ohne
Rat und Teilnahme lassen. Ach, verehrte Frau, was ist aus mir
geworden!«

Seine Stimme brach, und es schien, als würgten ihn Tränen.
Doch hielt er sich tapfer, entschuldigte sich mit großer Erschöpfung und begann alsdann, in einem bequemen Sessel ruhend,
seine Erzählung. Er fing damit an, daß er schon seit mehreren
Jahren des Klosterlebens müde sei und sich mehrere Verfehlungen vorzuwerfen habe. Dann gab er eine kurze Darstellung seines früheren Lebens und seiner Klosterzeit, seiner Predigtreisen
und auch seiner letzten Mission. Und darauf berichtete er ohne
viel Einzelheiten, aber ehrlich und verständlich sein Abenteuer
in der Stadt.

5

Es folgte auf seine Erzählung eine lange Pause. Frau Tanner
hatte aufmerksam und ohne jede Unterbrechung zugehört,
zuweilen gelächelt und zuweilen den Kopf geschüttelt, schließlich aber jedes Wort mit einem gleichbleibenden gespannten
Ernst verfolgt. Nun schwiegen sie beide eine Weile.

»Wollen Sie jetzt nicht vor allem andern einen Imbiß nehmen?« fragte sie endlich. »Sie bleiben jedenfalls die Nacht hier
und können in der Gärtnerwohnung schlafen.«

Die Herberge nahm der Pater dankbar an, wollte jedoch von
Essen und Trinken nichts wissen.

»Was wollen Sie nun von mir haben?« fragte sie langsam.

»Vor allem Ihren Rat. Ich weiß selber nicht genau, woher
mein Vertrauen zu Ihnen kommt. Aber in allen diesen schlimmen Stunden ist mir niemand sonst eingefallen, auf den ich
hätte hoffen mögen. Bitte, sagen Sie mir, was ich tun soll!«

Nun lächelte sie ein wenig.

»Es ist eigentlich schade«, sagte sie, »daß Sie mich das nicht
neulich schon gefragt haben. Daß Sie für einen Mönch zu gut
oder doch zu lebenslustig sind, kann ich wohl begreifen. Es ist
aber nicht schön, daß Sie Ihre Rückkehr ins Weltleben so heimlich betreiben wollten. Dafür sind Sie nun gestraft. Denn Sie

müssen den Austritt aus Ihrem Orden, den Sie freiwillig und in Ehren hätten suchen sollen, jetzt eben unfreiwillig tun. Mir scheint, Sie können gar nichts anderes tun, als Ihre Sache mit aller Offenheit Ihren Oberen anheimstellen. Ist das nicht Ihre Meinung?«

»Ja, das ist sie; ich habe es mir nicht anders gedacht.«

»Gut also. Und was wird dann aus Ihnen werden?«

»Das ist es eben! Ich werde ohne Zweifel nicht im Orden behalten werden, was ich auch keinesfalls annehmen würde. Mein Wille ist, ein stilles Leben als ein fleißiger und ehrlicher Mensch anzufangen; denn ich bin zu jeder anständigen Arbeit bereit und habe manche Kenntnisse, die mir nützen können.«

»Recht so, das habe ich von Ihnen erwartet.«

»Ja. Aber nun werde ich nicht nur aus dem Kloster entlassen werden, sondern muß auch für die mir anvertrauten Summen, die dem Kloster gehören, mit meiner Person eintreten. Da ich diese Summen in der Hauptsache nicht selber veruntreut, sondern an Schelme verloren habe, wäre es mir doch gar bitter, für sie wie ein gemeiner Betrüger zur Rechenschaft gezogen zu werden.«

»Das verstehe ich wohl. Aber wie wollen Sie das verhüten?«

»Das weiß ich noch nicht. Ich würde, wie es selbstverständlich ist, das Geld so bald und so vollkommen als möglich zu ersetzen suchen. Wenn es möglich wäre, dafür eine einstweilige Bürgschaft zu stellen, so könnte wohl ein gerichtliches Verfahren ganz vermieden werden.«

Die Frau sah ihn forschend an.

»Was wären in diesem Falle Ihre Pläne?« fragte sie dann ruhig.

»Dann würde ich außer Landes eine Arbeit suchen und mich bemühen, vor allem jene Summe abzutragen. Sollte jedoch die Person, welche für mich bürgt, mir anders raten und mich anders zu verwenden wünschen, so wäre mir natürlich dieser Wunsch Befehl.«

Frau Tanner erhob sich und tat einige erregte Schritte durchs Zimmer. Sie blieb außerhalb des Lichtkreises der Lampe in der Dämmerung stehen und sagte leise von dort herüber: »Und die Person, von der Sie reden und die für Sie bürgen soll, die soll ich sein?«

Herr Matthias war ebenfalls aufgestanden.

»Wenn Sie wollen – ja«, sagte er tief atmend. »Da ich mich Ihnen, die ich noch kaum kannte, so weit eröffnet habe, mag auch das gewagt sein. Ach, liebe Frau Tanner, es ist mir wunderlich, wie ich in meiner elenden Lage zu solcher Kühnheit komme. Aber ich weiß keinen Richter, dem ich mich so leicht und gerne zu jedem Urteilsspruch überließe, wie Ihnen. Sagen Sie ein Wort, so gehe ich heute noch für immer aus Ihren Augen.«

Sie trat an den Tisch zurück, wo vom Abend her noch eine feine Stickarbeit und eine umgefalzte Zeitung lag, und verbarg ihre leicht zitternden Hände hinter ihrem Rücken. Dann lächelte sie ganz leicht und sagte: »Danke für Ihr Vertrauen, Herr Matthias, es soll in guten Händen sein. Aber Geschäfte tut man nicht so in einer Abendstimmung ab. Wir wollen jetzt zur Ruhe gehen, die Magd wird Sie ins Gärtnerhaus führen. Morgen früh um sieben wollen wir hier frühstücken und weiterreden, dann können Sie noch leicht den ersten Bahnzug erreichen.«

In dieser Nacht hatte der flüchtige Pater einen weit besseren Schlaf als seine gütige Wirtin. Er holte in einer tiefen achtstündigen Ruhe das Versäumte zweier Tage und Nächte ein und erwachte zur rechten Zeit ausgeruht und helläugig, so daß ihn die Frau Tanner beim Frühstück erstaunt und wohlgefällig betrachten mußte.

Diese verlor über der Sache Matthias den größten Teil ihrer Nachtruhe. Die Bitte des Paters hätte, soweit sie nur das verlorene Geld betraf, ihr dies nicht angetan. Aber es war ihr sonderbar zu Herzen gegangen, wie da ein fremder Mensch, der nur ein einzigesmal zuvor flüchtig ihren Weg gestreift, in der Stunde peinlicher Not so voll Vertrauen zu ihr gekommen war, fast wie ein Kind zur Mutter. Und daß ihr selber dies doch eigentlich nicht erstaunlich gewesen war, daß sie es ohne weiteres verstanden und beinahe wie etwas Erwartetes aufgenommen hatte, während sie sonst eher zum Mißtrauen neigte, das schien ihr darauf zu deuten, daß zwischen ihr und dem Fremden ein Zug von Geschwisterlichkeit und heimlicher Harmonie bestehe.

Der Pater hatte ihr schon bei seinem ersten Besuche neulich einen angenehmen Eindruck gemacht. Sie mußte ihn für einen lebenstüchtigen, harmlosen Menschen halten, dazu war er ein hübscher und gebildeter Mann. An diesem Urteil hatte das seither Erfahrene nichts geändert, nur daß die Gestalt des Paters dadurch in ein etwas schwankendes Licht von Abenteuer gerückt und in seinem Charakter immerhin eine gewisse Schwäche enthüllt schien.

Dies alles hätte hingereicht, dem Mann ihre Teilnahme zu gewinnen, wobei sie die geforderte Bürgschaft oder Geldsumme gar nicht beachtet haben würde. Durch die merkwürdige Sympathie jedoch, die sie mit dem Fremden verband und die auch in den sorgenvollen Gedanken dieser Nacht nicht abgenommen hatte, war alles in eine andere Beleuchtung getreten, wo das Geschäftliche und Persönliche arg eng aneinander hing und wo sonst harmlose Ding ein bedeutendes, ja schicksalhaftes Aussehen gewannen. Wenn wirklich dieser Mann so viel Macht über sie hatte und so viel Anziehung zwischen ihnen beiden bestand, so war es mit einem Geschenke nicht getan, sondern es mußten daraus dauernde Verhältnisse und Beziehungen entstehen, die immerhin auf ihr Leben großen Einfluß gewinnen konnten.

Dem gewesenen Pater schlechthin mit einer Geldgabe aus der Not und ins Ausland zu helfen, unter Ausschluß aller weiteren Beteiligung an seinem Schicksal als einfache Abfindung, das ging nicht an, dazu stand ihr der Mann zu hoch. Andererseits trug sie Bedenken, ihn auf seine immerhin seltsamen Geständnisse hin ohne weiteres in ihr Leben aufzunehmen, dessen Freiheit und Übersicht sie liebte. Und wieder tat es ihr weh und schien ihr unmöglich, den Armen ganz ohne Hilfe zu lassen.

So sann sie mehrere Stunden hin und wider, und als sie nach kurzem Schlaf in guter Toilette das Frühstückszimmer betrat, sah sie ein wenig geschwächt und müde aus. Matthias begrüßte sie und blickte ihr so klar in die Augen, daß ihr Herz sich rasch wieder erwärmte. Sie sah, es war ihm mit allem, was er gestern gesagt, vollkommen ernst, und er würde zuverlässig dabei bleiben.

Sie schenkte ihm Kaffee und Milch ein, ohne mehr als die notwendigen geselligen Worte dazu zu sagen, und gab Auftrag, daß später für ihren Gast der Wagen angespannt werde, da er zum Bahnhof müsse. Zierlich aß sie aus silbernem Becherlein und trank eine Schale Milch dazu, und erst als sie damit und der Gast ebenfalls mit seinem Morgenkaffee fertig war, begann sie zu sprechen.

»Sie haben mir gestern«, sagte sie, »eine Frage und Bitte vorgelegt, über die ich mich nun besonnen habe. Sie haben auch ein Versprechen gegeben, nämlich in allem und jedem es so zu halten, wie ich es gutfinden werde. Ist das Ihr Ernst gewesen und wollen Sie sich noch dazu bekennen?«

Er sah sie ernsthaft und innig an und sagte einfach: »Ja.«

»Gut, so will ich Ihnen sagen, was ich mir zurechtgelegt habe. Sie wissen selbst, daß Sie mit Ihrer Bitte nicht nur mein Schuldner werden, sondern mir und meinem Leben auf eine Weise nähertreten wollen, deren Bedeutung und Folgen für uns beide wichtig werden können. Sie wollen nicht ein Geschenk von mir haben, sondern mein Vertrauen und meine Freundschaft. Das ist mir lieb und ehrenvoll, doch müssen Sie selbst zugeben, daß Ihre Bitte in einem Augenblick an mich gekommen ist, wo Sie nicht völlig tadelfrei dastehen und wo manches Bedenken wider Sie erlaubt und möglich ist.«

Matthias nickte errötend, lächelte aber ein klein wenig dazu, weshalb sie ihren Ton sofort um einen Schatten strenger werden ließ.

»Eben darum kann ich leider Ihren Vorschlag nicht annehmen, werter Herr. Es ist mir für die Zuverlässigkeit und Dauer Ihrer guten Gesinnung zu wenig Gewähr vorhanden. Wie es mit Ihrer Freundschaft und Treue beschaffen ist, das kann ich auch nicht wissen, seit Sie mir das mit Ihrem Freunde Breitinger erzählt haben. Ich bin daher gesonnen, Sie beim Worte zu nehmen. Sie sind mir zu gut, als daß ich Sie mit Geld abfinden möchte, und Sie sind mir wieder zu fremd und unsicher, als daß ich Sie ohne weiteres in meinen Lebenskreis aufnehmen könnte. Darum stelle ich Ihre Treue auf eine vielleicht schwere Probe, indem ich Sie bitte: Reisen Sie heim, übergeben Sie Ihren ganzen Handel dem Kloster, fügen Sie sich in alles, auch in eine Bestrafung durch die Gerichte! Wenn Sie das tapfer und ehrlich tun wollen, ohne mich in der Sache irgend zu nennen, so verspreche ich Ihnen dagegen, nachher keinen Zweifel mehr an Ihnen zu haben und Ihnen zu helfen, wenn Sie mit Mut und Fröhlichkeit ein neues Leben anfangen wollen. – Haben Sie mich verstanden und soll es gelten?«

Herr Matthias nahm ihre ausgestreckte Hand, blickte ihr mit Bewunderung und tiefer Rührung in das schön erregte bleiche

Gesicht und machte eine sonderbare stürmische Bewegung, beinahe als wollte er sie in die Arme schließen. Statt dessen verbeugte er sich sehr tief und drückte auf die schmale Damenhand einen festen Kuß. Dann ging er aufrecht aus dem Zimmer, ohne weiteren Abschied zu nehmen, und schritt durch den Garten und stieg in das draußen wartende Kabriolet, während die überraschte Frau seiner großen Gestalt und entschiedenen Bewegung in sonderbar gemischter Empfindung nachschaute.

## 6

Als der Pater Matthias in seinem städtischen Anzug und mit einem merkwürdig veränderten Gesicht wieder in sein Kloster gegangen kam und ohne Umweg den Guardian aufsuchte, da zuckte Schrecken, Erstaunen und lüsterne Neugierde durch die alten Hallen. Doch erfuhr niemand etwas Gewisses. Hingegen fand schon nach einer Stunde eine geheime Sitzung der Oberen statt, in welcher die Herren trotz mancher Bedenken schlüssig wurden, den üblen Fall mit aller Sorgfalt geheimzuhalten, die verlorenen Gelder zu verschmerzen und den Pater lediglich mit einer längeren Buße in einem ausländischen Kloster zu bestrafen.

Da er hereingeführt und ihm dieser Entscheid mitgeteilt wurde, setzte er die milden Richter durch seine Weigerung, ihren Spruch anzuerkennen, in kein geringes Erstaunen. Allein es half kein Drohen und kein gütiges Zureden, Matthias blieb dabei, um seine Entlassung aus dem Orden zu bitten. Wolle man ihm, fügte er hinzu, die durch seinen Leichtsinn verlorengegangene Opfersumme als persönliche Schuld stunden und deren allmähliche Abtragung erlauben, so würde er dies dankbar als eine große Gnade annehmen, andernfalls jedoch ziehe er es vor, daß seine Sache von einem weltlichen Gericht ausgetragen werde.

Da war guter Rat teuer, und während Matthias Tag um Tag einsam in strengem Zellenarrest gehalten wurde, beschäftigte seine Angelegenheit die Vorgesetzten bis nach Rom hin, ohne daß der Gefangene über den Stand der Dinge das Geringste erfahren konnte. Es hätte auch noch viele Zeit darüber hingehen können, wäre nicht durch einen unvermuteten Anstoß von außen her plötzlich alles in Fluß gekommen und nach einer ganz anderen Entwicklung hin gedrängt worden.

Es wurde nämlich, zehn Tage nach des Paters unseliger Rückkehr, amtlich und eilig von der Behörde angefragt, ob etwa dem Kloster neuestens ein Insasse oder doch eine so und so beschriebene Ordenskleidung abhanden gekommen, da diese Gewandung soeben als Inhalt eines auf dem Bahnhofe abgegebenen rätselhaften Handkoffers festgestellt worden sei. Es habe dieser Koffer, der seit genau zwölf Tagen in jener Station lagere, infolge eines schwebenden Prozesses geöffnet werden müssen, da ein unter schwerem Verdacht verhafteter Gauner neben anderem gestohlenen Gute auch den auf obigen Koffer lautenden Gepäckschein bei sich getragen habe.

Eilig lief nun einer der Väter zur Behörde, bat um nähere Auskünfte und reiste, da er diese nicht erhielt, unverweilt in die benachbarte Provinzhauptstadt, wo er sich viele, doch vergebliche Mühe gab, die Person und die Spuren des guten Paters Matthias als mit dem Gaunerprozesse unzusammenhängenden darzustellen. Der Staatsanwalt zeigte im Gegenteil für diese Spuren ein lebhaftes Interesse und eine große Lust, den einstweilen als krankliegend entschuldigten Pater Matthias selber kennenzulernen.

Durch diese Ereignisse kam plötzlich eine schroffe Änderung in die Taktik der Väter. Es wurde nun, um zu retten, was noch zu retten wäre, der Pater Matthias mit aller Feierlichkeit aus dem Orden ausgestoßen, der Staatsanwaltschaft übergeben und wegen Veruntreuung von Klostergeldern angeklagt. Und von dieser Stunde an füllte der Prozeß des Paters nicht nur die Aktenmappen der Richter und Anwälte, sondern auch als Skandalgeschichte alle Zeitungen, so daß sein Name im ganzen Lande widerhallte.

Da niemand sich des Mannes annahm, da sein Orden ihn völlig preisgab und die öffentliche Meinung, dargestellt durch die Artikel der liberalen Tagesblätter, den Pater keineswegs schonte und den Anlaß zu einer kleinen frohen Hetze wider die Klöster benutzte, kam der Angeklagte in eine wahre Hölle von Verdacht und Verleumdung und bekam eine schlimmere Suppe auszuessen, als er sich eingebrockt zu haben meinte. Er hielt sich aber in aller Bedrängnis brav und tat keine Aussage, die sich nicht bewährt hätte.

Im übrigen nahmen die beiden ineinander verwickelten Prozesse ihren raschen Verlauf. Mit wunderlichen Gefühlen sah sich Matthias bald als Angeklagter den Pfarrern und Mesnern jener Missionsgegend, bald als Zeuge der hübschen Meta und dem Herrn Breitinger gegenübergestellt, der gar nicht Breitinger hieß und in weiten Kreisen als Gauner und Zuhälter unter dem Namen des dünnen Jakob bekannt war. Sobald sein Anteil an der Breitingerschen Affäre klargestellt war, entschwand dieser und seine Gefolgschaft aus des Paters Augen, und es wurde in wenigen kräftigen Verhandlungen sein eigenes Urteil vorbereitet.

Er war auf eine Verurteilung von allem Anfang an gefaßt gewesen. Inzwischen hatte die Enthüllung der Einzelheiten jenes Tages in der Stadt, das Verhalten seiner Oberen und die öffentliche Stimmung auf seine allgemeine Beurteilung gedrückt, so daß die Richter auf sein unbestrittenes Vergehen den gefährlichen Paragraphen anwendeten und ihn zu einer recht langen Gefängnisstrafe verurteilten.

Das war ihm nun doch ein empfindlicher Schlag, und es wollte ihm scheinen, eine so harte Buße habe sein in keiner eigentlichen Bosheit beruhendes Vergehen doch nicht verdient. Am meisten quälte ihn dabei der Gedanke an die Frau Tanner und ob sie ihn, wenn er nach Verbüßung einer so langwierigen Strafe und überhaupt nach diesem unerwartet viel beschrieenen Skandal sich ihr wieder vorstelle, noch überhaupt werde kennen wollen.

Zu gleicher Zeit bekümmerte und empörte sich Frau Tanner kaum weniger über diesen Ausgang der Sache und machte sich Vorwürfe darüber, daß sie ihn doch eigentlich ohne Not da hineingetrieben habe. Sie schrieb auch ein Brieflein an ihn, worin sie ihn ihres unveränderten Zutrauens versicherte und die Hoffnung aussprach, er werde gerade in der unverdienten Härte seines Urteils eine Mahnung sehen, sich innerlich ungebeugt und unverbittert für bessere Tage zu erhalten. Allein dann fand sie wieder, es sei kein Grund vorhanden, an Matthias zu zweifeln, und sie müsse es nun erst recht darauf ankommen lassen, wie er die Probe bestehe. Und sie legte den geschriebenen Brief, ohne ihn nochmals anzusehen, in ein Fach ihres Schreibtisches, das sie sorgfältig verschloß.

Über alledem war es längst völlig Herbst geworden und der Wein schon gekeltert, als nach einigen trüben Wochen der Spätherbst noch einmal warme, blaue, zart verklärte Tage brachte. Friedlich lag, vom Wasser in gebrochenen Linien gespiegelt, an der Biegung des grünen Flusses das alte Kloster und schaute mit vielen Fensterscheiben in den zartgolden blühenden Tag. Da zog in dem schönen Spätherbstwetter wieder einmal ein trauriges Trüpplein unter der Führung einiger bewaffneter Landjäger auf dem hohen Weg überm steilen Ufer dahin.

Unter den Gefangenen war auch der ehemalige Pater Matthias, der zuweilen den gesenkten Kopf aufrichtete und in die sonnige Weite des Tales und zum stillen Kloster hinunter sah. Er hatte keine guten Tage, aber seine Hoffnung stand immer wieder, von allen Zweifeln unzerstört, auf das Bild der hübschen blassen Frau gerichtet, deren Hand er vor dem bitteren Gang in die Schande gehalten und geküßt hatte. Und indem er unwillkürlich jenes Tages vor seiner Schicksalsreise gedachte, da er noch aus dem Schutz und Schatten des Klosters in Langeweile und Mißmut hier herübergeblickt hatte, da ging ein feines Lächeln über sein mager gewordenes Gesicht, und es schien ihm das halbzufriedene Damals keineswegs besser und wünschenswerter als das hoffnungsvolle Heute.

*(1911)*

## Das Nachtpfauenauge

M ein Gast und Freund Heinrich Mohr war von seinem
Abendspaziergang heimgekehrt und saß nun bei mir im
Studierzimmer, noch beim letzten Tageslicht. Vor den Fenstern
lag weit hinaus der bleiche See, scharf vom hügeligen Ufer ge-
säumt. Wir sprachen, da eben mein kleiner Sohn uns gute Nacht
gesagt hatte, von Kindern und von Kindererinnerungen.

»Seit ich Kinder habe«, sagte ich, »ist schon manche Lieb-
haberei der eigenen Knabenzeit wieder bei mir lebendig geworden. Seit einem Jahr etwa habe ich sogar wieder eine
Schmetterlingssammlung angefangen. Willst du sie sehen?«

Er bat darum, und ich ging hinaus, um zwei oder drei von
den leichten Pappkästen hereinzuholen. Als ich den ersten öffnete, merkten wir beide erst, wie dunkel es schon geworden
war; man konnte kaum noch die Umrisse der aufgespannten
Falter erkennen.

Ich griff zur Lampe und strich ein Zündholz an, und augen-
blicklich versank die Landschaft draußen und die Fenster standen voll von undurchdringlichem Nachtblau.

Meine Schmetterlinge aber leuchteten in dem hellen Lampenlicht prächtig aus dem Kasten. Wir beugten uns darüber, betrachteten die schönfarbigen Gebilde und nannten ihre Namen.

»Das da ist ein gelbes Ordensband«, sagte ich, »lateinisch *ful-
minea,* das gilt hier für selten.«

Heinrich Mohr hatte vorsichtig einen der Schmetterlinge an
seiner Nadel aus dem Kasten gezogen und betrachtete die Un-
terseite seiner Flügel.

»Merkwürdig«, sagte er, »kein Anblick weckt die Kindheits-
erinnerungen so stark in mir wie der von Schmetterlingen.« Und,
indem er den Falter wieder an seinem Ort ansteckte und den
Kastendeckel schloß: »Genug davon!«

Er sagte es hart und rasch, als wären diese Erinnerungen ihm
unlieb. Gleich darauf, da ich den Kasten weggetragen hatte und
wieder hereinkam, lächelte er mit seinem braunen, schmalen
Gesicht und bat um eine Zigarette.

»Du mußt mir's nicht übelnehmen«, sagte er dann, »wenn ich deine Sammlung nicht genauer angeschaut habe. Ich habe als Junge natürlich auch eine gehabt, aber leider habe ich mir selber die Erinnerung daran verdorben. Ich kann es dir ja erzählen, obwohl es eigentlich schmählich ist.«

Er zündete seine Zigarette über dem Lampenzylinder an, setzte den grünen Schirm über die Lampe, so daß unsre Gesichter in Dämmerung sanken, und setzte sich auf das Gesimse des offenen Fensters, wo seine schlanke hagere Figur sich kaum von der Finsternis abhob. Und während ich eine Zigarette rauchte und draußen das hochtönige ferne Singen der Frösche die Nacht erfüllte, erzählte mein Freund das Folgende.

Das Schmetterlingssammeln fing ich mit acht oder neun Jahren an und trieb es anfangs ohne besonderen Eifer wie andre Spiele und Liebhabereien auch. Aber im zweiten Sommer, als ich etwa zehn Jahre alt war, da nahm dieser Sport mich ganz gefangen und wurde zu einer solchen Leidenschaft, daß man ihn mir mehrmals meinte verbieten zu müssen, da ich alles andere darüber vergaß und versäumte. War ich auf dem Falterfang, dann hörte ich keine Turmuhr schlagen, sei es zur Schule oder zum Mittagessen, und in den Ferien war ich oft, mit einem Stück Brot in der Botanisierbüchse, vom frühen Morgen bis zur Nacht draußen, ohne zu einer Mahlzeit heimzukommen.

Ich spüre etwas von dieser Leidenschaft noch jetzt manchmal, wenn ich besonders schöne Schmetterlinge sehe. Dann überfällt mich für Augenblicke wieder das namenlose, gierige Entzücken, das nur Kinder empfinden können, und mit dem ich als Knabe meinen ersten Schwalbenschwanz beschlich. Und dann fallen mir plötzlich ungezählte Augenblicke und Stunden der Kinderzeit ein, glühende Nachmittage in der trockenen, stark duftenden Heide, kühle Morgenstunden im Garten oder Abende an geheimnisvollen Waldrändern, wo ich mit meinem Netz auf der Lauer stand wie ein Schatzsucher und jeden Augenblick auf die tollsten Überraschungen und Beglückungen gefaßt war. Und wenn ich dann einen schönen Falter sah, er brauchte nicht einmal besonders selten zu sein, wenn er auf einem Blumenstengel in der Sonne saß und die farbigen Flügel atmend auf und ab bewegte und mir die Jagdlust den Atem verschlug, wenn ich näher und näher schlich und jeden leuchtenden Farbenfleck und jede kristallene Flügelader und jedes feine braune Haar der Fühler sehen konnte, das war eine Spannung und Wonne, eine Mischung von zarter Freude mit wilder Begierde, die ich später im Leben selten mehr empfunden habe.

Meine Sammlung mußte ich, da meine Eltern arm waren und mir nichts dergleichen schenken konnten, in einer gewöhnlichen alten Kartonschachtel aufbewahren. Ich klebte runde Korkscheiben, aus Flaschenpfropfen geschnitten, auf den Boden, um die Nadeln darein zu stecken, und zwischen den zerknickten Pappdeckelwänden dieser Schachtel hegte ich meine Schätze. Anfangs zeigte ich gern und häufig meine Sammlung den Kameraden, aber andere hatten Holzkästen mit Glasdeckeln, Raupenschachteln mit grünen Gazewänden und anderen Luxus, so daß ich mit meiner primitiven Einrichtung mich nicht eben brüsten konnte. Auch war mein Bedürfnis darnach nicht groß und ich gewöhnte mir an, sogar wichtige und aufregende Fänge zu verschweigen und die Beute nur meinen Schwestern zu zeigen. Einmal hatte ich den bei uns seltenen blauen Schillerfalter erbeutet und aufgespannt, und als er trocken war, trieb mich der Stolz, ihn doch wenigstens meinen Nachbarn zu zeigen, dem Sohn eines Lehrers, der überm Hof wohnte. Dieser Junge hatte das Laster der Tadellosigkeit, das bei Kindern doppelt unheimlich ist. Er besaß eine kleine unbedeutende Sammlung, die aber durch ihre Nettigkeit und exakte Erhaltung zu einem Juwel wurde. Er verstand sogar die seltene und schwierige Kunst, beschädigte und zerbrochene Falterflügel wieder zusammenzuleimen, und war in jeder Hinsicht ein Musterknabe, weshalb ich ihn denn mit Neid und halber Bewunderung haßte.

Diesem jungen Idealknaben zeigte ich meinen Schillerfalter. Er begutachtete ihn fachmännisch, anerkannte seine Seltenheit und sprach ihm einen Barwert von etwa zwanzig Pfennigen zu; denn der Knabe Emil wußte alle Sammelobjekte, zumal Briefmarken und Schmetterlinge, nach ihrem Geldwert zu taxieren. Dann fing er aber an zu kritisieren, fand meinen Blauschiller schlecht aufgespannt, den rechten Fühler gebogen, den linken ausgestreckt, und entdeckte richtig auch noch einen Defekt, denn dem Falter fehlten zwei Beine. Ich schlug zwar diesen Mangel nicht hoch an, doch hatte mir der Nörgler die Freude an meinem Schiller einigermaßen verdorben und ich habe ihm nie mehr meine Beute gezeigt.

Zwei Jahre später, wir waren schon große Buben, aber meine Leidenschaft war noch in voller Blüte, verbreitete sich das Gerücht, jener Emil habe ein Nachtpfauenauge gefangen. Das war nun für mich weit aufregender, als wenn ich heute höre, daß ein Freund von mir eine Million geerbt oder die verlorenen Bücher des Livius gefunden habe. Das Nachtpfauenauge hatte noch keiner von uns gefangen, ich kannte es überhaupt nur aus der Abbildung eines alten Schmetterlingsbuches, das ich besaß und dessen mit der Hand kolorierte Kupfer unendlich viel schöner und eigentlich auch exakter waren als alle modernen Farbendrucke. Von allen Schmetterlingen, deren Namen ich kannte und die in meiner Schachtel noch fehlten, ersehnte ich keinen so glühend wie das Nachtpfauenauge. Oft hatte ich die Abbildung in meinem Buch betrachtet, und ein Kamerad hatte mir erzählt: Wenn der braune Falter an einem Baumstamm oder Felsen sitze und ein Vogel oder anderer Feind ihn angreifen wolle, so ziehe er nur die gefalteten dunkleren Vorderflügel auseinander und zeige die schönen Hinterflügel, deren große helle Augen so merkwürdig und unerwartet aussähen, daß der Vogel erschrecke und den Schmetterling in Ruhe lasse.

Dieses Wundertier sollte der langweilige Emil haben! Als ich es hörte, empfand ich im ersten Augenblick nur die Freude, endlich das seltene Tier zu Gesicht zu bekommen, und eine brennende Neugierde darauf. Dann stellte sich freilich der Neid ein, und es schien mir schnöde zu sein, daß gerade dieser Langweiler und Mops den geheimnisvollen kostbaren Falter hatte erwischen müssen. Darum bezwang ich mich auch und tat ihm die Ehre nicht an, hinüberzugehen und mir seinen Fang zeigen zu lassen. Doch brachte ich meine Gedanken von der Sache nicht los, und am nächsten Tage, als das Gerücht sich in der Schule bestätigte, war ich sofort entschlossen, doch hinzugehen.

Nach Tische, sobald ich vom Hause weg konnte, lief ich über den Hof und in den dritten Stock des Nachbarhauses hinauf, wo neben Mägdekammern und Holzverschlägen der Lehrerssohn ein oft von mir beneidetes kleines Stübchen für sich allein bewohnen durfte. Niemand begegnete mir unterwegs, und als ich oben an die Kammertür klopfte, erhielt ich keine Antwort.

Emil war nicht da, und als ich die Türklinke versuchte, fand ich den Eingang offen, den er sonst während seiner Abwesenheit peinlich verschloß.

Ich trat ein, um das Tier doch wenigstens zu sehen, und nahm sofort die beiden großen Schachteln vor, in welchen Emil seine Sammlung verwahrte. In beiden suchte ich vergebens, bis mir einfiel, der Falter werde noch auf dem Spannbrett sein. Da fand ich ihn denn auch: die braunen Flügel mit schmalen Papierstreifen überspannt, hing das Nachtpfauenauge am Brett, ich beugte mich darüber und sah alles aus nächster Nähe an, die behaarten hellbraunen Fühler, die eleganten und unendlich zart gefärbten Flügelränder, die feine wollige Behaarung am Innenrand der unteren Flügel. Nur gerade die Augen konnte ich nicht sehen, die waren vom Papierstreifen verdeckt.

Mit Herzklopfen gab ich der Versuchung nach, die Streifen loszumachen, und zog die Stecknadel heraus. Da sahen mich die vier großen, merkwürdigen Augen an, weit schöner und wunderlicher als auf der Abbildung, und bei ihrem Anblick fühlte ich eine so unwiderstehliche Begierde nach dem Besitz des herrlichen Tieres, daß ich unbedenklich den ersten Diebstahl meines Lebens beging, indem ich sachte an der Nadel zog und den Schmetterling, der schon trocken war und die Form nicht verlor, in der hohlen Hand aus der Kammer trug. Dabei hatte ich kein Gefühl als das einer ungeheuren Befriedigung.

Das Tier in der rechten Hand verborgen, ging ich die Treppe hinab. Da hörte ich, daß von unten mir jemand entgegen kam, und in dieser Sekunde wurde mein Gewissen wach, ich wußte plötzlich, daß ich gestohlen hatte und ein gemeiner Kerl war; zugleich befiel mich eine ganz schreckliche Angst vor der Entdeckung, so daß ich instinktiv die Hand, die den Raub umschlossen hielt, in die Tasche meiner Jacke steckte. Langsam ging ich weiter, zitternd und mit einem kalten Gefühl von Verworfenheit und Schande, ging angstvoll an dem heraufkommenden Dienstmädchen vorbei und blieb an der Haustüre stehen, mit klopfendem Herzen und schwitzender Stirn, fassungslos und vor mir selbst erschrocken.

Alsbald wurde mir klar, daß ich den Falter nicht behalten könne und dürfe, daß ich ihn zurücktragen und alles nach Möglichkeit ungeschehen machen müsse. So kehrte ich denn, trotz aller Angst vor einer Begegnung und Entdeckung, schnell wieder um, sprang mit Eile die Stiege hinan und stand eine Minute später wieder in Emils Kammer. Vorsichtig zog ich die Hand aus der Tasche und legte den Schmetterling auf den Tisch, und ehe ich ihn wieder sah, wußte ich das Unglück schon und war dem Weinen nah, denn das Nachtpfauenauge war zerstört. Es fehlte der rechte Vorderflügel und der rechte Fühler, und als ich den abgebrochenen Flügel vorsichtig aus der Tasche zu ziehen suchte, war er zerschlissen und an kein Flicken mehr zu denken.

Beinahe noch mehr als das Gefühl des Diebstahls peinigte mich nun der Anblick des schönen seltenen Tieres, das ich zerstört hatte. Ich sah an meinen Fingern den zarten braunen Flügelstaub hängen und den zerrissenen Flügel daliegen, und hätte jeden Besitz und jede Freude gern hingegeben, um ihn wieder ganz zu wissen.

Traurig ging ich nach Hause und saß den ganzen Nachmittag in unsrem kleinen Garten, bis ich in der Dämmerung den Mut fand, meiner Mutter alles zu erzählen. Ich merkte wohl, wie sie erschrak und traurig wurde, aber sie mochte fühlen, daß schon dies Geständnis mich mehr gekostet habe als die Erduldung jeder Strafe.

»Du mußt zum Emil hinübergehen«, sagte sie bestimmt, »und es ihm selber sagen. Das ist das einzige, was du tun kannst, und ehe das nicht geschehen ist, kann ich dir nicht verzeihen. Du kannst ihm anbieten, daß er sich irgend etwas von deinen Sachen aussucht, als Ersatz, und du mußt ihn bitten, daß er dir verzeiht.«

Das wäre mir nun bei jedem anderen Kameraden leichter gefallen als bei dem Musterknaben. Ich fühlte im voraus genau, daß er mich nicht verstehen und mir womöglich gar nicht glauben würde, und es wurde Abend und beinahe Nacht, ohne daß ich hinzugehen vermochte. Da fand mich meine Mutter unten im Hausgang und sagte leise: »Es muß heut noch sein, geh jetzt!«

Und da ging ich hinüber und fragte im untern Stock nach Emil, er kam und erzählte sofort, es habe ihm jemand das Nachtpfauenauge kaputt gemacht, er wisse nicht, ob ein schlechter Kerl oder vielleicht ein Vogel oder die Katze, und ich bat ihn, mit mir hinaufzugehen und es mir zu zeigen. Wir gingen hinauf, er schloß die Kammertür auf und zündete eine Kerze an, und ich sah auf dem Spannbrett den verdorbenen Falter liegen. Ich sah, daß er daran gearbeitet hatte, ihn wieder herzustellen, der kaputte Flügel war sorgfältig ausgebreitet und auf ein feuchtes Fließpapier gelegt, aber er war unheilbar, und der Fühler fehlte ja auch.

Nun sagte ich, daß ich es gewesen sei, und versuchte zu erzählen und zu erklären.

Da pfiff Emil, statt wild zu werden und mich anzuschreien, leise durch die Zähne, sah mich eine ganze Weile still an und sagte dann: »So so, also so einer bist du.«

Ich bot ihm alle meine Spielsachen an, und als er kühl blieb und mich immer noch verächtlich ansah, bot ich ihm meine ganze Schmetterlingssammlung an.

Er sagte aber: »Danke schön, ich kenne deine Sammlung schon. Man hat ja heut wieder sehen können, wie du mit Schmetterlingen umgehst.«

In diesem Augenblick fehlte nicht viel, so wäre ich ihm an die Gurgel gesprungen. Es war nichts zu machen, ich war und blieb ein Schuft, und Emil stand kühl in verächtlicher Gerechtigkeit vor mir wie die Weltordnung. Er schimpfte nicht einmal, er sah mich nur an und verachtete mich.

Da sah ich zum erstenmal, daß man nichts wieder gut machen kann, was einmal verdorben ist. Ich ging weg und war froh, daß die Mutter mich nicht ausfragte, sondern mir einen Kuß gab und mich in Ruhe ließ. Ich sollte zu Bett gehen, es war schon spät für mich. Vorher aber holte ich heimlich im Eßzimmer die große bunte Schachtel, stellte sie aufs Bett und machte sie im Dunkeln auf. Und dann nahm ich die Schmetterlinge heraus, einen nach dem andern, und drückte sie mit den Fingern zu Staub und Fetzen.

*(1911)*

# Autorenabend

Als ich gegen Mittag in dem Städtchen Querburg ankam, empfing mich am Bahnhof ein Mann mit einem breiten grauen Backenbart.

»Mein Name ist Schievelbein«, sagte er, »ich bin der Vorstand des Vereins.«

»Freut mich«, sagte ich. »Es ist großartig, daß es hier in dem kleinen Querburg einen Verein gibt, der literarische Abende veranstaltet.«

»Na, wir leisten uns hier allerlei«, bestätigte Herr Schievelbein. »Im Oktober war zum Beispiel ein Konzert, und im Karneval geht es schon ganz toll zu. – Und Sie wollen uns also heut abend durch Vorträge unterhalten?«

»Ja, ich lese ein paar von meinen Sachen vor, kürzere Prosastücke und Gedichte, wissen Sie.«

»Ja, sehr schön. Sehr schön. Wollen wir einen Wagen nehmen?«

»Wie Sie meinen. Ich bin hier ganz fremd; vielleicht zeigen Sie mir ein Hotel, wo ich absteigen kann.«

Der Vereinsvorstand musterte jetzt den Koffer, den der Träger hinter mir herbrachte. Dann ging sein Blick prüfend über mein Gesicht, über meinen Mantel, meine Schuhe, meine Hände, ein ruhig prüfender Blick, so wie man etwa einen Reisenden ansieht, mit dem man eine Nacht das Coupé teilen soll. Seine Prüfung fing eben an, mir aufzufallen und peinlich zu werden, da verbreiteten sich wieder Wohlwollen und Höflichkeit über seine Züge.

»Wollen Sie bei mir wohnen?« fragte er lächelnd. »So gut wie im Gasthaus finden Sie es da auch und sparen die Hotelkosten.«

Er begann mich zu interessieren; seine Patronatsmiene und wohlhabende Würde waren drollig und lieb, und hinter dem etwas herrischen Wesen schien viel Gutmütigkeit verborgen. Ich nahm also die Einladung an; wir setzten uns in einen offenen Wagen, und nun konnte ich wohl sehen, neben wem ich saß, denn in den Straßen von Querburg war beinahe kein Mensch, der meinen Patron nicht mit Ergebenheit gegrüßt hätte. Ich mußte beständig die Hand am Hute haben und bekam eine Vorstellung davon, wie es Fürsten zumute ist, wenn sie sich durch ihr Volk hindurchsalutieren müssen.

Um ein Gespräch zu beginnen, fragte ich: »Wieviel Plätze hat wohl der Saal, in dem ich sprechen soll?«

Schievelbein sah mich beinahe vorwurfsvoll an: »Das weiß ich wirklich nicht, lieber Herr; ich habe mit diesen Sachen gar nichts zu tun.«

»Ich dachte nur, weil Sie ja doch Vorstand – –«

»Gewiß; aber das ist nur so ein Ehrenamt, wissen Sie. Das Geschäftliche besorgt alles unser Sekretär.«

»Das ist wohl der Herr Giesebrecht, mit dem ich korrespondiert habe?«

»Ja, der ist's. Jetzt passen Sie auf, da kommt das Kriegerdenkmal, und dort links, das ist das neue Postgebäude. Fein, nicht?«

»Sie scheinen hier in der Gegend keinen eigenen Stein zu haben«, sagte ich, »da Sie alles aus Backstein machen?«

Herr Schievelbein sah mich mit runden Augen an, dann brach er in ein Gelächter aus und schlug mir kräftig aufs Knie.

»Aber Mann, das ist ja eben unser Stein! Haben Sie nie vom Querburger Backstein gehört? Ist ja berühmt. Von dem leben wir hier alle.«

Da waren wir schon vor seinem Hause. Es war mindestens ebenso schön wie das Postgebäude. Wir stiegen aus, und über uns ging ein Fenster auf und eine Frauenstimme rief herunter: »So, hast du also den Herrn doch mitgebracht? Na, schön. Komm nur, wir essen gleich.«

Bald darauf erschien die Dame an der Haustür und war ein vergnügtes rundes Wesen, voll von Grübchen und mit kleinen, dicken, kindlichen Wurstfingern. Wenn man gegen den Herrn Schievelbein etwa noch Bedenken hätte hegen können, diese Frau zerstreute jeden Zweifel, sie atmete nichts als wohligste Harmlosigkeit. Erfreut nahm ich ihre warme, gepolsterte Hand. Sie musterte mich wie ein Fabeltier und sagte dann halb lachend: »Also Sie sind der Herr Hesse! Na, ist schön, ist schön. Nein, aber daß Sie eine Brille tragen!«

»Ich bin etwas kurzsichtig, gnädige Frau.«

Sie schien die Brille trotzdem sehr komisch zu finden, was ich nicht recht begriff. Aber sonst gefiel mir die Hausfrau sehr. Hier war solides Bürgertum; es würde gewiß ein vorzügliches Essen geben.

Einstweilen wurde ich in den Salon geführt, wo eine Palme einsam zwischen unechten Eichenmöbeln stand. Die ganze Einrichtung zeigte sich lückenlos in jenem schlechtbürgerlichen Stil unserer Väter und älteren Schwestern, den man selten mehr in solcher Reinheit antrifft. Meine Augen blieben gebannt an einem gleißenden Gegenstande hängen, den ich bald als einen ganz und gar mit Goldbronze bestrichenen Stuhl erkannte.

»Sind Sie immer so ernst?« fragte die Dame mich nach einer flauen Pause.

»O nein«, rief ich schnell, »aber entschuldigen Sie: warum haben Sie eigentlich diesen Stuhl vergolden lassen?«

»Haben Sie das noch nie gesehen? Es war eine Zeitlang sehr in Mode, natürlich nur als Ziermöbel, nicht zum Draufsitzen. Ich finde es sehr hübsch.«

Herr Schievelbein hustete: »Jedenfalls hübscher als das verrückte moderne Zeug, was man jetzt bei jungverheirateten Leuten sehen muß. – Aber können wir noch nicht essen?«

Die Hausfrau erhob sich, und eben kam das Mädchen, uns zum Essen zu bitten. Ich bot der Gnädigen den Arm, und wir wandelten durch ein ähnlich prunkvoll aussehendes Gemach in das Speisezimmer und einem kleinen Paradies von Frieden, Stille und guten Sachen entgegen, das zu beschreiben ich mich nicht fähig fühle.

Ich sah bald, daß man hier nicht gewohnt war, sich neben dem Essen her mit Unterhaltung anzustrengen, und meine Furcht vor etwaigen literarischen Gesprächen fand sich angenehm enttäuscht. Es ist undankbar von mir, aber ich lasse mir ungern ein gutes Essen von den Wirten dadurch verderben, daß man mich fragt, ob ich den Jörn Uhl auch schon gelesen habe und ob ich Tolstoj oder Ganghofer hübscher finde. Hier war Sicherheit und Friede. Man aß gründlich und gut, sehr gut, und auch den Wein muß ich loben, und unter sachlichen Tafelgesprächen über Weinsorten, Geflügel und Suppen verrann selig die Zeit. Es war herrlich, und nur einmal gab es eine Unterbrechung. Man hatte mich um meine Meinung über das Füllsel der jungen Gans gefragt, an der wir aßen, und ich sagte so etwas wie: das seien Gebiete des Wissens, mit welchen wir Schriftsteller meist allzuwenig zu tun bekämen. Da ließ Frau Schievelbein ihre Gabel sinken und starrte mich aus großen runden Kinderaugen an: »Ja, sind Sie denn auch Schriftsteller?«

»Natürlich«, sagte ich ebenfalls verwundert. »Das ist ja mein Beruf. Was hatten Sie denn geglaubt?«

»Oh, ich dachte, Sie reisen eben immer so herum und halten Vorträge. Es war einmal einer hier – Emil, wie hieß er gleich? Weißt du, der, der damals diese bayrischen Volkslieder vorgetragen hat.«

»Ach, der mit den Schnadahüpferln – –« Aber auch er konnte sich des Namens nimmer erinnern. Und auch er sah mich verwundert an und gewissermaßen mit etwas mehr Respekt, und dann nahm er sich zusammen, erfüllte seine gesellschaftliche Pflicht und fragte vorsichtig: »Ja, und was schreiben Sie da eigentlich? Wohl fürs Theater?«

Nein, sagte ich, das hätte ich noch nie probiert. Nur so Gedichte, Novellen und solche Sachen.

»Ach so«, seufzte er erleichtert. Und sie fragte: »Ist das nicht furchtbar schwer?«

Ich sagte nein, es ginge an. Herr Schievelbein aber hegte noch immer irgendein Mißtrauen.

»Aber nicht wahr«, fing er nochmals zögernd an, »ganze Bücher schreiben Sie doch nicht?«

»Doch«, mußte ich bekennen, »ich habe auch schon ganze Bücher geschrieben.« Das stimmte ihn sehr nachdenklich. Er aß eine Weile schweigend fort, dann hob er sein Glas und rief mit etwas angestrengter Munterkeit: »Na, prosit!«

Gegen den Schluß der Tafel wurden die Leute beide zusehends stiller und schwerer, sie seufzten verschiedene Male tief und ernst, und Herr Schievelbein legte eben die Hände über der Weste zusammen und wollte einschlafen, da mahnte ihn seine Frau: »Erst wollen wir noch den schwarzen Kaffee trinken.« Aber auch sie hatte schon ganz kleine Augen.

Der Kaffee war nebenan serviert; man saß in blauen Polstermöbeln zwischen zahlreichen stillblickenden Familienphotographien. Nie hatte ich eine Einrichtung gesehen, welche dem Wesen der Bewohner so vollkommen entsprach und Ausdruck verlieh. Mitten im Zimmer stand ein ungeheurer Vogelkäfig, und drinnen saß regungslos ein großer Papagei.

»Kann er sprechen?« fragte ich.

Frau Schievelbein verkniff ein Gähnen und nickte. »Sie werden ihn vielleicht bald hören. Nach Tisch ist er immer am muntersten.«

Es hätte mich interessiert zu wissen, wie er sonst aussah, denn weniger munter hatte ich noch nie ein Tier gesehen. Er hatte die Lider halb über die Augen gezogen und sah aus wie von Porzellan.

Aber nach einer Weile, als der Hausherr entschlummert war und auch die Dame bedenklich im Sessel nickte, da tat der versteinerte Vogel wahrhaftig den Schnabel auf und sprach in gähnendem Tonfall mit gedehnter und äußerst menschenähnlicher Stimme die Worte, die er konnte: »O Gott ogott ogott ogott –.«

Frau Schievelbein wachte erschrocken auf; sie glaubte, es sei ihr Mann gewesen, und ich benutzte den Augenblick, um ihr zu sagen, ich möchte mich jetzt gern ein wenig in mein Zimmer zurückziehen.

»Vielleicht geben Sie mir irgend etwas zu lesen mit«, setzte ich hinzu.

Sie lief und kam mit einer Zeitung wieder. Aber ich dankte und sagte: »Haben Sie nicht irgendein Buch? Einerlei was.«

Da stieg sie seufzend mit mir die Treppe zum Gastzimmer hinauf, zeigte mir meine Stube und öffnete dann mit Mühe einen kleinen Schrank im Korridor. »Bitte, bedienen Sie sich hier«, sagte sie und zog sich zurück. Ich glaubte, es handle sich um einen Likör, aber vor mir stand die Bibliothek des Hauses, eine kleine Reihe staubiger Bücher. Begierig griff ich zu, man findet in solchen Häusern oft ungeahnte Schätze. Es waren aber nur zwei Gesangbücher, drei alte Bände von ›Über Land und Meer‹, ein Katalog der Weltausstellung in Brüssel von Anno soundso und ein Taschenlexikon der französischen Umgangssprache.

Eben war ich nach einer kurzen Siesta am Waschen, da wurde geklopft, und das Dienstmädchen führte einen Herrn herein. Es war der Vereinssekretär, der mich sprechen wollte. Er klagte, der Vorverkauf sei sehr schlecht, sie schlügen kaum die Saalmiete

heraus. Und ob ich nicht mit weniger Honorar zufrieden wäre.
Aber er wollte nichts davon wissen, als ich vorschlug, die Vorlesung lieber zu unterlassen. Er seufzte nur sorgenvoll, und dann
meinte er: »Soll ich für etwas Dekoration sorgen?«

»Dekoration? Nein, ist nicht nötig.«

»Es wären zwei Fahnen da«, lockte er unterwürfig. Endlich
ging er wieder, und meine Stimmung begann sich erst wieder zu
heben, als ich mit meinen nun wieder munter gewordenen Gast-
gebern beim Tee saß. Es gab Buttergebackenes dazu und Rum
und Benediktiner.

Am Abend gingen wir dann alle drei in den ›Goldenen
Anker‹. Das Publikum strömte in Scharen nach dem Hause, so
daß ich ganz erstaunt war; aber die Leute verschwanden alle
hinter den Flügeltüren eines Saales im Parterre, während wir in
die zweite Etage hinaufstiegen, wo es viel stiller zuging.

»Was ist denn da unten los?« fragte ich den Sekretär.

»Ach, die Biermusik. Das ist jeden Samstag.«

Ehe Schievelbeins mich verließen, um in den Saal zu gehen,
ergriff die gute Frau in einer plötzlichen Wallung meine Hand,
drückte sie begeistert und sagte leise: »Ach, ich freue mich ja so
furchtbar auf diesen Abend.«

»Warum denn?« konnte ich nur sagen, denn mir war ganz
anders zumute.

»Nun«, rief sie herzlich, »es gibt doch nichts Schöneres, als
wenn man sich wieder einmal so richtig auslachen kann!«

Damit eilte sie davon, froh wie ein Kind am Morgen seines
Geburtstages.

Das konnte gut werden.

Ich stürzte mich auf den Sekretär. »Was denken sich die Leute
eigentlich unter diesem Vortrag?« rief ich hastig. »Mir scheint
sie erwarten etwas ganz anderes als einen Autoren-Abend.«

Ja, stammelte er und kleinlaut, das könne er unmöglich wissen.
Man nehme an, ich werde lustige Sachen vortragen, vielleicht
auch singen, das andere sei meine Sache – und überhaupt, bei
diesem miserablen Besuch – –

Ich jagte ihn hinaus und wartete allein in bedrückter Stimmung in einem kalten Stübchen, bis der Sekretär mich wieder
abholte und in den Saal führte. Da standen etwa zwanzig
Stuhlreihen, von denen drei oder vier besetzt waren. Hinter

dem kleinen Podium war eine Vereinsfahne an die Wand genagelt. Es war scheußlich. Aber ich stand nun einmal da, die Fahne prunkte, das Gaslicht blitzte in meiner Wasserflasche, die paar Leute saßen und warteten, ganz vorne Herr und Frau Schievelbein. Es half alles nichts; ich mußte beginnen.

So las ich denn in Gottes Namen ein Gedicht vor. Alles lauschte erwartungsvoll – aber als ich glücklich im zweiten Vers war, da brach unter unseren Füßen mit Pauken und Tschinellen die große Biermusik los. Ich war so wütend, daß ich mein Wasserglas umwarf. Man lachte herzlich über diesen Scherz. Als ich drei Gedichte vorgelesen hatte, tat ich einen Blick in den Saal. Eine Reihe von grinsenden, fassungslosen, enttäuschten, zornigen Gesichtern sah mich an, etwa sechs Leute erhoben sich verstört und verließen diese unbehagliche Veranstaltung. Ich wäre am liebsten mitgegangen. Aber ich machte nur eine Pause und sagte dann, soweit ich gegen die Musik ankam, es scheine leider hier ein Mißverständnis zu walten, ich sei kein humoristischer Rezitator, sondern ein Literat, eine Art von Sonderling und Dichter, und ich wolle ihnen jetzt, da sie doch einmal da seien, eine Novelle vorlesen.

Da standen wieder einige Leute auf und gingen fort.

Aber die Übriggebliebenen rückten jetzt aus den lichtgewordenen Reihen näher beim Podium zusammen; es waren immer noch etwa zwei Dutzend Leute, und ich las weiter und tat meine Schuldigkeit, nur kürzte ich das Ganze tüchtig ab, so daß wir nach einer halben Stunde fertig waren und gehen konnten.

Frau Schievelbein begann mit ihren dicken Händchen wütend zu klatschen, aber es klang so allein nicht gut, und so hörte sie errötend wieder auf.

Der erste literarische Abend von Querburg war zu Ende. Mit dem Sekretär hatte ich noch eine kurze ernste Unterredung; dem Mann standen Tränen in den Augen. Ich warf einen Blick in den leeren Saal zurück, wo das Gold der Fahne einsam leuchtete, dann ging ich mit meinen Wirten nach Hause. Sie waren so still und feierlich wie nach einem Begräbnis, und plötzlich, als wir so blöd und schweigend nebeneinander hergingen, mußte ich laut hinauslachen, und nach einer kleinen Weile stimmte Frau Schievelbein mit ein. Daheim stand ein ausgesuchtes kleines Essen bereit, und nach einer Stunde waren wir drei in der besten Stimmung. Die Dame sagte mir sogar, meine Gedichte seien herzig und ich möchte ihr eins davon abschreiben.

Das tat ich zwar nicht, aber vor dem Schlafengehen schlich ich mich ins Nebenzimmer, drehte Licht an und trat vor den großen Vogelkäfig. Ich hätte gerne den alten Papagei noch einmal gehört, dessen Stimme und Tonfall dies ganze liebe Bürgerhaus sympathisch auszudrücken schien. Denn was irgendwo drinnen ist, will sich zeigen; Propheten haben Gesichte, Dichter machen Verse, und dieses Haus ward Klang und offenbarte sich im Ruf dieses Vogels, dem Gott eine Stimme verlieh, daß er die Schöpfung preise.

Der Vogel war beim Aufblitzen des Lichtes erschrocken und sah mich aus verschlafenen Augen starr und glasig an. Dann fand er sich zurecht, dehnte den Flügel mit einer unsäglich schläfrigen Gebärde und gähnte mit fabelhaft menschlicher Stimme: »O Gott ogott ogott ogott – –«

*(1912)*

## Der Zyklon

Es war in der Mitte der neunziger Jahre, und ich tat damals Volontärdienst in einer kleinen Fabrik meiner Vaterstadt, die ich noch im selben Jahre für immer verließ. Ich war etwa achtzehn Jahre alt und wußte nichts davon, wie schön meine Jugend sei, obwohl ich sie täglich genoß und um mich her fühlte wie der Vogel die Luft. Ältere Leute, die sich der Jahrgänge im einzelnen nimmer besinnen mögen, brauche ich nur daran zu erinnern, daß in dem Jahre, von dem ich erzähle, unsere Gegend von einem Zyklon oder Wettersturm heimgesucht wurde, dessengleichen in unserm Lande weder vorher noch später gesehen worden ist. In jenem Jahre ist es gewesen. Ich hatte mir vor zwei oder drei Tagen einen Stahlmeißel in die linke Hand gehauen. Sie hatte ein Loch und war geschwollen, ich mußte sie verbunden tragen und durfte nicht in die Werkstatt gehen.

Es ist mir erinnerlich, daß jenen ganzen Spätsommer hindurch unser enges Tal in einer unerhörten Schwüle lag und daß zuweilen tagelang ein Gewitter dem andern folgte. Es war eine heiße Unruhe in der Natur, von welcher ich freilich nur dumpf und unbewußt berührt wurde und deren ich mich doch noch in Kleinigkeiten entsinne. Abends zum Beispiel, wenn ich zum Angeln ging, fand ich von der wetterschwülen Luft die Fische seltsam aufgeregt, sie drängten unordentlich durcheinander, schlugen häufig aus dem lauen Wasser empor und gingen blindlings an die Angel. Nun war es endlich ein wenig kühler und stiller geworden, die Gewitter kamen seltener, und in der Morgenfrühe roch es schon ein wenig herbstlich.

Eines Morgens verließ ich unser Haus und ging meinem Vergnügen nach, ein Buch und ein Stück Brot in der Tasche. Wie ich es in der Bubenzeit gewohnt gewesen war, lief ich zuerst hinters Haus in den Garten, der noch im Schatten lag. Die Tannen, die mein Vater gepflanzt und die ich selber noch ganz jung und stangendünn gekannt hatte, standen hoch und stämmig, unter ihnen lagen hellbraune Nadelhaufen, und es wollte dort seit Jahren nichts mehr wachsen als Immergrün. Daneben aber in einer langen, schmalen Rabatte standen die Blumenstauden meiner Mutter, die leuchteten reich und fröhlich, und es wurden von ihnen auf jeden Sonntag große Sträuße gepflückt. Da war ein Gewächs mit zinnoberroten Bündeln kleiner Blüten, das hieß brennende Liebe, und eine zarte Staude trug an dünnen Stengeln hängend viele herzförmige rote und weiße Blumen, die nannte man Frauenherzen, und ein anderer Strauch hieß die stinkende Hoffart. Nebenbei standen hochstielige Astern, welche aber noch nicht zur Blüte gekommen waren, und dazwischen kroch am Boden mit weichen Stacheln die fette Hauswurz und der drollige Portulak, und dieses lange schmale Beet war unser Liebling und unser Traumgarten, weil da so vielerlei seltsame Blumen beieinander standen, welche uns merkwürdiger und lieber waren als alle Rosen in den beiden runden Beeten. Wenn hier die Sonne schien und auf der Efeumauer glänzte, dann hatte jede Staude ihre ganz eigene Art und Schönheit, die Gladiolen prahlten fett mit grellen Farben, der Heliotrop stand grau und wie verzaubert in seinen schmerzlichen Duft versunken, der Fuchsschwanz hing ergeben welkend herab, die Akelei aber stellte sich auf die Zehen und läutete mit ihren vierfältigen Sommerglocken. An den Goldruten und im blauen Phlox schwärmten laut die Bienen, und über dem dicken Efeu rannten kleine braune Spinnen heftig hin und wider; über den Levkojen zitterten in der Luft jene raschen, launisch schwirrenden Schmetterlinge mit dicken Leibern und gläsernen Flügeln, die man Schwärmer oder Taubenschwänze heißt.

In meinem Feiertagsbehagen ging ich von einer Blume zur andern, roch da und dort an einer duftenden Dolde oder tat mit vorsichtigem Finger einen Blütenkelch auf, um hineinzuschauen und die geheimnisvollen bleichfarbenen Abgründe und die stille Ordnung von Adern und Stempeln, von weichhaarigen Fäden und kristallenen Rinnen zu betrachten. Dazwischen studierte ich den wolkigen Morgenhimmel, wo ein sonderbar verwirrtes Durcheinander von streifigen Dunstfäden und wollig flockigen Wölkchen herrschte. Mir schien, es werde gewiß heute wieder einmal ein Gewitter geben, und ich nahm mir vor, am Nachmittag ein paar Stunden zu angeln. Eifrig wälzte ich, in der Hoffnung, Regenwürmer zu finden, ein paar Tuffsteine aus der Wegeinfassung beiseite, aber es krochen nur Scharen von grauen, trockenen Mauerasseln hervor und flüchteten verstört nach allen Seiten.

Ich besann mich, was nun zu unternehmen sei, und es wollte mir nicht sogleich etwas einfallen. Vor einem Jahre, als ich zum letztenmal Ferien gehabt hatte, da war ich noch ganz ein Knabe gewesen. Was ich damals am liebsten getrieben hatte, mit Haselnußbogen ins Ziel schießen, Drachen steigen lassen und die Mauslöcher auf den Feldern mit Schießpulver sprengen, das hatte alles den damaligen Reiz und Schimmer nicht mehr, als sei ein Teil meiner Seele müde geworden und antwortete nimmer auf die Stimmen, die ihr einst lieb waren und Freude brachten.

Verwundert und in einer stillen Beklemmung blickte ich in dem wohlbekannten Bezirk meiner Knabenfreuden umher. Der kleine Garten, die blumengeschmückte Altane und der feuchte sonnenlose Hof mit seinem moosgrünen Pflaster sahen mich an und hatten ein anderes Gesicht als früher, und sogar die Blumen hatten etwas von ihrem unerschöpflichen Zauber eingebüßt. Schlicht und langweilig stand in der Gartenecke das alte Wasserfaß mit der Leitungsröhre; da hatte ich früher zu meines Vaters Pein halbe Tage lang das Wasser laufen lassen und hölzerne Mühlräder eingespannt, ich hatte auf dem Wege Dämme gebaut und Kanäle und mächtige Überschwemmungen veranstaltet. Das verwitterte Wasserfaß war mir ein treuer Liebling und Zeitvertreiber gewesen, und indem ich es ansah, zuckte sogar ein Nachhall jener Kinderwonne in mir auf, allein sie schmeckte traurig, und das Faß war kein Quell, kein Strom und kein Niagara mehr.

Nachdenklich kletterte ich über den Zaun, eine blaue Windenblüte streifte mir das Gesicht, ich riß sie ab und steckte sie in den Mund. Ich war nun entschlossen, einen Spaziergang zu machen und vom Berg herunter auf unsere Stadt zu sehen. Spazierengehen war auch so ein halbfrohes Unternehmen, das mir in früheren Zeiten niemals in den Sinn gekommen wäre. Ein Knabe geht nicht spazieren. Er geht in den Wald als Räuber, als Ritter oder Indianer, er geht an den Fluß als Flößer und Fischer oder Mühlenbauer, er läuft in die Wiesen zur Schmetterlings- und Eidechsenjagd. Und so erschien mir mein Spaziergang als das würdige und etwas langweilige Tun eines Erwachsenen, der nicht recht weiß, was er mit sich anzufangen hat.

Meine blaue Winde war bald welk und weggeworfen, und ich nagte jetzt an einem Buchsbaumzweig, den ich mir abgerissen hatte, er schmeckte bitter und gewürzig. Beim Bahndamm, wo der hohe Ginster stand, lief mir eine grüne Eidechse vor den Füßen weg, da wachte doch das Knabentum wieder in mir auf, und ich ruhte nicht und lief und schlich und lauerte, bis ich das ängstliche Tier sonnenwarm in meinen Händen hielt. Ich sah ihm in die blanken kleinen Edelsteinaugen und fühlte mit einem Nachhall ehemaliger Jagdseligkeit den geschmeidigen kräftigen Leib und die harten Beine zwischen meinen Fingern sich wehren und stemmen. Dann aber war die Lust erschöpft, und ich wußte nimmer, was ich mit dem gefangenen Tier beginnen sollte. Es war nichts damit, es war kein Glück mehr dabei. Ich bückte mich nieder und öffnete meine Hand, die Eidechse hielt verwundert einen Augenblick mit heftig atmenden Flanken still und verschwand eifrig im Grase. Ein Zug fuhr auf den glänzenden Eisenschienen daher und an mir vorbei, ich sah ihm nach und fühlte einen Augenblick ganz klar, daß mir hier keine wahre Lust mehr blühen könne, und wünschte inbrünstig, mit diesem Zuge fort und in die Welt zu fahren.

Ich hielt Umschau, ob nicht der Bahnwärter in der Nähe sei, und da nichts zu sehen noch zu hören war, sprang ich schnell über die Geleise und kletterte jenseits an den hohen roten Sandsteinfelsen empor, in welchen da und dort noch die geschwärzten Sprenglöcher vom Bahnbau her zu sehen waren. Der Durchschlupf nach oben war mir bekannt, ich hielt mich an den zähen, schon verblühten Ginsterbesen fest. In dem roten Gestein atmete eine trockene Sonnenwärme, der heiße Sand rieselte mir beim Klettern in die Ärmel, und wenn ich über mich sah, stand über der senkrechten Steinwand erstaunlich nah und fest der warme leuchtende Himmel. Und plötzlich war ich oben, ich konnte mich an dem Steinrande aufstemmen, die Knie nachziehen, mich an einem dünnen, dornigen Akazienstämmchen festhalten und war nun auf einem verlorenen, steil ansteigenden Graslande.

Diese stille kleine Wildnis, unter welcher in steiler Verkürzung die Eisenbahnzüge wegfahren, war mir früher ein lieber Aufenthalt gewesen. Außer dem zähen, verwilderten Grase, das nicht gemäht werden konnte, wuchsen hier kleine, feindornige Rosensträucher und ein paar vom Winde ausgesäte, kümmerliche

Akazienbäumchen, durch deren dünne, transparente Blätter die Sonne schien. Auf dieser Grasinsel, die auch von oben her durch ein rotes Felsenband abgeschnitten war, hatte ich einst als Robinson gehaust, der einsame Landstrich gehörte niemandem, als wer den Mut und die Abenteuerlaune hatte, ihn durch senkrechtes Klettern zu erobern. Hier hatte ich als Zwölfjähriger mit dem Meißel meinen Namen in den Stein gehauen, hier hatte ich einst die Rosa von Tannenburg gelesen und ein kindliches Drama gedichtet, das vom tapferen Häuptling eines untergehenden Indianerstammes handelte.

Das sonnverbrannte Gras hing in bleichen, weißlichen Strähnen an der steilen Halde, das durchglühte Ginsterlaub roch stark und bitter in der windstillen Wärme. Ich streckte mich in die trockene Dürre, sah die feinen Akazienblätter in ihrer peinlich zierlichen Anordnung grell durchsonnt in dem satten blauen Himmel ruhen und dachte nach. Es schien mir die rechte Stunde zu sein, um mein Leben und meine Zukunft vor mir auszubreiten.

Doch vermochte ich nichts Neues zu entdecken. Ich sah nur die merkwürdige Verarmung, die mich von allen Seiten bedrohte, das unheimliche Erblassen und Hinwelken erprobter Freuden und liebgewordener Gedanken. Für das, was ich widerwillig hatte hingeben müssen, für die ganze verlorene Knabenseligkeit war mein Beruf mir kein Ersatz, ich liebte ihn wenig und bin ihm auch nicht lange treu geblieben. Er war für mich nichts als ein Weg in die Welt hinaus, wo ohne Zweifel irgendwo neue Befriedigungen zu finden wären. Welcher Art konnten diese sein?

Man konnte die Welt sehen und Geld verdienen, man brauchte Vater und Mutter nimmer zu fragen, ehe man etwas tat und unternahm, man konnte sonntags Kegel schieben und Bier trinken. Dieses alles aber, sah ich wohl, waren nur Nebensachen und keineswegs der Sinn des neuen Lebens, das mich erwartete. Der eigentliche Sinn lag anderswo, tiefer, schöner, geheimnisvoller, und er hing, so fühlte ich, mit den Mädchen und mit der Liebe zusammen. Da mußte eine tiefe Lust und Befriedigung verborgen sein, sonst wäre das Opfer der Knabenfreuden ohne Sinn gewesen.

Von der Liebe wußte ich wohl, ich hatte manches Liebespaar gesehen und wunderbar berauschende Liebesdichtungen gelesen.

Ich hatte mich auch selber schon mehrere Male verliebt und in Träumen etwas von der Süßigkeit empfunden, um die ein Mann sein Leben einsetzt und die der Sinn seines Tuns und Strebens ist. Ich hatte Schulkameraden, die schon jetzt mit Mädchen gingen, und ich hatte in der Werkstatt Kollegen, die von den sonntäglichen Tanzböden und von nächtlich erstiegenen Kammerfenstern ohne Scheu zu erzählen wußten. Mir selbst indessen war die Liebe noch ein verschlossener Garten, vor dessen Pforte ich in schüchterner Sehnsucht wartete.

Erst in der letzten Woche, kurz vor meinem Unfall mit dem Meißel, war der erste klare Ruf an mich ergangen, und seitdem war ich in diesem unruhig nachdenklichen Zustande eines Abschiednehmenden, seitdem war mein bisheriges Leben mir zur Vergangenheit und war der Sinn der Zukunft mir deutlich geworden. Unser zweiter Lehrbube hatte mich eines Abends beiseite genommen und mir auf dem Heimwege berichtet, er wisse mir eine schöne Liebste, sie habe noch keinen Schatz gehabt und wolle keinen andern als mich, und sie habe einen seidenen Geldbeutel gestrickt, den wolle sie mir schenken. Ihren Namen wollte er nicht sagen, ich werde ihn schon selber erraten können. Als ich dann drängte und fragte und schließlich geringschätzig tat, blieb er stehen – wir waren eben auf dem Mühlensteg überm Wasser – und sagte leise: »Sie geht gerade hinter uns.« Verlegen drehte ich mich um, halb hoffend und halb fürchtend, es sei doch alles nur ein dummer Scherz. Da kam hinter uns die Brückenstufen herauf ein junges Mädchen aus der Baumwollspinnerei gegangen, die Berta Vögtlin, die ich vom Konfirmandenunterricht her noch kannte. Sie blieb stehen, sah mich an und lächelte und wurde langsam rot, bis ihr ganzes Gesicht in Flammen stand. Ich lief schnell weiter und nach Hause.

Seither hatte sie mich zweimal aufgesucht, einmal in der Spinnerei, wo wir Arbeit hatten, und einmal abends beim Heimgehen, doch hatte sie nur Grüß Gott gesagt und dann: »Auch schon Feierabend?« Das bedeutet, daß man ein Gespräch anzuknüpfen willens ist; ich hatte aber nur genickt und ja gesagt und war verlegen fortgegangen.

An dieser Geschichte hingen nun meine Gedanken fest und fanden sich nicht zurecht. Ein hübsches Mädchen liebzuhaben, davon hatte ich schon oft mit tiefem Verlangen geträumt. Da war nun eine, hübsch und blond und etwas größer als ich, die wollte von mir geküßt sein und in meinen Armen ruhen. Sie war groß und kräftig gewachsen, sie war weiß und rot und hübsch von Gesicht, an ihrem Nacken spielte schattiges Haargekräusel, und ihr Blick war voll Erwartung und Liebe. Aber ich hatte nie an sie gedacht, ich war nie in sie verliebt gewesen, ich war ihr nie in zärtlichen Träumen nachgegangen und hatte nie mit Zittern ihren Namen in mein Kissen geflüstert. Ich durfte sie, wenn ich wollte, liebkosen und zu eigen haben, aber ich konnte sie nicht verehren und nicht vor ihr knien und anbeten. Was sollte daraus werden? Was sollte ich tun?

Unmutig stand ich von meinem Graslager auf. Ach, es war eine üble Zeit. Wollte Gott, mein Fabrikjahr wäre schon morgen um und ich könnte wegreisen, weit von hier, und neu anfangen und das alles vergessen.

Um nur etwas zu tun und mich leben zu fühlen, beschloß ich, vollends auf den Berg zu steigen, so mühsam es von hier aus war. Da droben war man hoch über dem Städtchen und konnte in die Ferne sehen. Im Sturm lief ich die Halde hinan bis zum oberen Felsen, klemmte mich zwischen den Steinen empor und zwängte mich auf das hohe Gelände, wo der unwirtliche Berg in Gesträuch und lockeren Felstrümmern verlief. In Schweiß und Atemklemme kam ich hinan und atmete befreiter im schwachen Luftzug der sonnigen Höhe. Verblühende Rosen hingen locker an den Ranken und ließen müde blasse Blätter sinken, wenn ich vorüberstreifte. Grüne kleine Brombeeren wuchsen überall und hatten nur an der Sonnenseite den ersten schwachen Schimmer von metallischem Braun. Distelfalter flogen ruhig in der stillen Wärme einher und zogen Farbenblitze durch die Luft, auf einer bläulich überhauchten Schafgarbendolde saßen zahllose rot und schwarz gefleckte Käfer, eine sonderbare lautlose Versammlung, und bewegten automatenhaft ihre langen, hageren Beine. Vom Himmel waren längst alle Wolken verschwunden, er stand in reinem Blau, von den schwarzen Tannenspitzen der nahen Waldberge scharf durchschnitten.

Auf dem obersten Felsen, wo wir als Schulknaben stets unsere Herbstfeuer angezündet hatten, hielt ich an und wendete mich um. Da sah ich tief im halbschattigen Tale den Fluß aufglänzen und die weißschaumigen Mühlenwehre blitzen, und eng in die

Tiefe gebettet unsere alte Stadt mit braunen Dächern, über denen still und steil der blaue mittägliche Herdrauch in die Lüfte stieg. Da stand meines Vaters Haus und die alte Brücke, da stand unsere Werkstatt, in der ich klein und rot das Schmiedefeuer glimmen sah, und weiter flußab die Spinnerei, auf deren flachem Dache Gras wuchs und hinter deren blanken Scheiben mit vielen andern auch die Berta Vögtlin ihrer Arbeit nachging. Ach die! Ich wollte nichts von ihr wissen.

Die Vaterstadt sah wohlbekannt in der alten Vertrautheit zu mir herauf mit allen Gärten, Spielplätzen und Winkeln, die goldenen Zahlen der Kirchenuhr glänzten listig in der Sonne auf, und im schattigen Mühlkanal standen Häuser und Bäume klar in kühler Schwärze gespiegelt. Nur ich selber war anders geworden, und nur an mir lag es, daß zwischen mir und diesem Bilde ein gespenstischer Schleier der Entfremdung hing. In diesem kleinen Bezirk von Mauern, Fluß und Wald lag mein Leben nicht mehr sicher und zufrieden eingeschlossen, es hing wohl noch mit starken Fäden an diese Stätten geknüpft, war aber nicht mehr eingewachsen und umfriedet, sondern schlug überall mit Wogen der Sehnsucht über die engen Grenzen ins Weite. Indem ich mit einer eigentümlichen Trauer hinuntersah, stiegen alle meine geheimen Lebenshoffnungen feierlich in meinem Gemüte auf, Worte meines Vaters und Worte der verehrten Dichter zusammen mit meinen eigenen heimlichen Gelübden, und es schien mir eine ernsthafte, doch köstliche Sache, ein Mann zu werden und mein eigenes Schicksal bewußt in Händen zu halten. Und alsbald fiel dieser Gedanke wie ein Licht in die Zweifel, die mich wegen der Angelegenheit mit Berta Vögtlin bedrängten. Mochte sie hübsch sein und mich gern haben; es war nicht meine Sache, das Glück so fertig und unerworben von Mädchenhänden schenken zu lassen.

Es war nicht mehr lange bis Mittag. Die Lust am Klettern war mir verflogen, nachdenklich stieg ich den Fußweg nach der Stadt hinab, unter der kleinen Eisenbahnbrücke durch, wo ich in früheren Jahren jeden Sommer in den dichten Brennesseln die dunklen pelzigen Raupen der Pfauenaugen erbeutet hatte, und an der Friedhofsmauer vorbei, vor deren Pforte ein moosiger Nußbaum dichten Schatten streute. Das Tor stand offen, und ich hörte von drinnen den Brunnen plätschern. Gleich nebenan lag der Spiel- und Festplatz der Stadt, wo beim Maienfest und am Sedanstag gegessen und getrunken, geredet und getanzt wurde. Jetzt lag er still und vergessen im Schatten der uralten, mächtigen Kastanien, mit grellen Sonnenflecken auf dem rötlichen Sande.

Hier unten im Tal, auf der sonnigen Straße den Fluß entlang, brannte eine erbarmungslose Mittagshitze, hier standen, auf der Flußseite den grell bestrahlten Häusern gegenüber, die spärlichen Eschen und Ahorne dünnlaubig und schon spätsommerlich angegilbt. Wie es meine Gewohnheit war, ging ich auf der Wasserseite und schaute nach den Fischen aus. Im glashellen Flusse wedelte mit langen, wallenden Bewegungen das dichte bärtige Seegras, dazwischen in dunkeln, mir genau bekannten Lücken stand da und dort vereinzelt ein dicker Fisch träge und regungslos, die Schnauze gegen die Strömung gerichtet, und obenhin jagten zuweilen in kleinen dunkeln Schwärmen die jungen Weißfische hin. Ich sah, daß es gut gewesen war, diesen Morgen nicht zum Angeln zu gehen, aber die Luft und das Wasser und die Art, wie zwischen zwei großen runden Steinen eine dunkle alte Barbe ausruhend im klaren Wasser stand, sagte mir verheißungsvoll, es werde heut am Nachmittag wahrscheinlich etwas zu fangen sein. Ich merkte es mir und ging weiter und atmete tief auf, als ich von der blendenden Straße durch die Einfahrt in den kellerkühlen Flur unseres Hauses trat.

»Ich glaube, wir werden heute wieder ein Gewitter haben«, sagte bei Tische mein Vater, der ein zartes Wettergefühl besaß. Ich wandte ein, daß kein Wölkchen am Himmel und kein Hauch von Westwind zu spüren sei, aber er lächelte und sagte: »Fühlst du nicht, wie die Luft gespannt ist? Wir werden sehen.«

Es war allerdings schwül genug, und der Abwasserkanal roch heftig wie bei Föhnbeginn. Ich spürte von dem Klettern und von der eingeatmeten Hitze nachträglich eine Müdigkeit und setzte mich gegen den Garten auf die Veranda. Mit schwacher Aufmerksamkeit und oft von leichtem Schlummer unterbrochen las ich in der Geschichte des Generals Gordon, des Helden von Chartum, und immer mehr schien es nun auch mir, es müsse bald ein Gewitter kommen. Der Himmel stand nach wie vor im reinsten Blau, aber die Luft wurde immer bedrückender, als lägen durchglühte Wolkenschichten vor der Sonne, die doch klar in der

Höhe stand. Um zwei Uhr ging ich in das Haus zurück und begann mein Angelzeug zu rüsten. Während ich meine Schnüre und Haken untersuchte, fühlte ich die innige Erregung der Jagd voraus und empfand mit Dankbarkeit, daß doch dieses eine, tiefe, leidenschaftliche Vergnügen mir geblieben sei.

Die sonderbar schwüle, gepreßte Stille jenes Nachmittags ist mir unvergeßlich geblieben. Ich trug meinen Fischeimer flußabwärts bis zum unteren Steg, der schon zur Hälfte im Schatten der hohen Häuser lag. Von der nahen Spinnerei hörte man das gleichmäßige, einschläfernde Surren der Maschinen, einem Bienenfluge ähnlich, und von der Obermühle her schnarrte jede Minute das böse, schartige Kreischen der Kreissäge. Sonst war es ganz still, die Handwerker hatten sich in den Schatten der Werkstätten zurückgezogen, und kein Mensch zeigte sich auf der Gasse. Auf der Mühlinsel watete ein kleiner Bub nackt zwischen den nassen Steinen umher. Vor der Werkstatt des Wagnermeisters lehnten rohe Holzdielen an der Wand und dufteten in der Sonne überstark, der trockene Geruch kam bis zu mir herüber und war durch den satten, etwas fischigen Wasserduft hindurch deutlich zu spüren.

Die Fische hatten das ungewöhnliche Wetter auch bemerkt und verhielten sich launisch. Ein paar Rotaugen gingen in der ersten Viertelstunde an die Angel, ein schwerer breiter Kerl mit schönen roten Bauchflossen riß mir die Schnur ab, als ich ihn schon beinahe in Händen hatte. Gleich darauf kam eine Unruhe in die Tiere, die Rotaugen gingen tief in den Schlamm und sahen keinen Köder mehr an, oben aber wurden Schwärme von jungem, jährigem Fischzeug sichtbar und zogen in immer neuen Scharen wie auf einer Flucht flußaufwärts. Alles deutete darauf, daß anderes Wetter im Anzuge sei, aber die Luft stand still wie Glas, und der Himmel war ohne Trübung. Mir schien, es müsse irgendein schlechtes Abwasser die Fische vertrieben haben, und da ich noch nicht nachzugeben gesonnen war, besann ich mich auf einen neuen Standort und suchte den Kanal der Spinnerei auf. Kaum hatte ich dort einen Platz bei dem Schuppen gefunden und meine Sachen ausgepackt, so tauchte an einem Treppenfenster der Fabrik die Berta auf, schaute herüber und winkte mir. Ich tat aber, als sähe ich es nicht, und bückte mich über meine Angel.

Das Wasser strömte dunkel in dem gemauerten Kanal, ich sah meine Gestalt darin mit wellig zitternden Umrissen gespiegelt, sitzend, den Kopf zwischen den Fußsohlen. Das Mädchen, das noch drüben am Fenster stand, rief meinen Namen herüber, ich starrte aber regungslos ins Wasser und wendete den Kopf nicht um.

Mit dem Angeln war es nichts, auch hier trieben sich die Fische hastig wie in eiligen Geschäften umher. Von der bedrückenden Wärme ermüdet, blieb ich auf dem Mäuerlein sitzen, nichts mehr von diesem Tag erwartend, und wünschte, es möchte schon Abend sein. Hinter mir summte in den Sälen der Spinnerei das ewige Maschinengetöne, der Kanal rieb sich leise rauschend an den grünbemoosten, feuchten Mauern. Ich war voll schläfriger Gleichgültigkeit und blieb nur sitzen, weil ich zu träge war, meine Schnur schon wieder aufzuwickeln. Aus dieser faulen Dämmerung erwachte ich, vielleicht nach einer halben Stunde, plötzlich mit einem Gefühl von Sorge und tiefem Unbehagen. Ein unruhiger Windzug drehte sich gepreßt und widerwillig um sich selber, die Luft war dick und schmeckte fad, ein paar Schwalben flogen erschreckt dicht über dem Wasser hinweg. Mir war schwindlig, und ich meinte, vielleicht einen Sonnenstich zu haben, das Wasser schien stärker zu riechen, und mir begann ein übles Gefühl, wie vom Magen her, den Kopf einzunehmen und den Schweiß zu treiben. Ich zog die Angelschnur heraus, um meine Hände an den Wassertropfen zu erfrischen, und begann mein Zeug zusammenzupacken.

Als ich aufstand, sah ich auf dem Platz vor der Spinnerei den Staub in kleinen spielenden Wölkchen wirbeln, plötzlich stieg er hoch und in eine einzige Wolke zusammen, hoch oben in den erregten Lüften flohen Vögel wie gepeitscht davon, und gleich darauf sah ich talherabwärts die Luft weiß werden wie in einem dicken Schneesturm. Der Wind, sonderbar kühl geworden, sprang wie ein Feind auf mich herab, riß die Fischleine aus dem Wasser, nahm meine Mütze und schlug mich wie mit Fäusten ins Gesicht.

Die weiße Luft, die eben noch wie eine Schneewand über fernen Dächern gestanden hatte, war plötzlich um mich her, kalt und schmerzhaft, das Kanalwasser spritzte hoch auf wie unter schnellen Mühlradschlägen, die Angelschnur war fort, und um

mich her tobte schnaubend und vernichtend eine weiße brüllende
Wildnis, Schläge trafen mir Kopf und Hände, Erde spritzte an
mir empor, Sand und Holzstöcke wirbelten in der Luft.

Alles war mir unverständlich; ich fühlte nur, daß etwas
Furchtbares geschehe und daß Gefahr sei. Mit einem Satz war
ich beim Schuppen und drinnen, blind vor Überraschung und
Schrecken. Ich hielt mich an einem eisernen Träger fest und stand
betäubte Sekunden atemlos in Schwindel und animalischer
Angst, bis ich zu begreifen begann. Ein Sturm, wie ich ihn nie
gesehen oder für möglich gehalten hatte, riß teuflisch vorüber, in
der Höhe klang ein banges oder wildes Sausen, auf das flache
Dach über mir und auf den Erdboden vor dem Eingang stürzte
weiß in dicken Haufen ein grober Hagel, dicke Eiskörner rollten
zu mir herein. Der Lärm von Hagel und Wind war furchtbar,
der Kanal schäumte gepeitscht und stieg in unruhigen Wogen an
den Mauern auf und nieder.

Ich sah, alles in einer Minute, Bretter, Dachschindeln und
Baumzweige durch die Luft dahingerissen, fallende Steine und
Mörtelstücke, alsbald von der Masse der darüber geschleuderten
Hagelschloßen bedeckt; ich hörte wie unter raschen Hammer-
schlägen Ziegel brechen und stürzen, Glas zersplittern, Dachrin-
nen stürzen.

Jetzt kam ein Mensch dahergelaufen, von der Fabrik her quer
über den eisbedeckten Hof, mit flatternden Kleidern schräg
wider den Sturm gelegt. Kämpfend taumelte die Gestalt näher,
mir entgegen, mitten aus der scheußlich durcheinandergewühlten
Sintflut. Sie trat in den Schuppen, lief auf mich zu, ein stilles
fremd-bekanntes Gesicht mit großen liebevollen Augen schwebte
mit schmerzlichem Lächeln dicht vor meinem Blick, ein stiller
warmer Mund suchte meinen Mund und küßte mich lange in
atemloser Unersättlichkeit, Hände umschlangen meinen Hals,
und blondes feuchtes Haar preßte sich an meine Wangen, und
während ringsum der Hagelsturm die Welt erschütterte, über-
fiel ein stummer, banger Liebessturm mich tiefer und schreck-
licher.

Wir saßen auf einem Bretterstoß, ohne Worte, eng umschlungen, ich streichelte scheu und verwundert Bertas Haar und drückte
meine Lippen auf ihren starken, vollen Mund, ihre Wärme
umschloß mich süß und schmerzlich. Ich tat die Augen zu, und

sie drückte meinen Kopf an ihre klopfende Brust, in ihren Schoß und strich mit leisen, irren Händen über mein Gesicht und Haar.

Da ich die Augen aufschlug, von einem Sturz in Schwindelfinsternis erwachend, stand ihr ernstes, kräftiges Gesicht in trauriger Schönheit über mir, und ihre Augen sahen mich verloren an. Von ihrer hellen Stirne lief, unter den verwirrten Haaren hervor, ein schmaler Streifen hellroten Blutes über das ganze Gesicht und bis in den Hals hinab.

»Was ist? Was ist denn geschehen?« rief ich angstvoll.

Sie sah mir tiefer in die Augen und lächelte schwach.

»Ich glaube, die Welt geht unter«, sagte sie leise, und der dröhnende Wetterlärm verschlang ihre Worte.

»Du blutest?« sagte ich.

»Das ist vom Hagel. Laß nur! Hast du Angst?«

»Nein. Aber du?«

»Ich habe keine Angst. Ach du, jetzt fällt die ganze Stadt zusammen. Hast du mich denn gar nicht lieb, du?«

Ich schwieg und schaute gebannt in ihre großen, klaren Augen, die waren voll betrübter Liebe, und während sie sich über meine senkten und während ihr Mund so schwer und zehrend auf meinem lag, sah ich unverwandt in ihre ernsten Augen, und am linken Auge vorbei lief über die weiße, frische Haut das dünne hellrote Blut. Und indessen meine Sinne trunken taumelten, strebte mein Herz davon und wehrte sich mit Verzweiflung dagegen, so im Sturm und wider seinen Willen weggenommen zu werden. Ich richtete mich auf, und sie las in meinem Blick, daß ich Mitleid mit ihr habe.

Da bog sie sich zurück und sah mich wie zürnend an, und da ich ihr in einer Bewegung von Bedauern und Sorge die Hand hinstreckte, nahm sie die Hand mit ihren beiden, senkte ihr Gesicht darein, sank kniend nieder und begann zu weinen, und ihre Tränen liefen warm über meine zuckende Hand. Verlegen schaute ich zu ihr nieder, ihr Kopf lag schluchzend über meiner Hand, auf ihrem Nacken spielte schattig ein weicher Haarflaum. Wenn das nun eine andere wäre, dachte ich heftig, eine, die ich wirklich liebte und der ich meine Seele hingeben könnte, wie wollte ich in diesem süßen Flaum mit liebenden Fingern wühlen und diesen weißen Nacken küssen! Aber mein Blut war stiller geworden, und ich litt Qualen der Scham darüber, diese da zu meinen Füßen knien zu sehen, welcher ich nicht gewillt war, meine Jugend und meinen Stolz hinzugeben.

Dieses alles, das ich durchlebte wie ein verzaubertes Jahr und das mir heute noch mit hundert kleinen Regungen und Gebärden wie ein großer Zeitraum im Gedächtnis steht, hat in der Wirklichkeit nur wenige Minuten gedauert. Eine Helligkeit brach unvermutet herein, Stücke blauen Himmels schienen feucht in versöhnlicher Unschuld hervor, und plötzlich, messerscharf abgeschnitten, fiel das Sturmgetöse in sich zusammen, und eine erstaunliche, unglaubhafte Stille umgab uns. Wie aus einer phantastischen Traumhöhle trat ich aus dem Schuppen hervor an den wiedergekehrten Tag, verwundert, daß ich noch lebte. Der öde Hof sah übel aus, die Erde zerwühlt und wie von Pferden zertreten, überall Haufen von großen eisigen Schloßen, mein Angelzeug war fort und auch der Fischeimer verschwunden. Die Fabrik war voller Menschengetöse, ich sah durch hundert zerschlagene Scheiben in die wogenden Säle, aus allen Türen drängten Menschen hervor. Der Boden lag voll von Glasscherben und zerborstenen Ziegelsteinen, eine lange blecherne Dachrinne war losgerissen und hing schräg und verborgen über das halbe Haus herab.

Nun vergaß ich alles, was eben noch gewesen war, und fühlte nichts als eine wilde, ängstliche Neugierde, zu sehen, was eigentlich passiert wäre und wieviel Schlimmes das Wetter angerichtet habe. Alle die zerschlagenen Fenster und Dachziegel der Fabrik sahen im ersten Augenblick recht wüst und trostlos aus, aber schließlich war doch das alles nicht gar so gräßlich und stand nicht recht im Verhältnis zum furchtbaren Eindruck, den der Zyklon mir gemacht hatte. Ich atmete auf, befreit und halb auch wunderlich enttäuscht und ernüchtert: die Häuser standen wie zuvor, und zu beiden Seiten des Tales waren auch die Berge noch da. Nein, die Welt war nicht untergegangen.

Indessen, als ich den Fabrikhof verließ und über die Brücke in die erste Gasse kam, gewann das Unheil doch wieder ein schlimmeres Ansehen. Das Sträßlein lag voll von Scherben und zerbrochenen Fensterläden, Schornsteine waren herabgestürzt und hatten Stücke der Dächer mitgerissen, Menschen standen vor allen Türen, bestürzt und klagend, alles, wie ich es auf Bildern belagerter und eroberter Städte gesehen hatte. Steingeröll und

Baumäste versperrten den Weg, Fensterlöcher starrten überall hinter Splittern und Scherben, Gartenzäune lagen am Boden oder hingen klappernd über Mauern herab. Kinder wurden vermißt und gesucht, Menschen sollten auf den Feldern vom Hagel erschlagen worden sein. Man zeigte Hagelstücke herum, groß wie Talerstücke und noch größere.

Noch war ich zu erregt, um nach Hause zu gehen und den Schaden im eigenen Hause und Garten zu betrachten; auch fiel mir nicht ein, daß man mich vermissen könnte, es war mir ja nichts geschehen. Ich beschloß, noch einen Gang ins Freie zu tun, statt weiter durch die Scherben zu stolpern, und mein Lieblingsort kam mir verlockend in den Sinn, der alte Festplatz neben dem Friedhof, in dessen Schatten ich alle großen Feste meiner Knabenjahre gefeiert hatte. Verwundert stellte ich fest, daß ich erst vor vier, fünf Stunden auf dem Heimweg von den Felsen dort vorübergegangen sei; es schienen mir lange Zeiten seither vergangen.

Und so ging ich die Gasse zurück und über die untere Brücke, sah unterwegs durch eine Gartenlücke unsern roten sandsteinernen Kirchturm wohlerhalten stehen und fand auch die Turnhalle nur wenig beschädigt. Weiter drüben stand einsam ein altes Wirtshaus, dessen Dach ich von weitem erkannte. Es stand wie sonst, sah aber doch sonderbar verändert aus, ich wußte nicht gleich warum. Erst als ich mir Mühe gab, mich genau zu besinnen, fiel mir ein, daß vor dem Wirtshaus immer zwei hohe Pappeln gestanden waren. Diese Pappeln waren nicht mehr da. Ein uralt vertrauter Anblick war zerstört, eine liebe Stelle geschändet.

Da stieg mir eine böse Ahnung auf, es möchte noch mehr und noch Edleres verdorben sein. Mit einemmal fühlte ich mit beklemmender Neuheit, wie sehr ich meine Heimat liebte, tief mein Herz und Wohlsein abhängig war von diesen Dächern und Türmen, Brücken und Gassen, von den Bäumen, Gärten und Wäldern. In neuer Erregung und Sorge lief ich rascher, bis ich drüben bei dem Festplatze war.

Da stand ich still und sah den Ort meiner liebsten Erinnerungen namenlos verwüstet in völliger Zerstörung liegen. Die alten Kastanien, in deren Schatten wir unsere Festtage gehabt hatten und deren Stämme wir als Schulknaben zu dreien und vieren kaum hatten umarmen können, die lagen abgebrochen, gebor-

sten, mit den Wurzeln ausgerissen und umgestülpt, daß haus-
große Löcher im Boden klafften. Nicht einer stand mehr an seinem Platze, es war ein schauderhaftes Schlachtfeld, und auch die
Linden und die Ahorne waren gefallen, Baum an Baum. Der
weite Platz war ein ungeheurer Trümmerhaufen von Ästen,
gespaltenen Bäumen, Wurzeln und Erdblöcken, mächtige
Stämme standen noch im Boden, aber ohne Baum, abgeknickt
und abgedreht mit tausend weißen, nackten Splittern.

Es war nicht möglich weiterzugehen, Platz und Straße waren
haushoch von durcheinandergeworfenen Stämmen und Baum-
trümmern gesperrt, und wo ich seit den ersten Kinderzeiten nur
tiefen heiligen Schatten und hohe Baumtempel gekannt hatte,
starrte der leere Himmel über der Vernichtung.

Mir war, als sei ich selber mit allen geheimen Wurzeln ausgerissen und in den unerbittlich grellen Tag gespien worden. Tagelang ging ich umher und fand keinen Waldweg, keinen vertrauten Nußbaumschatten, keine von den Eichen der Bubenkletter-
zeit mehr wieder, überall weit um die Stadt nur Trümmer,
Löcher, gebrochene Waldhänge wie Gras hingemäht, Baumlei-
chen klagend mit entblößtem Wurzelwerk zur Sonne gekehrt.
Zwischen mir und meiner Kindheit war eine Kluft aufgebro-
chen, und meine Heimat war nicht die alte mehr. Die Lieblich-
keit und die Torheit der gewesenen Jahre fielen von mir ab, und
bald darauf verließ ich die Stadt, um ein Mann zu werden und
das Leben zu bestehen, dessen erste Schatten mich in diesen
Tagen gestreift hatten.

*(1913)*

## Die Nichtraucherin

In den älteren Wagen der Gotthardbahn, welche im übrigen keine Muster der Bequemlichkeit sind, gibt es eine hübsche und liebenswürdige Einrichtung, die mir stets gefallen hat, und die mir Nachahmung zu verdienen scheint. Die Wagenhälften für Raucher und Nichtraucher nämlich sind nicht durch hölzerne, sondern durch Glastüren getrennt, und wenn ein Reisender einmal für eine Viertelstunde von seiner Gattin Urlaub nimmt, um eine Zigarette zu rauchen, so kann sie ihn und kann er sie durch die Glasscheibe gelegentlich beobachten und begrüßen.

Mit meinem Freunde Othmar fuhr ich einst in einem solchen Wagen gegen Süden, und wir waren beide in der gespannten Laune von Ferienseligkeit und bangfroher Erwartung, die in Jugendzeiten dazu gehört, wenn man durch das berühmte Loch im großen Berg nach Italien hinunterfährt. Das Schneewasser lief fleißig von den steilen Talwänden hinab, schäumende Wasser blitzten zwischen den Eisenstäben der Brückengeländer aus verblüffenden Tiefen herauf, unser Zug erfüllte Tunnel und Schluchten mit seinem Rauche, und wenn man sich rücklings aus dem Fenster lehnte und emporschaute, so sah man hoch, hoch droben über den grauen Felsen Schneefelder still und kühlblau einen schmalen Himmelsstreifen.

Mein Freund saß mit dem Rücken gegen die Mittelwand des Wagens, ich saß ihm gegenüber und konnte durch die Glastür zu den Nichtrauchern hinüberspähen. Wir rauchten lange gute Zigarren aus Brissago und tranken abwechselnd aus einer Flasche den schönen Wein von Yvorne, den man heute noch am Büfett in Göschenen zu kaufen bekommt, und ohne den ich früher nie durchs Tessin hinuntergefahren bin. Es war schönes Wetter, wir hatten Ferien und Geld im Sack, und wir hatten nichts im Sinne, als uns selig treiben zu lassen, beide zusammen oder jeder für sich, ganz wie Laune und Gelegenheit es fügen würden.

Das Tessin blendete uns mit leuchtenden rötlichen Felsen, mit hohen weißen Dörfern und blauen Schatten entgegen, wir waren soeben durch den großen Tunnel gefahren, und man spürte am

Rollen des Zuges, daß es jetzt bergab gehe. Wir zeigten einander schöne Wasserfälle und geduckte, im Blick von unten stark verkürzte Berggipfel, Kirchtürme und ländliche Häuser, die schon mit luftigen Lauben, hellen frohen Farben und italienischen Wirtsschildern vom Süden erzählten.

Dazwischen schaute ich fleißig durch das Glas und die Messingstäbe zu unseren Nichtrauchern hinüber. Es saß da, mir nahe gegenüber, eine kleine Gesellschaft, offenbar Norddeutsche: ein ganz junges Paar und ein etwas älterer vergnügter Herr dabei, ein Freund oder Onkel oder auch nur eine Reisebekanntschaft. Der junge Mann, von dem ich nicht wußte, ob er mit dem Mädchen verheiratet oder ein Verwandter von ihr sei, der junge Mann zeigte eine erprobte Beherrschtheit und einen sachlichen Ernst, dem für mich unhörbaren Gespräch wie auch der Landschaft gegenüber, und ich schätzte ihn alsbald als einen der jungen schneidigen Beamten ein, welchen, wenn man ihren etwas verschlossenen Mienen trauen darf, das Deutsche Reich seine gegenwärtige Blüte verdankt. Der Freund oder Onkel hingegen schien ein harmloser, biederer Mensch zu sein und das, was seinem Nachbarn an Humor fehlte, im Überfluß zu besitzen. Es war interessant, diese beiden Typen nebeneinander zu sehen und miteinander zu vergleichen: der vergnügte Onkel schien das Abschiedslächeln einer untergehenden Zeit und Menschenart darzustellen, voll Wohlwollen und behaglicher Laune; der andere das heraufkommende neue Geschlecht: kühle und bewußte Energie, wohlerzogene, auf ein festes Ziel gerichtete Herzlosigkeit.

Ja, es war interessant, und ich begann mehrmals darüber nachzudenken. Indessen blieben meine Blicke immer wieder neugierig auf dem Gesicht der jungen Frau oder des Mädchens hängen, die mir eine fast vollkommene Schönheit zu sein schien. In einem reinen, ganz jungen Gesicht von gepflegter Glätte leuchtete hellrot ein hübscher, etwas kindlicher Mund, hinter langen schwarzen Wimpern standen dunkelblaue, große Augen, und die dunklen Brauen und Haare traten aus der überaus zarten, reinweißen Haut mit einem seltsam kräftigen Reiz hervor. Sie war zweifellos sehr schön, und hübsch gekleidet, und um den Kopf trug sie seit Göschenen, um die Haare vor Staub zu schützen, einen dünnen, weißen Reiseschleier gebunden.

Es war mir ein immer neues Vergnügen, in allen unbewachten
Augenblicken dieses reizvolle Mädchengesicht zu betrachten und
allmählich mit ihr vertraut zu werden. Sie schien meine Bewunderung gelegentlich zu bemerken und damit einverstanden zu
sein, wenigstens gab sie sich keine Mühe, sich meinem Blick zu
entziehen, was sie mit kleiner Mühe hätte tun können, wenn sie
sich ein wenig weiter zurückgelehnt oder den Sitz mit ihrem
Begleiter getauscht hätte. Diesen, der vielleicht ihr Mann war,
sah ich nur je und je hervortauchen, und wenn meine Gedanken
sich vorübergehend mit ihm beschäftigten, so taten sie es lieblos
und kritisch. Gescheit mochte er sein und strebsam, ja, aber alles
in allem ein seelenloser Geck und keinesfalls einer solchen Frau
würdig. Kurz ehe wir nach Bellinzona kamen, begann es meinem Freund Othmar aufzufallen, daß ich ihm zerstreute Antworten gab, und daß meine Augen seinem eifrig zeigenden Finger nur widerwillig durch die schöne Landschaft folgten. Und
kaum hatte er Verdacht geschöpft, so stand er schon auf und
schaute suchend durch die Glastür, und als er die schöne Nichtraucherin entdeckt hatte, setzte er sich auf die Lehne seiner Bank
und blickte nun gleichfalls mit Eifer dort hinüber. Wir sprachen
kein Wort, aber Othmars Gesicht war finster, als habe ich einen
Verrat an ihm begangen. Erst in der Nähe von Lugano tat er
die Frage: »Seit wann ist eigentlich die Gesellschaft dort in unserem Wagen?«

»Ich glaube, seit Flüelen«, sagte ich, und das war nur insofern
gelogen, als ich mich des Einsteigens jener Herrschaften in Flüelen sehr genau erinnerte.

Wir schwiegen wieder, und Othmar wendete mir den Rücken.
So unbequem es für ihn war, er saß mit verbogenem Hals und
ließ die Schöne nicht aus den Augen.

»Willst du bis Mailand durchfahren?« fragte er wieder nach
einer langen Pause.

»Ich weiß nicht. Mir ist es einerlei.«

Je länger wir schwiegen und je länger wir dem schönen Bilde
drüben huldigten, desto mehr kam jeder von uns zweien auf die
Überlegung, es sei doch eigentlich lästig, auf Reisen an irgend
jemand gebunden zu sein. Wohl hatten wir uns volle Freiheit
vorbehalten, und es war ausgemacht, daß jeder ohne Rücksicht
seinen Gelüsten und Stimmungen nachgehen sollte; allein jetzt

schien doch eine Art von Zwang und Beschränkung da zu sein. Jeder von uns, wäre er allein gewesen, hätte jetzt seine lange Brissagozigarre zum Fenster hinausgeworfen, hätte den Schnurrbart gestrichen und sich für eine Weile der besseren Luft wegen zu den Nichtrauchern verzogen. Nun aber tat das keiner, und keiner gönnte dem anderen ein Geständnis, und jeder war heimlich verärgert und nahm es dem anderen übel, daß er dabeisaß und störte. Es wurde schließlich lästig, und da ich mich nach Frieden sehnte, steckte ich meine erloschene Zigarre wieder an und sagte mit geheucheltem Gähnen: »Du, ich steige in Como aus. Das ewige Bahnfahren macht einen ja verrückt.«

Er lächelte freundlich.

»Findest du? Ich bin eigentlich noch ganz frisch, bloß der Yvorne macht mich ein bißchen faul, es ist immer die gleiche Geschichte mit diesen Westschweizer Weinen: man trinkt sie wie Wasser, und dabei geht alles in den Kopf. Aber geniere dich nicht! Wir treffen uns ja bestimmt in Mailand wieder.«

»Ja, natürlich. Fein, daß man wieder einmal in die Brera kommt, und abends in die Scala, ich habe Lust, wieder einmal einen flotten Verdi zu hören.«

Auf einmal plauderten wir wieder und Othmar schien so aufgeräumt, daß ich meinen Entschluß halb wieder bereute und mir heimlich vornahm, in Como zwar auszusteigen, aber nur in einen anderen Wagen zu gehen und doch mitzufahren. Das ging niemand etwas an, und überhaupt . . .

Wir hatten Lugano und die Grenze hinter uns und fuhren in Como ein, das alte Nest lag träg in der Abendsonne, vom Brunateberg grinsten die wahnsinnigen Reklametafeln herab. Ich gab Othmar die Hand und nahm meinen Rucksack an mich.

Seit der Zollstation saßen wir in italienischen Wagen, die Glastür war verschwunden und die schöne Norddeutsche mit, aber wir wußten, daß sie im Zuge sei. Als ich nun ausstieg und unschlüssig über die Schienen stolperte, sah ich plötzlich den Onkel, die Schöne und den Referendar ebenfalls daherkommen, mit Gepäck beladen und in schlechtem Italienisch nach einem Dienstmann rufend. Alsbald unterstützte ich sie hilfreich, der Dienstmann und sodann eine Droschke wurden aufgetrieben, und die drei fuhren ins Städtchen hinein, wo ich sie bestimmt wiederzufinden hoffte, denn ich hatte den Namen ihres Hotels verstanden.

Eben pfiff der Zug und fuhr aus der Station, und ich winkte hinüber, sah meinen Freund aber nicht mehr am Fenster. Nun, es geschah ihm recht. Munter wanderte ich nach Como hinein, nahm ein Zimmer, wusch mich und setzte mich dann auf die Piazza hinaus zu einem Vermouth. Große Abenteuer hatte ich nicht im Sinn, doch schien es mir wünschenswert, jene Reisegesellschaft heute abend noch einmal wiederzusehen. Die beiden waren wirklich ein junges Ehepaar, wie ich auf der Station hatte beobachten können, und mein Interesse für die Gattin des zukünftigen Staatsanwaltes war seitdem wieder ein rein ästhetisches geworden. Immerhin, sie war hübsch, erstaunlich hübsch ...

Nach dem Abendessen spazierte ich, umgekleidet und fein rasiert, ohne Eile den Weg nach dem Hotel der Deutschen hinaus, eine schöne gelbe Nelke im Knopfloch und die erste italienische Zigarette im Munde.

Der Speisesaal war leer, alle Gäste aßen oder spazierten hinterm Hause im Garten, wo vom Tage her noch die großen, rot und weiß gestreiften Sonnenzelte standen. Auf einer kleinen Terrasse am See standen Jünglinge mit Angelruten, an einzelnen Tischen wurde Kaffee getrunken. Die Schönheit samt Gatte und Onkel wandelte durch den Garten, war offenbar zum erstenmal im Süden und betastete die ledernen Blätter einer Kamelie mit backfischhaftem Erstaunen.

Hinter ihr aber sah ich, und nun erstaunte ich selbst nicht weniger, meinen Freund Othmar mit lässigen Schritten lustwandeln. Ich zog mich zurück und fragte den Portier; der Herr wohnte hier im Hause. Er mußte hinter mir heimlich ausgestiegen sein. Ich war betrogen.

Die Sache war mir jedoch mehr lächerlich als schmerzhaft; meine Bezauberung war dahingewelkt. An eine junge Frau auf der Hochzeitsreise knüpft man keine Hoffnungen. Ich überließ Othmar das Feld und wurde flüchtig, ehe er mich hatte bemerken können. Von draußen sah ich ihn noch einmal durch den Zaun, wie er eben an den Fremden vorbeiflanierte und die Frau mit seinen Augen anblitzte. Auch ihr Gesicht sah ich nochmals für einen Augenblick, aber meine verliebte Laune war verflogen, und die hübschen Züge schienen mir etwas von ihrem Reiz verloren zu haben und ein wenig leer und unbedeutend zu sein.

Am nächsten Morgen, als ich den guten Frühzug nach Mailand bestieg, war Othmar auch schon da. Er nahm dem Portier die Handtasche ab und stieg hinter mir ein, als wäre alles in Ordnung.

»Guten Morgen«, sagte er ruhig.

»Guten Morgen«, gab ich Antwort. »Hast du schon gesehen? Heut abend wird in der Scala die Aida gegeben.«

»Ja, ich weiß schon. Großartig!«

Der Zug fing an zu rollen, und das Städtchen glitt hinter uns weg.

»Übrigens«, begann ich das Gespräch, »diese schöne Referendarsfrau hat doch etwas Puppenhaftes. Ich war schließlich enttäuscht. Sie ist doch nicht eigentlich schön. Nur hübsch.«

Othmar nickte.

»Er ist nicht Referendar«, sagte er, »er ist Kaufmann, aber allerdings Reserveleutnant. – Ja, du hast recht. Die Frau ist ein Fratz. Ich bin ganz erschrocken, als ich es plötzlich entdeckte. Hast du denn nicht gesehen, sie hat den ärgsten Fehler, den ein schönes Gesicht haben kann! Nicht? Sie hat einen viel zu kleinen Mund, die Person! Es ist scheußlich, darauf pflege ich sonst unfehlbar zu reagieren.«

»Ein bißchen kokett scheint sie auch«, probierte ich wieder.

»Kokett? Und ob! Ich kann dir sagen, der fidele Onkel ist wirklich der einzige nette Kerl von allen dreien. Weißt du, gestern hab' ich sie dem kleinen Affen einfach nicht gegönnt. Und jetzt tut er mir leid, direkt leid. Der kann sich noch wundern! Aber vielleicht wird der Kerl glücklich mit ihr. Vielleicht merkt er's nie.«

»Was denn?«

»Daß sie bloß eine Attrappe ist! Nichts als eine hübsche Maske, fein im Lack, und nichts dahinter, gar nichts.«

»Oh, für dumm halte ich sie nicht gerade.«

»Nicht? Dann steig' wieder aus und fahre nach Como, sie bleiben acht Tage dort. Ich habe leider mit ihr gesprochen. Na, reden wir nimmer davon! Es ist gut, daß wir nach Italien hineinkommen! Da lernt man wieder, die Schönheit als etwas Selbstverständliches anzusehen.«

Es war wirklich gut, und zwei Stunden später strichen wir zufrieden und müßig durch Mailand und sahen mit Genuß und ohne alle Eifersucht die schönen Frauen dieser gesegneten Stadt wie Königinnen an uns vorüberschreiten.

*(1913)*

# Wenn der Krieg noch zwei Jahre dauert

Seit meiner Jugend hatte ich die Gewohnheit, von Zeit zu Zeit zu verschwinden und zur Erfrischung in andere Welten unterzutauchen; man pflegte mich dann zu suchen und nach einiger Zeit als vermißt auszuschreiben, und wenn ich schließlich wiederkam, so war es mir stets ein Vergnügen, die Urteile der sogenannten Wissenschaft über mich und meine ›Abwesenheits‹- oder Dämmerzustände anzuhören. Während ich nichts anderes tat als das, was meiner Natur selbstverständlich war und was früher oder später die meisten Menschen werden tun können, wurde ich von diesen seltsamen Menschen für eine Art Phänomen angesehen, von den einen als Besessener, von den andern als ein mit Wunderkräften Begnadeter.

Kurz, ich war also wieder eine Weile fortgewesen. Nach zwei oder drei Kriegsjahren hatte die Gegenwart viel an Reiz für mich verloren, und ich drückte mich hinweg, um eine Weile andere Luft zu atmen. Auf dem gewohnten Wege verließ ich die Ebene, in der wir leben, und hielt mich gastweise auf anderen Ebenen auf. Ich war eine Zeitlang in fernen Vergangenheiten, jagte unbefriedigt durch Völker und Zeiten, sah den üblichen Kreuzigungen, Händeln, Fortschritten und Verbesserungen auf Erden zu und zog mich dann für einige Zeit ins Kosmische zurück.

Als ich wiederkam, war es 1920, und zu meiner Enttäuschung standen sich überall noch immer mit der gleichen geistlosen Hartnäckigkeit die Völker im Kriege gegenüber. Es waren einige Grenzen verschoben, einige ausgesuchte Regionen älterer höherer Kulturen mit Sorgfalt zerstört worden, aber alles in allem hatte sich äußerlich auf der Erde nicht viel geändert. Groß war der erreichte Fortschritt in der Gleichheit auf Erden. Wenigstens in Europa sah es in allen Ländern, wie ich hörte, genau gleich aus, auch der Unterschied zwischen Kriegführenden und Neutralen war fast ganz verschwunden. Seit man die Beschießung der Zivilbevölkerung mechanisch durch Freiballons betrieb, welche aus Höhen von 15 000 bis 20 000 Metern im Dahintreiben ihre

Geschosse fallenließen, seither waren die Landesgrenzen, obwohl nach wie vor scharf bewacht, so ziemlich illusorisch geworden. Die Streuung dieser vagen Schießerei aus der Luft herab war so groß, daß die Absender solcher Ballons ganz zufrieden waren, wenn sie nur ihr eigenes Gebiet nicht trafen, und sich nicht mehr darum kümmerten, wie viele ihrer Bomben auf neutrale Länder oder schließlich auch auf das Gebiet von Bundesgenossen fielen.

Dies war eigentlich der einzige Fortschritt, den das Kriegswesen selbst gemacht hatte; in ihm sprach sich endlich einigermaßen klar der Sinn des Krieges aus. Die Welt war eben in zwei Parteien geteilt, welche einander zu vernichten suchten, weil sie beide das gleiche begehrten, nämlich die Befreiung der Unterdrückten, die Abschaffung der Gewalttat und die Aufrichtung eines dauernden Friedens. Gegen einen Frieden, der möglicherweise nicht ewig währen könnte, war man überall sehr eingenommen – wenn der ewige Friede nicht zu haben war, so zog man mit Entschiedenheit den ewigen Krieg vor, und die Sorglosigkeit, mit welcher die Munitionsballons aus ungeheuren Höhen ihren Segen über Gerechte und Ungerechte regnen ließen, entsprach dem Sinn dieses Krieges vollkommen. Im übrigen wurde er jedoch auf die alte Weise mit bedeutenden, aber unzulänglichen Mitteln weitergeführt. Die bescheidene Phantasie der Militärs und Techniker hatte noch einige wenige Vernichtungsmittel erfunden – jener Phantast aber, der den mechanischen Streuballon ausgedacht hatte, war der letzte seiner Art gewesen; denn seither hatten die Geistigen, die Phantasten, Dichter und Träumer sich mehr und mehr vom Interesse für den Krieg zurückgezogen. Er blieb, wie gesagt, den Militärs und Technikern überlassen und machte also wenig Fortschritte. Mit ungeheurer Ausdauer standen und lagen sich überall die Heere gegenüber, und obwohl der Materialmangel längst dazu geführt hatte, daß die soldatischen Auszeichnungen nur noch aus Papier bestanden, hatte die Tapferkeit sich nirgends erheblich vermindert.

Meine Wohnung fand ich zum Teil durch Flugzeuggeschosse zertrümmert, doch ließ es sich noch darin schlafen. Immerhin war es kalt und unbehaglich, der Schutt am Boden und der feuchte Schimmel an den Wänden mißfielen mir, und ich ging bald wieder weg, um einen Spaziergang zu machen.

Ich ging durch einige Gassen der Stadt, die sich stark gegen früher verändert hatten. Vor allem waren keine Läden mehr zu sehen. Die Straßen waren ohne Leben. Ich war noch nicht lange unterwegs, da trat ein Mann mit einer Blechnummer am Hut auf mich zu und fragte, was ich tue. Ich sagte, ich gehe spazieren. Er: Haben Sie Erlaubnis? Ich verstand ihn nicht, es gab einen Wortwechsel, und er forderte mich auf, ihm in das nächste Amtshaus zu folgen.

Wir kamen in eine Straße, deren Häuser alle mit weißen Schildern behängt waren, auf denen ich Bezeichnungen von Ämtern mit Nummern und Buchstaben las.

›Beschäftigungslose Zivilisten‹ stand auf einem Schilde, und die Nummer 2487B4 dabei. Dort gingen wir hinein. Es waren die üblichen Amtsräume, Wartezimmer und Korridore, in welchen es nach Papier, nach feuchten Kleidern und Amtsluft roch. Nach manchen Fragen wurde ich auf Zimmer 72d abgeliefert und dort verhört.

Ein Beamter stand vor mir und musterte mich. »Können Sie nicht strammstehen?« fragte er streng. Ich sagte: »Nein.« Er fragte: »Warum nicht?« »Ich habe es nie gelernt«, sagte ich schüchtern.

»Also Sie sind dabei festgenommen worden, wie Sie ohne Erlaubnisschein spazierengegangen sind. Geben Sie das zu?«

»Ja«, sagte ich, »das stimmt wohl. Ich hatte es nicht gewußt. Sehen Sie, ich war längere Zeit krank –.«

Er winkte ab. »Sie werden dadurch bestraft, daß Ihnen für drei Tage das Gehen in Schuhen untersagt wird. Ziehen Sie Ihre Schuhe aus!«

Ich zog meine Schuhe aus.

»Mensch!« rief der Beamte da entsetzt. »Mensch, Sie tragen ja Lederschuhe! Woher haben Sie die? Sind Sie denn völlig verrückt?«

»Ich bin geistig vielleicht nicht völlig normal, ich kann das selbst nicht genau beurteilen. Die Schuhe habe ich früher einmal gekauft.«

»Ja, wissen Sie nicht, daß das Tragen von Leder in jedweder Form den Zivilpersonen streng verboten ist? – Ihre Schuhe bleiben hier, die werden beschlagnahmt. Zeigen Sie übrigens doch einmal Ihre Ausweispapiere!«

Lieber Gott, ich hatte keine.

»Das ist mir doch seit einem Jahr nimmer vorgekommen!«
stöhnte der Beamte und rief einen Schutzmann herein. »Bringen
Sie den Mann ins Amt 194, Zimmer 8!«

Barfuß wurde ich durch einige Straßen getrieben, dann
traten wir wieder in ein Amtshaus, gingen durch Korridore,
atmeten den Geruch von Papier und Hoffnungslosigkeit, dann
wurde ich in ein Zimmer gestoßen und von einem andern
Beamten verhört. Dieser trug Uniform.

»Sie sind ohne Ausweispapiere auf der Straße betroffen worden. Sie bezahlen zweitausend Gulden Buße. Ich schreibe sofort
die Quittung.«

»Um Vergebung«, sagte ich zaghaft, »so viel habe ich nicht bei
mir. Können Sie mich nicht statt dessen einige Zeit einsperren?«

Er lachte hell auf.

»Einsperren? Lieber Mann, wie denken Sie sich das? Glauben
Sie, wir hätten Lust, Sie auch noch zu füttern? – Nein, mein
Guter, wenn Sie die Kleinigkeit nicht bezahlen können, bleibt
Ihnen die härteste Strafe nicht erspart. Ich muß Sie zum provi-
sorischen Entzug der Existenzbewilligung verurteilen! Bitte
geben Sie mir Ihre Existenzbewilligungskarte!«

Ich hatte keine.

Der Beamte war nun ganz sprachlos. Er rief zwei Kollegen
herein, flüsterte lang mit ihnen, deutete mehrmals auf mich, und
alle sahen mich mit Furcht und tiefem Erstaunen an. Dann ließ
er mich, bis mein Fall beraten wäre, in ein Haftlokal abführen.

Dort saßen oder standen mehrere Personen herum, vor der
Tür stand eine militärische Wache. Es fiel mir auf, daß ich, abge-
sehen von dem Mangel an Stiefeln, weitaus der am besten
Gekleidete von allen war. Man ließ mich mit einer gewissen
Ehrfurcht sitzen, und sogleich drängte ein kleiner scheuer Mann
sich neben mich, bückte sich vorsichtig zu meinem Ohr herab und
flüsterte mir zu: »Sie, ich mache Ihnen ein fabelhaftes Angebot.
Ich habe zu Hause eine Zuckerrübe! Eine ganze, tadellose
Zuckerrübe! Sie wiegt beinahe drei Kilo. Sie können Sie haben.
Was bieten Sie?«

Er bog sein Ohr zu meinem Munde, und ich flüsterte:
»Machen Sie mir selbst ein Angebot! Wieviel wollen Sie haben?«

Leise flüsterte er mir ins Ohr: »Sagen wir hundertfünfzehn
Gulden!«

Ich schüttelte den Kopf und versank in Nachdenken.

Ich sah, ich war zu lange weggewesen. Es war schwer, sich wieder einzuleben. Viel hätte ich für ein Paar Schuhe oder Strümpfe gegeben, denn ich hatte an den bloßen Füßen, mit denen ich durch die nassen Straßen hatte gehen müssen, schrecklich kalt. Aber es war niemand in dem Zimmer, der nicht barfuß gewesen wäre.

Nach einigen Stunden holte man mich ab. Ich wurde in das Amt Nr. 285, Zimmer 19 f, geführt. Der Schutzmann blieb diesmal bei mir; er stellte sich zwischen mir und dem Beamten auf. Es schien mir ein sehr hoher Beamter zu sein.

»Sie haben sich in eine recht böse Lage gebracht«, fing er an. »Sie halten sich in hiesiger Stadt auf und sind ohne Existenzbewilligungsschein. Es wird Ihnen bekannt sein, daß die schwersten Strafen darauf stehen.«

Ich machte eine kleine Verbeugung.

»Erlauben Sie«, sagte ich, »ich habe eine einzige Bitte an Sie. Ich sehe vollkommen ein, daß ich der Situation nicht gewachsen bin und daß meine Lage nur immer schwieriger werden muß. – Ginge es nicht an, daß Sie mich zum Tode verurteilen? Ich wäre sehr dankbar dafür!«

Milde sah der hohe Bamte mir in die Augen.

»Ich begreife«, sagte er sanft. »Aber so könnte schließlich jeder kommen! Auf alle Fälle müßten Sie vorher eine Sterbekarte lösen. Haben Sie Geld dafür? Sie kostet viertausend Gulden.«

»Nein, so viel habe ich nicht. Aber ich würde alles geben, was ich habe. Ich habe großes Verlangen danach zu sterben.«

Er lächelte sonderbar.

»Das glaube ich gerne, da sind Sie nicht der einzige. Aber so einfach geht das mit dem Sterben nicht. Sie gehören einem Staate an, lieber Mann, und sind diesem Staate verpflichtet, mit Leib und Leben. Das dürfte Ihnen doch bekannt sein. Übrigens – ich sehe da eben, daß Sie als Sinclair, Emil, eingetragen sind. Sind Sie vielleicht der Schriftsteller Sinclair?«

»Gewiß, der bin ich.«

»Oh, das freut mich sehr. Ich hoffe, Ihnen gefällig sein zu können. Schutzmann, Sie können inzwischen abtreten.«

Der Schutzmann ging hinaus, der Beamte bot mir die Hand.

»Ich habe Ihre Bücher mit viel Interesse gelesen«, sagte er verbindlich, »und will Ihnen gern nach Möglichkeit behilflich sein. – Aber sagen Sie mir doch, lieber Gott, wie Sie in diese unglaubliche Lage geraten konnten?«

»Ja, ich war eben eine Zeitlang weg. Ich flüchtete mich für einige Zeit ins Kosmische, es mögen so zwei, drei Jahre gewesen sein, und offen gestanden hatte ich so halb und halb angenommen, der Krieg würde inzwischen sein Ende gefunden haben. – Aber sagen Sie, können Sie mir eine Sterbekarte verschaffen? Ich wäre Ihnen fabelhaft dankbar.«

»Es wird vielleicht gehen. Vorher müssen Sie aber eine Existenzbewilligung haben. Ohne sie wäre natürlich jeder Schritt aussichtslos. Ich gebe Ihnen eine Empfehlung an das Amt 127 mit, da werden Sie auf meine Bürgschaft hin wenigstens eine provisorische Existenzkarte bekommen. Sie gilt allerdings nur zwei Tage.«

»Oh, das ist mehr als genug!«

»Nun gut! Kommen Sie dann, bitte, zu mir zurück.«

Ich drückte ihm die Hand. »Noch eines!« sagte ich leise. »Darf ich noch eine Frage an Sie stellen? Sie können sich denken, wie schlecht orientiert ich in allem Aktuellen bin.«

»Bitte, bitte.«

»Ja, also – vor allem würde es mich interessieren, zu wissen, wie es möglich ist, daß bei diesen Zuständen das Leben überhaupt noch weitergeht. Hält denn ein Mensch das aus?«

»O ja. Sie sind ja in einer besonders schlimmen Lage, als Zivilperson, und gar ohne Papiere! Es gibt sehr wenig Zivilpersonen mehr. Wer nicht Soldat ist, der ist Beamter. Schon damit wird für die meisten das Leben viel erträglicher, viele sind sogar sehr glücklich. Und an die Entbehrungen hat man sich eben so allmählich gewöhnt. Als das mit den Kartoffeln allmählich aufhörte und man sich an den Holzbrei gewöhnen mußte – er wird jetzt leicht geteert und dadurch recht schmackhaft –, da dachte jeder, es sei nicht mehr auszuhalten. Und jetzt geht es eben doch. Und so ist es mit allem.«

»Ich verstehe«, sagte ich. »Es ist eigentlich weiter nicht erstaunlich. Nur eins begreife ich nicht ganz. Sagen Sie mir: wozu eigentlich macht nun die ganze Welt diese riesigen Anstrengungen? Diese Entbehrungen, diese Gesetze, diese tausend

Ämter und Beamte – was ist es eigentlich, was man damit beschützt und aufrechterhält?«

Erstaunt sah der Herr mir ins Gesicht.

»Ist das eine Frage!« rief er mit Kopfschütteln. »Sie wissen doch, daß Krieg ist, Krieg in der ganzen Welt! Und das ist es, was wir erhalten, wofür wir Gesetze geben, wofür wir Opfer bringen. Der Krieg ist es. Ohne diese enormen Anstrengungen und Leistungen könnten die Armeen keine Woche länger im Felde stehen. Sie würden verhungern – es wäre unausstehlich!«

»Ja«, sagte ich langsam, »das ist allerdings ein Gedanke! Also der Krieg ist das Gut, das mit solchen Opfern aufrechterhalten wird! Ja, aber – erlauben Sie eine seltsame Frage – warum schätzen Sie den Krieg so hoch? Ist er denn das alles wert? Ist denn der Krieg überhaupt ein Gut?«

Mitleidig zuckte der Beamte die Achseln. Er sah, ich verstand ihn nicht.

»Lieber Herr Sinclair«, sagte er, »Sie sind sehr weltfremd geworden. Aber bitte, gehen Sie durch eine einzige Straße, reden Sie mit einem einzigen Menschen, strengen Sie Ihre Gedanken nur ein klein wenig an und fragen Sie sich: Was haben wir noch? Worin besteht unser Leben? Dann müssen Sie doch sofort sagen: Der Krieg ist das einzige, was wir noch haben! Vergnügen und persönlicher Erwerb, gesellschaftlicher Ehrgeiz, Habgier, Liebe, Geistesarbeit – alles existiert nicht mehr. Der Krieg ist es einzig und allein, dem wir es verdanken, daß noch so etwas wie Ordnung, Gesetz, Gedanke, Geist in der Welt vorhanden ist. – Können Sie denn das nicht sehen?«

Ja, nun sah ich es ein, und ich dankte dem Herrn sehr.

Dann ging ich davon und steckte die Empfehlung an das Amt 127 mechanisch in meine Tasche. Ich hatte nicht im Sinne, von ihr Gebrauch zu machen, es war mir nichts daran gelegen, noch irgendeines dieser Ämter zu belästigen. Und noch ehe ich wieder bemerkt und zur Rede gestellt werden konnte, sprach ich den kleinen Sternensegen in mich hinein, stellte meinen Herzschlag ab, ließ meinen Körper im Schatten eines Gebüsches verschwinden und setzte meine vorherige Wanderung fort, ohne mehr an Heimkehr zu denken.

*(1917)*

## Das Reich

E s war ein großes, schönes, doch nicht eben reiches Land, darin
wohnte ein braves Volk, bescheiden, doch kräftig, und war
mit seinem Los zufrieden. Reichtum und gutes Leben, Eleganz
und Pracht gab es nicht eben viel, und reichere Nachbarländer
sahen zuweilen nicht ohne Spott oder spöttisches Mitleid auf
das bescheidene Volk in dem großen Lande.

Einige Dinge jedoch, die man nicht für Geld kaufen kann und
welche dennoch von den Menschen geschätzt werden, gediehen
in dem sonst ruhmlosen Volke gut. Sie gediehen so gut, daß mit
der Zeit das arme Land trotz seiner geringen Macht berühmt
und geschätzt wurde. Es gediehen da solche Dinge wie Musik,
Dichtung und Gedankenweisheit, und wie man von einem großen Weisen, Prediger oder Dichter nicht fordert, daß er reich,
elegant und sehr gesellschaftsfähig sei, und ihn in seiner Art dennoch ehrt, so taten es die mächtigeren Völker mit diesem wunderlichen armen Volk. Sie zuckten die Achseln über seine Armut
und sein etwas schwerfälliges und ungeschicktes Wesen in der
Welt, aber sie sprachen gern und ohne Neid von seinen Denkern, Dichtern und Musikern.

Und allmählich geschah es, daß das Land der Gedanken zwar
arm blieb und oft von seinen Nachbarn unterdrückt wurde, daß
aber über die Nachbarn und über alle Welt hin ein beständiger,
leiser, befruchtender Strom von Wärme und Gedanklichkeit sich
ergoß.

Eines aber war da, ein uralter und auffallender Umstand,
wegen dessen das Volk nicht bloß von den Fremden verspottet
wurde, sondern auch selber litt und Pein empfand –: die vielen
verschiedenen Stämme dieses schönen Landes konnten sich von
alters her nur schlecht miteinander vertragen. Beständig gab es
Streit und Eifersucht. Und wenn auch je und je der Gedanke
aufstand und von den besten Männern des Volkes ausgesprochen
wurde, man sollte sich einigen und sich in freundlicher, gemein-
samer Arbeit zusammentun, so war doch schon der Gedanke,
daß dann einer der vielen Stämme, oder dessen Fürst, sich über

die andern erheben und die Führung haben würde, den meisten so zuwider, daß es nie zu einer Einigung kam.

Der Sieg über einen fremden Fürsten und Eroberer, welcher das Land schwer unterdrückt hatte, schien diese Einigung endlich doch bringen zu wollen. Aber man verzankte sich schnell wieder, die vielen kleinen Fürsten wehrten sich dagegen, und die Untertanen dieser Fürsten hatten von ihnen so viele Gnaden in Form von Ämtern, Titeln und farbigen Bändchen erhalten, daß man allgemein zufrieden und nicht zu Neuerungen geneigt war.

Inzwischen ging in der ganzen Welt jene Umwälzung vor sich, jene seltsame Verwandlung der Menschen und Dinge, welche wie ein Gespenst oder eine Krankheit aus dem Rauch der ersten Dampfmaschinen sich erhob und das Leben allüberall veränderte. Die Welt wurde voll von Arbeit und Fleiß, sie wurde von Maschinen regiert und zu immer neuer Arbeit angetrieben. Große Reichtümer entstanden, und der Weltteil, der die Maschinen erfunden hatte, nahm noch mehr als früher die Herrschaft über die Welt an sich, verteilte die übrigen Erdteile unter seine Mächtigen, und wer nicht mächtig war, ging leer aus.

Auch über das Land, von dem wir erzählen, ging die Welle hin, aber sein Anteil blieb bescheiden, wie es seiner Rolle zukam. Die Güter der Welt schienen wieder einmal verteilt, und das arme Land schien wieder einmal leer ausgegangen zu sein. Da nahm plötzlich alles einen andern Lauf. Die alten Stimmen, die nach einer Einigung der Stämme verlangten, waren nie verstummt. Ein großer, kraftvoller Staatsmann trat auf, ein glücklicher, überaus glänzender Sieg über ein großes Nachbarvolk stärkte und einigte das Land, dessen Stämme sich nun alle zusammenschlossen und ein großes Reich begründeten. Das arme Land der Träumer, Denker und Musikanten war aufgewacht, es war reich, es war groß, es war einig geworden und trat seine Laufbahn als ebenbürtige Macht neben den großen älteren Brüdern an. Draußen in der weiten Welt war nicht mehr viel zu rauben und zu erwerben, in den fernen Weltteilen fand die junge Macht die Lose schon verteilt. Aber der Geist der Maschine, der bisher in diesem Land nur langsam zur Macht gekommen war, blühte nun erstaunlich auf. Das ganze Land und Volk verwandelte sich rasch. Es wurde groß, es wurde reich, es wurde mächtig und gefürchtet. Es häufte Reichtum an, und es umgab sich mit einer dreifachen Schutzwehr von Soldaten, Kanonen und Festungen. Bald kamen bei den Nachbarn, die das junge Wesen beunruhigte, Mißtrauen und Furcht auf, und auch sie begannen Palisaden zu bauen und Kanonen und Kriegsschiffe bereitzustellen.

Dies war jedoch nicht das Schlimmste. Man hatte Geld genug, diese ungeheuren Schutzwälle zu bezahlen, und an einen Krieg dachte niemand, man rüstete nur so für alle Fälle, weil reiche Leute gern Eisenwände um ihr Geld sehen.

Viel schlimmer war, was innerhalb des jungen Reiches vor sich ging. Dies Volk, das so lang in der Welt halb verspottet, halb verehrt worden war, das so viel Geist und so wenig Geld besessen hatte – dies Volk erkannte jetzt, was für eine hübsche Sache es sei um Geld und Macht. Es baute und sparte, trieb Handel und lieh Geld aus, keiner konnte schnell genug reich werden, und wer eine Mühle oder Schmiede hatte, mußte jetzt schnell eine Fabrik haben, und wer drei Gesellen gehabt hatte, mußte jetzt zehn oder zwanzig haben, und viele brachten es schnell zu hunderten und tausenden. Und je schneller die vielen Hände und Maschinen arbeiteten, desto schneller häufte das Geld sich auf – bei jenen einzelnen, die das Geschick zum Anhäufen hatten. Die vielen, vielen Arbeiter aber waren nicht mehr Gesellen und Mitarbeiter eines Meisters, sondern sanken in Fron und Sklaverei.

Auch in andern Ländern ging es ähnlich, auch dort wurde aus der Werkstatt die Fabrik, aus dem Meister der Herrscher, aus dem Arbeiter der Sklave. Kein Land der Welt konnte sich diesem Geschick entziehen. Aber das junge Reich hatte das Schicksal, daß dieser neue Geist und Trieb in der Welt mit seiner Entstehung zusammenfiel. Es hatte keine alte Zeit hinter sich, keinen alten Reichtum, es lief in diese rasche neue Zeit hinein wie ein ungeduldiges Kind, hatte die Hände voll Arbeit und voll Gold.

Mahner und Warner zwar sagten dem Volk, daß es auf Abwegen sei. Sie erinnerten an die frühere Zeit, an den stillen heimlichen Ruhm des Landes, an die Sendung geistiger Art, die es einst verwaltet, an den steten edlen Geistesstrom von Gedanken, von Musik und Dichtung, mit dem es einst die Welt beschenkt hatte. Aber dazu lachte man im Glück des jungen Reichtums. Die Welt war rund und drehte sich, und wenn die

Großväter Gedichte gemacht und Philosophie geschrieben hatten, so war das ja sehr hübsch, aber die Enkel wollten zeigen, daß man hierzulande auch anderes könne und vermöge. Und so hämmerten und kesselten sie in ihren tausend Fabriken neue Maschinen, neue Eisenbahnen, neue Waren, und für alle Fälle auch stets neue Gewehre und Kanonen. Die Reichen zogen sich vom Volk zurück, die armen Arbeiter sahen sich alleingelassen und dachten auch nicht mehr an ihr Volk, dessen Teil sie waren, sondern sorgten, dachten und strebten auch wieder für sich allein. Und die Reichen und Mächtigen, welche gegen äußere Feinde all die Kanonen und Flinten angeschafft hatten, freuten sich über ihre Vorsorge, denn es gab jetzt im Innern Feinde, die vielleicht gefährlicher waren.

Dies alles nahm sein Ende in dem großen Kriege, der jahrelang die Welt so furchtbar verwüstete und zwischen dessen Trümmern wir noch stehen, betäubt von seinem Lärm, erbittert von seinem Unsinn und krank von seinen Blutströmen, die durch all unsere Träume rinnen.

Und der Krieg ging so zu Ende, daß jenes junge blühende Reich, dessen Söhne mit Begeisterung, ja mit Übermut in die Schlachten gegangen waren, zusammenbrach. Es wurde besiegt, furchtbar besiegt. Die Sieger aber verlangten, noch ehe von einem Frieden die Rede war, schweren Tribut von dem besiegten Volk. Und es geschah, daß Tage und Tage lang, während das geschlagene Heer zurückflutete, ihm entgegen aus der Heimat in langen Zügen die Sinnbilder der bisherigen Macht geführt wurden, um dem siegreichen Feind überliefert zu werden. Maschinen und Geld flossen in langem Strom aus dem besiegten Lande hinweg, dem Feinde in die Hand. Währenddessen hatte aber das besiegte Volk im Augenblick der größten Not sich besonnen. Es hatte seine Führer und Fürsten fortgejagt und sich selbst für mündig erklärt. Es hatte Räte aus sich selbst gebildet und seinen Willen kundgegeben, aus eigener Kraft und aus eigenem Geist sich in sein Unglück zu finden.

Dieses Volk, das unter so schwerer Prüfung mündig geworden ist, weiß heute noch nicht, wohin sein Weg führt und wer sein Führer und Helfer sein wird. Die Himmlischen aber wissen es, und sie wissen, warum sie über dies Volk und über alle Welt das Leid des Krieges gesandt haben.

Und aus dem Dunkel dieser Tage leuchtet ein Weg, der Weg, den das geschlagene Volk gehen muß.

Es kann nicht wieder Kind werden. Das kann niemand. Es kann nicht einfach seine Kanonen, seine Maschinen und sein Geld hinweggeben und wieder in kleinen friedlichen Städtchen Gedichte machen und Sonaten spielen. Aber es kann den Weg gehen, den auch der einzelne gehen muß, wenn sein Leben ihn in Fehler und tiefe Qual geführt hat. Es kann sich seines bisherigen Weges erinnern, seiner Herkunft und Kindheit, seines Großwerdens, seines Glanzes und seines Niederganges, und kann auf dem Wege dieses Erinnerns die Kräfte finden, die ihm wesentlich und unverlierbar angehören. Es muß ›in sich gehen‹, wie die Frommen sagen. Und in sich, zu innerst, wird es unzerstört sein eigenes Wesen finden, und dies Wesen wird seinem Schicksal nicht entfliehen wollen, sondern ja zu ihm sagen und aus seinem wiedergefundenen Besten und Innersten neu beginnen.

Und wenn es so geht, und wenn das niedergedrückte Volk den Weg des Schicksals willig und aufrichtig geht, so wird etwas von dem sich erneuern, was einst gewesen ist. Es wird wieder ein steter stiller Strom von ihm ausgehen und in die Welt dringen, und die heut noch seine Feinde sind, werden in der Zukunft diesem stillen Strom von neuem ergriffen lauschen.

*(1918)*

# Einkehr

In meinem Leben ist es jetzt Mittag, ich bin an Vierzig vorbei und ich spüre, wie sich, seit Jahren vorbereitet, neue Einstellungen, neue Gedanken, neue Auffassungen melden, wie sich das Ganze meines Lebens neu und anders kristallisieren will. Das hat nie einen Anfang gehabt. Das klang schon voraus und war schon Ahnung und Möglichkeit, als ich noch Kind war, als ich noch nicht Kind war. Spürbar ist es mir auch schon früh geworden. Überhaupt, wenn ich heute an meine frühere Jahre denke, so sehen sie anders aus, als ich sie zu sehen gewohnt war. Anders duftet die Zeit der Kindheit, anders klingt die Zeit des Jünglings mir jetzt, als sie mir noch vor zwei, drei Jahren klangen. Und so sehe ich jetzt Ahnungen und Vordeutungen des Heutigen schon in Ereignissen und Gefühlen sehr früher Jahre. Man wird sagen, ich deute nun eben den neuen Sinn, den ich jetzt meinem Leben zuschreibe, rückwärts in alles Gewesene hinein, konstruiere Geschichte, wende neue Dogmen nach rückwärts an, belüge mich mit einer neuen Theologie.

Aber was liegt denn daran, wenn ich mich belüge, wenn ich Theologie oder Geschichtskonstruktion treibe? Das Neue bei mir ist ja nicht, daß einer bisherigen Täuschung eine nunmehrige Wahrheit gefolgt wäre. Ich bin weiter von jeder Wahrheit entfernt als jemals. Ich bin ungläubiger gegen jede Wahrheit und gläubiger gegen jede Illusion als jemals.

Aber ich spüre mich wieder leben, ich bin jünger, fühle Zukunft, fühle Kräfte und Wirkungsmöglichkeiten, und das alles war jahrelang fortgewesen. Es ist eine Häutung im Gang, ein ausgewachsenes Kleid will abfallen, und was ich jahrelang für den Schmerz des Sterbenmüssens angesehen habe, will nun Schmerz der Neugeburt bedeuten.

Furchtbar sind die Schmerzen des Sterbenmüssens, ich sehe sie hinter mir wie eine lange, schwarze Schlucht des Grauens, durch die ich gegangen bin, Jahre und Jahre gegangen, allein und hoffnungslos. Noch friert mich tief im Gedanken an sie. Es war eine Hölle, eine kalte und stille Hölle. Es war ein Weg ohne

Hoffnung, an dessen Ende nichts stand als Dunkel und Tod –
vielleicht ein Ende, hoffentlich ein Ende.

Aber wie es scheint, gibt es für jedes Leid eine Grenze, bis
wohin es Leid ist. Dann hat es entweder sein Ende, oder es verwandelt sich, nimmt Lebensfarben an, tut vielleicht noch weh,
aber Schmerz ist dann Hoffnung und Leben. So ging es mir mit
der Einsamkeit. Ich bin jetzt nicht weniger einsam als in meiner
schlechtesten Zeit. Aber Einsamkeit ist ein Trank, der mich
weder betäuben noch schmerzen kann, aus diesem Becher habe
ich genug getrunken, um gegen sein Gift hart geworden zu sein.
Aber es ist ja nicht Gift – das war es nur, das hat sich gewandelt.
Alles ist Gift, was wir nicht annehmen, nicht lieben, nicht dankbar schlürfen können. Und alles ist Leben und Wert, was wir
lieben, woraus wir Leben saugen können.

Wenn ich versuche, über ein Stück meines Lebens Rechenschaft
zu geben, so tue ich es nicht in der Meinung, ich könne damit
lehren, ich könne Formeln finden und eine Weisheit destillieren.
Obwohl ich mein Leben lang, seit den Jünglingsjahren, den Zug
zur Philosophie empfand, und eine Bibliothek von Denkern
gelesen habe, ist mir doch der Glaube an meine Fähigkeit vergangen, mein Weltbild mitteilbar zu formulieren. Ich bin kein
Denker und will auch keiner sein. Ich habe das Denken viele
Jahre lang überschätzt, ich habe ihm viel Blut geopfert, ich habe
dabei verloren und dabei gewonnen, je nachdem. Aber ich hätte
ebenso wohl dies alles nicht tun können, und wäre heut bei demselben Ergebnis. Nicht aus dem Denken habe ich gelernt, am
wenigsten aus dem Denken der vielen andern, deren Werke ich
studiert habe.

Noch erinnere ich mich wohl der überaus holden Täuschung,
die ich erlebte, als ich den ersten Philosophen gelesen und nach
manchem Kopfschütteln verstanden hatte. Es war Spinoza, und
bei Kant wiederholte sich die schöne Täuschung nochmals. Ich
empfand über mein Verstandenhaben, über der Feststellung
meiner Fähigkeit, diesen Gedankenbau zu begreifen und die
Lebensgesetze seiner Konstruktion mitfühlen zu können –
darüber empfand ich eine Befriedigung und ein Wohlsein, das an
sich eine schöne Sache war, das ich aber so deutete, als habe ich
nun ›die‹ Wahrheit gefunden. Ich meinte die Welt ein für alle-
mal verstanden zu haben, während ich nichts erlebt hatte als

einen der schönen Augenblicke, in denen man im unendlichen Wirbel der Bilder eine Kristallisation, einen Halt, eine Fixierung in sich fertig bekommt. Die Welt verstehen, hieße ein Leben führen, das ununterbrochen aus lauter solchen seltenen Augenblicken bestünde. Daß die Philosophie nur einer von tausend Wegen war, um solche Augenblicke zu erleben, empfand ich wohl, glaubte es aber lange nicht. In Wirklichkeit war mein Erlebnis bei Kant, bei Schopenhauer, bei Schelling kein anderes, als das ich auch bei der Matthäuspassion, bei Mantegna, beim Faust gehabt hatte. Heute sehe ich das etwa so: eine Philosophie von überwiegendem Wert gibt es nur für den schöpferischen Philosophen, nicht für seinen Schüler, nicht für seinen Leser, nicht für seinen Kritiker. In seiner Weltschöpfung erlebt der Philosoph das, was jedes Wesen in seinen Augenblicken der Reife und Erfüllung empfindet, die Frau beim Gebären, der Künstler beim Schaffen, der Baum bei den Stationen der Jahreszeit und Lebensalter. Daß der Denker dies Erlebnis *bewußt* erlebe, die andern Wesen ›nur‹ unbewußt, ist ein alter Glaubenssatz, an dem ich schweigend zweifle. Mag er selbst richtig sein (er ist es nicht, denn der Denker erliegt im Erleben seines Werkes hundert Illusionen, und wie oft hängt sich seine Liebe und Eitelkeit gerade an die zweifelhaftesten seiner Funde!) – so bestreitet doch meine Erfahrung diesen überragenden Wert des Bewußtseins. Daß ich den mir wichtigsten Kreis der Dinge dauernd im Blickfeld meines Bewußtseins habe, ist nicht entscheidend für den Wert und die Steigerung meines Ichs, sondern nur das, daß ich zwischen dem Bezirk des Bewußtseins und dem Unbewußten gute, leichte, flüssige Beziehungen habe. Wir sind nicht Denkmaschinen, sondern Organismen, und in unsrem Organismus nimmt das Unbewußte eine ähnliche Stelle ein wie der Magen im berühmtem Gleichnis des römischen Redners. Für den, der nicht gewillt ist, sich um Worte zu streiten, ist es nicht leicht, das auszudrücken, was ich meine. Aber als Gleichnis scheint mir das Wort ›bewußt‹ und ›unbewußt‹ so wertvoll, daß ich den Versuch doch mache.

Also: stelle dir dein Wesen als einen tiefen See mit kleiner Oberfläche vor. Die Oberfläche ist das Bewußtsein. Dort ist es hell, dort geht das vor sich, was wir denken heißen. Der Teil des Sees aber, der diese Oberfläche bildet, ist ein unendlich kleiner.

Er mag der schönste, der interessanteste Teil sein, denn in der Berührung mit Luft und Licht erneuert, verändert, bereichert sich das Wasser. Aber die Wasserteile selbst, die an der Oberfläche sind, wechseln unaufhörlich. Immer steigt es von unten, sinkt von oben, immer geschehen Strömungen, Ausgleichungen, Verschiebungen, jeder Teil Wassers will auch einmal oben sein. – Wie nun der See aus Wasser, so besteht unser Ich, oder unsre Seele (es ist nichts an den Worten gelegen) aus tausend und Millionen Teilen, aus einem stets wachsenden, stets wechselnden Gut von Besitz, von Erinnerungen, von Eindrücken. Was unser Bewußtsein davon sieht, ist die kleine Oberfläche. Den unendlich größeren Teil ihres Inhalts sieht die Seele nicht: Reich und gesund nun und zum Glück fähig scheint mir die Seele, in der aus dem großen Dunkel nach dem kleinen Lichtfelde hin ein beständiger, frischer Zuzug und Austausch vor sich geht. Die allermeisten Menschen hegen tausend und tausend Dinge in sich welche niemals an die helle Oberfläche kommen, welche unten faulen und sich quälen. Darum, weil sie faulen und Qual machen, werden diese Dinge vom Bewußtsein immer und immer wieder zurückgewiesen, die stehen unter Verdacht und werden gefürchtet. Dies ist der Sinn jeder Moral – was als schädlich erkannt ist, darf nicht nach oben kommen! Es ist aber nichts schädlich und nichts nützlich, alles ist gut, oder alles ist indifferent. Jeder einzelne trägt Dinge in sich, die ihm angehören, die ihm gut und zu eigen sind, die aber nicht nach oben kommen dürfen. Kämen sie nach oben, sagt die Moral, so gäbe es ein Unglück. Es gäbe aber vielleicht gerade ein Glück! Darum soll alles nach oben kommen, und der Mensch, der sich seiner Moral unterwirft, verarmt.

Das, was ich in den letzten Jahren erlebt habe, erscheint mir im Bild dieses Gleichnisses so, als sei ich ein See gewesen, dessen Tiefenschicht abgeschlossen lag, woraus Qual und Todesnähe entstand. Nun aber fließt wieder Oben und Unten reger ineinander, vielleicht noch mangelhaft, vielleicht noch lange nicht rege genug – aber immerhin, es fließt.

*(1918/19)*

# Kinderseele

Manchmal handeln wir, gehen aus und ein, tun dies und das, und es ist alles leicht, unbeschwert und gleichsam unverbindlich, es könnte scheinbar alles auch anders sein. Und manchmal, zu anderen Stunden, könnte nichts anders sein, ist nichts unverbindlich und leicht, und jeder Atemzug, den wir tun, ist von Gewalten bestimmt und schwer von Schicksal.

Die Taten unseres Lebens, die wir die guten nennen und von denen zu erzählen uns leichtfällt, sind fast alle von jener ersten, ›leichten‹ Art, und wir vergessen sie leicht. Andere Taten, von denen zu sprechen uns Mühe macht, vergessen wir nie mehr, sie sind gewissermaßen mehr unser als andere, und ihre Schatten fallen lang über alle Tage unseres Lebens.

Unser Vaterhaus, das groß und hell an einer hellen Straße lag, betrat man durch ein hohes Tor, und sogleich war man von Kühle, Dämmerung und steinern feuchter Luft umfangen. Eine hohe, düstere Halle nahm einen schweigsam auf, der Boden von roten Sandsteinfliesen führte leicht ansteigend gegen die Treppe, deren Beginn zuhinterst tief im Halbdunkel lag. Viele tausend Male bin ich durch dies hohe Tor eingegangen, und niemals hatte ich acht auf Tor und Flur, Fliesen und Treppe: dennoch war es immer ein Übergang in eine andere Welt, in ›unsere‹ Welt. Die Halle roch nach Stein, sie war finster und hoch, hinten führte die Treppe aus der dunklen Kühle empor und zu Licht und hellem Behagen. Immer aber war erst die Halle und die ernste Dämmerung da: etwas von Vater, etwas von Würde und Macht, etwas von Strafe und schlechtem Gewissen. Tausendmal ging man lachend hindurch. Manchmal aber trat man herein und war sogleich erdrückt und zerkleinert, hatte Angst, suchte rasch die befreiende Treppe.

Als ich elf Jahre alt war, kam ich eines Tages von der Schule her nach Hause, an einem von den Tagen, wo Schicksal in den Ecken lauert, wo leicht etwas passiert. An diesen Tagen scheint jedoch Unordnung und Störung der eigenen Seele sich in unserer Umwelt zu spiegeln und sie zu entstellen. Unbehagen und Angst beklemmen unser Herz, und wir suchen und finden ihre vermeintlichen Ursachen außer uns, sehen die Welt schlecht eingerichtet und stoßen überall auf Widerstände.

Ähnlich war es an jenem Tage. Von früh an bedrückte mich – wer weiß woher? vielleicht aus Träumen der Nacht – ein Gefühl wie schlechtes Gewissen, obwohl ich nichts Besonderes begangen hatte. Meines Vaters Gesicht hatte am Morgen einen leidenden und vorwurfsvollen Ausdruck gehabt, die Frühstücksmilch war lau und fad gewesen. In der Schule war ich zwar nicht in Nöte geraten, aber es hatte alles wieder einmal trostlos, tot und entmutigend geschmeckt und hatte sich vereinigt zu jenem mir schon bekannten Gefühl der Ohnmacht und Verzweiflung, das uns sagt, daß die Zeit endlos sei, daß wir ewig klein und machtlos und im Zwang dieser blöden, stinkenden Schule bleiben werden, Jahre und Jahre, und daß dies ganze Leben sinnlos und widerwärtig sei.

Auch über meinen derzeitigen Freund hatte ich mich heute geärgert. Ich hatte seit kurzem eine Freundschaft mit Oskar Weber, dem Sohn eines Lokomotivführers, ohne recht zu wissen, was mich zu ihm zog. Er hatte neulich damit geprahlt, daß sein Vater sieben Mark im Tag verdiene, und ich hatte aufs Geratewohl erwidert, der meine verdiene vierzehn. Daß er sich dadurch hatte imponieren lassen, ohne Einwände zu machen, war der Anfang der Sache gewesen. Einige Tage später hatte ich mit Weber einen Bund gegründet, indem wir eine gemeinsame Sparkasse anlegten, aus welcher später eine Pistole gekauft werden sollte. Die Pistole lag im Schaufenster eines Eisenhändlers, eine massive Waffe mit zwei bläulichen Stahlrohren. Und Weber hatte mir vorgerechnet, daß man nur eine Weile richtig zu sparen brauche, dann könne man sie kaufen. Geld gebe es ja immer, er bekomme sehr oft einen Zehner für Ausgänge, oder sonst ein Trinkgeld, und manchmal finde man Geld auf der Gasse, oder Sachen mit Geldeswert, wie Hufeisen, Bleistücke und anderes, was man gut verkaufen könne. Einen Zehner hatte er auch sofort für unsere Kasse hergegeben, und der hatte mich überzeugt und mir unseren ganzen Plan als möglich und hoffnungsvoll erscheinen lassen.

Indem ich an jenem Mittag unseren Hausflur betrat und mir in der kellerig kühlen Luft dunkle Mahnungen an tausend unbe-

queme und hassenswerte Dinge und Weltordnungen entgegen-
wehten, waren meine Gedanken mit Oskar Weber beschäftigt.
Ich fühlte, daß ich ihn nicht liebte, obwohl sein gutmütiges
Gesicht, das mich an eine Waschfrau erinnerte, mir sympathisch
war. Was mich zu ihm hinzog, war nicht seine Person, sondern
etwas anderes, ich könnte sagen, sein Stand – es war etwas, das
er mit fast allen Buben von seiner Art und Herkunft teilte: eine
gewisse freche Lebenskunst, ein dickes Fell gegen Gefahr und
Demütigung, eine Vertrautheit mit den kleinen praktischen
Angelegenheiten des Lebens, mit Geld, mit Kaufläden und
Werkstätten, Waren und Preisen, mit Küche und Wäsche und
dergleichen. Solche Knaben wie Weber, denen die Schläge in der
Schule nicht weh zu tun schienen und die mit Knechten, Fuhrleuten und Fabrikmädchen verwandt und befreundet waren, die
standen anders und gesicherter in der Welt als ich; sie waren
gleichsam erwachsener, sie wußten, wieviel ihr Vater im Tag
verdiene, und wußten ohne Zweifel auch sonst noch vieles,
worin ich unerfahren war. Sie lachten über Ausdrücke und
Witze, die ich nicht verstand. Sie konnten überhaupt auf eine
Weise lachen, die mir versagt war, auf eine dreckige und rohe,
aber unleugbar erwachsene und ›männliche‹ Weise. Es half
nichts, daß man klüger war als sie und in der Schule mehr
wußte. Es half nichts, daß man besser als sie gekleidet, gekämmt
und gewaschen war. Im Gegenteil, eben diese Unterschiede
kamen ihnen zugute. In die ›Welt‹, wie sie mir in Dämmer-
schein und Abenteuerschein vorschwebte, schienen mir solche
Knaben wie Weber ganz ohne Schwierigkeiten eingehen zu können, während mir die ›Welt‹ so sehr verschlossen war und jedes
ihrer Tore durch unendliches Älterwerden, Schulesitzen, durch
Prüfungen und Erzogenwerden mühsam erobert werden mußte.
Natürlich fanden solche Knaben auch Hufeisen, Geld und
Stücke Blei auf der Straße, bekamen Lohn für Besorgungen,
kriegten in Läden allerlei geschenkt und gediehen auf jede
Weise.

Ich fühlte dunkel, daß meine Freundschaft zu Weber und seiner Sparkasse nichts war als wilde Sehnsucht nach jener ›Welt‹.
An Weber war nichts für mich liebenswert als sein großes
Geheimnis, kraft dessen er den Erwachsenen näher stand als ich,
in einer schleierlosen, nackteren, robusteren Welt lebte als ich mit

meinen Träumen und Wünschen. Und ich fühlte voraus, daß er mich enttäuschen würde, daß es mir nicht gelingen werde, ihm sein Geheimnis und den magischen Schlüssel zum Leben zu entreißen.

Eben hatte er mich verlassen, und ich wußte, er ging nun nach Hause, breit und behäbig, pfeifend und vergnügt, von keiner Sehnsucht, von keinen Ahnungen verdüstert. Wenn er die Dienstmägde und Fabrikler antraf und ihr rätselhaftes, vielleicht wunderbares, vielleicht verbrecherisches Leben führen sah, so war es ihm kein Rätsel und ungeheures Geheimnis, keine Gefahr, nichts Wildes und Spannendes, sondern selbstverständlich, bekannt und heimatlich wie der Ente das Wasser. So war er. Und ich hingegen, ich würde immer nebendraußen stehen, allein und unsicher, voll von Ahnungen, aber ohne Gewißheit.

Überhaupt, das Leben schmeckte an jenem Tage wieder einmal hoffnungslos fade, der Tag hatte etwas von einem Montag an sich, obwohl er ein Samstag war, er roch nach Montag, dreimal so lang und dreimal so öde als die anderen Tage. Verdammt und widerwärtig war dies Leben, verlogen und ekelhaft war es. Die Erwachsenen taten, als sei die Welt vollkommen und als seien sie selber Halbgötter, wir Knaben aber nichts als Auswurf und Abschaum. Diese Lehrer –! Man fühlte Streben und Ehrgeiz in sich, man nahm redliche und leidenschaftliche Anläufe zum Guten, sei es nun zum Lernen der griechischen Unregelmäßigkeiten oder zum Reinhalten seiner Kleider, zum Gehorsam gegen die Eltern oder zum schweigenden, heldenhaften Ertragen aller Schmerzen und Demütigungen – ja, immer und immer wieder erhob man sich, glühend und fromm, um sich Gott zu widmen und den idealen, reinen, edlen Pfad zur Höhe zu gehen, Tugend zu üben, Böses stillschweigend zu dulden, anderen zu helfen – ach, und immer und immer wieder blieb es ein Anlauf, ein Versuch und kurzer Flatterflug! Immer wieder passierte schon nach Tagen, o schon nach Stunden etwas, was nicht hätte sein dürfen, etwas Elendes, Betrübendes und Beschämendes. Immer wieder fiel man mitten aus den trotzigsten und adligsten Entschlüssen und Gelöbnissen plötzlich unentrinnbar in Sünde und Lumperei, in Alltag und Gewöhnlichkeit zurück! Warum war es so, daß man die Schönheit und Richtigkeit guter Vorsätze so wohl und tief erkannte und im Herzen fühlte, wenn doch beständig und immerzu das ganze Leben (die Erwachsenen einbegriffen) nach Gewöhnlichkeit stank und überall darauf eingerichtet war, das Schäbige und Gemeine triumphieren zu lassen? Wie konnte es sein, daß man morgens im Bett auf den Knien oder nachts vor angezündeten Kerzen sich mit heiligem Schwur dem Guten und Lichten verbündete, Gott anrief und jedem Laster für immer Fehde ansagte – und daß man dann, vielleicht bloß ein paar Stunden später, an diesem selben heiligen Schwur und Vorsatz den elendesten Verrat üben konnte, sei es auch nur durch das Einstimmen in ein verführerisches Gelächter, durch das Gehör, das man einem dummen Schulbubenwitz lieh? Warum war das so? Ging es andern anders? Waren die Helden, die Römer und Griechen, die Ritter, die ersten Christen – waren diese alle andere Menschen gewesen als ich, besser, vollkommener, ohne schlechte Triebe, ausgestattet mit irgendeinem Organ, das mir fehlte, das sie hinderte, immer wieder aus dem Himmel in den Alltag, aus dem Erhabenen ins Unzulängliche und Elende zurückzufallen? War die Erbsünde jenen Helden und Heiligen unbekannt? War das Heilige und Edle nur Wenigen, Seltenen, Auserwählten möglich? Aber warum war mir, wenn ich nun also kein Auserwählter war, dennoch dieser Trieb nach dem Schönen und Adligen eingeboren, diese wilde, schluchzende Sehnsucht nach Reinheit, Güte, Tugend? War das nicht zum Hohn? Gab es das in Gottes Welt, daß ein Mensch, ein Knabe, gleichzeitig alle hohen und alle bösen Triebe in sich hatte und leiden und verzweifeln mußte, nur so als eine unglückliche und komische Figur, zum Vergnügen des zuschauenden Gottes? Gab es das? Und war dann nicht – ja war dann nicht die ganze Welt ein Teufelsspott, gerade wert, sie anzuspucken?! War dann nicht Gott ein Scheusal, ein Wahnsinniger, ein dummer, widerlicher Hanswurst? – Ach, und während ich mit einem Beigeschmack von Empörerwollust diese Gedanken dachte, strafte mich schon mein banges Herz durch Zittern für die Blasphemie!

Wie deutlich sehe ich, nach dreißig Jahren, jenes Treppenhaus wieder vor mir, mit den hohen, blinden Fenstern, die gegen die nahe Nachbarmauer gingen und so wenig Licht gaben, mit den weißgescheuerten, tannenen Treppen und Zwischenböden und dem glatten, harthölzernen Geländer, das durch meine tausend sausenden Abfahrten poliert war! So fern mir die Kindheit steht, und so unbegreiflich und märchenhaft sie mir im ganzen erscheint, so ist mir doch alles genau erinnerlich, was schon damals, mitten im Glück, in mir an Leid und Zwiespalt vorhanden war. Alle diese Gefühle waren damals im Herzen des Kindes schon dieselben, wie sie es immer blieben: Zweifel am eigenen Wert, Schwanken zwischen Selbstschätzung und Mutlosigkeit, zwischen weltverachtender Idealität und gewöhnlicher Sinneslust – und wie damals, so sah ich auch hundertmal später noch in diesen Zügen meines Wesens bald verächtliche Krankheit, bald Auszeichnung, habe zu Zeiten den Glauben, daß mich Gott auf diesem qualvollen Wege zu besonderer Vereinsamung und Vertiefung führen wolle, und finde zu andern Zeiten wieder in alledem nichts als die Zeichen einer schäbigen Charakterschwäche, eine Neurose, wie Tausende sie mühsam durchs Leben schleppen.

Wenn ich alle die Gefühle und ihren qualvollen Widerstreit auf ein Grundgefühl zurückführen und mit einem einzigen Namen bezeichnen sollte, so wüßte ich kein anderes Wort als: Angst. Angst war es, Angst und Unsicherheit, was ich in allen jenen Stunden des gestörten Kinderglücks empfand: Angst vor Strafe, Angst vor dem eigenen Gewissen, Angst vor Regungen meiner Seele, die ich als verboten und verbrecherisch empfand.

Auch in jener Stunde, von der ich erzähle, kam dies Angstgefühl wieder über mich, als ich in dem heller und heller werdenden Treppenhause mich der Glastür näherte. Es begann mit einer Beklemmung im Unterleib, die bis zum Halse emporstieg und dort zum Würgen oder zu Übelkeit wurde. Zugleich damit empfand ich in diesen Momenten stets, und so auch jetzt, eine peinliche Geniertheit, ein Mißtrauen gegen jeden Beobachter, einen Drang zu Alleinsein und Sichverstecken.

Mit diesem üblen und verfluchten Gefühl, einem wahren Verbrechergefühl, kam ich in den Korridor und in das Wohnzimmer. Ich spürte: es ist heut der Teufel los, es wird etwas passieren. Ich spürte es, wie das Barometer einen veränderten Luftdruck spürt, mit rettungsloser Passivität. Ach, nun war es wieder da, dies Unsägliche! Der Dämon schlich durchs Haus, Erbsünde nagte am Herzen, riesig und unsichtbar stand hinter jeder Wand ein Geist, ein Vater und Richter.

Noch wußte ich nichts, noch war alles bloß Ahnung, Vorgefühl, nagendes Unbehagen. In solchen Lagen war es oft das beste, wenn man krank wurde, sich erbrach und ins Bett legte. Dann ging es manchmal ohne Schaden vorüber, die Mutter oder Schwester kam, man bekam Tee und spürte sich von liebender Sorge umgeben, und man konnte weinen oder schlafen, um nachher gesund und froh in einer völlig verwandelten, erlösten und hellen Welt zu erwachen.

Meine Mutter war nicht im Wohnzimmer, und in der Küche war nur die Magd. Ich beschloß, zum Vater hinaufzugehen, zu dessen Studierzimmer eine schmale Treppe hinaufführte. Wenn ich auch Furcht vor ihm hatte, zuweilen war es doch gut, sich an ihn zu wenden, dem man so viel abzubitten hatte. Bei der Mutter war es einfacher und leichter, Trost zu finden; beim Vater aber war der Trost wertvoller, er bedeutete einen Frieden mit dem richtenden Gewissen, eine Versöhnung und ein neues Bündnis mit den guten Mächten. Nach schlimmen Auftritten, Untersuchungen, Geständnissen und Strafen war ich oft aus des Vaters Zimmer gut und rein hervorgegangen, bestraft und ermahnt zwar, aber voll neuer Vorsätze, durch die Bundesgenossenschaft des Mächtigen gestärkt gegen das feindliche Böse. Ich beschloß, den Vater aufzusuchen und ihm zu sagen, daß mir übel sei.

Und so stieg ich die kleine Treppe hinauf, die zum Studierzimmer führte. Diese kleine Treppe mit ihrem eigenen Tapetengeruch und dem trockenen Klang der hohlen, leichten Holzstufen war noch unendlich viel mehr als der Hausflur ein bedeutsamer Weg und ein Schicksalstor; über diese Stufen hatten viele wichtige Gänge mich geführt, Angst und Gewissensqual hatte ich hundertmal dort hinaufgeschleppt, Trotz und wilden Zorn, und nicht selten hatte ich Erlösung und neue Sicherheit zurückgebracht. Unten in unsrer Wohnung waren Mutter und Kind zu Hause, dort wehte harmlose Luft; hier oben wohnten Macht und Geist, hier waren Gericht und Tempel und das ›Reich des Vaters‹.

Etwas beklommen wie immer drückte ich die altmodische Klinke nieder und öffnete die Tür halb. Der väterliche Studierzimmergeruch floß mir wohlbekannt entgegen: Bücher- und Tintenduft, verdünnt durch blaue Luft aus halboffnen Fenstern, weiße, reine Vorhänge, ein verlorener Faden von Kölnisch-Wasser-Duft und auf dem Schreibtisch ein Apfel. – Aber die Stube war leer.

Mit einer Empfindung halb von Enttäuschung und halb von Aufatmen trat ich ein. Ich dämpfte meinen Schritt und trat nur mit den Zehen auf, so wie wir hier oben manchmal gehen mußten, wenn der Vater schlief oder Kopfweh hatte. Und kaum war dies leise Gehen mir bewußt geworden, so bekam ich Herzklopfen und spürte verstärkt den angstvollen Druck im Unterleib und in der Kehle wieder. Ich ging schleichend und angstvoll weiter, einen Schritt und wieder einen Schritt, und schon war ich nicht mehr ein harmloser Besucher und Bittsteller, sondern ein Eindringling. Mehrmals schon hatte ich heimlich in des Vaters Abwesenheit mich in seine beiden Zimmer geschlichen, hatte sein geheimes Reich belauscht und erforscht und hatte zweimal auch etwas daraus entwendet.

Die Erinnerung daran war alsbald da und erfüllte mich, und ich wußte sofort: jetzt war das Unglück da, jetzt passierte etwas, jetzt tat ich Verbotenes und Böses. Kein Gedanke an Flucht! Vielmehr, ich dachte wohl daran, dachte sehnlich und inbrünstig daran, davonzulaufen, die Treppe hinab und in mein Stübchen oder in den Garten – aber ich wußte, ich werde das doch nicht tun, nicht tun können. Innig wünschte ich, mein Vater möchte sich im Nebenzimmer rühren und hereintreten und den ganzen grauenvollen Bann durchbrechen, der mich dämonisch zog und fesselte. O käme er doch! Käme er doch, scheltend meinetwegen, aber käme er nur, eh es zu spät ist!

Ich hustete, um meine Anwesenheit zu melden, und als keine Antwort kam, rief ich leise: »Papa!« Es blieb alles still, an den Wänden schwiegen die vielen Bücher, ein Fensterflügel bewegte sich im Winde und warf einen hastigen Sonnenspiegel über den Boden. Niemand erlöste mich, und in mir selber war keine Freiheit, anders zu tun, als der Dämon wollte. Verbrechergefühl zog mir den Magen zusammen und machte mir die Fingerspitzen kalt, mein Herz flatterte angstvoll. Noch wußte ich keineswegs, was ich tun würde. Ich wußte nur, es würde etwas Schlechtes sein.

Nun war ich beim Schreibtisch, nahm ein Buch in die Hand und las einen englischen Titel, den ich nicht verstand. Englisch haßte ich – das sprach der Vater stets mit der Mutter, wenn wir es nicht verstehen sollten und auch wenn sie Streit hatten. In

einer Schale lagen allerlei kleine Sachen, Zahnstocher, Stahlfedern, Stecknadeln. Ich nahm zwei von den Stahlfedern und
steckte sie in die Tasche, Gott weiß wozu, ich brauchte sie nicht
und hatte keinen Mangel an Federn. Ich tat es nur, um dem
Zwang zu folgen, der mich fast erstickt hätte, dem Zwang, Böses
zu tun, mir selbst zu schaden, mich mit Schuld zu beladen. Ich
blätterte in meines Vaters Papieren, sah einen angefangenen
Brief liegen, ich las die Worte: >es geht uns und den Kindern,
Gott sei Dank, recht gut<, und die lateinischen Buchstaben seiner
Handschrift sahen mich an wie Augen.

Dann ging ich leise und schleichend in das Schlafzimmer
hinüber. Da stand Vaters eisernes Feldbett, seine braunen Hausschuhe darunter, ein Taschentuch lag auf dem Nachttisch. Ich
atmete die väterliche Luft in dem kühlen, hellen Zimmer ein,
und das Bild des Vaters stieg deutlich vor mir auf, Ehrfurcht
und Auflehnung stritten in meinem beladenen Herzen. Für
Augenblicke haßte ich ihn und erinnerte mich seiner mit Bosheit
und Schadenfreude, wie er zuweilen an Kopfwehtagen still und
flach in seinem niederen Feldbett lag, sehr lang und gestreckt,
ein nasses Tuch über der Stirn, manchmal seufzend. Ich ahnte
wohl, daß auch er, der Gewaltige, kein leichtes Leben habe, daß
ihm, dem Ehrwürdigen, Zweifel an sich selbst und Bangigkeit
nicht unbekannt waren. Schon war mein seltsamer Haß verflogen, Mitleid und Rührung folgten ihm. Aber inzwischen hatte
ich eine Schieblade der Kommode herausgezogen. Da lag Wäsche
geschichtet und eine Flasche Kölnisches Wasser, das er liebte; ich
wollte daran riechen, aber die Flasche war noch ungeöffnet und
fest verstöpselt, ich legte sie wieder zurück. Daneben fand ich
eine kleine runde Dose mit Mundpastillen, die nach Lakritzen
schmeckten, von denen steckte ich einige in den Mund. Eine
gewisse Enttäuschung und Ernüchterung kam über mich, und
zugleich war ich doch froh, nicht mehr gefunden und genommen
zu haben.

Schon im Ablassen und Verzichten zog ich noch spielend an
einer andern Lade, mit etwas erleichtertem Gefühl und mit dem
Vorsatz, nachher die zwei gestohlenen Stahlfedern drüben wieder an ihren Ort zu legen. Vielleicht waren Rückkehr und Reue
möglich, Wiedergutmachung und Erlösung. Vielleicht war Gottes
Hand über mir stärker als die Versuchung . . .

Da sah ich mit schnellem Blick noch eilig in den Spalt der kaum aufgezogenen Lade. Ach, wären Strümpfe oder Hemden oder alte Zeitungen darin gewesen! Aber da war nun die Versuchung, und sekundenschnell kehrte der kaum gelockerte Krampf und Angstbann wieder, meine Hände zitterten, und mein Herz schlug rasend. Ich sah in einer aus Bast geflochtenen, indischen oder sonst exotischen Schale etwas liegen, etwas Überraschendes, Verlockendes, einen ganzen Kranz von weiß bezuckerten, getrockneten Feigen!

Ich nahm ihn in die Hand, er war wundervoll schwer. Dann zog ich zwei, drei Feigen heraus, steckte eine in den Mund, einige in die Tasche. Nun waren alle Angst und alles Abenteuer doch nicht umsonst gewesen. Keine Erlösung, keinen Trost konnte ich mehr von hier fortnehmen, so wollte ich wenigstens nicht leer ausgehen. Ich zog noch drei, vier Feigen von dem Ring, der davon kaum leichter wurde, und noch einige, und als meine Taschen gefüllt und von dem Kranz wohl mehr als die Hälfte verschwunden war, ordnete ich die übriggebliebenen Feigen auf dem etwas klebrigen Ring lockerer an, so daß weniger zu fehlen schienen. Dann stieß ich, in plötzlichem hellem Schrecken, die Lade heftig zu und rannte davon, durch beide Zimmer, die kleine Stiege hinab und in mein Stübchen, wo ich stehenblieb und mich auf mein kleines Stehpult stützte, in den Knien wankend und nach Atem ringend. Bald darauf tönte unsre Tischglocke. Mit leerem Kopf und ganz von Ernüchterung und Ekel erfüllt, stopfte ich die Feigen in mein Bücherbrett, verbarg sie hinter Büchern und ging zu Tische. Vor der Eßzimmertür merkte ich, daß meine Hände klebten. Ich wusch sie in der Küche. Im Eßzimmer fand ich alle schon am Tische warten. Ich sagte schnell Guten Tag, der Vater sprach das Tischgebet, und ich beugte mich über meine Suppe. Ich hatte keinen Hunger, jeder Schluck machte mir Mühe. Und neben mir saßen meine Schwestern, die Eltern gegenüber, alle hell und munter und in Ehren, nur ich Verbrecher elend dazwischen, allein und unwürdig, mich fürchtend vor jedem freundlichen Blick, den Geschmack der Feigen noch im Munde. Hatte ich oben die Schlafzimmertür auch zugemacht? Und die Schublade?

Nun war das Elend da. Ich hätte mir die Hand abhauen lassen, wenn dafür meine Feigen wieder oben in der Kommode gelegen hätten. Ich beschloß, sie fortzuwerfen, sie mit in die Schule zu nehmen und zu verschenken. Nur daß sie wegkämen, daß ich sie nie wieder sehen müßte!

»Du siehst heut schlecht aus«, sagte mein Vater über den Tisch weg. Ich sah auf meinen Teller und fühlte seine Blicke auf meinem Gesicht. Nun würde er es merken. Er merkte ja alles, immer. Warum quälte er mich vorher noch? Mochte er mich lieber gleich abführen und meinetwegen totschlagen.

»Fehlt dir etwas?« hörte ich seine Stimme wieder. Ich log, ich sagte, ich habe Kopfweh.

»Du mußt dich nach Tisch ein wenig hinlegen«, sagte er. »Wieviel Stunden habt ihr heut nachmittag?«

»Bloß Turnen.«

»Nun, turnen wird dir nichts schaden. Aber iß auch, zwinge dich ein bißchen! Es wird schon vergehen.«

Ich schielte hinüber. Die Mutter sagte nichts, aber ich wußte, daß sie mich anschaute. Ich aß meine Suppe hinunter, kämpfte mit Fleisch und Gemüse, schenkte mir zweimal Wasser ein. Es geschah nichts weiter. Man ließ mich in Ruhe. Als zum Schluß mein Vater das Dankgebet sprach: ›Herr, wir danken dir, denn du bist freundlich, und deine Güte währet ewiglich‹, da trennte wieder ein ätzender Schnitt mich von den hellen, heiligen, vertrauensvollen Worten und von allen, die am Tische saßen: mein Händefalten war Lüge, und meine andächtige Haltung war Lästerung.

Als ich aufstand, strich mir die Mutter übers Haar und ließ ihre Hand einen Augenblick auf meiner Stirn liegen, ob sie heiß sei. Wie bitter war das alles!

In meinem Stübchen stand ich dann vor dem Bücherbrett. Der Morgen hatte nicht gelogen, alle Anzeichen hatten recht gehabt. Es war ein Unglückstag geworden, der schlimmste, den ich je erlebt hatte. Schlimmeres konnte kein Mensch ertragen. Wenn noch Schlimmeres über einen kam, dann mußte man sich das Leben nehmen. Man müßte Gift haben, das war das beste, oder sich erhängen. Es war überhaupt besser, tot zu sein, als zu leben. Es war ja alles so falsch und häßlich. Ich stand und sann und griff zerstreut nach den verborgenen Feigen und aß davon, eine und mehrere, ohne es recht zu wissen. Unsre Sparkasse fiel mir in die Augen, sie stand im Bord unter den Büchern. Es war eine

Zigarrenkiste, die ich fest zugenagelt hatte; in den Deckel hatte ich mit dem Taschenmesser einen ungefügen Schlitz für die Geldstücke geschnitten. Er war schlecht und roh geschnitten, der Schlitz, Holzsplitter standen heraus. Auch das konnte ich nicht richtig. Ich hatte Kameraden, die konnten so etwas mühsam und geduldig und tadellos machen, daß es aussah wie vom Schreiner gehobelt. Ich aber pfuschte immer nur, hatte es eilig und machte nichts sauber fertig. So war es mit meinen Holzarbeiten, so mit meiner Handschrift und meinen Zeichnungen, so war es mit meiner Schmetterlingssammlung und mit allem. Es war nichts mit mir. Und nun stand ich da und hatte wieder gestohlen, schlimmer als je. Auch die Stahlfedern hatte ich noch in der Tasche. Wozu? Warum hatte ich sie genommen – nehmen müssen? Warum mußte man, was man gar nicht wollte?

In der Zigarrenkiste klapperte ein einziges Geldstück, der Zehner von Oskar Weber. Seither war nichts dazugekommen. Auch diese Sparkassengeschichte war so eine meiner Unternehmungen! Alles taugte nichts, alles mißriet und blieb im Anfang stecken, was ich begann! Mochte der Teufel diese unsinnige Sparkasse holen! Ich mochte nichts mehr von ihr wissen.

Diese Zeit zwischen Mittagessen und Schulbeginn war an solchen Tagen wie heute immer mißlich und schwer herumzubringen. An guten Tagen, an friedlichen, vernünftigen, liebenswerten Tagen, war es eine schöne und erwünschte Stunde; ich las dann entweder in meinem Zimmer an einem Indianerbuche oder lief sofort nach Tische wieder auf den Schulplatz, wo ich immer einige unternehmungslustige Kameraden traf, und dann spielten wir, schrien und rannten und erhitzten uns, bis der Glockenschlag uns in die völlig vergessene ›Wirklichkeit‹ zurückrief. Aber an Tagen wie heute – mit wem wollte man da spielen und wie die Teufel in der Brust betäuben? Ich sah es kommen – noch nicht heute, aber ein nächstes Mal, vielleicht bald. Da würde mein Schicksal vollends zum Ausbruch kommen. Es fehlte ja nur noch eine Kleinigkeit, eine winzige Kleinigkeit mehr an Angst und Leid und Ratlosigkeit, dann lief es über, dann mußte es ein Ende mit Schrecken nehmen. Eines Tages, an gerade so einem Tag wie heute, würde ich vollends im Bösen untersinken, ich würde in Trotz und Wut und wegen der sinnlosen Unerträglichkeit dieses Lebens etwas Gräßliches und Entscheidendes tun, etwas Gräßliches, aber Befreiendes, das der Angst und Quälerei ein Ende machte, für immer. Ungewiß war, was es sein würde; aber Phantasien und vorläufige Zwangsvorstellungen davon waren mir schon mehrmals verwirrend durch den Kopf gegangen, Vorstellungen von Verbrechen, mit denen ich an der Welt Rache nehmen und zugleich mich selbst preisgeben und vernichten würde. Manchmal war es mir so, als würde ich unser Haus anzünden: ungeheure Flammen schlugen mit Flügeln durch die Nacht, Häuser und Gassen wurden vom Brand ergriffen, die ganze Stadt loderte riesig gegen den schwarzen Himmel. Oder zu andern Zeiten war das Verbrechen meiner Träume eine Rache an meinem Vater, ein Mord und grausiger Totschlag. Ich aber würde mich dann benehmen wie jener Verbrecher, jener einzige, richtige Verbrecher, den ich einmal hatte durch die Gassen unsrer Stadt führen sehen. Es war ein Einbrecher, den man gefangen hatte und in das Amtsgericht führte, mit Handschellen gefesselt, einen steifen Melonenhut schief auf dem Kopf, vor ihm und hinter ihm ein Landjäger. Dieser Mann, der durch die Straßen und durch einen riesigen Volksauflauf von Neugierigen getrieben wurde, an tausend Flüchen, boshaften Witzen und herausgeschrienen bösen Wünschen vorbei, dieser Mann hatte in nichts jenen armen, scheuen Teufeln geglichen, die man zuweilen vom Polizeidiener über die Straße begleitet sah und welche meistens bloß arme Handwerksburschen waren, die gebettelt hatten. Nein, dieser war kein Handwerksbursche und sah nicht windig, scheu und weinerlich aus, oder flüchtete in ein verlegen-dummes Grinsen, wie ich es auch schon gesehen hatte – dieser war ein echter Verbrecher und trug den etwas zerbeulten Hut kühn auf einem trotzigen und ungebeugten Schädel, er war bleich und lächelte still verachtungsvoll, und das Volk, das ihn beschimpfte und anspie, wurde neben ihm zu Pack und Pöbel. Ich hatte damals selbst mitgeschrien: »Man hat ihn, der gehört gehängt!«; aber dann sah ich seinen aufrechten, stolzen Gang, wie er die gefesselten Hände vor sich her trug, und wie er auf dem zähen, bösen Kopf den Melonenhut kühn wie eine phantastische Krone trug – und wie er lächelte! und da schwieg ich. So wie dieser Verbrecher aber würde auch ich lächeln und den Kopf steif halten, wenn man mich ins Gericht und auf das Schafott führte, und wenn die vielen Leute um mich her drängten und hohnvoll aufschrien – ich würde nicht ja und nicht nein sagen, einfach schweigen und verachten.

Und wenn ich hingerichtet und tot war und im Himmel vor den ewigen Richter kam, dann wollte ich mich keineswegs beugen und unterwerfen. O nein, und wenn alle Engelscharen ihn umstanden und alle Heiligkeit und Würde aus ihm strahlte! Mochte er mich verdammen, mochte er mich in Pech sieden lassen! Ich wollte mich nicht entschuldigen, mich nicht demütigen, ihn nicht um Verzeihung bitten, nichts bereuen! Wenn er mich fragte: »Hast du das und das getan?«, so würde ich rufen: »Jawohl habe ich's getan, und noch mehr, und es war recht, daß ich's getan habe, und wenn ich kann, werde ich es wieder und wieder tun. Ich habe totgeschlagen, ich habe Häuser angezündet, weil es mir Spaß machte, und weil ich dich verhöhnen und ärgern wollte. Ja, denn ich hasse dich, ich spucke dir vor die Füße, Gott. Du hast mich gequält und geschunden, du hast Gesetze gegeben, die niemand halten kann, du hast die Erwachsenen angestiftet, uns Jungen das Leben zu versauen.«

Wenn es mir glückte, mir dies vollkommen deutlich vorzustellen und fest daran zu glauben, daß es mir gelingen würde, genau so zu tun und zu reden, dann war mir für Augenblicke finster wohl. Sofort aber kehrten die Zweifel wieder. Würde ich nicht schwach werden, würde mich einschüchtern lassen, würde doch nachgeben? Oder, wenn ich auch alles tat, wie es mein trotziger Wille war – würde nicht Gott einen Ausweg finden, eine Überlegenheit, einen Schwindel, so wie es den Erwachsenen und Mächtigen ja immer gelang, am Ende noch mit einem Trumpf zu kommen, einen schließlich doch noch zu beschämen, einen nicht für voll zu nehmen, einen unter der verfluchten Maske des Wohlwollens zu demütigen? Ach, natürlich würde es so enden.

Hin und her gingen meine Phantasien, ließen bald mich, bald Gott gewinnen, hoben mich zum unbeugsamen Verbrecher und zogen mich wieder zum Kind und Schwächling herab.

Ich stand am Fenster und schaute auf den kleinen Hinterhof des Nachbarhauses hinunter, wo Gerüststangen an der Mauer lehnten und in einem kleinen winzigen Garten ein paar Gemüsebeete grünten. Plötzlich hörte ich durch die Nachmittagsstille Glockenschläge hallen, fest und nüchtern in meine Visionen hinein, einen klaren, strengen Stundenschlag, und noch einen. Es war zwei Uhr, und ich schreckte aus den Traumängsten in die der Wirklichkeit zurück. Nun begann unsre Turnstunde, und wenn ich auch auf Zauberflügeln fort und in die Turnhalle gestürzt wäre, ich wäre doch schon zu spät gekommen. Wieder Pech! Das gab übermorgen Aufruf, Schimpfworte und Strafe. Lieber ging ich gar nicht mehr hin, es war doch nichts mehr gutzumachen. Vielleicht mit einer sehr guten, sehr feinen und glaubhaften Entschuldigung – aber es wäre mir in diesem Augenblick keine eingefallen, so glänzend mich auch unsre Lehrer zum Lügen erzogen hatten; ich war jetzt nicht imstande, zu lügen, zu erfinden, zu konstruieren. Besser war es, vollends ganz aus der Stunde wegzubleiben. Was lag daran, ob jetzt zum großen Unglück noch ein kleines kam! Aber der Stundenschlag hatte mich geweckt und meine Phantasiespiele gelähmt. Ich war plötzlich sehr schwach, überwirklich sah mein Zimmer mich an, Pult, Bilder, Bett, Bücherschaft, alles geladen mit strenger Wirklichkeit, alles Zurufe aus der Welt, in der man leben mußte, und die mir heut wieder einmal so feindlich und gefährlich geworden war. Wie denn? Hatte ich nicht die Turnstunde versäumt? Und hatte ich nicht gestohlen, jämmerlich gestohlen, und hatte die verdammten Feigen im Bücherbrett liegen, soweit sie nicht schon aufgegessen waren? Was gingen mich jetzt der Verbrecher, der liebe Gott und das Jüngste Gericht an! Das würde alles dann schon kommen, zu seiner Zeit – aber jetzt, jetzt im Augenblick war es weit weg und war dummes Zeug, nichts weiter. Ich hatte gestohlen, und jeden Augenblick konnte das Verbrechen entdeckt werden. Vielleicht war es schon soweit, vielleicht hatte mein Vater droben schon jene Schublade gezogen und stand vor meiner Schandtat, beleidigt und erzürnt, und überlegte sich, auf welche Art mir der Prozeß zu machen sei. Ach, er war möglicherweise schon unterwegs zu mir, und wenn ich nicht sofort entfloh, hatte ich in der nächsten Minute schon sein ernstes Gesicht mit der Brille vor mir. Denn er wußte natürlich sofort, daß ich der Dieb war. Es gab keine Verbrecher in unserm Hause außer mir, meine Schwestern taten nie so etwas, Gott weiß warum. Aber wozu brauchte mein Vater da in seiner Kommode solche Feigenkränze verborgen zu haben?

Ich hatte mein Stübchen schon verlassen und mich durch die hintere Haustür und den Garten davongemacht. Die Gärten und

Wiesen lagen in heller Sonne, Zitronenfalter flogen über den Weg. Alles sah jetzt schlimm und drohend aus, viel schlimmer als heut morgen. Oh, ich kannte das schon, und doch meinte ich es nie so qualvoll gespürt zu haben: wie da alles in seiner Selbstverständlichkeit und mit seiner Gewissensruhe mich ansah, Stadt und Kirchturm, Wiesen und Weg, Grasblüten und Schmetterlinge, und wie alles Hübsche und Fröhliche, was man sonst mit Freuden sah, nun fremd und verzaubert war! Ich kannte das, ich wußte, wie es schmeckt, wenn man in Gewissensangst durch die gewohnte Gegend läuft! Jetzt konnte der seltenste Schmetterling über die Wiese fliegen und sich vor meinen Füßen hinsetzen – es war nichts, es freute nicht, reizte nicht, tröstete nicht. Jetzt konnte der herrlichste Kirschbaum mir seinen vollsten Ast herbieten – es hatte keinen Wert, es war kein Glück dabei. Jetzt gab es nichts als fliehen, vor dem Vater, vor der Strafe, vor mir selber, vor meinem Gewissen, fliehen und rastlos sein, bis dennoch unerbittlich und unentrinnbar alles kam, was kommen mußte.

Ich lief und war rastlos, ich lief bergan und hoch bis zum Walde, und vom Eichenberg nach der Hofmühle hinab, über den Steg und jenseits wieder bergauf und durch Wälder hinan. Hier hatten wir unser letztes Indianerlager gehabt. Hier hatte letztes Jahr, als der Vater auf Reisen war, unsre Mutter mit uns Kindern Ostern gefeiert und im Wald und Moos die Eier für uns versteckt. Hier hatte ich einst mit meinen Vettern in den Ferien eine Burg gebaut, sie stand noch halb. Überall Reste von einstmals, überall Spiegel, aus denen mir ein andrer entgegensah, als der ich heute war! War ich das alles gewesen? So lustig, so zufrieden, so dankbar, so kameradschaftlich, so zärtlich mit der Mutter, so ohne Angst, so unbegreiflich glücklich? War das ich gewesen? Und wie hatte ich so werden können, wie ich jetzt war, so anders, so ganz anders, so böse, so voll Angst, so zerstört? Alles war noch wie immer, Wald und Fluß, Farnkräuter und Blumen, Burg und Ameisenhaufen, und doch alles wie vergiftet und verwüstet. Gab es denn gar keinen Weg zurück, dorthin, wo das Glück und die Unschuld waren? Konnte es nie mehr werden, wie es gewesen war? Würde ich jemals wieder so lachen, so mit den Schwestern spielen, so nach Ostereiern suchen?

Ich lief und lief, den Schweiß auf der Stirn, und hinter mir lief meine Schuld und lief groß und ungeheuer der Schatten meines Vaters als Verfolger mit.

An mir vorbei liefen Alleen, sanken Waldränder hinab. Auf einer Höhe machte ich halt, abseits vom Weg, ins Gras geworfen, mit Herzklopfen, das vom Bergaufwärtsrennen kommen konnte, das vielleicht bald besser wurde. Unten sah ich Stadt und Fluß, sah die Turnhalle, wo jetzt die Stunde zu Ende war und die Buben auseinanderliefen, sah das lange Dach meines Vaterhauses. Dort war meines Vaters Schlafzimmer und die Schublade, in der die Feigen fehlten. Dort war mein kleines Zimmer. Dort würde, wenn ich zurückkam, das Gericht mich treffen. – Aber wenn ich nicht zurückkam? Ich wußte, daß ich zurückkommen würde. Man kam immer zurück, jedesmal. Es endete immer so. Man konnte nicht fort, man konnte nicht nach Afrika fliehen oder nach Berlin. Man war klein, man hatte kein Geld, niemand half einem. Ja, wenn alle Kinder sich zusammentäten und einander hülfen! Sie waren viele, es gab mehr Kinder als Eltern. Aber nicht alle Kinder waren Diebe und Verbrecher. Wenige waren so wie ich. Vielleicht war ich der einzige. Aber nein, ich wußte, es kamen öfters solche Sachen vor wie meine – ein Onkel von mir hatte als Kind auch gestohlen und viel Sachen angestellt, das hatte ich irgendwann einmal erlauscht, heimlich aus einem Gespräch der Eltern, heimlich, wie man alles Wissenswerte erlauschen mußte. Doch das alles half mir nicht, und wenn jener Onkel selber da wäre, er würde mir auch nicht helfen! Er war jetzt längst groß und erwachsen, er war Pastor, und er würde zu den Erwachsenen halten und mich im Stich lassen. So waren sie alle. Gegen uns Kinder waren sie alle falsch und verlogen, spielten eine Rolle, gaben sich anders, als sie waren. Die Mutter vielleicht nicht, oder weniger. Ja, wenn ich nun nicht mehr heimkehren würde? Es könnte ja etwas passieren, ich konnte den Hals brechen oder ertrinken oder unter die Eisenbahn kommen. Dann sah alles anders aus. Dann brachte man mich nach Hause, und alles war still und erschrocken und weinte, und ich tat allen leid, und von den Feigen war nicht mehr die Rede. Ich wußte sehr gut, daß man sich selber das Leben nehmen konnte. Ich dachte auch, daß ich das wohl einmal tun würde, später, wenn es einmal ganz schlimm kam. Gut wäre es gewesen, krank zu werden, aber nicht bloß so mit Husten, sondern richtig todkrank, so wie damals, als ich Scharlachfieber hatte.

Inzwischen war die Turnstunde längst vorüber, und auch die Zeit war vorüber, wo man mich zu Hause zum Kaffee erwartete. Vielleicht riefen und suchten sie jetzt nach mir, in meinem Zimmer, im Garten und Hof, auf dem Estrich. Wenn aber der Vater meinen Diebstahl schon entdeckt hatte, dann wurde nicht gesucht, dann wußte er Bescheid.

Es war mir nicht möglich, länger liegenzubleiben. Das Schicksal vergaß mich nicht, es war hinter mir her. Ich nahm das Laufen wieder auf. Ich kam an einer Bank in den Anlagen vorüber, an der hing wieder eine Erinnerung, wieder eine, die einst schön und lieb gewesen war und jetzt wie Feuer brannte. Mein Vater hatte mir ein Taschenmesser geschenkt, wir waren zusammen spazierengegangen, froh und in gutem Frieden, und er hatte sich auf diese Bank gesetzt, während ich im Gebüsch mir eine lange Haselrute schneiden wollte. Und da brach ich im Eifer das neue Messer ab, die Klinge dicht am Heft, und kam entsetzt zurück, wollte es erst verheimlichen, wurde aber gleich danach gefragt. Ich war sehr unglücklich, wegen des Messers und weil ich Scheltworte erwartete. Aber da hatte mein Vater nur gelächelt, mir leicht die Schulter berührt und gesagt: »Wie schade, du armer Kerl!« Wie hatte ich ihn da geliebt, wieviel ihm innerlich abgebeten! Und jetzt, wenn ich an das damalige Gesicht meines Vaters dachte, an seine Stimme, an sein Mitleid – was war ich für ein Ungeheuer, daß ich diesen Vater so oft betrübt, belogen und heut bestohlen hatte!

Als ich wieder in die Stadt kam, bei der oberen Brücke und weit von unserm Hause, hatte die Dämmerung schon begonnen. Aus einem Kaufladen, hinter dessen Glastür schon Licht brannte, kam ein Knabe gelaufen, der blieb plötzlich stehen und rief mich mit Namen an. Es war Oskar Weber. Niemand konnte mir ungelegener kommen. Immerhin erfuhr ich von ihm, daß der Lehrer mein Fehlen in der Turnstunde nicht bemerkt habe. Aber wo ich denn gewesen sei?

»Ach nirgends«, sagte ich, »ich war nicht recht wohl.«

Ich war schweigsam und zurückweisend, und nach einer Weile, die ich empörend lang fand, merkte er, daß er mir lästig sei. Jetzt wurde er böse.

»Laß mich in Ruhe«, sagte ich kalt, »ich kann allein heimgehen.«

»So?« rief er jetzt. »Ich kann geradesogut allein gehen wie du, dummer Fratz! Ich bin nicht dein Pudel, daß du's weißt. Aber vorher möchte ich doch wissen, wie das jetzt eigentlich mit unserer Sparkasse ist! Ich habe einen Zehner hineingetan und du nichts.«

»Deinen Zehner kannst du wiederhaben, heut noch, wenn du Angst um ihn hast. Wenn ich dich nur nimmer sehen muß. Als ob ich von dir etwas annehmen würde!«

»Du hast ihn neulich gern genommen«, meinte er höhnisch, aber nicht, ohne einen Türspalt zur Versöhnung offen zu lassen.

Aber ich war heiß und böse geworden, alle in mir angehäufte Angst und Ratlosigkeit brach in hellen Zorn aus. Weber hatte mir nichts zu sagen! Gegen ihn war ich im Recht, gegen ihn hatte ich ein gutes Gewissen. Und ich brauchte jemand, gegen den ich mich fühlen, gegen den ich stolz und im Recht sein konnte. Alles Ungeordnete und Finstere in mir strömte wild in diesen Ausweg. Ich tat, was ich sonst so sorgfältig vermied, ich kehrte den Herrensohn heraus, ich deutete an, daß es für mich keine Entbehrung sei, auf die Freundschaft mit einem Gassenbuben zu verzichten. Ich sagte ihm, daß für ihn jetzt das Beerenessen in unserm Garten und das Spielen mit meinen Spielsachen ein Ende habe. Ich fühlte mich aufglühen und aufleben: ich hatte einen Feind, einen Gegner, einen, der schuld war, den man packen konnte. Alle Lebenstriebe sammelten sich in diese erlösende, willkommene, befreiende Wut, in die grimmige Freude am Feind, der diesmal nicht in mir selbst wohnte, der mir gegenüberstand, mich mit erschreckten, dann mit bösen Augen anglotzte, dessen Stimme ich hörte, dessen Vorwürfe ich verachten, dessen Schimpfworte ich übertrumpfen konnte.

Im anschwellenden Wortwechsel, dicht nebeneinander, trieben wir die dunkle Gasse hinab; da und dort sah man uns, aus einer Haustüre nach. Und alles, was ich gegen mich selber an Wut und Verachtung empfand, kehrte sich gegen den unseligen Weber. Als er damit zu drohen begann, er werde mich dem Turnlehrer anzeigen, war es Wollust für mich: er setzte sich ins Unrecht, er wurde gemein, er stärkte mich.

Als wir in der Nähe der Metzgergasse handgemein wurden,

blieben gleich ein paar Leute stehen und sahen unserm Handel zu. Wir hieben einander in den Bauch und ins Gesicht und traten mit den Schuhen gegeneinander. Nun hatte ich für Augenblicke alles vergessen, ich war im Recht, war kein Verbrecher, Kampfrausch beglückte mich, und wenn Weber auch stärker war als ich, so war ich flinker, klüger, rascher, feuriger. Wir wurden heiß und schlugen uns wütend. Als er mir mit einem verzweifelten Griff den Hemdkragen aufriß, fühlte ich mit Inbrunst den Strom kalter Luft über meine glühende Haut laufen.

Und im Hauen, Reißen und Treten, Ringen und Würgen hörten wir nicht auf, uns weiter mit Worten anzufeinden, zu beleidigen und zu vernichten, mit Worten, die immer glühender, immer törichter und böser, immer dichterischer und phantastischer wurden. Und auch darin war ich ihm über, war böser, dichterischer, erfinderischer. Sagte er Hund, so sagte ich Sauhund. Rief er Schuft, so schrie ich Satan. Wir bluteten beide, ohne etwas zu fühlen, und dabei häuften unsre Worte böse Zauber und Wünsche, wir empfahlen einander dem Galgen, wünschten uns Messer, um sie einander in die Rippen zu jagen und darin umzudrehen, wir beschimpften einer des andern Namen, Herkunft und Vater.

Es war das erste und einzige Mal, daß ich einen solchen Kampf im vollen Kriegsrausch bis zu Ende ausfocht, mit allen Hieben, allen Grausamkeiten, allen Beschimpfungen. Zugesehen hatte ich oft und mit grausender Lust diese vulgären, urtümlichen Flüche und Schandworte angehört; nun schrie ich selber heraus, als sei ich ihrer von klein auf gewohnt und in ihrem Gebrauch geübt. Tränen liefen mir aus den Augen und Blut über den Mund. Die Welt aber war herrlich, sie hatte einen Sinn, es war gut zu leben, gut zu hauen, gut zu bluten und bluten zu machen.

Niemals vermochte ich in der Erinnerung das Ende dieses Kampfes wieder zu finden. Irgendeinmal war es aus, irgendeinmal stand ich allein in der stillen Dunkelheit, erkannte Straßenecken und Häuser, war nahe bei unserm Hause. Langsam floh der Rausch, langsam hörte das Flügelbrausen und Donnern auf, und Wirklichkeit drang stückweise vor meine Sinne, zuerst nur vor die Augen. Da der Brunnen. Die Brücke. Blut an meiner Hand, zerrissene Kleider, herabgerutschte Strümpfe, ein

Schmerz im Knie, einer im Auge, keine Mütze mehr da – alles kam nach und nach, wurde Wirklichkeit und sprach zu mir. Plötzlich war ich tief ermüdet, fühlte meine Knie und Arme zittern, tastete nach einer Hauswand.

Und da war unser Haus. Gott sei Dank! Ich wußte nichts auf der Welt mehr, als daß dort Zuflucht war, Friede, Licht, Geborgenheit. Aufatmend schob ich das hohe Tor zurück.

Da mit dem Duft von Stein und feuchter Kühle überströmte mich plötzlich Erinnerung, hundertfach. O Gott! Es roch nach Strenge, nach Gesetz, nach Verantwortung, nach Vater und Gott. Ich hatte gestohlen. Ich war kein verwundeter Held, der vom Kampfe heimkehrte. Ich war kein armes Kind, das nach Hause findet und von der Mutter in Wärme und Mitleid gebettet wird. Ich war Dieb, ich war Verbrecher. Da droben waren nicht Zuflucht, Bett und Schlaf für mich, nicht Essen und Pflege, nicht Trost und Vergessen. Auf mich wartete Schuld und Gericht.

Damals in dem finstern abendlichen Flur und im Treppenhaus, dessen viele Stufen ich unter Mühen erklomm, atmete ich, wie ich glaube, zum erstenmal in meinem Leben für Augenblicke den kalten Äther, die Einsamkeit, das Schicksal. Ich sah keinen Ausweg, ich hatte keine Pläne, auch keine Angst, nichts als das kalte, rauhe Gefühl: ›Es muß sein‹ Am Geländer zog ich mich die Treppe hinauf. Vor der Glastür fühlte ich Lust, noch einen Augenblick mich auf die Treppe zu setzen, aufzuatmen, Ruhe zu haben. Ich tat es nicht, es hatte keinen Zweck. Ich mußte hinein. Beim Öffnen der Tür fiel mir ein, wie spät es wohl sei?

Ich trat ins Eßzimmer. Da saßen sie um den Tisch und hatten eben gegessen, ein Teller mit Äpfeln stand noch da. Es war gegen acht Uhr. Nie war ich ohne Erlaubnis so spät heimgekommen, nie hatte ich beim Abendessen gefehlt.

»Gott sei Dank, da bist du!«, rief meine Mutter lebhaft. Ich sah, sie war in Sorge um mich gewesen. Sie lief auf mich zu und blieb erschrocken stehen, als sie mein Gesicht und die beschmutzten und zerrissenen Kleider sah. Ich sagte nichts und blickte niemanden an, doch spürte ich deutlich, daß Vater und Mutter sich mit Blicken meinetwegen verständigten. Mein Vater schwieg und beherrschte sich; ich fühlte, wie zornig er war. Die Mutter nahm sich meiner an, Gesicht und Wände wurden mir gewaschen,

Pflaster aufgeklebt, dann bekam ich zu essen. Mitleid und Sorgfalt umgaben mich, ich saß still und tief beschämt, fühlte die Wärme und genoß sie mit schlechtem Gewissen. Dann ward ich zu Bett geschickt. Dem Vater gab ich die Hand, ohne ihn anzusehen.

Als ich schon im Bette lag, kam die Mutter noch zu mir. Sie nahm meine Kleider vom Stuhl und legte mir andere hin, denn morgen war Sonntag. Dann fing sie behutsam zu fragen an, und ich mußte von meiner Rauferei erzählen. Sie fand es zwar schlimm, schalt aber nicht und schien ein wenig verwundert, daß ich dieser Sache wegen so sehr gedrückt und scheu war. Dann ging sie.

Und nun, dachte ich, war sie überzeugt, daß alles gut sei. Ich hatte Händel ausgefochten und war blutiggehauen worden, aber das würde morgen vergessen sein. Von dem andern, dem Eigentlichen, wußte sie nichts. Sie war betrübt gewesen, aber unbefangen und zärtlich. Auch der Vater wußte also vermutlich noch nichts.

Und nun überkam mich ein furchtbares Gefühl von Enttäuschung. Ich merkte jetzt, daß ich seit dem Augenblick, wo ich unser Haus betreten hatte, ganz und gar von einem einzigen, sehnlichen, verzehrenden Wunsch erfüllt gewesen war. Ich hatte nichts anderes gedacht, gewünscht, ersehnt, als daß das Gewitter nun ausbrechen möge, daß das Gericht über mich ergehe, daß das Furchtbare zur Wirklichkeit werde und die entsetzliche Angst davor aufhöre. Ich war auf alles gefaßt, zu allem bereit gewesen. Mochte ich schwer gestraft, geschlagen und eingesperrt werden! Mochte er mich hungern lassen! Mochte er mich verfluchen und verstoßen! Wenn nur die Angst und Spannung ein Ende nahmen!

Statt dessen lag ich nun da, hatte noch Liebe und Pflege genossen, war freundlich geschont und für meine Unarten nicht zur Rechenschaft gezogen worden und konnte aufs neue warten und bangen. Sie hatten mir die zerrissenen Kleider, das lange Fortbleiben, das versäumte Abendessen vergeben, weil ich müde war und blutete und ihnen leid tat, vor allem aber, weil sie das andere nicht ahnten, weil sie nur von meinen Unarten, nichts von meinem Verbrechen wußten. Es würde mir doppelt schlimm gehen, wenn es ans Licht kam! Vielleicht schickte man mich, wie man früher einmal gedroht hatte, in eine Besserungsanstalt, wo man altes, hartes Brot essen und während der ganzen Freizeit Holz sägen und Stiefel putzen mußte, wo es Schlafsäle mit Aufsehern geben sollte, die einen mit dem Stock schlugen und morgens um vier mit kaltem Wasser weckten. Oder man übergab mich der Polizei?

Jedenfalls aber, es komme wie es möge, lag wieder eine Wartezeit vor mir. Noch länger mußte ich die Angst ertragen, noch länger mit meinem Geheimnis herumgehen, vor jedem Blick und Schritt im Hause zittern und niemand ins Gesicht sehen können.

Oder war es am Ende möglich, daß mein Diebstahl gar nicht bemerkt wurde? Daß alles blieb, wie es war? Daß ich mir alle diese Angst und Pein vergebens gemacht hatte? – Oh, wenn das geschehen sollte, wenn dies Unausdenkliche, Wundervolle möglich war, dann wollte ich ein ganz neues Leben beginnen, dann wollte ich Gott danken und mich dadurch würdig zeigen, daß ich Stunde für Stunde ganz rein und fleckenlos lebte! Was ich schon früher versucht hatte und was mir mißglückt war, jetzt würde es gelingen, jetzt waren mein Vorsatz und Wille stark genug, jetzt nach diesem Elend, dieser Hölle voll Qual! Mein ganzes Wesen bemächtigte sich dieses Wunschgedankens und sog sich inbrünstig daran fest. Trost regnete vom Himmel, Zukunft tat sich blau und sonnig auf. In diesen Phantasien schlief ich endlich ein und schlief unbeschwert die ganze, gute Nacht hindurch.

Am Morgen war Sonntag, und noch im Bett empfand ich, wie den Geschmack einer Frucht, das eigentümliche, sonderbar gemischte, im ganzen aber so köstliche Sonntagsgefühl, wie ich es seit meiner Schulzeit kannte. Der Sonntagmorgen war eine gute Sache: Ausschlafen, keine Schule, Aussicht auf ein gutes Mittagessen, kein Geruch nach Lehrer und Tinte, eine Menge freie Zeit. Dies war die Hauptsache. Schwächer nur klangen andere, fremdere, fadere Töne hinein: Kirchgang oder Sonntagsschule, Familienspaziergang, Sorge um die schönen Kleider. Damit wurden der reine, gute, köstliche Geschmack und Duft ein wenig verfälscht und zersetzt – so, wie wenn zwei gleichzeitig gegessene Speisen, etwa ein Pudding und der Saft dazu, nicht ganz zusammenpaßten, oder wie zuweilen Bonbons oder Backwerk, die man in kleinen Läden geschenkt bekam, einen fatalen leisen Beigeschmack von Käse oder von Erdöl hatten. Man aß sie, und sie waren gut, aber es war nichts Volles und Strahlendes, man mußte ein Auge dabei zudrücken. Nun, so ähnlich war meistens der Sonntag, namentlich wenn ich in die Kirche oder Sonntagsschule gehen mußte, was zum Glück nicht immer der Fall war. Der freie Tag bekam dadurch einen Beigeschmack von Pflicht und von Langeweile. Und bei den Spaziergängen mit der ganzen Familie, wenn sie auch oft schön sein konnten, passierte gewöhnlich irgend etwas, es gab Streit mit den Schwestern, man ging zu rasch oder zu langsam, man brachte Harz an die Kleider; irgendein Haken war meistens dabei. Nun, das mochte kommen. Mir war wohl. Seit gestern war eine Masse Zeit vergangen. Vergessen hatte ich meine Schandtat nicht, sie fiel mir schon am Morgen wieder ein, aber es war nun so lange her, die Schrecken waren ferngerückt und unwirklich geworden. Ich hatte gestern meine Schuld gebüßt, wenn auch nur durch Gewissensqualen, ich hatte einen bösen, jammervollen Tag durchlitten. Nun war ich wieder zu Vertrauen und Harmlosigkeit geneigt und machte mir wenig Gedanken mehr. Ganz war es ja noch nicht abgetan, es klangen noch ein wenig Drohung und Peinlichkeit nach, so wie in den schönen Sonntag jene kleinen Pflichten und Kümmernisse mit hineinklangen.

Beim Frühstück waren wir alle vergnügt. Es wurde mir die Wahl zwischen Kirche und Sonntagsschule gelassen. Ich zog, wie immer, die Kirche vor. Dort wurde man wenigstens in Ruhe gelassen und konnte seine Gedanken laufen lassen; auch war der hohe, feierliche Raum mit den bunten Fenstern oft schön und ehrwürdig, und wenn man mit eingekniffenen Augen dort das lange dämmernde Schiff gegen die Orgel sah, dann gab es manchmal wundervolle Bilder; die aus dem Finstern ragenden Orgelpfeifen erschienen oft wie eine strahlende Stadt mit hundert Türmen. Auch war es mir oft geglückt, wenn die Kirche nicht voll war, die ganze Stunde ungestört in einem Geschichtenbuch zu lesen.

Heut nahm ich keines mit und dachte auch nicht daran, mich um den Kirchgang zu drücken, wie ich es auch schon getan hatte. So viel klang von gestern abend noch in mir nach, daß ich gute und redliche Vorsätze hatte und gesonnen war, mich mit Gott, Eltern und Welt freundlich und gefügig zu vertragen. Auch mein Zorn gegen Oskar Weber war ganz und gar verflogen. Wenn er gekommen wäre, ich hätte ihn aufs beste aufgenommen.

Der Gottesdienst begann, ich sang die Choralverse mit, es war das Lied ›Hirte deiner Schafe‹, das wir auch in der Schule auswendig gelernt hatten. Es fiel mir dabei wieder einmal auf, wie ein Liedervers beim Singen, und gar bei dem schleppend langsamen Gesang in der Kirche, ein ganz anderes Gesicht hatte als beim Lesen oder Hersagen. Beim Lesen war so ein Vers ein Ganzes, hatte einen Sinn, bestand aus Sätzen. Beim Singen bestand er nur noch aus Worten, Sätze kamen nicht zustande, Sinn war keiner da, aber dafür gewannen die Worte, die einzelnen, gesungenen, langhin gedehnten Worte, ein sonderbar starkes, unabhängiges Leben, ja, oft waren es nur einzelne Silben, etwas an sich ganz Sinnloses, die im Gesang selbständig wurden und Gestalt annahmen. In dem Vers ›Hirte deiner Schafe, der von keinem Schlafe etwas wissen mag‹ war zum Beispiel heute beim Kirchengesang gar kein Zusammenhang und Sinn, man dachte auch weder an einen Hirten noch an Schafe, man dachte durchaus gar nichts. Aber das war keineswegs langweilig. Einzelne Worte, namentlich das ›Schla-afe‹, wurden so seltsam voll und schön, man wiegte sich ganz darin, und auch das ›mag‹ tönte geheimnisvoll und schwer, erinnerte an ›Magen‹ und an dunkle, gefühlsreiche, halbbekannte Dinge, die man in sich innen im Leibe hat. Dazu die Orgel!

Und dann kam der Stadtpfarrer und die Predigt, die stets so unbegreiflich lang war, und das seltsame Zuhören, wobei man oft lange Zeit nur den Ton der redenden Stimme glockenhaft schweben hörte, dann wieder einzelne Worte scharf und deutlich samt ihrem Sinn vernahm und ihnen zu folgen bemüht war, solange es ging. Wenn ich nur im Chor hätte sitzen dürfen, statt unter all den Männern auf der Empore. Im Chor, wo ich bei Kirchenkonzerten schon gesessen war, da saß man tief in schweren, isolierten Stühlen, deren jeder ein kleines festes Gebäude war, und über sich hatte man ein sonderbar reizvolles, vielfältiges, netzartiges Gewölbe, und hoch an der Wand war die Bergpredigt in sanften Farben gemalt, und das blaue und rote Gewand des Heilands auf dem blaßblauen Himmel war so zart und beglückend anzusehen.

Manchmal knackte das Kirchengestühl, gegen das ich eine tiefe Abneigung hegte, weil es mit einer gelben, öden Lackfarbe gestrichen war, an der man immer ein wenig klebenblieb. Manchmal summte eine Fliege auf und gegen eines der Fenster, in deren Spitzbogen blaurote Blumen und grüne Sterne gemalt waren. Und unversehens war die Predigt zu Ende, und ich streckte mich vor, um den Pfarrer in seinen engen, dunklen Treppenschlauch verschwinden zu sehen. Man sang wieder, aufatmend und sehr laut, und man stand auf und strömte hinaus; ich warf den mitgebrachten Fünfer in die Opferbüchse, deren blecherner Klang so schlecht in die Feierlichkeit paßte, und ließ mich vom Menschenstrom mit ins Portal ziehen und ins Freie treiben.

Jetzt kam die schönste Zeit des Sonntags, die zwei Stunden zwischen Kirche und Mittagessen. Da hatte man seine Pflicht getan, man war im langen Sitzen auf Bewegung, auf Spiele oder Gänge begierig geworden, oder auf ein Buch, und war völlig frei bis zum Mittag, wo es meistens etwas Gutes gab. Zufrieden schlenderte ich nach Hause, angefüllt mit freundlichen Gedanken und Gesinnungen. Die Welt war in Ordnung, es ließ sich in ihr leben. Friedfertig trabte ich durch Flur und Treppe hinauf.

In meinem Stübchen schien Sonne. Ich sah nach meinen Raupenkästen, die ich gestern vernachlässig hatte, fand ein paar neue Puppen, gab den Pflanzen frisches Wasser.

Da ging die Tür auf.

Ich achtete nicht gleich darauf. Nach einer Minute wurde die Stille mir sonderbar; ich drehte mich um. Da stand mein Vater. Er war blaß und sah gequält aus. Der Gruß blieb mir im Halse stecken. Ich sah: er wußte! Er war da. Das Gericht begann. Nichts war gut geworden, nichts abgebüßt, nichts vergessen! Die Sonne wurde bleich, und der Sonntagmorgen sank welk dahin.

Aus allen Himmeln gerissen starrte ich dem Vater entgegen. Ich haßte ihn, warum war er nicht gestern gekommen? Jetzt war ich auf nichts vorbereitet, hatte nichts bereit, nicht einmal Reue und Schuldgefühl. – Und wozu brauchte er oben in seiner Kommode Feigen zu haben?

Er ging zu meinem Bücherschrank, griff hinter die Bücher und zog einige Feigen hervor. Es waren wenige mehr da. Dazu sah er mich an, mit stummer, peinlicher Frage. Ich konnte nichts sagen. Leid und Trotz würgten mich.

»Was ist denn?« brachte ich dann heraus.

»Woher hast du diese Feigen?« fragte er, mit einer beherrschten, leisen Stimme, die mir bitter verhaßt war.

Ich begann sofort zu reden. Zu lügen. Ich erzählte, daß ich die Feigen bei einem Konditor gekauft hätte, es sei ein ganzer Kranz gewesen. Woher das Geld dazu kam? Das Geld kam aus einer Sparkasse, die ich gemeinsam mit einem Freunde hatte. Da hatten wir beide alles kleine Geld hineingetan, das wir je und je bekamen. Übrigens – hier war die Kasse. Ich holte die Schachtel mit dem Schlitz hervor. Jetzt war bloß noch ein Zehner darin, eben weil wir gestern die Feigen gekauft hatten.

Mein Vater hörte zu, mit einem stillen, beherrschten Gesicht, dem ich nichts glaubte.

»Wieviel haben denn die Feigen gekostet?« fragte er mit der zu leisen Stimme.

»Eine Mark und sechzig.«

»Und wo hast du sie gekauft?«

»Beim Konditor.«

»Bei welchem?«

»Bei Haager.«

Es gab eine Pause. Ich hielt die Geldschachtel noch in frierenden Fingern. Alles an mir war kalt und fror.

Und nun fragte er, mit einer Drohung in der Stimme: »Ist das wahr?«

Ich redete wieder rasch. Ja, natürlich war es wahr, und mein Freund Weber war im Laden gewesen, ich hatte ihn nur begleitet. Das Geld hatte hauptsächlich ihm, dem Weber, gehört, von mir war nur wenig dabei.

»Nimm deine Mütze«, sagte mein Vater, »wir wollen miteinander zum Konditor Haager gehen. Er wird ja wissen, ob es wahr ist.«

Ich versuchte zu lächeln. Nun ging mir die Kälte bis in Herz und Magen. Ich ging voran und nahm im Korridor meine blaue Mütze. Der Vater öffnete die Glastür, auch er hatte seinen Hut genommen.

»Noch einen Augenblick!« sagte ich, »ich muß schnell hinausgehen.«

Er nickte. Ich ging auf den Abtritt, schloß zu, war allein, war noch einen Augenblick gesichert. Oh, wenn ich jetzt gestorben wäre!

Ich blieb eine Minute, blieb zwei. Es half nichts. Man starb nicht. Es galt standzuhalten. Ich schloß auf und kam. Wir gingen die Treppe hinunter.

Als wir eben durchs Haustor gingen, fiel mir etwas Gutes ein, und ich sagte schnell: »Aber heut ist ja Sonntag, da hat der Haager gar nicht offen.«

Das war eine Hoffnung, zwei Sekunden lang. Mein Vater sagte gelassen: »Dann gehen wir zu ihm in die Wohnung. Komm.«

Wir gingen. Ich schob meine Mütze gerade, steckte eine Hand in die Tasche und versuchte neben ihm daherzugehen, als sei nichts Besonderes los. Obwohl ich wußte, daß alle Leute mir ansahen, ich sei ein abgeführter Verbrecher, versuchte ich doch mit tausend Künsten, es zu verheimlichen. Ich bemühte mich, einfach und harmlos zu atmen; es brauchte niemand zu sehen, wie es mir die Brust zusammenzog. Ich war bestrebt, ein argloses Gesicht zu machen, Selbstverständlichkeit und Sicherheit zu heucheln. Ich zog einen Strumpf hoch, ohne daß er es nötig hatte, und lächelte, während ich wußte, daß dies Lächeln furchtbar dumm und künstlich aussehe. In mir innen, in Kehle und Eingeweiden, saß der Teufel und würgte mich. Wir kamen am Gasthaus vorüber, beim Hufschmied, beim Lohnkutscher, bei der Eisenbahnbrücke. Dort drüben hatte ich gestern abend mit Weber gekämpft. Tat nicht der Riß beim Auge noch weh? Mein Gott! Mein Gott!

Willenlos ging ich weiter, unter Krämpfen um meine Haltung bemüht. An der Adlerscheuer vorbei, die Bahnhofstraße hinaus. Wie war die Straße gestern noch gut und harmlos gewesen! Nicht denken! Weiter! Weiter!

Wir waren ganz nahe bei Haagers Haus. Ich hatte in diesen paar Minuten einige hundertmal die Szene voraus erlebt, die mich dort erwartete. Nun waren wir da. Nun kam es.

Aber es war mir unmöglich, das auszuhalten. Ich blieb stehen.

»Nun? Was ist?« fragte mein Vater.

»Ich gehe nicht hinein«, sagte ich leise.

Er sah zu mir herab. Er hatte es ja gewußt, von Anfang an.

Warum hatte ich ihm das alles vorgespielt und mir so viel Mühe gegeben? Es hatte ja keinen Sinn.

»Hast du die Feigen nicht bei Haager gekauft?« fragte er.

Ich schüttelte den Kopf.

»Ach so«, sagte er mit scheinbarer Ruhe. »Dann können wir ja wieder nach Hause gehen.«

Er benahm sich anständig, er schonte mich auf der Straße, vor den Leuten. Es waren viele Leute unterwegs, jeden Augenblick wurde mein Vater gegrüßt. Welches Theater! Welche dumme, unsinnige Qual! Ich konnte ihm für diese Schonung nicht dankbar sein.

Er wußte ja alles! Und er ließ mich tanzen, ließ mich meine nutzlosen Kapriolen vollführen, wie man eine gefangene Maus in der Drahtfalle tanzen läßt, ehe man sie ersäuft. Ach, hätte er mir gleich zu Anfang, ohne mich überhaupt zu fragen und zu verhören, mit dem Stock über den Kopf gehauen, das wäre mir im Grunde lieber gewesen als diese Ruhe und Gerechtigkeit, mit der er mich in meinem dummen Lügengespinst einkreiste und langsam erstickte. Überhaupt, vielleicht war es besser, einen groben Vater zu haben als so einen feinen und gerechten. Wenn ein Vater, so wie es in Geschichten und Traktätchen vorkam, im Zorn oder in der Betrunkenheit seine Kinder furchtbar prügelte, so war er eben im Unrecht, und wenn die Prügel auch weh taten, so konnte man doch innerlich die Achseln zucken und ihn verachten. Bei meinem Vater ging das nicht, er war zu fein, zu einwandfrei, er war nie im Unrecht. Ihm gegenüber wurde man immer klein und elend. Mit zusammengebissenen Zähnen ging ich vor ihm her ins Haus und wieder in mein Zimmer. Er war noch immer ruhig und kühl, vielmehr er stellte sich so, denn in Wahrheit war er, wie ich deutlich spürte, sehr böse. Nun begann er in seiner gewohnten Art zu sprechen.

»Ich möchte nur wissen, wozu diese Komödie dienen soll? Kannst du mir das nicht sagen? Ich wußte ja gleich, daß deine ganze hübsche Geschichte erlogen war. Also wozu diese Faxen? Du hältst mich doch nicht im Ernst für so dumm, daß ich sie dir glauben würde?«

Ich biß weiter auf meine Zähne und schluckte. Wenn er doch aufhören wollte! Als ob ich selber gewußt hätte, warum ich ihm diese Geschichte vorlog! Als ob ich selber gewußt hätte, warum ich nicht mein Verbrechen gestehen und um Verzeihung bitten konnte! Als ob ich auch nur gewußt hätte, warum ich diese unseligen Feigen stahl! Hatte ich das denn gewollt, hatte ich es denn mit Überlegung und Wissen und aus Gründen getan?! Tat es mir denn nicht leid? Litt ich denn nicht mehr darunter als er?

Er wartete und machte ein nervöses Gesicht voll mühsamer Geduld. Einen Augenblick lang war mir selbst die Lage vollkommen klar, im Unbewußten, doch hätte ich es nicht wie heut mit Worten sagen können. Es war so: Ich hatte gestohlen, weil ich trostbedürftig in Vaters Zimmer gekommen war und es zu meiner Enttäuschung leer gefunden hatte. Ich hatte nicht stehlen wollen. Ich hatte, als der Vater nicht da war, nur spionieren wollen, mich unter seinen Sachen umsehen, seine Geheimnisse belauschen, etwas über ihn erfahren. So war es. Dann lagen Feigen da, und ich stahl. Und sofort bereute ich, und den ganzen Tag gestern hatte ich Qual und Verzweiflung gelitten, hatte zu sterben gewünscht, hatte mich verurteilt, hatte neue, gute Vorsätze gefaßt. Heut aber – ja, heut war es nun anders. Ich hatte diese Reue und all das nun ausgekostet, ich war jetzt nüchterner, und ich spürte unerklärliche, aber riesenstarke Widerstände gegen den Vater und gegen alles, was er von mir erwartete und verlangte.

Hätte ich ihm das sagen können, so hätte er mich verstanden. Aber auch Kinder, so sehr sie den Großen an Klugheit überlegen sind, stehen einsam und ratlos vor dem Schicksal.

Steif vor Trotz und verbissenem Weh schwieg ich weiter, ließ ihn klug reden und sah mit Leid und seltsamer Schadenfreude zu, wie alles schiefging und schlimm und schlimmer wurde, wie er litt und enttäuscht war, wie er vergeblich an alles Bessere in mir appellierte.

Als er fragte: »Also hast du die Feigen gestohlen?«, konnte ich nur nicken. Mehr als ein schwaches Nicken brachte ich auch nicht über mich, als er wissen wollte, ob es mir leid tue. – Wie konnte er, der große, kluge Mann, so unsinnig fragen! Als ob es mir etwa nicht leid getan hätte! Als ob er nicht hätte sehen können, wie mir das Ganze weh tat und das Herz umdrehte! Als ob es mir möglich gewesen wäre, mich etwa gar noch meiner Tat und der elenden Feigen zu freuen!

Vielleicht zum erstenmal in meinem kindlichen Leben empfand ich fast bis zur Schwelle der Einsicht und des Bewußtwerdens, wie namenlos zwei verwandte, gegeneinander wohlgesinnte Menschen sich mißverstehen und quälen und martern können, und wie dann alles Reden, alles Klugseinwollen, alle Vernunft bloß noch Gift hinzugießen, bloß neue Qualen, neue Stiche, neue Irrtümer schaffen. Wie war das möglich? Aber es war möglich, es geschah. Es war unsinnig, es war toll, es war zum Lachen und zum Verzweifeln – aber es war so.

Genug nun von dieser Geschichte! Es endete damit, daß ich über den Sonntagnachmittag in der Dachkammer eingesperrt wurde. Einen Teil ihrer Schrecken verlor die harte Strafe durch Umstände, welche freilich mein Geheimnis waren. In der dunklen, unbenutzten Bodenkammer stand nämlich tief verstaubt eine Kiste, halb voll mit alten Büchern, von denen einige keineswegs für Kinder bestimmt waren. Das Licht zum Lesen gewann ich durch das Beiseiteschieben eines Dachziegels.

Am Abend dieses traurigen Sonntags gelang es meinem Vater, kurz vor dem Schlafengehen mich noch zu einem kurzen Gespräch zu bringen, das uns versöhnte. Als ich im Bette lag, hatte ich die Gewißheit, daß er mir ganz und vollkommen verziehen habe – vollkommener als ich ihm.

(1919)

# Klingsors letzter Sommer

## Vorbemerkung

Den letzten Sommer seines Lebens brachte der Maler Klingsor, im Alter von zweiundvierzig Jahren, in jenen südlichen Gegenden in der Nähe von Pampambio, Kareno und Laguno hin, die er schon in früheren Jahren geliebt und oft besucht hatte. Dort entstanden seine letzten Bilder, jene freien Paraphrasen zu den Formen der Erscheinungswelt, jene seltsamen, leuchtenden und doch stillen, traumstillen Bilder mit den gebogenen Bäumen und pflanzenhaften Häusern, welche von den Kennern denen seiner ›klassischen‹ Zeit vorgezogen werden. Seine Palette zeigte damals nur noch wenige, sehr leuchtende Farben: Kadmium gelb und rot, Veronesergrün, Emerald, Kobalt, Kobaltviolett, französischen Zinnober und Geraniumlack.

Die Nachricht von Klingsors Tode erschreckte seine Freunde im Spätherbst. Manche seiner Briefe hatten Vorahnungen oder Todeswünsche enthalten. Hieraus mag das Gerücht entstanden sein, er habe sich selbst das Leben genommen. Andre Gerüchte, wie sie eben einem umstrittenen Namen anfliegen, sind kaum weniger haltlos als jenes. Viele behaupten, Klingsor sei schon seit Monaten geisteskrank gewesen, und ein wenig einsichtiger Kunstschriftseller hat versucht, das Verblüffende und Ekstatische in seinen letzten Bildern aus diesem angeblichen Wahnsinn zu erklären! Mehr Grund als diese Redereien hat die anekdotenreiche Sage von Klingsors Neigung zum Trunk. Diese Neigung war bei ihm vorhanden, und niemand nannte sie offenherziger mit Namen als er selbst. Er hat zu gewissen Zeiten, und so auch in den letzten Monaten seines Lebens, nicht nur Freude am häufigen Pokulieren gehabt, sondern auch den Weinrausch bewußt als Betäubung seiner Schmerzen und einer oft schwer erträglichen Schwermut gesucht.

Li Tai Po, der Dichter der tiefsten Trinklieder, war sein Liebling, und im Rausche nannte er oft sich selbst Li Tai Po und einen seiner Freunde Thu Fu.

Seine Werke leben fort, und nicht minder lebt, im kleinen
Kreis seiner Nächsten, die Legende seines Lebens und jenes letzten Sommers weiter.

## Klingsor

Ein leidenschaftlicher und raschlebiger Sommer war angebro-
chen. Die heißen Tage, so lang sie waren, loderten weg wie
brennende Fahnen, den kurzen schwülen Mondnächten folgten
kurze schwüle Regennächte, wie Träume schnell und mit Bildern
überfüllt fieberten die glänzenden Wochen dahin. Klingsor stand
nach Mitternacht, von einem Nachtgang heimgekehrt, auf dem
schmalen Balkon seines Arbeitszimmers. Unter ihm sank tief
und schwindelnd der alte Terrassengarten hinab, ein tief durch-
schattetes Gewühl dichter Baumwipfel, Palmen, Zedern, Kastanien, Judasbaum, Blutbuche, Eukalyptus, durchklettert von
Schlingpflanzen, Lianen, Glyzinien. Über der Baumschwärze
schimmerten blaßspiegelnd die großen blechernen Blätter der
Sommermagnolien, riesige schneeweiße Blüten dazwischen halb-
geschlossen, groß wie Menschenköpfe, bleich wie Mond und
Elfenbein, von denen durchdringend und beschwingt ein inniger
Zitronengeruch herüberkam. Aus unbestimmter Ferne her mit
müden Schwingen kam Musik geflogen, vielleicht eine Gitarre,
vielleicht ein Klavier, nicht zu unterscheiden. In den Geflügelhö-
fen schrie plötzlich ein Pfau auf, zwei- und dreimal, und durch-
riß die waldige Nacht mit dem kurzen, bösen und hölzernen
Ton seiner gepeinigten Stimme, wie wenn das Leid aller Tier-
welt ungeschlacht und schrill aus der Tiefe schellte. Sternlicht
floß durch das Waldtal, hoch und verlassen blickte eine weiße
Kapelle aus dem endlosen Walde, verzaubert und alt. See, Berge
und Himmel flossen in der Ferne ineinander.

Klingsor stand auf dem Balkon, im Hemde, die nackten Arme
auf die Eisenbrüstung gestützt, und las halb unmutig, mit heißen
Augen, die Schrift der Sterne auf dem bleichen Himmel und der
milden Lichter auf dem schwarzen klumpigen Gewölk der
Bäume. Der Pfau erinnerte ihn. Ja, es war wieder Nacht, spät,
und man hätte nun schlafen sollen, unbedingt und um jeden
Preis. Vielleicht, wenn man eine Reihe von Nächten wirklich

schlafen würde, sechs oder acht Stunden richtig schlafen, so würde man sich erholen können, so würden die Augen wieder gehorsam und geduldig sein, und das Herz ruhiger, und die Schläfen ohne Schmerzen. Aber dann war dieser Sommer vorüber, dieser tolle flackernde Sommertraum, und mit ihm tausend ungetrunkene Becher verschüttet, tausend ungesehene Liebesblicke gebrochen, tausend unwiederbringliche Bilder ungesehen erloschen!

Er legte die Stirn und die schmerzenden Augen auf die kühle Eisenbrüstung, das erfrischte für einen Augenblick. In einem Jahr vielleicht, oder früher, waren diese Augen blind, und das Feuer in seinem Herzen gelöscht. Nein, kein Mensch konnte dies flammende Leben lang ertragen, auch nicht er, auch nicht Klingsor, der zehn Leben hatte. Niemand konnte eine lange Zeit hindurch Tag und Nacht alle seine Lichter, alle seine Vulkane brennen haben, niemand konnte mehr als eine kurze Zeit lang Tag und Nacht in Flammen stehen, jeden Tag viele Stunden glühender Arbeit, jede Nacht viele Stunden glühender Gedanken, immerzu genießend, immerzu schaffend, immerzu in allen Sinnen und Nerven hell und überwach wie ein Schloß, hinter dessen sämtlichen Fenstern Tag für Tag Musik erschallt, Nacht für Nacht tausend Kerzen funkeln. Es wird zu Ende gehen, schon ist viel Kraft vertan, viel Augenlicht verbrannt, viel Leben hingeblutet.

Plötzlich lachte er und reckte sich auf. Ihm fiel ein: oft schon hatte er so empfunden, oft schon so gedacht, so gefürchtet. In allen guten, fruchtbaren, glühenden Zeiten seines Lebens, auch in der Jugend schon, hatte er so gelebt, hatte seine Kerze an beiden Enden brennen gehabt, mit einem bald jubelnden, bald schluchzenden Gefühl von rasender Verschwendung, von Verbrennen, mit einer verzweifelten Gier, den Becher ganz zu leeren, und mit einer tiefen, verheimlichten Angst vor dem Ende. Oft schon hatte er so gelebt, oft schon den Becher geleert, oft schon lichterloh gebrannt. Zuweilen war das Ende sanft gewesen, wie ein tiefer bewußtloser Winterschlaf. Zuweilen auch war es schrecklich gewesen, unsinnige Verwüstung, unleidliche Schmerzen, Ärzte, trauriger Verzicht, Triumph der Schwäche. Und allerdings war von Mal zu Mal das Ende einer Glutzeit schlimmer geworden, trauriger, vernichtender. Aber immer war auch das überlebt

worden, und nach Wochen oder Monaten, nach Qual oder
Betäubung war die Auferstehung gekommen, neuer Brand,
neuer Ausbruch der unterirdischen Feuer, neue glühendere
Werke, neuer glänzender Lebensrausch. So war es gewesen, und
die Zeiten der Qual und des Versagens, die elenden Zwischenzeiten, waren vergessen worden und untergesunken. Es war gut
so. Es würde gehen, wie es oft gegangen war.

Lächelnd dachte er an Gina, die er heut abend gesehen hatte,
mit der auf dem ganzen nächtlichen Heimweg seine zärtlichen
Gedanken gespielt hatten. Wie war dies Mädchen schön und
warm in seiner noch unerfahrenen und ängstlichen Glut! Spielend und zärtlich sagte er vor sich hin, als flüstere er ihr wieder
ins Ohr: ›Gina! Gina! Cara Gina! Carina Gina! Bella Gina!‹

Er trat ins Zimmer zurück und drehte das Licht wieder an.
Aus einem kleinen wirren Bücherhaufen zog er einen roten Band
Gedichte; ein Vers war ihm eingefallen, ein Stück eines Verses,
der ihm unsäglich schön und liebevoll schien. Er suchte lange, bis
er ihn fand:

> Laß mich nicht so der Nacht, dem Schmerze,
> Du Allerliebstes, du mein Mondgesicht!
> Oh, du mein Phosphor, meine Kerze,
> Du meine Sonne, du mein Licht!

Tief genießend schlürfte er den dunklen Wein dieser Worte. Wie
schön, wie innig und zauberhaft war das: Oh, du mein Phos-
phor! Und: Du mein Mondgesicht!

Lächelnd ging er vor den hohen Fenstern auf und ab, sprach
die Verse, rief sie der fernen Gina zu: ›Oh, du mein Mondgesicht!‹ und seine Stimme wurde dunkel vor Zärtlichkeit.

Dann schloß er die Mappe auf, die er nach dem langen
Arbeitstage noch den ganzen Abend mit sich getragen hatte. Er
öffnete das Skizzenbuch, das kleine, sein liebstes, und suchte die
letzten Blätter, die von gestern und heut, auf. Da war der Bergkegel mit den tiefen Felsenschatten; er hatte ihn ganz nahe an
ein Fratzengesicht heran modelliert, er schien zu schreien, der
Berg, vor Schmerz zu klaffen. Da war der kleine Steinbrunnen,
halbrund im Berghang, der gemauerte Bogen schwarz mit Schatten gefüllt, ein blühender Granatbaum drüber blutig glühend.

Alles nur für ihn zu lesen, nur Geheimschrift für ihn selbst, eilige gierige Notiz des Augenblicks, rasch herangerissene Erinnerung an jeden Augenblick, in dem Natur und Herz neu und laut zusammenklangen. Und jetzt die größeren Farbskizzen, weiße Blätter mit leuchtenden Farbflächen in Wasserfarben: die rote Villa im Gehölz, feurig glühend wie ein Rubin auf grünem Sammet, und die eiserne Brücke bei Castiglia, rot auf blaugrünem Berg, der violette Damm daneben, die rosige Straße. Weiter: der Schlot der Ziegelei, rote Rakete vor kühlhellem Baumgrün, blauer Wegweiser, hellvioletter Himmel mit der dicken wie gewalzten Wolke. Dies Blatt war gut, das konnte bleiben. Um die Stalleinfahrt war es schade, das Rotbraun vor dem stählernen Himmel war richtig, das sprach und klang; aber es war nur halb fertig, die Sonne hatte ihm aufs Blatt geschienen und wahnsinnige Augenschmerzen gemacht. Er hatte nachher lange das Gesicht in einem Bach gebadet. Nun, das Braunrot vor dem bösen metallenen Blau war da, das war gut, das war um keine kleine Tönung, um keine kleinste Schwingung gefälscht oder mißglückt. Ohne caput mortuum hätte man das nicht herausbekommen. Hier, auf diesem Gebiet, lagen die Geheimnisse. Die Formen der Natur, ihr Oben und Unten, ihr Dick und Dünn konnte verschoben werden, man konnte auf alle die biederen Mittel verzichten, mit denen die Natur nachgeahmt wird. Auch die Farben konnte man fälschen, gewiß, man konnte sie steigern, dämpfen, übersetzen, auf hundert Arten. Aber wenn man mit Farbe ein Stück Natur umdichten wollte, so kam es darauf an, daß die paar Farben genau, haargenau im gleichen Verhältnis, in der gleichen Spannung zueinander standen wie in der Natur. Hier blieb man abhängig, hier blieb man Naturalist, einstweilen, auch wenn man statt Grau Orange und statt Schwarz Krapplack nahm.

Also, ein Tag war wiederum vertan, und der Ertrag spärlich. Das Blatt mit dem Fabrikschlot und der rotblaue Klang auf dem andern Blatt und vielleicht die Skizze mit dem Brunnen. Wenn morgen bedeckter Himmel war, ging er nach Carabbina; dort war die Halle mit den Wäscherinnen. Vielleicht regnete es auch wieder einmal, dann blieb er zu Haus und fing das Bachbild in Öl an. Und jetzt zu Bett! Es war wieder ein Uhr vorbei. Im Schlafzimmer riß er das Hemd ab, goß sich Wasser über die

Schultern, daß es auf dem roten Steinboden klatschte, sprang ins hohe Bett und löschte das Licht. Durchs Fenster sah der blasse Monte Salute herein, tausendmal hatte Klingsor vom Bett aus seine Formen abgelesen. Ein Eulenruf aus der Waldschlucht, tief und hohl, wie Schlaf, wie Vergessen.

Er schloß die Augen und dachte an Gina, und an die Halle mit den Wäscherinnen. Gott im Himmel, so viel tausend Dinge warteten, so viel tausend Becher standen eingeschenkt! Kein Ding auf der Erde, das man nicht hätte malen müssen! Keine Frau in der Welt, die man nicht hätte lieben müssen! Warum gab es Zeit? Warum immer nur dies idiotische Nacheinander, und kein brausendes, sättigendes Zugleich? Warum lag er jetzt wieder allein im Bett, wie ein Witwer, wie ein Greis? Das ganze kurze Leben hindurch konnte man genießen, konnte man schaffen, aber man sang immer nur Lied um Lied, nie klang die ganze volle Symphonie mit allen hundert Stimmen und Instrumenten zugleich.

Vor langer Zeit, im Alter von zwölf Jahren, war er Klingsor mit den zehn Leben gewesen. Es gab da bei den Knaben ein Räuberspiel, und jeder von den Räubern hatte zehn Leben, von denen er jedesmal eines verlor, wenn er vom Verfolger mit der Hand oder mit dem Wurfspeer berührt wurde. Mit sechs, mit drei, mit einem einzigen Leben konnte man noch davonkommen und sich befreien, erst mit dem zehnten war alles verloren. Er aber, Klingsor, hatte seinen Stolz darein gesetzt, sich mit allen, allen seinen zehn Leben durchzuschlagen, und es für eine Schande erklärt, wenn er mit neun, mit sieben davonkam. So war er als Knabe gewesen, in jener unglaublichen Zeit, wo nichts auf der Welt unmöglich, nichts auf der Welt schwierig war, wo alle Klingsor liebten, wo Klingsor allen befahl, wo alles Klingsor gehörte. Und so hatte er es weiter getrieben und immer mit zehn Leben gelebt. Und wenn auch nie die Sättigung, niemals die volle brausende Symphonie zu erreichen war – einstimmig und arm war sein Lied doch nicht gewesen, immer doch hatte er ein paar Saiten mehr auf seinem Spiel gehabt als andere, ein paar Eisen mehr im Feuer, ein paar Taler mehr im Sack, ein paar Rosse mehr am Wagen! Gott sei Dank!

Wie klang die dunkle Gartenstille voll und durchpulst herein, wie Atem einer schlafenden Frau! Wie schrie der Pfau! Wie brannte das Feuer in der Brust, wie schlug das Herz und schrie und litt und jubelte und blutete. Es war doch ein guter Sommer hier oben in Castagnetta, herrlich wohnte er in seiner alten noblen Ruine, herrlich blickte er auf die raupigen Rücken der hundert Kastanienwälder hinab, schön war es, je und je aus dieser edlen alten Wald- und Schloßwelt gierig hinabzusteigen und das farbige frohe Spielzeug drunten anzuschauen und in seiner guten frohen Grellheit zu malen: die Fabrik, die Eisenbahn, den blauen Tramwagen, die Plakatsäule am Kai, die stolzierenden Pfauen, Weiber, Priester, Automobile. Und wie schön und peinigend und unbegreiflich war dies Gefühl in seiner Brust, diese Liebe und flackernde Gier nach jedem bunten Band und Fetzen des Lebens, dieser süße wilde Zwang zu schauen und zu gestalten, und doch zugleich heimlich, unter dünnen Decken, das innige Wissen von der Kindlichkeit und Vergeblichkeit all seines Tuns!

Fiebernd schmolz die kurze Sommernacht hinweg, Dampf stieg aus der grünen Taltiefe, in hunderttausend Bäumen kochte der Saft, hunderttausend Träume quollen in Klingsors leichtem Schlummer auf, seine Seele schritt durch den Spiegelsaal seines Lebens, wo alle Bilder vervielfacht und jedesmal mit neuem Gesicht und neuer Bedeutung sich begegneten und neue Verbindungen eingingen, als würde ein Sternhimmel im Würfelbecher durcheinandergeschüttelt.

Ein Traumbild unter den vielen entzückte und erschütterte ihn: Er lag in einem Walde und hatte ein Weib mit rotem Haar auf seinem Schoß, und eine Schwarze lag an seiner Schulter, und eine andere kniete neben ihm, hielt seine Hand und küßte seine Finger, und überall und rundum waren Frauen und Mädchen, manche noch Kinder, mit dünnen hohen Beinen, manche in voller Blüte, manche reif und mit den Zeichen des Wissens und der Ermüdung in den zuckenden Gesichtern, und alle liebten ihn, und alle wollten von ihm geliebt sein. Da brach Krieg und Flamme zwischen den Weibern aus, da griff die Rote mit rasender Hand in das Haar der Schwarzen und riß sie daran zu Boden und ward selber hinabgerissen, und alle stürzten sich aufeinander, jede schrie, jede riß, jede biß, jede tat weh, jede litt Weh, Gelächter, Wutschrei und Schmerzgeheul klangen ineinander verwickelt und verknotet, Blut floß überall, Krallen schlugen blutig in feistes Fleisch.

Mit einem Gefühl von Wehmut und Beklemmung erwachte Klingsor für Minuten, weit offen starrten seine Augen nach dem lichten Loch in der Wand. Noch standen die Gesichter der rasenden Weiber vor seinem Blick, und viele von ihnen kannte und nannte er mit Namen: Nina, Hermine, Elisabeth, Gina, Edith, Berta, und sagte mit heiserer Stimme noch aus dem Traum heraus: ›Kinder, hört auf! Ihr lügt ja, ihr lügt mich ja an; nicht euch müßt ihr zerreißen, sondern mich, mich!‹

## Louis

Louis der Grausame war vom Himmel gefallen, plötzlich war er da, Klingsors alter Freund, der Reisende, der Unberechenbare, der in der Eisenbahn wohnte und dessen Atelier sein Rucksack war. Gute Stunden tropften vom Himmel dieser Tage, gute Winde wehten. Sie malten gemeinsam, auf dem Ölberg und in Carthago.

»Ob diese ganze Malerei eigentlich einen Wert hat?« sagte Louis auf dem Ölberg, nackt im Grase liegend, den Rücken rot von der Sonne. »Man malt doch bloß faute de mieux, mein Lieber. Hättest du immer das Mädchen auf dem Schoß, das dir gerade gefällt, und die Suppe im Teller, nach der heute dein Sinn steht, du würdest dich nicht mit dem wahnsinnigen Kinderspiel plagen. Die Natur hat zehntausend Farben, und wir haben uns in den Kopf gesetzt, die Skala auf zwanzig zu reduzieren. Das ist die Malerei. Zufrieden ist man nie, und muß noch die Kritiker ernähren helfen. Hingegen eine gute Marseiller Fischsuppe, caro mio, und ein kleiner lauer Burgunder dazu, und nachher ein Mailänder Schnitzel, zum Dessert Birnen und einen Gorgonzola, und ein türkischer Kaffee – das sind Realitäten, mein Herr, das sind Werte! Wie ißt man schlecht in eurem Palästina hier! Ach Gott, ich wollte, ich wär in einem Kirschbaum, und die Kirschen wüchsen mir ins Maul, und grade über mir auf der Leiter stünde das braune heftige Mädchen, dem wir heut früh begegnet sind. Klingsor, gib das Malen auf! Ich lade dich zu einem guten Essen in Laguno ein, es wird bald Zeit.«

»Gilt es?« fragte Klingsor blinzelnd.

»Es gilt. Ich muß nur vorher noch schnell auf den Bahnhof.

Nämlich, offen gestanden, ich habe einer Freundin telegraphiert, daß ich am Sterben sei, sie kann um elf Uhr da sein.«

Lachend riß Klingsor die begonnene Studie vom Brett.

»Recht hast du, Junge. Gehen wir nach Laguno! Zieh dein Hemd an, Luigi. Die Sitten hier sind von großer Unschuld, aber nackt kannst du leider nicht in die Stadt gehen.«

Sie gingen ins Städtchen, sie gingen zum Bahnhof, eine schöne Frau kam an, sie aßen schön und gut in einem Restaurant, und Klingsor, der dies in seinen ländlichen Monaten ganz vergessen hatte, war erstaunt, daß es alle diese Dinge noch gab, diese lieben heiteren Dingen: Forellen, Lachsschinken, Spargel, Chablis, Walliser Dôle, Benediktiner.

Nach dem Essen fuhren sie, alle drei, in der Seilbahn durch die steile Stadt hinauf, quer durch die Häuser, an Fenstern und hängenden Gärten vorüber, es war sehr hübsch, sie blieben sitzen und fuhren wieder hinab, und noch einmal hinauf und hinab. Sonderbar schön und seltsam war die Welt, sehr farbig, etwas fragwürdig, etwas unwahrscheinlich, jedoch wunderschön. Klingsor nur war ein wenig befangen, er trug Kaltblütigkeit zur Schau, wollte sich nicht in Luigis schöne Freundin verlieben. Sie gingen nochmals in ein Café, sie gingen in den leeren mittäglichen Park, legten sich am Wasser unter die Riesenbäume. Vieles sahen sie, was hätte gemalt werden müssen: rote edelsteinerne Häuser in tiefem Grün, Schlangenbäume und Perückenbäume, blau und braun berostet.

»Du hast sehr liebe und lustige Sachen gemalt, Luigi«, sagte Klingsor, »die ich alle sehr liebe: Fahnenstangen, Clowns, Zirkusse. Aber das Liebste von allem ist mir ein Fleck auf deinem nächtlichen Karussellbild. Weißt du, da weht über dem violetten Gezelt und fern von all den Lichtern hoch oben in der Nacht eine kühle kleine Fahne, hellrosa, so schön, so kühl, so einsam, so scheußlich einsam! Das ist wie ein Gedicht von Li Tai Po oder von Paul Verlaine. In dieser kleinen, dummen Rosafahne ist alles Weh und alle Resignation der Welt, und auch noch alles gute Lachen über Weh und Resignation. Daß du dieses Fähnchen gemalt hast, damit ist dein Leben gerechtfertigt, ich rechne es dir hoch an, das Fähnchen.«

»Ja, ich weiß, daß du es gern hast.«

»Du selber hast es auch gern. Schau, wenn du nicht einige

solche Sachen gemalt hättest, dann würden alle guten Essen und Weine und Weiber und Kaffees dir nichts helfen, du wärest ein armer Teufel. So aber bist du ein reicher Teufel, und bist ein Kerl, den man liebhat. Sieh, Luigi, ich denke oft wie du: unsere ganze Kunst ist bloß ein Ersatz, ein mühsamer und zehnmal zu teuer bezahlter Ersatz für versäumtes Leben, versäumte Tierheit, versäumte Liebe. Aber es ist doch nicht so. Es ist ganz anders. Man überschätzt das Sinnliche, wenn man das Geistige nur als einen Notersatz für fehlendes Sinnliches ansieht. Das Sinnliche ist um kein Haar mehr wert als der Geist, so wenig wie umgekehrt. Es ist alles eins, es ist alles gleich gut. Ob du ein Weib umarmst oder ein Gedicht machst, ist dasselbe. Wenn nur die Hauptsache da ist, die Liebe, das Brennen, das Ergriffensein, dann ist es einerlei, ob du Mönch auf dem Berge Athos bist oder Lebemann in Paris.«

Louis blickte langsam aus den spöttischen Augen herüber. »Junge, brich dir man keene Verzierungen ab!«

Mit der schönen Frau durchstreiften sie die Gegend. Im Sehen waren sie beide stark, das konnten sie. Im Umkreis der paar Städtchen und Dörfer sahen sie Rom, sahen Japan, sahen die Südsee, und zerstörten die Illusionen wieder mit spielendem Finger; ihre Laune zündete Sterne am Himmel an und löschte sie wieder aus. Durch die üppigen Nächte ließen sie ihre Leuchtkugeln steigen: die Welt war Seifenblase, war Oper, war froher Unsinn.

Louis, der Vogel, schwebte auf seinem Fahrrad durch die Hügelgegend, war da und dort, während Klingsor malte. Manche Tage opferte Klingsor, dann saß er wieder verbissen draußen und arbeitete. Louis wollte nicht arbeiten. Louis war plötzlich abgereist, samt der Freundin, schrieb eine Karte aus weiter Ferne. Plötzlich war er wieder da, als Klingsor ihn schon verlorengegeben hatte, stand im Strohhut und offenen Hemde vor der Tür, als wäre er nie weggewesen. Noch einmal sog Klingsor aus dem süßesten Becher seiner Jugendzeit den Trank der Freundschaft. Viele Freunde hatte er, viele liebten ihn, vielen hatte er gegeben, vielen sein rasches Herz geöffnet, aber nur zwei von den Freunden hörten auch in diesem Sommer noch den alten Herzensruf von seinen Lippen: Louis der Maler und der Dichter Hermann, genannt Thu Fu. An manchen Tagen saß Louis im Feld auf seinem Malstuhl, im Birnbaumschatten, im

Pflaumenbaumschatten, und malte nicht. Er saß und dachte und hielt Papier auf das Malbrett geheftet und schrieb, schrieb viel, schrieb viele Briefe. Sind Menschen glücklich, die so viele Briefe schreiben? Er schrieb angestrengt, Louis, der Sorglose, sein Blick hing eine Stunde lang peinlich am Papier. Viel Verschwiegenes trieb ihn um. Klingsor liebte ihn dafür.

Anders tat Klingsor. Er konnte nicht schweigen. Er konnte sein Herz nicht verbergen. Von den heimlichen Leiden seines Lebens, von denen wenige wußten, ließ er doch die Nächsten wissen. Oft litt er an Angst, an Schwermut, oft lag er im Schacht der Finsternis gefangen, Schatten aus seinem frühern Leben fielen zuzeiten übergroß in seine Tage und machten sie schwarz. Dann tat es ihm wohl, Luigis Gesicht zu sehen. Dann klagte er ihm zuweilen. Louis aber sah diese Schwächen nicht gerne. Sie quälten ihn, sie forderten Mitleid. Klingsor gewöhnte sich daran, dem Freund sein Herz zu zeigen, und begriff zu spät, daß er ihn damit verliere.

Wieder begann Louis von Abreise zu sprechen. Klingsor wußte, nun würde er ihn noch für Tage halten können, für drei, für fünf; plötzlich aber würde er ihm den gepackten Koffer zeigen und abreisen, um lange Zeit nicht wiederzukommen. Wie war das Leben kurz, wie unwiederbringlich war alles! Den einzigen seiner Freunde, der seine Kunst ganz verstand, dessen eigene Kunst der seinen nah und ebenbürtig war, diesen einzigen hatte er nun erschreckt und belästigt, ihn verstimmt und abgekühlt, bloß aus dummer Schwäche und Bequemlichkeit, bloß aus dem kindlichen und unanständigen Bedürfnis, einem Freund gegenüber sich keine Mühe geben zu müssen, keine Geheimnisse vor ihm zu hüten, keine Haltung vor ihm zu bewahren. Wie dumm, wie knabenhaft war das gewesen! So strafte sich Klingsor, zu spät.

Den letzten Tag wanderten sie zusammen durch die goldenen Täler, Louis war sehr guter Laune, Abreise war Lebenslust für sein Vogelherz. Klingsor machte mit, sie hatten wieder den alten, leichten, spielenden und spöttischen Ton gefunden und ließen ihn nicht mehr los. Abends saßen sie im Garten des Wirtshauses. Fische ließen sie sich backen, Reis mit Pilzen kochen und gossen Maraschino über Pfirsiche.

»Wohin reist du morgen?« fragte Klingsor.

»Ich weiß nicht.«

»Fährst du zu der schönen Frau?«

»Ja. Vielleicht. Wer kann das wissen? Frage nicht soviel. Wir wollen jetzt, zum Schluß, noch einen guten Weißwein trinken. Ich bin für Neuenburger.«

Sie tranken; plötzlich rief Louis: »Es ist schon gut, daß ich abreise, alter Seehund. Manchmal, wenn ich so neben dir sitze, zum Beispiel jetzt, fällt mir plötzlich etwas Dummes ein. Es fällt mir ein, daß jetzt da die zwei Maler sitzen, die unser gutes Vaterland hat, und dann habe ich ein scheußliches Gefühl in den Knien, wie wenn wir beide aus Bronze wären und Hand in Hand auf einem Denkmal stehen müßten, weißt du, so wie der Goethe und der Schiller. Die können schließlich auch nichts dafür, daß sie ewig dastehen und einander an der Bronzehand halten müssen, und daß sie uns allmählich so fatal und verhaßt geworden sind. Vielleicht waren sie ganz feine Kerle und reizende Burschen, vom Schiller habe ich früher einmal ein Stück gelesen, das war direkt hübsch. Und doch ist jetzt das aus ihm geworden, daß er ein berühmtes Vieh ist und neben seinem siamesischen Zwilling stehen muß, Gipskopf neben Gipskopf, und daß man ihre gesammelten Werke herumstehen sieht und sie in den Schulen erklärt. Es ist schauderhaft. Denke dir, ein Professor in hundert Jahren, wie er den Gymnasiasten predigt: Klingsor, geboren 1877, und sein Zeitgenosse Louis, genannt der Vielfraß, Erneuerer der Malerei, Befreiung vom Naturalismus der Farbe, bei näherer Betrachtung zerfällt dies Künstlerpaar in drei deutlich unterscheidbare Perioden! Lieber komme ich noch heut unter eine Lokomotive.«

»Gescheiter wäre es, es kämen die Professoren darunter.«

»So große Lokomotiven gibt es nicht. Du weißt, wie kleinlich unsre Technik ist.«

Schon kamen Sterne herauf. Plötzlich stieß Louis sein Glas an das des Freundes.

»So, wir wollen anstoßen und austrinken. Dann setze ich mich auf mein Rad und adieu. Nur keinen langen Abschied! Der Wirt ist bezahlt. Prosit, Klingsor!«

Sie stießen an, sie tranken aus, im Garten stieg Louis aufs Zweirad, schwang den Hut, war fort. Nacht, Sterne. Louis war in China. Louis war eine Legende.

Klingsor lächelte traurig. Wie liebte er diesen Zugvogel! Lange stand er im Kies des Wirtsgartens, sah die leere Straße hinab.

## Der Kareno-Tag

Zusammen mit den Freunden aus Barengo und mit Agosto und Ersilia unternahm Klingsor die Fußreise nach Kareno. Sie sanken in der Morgenstunde, zwischen den stark duftenden Spiräen und umzittert von den noch betauten Spinngeweben der Waldränder, durch den steilen warmen Wald hinab in das Tal von Pampambio, wo vom Sommertag betäubt an der gelben Straße grelle gelbe Häuser schliefen, vornübergeneigt und halbtot, und am versiegten Bach die weißen metallenen Weiden hingen mit schweren Flügeln über den goldenen Wiesen. Farbig schwamm die Karawane der Freunde auf der rosigen Straße durch das dampfende Talgrün: die Männer weiß und gelb in Leinen und Seide, die Frauen weiß und rosa, der herrliche veronesergrüne Sonnenschirm Ersilias funkelte wie ein·Kleinod im Zauberring.

Melancholisch klagte der Doktor mit der menschenfreundlichen Stimme: »Es ist ein Jammer, Klingsor, Ihre wunderbaren Aquarelle werden in zehn Jahren alle weiß sein; diese Farben, die Sie bevorzugen, halten alle nicht.«

Klingsor: »Ja, und was noch schlimmer ist: Ihre schönen braunen Haare, Doktor, werden in zehn Jahren alle grau sein, und eine kleine Weile später liegen unsere hübschen frohen Knochen irgendwo in einem Loch in der Erde, leider auch Ihre so schönen und gesunden Knochen, Ersilia. Kinder, wir wollen nicht so spät im Leben noch anfangen, vernünftig zu werden. Hermann, wie spricht Li Tai Po?«

Hermann der Dichter blieb stehen und sprach:

»Das Leben vergeht wie ein Blitzstrahl,
Dessen Glanz kaum so lange währt, daß man ihn sehen kann.
Wenn die Erde und der Himmel ewig unbeweglich stehen,
Wie rasch fliegt die wechselnde Zeit über das Antlitz der Menschen.
O du, der du beim vollen Becher sitzest und nicht trinkst,
O sage mir, auf wen wartest du noch?«

»Nein«, sagte Klingsor, »ich meine den anderen Vers, mit Reimen von den Haaren, die am Morgen noch dunkel waren –«

Hermann sagte alsbald den Vers:

»Noch am Morgen glänzten deine Haare wie schwarze Seide,
Abend hat schon Schnee auf sie getan.
Wer nicht will, daß er lebendigen Leibes sterbend leide,
Schwinge den Becher und fordre den Mond als Kumpan!«

Klingsor lachte laut, mit seiner etwas heiseren Stimme.

»Braver Li Tai Po! Er hatte Ahnungen, er wußte allerlei. Auch wir wissen allerlei, er ist unser alter kluger Bruder. Dieser trunkene Tag würde ihm gefallen, es ist gerade so ein Tag, an dessen Abend es schön wäre, den Tod Li Tai Pos zu sterben, im Boot auf dem stillen Fluß. Ihr werdet sehen, alles wird heut wunderbar sein.«

»Was war das für ein Tod, den Li Tai Po auf dem Fluß gestorben ist?« fragte die Malerin.

Aber Ersilia unterbrach, mit ihrer guten tiefen Stimme: »Nein, jetzt hört auf! Wer noch ein Wort von Tod und Sterben sagt, den habe ich nicht mehr lieb. Finisca adesso, brutto Klingsor!«

Klingsor kam lachend zu ihr herüber: »Wie haben Sie recht, bambina! Wenn ich noch ein Wort vom Sterben sage, dürfen Sie mir mit dem Sonnenschirm in beide Augen stoßen. Aber im Ernst, es ist heut wunderbar, liebe Menschen! Ein Vogel singt heut, der ist ein Märchenvogel, ich hab ihn schon am Morgen gehört. Ein Wind geht heut, der ist ein Märchenwind, das himmlische Kind, der weckt die schlafenden Prinzessinnen auf und schüttelt den Verstand aus den Köpfen. Heut blüht eine Blume, die ist eine Märchenblume, die ist blau und blüht nur einmal im Leben, und wer sie pflückt, der hat die Seligkeit.«

»Meint er etwas damit?« fragte Ersilia den Doktor. Klingsor hörte es.

»Ich meine damit: dieser Tag kommt niemals wieder, und wer ihn nicht ißt und trinkt und schmeckt und riecht, dem wird er in aller Ewigkeit kein zweites Mal angeboten. Niemals wird die Sonne so scheinen wie heut, sie hat eine Konstellation am Himmel, eine Verbindung mit Jupiter, mit mir, mit Agosto und Ersilia und uns allen, die kommt nie, niemals wieder, nicht in tausend Jahren. Darum möchte ich jetzt, weil das Glück bringt, ein wenig an Ihrer linken Seite gehen und Ihren smaragdenen Sonnenschirm tragen, in seinem Licht wird mein Schädel aussehen wie ein Opal. Sie aber müssen auch mittun und müssen ein Lied singen, eines von Ihren schönsten.«

Er nahm Ersilias Arm, sein scharfes Gesicht tauchte weich in den blaugrünen Schatten des Schirmes, in den er verliebt war und dessen grellsüße Farbe ihn entzückte.

Ersilia fing an zu singen:

>»Il mio papa non vuole,
Ch' io spos' un bersaglier –«

Stimmen schlossen sich an, man schritt singend bis zum Walde und in den Wald hinein, bis die Steigung zu groß wurde, der Weg führte wie eine Leiter steil bergan durch die Farnkräuter den großen Berg empor.

»Wie wundervoll gradlinig ist dieses Lied!« lobte Klingsor. »Der Papa ist gegen die Liebenden, wie er es immer ist. Sie nehmen ein Messer, das gut schneidet, und machen den Papa tot. Weg ist er. Sie machen es in der Nacht, niemand sieht es als der Mond, der verrät sie nicht, und die Sterne, die sind stumm, und der liebe Gott, der wird ihnen schon verzeihen. Wie schön und aufrichtig ist das! Ein heutiger Dichter würde dafür gesteinigt werden.«

Man klomm im durchsonnten spielenden Kastanienschatten den engen Bergweg hinan. Wenn Klingsor aufblickte, sah er vor seinem Gesicht die dünnen Waden der Malerin rosig aus durchsichtigen Strümpfen scheinen. Sah er zurück, so wölbte sich über dem schwarzen Negerkopf Ersilias der Türkis des Sonnenschirmes. Darunter war sie violett in Seide, die einzige Dunkle unter allen Figuren.

Bei einem Bauernhaus, blau und orange, lagen gefallene grüne Sommeräpfel in der Wiese, kühl und sauer, von denen probierten sie. Die Malerin erzählte schwärmend von einem Ausflug auf der Seine, in Paris, einst, vor dem Kriege. Ja, Paris, und das selige Damals!

»Das kommt nicht wieder. Nie mehr.«

226

»Es soll auch nicht«, rief der Maler heftig und schüttelte grimmig den scharfen Sperberkopf. »Nichts soll wiederkommen! Wozu denn? Was sind das für Kinderwünsche! Der Krieg hat alles, was vorher war, zu einem Paradies umgemalt, auch das Dümmste, auch das Entbehrlichste. Gut so, es war schön in Paris und schön in Rom und schön in Arles. Aber ist es heut und hier weniger schön? Das Paradies ist nicht Paris und nicht die Friedenszeit, das Paradies ist hier, da oben liegt es auf dem Berg, und in einer Stunde sind wir mitten drin und sind die Schächer, zu denen gesagt wird: Heut wirst du mit mir im Paradiese sein.«

Sie brachen aus dem durchsprenkelten Schatten des Waldpfades auf die offene breite Fahrstraße hinaus, die führte licht und heiß in großen Spiralen zur Höhe. Klingsor, die Augen mit der dunkelgrünen Brille geschützt, ging als letzter und blieb oft zurück, um die Figuren sich bewegen und ihre farbigen Konstellationen zu sehen. Er hatte nichts zum Arbeiten mitgenommen, absichtlich, nicht einmal das kleine Notizbuch, und stand doch hundertmal still, bewegt von Bildern. Einsam stand seine hagere Gestalt, weiß auf der rötlichen Straße, am Rand des Akaziengehölzes. Sommer hauchte heiß über den Berg, Licht floß senkrecht herab, Farbe dampfte hundertfältig aus der Tiefe herauf. Über die nächsten Berge, die grün und rot mit weißen Dörfern aufklangen, schauten bläuliche Bergzüge und lichter und blauer dahinter neue und neue Züge und ganz fern und unwirklich die kristallenen Spitzen von Schneebergen. Über dem Wald von Akazien und Kastanien trat freier und mächtiger der Felsrücken und höckrige Gipfel des Salute hervor, rötlich und hellviolett. Schöner als alles waren die Menschen, wie Blumen standen sie im Licht unterm Grün, wie ein riesiger Skarabäus leuchtete der smaragdne Sonnenschirm, Ersilias schwarzes Haar darunter, die weiße schlanke Malerin, mit rosigem Gesicht, und alle andern. Klingsor trank sie mit durstigem Auge, seine Gedanken aber waren bei Gina. Erst in einer Woche konnte er sie wiedersehen, sie saß in einem Büro in der Stadt und schrieb auf der Maschine, selten nur glückte es, daß er sie sah, und nie allein. Und sie liebte er, gerade sie, die nichts von ihm wußte, die ihn nicht kannte, nicht verstand, für die er nur ein seltner seltsamer Vogel, ein fremder berühmter Maler war. Wie seltsam war das, daß gerade an ihr sein Verlangen hängenblieb, daß kein anderer Liebesbecher ihm genügte. Er war es nicht gewohnt, lange Wege um eine Frau zu gehen. Um Gina ging er sie, um eine Stunde neben ihr zu sein, ihre schlanken kleinen Finger zu halten, seinen Schuh unter ihren zu schieben, einen schnellen Kuß auf ihren Nacken zu drücken. Er sann darüber nach, sich selbst ein drolliges Rätsel. War dies schon die Wende? Schon das Alter? War es nur das, nur der Johannistrieb des Vierzigjährigen zur Zwanzigjährigen?

Der Bergrücken war erreicht, und jenseits brach eine neue Welt dem Blick entgegen: hoch und unwirklich der Monte Gennaro, aufgebaut aus lauter steilen spitzen Pyramiden und Kegeln, die Sonne schräg dahinter, jedes Plateau emailglänzend auf tief violetten Schatten schwimmend. Zwischen dort und hier die flimmernde Luft, und unendlich tief verloren der schmale blaue Seearm, kühl hinter grünen Waldflammen ruhend.

Ein winziges Dorf auf dem Berggrat: ein Herrschaftsgut mit kleinem Wohnhaus, vier, fünf andere Häuser, steinern, blau und rosig bemalt, eine Kapelle, ein Brunnen, Kirschbäume. Die Gesellschaft hielt in der Sonne am Brunnen, Klingsor ging weiter, durch einen Torbogen in ein schattiges Gehöft, drei bläuliche Häuser standen hoch, mit wenig kleinen Fenstern, Gras und Geröll dazwischen, eine Ziege, Brennesseln. Ein Kind lief vor ihm fort, er lockte es, zog Schokolade aus der Tasche. Es hielt, er fing es ein, streichelte und fütterte es, es war scheu und schön, ein kleines schwarzes Mädchen, erschrockene schwarze Tieraugen, schlanke nackte Beine braun und glänzend. »Wo wohnt ihr?« fragte er, sie lief zur nächsten Tür, die in dem Häusergeklüft sich öffnete. Aus einem finstern Steinraum wie aus Höhlen der Urzeit trat ein Weib, die Mutter, auch sie nahm Schokolade. Aus schmutzigen Kleidern stieg der braune Hals, ein festes breites Gesicht, sonnverbrannt und schön, breiter voller Mund, großes Auge, roher süßer Liebreiz, Geschlecht und Mutterschaft sprach breit und still aus großen asiatischen Zügen. Er neigte sich verführend zu ihr, sie wich lächelnd aus, schob das Kind zwischen sich und ihn. Er ging weiter, zu einer Wiederkehr entschlossen. Diese Frau wollte er malen, oder ihr Geliebter sein, sei es nur eine Stunde lang. Sie war alles: Mutter, Kind, Geliebte, Tier, Madonna.

Langsam kehrte er zur Gesellschaft zurück, das Herz voll von

Träumen. Auf der Mauer des Gutes, dessen Wohnhaus leer und geschlossen schien, waren alte rauhe Kanonenkugeln befestigt, eine launische Treppe führte durch Gebüsch zu einem Hain und Hügel, zu oberst ein Denkmal, da stand barock und einsam eine Büste, Kostüm Wallenstein, Locken, gewellter Spitzbart. Spuk und Phantastik umglühte den Berg im gleißenden Mittagslicht, Wunderliches lag auf der Lauer, auf eine andere, ferne Tonart war die Welt gestimmt. Klingsor trank am Brunnen, ein Segelfalter flog her und sog an den verspritzten Tropfen auf dem kalksteinernen Brunnenrand.

Dem Grat nach führte die Bergstraße weiter, unter Kastanien, unter Nußbäumen, sonnig, schattig. An einer Biegung eine Wegkapelle, alt und gelb, in der Nische verblichene alte Bilder, ein Heiligenkopf engelsüß und kindlich, ein Stück Gewand rot und braun, der Rest verbröckelt. Klingsor liebte alte Bilder sehr, wenn sie ihm ungesucht entgegenkamen, er liebte solche Fresken, er liebte die Wiederkehr dieser schönen Werke zum Staub und zur Erde.

Wieder Bäume, Reben, heiße Straße blendend, wieder eine Biegung: da war das Ziel, plötzlich, unverhofft: ein dunkler Torgang, eine große hohe Kirche aus rotem Stein, froh und selbstbewußt in den Himmel hinan geschmettert, ein Platz voll Sonne, Staub und Frieden, rot verbrannter Rasen, der unterm Fuße brach, Mittagslicht von grellen Wänden zurückgeworfen, eine Säule, eine Figur darauf, unsichtbar vor Sonnenschwall, eine Steinbrüstung um weiten Platz über blauer Unendlichkeit. Dahinter das Dorf, Kareno, uralt, eng, finster, sarazenisch, düstere Steinhöhlen unter verblichen braunem Ziegelstein, Gassen bedrückend traumschmal und voll Finsternis, kleine Plätze plötzlich in weißer Sonne aufschreiend, Afrika und Nagasaki, darüber der Wald, darunter der blaue Absturz, weiße, fette, satte Wolken oben.

»Es ist komisch«, sagte Klingsor, »wie lange man braucht, bis man sich in der Welt ein bißchen auskennt! Als ich einmal nach Asien fuhr, vor Jahren, kam ich im Schnellzug in der Nacht sechs Kilometer von hier vorbeigefahren, oder zehn, und wußte nichts. Ich fuhr nach Asien, und es war damals sehr notwendig, daß ich es tat. Aber alles, was ich dort fand, das finde ich heut auch hier: Urwald, Hitze, schöne fremde Menschen ohne Nerven, Sonne, Heiligtümer. Man braucht so lang, bis man lernt, an einem einzigen Tage drei Erdteile zu besuchen. Hier sind sie. Willkommen, Indien! Willkommen, Afrika! Willkommen, Japan!«

Die Freunde kannten eine junge Dame, die hier oben hauste, und Klingsor freute sich auf den Besuch bei der Unbekannten sehr. Er nannte sie die Königin der Gebirge, so hatte eine geheimnisvolle morgenländische Erzählung in den Büchern seiner Knabenjahre geheißen.

Erwartungsvoll brach die Karawane durch die blaue Schattenschlucht der Gassen, kein Mensch, kein Laut, kein Huhn, kein Hund. Aber im Halbschatten eines Fensterbogens sah Klingsor lautlos eine Gestalt stehen, ein schönes Mädchen, schwarzäugig, rotes Kopftuch um schwarzes Haar. Ihr Blick, still nach den Fremden lauernd, traf den seinen, einen langen Atemzug lang schauten sie, Mann und Mädchen, sich in die Augen, voll und ernst, zwei fremde Welten einen Augenblick lang einander nah. Dann lächelten sich beide kurz und innig den ewigen Gruß der Geschlechter zu, die alte, süße, gierige Feindschaft, und mit einem Schritt um die Kante des Hauses war der fremde Mann hinweggeflossen und lag in des Mädchens Truhe, Bild bei vielen Bildern, Traum bei vielen Träumen. In Klingsors nie ersättigtem Herzen stach der kleine Stachel, einen Augenblick zögerte er und dachte umzukehren, Agosto rief ihn, Ersilia fing zu singen an, eine Schattenmauer schwand hinweg, und ein kleiner greller Platz mit zwei gelben Palästen lag still und blendend im verzauberten Mittag, schmale steinerne Balkone, geschlossene Läden, herrliche Bühne für den ersten Akt einer Oper.

»Ankunft in Damaskus«, rief der Doktor. »Wo wohnt Fatme, die Perle unter den Frauen?«

Antwort kam überraschend aus dem kleineren Palast. Aus der kühlen Schwärze hinter der halbgeschlossenen Balkontür sprang ein seltsamer Ton, noch einer und zehnmal der gleiche, dann die Oktave dazu, zehnmal – ein Flügel, der gestimmt wurde, ein singender Flügel voller Töne mitten in Damaskus.

Hier mußte es sein, hier wohnte sie. Das Haus schien aber ohne Tor zu sein, nur rosig gelbe Mauer mit zwei Balkonen, darüber am Verputz des Giebels eine alte Malerei: Blumen blau und rot und ein Papagei. Eine gemalte Tür hätte hier sein müssen, und wenn man dreimal an sie pochte und den Schlüssel Salomonis dazu sprach, ging die gemalte Pforte auf, und den Wanderer empfing der Duft von persischen Ölen, hinter Schleiern thronte hoch die Königin der Gebirge. Sklavinnen kauerten auf den Stufen zu ihren Füßen, der gemalte Papagei flog kreischend auf die Schulter der Herrin.

Sie fanden eine winzige Tür in einer Nebengasse, eine heftige Glocke, teuflischer Mechanismus, schrillte böse auf, eng wie eine Leiter führte eine steile Treppe empor. Unausdenklich, wie der Flügel in dies Haus gekommen war. Durchs Fenster? Durchs Dach?

Ein großer schwarzer Hund kam gestürzt, ein kleiner blonder Löwe ihm nach, großer Lärm, die Stiege klapperte, hinten sang der Flügel elfmal den gleichen Ton. Aus einem rosig getünchten Raum quoll sanftsüßes Licht, Türen schlugen. War da ein Papagei?

Plötzlich stand die Königin der Gebirge da, schlanke elastische Blüte, straff und federnd, ganz in Rot, brennende Flamme, Bildnis der Jugend. Vor Klingsors Auge stoben hundert geliebte Bilder hinweg, und das neue sprang strahlend auf. Er wußte sofort, daß er sie malen würde, nicht nach der Natur, sondern den Strahl in ihr, den er empfangen hatte, das Gedicht, den holden herben Klang: Jugend, Rot, Blond, Amazone. Er würde sie ansehen, eine Stunde lang, vielleicht mehrere Stunden lang. Er würde sie gehen sehen, sitzen sehen, lachen sehen, vielleicht tanzen sehen, vielleicht singen hören. Der Tag war gekrönt, der Tag hatte seinen Sinn gefunden. Was weiter dazu kommen mochte, war Geschenk, war Überfluß. Immer war es so: das Erlebnis kam nie allein, immer flogen ihm Vögel voraus, immer gingen ihm Boten und Vorzeichen voran, der mütterlich asiatische Tierblick unter jener Tür, die schwarze Dorfschöne im Fenster, dies und das.

Eine Sekunde lang empfand er aufzuckend: ›Wäre ich zehn Jahre jünger, zehn kurze Jahre, so könnte diese mich haben, mich fangen, mich um den Finger wickeln! Nein, du bist zu jung, du kleine rote Königin, du bist zu jung für den alten Zauberer Klingsor! Er wird dich bewundern, er wird dich auswendig lernen, er wird dich malen, er wird das Lied deiner Jugend für immer aufzeichnen; aber er wird keine Wallfahrt um dich tun, keine Leiter nach dir steigen, keinen Mord um dich begehen und kein Ständchen vor deinem hübschen Balkon bringen. Nein, leider wird er dies alles nicht tun, der alte Maler Klingsor, das alte Schaf. Er wird dich nicht lieben, er wird nicht den Blick nach dir werfen, den er nach der Asiatin, den er nach der Schwarzen im Fenster warf, die vielleicht keinen Tag jünger ist als du. Für sie ist er nicht zu alt, nur für dich, Königin der Gebirge, rote Blume am Berg. Für dich, Steinnelke, ist er zu alt. Für dich genügt die Liebe nicht, die Klingsor zwischen einem Tag voll Arbeit und einem Abend voll Rotwein zu verschenken hat. Desto besser wird mein Auge dich trinken, schlanke Rakete, und von dir wissen, wenn du mir lang erloschen bist.‹

Durch Räume mit Steinböden und offenen Bogen kam man in einen Saal, wo barocke wilde Stuckfiguren über hohen Türen emporflackerten und rundum auf dunklem Fries gemalte Delphine, weiße Rosse und rosenrote Amoretten durch ein dicht bevölkertes Sagenmeer schwammen. Ein paar Stühle und am Boden die Teile des zerlegten Flügels, sonst war nichts in dem großen Raum, aber zwei verlockende Türen führten auf die zwei kleinen Balkone über dem strahlenden Opernplatz hinaus, und gegenüber über Eck brüsteten sich die Balkone des Nachbarpalastes, auch sie mit Bildern bemalt, dort schwamm ein roter feister Kardinal wie ein Goldfisch in der Sonne.

Man ging nicht wieder fort. Im Saale wurden Vorräte ausgepackt und ein Tisch gedeckt, Wein kam, seltener Weißwein aus dem Norden, Schlüssel für die Heere von Erinnerungen. Der Klavierstimmer hatte die Flucht ergriffen, der zerstückte Flügel schwieg. Nachdenklich starrte Klingsor in das entblößte Saitengedärme, dann tat er leise den Deckel zu. Seine Augen schmerzten, aber in seinem Herzen sang der Sommertag, sang die sarazenische Mutter, sang blau und schwellend der Traum von Kareno. Er aß und stieß mit seinem Glase an Gläser, er sprach hell und froh, und hinter all dem arbeitete der Apparat in seiner Werkstatt, sein Blick war um die Steinnelke, um die Feuerblume ringsum wie das Wasser um den Fisch, ein fleißiger Chronist saß in seinem Gehirn und schrieb Formen, Rhythmen, Bewegungen genau wie in ehernen Zahlensäulen auf.

Gespräch und Gelächter füllten den leeren Saal. Klug und gütig lachte der Doktor, tief und freundlich Ersilia, stark und unterirdisch Agosto, vogelleicht die Malerin, klug sprach der Dichter, spaßhaft sprach Klingsor, beobachtend und ein wenig scheu ging die rote Königin unter ihren Gästen, Delphinen und Rossen umher, war hier und dort, stand am Flügel, kauerte auf einem Kissen, schnitt Brot, schenkte Wein mit unerfahrener Mädchenhand. Freude scholl im kühlen Saal, Augen glänzten schwarz und blau, vor den lichten hohen Balkontüren lag starr der blendende Mittag auf Wache.

Hell floß der edle Wein in die Gläser, holder Gegensatz zum einfachen kalten Mahl. Hell floß der rote Schein vom Kleid der Königin durch den hohen Saal, hell und wachsam folgten ihm die Blicke aller Männer. Sie verschwand, kam wieder und hatte ein grünes Brusttuch umgebunden. Sie verschwand, kam wieder und hatte ein blaues Kopftuch umgebunden.

Nach Tische, ermüdet und gesättigt, brach man fröhlich auf, in den Wald, legte sich in Gras und Moos, Sonnenschirme leuchteten, unter Strohhüten glühten Gesichter, gleißend brannte der Sonnenhimmel. Die Königin der Gebirge lag rot im grünen Gras, hell stieg ihr feiner Hals aus der Flamme, satt und belebt saß ihr hoher Schuh am schlanken Fuß. Klingsor, ihr nahe, las sie, studierte sie, füllte sich mit ihr, wie er als Knabe die Zaubergeschichte von der Königin der Gebirge gelesen und sich mit ihr gefüllt hatte. Man ruhte, man schlummerte, man plauderte, man kämpfte mit Ameisen, glaubte Schlangen zu hören, stachlige Kastanienschalen blieben in Frauenhaaren hängen. Man dachte an abwesende Freunde, die in diese Stunde gepaßt hätten, es waren nicht viele, Louis der Grausame wurde herbeigesehnt, Klingsors Freund, der Maler der Karusselle und Zirkusse, sein phantastischer Geist schwebte nah über der Runde. Der Nachmittag ging hin wie ein Jahr im Paradiese. Beim Abschied wurde viel gelacht. Klingsor nahm alles in seinem Herzen mit: die Königin, den Wald, den Palast und Delphinensaal, die beiden Hunde, den Papagei.

Im Bergabwandern zwischen den Freunden überkam ihn allmählich die frohe und hingerissene Laune, die er nur an den seltenen Tagen kannte, in denen er freiwillig die Arbeit hatte ruhen lassen. Hand in Hand mit Ersilia, mit Hermann, mit der Malerin tanzte er die besonnte Straße hinab, stimmte Lieder an, ergötzte sich kindlich an Witzen und Wortspielen, lachte hingegeben. Er rannte den andern voraus und versteckte sich in einen Hinterhalt, um sie zu erschrecken.

So rasch man ging, die Sonne ging rascher, schon bei Palazzetto sank sie hinter den Berg, und unten im Tale war es schon Abend. Sie hatten den Weg verfehlt und waren zu tief gestiegen, man war hungrig und müde und mußte die Pläne aufgeben, die man für den Abend gesponnen hatte: Spaziergang durchs Korn nach Barengo, Fischessen im Wirtshaus des Seedorfes.

»Liebe Leute«, sagte Klingsor, der sich auf eine Mauer am Wege gesetzt hatte, »unsre Pläne waren ja sehr schön, und ein gutes Abendessen bei den Fischern oder im Monte d'oro würde gewiß mich dankbar finden. Aber wir kommen nicht mehr so weit, ich wenigstens nicht. Ich bin müde, und ich habe Hunger. Ich gehe von hier aus keinen Schritt mehr weiter als bis zum nächsten Grotto, der gewiß nicht weit ist. Dort gibt es Wein und Brot, das genügt. Wer kommt mit?«

Sie kamen alle. Der Grotto wurde gefunden, im steilen Bergwald auf schmaler Terrasse standen Steinbänke und Tische im Baumdunkel, aus dem Felsenkeller brachte der Wirt den kühlen Wein, Brot war da. Nun saß man schweigend und essend, froh, endlich zu sitzen. Hinter den hohen Baumstämmen erlosch der Tag, der blaue Berg wurde schwarz, die rote Straße wurde weiß, man hörte unten auf der nächtlichen Straße einen Wagen fahren und einen Hund bellen, da und dort gingen am Himmel Sterne und an der Erde Lichter auf, nicht voneinander zu unterscheiden.

Glücklich saß Klingsor, ruhte, sah in die Nacht, füllte sich langsam mit Schwarzbrot, leerte still die bläulichen Tassen mit Wein. Gesättigt fing er wieder zu plaudern und zu singen an, schaukelte sich im Takt der Lieder, spielte mit den Frauen, witterte im Duft ihrer Haare. Der Wein schien ihm gut. Alter Verführer, redete er leicht die Vorschläge zum Weitergehen nieder, trank Wein, schenkte Wein ein, stieß zärtlich an, ließ neuen Wein kommen. Langsam stiegen aus den irdenen bläulichen Tassen, Sinnbild der Vergänglichkeit, die bunten Zauber, wandelten die Welt, färbten Stern und Licht.

Hoch saßen sie in schwebender Schaukel überm Abgrund der Welt und Nacht, Vögel in goldenem Käfig, ohne Heimat, ohne Schwere, den Sternen gegenüber. Sie sangen, die Vögel, sangen exotische Lieder, sie phantasierten aus berauschten Herzen in die Nacht, in den Himmel, in den Wald, in das fragwürdige, bezauberte Weltall hinein. Antwort kam von Stern und Mond, von Baum und Gebirg, Goethe saß da und Hafis, heiß duftete Ägypten und innig Griechenland herauf, Mozart lächelte, Hugo Wolf spielte den Flügel in der irren Nacht.

Lärm krachte erschreckend auf, Licht blitzte knallend: unter ihnen mitten durch das Herz der Erde flog mit hundert blendenden Lichtfenstern ein Eisenbahnzug in den Berg und in die Nacht hinein, oben vom Himmel her läuteten Glocken einer unsichtbaren Kirche. Lauernd stieg der halbe Mond über den Tisch, blickte spiegelnd in den dunklen Wein, riß Mund und Auge einer Frau aus der Finsternis, lächelte, stieg weiter, sang den Sternen zu. Der Geist Louis' des Grausamen hockte auf einer Bank, einsam, schrieb Briefe.

Klingsor, König der Nacht, hohe Krone im Haar, rückgelehnt auf steinernem Sitz, dirigierte den Tanz der Welt, gab den Takt an, rief den Mond hervor, ließ die Eisenbahn verschwinden. Fort war sie, wie ein Sternbild übern Rand des Himmels fällt. Wo war die Königin der Gebirge? Klang nicht ein Flügel im Wald, bellte nicht fern der kleine mißtrauische Löwe? Hatte sie nicht eben noch ein blaues Kopftuch getragen? Hallo, alte Welt, trage Sorge, daß du nicht zusammenfällst! Hierher, Wald! Dorthin, schwarzes Gebirg! Im Takt bleiben! Sterne, wie seid ihr blau und rot, wie im Volkslied: ›Deine roten Augen und dein blauer Mund!‹

Malen war schön. Malen war ein schönes, ein liebes Spiel für brave Kinder. Anders war es, größer und wuchtiger, die Sterne zu dirigieren, Takt des eigenen Blutes, Farbenkreise der eigenen Netzhaut in die Welt hinein fortzusetzen, Schwebungen der eigenen Seele ausschwingen zu lassen im Wind der Nacht. Weg mit dir, schwarzer Berg! Sei Wolke, fliege nach Persien, regne über Uganda! Her mit dir, Geist Shakespeares, sing uns dein besoffenes Narrenlied vom Regen, der regnet jeglichen Tag!

Klingsor küßte eine kleine Frauenhand, er lehnte sich an eine wohlig atmende Frauenbrust. Ein Fuß unterm Tisch spielte mit seinem. Er wußte nicht, wessen Hand oder wessen Fuß, er spürte Zärtlichkeit um sich, fühlte alten Zauber neu und dankbar: er war noch jung, es war noch weit vom Ende, noch ging Strahlung und Verlockung von ihm aus, noch liebten sie ihn, die guten ängstlichen Weibchen, noch zählten sie auf ihn. Er blühte höher auf. Mit leiser, singender Stimme begann er zu erzählen, ein ungeheures Epos, die Geschichte einer Liebe, oder eigentlich einer Reise nach der Südsee, wo er in Begleitung von Gauguin und Robinson die Papageieninsel entdeckt und den Freistaat der glückseligen Inseln begründet hatte. Wie hatten die tausend Papageien im Abendlicht gefunkelt, wie hatten ihre blauen Schwänze sich in der grünen Bucht gespiegelt! Ihr Geschrei und das hundertstimmige Geschrei der großen Affen hat ihn wie ein Donner begrüßt, ihn, Klingsor, als er seinen Freistaat ausrief. Dem weißen Kakadu hatte er die Bildung eines Kabinetts aufgetragen, und mit dem mürrischen Nashornvogel hatte er Palmwein aus schweren Kokosbechern getrunken. Oh, Mond von damals, Mond der seligen Nächte, Mond über der Pfahlhütte im Schilf! Sie hieß Kül Kalüa, die braune scheue Prinzessin, schlank und langgliedrig schritt sie im Pisanggehölz, honigglänzend unterm saftigen Dach der Riesenblätter, Rehauge im sanften Gesicht, Katzenglut im starken biegsamen Rücken, Katzensprung im federnden Knöchel und sehnigen Bein. Kül Kalüa, Kind, Urglut und Kinderunschuld des heiligen Südostens, tausend Nächte lagst du an Klingsors Brust, und jede war neu, jede war inniger, war holder als alle gewesenen. Oh, Fest des Erdgeistes, wo die Jungfern der Papageieninsel vor dem Gotte tanzten!

Über Insel, Robinson und Klingsor, über Geschichte und Zuhörer wölbte sich die weißgestirnte Nacht, zärtlich schwoll der Berg wie ein sanfter atmender Bauch und Busen unter den Bäumen und Häusern und Füßen der Menschen, im Eilschritt tanzte fiebernd der feuchte Mond über die Himmelshalbkugel, von den Sternen im wilden schweigenden Tanz verfolgt. Ketten von Sternen waren aufgereiht, gleißende Schnur der Drahtseilbahn zum Paradiese. Urwald dunkelte mütterlich, Schlamm der Urwelt duftete Verfall und Zeugung, Schlange kroch und Krokodil, ohne Ufer ergoß sich der Strom der Gestaltungen.

»Ich werde doch wieder malen«, sagte Klingsor, »schon morgen. Aber nicht mehr diese Häuser und Leute und Bäume. Ich male Krokodile und Seesterne, Drachen und Purpurschlangen, und alles im Werden, alles in der Wandlung, voll Sehnsucht,

Mensch zu werden, voll Sehnsucht, Stern zu werden, voll Geburt, voll Verwesung, voll Gott und Tod.«

Mitten durch seine leisen Worte und durch die aufgewühlte trunkene Stunde klang tief und klar Ersilias Stimme, still sang sie das Lied vom bel mazzo di fiori vor sich hin, Friede strömte von ihrem Liede aus, Klingsor hörte es wie von einer fernen schwimmenden Insel über Meere von Zeit und Einsamkeit herüber. Er drehte seine leere Weintasse um, er schenkte nicht mehr ein. Er hörte zu. Ein Kind sang. Eine Mutter sang. War man nun ein verirrter und verruchter Kerl, im Schlamm der Welt gebadet, ein Strolch und Luder, oder war man ein kleines dummes Kind?

»Ersilia«, sagte er mit Ehrerbietung, »du bist unser guter Stern.«

Durch steilen finstern Wald bergan, an Zweig und Wurzel geklammert, quoll man hinweg, den Heimweg suchend. Lichter Waldrand ward erreicht, Feld geentert, schmaler Weg im Mais-feld atmete Nacht und Heimkehr, Mondblick im spiegelnden Blatt des Maises, Rebenreihen schräg entfliehend. Nun sang Klingsor, leise, mit der etwas heiseren Stimme, sang leise und viel, deutsch und malaiisch, mit Worten und ohne Worte. Im lei-sen Gesang strömte er gestaute Fülle aus, wie eine braune Mauer am Abend gesammeltes Tageslicht ausstrahlt. Hier nahm einer der Freunde Abschied, und dort einer, schwand im Rebschatten auf kleinem Pfad dahin. Jeder ging, jeder war für sich, suchte Heimkehr, war allein unterm Himmel. Eine Frau küßte Klingsor zur guten Nacht, brennend sog ihr Mund an seinem. Weg rollten sie, weg schmolzen sie, alle. Als Klingsor allein die Treppe zu seiner Wohnung erstieg, sang er noch immer. Er besang und lobte Gott und sich selbst, er pries Li Tai Po und pries den guten Wein von Pampambio. Wie ein Götze ruhte er auf Wolken der Bejahung.

›Inwendig‹, sang er, ›bin ich wie eine Kugel von Gold, wie die Kuppel eines Domes, man kniet darin, man betet, Gold strahlt von der Wand, auf altem Bilde blutet der Heiland, blu-tet das Herz der Maria. Wir bluten auch, wir Anderen, wir Irre-gegangenen, wir Sterne und Kometen, sieben und vierzehn Schwerter gehn durch unsre selige Brust. Ich liebe dich, blonde und schwarze Frau, ich liebe alle, auch die Philister; ihr seid

arme Teufel wie ich, ihr seid arme Kinder und fehlgeratene
Halbgötter wie der betrunkne Klingsor. Sei mir gegrüßt, gelieb-
tes Leben! Sei mir gegrüßt, geliebter Tod!‹

### Klingsor an Edith

Lieber Stern am Sommerhimmel!

Wie hast Du mir gut und wahr geschrieben, und wie ruft
Deine Liebe mir schmerzlich zu, wie ewiges Leid, wie ewiger
Vorwurf. Aber Du bist auf gutem Wege, wenn Du mir, wenn
Du Dir selbst jede Empfindung des Herzens eingestehst. Nur
nenne keine Empfindung klein, keine Empfindung unwürdig!
Gut, sehr gut ist jede, auch der Haß, auch der Neid, auch die
Eifersucht, auch die Grausamkeit. Von nichts andrem leben wir
als von unsern armen, schönen, herrlichen Gefühlen, und jedes,
dem wir unrecht tun, ist ein Stern, den wir auslöschen. Ob ich
Gina liebe, weiß ich nicht. Ich zweifle sehr daran. Ich würde
kein Opfer für sie bringen. Ich weiß nicht, ob ich überhaupt lieben kann. Ich kann begehren und kann mich in andern Menschen suchen, nach Echo aushorchen, nach einem Spiegel verlangen, kann Lust suchen, und alles das kann wie Liebe aussehen.

Wir gehen beide, Du und ich, im selben Irrgarten, im Garten
unsrer Gefühle, die in dieser üblen Welt zu kurz gekommen
sind, und wir nehmen dafür, jeder nach seiner Art, Rache an
dieser bösen Welt. Wir wollen aber einer des andern Träume
bestehen lassen, weil wir wissen, wie rot und süß der Wein der
Träume schmeckt.

Klarheit über ihre Gefühle und über die ›Tragweite‹ und
Folgen ihrer Handlungen haben nur die guten, gesicherten Menschen, die an das Leben glauben und keinen Schritt tun, den sie
nicht auch morgen und übermorgen werden billigen können. Ich
habe nicht das Glück, zu ihnen zu zählen, und ich fühle und
handle so, wie einer, der nicht an morgen glaubt und jeden Tag
für den letzten ansieht.

Liebe schlanke Frau, ich versuche ohne Glück meine Gedanken
auszudrücken. Ausgedrückte Gedanken sind immer so tot! Lassen wir sie leben! Ich fühle tief und dankbar, wie Du mich verstehst, wie etwas in Dir mir verwandt ist. Wie das im Buch des

Lebens zu buchen sei, ob unsre Gefühle Liebe, Wollust, Dankbarkeit, Mitleid, ob sie mütterlich oder kindlich sind, das weiß ich nicht. Oft sehe ich jede Frau an wie ein alter gewiegter Wüstling und oft wie ein kleiner Knabe. Oft hat die keuscheste Frau für mich die größte Verlockung, oft die üppigste. Alles ist schön, alles ist heilig, alles ist unendlich gut, was ich lieben darf. Warum, wie lange, in welchem Grad, das ist nicht zu messen.

Ich lieb nicht Dich allein, das weißt Du, ich liebe auch nicht Gina allein, ich werde morgen und übermorgen andre Bilder lieben, andere Bilder malen. Bereuen aber werde ich keine Liebe, die ich je gefühlt, und keine Weisheit oder Dummheit, die ich ihretwegen begangen. Dich liebe ich vielleicht, weil Du mir ähnlich bist. Andre liebe ich, weil sie so anders sind als ich. Es ist spät in der Nacht, der Mond steht überm Salute. Wie lacht das Leben, wie lacht der Tod!

Wirf den dummen Brief ins Feuer, und wirf ins Feuer

Deinen Klingsor

## Die Musik des Untergangs

Der letzte Tag des Juli war gekommen, Klingsors Lieblingsmonat, die hohe Festzeit Li Tai Pos, war verblüht, kam nimmer wieder, Sonnenblumen schrien im Garten golden ins Blau empor. Zusammen mit dem treuen Thu Fu pilgerte Klingsor an diesem Tage durch eine Gegend, die er liebte: verbrannte Vorstädte, staubige Straßen unter hoher Allee, rot und orange bemalte Hütten am sandigen Ufer, Lastwagen und Ladeplätze der Schiffe, lange violette Mauern, farbiges armes Volk.

Am Abend dieses Tages saß er am Rand einer Vorstadt im Staube und malte die farbigen Zelte und Wagen eines Karussells, am Straßenbord auf kahlem, versengtem Anger saß er hingekauert, angesogen von den starken Farben der Zelte. Tief biß er sich fest im verschossenen Lila einer Zeltborte, im freudigen Grün und Rot der schwerfälligen Wohnwagen, in den blau-weiß gestrichnen Gerüststangen. Grimmig wühlte er im Kadmium, wild im süßkühlen Kobalt, zog die verfließenden Striche Krapplack durch den gelb und grünen Himmel. Noch eine Stunde, oh, weniger, dann war Schluß, die Nacht kam, und morgen begann schon der August, der brennende Fiebermonat, der so viel Todesfurcht und Bangnis in seine glühenden Becher mischt. Die Sense war geschärft, die Tage neigten sich, der Tod lachte versteckt im bräunenden Laub. Klinge hell und schmettre, Kadmium! Prahle laut, üppiger Krapplack! Lache grell, Zitronengelb! Her mit dir, tiefblauer Berg der Ferne! An mein Herz ihr, staubgrüne matte Bäume! Wie seid ihr müd, wie laßt ihr ergebene fromme Äste sinken! Ich trinke euch, holde Erscheinungen! Ich täusche euch Dauer und Unsterblichkeit vor, ich, der Vergänglichste, der Ungläubigste, der Traurigste, der mehr als ihr alle an der Angst vor dem Tode leidet. Juli ist verbrannt, August wird schnell verbrannt sein, plötzlich fröstelt uns aus gelbem Laub am betauten Morgen das große Gespenst entgegen. Plötzlich fegt November über den Wald. Plötzlich lacht das große Gespenst, plötzlich friert uns das Herz, plötzlich fällt uns das liebe rosige Fleisch von den Knochen, in der Wüste heult der Schakal, heiser singt sein verfluchtes Lied der Aasgeier. Ein verfluchtes Blatt der Großstadt bringt mein Bild, und darunter steht: ›Vortrefflicher Maler, Expressionist, großer Kolorist, starb am sechzehnten dieses Monats.‹

Voll Haß riß er eine Furche Pariserblau unter den grünen Zigeunerwagen. Voll Erbitterung schlug er die Kante Chromgelb auf die Prellsteine. Voll tiefer Verzweiflung setzte er Zinnober in einen ausgesparten Fleck, vertilgte das fordernde Weiß, kämpfte blutend um Fortdauer, schrie hellgrün und neapelgelb zum unerbittlichen Gott. Stöhnend warf er mehr Blau in das fade Staubgrün, flehend zündete er innigere Lichter im Abendhimmel an. Die kleine Palette voll reiner, unvermischter Farben von hellster Leuchtkraft, sie war sein Trost, sein Traum, sein Arsenal, sein Gebetbuch, seine Kanone, aus der er nach dem bösen Tode schoß. Purpur war Leugnung des Todes, Zinnober war Verhöhnen der Verwesung. Gut war sein Arsenal, glänzend stand seine kleine tapfere Truppe, strahlend läuteten die raschen Schüsse seiner Kanonen auf. Es half nichts, alles Schießen war ja vergebens, aber Schießen war doch gut, war Glück und Trost, war noch Leben, war noch Triumphieren.

Thu Fu war gegangen, einen Freund zu besuchen, der dort zwischen Fabrik und Ladeplatz seine Zauberburg bewohnte. Nun kam er und brachte ihn mit, den armenischen Sterndeuter.

Klingsor, mit dem Bilde fertig, atmete tief auf, als er die beiden Gesichter bei sich sah, das blonde gute Haar Thu Fus, den schwarzen Bart und den mit weißen Zähnen lächelnden Mund des Magiers. Und da kam mit ihnen auch der Schatten, der lange, dunkle, mit den weit zurückgeflohenen Augen in den tiefen Höhlen. Willkommen auch du, Schatten, lieber Kerl!

»Weißt du, was für ein Tag heut ist?« fragte Klingsor seinen Freund.

»Der letzte Juli, ich weiß.«

»Ich stellte heut ein Horoskop«, sagte der Armenier, »und da sah ich, daß dieser Abend mir etwas bringen wird. Saturn steht unheimlich, Mars neutral, Jupiter dominiert. Li Tai Po, sind Sie nicht ein Julikind?«

»Ich bin am zweiten Juli geboren.«

»Ich dachte es. Ihre Sterne stehen verwirrt, Freund, nur Sie selbst können sie deuten. Fruchtbarkeit umgibt Sie wie eine Wolke, die nahe am Bersten ist. Seltsam stehen Ihre Sterne, Klingsor, Sie müssen es fühlen.«

Li packte sein Gerät zusammen. Erloschen war die Welt, die er gemalt hatte, erloschen der gelb und grüne Himmel, ertrunken die blaue helle Fahne, ermordet und verwelkt das schöne Gelb. Er war hungrig und durstig, die Kehle hing ihm voll Staub.

»Freunde«, sagte er herzlich, »wir wollen diesen Abend beisammenbleiben. Wir werden nicht mehr zusammensein, wir alle vier, ich lese das nicht aus den Sternen, es steht mir im Herzen geschrieben. Mein Julimond ist vorüber, dunkel glühn seine letzten Stunden, in der Tiefe ruft die große Mutter. Nie war die Welt so schön, nie war ein Bild von mir so schön, Wetterleuchten zuckt, Musik des Untergangs ist angestimmt. Wir wollen sie mitsingen, die süße bange Musik, wir wollen hier beisammen bleiben und Wein trinken und Brot essen.«

Neben dem Karussell, dessen Zelt eben erst abgedeckt und für den Abend gerüstet wurde, standen einige Tische unter Bäumen, eine hinkende Magd ging ab und zu, ein kleines Wirtshaus lag im Schatten. Hier blieben sie und saßen am Brettertisch, Brot wurde gebracht und Wein in die irdenen Schalen geschenkt, unter den Bäumen glommen Lichter auf, drüben begann die Orgel des Karussells zu erdröhnen, heftig warf sie ihre bröckelnde grelle Musik in den Abend.

»Dreihundert Becher will ich heute leeren«, rief Li Tai Po und stieß mit dem Schatten an. »Sei gegrüßt, Schatten, standhafter Zinnsoldat! Seid gegrüßt, elektrische Lichter, Bogenlampen und funkelnde Pailletten am Karussell! Oh, daß Louis da wäre, der flüchtige Vogel! Vielleicht ist er uns schon vorausgeflogen in den Himmel. Vielleicht auch kommt er morgen wieder, der alte Schakal, und findet uns nicht mehr und lacht und pflanzt Bogenlampen und Fahnenstangen auf unser Grab.«

Still ging der Magier und holte neuen Wein, froh lächelten seine weißen Zähne aus dem roten Mund.

»Schwermut«, sagte er mit einem Blick zu Klingsor hinüber, »ist eine Sache, die man nicht mit sich tragen sollte. Es ist so leicht – es ist das Werk einer Stunde, einer kurzen intensiven Stunde mit zusammengebissenen Zähnen, dann ist man mit der Schwermut für immer fertig.«

Klingsor sah aufmerksam auf seinen Mund, auf die hellen klaren Zähne, welche einst in einer glühenden Stunde die Schwermut erwürgt und totgebissen hatten. War auch ihm möglich, was dem Sterndeuter möglich gewesen war? Oh, kurzer süßer Blick in ferne Gärten: Leben ohne Angst, Leben ohne Schwermut! Er wußte, diese Gärten waren ihm unerreichbar. Er wußte, ihm war andres bestimmt, anders blickte zu ihm Saturn herüber, andre Lieder wollte Gott auf seinen Saiten spielen.

»Jeder hat seine Sterne«, sagte Klingsor langsam, »jeder hat seinen Glauben. Ich glaube nur an eines: an den Untergang. Wir fahren in einem Wagen überm Abgrund, und die Pferde sind scheu geworden. Wir stehen im Untergang, wir alle, wir müssen sterben, wir müssen wieder geboren werden, die große Wende ist für uns gekommen. Es ist überall das gleiche: der große Krieg, die große Wandlung in der Kunst, der große Zusammenbruch der Staaten des Westens. Bei uns im alten Europa ist alles das gestorben, was bei uns gut und unser eigen war; unsre schöne Vernunft ist Irrsinn geworden, unser Geld ist Papier, unsre Maschinen können bloß noch schießen und explodieren, unsre Kunst ist Selbstmord. Wir gehen unter, Freunde, so ist es uns bestimmt, die Tonart Tsing Tse ist angestimmt.«

Der Armenier schenkte Wein ein.

»Wie Sie wollen«, sagte er. »Man kann ja sagen, und man kann nein sagen, das ist nur Kinderspiel. Untergang ist etwas, das nicht existiert. Damit Untergang oder Aufgang wäre, müßte es unten und oben geben. Unten und oben aber gibt es nicht, das lebt nur im Gehirn des Menschen, in der Heimat der Täuschungen. Alle Gegensätze sind Täuschungen: weiß und schwarz ist Täuschung, Tod und Leben ist Täuschung, gut und böse ist Täuschung. Es ist das Werk einer Stunde, einer glühenden Stunde mit zusammengebissenen Zähnen, dann hat man das Reich der Täuschungen überwunden.«

Klingsor hörte seiner guten Stimme zu.

»Ich spreche von uns«, gab er Antwort, »ich spreche von Europa, von unsrem alten Europa, das zweitausend Jahre lang das Gehirn der Welt zu sein glaubte. Dies geht unter. Meinst du, Magier, ich kenne dich nicht? Du bist ein Bote aus dem Osten, ein Bote auch an mich, vielleicht ein Spion, vielleicht ein verkleideter Feldherr. Du bist hier, weil hier das Ende beginnt, weil du hier Untergang witterst. Aber wir gehen gerne unter, du, wir sterben gerne, wir wehren uns nicht.«

»Du kannst auch sagen: gerne werden wir geboren«, lachte der Asiate. »Dir scheint es Untergang, mir scheint es vielleicht Geburt. Beides ist Täuschung. Der Mensch, der an die Erde glaubt als an die feststehende Scheibe unterm Himmel, der sieht und glaubt Aufgang und Untergang – und alle, fast alle Menschen glauben an die feste Scheibe! Die Sterne selbst wissen kein Auf und Unter.«

»Sind nicht Sterne untergegangen?« rief Thu Fu.

»Für uns, für unsre Augen.«

Er schenkte die Tassen voll, immer machte er den Schenken, immer war er dienstfertig und lächelte dazu. Er ging mit dem leeren Kruge weg, neuen Wein zu holen. Schmetternd schrie die Karussellmusik.

»Gehen wir hinüber, es ist so schön«, bat Thu Fu, und sie gingen hin, standen an der bemalten Barriere, sahen im stechenden Glanz der Pailletten und Spiegel das Karussell im Kreise wüten, hundert Kinder mit den Augen gierig am Glanze hängen. Einen Augenblick fühlte Klingsor tief und lachend das Urtümliche und Negerhafte dieser kreiselnden Maschine, dieser mechanischen Musik, dieser grellen wilden Bilder und Farben, Spiegel und irrsinnigen Schmucksäulen, alles trug Züge von Medizinmann und Schamane, von Zauber und uralter Rattenfängerei, und der ganze wilde wüste Glanz war im Grund nichts andres als der zuckende Glanz des Blechlöffels, den der Hecht für ein Fischlein hält und an dem man ihn herauszieht.

Alle Kinder mußten Karussell fahren. Allen Kindern gab Thu Fu Geld, alle Kinder lud der Schatten ein. In Knäueln umgaben sie die Schenkenden, hingen sich an, flehten, dankten. Ein schönes blondes Mädchen, zwölfjährig, dem gaben sie alle, sie fuhr jede Runde. Im Lichterglanz wehte hold der kurze Rock um ihre schönen Knabenbeine. Ein Knabe weinte. Knaben schlugen sich. Peitschend knallten zur Orgel die Tschinellen, gossen Feuer in den Takt, Opium in den Wein. Lange standen die vier im Getümmel.

Wieder saßen sie dann unterm Baume, in die Tassen goß der Armenier den Wein, schürte Untergang, lächelte hell.

»Dreihundert Becher wollen wir heute leeren«, sang Klingsor; sein verbrannter Schädel glühte gelb, laut schallte sein Gelächter hin; Schwermut kniete, ein Riese, auf seinem zuckenden Herzen. Er stieß an, er pries den Untergang, das Sterbenwollen, die Tonart Tsing Tse. Brausend erscholl die Karussellmusik. Aber innen im Herzen saß Angst, das Herz wollte nicht sterben, das Herz haßte den Tod.

Plötzlich klirrte eine zweite Musik wütend in die Nacht, schrill, hitzig, aus dem Hause her. Im Erdgeschoß, neben dem Kamin, dessen Gesimse voll schön geordneter Weinflaschen stand, knallte ein Maschinengewehr los, Maschinengewehr, wild, scheltend, überstürzt. Leid schrie aus verstimmten Tönen, Rhythmus bog mit schwerer Dampfwalze stöhnende Dissonanzen nieder. Volk war da, Licht, Lärm, Burschen tanzten und Mädchen, auch die hinkende Magd, auch Thu Fu. Er tanzte mit dem blonden kleinen Mädchen, Klingsor sah zu, leicht und hold wehte ihr kurzes Sommerkleid um die dünnen schönen Beine, freundlich lächelte Thu Fus Gesicht, voll Liebe. An der Kaminecke saßen die andern, vom Garten hereingekommen, nah bei der Musik, mitten im Lärm. Klingsor sah Töne, hörte Farben.

Der Magier nahm Flaschen vom Kamin, öffnete, schenkte ein. Hell stand sein Lächeln auf dem braunen klugen Gesicht. Furchtbar donnerte die Musik im niedern Saal. In die Reihe der alten Flaschen überm Kamin brach der Armenier langsam eine Bresche, wie ein Tempelräuber Kelch um Kelch die Geräte eines Altars wegnimmt.

»Du bist ein großer Künstler«, flüsterte der Sterndeuter Klingsor zu, indem er seine Tasse füllte. »Du bist einer der größten Künstler dieser Zeit. Du hast das Recht, dich Li Tai Po zu nennen. Aber du bist, Li Tai, du bist ein gehetzter, armer, ein gepeinigter und angstvoller Mensch. Du hast die Musik des Untergangs angestimmt, du sitzest singend in deinem brennenden Haus, das du selber angezündet hast, und es ist dir nicht wohl dabei, Li Tai Po, auch wenn du jeden Tag dreihundert Becher leerst und mit dem Monde anstößt. Es ist dir nicht wohl dabei, es ist dir sehr weh dabei, Sänger des Untergangs, willst du nicht innehalten? Willst du nicht leben? Willst du nicht fortdauern?«

Klingsor trank und flüsterte mit seiner etwas heisern Stimme zurück: »Kann man denn Schicksal werden? Gibt es denn Freiheit des Wollens? Kannst denn du, Sterndeuter, meine Sterne anders lenken?«

»Nicht lenken, nur deuten kann ich sie. Lenken kannst nur du dich selbst. Es gibt Freiheit des Wollens. Sie heißt Magie.«

»Warum soll ich Magie treiben, wenn ich Kunst treiben kann? Ist Kunst nicht ebenso gut?«

»Alles ist gut. Nichts ist gut. Magie hebt Täuschungen auf. Magie hebt jene schlimmste Täuschung auf, die wir ›Zeit‹ heißen.«

»Tut das Kunst nicht auch?«

»Sie versucht es. Ist dein gemalter Juli, den du in deinen Mappen hast, dir genug? Hast du Zeit aufgehoben? Bist du ohne Angst vor dem Herbst, vor dem Winter?«

Klingsor seufzte und schwieg, schweigend trank er, schweigend füllte der Magier seine Tasse. Irrsinnig tobte die entfesselte Klaviermaschine, zwischen den Tanzenden schwebte engelhaft Thu Fus Gesicht. Der Juli war zu Ende.

Klingsor spielte mit den leeren Flaschen auf dem Tische, ordnete sie im Kreise.

»Dies sind unsre Kanonen«, rief er, »mit diesen Kanonen schießen wir die Zeit kaputt, den Tod kaputt, das Elend kaputt. Auch mit Farben habe ich auf den Tod geschossen, mit dem feurigen Grün, mit dem knallenden Zinnober, mit dem süßen Geraniumlack. Oft habe ich ihn auf den Schädel getroffen, Weiß und Blau habe ich ihm ins Auge gejagt. Oft habe ich ihn in die Flucht geschlagen. Noch oft werde ich ihn treffen, ihn besiegen, ihn überlisten. Seht den Armenier, wieder öffnet er eine alte Flasche, und die eingeschlossene Sonne vergangener Sommer schießt uns ins Blut. Auch der Armenier hilft uns, auf den Tod zu schießen, auch der Armenier weiß keine andere Waffe gegen den Tod.«

Der Magier brach Brot und aß.

»Gegen den Tod brauche ich keine Waffe, weil es keinen Tod gibt. Es gibt aber eines: Angst vor dem Tode. Die kann man heilen, gegen die gibt es eine Waffe. Es ist die Sache einer Stunde, die Angst zu überwinden. Aber Li Tai Po will nicht. Li liebt ja den Tod, er liebt ja seine Angst vor dem Tode, seine Schwermut, sein Elend, nur die Angst hat ihn ja all das gelehrt, was er kann und wofür wir ihn lieben.«

Spöttisch stieß er an, seine Zähne blitzten, immer heiterer ward sein Gesicht, Leid schien ihm fremd. Niemand gab Antwort. Klingsor schoß mit der Weinkanone gegen den Tod. Groß stand der Tod vor den offenen Türen des Saales, der von Menschen, Wein und Tanzmusik geschwollen war. Groß stand der Tod vor den Türen, leise rüttelte er am schwarzen Akazienbaum, finster stand er im Garten auf der Lauer. Alles war draußen voll Tod, voll von Tod, nur hier im engen schallenden Saal ward noch gekämpft, ward noch herrlich und tapfer gekämpft gegen den schwarzen Belagerer, der nah durch die Fenster greinte.

Spöttisch blickte der Magier über den Tisch, spöttisch schenkte er die Schalen voll. Viele Schalen schon hatte Klingsor zerbrochen, neue hatte er ihm gegeben. Viel hatte auch der Armenier getrunken, aber aufrecht saß er wie Klingsor.

»Laß uns trinken, Li«, höhnte er leise. »Du liebst ja den Tod, gerne willst du ja untergehen, gerne den Tod sterben. Sagtest du nicht so, oder habe ich mich getäuscht – oder hast du mich und dich selber am Ende getäuscht? Laß uns trinken, Li, laß uns untergehen!«

Zorn quoll in Klingsor empor. Auf stand er, stand aufrecht und hoch, der alte Sperber mit dem scharfen Kopf, spie in den Wein, zerschmiß seine volle Tasse am Boden. Weithin spritzte der rote Wein in den Saal, die Freunde wurden bleich, fremde Menschen lachten.

Aber schweigend und lächelnd holte der Magier eine neue Tasse, schenkte sie lächelnd voll, bot sie lächelnd Li Tai an. Da

lächelte Li, da lächelte auch er. Über sein verzerrtes Gesicht lief
das Lächeln wie Mondlicht.

»Kinder«, rief er, »laßt diesen Fremdling reden! Er weiß viel,
der alte Fuchs, er kommt aus einem versteckten und tiefen Bau.
Er weiß viel, aber er versteht uns nicht. Er ist zu alt, um Kinder
zu verstehen. Er ist zu weise, um Narren zu verstehen. Wir, wir
Sterbenden, wissen mehr vom Tode als er. Wir sind Menschen,
nicht Sterne. Seht da meine Hand, die eine kleine blaue Schale
voll Wein hält! Sie kann viel, diese Hand, diese braune Hand.
Sie hat mit vielen Pinseln gemalt, sie hat neue Stücke der Welt
aus dem Finstern gerissen und vor die Augen der Menschen
gestellt. Diese braune Hand hat viele Frauen unterm Kinn
gestreichelt, und hat viele Mädchen verführt, viel ist sie geküßt
worden, Tränen sind auf sie gefallen, ein Gedicht hat Thu Fu
auf sie gedichtet. Diese liebe Hand, Freunde, wird bald voll
Erde und voll Maden sein, keiner von euch würde sie mehr
anrühren. Wohl, eben darum liebe ich sie. Ich liebe meine Hand,
ich liebe meine Augen, ich liebe meinen weißen, zärtlichen
Bauch, ich liebe sie mit Bedauern und mit Spott und mit großer
Zärtlichkeit, weil sie alle so bald verwelken und verfaulen müssen. Schatten, du dunkler Freund, alter Zinnsoldat auf dem
Grabe Andersens, auch dir ergeht es so, lieber Kerl! Stoß mit
mir an, unsre lieben Glieder und Eingeweide sollen leben!«

Sie stießen an, dunkel lächelte der Schatten aus seinen tiefen
Höhlenaugen – und plötzlich ging etwas durch den Saal, wie ein
Wind, wie ein Geist. Verstummt war unversehens die Musik,
plötzlich, wie erloschen, weggeflossen waren die Tänzer, von der
Nacht verschlungen, und die Hälfte der Lichter war verlöscht.

Klingsor blickte nach den schwarzen Türen. Draußen stand
der Tod. Er sah ihn stehen. Er roch ihn. Wie Regentropfen in
Landstraßenlaub, so roch der Tod.

Da rückte Li die Schale von sich weg, stieß den Stuhl von sich
und ging langsam aus dem Saal, in den dunklen Garten hinaus
und fort, im Finstern, Wetterleuchten überm Haupt, allein.
Schwer lag ihm das Herz in der Brust, wie der Stein auf einem
Grab.

Im sinkenden Abend kam Klingsor – er hatte den Nachmittag
in Sonne und Wind bei Manuzzo und Veglia gemalt – sehr
müde im Wald über Veglia zu einem kleinen, schlafenden Can-
vetto. Es gelang ihm, eine greise Wirtsfrau herbeizurufen, sie
brachte ihm eine irdene Tasse voll Wein, er setzte sich auf einen
Nußbaumstumpf vor der Tür und packte den Rucksack aus,
fand noch ein Stück Käse und einige Pflaumen darin, und hielt
sein Nachtmahl. Die alte Frau saß dabei, weiß, gebückt und
zahnlos, und erzählte mit faltig arbeitendem Halse und stillge-
wordenen alten Augen vom Leben ihres Weilers und ihrer Familie, vom Krieg und der Teuerung und vom Stand der Felder,
von Wein und Milch und was sie kosten, von gestorbenen
Enkeln und ausgewanderten Söhnen; alle Lebenszeiten und
Sternbilder dieses kleinen Bauernlebens lagen klar und freundlich ausgebreitet, rauh in dürftiger Schönheit, voll Freude und
Sorge, voll Angst und Leben. Klingsor aß, trank, ruhte, hörte
zu, fragte nach Kindern und Vieh, Pfarrer und Bischof, lobte
freundlich den ärmlichen Wein, bot eine letzte Pflaume an, gab
die Hand, wünschte eine glückliche Nacht und stieg, am Stock
und mit dem Sack beschwert, langsam in den lichten Wald berg-
aufwärts, dem Nachtlager entgegen.

Es war die spätgoldene Stunde, noch glühte Licht des Tages
überall, doch gewann der Mond schon Schimmer, und erste
Fledermäuse schwammen in der grünen Flimmerluft. Ein Waldrand stand sanft im letzten Licht, helle Kastanienstämme vor
schwarzen Schatten, eine gelbe Hütte strahlte leise das eingesogene Tageslicht von sich, sanftglühend wie ein gelber Topas,
rosenrot und violett führten die kleinen Wege durch Wiesen,
Reben und Wald, da und dort schon ein gelber Akazienzweig,
der Westhimmel golden und grün über sammetblauen Bergen.

Oh, jetzt noch arbeiten zu können, in der letzten, verzauberten Viertelstunde des reifen Sommertages, der nie wiederkam!
Wie namenlos schön war alles jetzt, wie ruhig, gut und spen-
dend, wie voll von Gott!

Klingsor setzte sich ins kühle Gras, griff mechanisch nach dem
Bleistift und ließ die Hand lächelnd wieder sinken. Er war todmüde. Seine Finger betasteten das trockene Gras, die trockene

mürbe Erde. Wie lange noch, dann war dies liebe erregende
Spiel vorbei! Wie lange noch, dann hatte man Hand und
Mund und Augen voll Erde! Thu Fu hatte ihm dieser Tage ein
Gedicht gesandt, dessen erinnerte er sich und sagte es langsam
vor sich hin:

>»Vom Baum des Lebens fällt
Mir Blatt um Blatt.
O taumelbunte Welt,
Wie machst du satt,
Wie machst du satt und müd,
Wie machst du trunken!
Was heut noch glüht,
Ist bald versunken.
Bald klirrt der Wind
Über mein braunes Grab,
Über das kleine Kind
Beugt sich die Mutter herab.
Ihre Augen will ich wiedersehn,
Ihr Blick ist mein Stern,
Alles andre mag gehn und verwehn,
Alles stirbt, alles stirbt gern.
Nur die ewige Mutter bleibt,
Von der wir kamen,
Ihr spielender Finger schreibt
In die flüchtige Luft unsre Namen.«

Nun, es war gut so. Wie viele hatte Klingsor noch von seinen
zehn Leben? Drei? Zwei? Mehr als eines war es immer noch,
immer noch mehr als ein braves, gewöhnliches Allerwelts- und
Bürgerleben. Und viel hatte er getan, viel gesehen, viel Papier
und Leinwand bemalt, viele Herzen in Liebe und Haß erregt, in
Kunst und Leben viel Ärgernis und frischen Wind in die Welt
gebracht. Viel Frauen hatte er geliebt, viele Traditionen und
Heiligtümer zerstört, viel neue Dinge gewagt. Viele volle Becher
hatte er leergesogen, viel Tage und Sternennächte geatmet, unter
vielen Sonnen gebrannt, in vielen Wassern geschwommen. Nun
saß er hier, in Italien oder Indien oder China, der Sommerwind
stieß launisch in die Kastanienkronen, gut und vollkommen war

die Welt. Es war gleichgültig, ob er noch hundert Bilder malte oder zehn, ob er noch zwanzig Sommer lebte oder einen. Müde war er geworden, müde. Alles stirbt, alles stirbt gern. Braver Thu Fu! Es war Zeit, nach Hause zu kommen. Er würde ins Zimmer wanken, vom Wind durch die Balkontür empfangen. Er würde Licht machen und seine Skizzen auspacken. Das Waldinnere mit dem vielen Chromgelb und Chinesischblau war vielleicht gut, es würde einmal ein Bild geben. Auf denn, es war Zeit.

Er blieb dennoch sitzen, den Wind im Haar, in der wehenden beschmierten Leinenjacke, Lächeln und Weh im abendlichen Herzen. Weich und schlaff wehte der Wind, weich und lautlos taumelten die Fledermäuse im erlöschenden Himmel. Alles stirbt, alles stirbt gern. Nur die ewige Mutter bleibt.

Er konnte auch hier schlafen, wenigstens eine Stunde, es war ja warm. Er legte den Kopf auf den Rucksack und sah in den Himmel. Wie ist die Welt schön, wie macht sie satt und müd! Schritte kamen den Berg herab, kräftig auf losen hölzernen Sohlen. Zwischen den Farnen und Ginstern erschien eine Gestalt, eine Frau, schon waren die Farben ihrer Kleider nicht mehr zu erkennen. Sie kam näher, in gesundem, gleichmäßigem Tritt. Klingsor sprang auf und rief guten Abend. Sie erschrak ein wenig und blieb einen Augenblick stehen. Er sah ihr ins Gesicht. Er kannte sie, er wußte nicht, woher. Sie war hübsch und dunkel, hell blitzten ihre schönen, festen Zähne.

»Sieh da!« rief er und gab ihr die Hand. Er spürte, daß ihn etwas mit dieser Frau verband, irgendeine kleine Erinnerung. »Kennt man sich noch?«

»Madonna! Ihr seid ja der Maler von Castagnetta! Habt Ihr mich noch gekannt?«

Ja, jetzt wußte er. Sie war eine Bauernfrau vom Tavernetal, bei ihrem Hause hatte er einst, in der schon so schattentiefen und verwirrten Vergangenheit dieses Sommers, einige Stunden gemalt, hatte Wasser an ihrem Brunnen geschöpft, eine Stunde im Schatten des Feigenbaumes geschlummert, und zum Schluß einen Becher Wein und einen Kuß von ihr bekommen.

»Ihr seid nie mehr wiedergekommen«, klagte sie. »Ihr hattet es mir doch so sehr versprochen.«

Mutwille und Herausforderung klangen in ihrer tiefen Stimme. Klingsor wurde lebendig.

»Ecco, desto besser, daß du nun zu mir gekommen bist! Was für ein Glück ich habe, grade jetzt, wo ich so allein und traurig war!«

»Traurig? Macht mir nichts vor, Herr, Ihr seid ein Spaßmacher, kein Wort darf man Euch glauben. Na, ich muß aber weiter.«

»Oh, dann begleite ich dich.«

»Es ist nicht Euer Weg und ist auch nicht nötig. Was soll mir passieren?«

»Dir nichts, aber mir. Wie leicht könnte einer kommen und dir gefallen und ginge mit dir und küßte deinen lieben Mund und deinen Hals und deine schöne Brust, ein andrer statt meiner. Nein, das darf nicht sein.«

Er hatte die Hand um ihren Nacken gelegt und ließ sie nicht mehr los.

»Stern, mein kleiner! Schatz! Meine kleine süße Pflaume! Beiß mich, sonst esse ich dich.«

Er küßte sie, die sich lachend zurückbog, auf den offnen, starken Mund, zwischen Sträuben und Widerreden gab sie nach, küßte wieder, schüttelte den Kopf, lachte, suchte sich freizumachen. Er hielt sie an sich gezogen, seinen Mund auf ihrem, seine Hand auf ihrer Brust, ihr Haar roch wie Sommer, nach Heu, Ginster, Farnkraut, Brombeeren. Einen Augenblick tief Atem schöpfend, bog er den Kopf zurück, da sah er am verglühten Himmel klein und weiß den ersten Stern aufgegangen. Die Frau schwieg, ihr Gesicht war ernst geworden, sie seufzte, sie legte ihre Hand auf seine und drückte sie fester um ihre Brust. Er bückte sich sanft, drückte ihr den Arm in die Kniekehlen, die nicht widerstrebten, und bettete sie ins Gras.

»Hast du mich lieb?« fragte sie wie ein kleines Mädchen. »Povera me!«

Sie tranken den Becher, Wind strich über ihr Haar und nahm ihren Atem mit.

Ehe sie Abschied nahmen, suchte er im Rucksack, in seinen Rocktaschen, ob er ihr nichts zu schenken häbe, fand eine kleine silberne Taschendose, noch halb voll von Zigarettentabak, die leerte er aus und gab sie ihr.

»Nein, kein Geschenk, gewiß nicht!« versicherte er. »Nur ein Andenken, daß du mich nicht vergißt.«

»Ich vergesse dich nicht«, sagte sie. Und: »Kommst du wieder?«

Er wurde traurig. Langsam küßte er sie auf beide Augen.

»Ich komme wieder«, sagte er.

Noch eine Weile hörte er, regungslos stehend, ihre Schritte auf den Holzsohlen bergabwärts klingen, über den Wiesengrund, durch den Wald, auf Erde, auf Fels, auf Laub, auf Wurzeln. Nun war sie fort. Schwarz stand der Wald in der Nacht, lau strich der Wind über die erloschene Erde. Irgend etwas, vielleicht ein Pilz, vielleicht ein welkes Farnkraut, roch scharf und bitter nach Herbst.

Klingsor konnte sich nicht zur Heimkehr entschließen. Wozu jetzt den Berg hinaufsteigen, wozu in seine Zimmer zu all den Bildern gehen? Er streckte sich ins Gras und lag und sah die Sterne an, schlief endlich ein und schlief, bis spät in der Nacht ein Tierschrei oder ein Windstoß oder die Kühle des Taus ihn erweckte. Dann stieg er nach Castagnetta hinauf, fand sein Haus, seine Tür, seine Zimmer. Briefe lagen da und Blumen, es war Freundesbesuch dagewesen.

So müde er war, er packte doch, nach der alten, zähen Gewöhnung, in aller Nacht noch seine Sachen aus und sah beim Lampenlicht die Skizzenblätter des Tages an. Das Waldinnere war schön, Gekräut und Gestein im lichtdurchzuckten Schatten glänzte kühl und köstlich wie eine Schatzkammer. Es war richtig gewesen, daß er nur mit Chromgelb, Orange und Blau gearbeitet und das Zinnobergrün weggelassen hatte. Lange sah er das Blatt an.

Aber wozu? Wozu all die Blätter voll Farbe? Wozu all die Mühe, all der Schweiß, all die kurze, trunkene Schaffenslust? Gab es Erlösung? Gab es Ruhe? Gab es Frieden? Erschöpft sank er, kaum entkleidet, ins Bett, löschte das Licht, suchte nach Schlaf und summte leise die Verse Thu Fus vor sich hin:

> »Bald klirrt der Wind
> Über mein braunes Grab.«

## Klingsor schreibt an Louis den Grausamen

Caro Luigi! Lange hat man Deine Stimme nicht mehr gehört. Lebst Du noch am Lichte? Nagt schon der Geier Dein Gebein? Hast Du einmal mit einer Stricknadel in einer stehengebliebenen Wanduhr gestochert? Ich tat es einmal, und habe es erlebt, daß plötzlich der Teufel in das Werk fuhr und die ganze vorhandene Zeit abrasselte, die Zeiger machten Wettrennen ums Zifferblatt, mit einem unheimlichen Geräusch drehten sie sich wahnsinnig fort, prestissimo, bis ebenso plötzlich alles abschnappte und die Uhr den Geist aufgab. Genau so ist es zur Zeit hier bei uns: Sonne und Mond rennen gehetzt wie Amokläufer über den Himmel, die Tage jagen sich, die Zeit läuft einem davon, wie durch ein Loch im Sack. Hoffentlich wird auch das Ende dann ein plötzliches sein und diese betrunkene Welt untergehen, statt wieder in ein bürgerliches Tempo zu fallen.

Die Tage über bin ich zu sehr beschäftigt, als daß ich etwas denken könnte (wie komisch das übrigens klingt, wenn man einen solchen sogenannten ›Satz‹ einmal laut vor sich hinsagt: ›als daß ich etwas denken könnte‹)! Aber am Abend fehlst Du mir oft. Ich sitze dann meistens irgendwo im Wald in einem der vielen Keller und trinke den beliebten Rotwein, der zwar meistens nicht gut ist, aber doch auch das Leben tragen hilft und den Schlaf befördert. Einige Male bin ich sogar am Tisch im Grotto eingeschlafen und habe unter dem Grinsen der Eingeborenen bewiesen, daß es mit meiner Neurasthenie doch nicht so schlimm stehen kann. Manchmal sind Freunde und Mädchen dabei, und man übt seine Finger am Plastizin weiblicher Glieder und spricht über Hüte und Absätze und die Kunst. Manchmal glückt es, daß eine gute Temperatur erreicht wird, dann schreien und lachen wir die ganze Nacht, und die Leute freuen sich, daß Klingsor so ein lustiger Bruder ist. Es gibt hier eine sehr hübsche Frau, die jedesmal, wenn ich sie sehe, heftig nach Dir fragt.

Die Kunst, die wir beide treiben, hängt, wie ein Professor sagen würde, noch immer zu eng am Gegenstand (wäre fein als Bilderrätsel darzustellen). Wir malen immer noch, wenn auch mit etwas freier Handschrift und für den Bourgeois aufregend genug, die Dinge der ›Wirklichkeit‹: Menschen, Bäume, Jahrmärkte, Eisenbahnen, Landschaften. Darin fügen wir uns noch einer Konvention. ›Wirklich‹ nennt ja der Bürger die Dinge, die von allen oder doch vielen ähnlich wahrgenommen und beschrieben werden. Ich habe im Sinn, sobald dieser Sommer herum ist, eine Zeitlang nur noch Phantasien zu malen, namentlich Träume. Es wird darin zum Teil auch nach Deinem Sinn zugehen, nämlich wahnsinnig lustig und überraschend, etwa so wie in den Geschichten Collofinos des Hasenjägers vom Kölner Dom. Wenn ich auch fühle, daß der Boden unter mir etwas dünn geworden ist, und wenn ich auch im ganzen mich wenig nach weiteren Jahren und Taten sehne, ich möchte doch immerhin noch einige heftige Raketen dieser Welt in den Rachen jagen. Ein Bilderkäufer schrieb mir kürzlich, er sehe mit Bewunderung, wie ich in meinen neuesten Arbeiten eine zweite Jugend erlebe. Etwas daran ist ja richtig. Zu malen habe ich eigentlich erst dies Jahr recht angefangen, scheint mir. Aber es ist weniger ein Frühling, was ich da erlebe, als eine Explosion. Erstaunlich, wie viel Dynamit in mir noch steckt; aber Dynamit läßt sich schlecht im Sparherd brennen.

Lieber Louis, schon oft habe ich mich im stillen darüber gefreut, daß wir zwei alten Wüstlinge im Grunde so rührend schamhaft sind und einander lieber die Gläser an den Kopf schmeißen, als etwas von unsern Gefühlen gegeneinander merken zu lassen. Möge es so bleiben, alter Igel!

Wir haben dieser Tage in jenem Grotto bei Barengo ein Fest mit Brot und Wein gefeiert, herrlich klang unser Gesang im hohen Wald in der Mitternacht, die alten römischen Lieder. Man braucht so wenig zum Glück, wenn man älter wird und an den Füßen zu frieren beginnt: acht bis zehn Stunden Arbeit am Tag, einen Liter Piemonteser, ein halbes Pfund Brot, eine Virginia, ein paar Freundinnen, und allerdings Wärme und gutes Wetter. Die haben wir, die Sonne funktioniert prachtvoll, mein Schädel ist verbrannt wie der einer Mumie. An manchen Tagen habe ich das Gefühl, mein Leben und Arbeiten beginne eben erst, manchmal aber kommt es mir vor, ich habe achtzig Jahre schwer gearbeitet und habe bald einen Anspruch auf Ruhe und Feierabend. Jeder kommt einmal an ein Ende, mein Louis, auch ich, auch Du. Weiß Gott, was ich Dir da schreibe, man sieht, daß ich etwas unwohl bin. Es sind wohl Hypochondrien, ich habe viel Augenschmerzen, und manchmal verfolgt mich die Erinnerung an eine

Abhandlung über Netzhautablösung, die ich vor Jahren gelesen habe.

Wenn ich durch meine Balkontür hinuntersehe, die Du kennst, dann wird mir klar, daß wir noch eine gute Weile fleißig sein müssen. Die Welt ist unsäglich schön und mannigfaltig, durch diese grüne hohe Tür läutet sie Tag und Nacht zu mir herauf und schreit und fordert, und immer wieder renne ich hinaus und reiße ein Stück davon an mich, ein winziges Stück. Die grüne Gegend hier ist durch den trocknen Sommer jetzt wunderbar licht und rötlich geworden, ich hätte nie gedacht, daß ich wieder zu Englischrot und Siena greifen würde. Dann steht der ganze Herbst bevor, Stoppelfelder, Weinlese, Maisernte, rote Wälder. Ich werde das alles noch einmal mitmachen, Tag für Tag, und noch einige hundert Studien malen. Dann aber, das fühle ich, werde ich den Weg nach innen gehen und noch einmal, wie ich es als junger Kerl eine Weile tat, ganz aus der Erinnerung und Phantasie malen, Gedichte machen und Träume spinnen. Auch das muß sein.

Ein großer Pariser Maler, den ein junger Künstler um Ratschläge bat, hat ihm gesagt: ›Junger Mann, wenn Sie ein Maler werden wollen, so vergessen Sie nicht, daß man vor allem gut essen muß. Zweitens ist die Verdauung wichtig, sorgen Sie für einen regelmäßigen Stuhlgang! Und drittens: halten Sie sich stets eine hübsche kleine Freundin!‹ Ja, man sollte meinen, diese Anfänge der Kunst habe ich gelernt, und es könne mir hierin eigentlich kaum fehlen. Aber dies Jahr, es ist verflucht, stimmt es bei mir auch in diesen einfachen Dingen nicht mehr recht. Ich esse wenig und schlecht, oft ganze Tage nur Brot, ich habe zuzeiten mit dem Magen zu tun (ich sage Dir: das Unnützeste, was man zu tun haben kann!), und ich habe auch keine richtige kleine Freundin, sondern habe mit vier, fünf Frauen zu tun und bin ebensooft erschöpft wie hungrig. Es fehlt etwas am Uhrwerk, und seit ich mit der Nadel hineingestochen habe, läuft es zwar wieder, aber rasch wie der Satan, und rasselt so unvertraut dabei. Wie einfach ist das Leben, wenn man gesund ist! Du hast noch nie einen so langen Brief von mir bekommen, außer vielleicht damals in der Zeit, wo wir über die Palette disputierten. Ich will aufhören, es geht gegen fünf Uhr, das schöne Licht fängt an. Sei gegrüßt von Deinem

Klingsor.

Nachschrift:
Ich erinnere mich, daß Du ein kleines Bild von mir gern hattest, das am meisten chinesische, das ich gemacht habe, mit der Hütte, dem roten Weg, den veronesergrünen Zackenbäumen und der fernen Spielzeugstadt im Hintergrund. Ich kann es jetzt nicht schicken, weiß auch nicht, wo Du bist. Aber es gehört Dir, das möchte ich Dir für alle Fälle sagen.

## Klingsor schickt seinem Freunde Thu Fu ein Gedicht

*(Aus den Tagen, in welchen er an seinem Selbstbildnis malte)*

Trunken sitz ich des Nachts im durchwehten Gehölz,
An den singenden Zweigen hat Herbst genagt;
Murmelnd läuft in den Keller,
Meine leere Flasche zu füllen, der Wirt.

Morgen, morgen haut mir der bleiche Tod
Seine klirrende Sense ins rote Fleisch,
Lange schon auf der Lauer
Weiß ich ihn liegen, den grimmen Feind.

Ihn zu höhnen, sing ich die halbe Nacht,
Lalle mein trunkenes Lied in den müden Wald;
Seiner Drohung zu lachen
Ist meines Liedes und meines Trinkens Sinn.

Vieles tat und erlitt ich, Wandrer auf langem Weg,
Nun am Abend sitz ich, trinke und warte bang,
Bis die blitzende Sichel
Mir das Haupt vom zuckenden Herzen trennt.

## Das Selbstbildnis

In den ersten Septembertagen, nach vielen Wochen einer ungewöhnlichen trocknen Sonnenglut, gab es einige Regentage. In diesen Tagen malte Klingsor, in dem hochfenstrigen Saal seines

Palazzos in Castagnetta, sein Selbstporträt, das jetzt in Frankfurt hängt.

Dies furchtbare und doch so zauberhaft schöne Bild, sein letztes ganz zu Ende geführtes Werk, steht am Ende der Arbeit jenes Sommers, am Ende einer unerhört glühenden, rasenden Arbeitszeit, als deren Gipfel und Krönung. Vielen ist es aufgefallen, daß jeder, der Klingsor kannte, ihn auf diesem Bilde sofort und unfehlbar wiedererkannte, obwohl niemals ein Bildnis sich so weit von jeder naturalistischen Ähnlichkeit entfernte.

Wie alle späteren Werke Klingsors, so kann man auch dies Selbstbildnis aus den verschiedensten Standpunkten betrachten. Für manche, zumal solche, die den Maler nicht kannten, ist das Bild vor allem ein Farbenkonzert, ein wunderbar gestimmter, trotz aller Buntheit still und edel wirkender Teppich. Andre sehen darin einen letzten kühnen, ja verzweifelten Versuch zur Befreiung vom Gegenständlichen: ein Antlitz wie eine Landschaft gemalt, Haare an Laub und Baumrinde erinnernd, Augenhöhlen wie Felsspalten – sie sagen, dies Bild erinnere an die Natur nur so, wie mancher Bergrücken an ein Menschengesicht, mancher Baumast an Hände und Beine erinnert, nur von ferne her, nur gleichnishaft. Viele aber sehen im Gegenteil gerade in diesem Werk nur den Gegenstand, das Gesicht Klingsors, von ihm selbst mit unerbittlicher Psychologie zerlegt und gedeutet, eine riesige Konfession, ein rücksichtsloses, schreiendes, rührendes, erschreckendes Bekenntnis. Noch andere, und darunter einige seiner erbittertsten Gegner, sehen in diesem Bildnis lediglich ein Produkt und Zeichen von Klingsors angeblichem Wahnsinn. Sie vergleichen den Kopf des Bildes mit dem naturalistisch gesehenen Original, mit Photographien, und finden in den Deformationen und Übertreibungen der Formen negerhafte, entartete, atavistische, tierische Züge. Manche von diesen halten sich auch über das Götzenhafte und Phantastische dieses Bildes auf, sehen eine Art von monomanischer Selbstanbetung darin, eine Blasphemie und Selbstverherrlichung, eine Art von religiösem Größenwahn. Alle diese Arten der Betrachtung sind möglich und noch viele andere.

Während der Tage, die er an diesem Bilde malte, ging Klingsor nicht aus, außer des Nachts zum Wein, aß nur Brot und Obst, das ihm die Hauswirtin brachte, blieb unrasiert und sah mit den unter der verbrannten Stirn tief eingesunkenen Augen in dieser Verwahrlosung in der Tat erschreckend aus. Er malte sitzend und auswendig, nur von Zeit zu Zeit, fast nur in den Arbeitspausen, ging er zu dem großen, altmodischen, mit Rosenranken bemalten Spiegel an der Nordwand, streckte den Kopf vor, riß die Augen auf, schnitt Gesichter. Viele, viele Gesichter sah er hinter dem Klingsor-Gesicht im großen Spiegel zwischen den dummen Rosenranken, viele Gesichter malte er in sein Gesicht hinein: Kindergesichter süß und erstaunt, Jünglingsschläfen voll Traum und Glut, spöttische Trinkeraugen, Lippen eines Dürstenden, eines Verfolgten, eines Leidenden, eines Suchenden, eines Wüstlings, eines enfant perdu. Den Kopf aber baute er majestätisch und brutal, einen Urwaldgötzen, einen in sich verliebten, eifersüchtigen Jehova, einen Popanz, vor dem man Erstlinge und Jungfrauen opfert. Dies waren einige seiner Gesichter. Ein andres war das des Verfallenden, des Untergehenden, des mit seinem Untergang Einverstandenen: Moos wuchs auf seinem Schädel, schief standen die alten Zähne, Risse durchzogen die welke Haut, und in den Rissen stand Schorf und Schimmel. Das ist es, was einige Freunde an dem Bilde besonders lieben. Sie sagen: es ist der Mensch, ecce homo, der müde, gierige, wilde, kindliche und raffinierte Mensch unsrer späten Zeit, der sterbende, sterbenwollende Europamensch: von jeder Sehnsucht verfeinert, von jedem Laster krank, vom Wissen um seinen Untergang enthusiastisch beseelt, zu jedem Fortschritt bereit, zu jedem Rückschritt reif, ganz Glut und auch ganz Müdigkeit, dem Schicksal und dem Schmerz ergeben wie der Morphinist dem Gift, vereinsamt, ausgehöhlt, uralt, Faust zugleich und Karamasow, Tier und Weiser, ganz entblößt, ganz ohne Ehrgeiz, ganz nackt, voll von Kinderangst vor dem Tode und voll von müder Bereitschaft, ihn zu sterben. Und noch weiter, noch tiefer hinter all diesen Gesichtern schliefen fernere, tiefere, ältere Gesichter, vormenschliche, tierische, pflanzliche, steinerne, so als erinnere sich der letzte Mensch auf Erden im Augenblick vor dem Tode nochmals traumschnell an alle Gestaltungen seiner Vorzeit und Weltenjugend.

In diesen rasend gespannten Tagen lebte Klingsor wie ein Ekstatiker. Nachts füllte er sich schwer mit Wein und stand dann, die Kerze in der Hand, vor dem alten Spiegel, betrachtete das Gesicht im Glas, das schwermütig grinsende Gesicht des Säufers. Den einen Abend hatte er eine Geliebte bei sich, auf dem Diwan im Studio, und während er sie nackt an sich gedrückt hielt, starrte er über ihre Schulter weg in den Spiegel, sah neben ihrem aufgelösten Haar sein verzerrtes Gesicht, voll Wollust und voll Ekel vor der Wollust, mit geröteten Augen. Er hieß sie morgen wiederkommen, aber Grauen hatte sie gefaßt, sie kam nicht wieder.

Nachts schlief er wenig. Oft erwachte er aus angstvollen Träumen, Schweiß im Gesicht, wild und lebensmüde, und sprang doch alsbald auf, starrte in den Schrankspiegel, las die wüste Landschaft dieser verstörten Züge ab, düster, haßvoll, oder lächelnd, wie schadenfroh. Er hatte einen Traum, in dem sah er sich selbst, wie er gefoltert wurde, in die Augen wurden Nägel geschlagen, die Nase mit Haken aufgerissen; und er zeichnete dies gefolterte Gesicht, mit den Nägeln in den Augen, mit Kohle auf einen Buchdeckel, der ihm zur Hand lag; wir fanden das seltsame Blatt nach seinem Tode. Von einem Anfall von Gesichtsneuralgien befallen, hing er krumm über die Lehne eines Stuhles, lachte und schrie vor Pein und hielt sein entstelltes Gesicht vor das Glas des Spiegels, betrachtete die Zuckungen, verhöhnte die Tränen.

Und nicht sein Gesicht allein, oder seine tausend Gesichter, malte er auf dies Bild, nicht bloß seine Augen und Lippen, die leidvolle Talschlucht des Mundes, den gespaltenen Felsen der Stirn, die wurzelhaften Hände, die zuckenden Finger, den Hohn des Verstandes, den Tod im Auge. Er malte, in seiner eigenwilligen, überfüllten, gedrängten und zuckenden Pinselschrift, sein Leben dazu, seine Liebe, seinen Glauben, seine Verzweiflung. Scharen nackter Frauen malte er mit, im Sturm vorbeigetrieben wie Vögel, Schlachtopfer vor dem Götzen Klingsor, und einen Jüngling mit dem Gesicht des Selbstmörders, ferne Tempel und Wälder, einen alten bärtigen Gott, mächtig und dumm, eine Frauenbrust, vom Dolch gespalten, Schmetterlinge mit Gesichtern auf den Flügeln, und zuhinterst im Bilde, am Rande des Chaos den Tod, ein graues Gespenst, der mit einem Speer, klein wie eine Nadel, in das Gehirn des gemalten Klingsor stach.

Wenn er stundenlang gemalt hatte, trieb Unruhe ihn auf, rastlos lief er und flackernd durch sein Zimmer, die Türen wehten hinter ihm, riß Flaschen aus dem Schrank, riß Bücher aus den Schäften, Teppiche von den Tischen, lag lesend am Boden, lehnte sich tief atmend aus den Fenstern, suchte alte Zeichnungen und Photographien und füllte Böden und Tische und Betten und Stühle aller Zimmer mit Papieren, Bildern, Büchern, Briefen an. Alles wehte wirr und traurig durcheinander, wenn der Regenwind durch die Fenster kam. Er fand sein Kinderbildnis unter alten Sachen, Lichtbild aus seinem vierten Jahr, in einem weißen Sommeranzug, unterm weißlich hellblonden Haar ein süßtrotziges Knabengesicht. Er fand die Bilder seiner Eltern, Photographien von Jugendgeliebten. Alles beschäftigte, reizte, spannte, quälte ihn, riß ihn hin und her, alles riß er an sich, warf es wieder hin, bis er wieder davon zuckte, über seiner Holztafel hing und weitermalte. Tiefer zog er die Furchen durch das Geklüft seines Bildnisses, breiter baute er den Tempel seines Lebens auf, mächtiger sprach er die Ewigkeit jedes Daseins aus, schluchzender seine Vergänglichkeit, holder sein lächelndes Gleichnis, höhnischer seine Verurteilung zur Verwesung. Dann sprang er wieder auf, gejagter Hirsch, und lief den Trab des Gefangenen durch seine Zimmer. Freude durchzuckte ihn und tiefe Schöpfungswonne wie ein feuchtes frohlockendes Gewitter, bis Schmerz ihn wieder zu Boden warf und ihm die Scherben seines Lebens und seiner Kunst ins Gesicht schmiß. Er betete vor seinem Bild, und er spie es an. Er war irrsinnig, wie jeder Schöpfer irrsinnig ist. Aber er tat im Irrsinn des Schaffens unfehlbar klug wie ein Nachtwandler alles, was sein Werk förderte. Er fühlte gläubig, daß in diesem grausamen Kampf um sein Bildnis nicht nur Geschick und Rechenschaft eines Einzelnen sich vollziehe, sondern Menschliches, sondern Allgemeines, Notwendiges. Er fühlte, nun stand er wieder vor einer Aufgabe, vor einem Schicksal, und alle vorhergegangene Angst und Flucht und aller Rausch und Taumel waren nur Angst und Flucht vor dieser seiner Aufgabe gewesen. Nun gab es nicht Angst noch Flucht mehr, nur noch Vorwärts, nur noch Hieb und Stich, Sieg und Untergang. Er siegte, und er ging unter, und litt und lachte und biß sich durch, tötete und starb, gebar und wurde geboren.

Ein französischer Maler wollte ihn besuchen, die Wirtin führte ihn ins Vorzimmer, Unordnung und Schmutz grinsten im überfüllten Raum. Klingsor kam, Farbe an den Ärmeln, Farbe im Gesicht, grau, unrasiert, mit langen Schritten rannte er durch den Raum. Der Fremde brachte Grüße aus Paris und Genf, sprach seine Verehrung aus, Klingsor ging auf und ab, schien nicht zu hören. Verlegen schwieg der Gast und begann sich zurückzuziehen, da trat Klingsor zu ihm, legte ihm die farbenbedeckte Hand auf die Schulter, sah ihm nah ins Auge. »Danke«, sagte er langsam, mühsam, »danke, lieber Freund. Ich arbeite, ich kann nicht sprechen. Man spricht zu viel, immer. Seien Sie mir nicht böse, und grüßen Sie mir meine Freunde, sagen Sie ihnen, daß ich sie liebe.« Und verschwand wieder ins andere Zimmer.

Das fertige Bild stellte er, am Ende dieser gepeitschten Tage, in die unbenützte leere Küche und schloß ab. Er hat es nie gezeigt. Dann nahm er Veronal und schlief einen Tag und eine Nacht hindurch. Dann wusch er sich, rasierte sich, legte neue Wäsche und Kleider an, fuhr zur Stadt und kaufte Obst und Zigaretten, um sie Gina zu schenken.

*(1919)*

# Klein und Wagner

## I

Im Schnellzug, nach den raschen Handlungen und Aufregungen der Flucht und der Grenzüberschreitung, nach einem Wirbel von Spannungen und Ereignissen, Aufregungen und Gefahren, noch tief erstaunt darüber, daß alles gutgegangen war, sank Friedrich Klein ganz und gar in sich zusammen. Der Zug fuhr mit seltsamer Geschäftigkeit – nun wo doch keine Eile mehr wahr – nach Süden und riß die wenigen Reisenden eilig an, Seen, Bergen, Wasserfällen und andern Naturwundern vorüber, durch betäubende Tunnels und über sanft schwankende Brücken, alles fremdartig, schön und etwas sinnlos, Bilder aus Schulbüchern und aus Ansichtskarten, Landschaften, die man sich erinnert einmal gesehen zu haben, und die einen doch nichts angehen. Dieses war nun die Fremde, und hierher gehörte er nun, nach Hause gab es keine Rückkehr. Das mit dem Geld war in Ordnung, es war da, er hatte es bei sich, alle die Tausenderscheine, und trug es jetzt wieder in der Brusttasche verwahrt.

Den Gedanken, daß ihm jetzt nichts mehr geschehen könne, daß er jenseits der Grenze und durch seinen falschen Paß vorläufig vor aller Verfolgung gesichert sei, diesen angenehmen und beruhigenden Gedanken zog er zwar immer wieder hervor, voll Verlangen, sich an ihm zu wärmen und zu sättigen; aber dieser hübsche Gedanke war wie ein toter Vogel, dem ein Kind in die Flügel bläst. Er lebt nicht, er tat kein Auge auf, er fiel einem wie Blei aus der Hand, er gab keine Lust, keinen Glanz, keine Freude her. Es war seltsam, es war ihm dieser Tage schon mehrmals aufgefallen: er konnte durchaus nicht denken, an was er wollte, er hatte keine Verfügung über seine Gedanken, sie liefen wie sie wollten, und sie verweilten trotz seinem Sträuben mit Vorliebe bei Vorstellungen, die ihn quälten. Es war, als sei sein Gehirn ein Kaleidoskop, in dem der Wechsel der Bilder von einer fremden Hand geleitet wurde. Vielleicht war es nur die lange Schlaflosigkeit und Erregung, er war ja auch schon längere Zeit nervös. Jedenfalls war es häßlich, und wenn es nicht bald gelang, wieder etwas Ruhe und Freude zu finden, war es zum Verzweifeln.

Friedrich Klein tastete nach dem Revolver in seiner Manteltasche. Das war auch so ein Stück, dieser Revolver, das zu seiner neuen Ausrüstung und Rolle und Maske gehörte. Wie war es im Grunde lästig und ekelhaft, all das mit sich zu schleppen und bis in den dünnen, vergifteten Schlaf hinein bei sich zu tragen, ein Verbrechen, gefälschte Papiere, heimlich eingenähtes Geld, den Revolver, den falschen Namen. Es schmeckte so nach Räubergeschichten, nach einer schlechten Romantik, und es paßte alles so gar nicht zu ihm, zu Klein, dem guten Kerl. Es war lästig und ekelhaft, und nichts von Aufatmen und Befreiung dabei, wie er es erhofft hatte.

Mein Gott, warum hatte er eigentlich das alles auf sich genommen, er, ein Mann von fast vierzig Jahren, als braver Beamter und stiller harmloser Bürger mit gelehrten Neigungen bekannt, Vater von lieben Kindern? Warum? Er fühlte: ein Trieb mußte dagewesen sein, ein Zwang und Drang von genügender Stärke, um einen Mann wie ihn zu dem Unmöglichen zu bewegen – und erst wenn er das wußte, wenn er diesen Zwang und Trieb kannte, wenn er wieder Ordnung in sich hatte, erst dann war etwas wie Aufatmen möglich.

Heftig setzte er sich aufrecht, drückte die Schläfen mit den Daumen und gab sich Mühe zu denken. Es ging schlecht, sein Kopf war wie von Glas, und ausgehöhlt von Aufregungen, Ermüdung und Mangel an Schlaf. Aber es half nichts, er mußte nachdenken. Er mußte suchen, und mußte finden, er mußte wieder einen Mittelpunkt in sich wissen und sich selber einigermaßen kennen und verstehen. Sonst war das Leben nicht mehr zu ertragen.

Mühsam suchte er die Erinnerungen dieser Tage zusammen, wie man kleine Porzellanscherben mit einer Pinzette zusammenpickt, um den Bruch an einer alten Dose wieder zu kitten. Es waren lauter kleine Splitter, keiner hatte Zusammenhang mit den andern, keiner deutete durch Struktur und Farbe aufs Ganze. Was für Erinnerungen! Er sah eine kleine blaue Schachtel, aus der er mit zitternder Hand das Amtssiegel seines Chefs herausnahm. Er sah den alten Mann an der Kasse, der ihm seinen Scheck mit braunen und blauen Banknoten ausbezahlte. Er sah eine Telephonzelle, wo er sich, während er ins Rohr sprach, mit der linken Hand gegen die Wand stemmte, um aufrecht zu bleiben. Vielmehr er sah nicht sich, er sah einen Menschen dies alles tun, einen fremden Menschen, der Klein hieß und nicht er war. Er sah diesen Menschen Briefe verbrennen, Briefe schreiben. Er sah ihn in einem Restaurant essen. Er sah ihn – nein, das war kein Fremder, das war er, das war Friedrich Klein selbst! – nachts über das Bett eines schlafenden Kindes gebückt. Nein, das war er selbst gewesen! Wie weh das tat, auch jetzt wieder in der Erinnerung! Wie weh das tat, das Gesicht des schlafenden Kindes zu sehen und seine Atemzüge zu hören und zu wissen: nie mehr würde man diese lieben Augen offen sehen, nie mehr diesen kleinen Mund lachen und essen sehen, nie mehr von ihm geküßt werden. Wie weh das tat! Warum tat jener Mensch Klein sich selber so weh!

Er gab es auf, die kleinen Scherben zusammenzusetzen. Der Zug hielt, ein fremder großer Bahnhof lag da, Türen schlugen, Koffer schwankten am Wagenfenster vorüber, Papierschilder blau und gelb riefen laut: Hotel Milano – Hotel Kontinental! Mußte er darauf achten? War es wichtig? War eine Gefahr? Er schloß die Augen und sank eine Minute lang in Betäubung, schreckte sofort wieder auf, riß die Augen weit auf, spielte den Wachsamen. Wo war er? Der Bahnhof war noch da. Halt – wie heiße ich? Zum tausendstenmal machte er die Probe. Also: Wie heiße ich? Klein. Nein, zum Teufel! Fort mit Klein, Klein existiert nicht mehr. Er tastete nach der Brusttasche, wo der Paß steckte.

Wie war das alles ermüdend! Überhaupt – wenn man wüßte, wie wahnsinnig mühsam es ist, ein Verbrecher zu sein – –! Er ballte die Hände vor Anstrengung. Das alles hier ging ihn ja gar nichts an, Hotel Milano, Bahnhof, Kofferträger, das alles konnte er ruhig weglassen – nein, es handelte sich um anderes, um Wichtiges. Um was? Im Halbschlummer, der Zug fuhr schon wieder, kam er zu seinen Gedanken zurück. Es war ja so wichtig, es handelte sich ja darum, ob das Leben noch länger zu ertragen sein würde. Oder – war es nicht einfacher, dem ganzen ermüdenden Unsinn ein Ende zu machen? Hatte er denn nicht Gift bei sich? Das Opium? – Ach nein, er erinnerte sich, das Gift hatte er ja nicht bekommen. Aber er hatte den Revolver. Ja richtig. Sehr gut. Ausgezeichnet.

»Sehr gut« und »ausgezeichnet« sagte er laut vor sich hin und fügte mehr solche Worte hinzu. Plötzlich hörte er sich sprechen, erschrak, sah in der Fensterscheibe sein entstelltes Gesicht gespiegelt, fremd, fratzenhaft und traurig. Mein Gott, schrie er in sich hinein, mein Gott! Was tun? Wozu noch leben? Mit der Stirn in dies bleiche Fratzenbild hinein, sich in diese trübe blöde Scheibe stürzen, sich ins Glas verbeißen, sich am Glase den Hals abschneiden. Mit dem Kopf auf die Bahnschwelle schlagen, dumpf und dröhnend, von den Rädern der vielen Wagen aufgewickelt werden, alles zusammen, Därme und Hirn, Knochen und Herz, auch die Augen – und auf den Schienen zerrieben, zu Nichts gemacht, ausradiert. Dies war das einzige, was noch zu wünschen war, was noch Sinn hatte.

Während er verzweifelt in sein Spiegelbild starrte, mit der Nase ans Glas stieß, schlief er wieder ein. Vielleicht Sekunden, vielleicht Stunden. Hin und her schlug sein Kopf, er öffnete die Augen nicht.

Er erwachte aus einem Traum, dessen letztes Stück ihm im Gedächtnis blieb. Er saß, so träumte ihm, vorn auf einem Automobil, das fuhr rasch und ziemlich waghalsig durch eine Stadt, bergauf und -ab. Neben ihm saß jemand, der den Wagen lenkte. Dem gab er im Traum einen Stoß in den Bauch, riß ihm das Steuerrad aus den Händen und steuerte nun selber, wild und beklemmend über Stock und Stein, knapp an Pferden und an Schaufenstern vorbei, an Bäume streifend, daß ihm Funken vor den Augen stoben.

Aus diesem Traum erwachte er. Sein Kopf war freier geworden. Er lächelte über die Traumbilder. Der Stoß in den Bauch war gut, er empfand ihn freudig nach. Nun begann er den Traum zu rekonstruieren und über ihn nachzudenken. Wie das an den Bäumen vorbei gepfiffen hatte! Vielleicht kam es von der Eisenbahnfahrt? Aber das Steuern war, bei aller Gefahr, doch eine Lust gewesen, ein Glück, eine Erlösung! Ja, es war besser, selber zu steuern und dabei in Scherben zu gehen, als immer von einem andern gefahren und gelenkt zu werden.

Aber – wem hatte er eigentlich im Traum diesen Stoß gegeben? Wer war der fremde Chauffeur, wer war neben ihm am Steuer des Automobils gesessen? Er konnte sich an kein Gesicht, an keine Figur erinnern – nur an ein Gefühl, eine vage dunkle Stimmung

... Wer konnte es gewesen sein? Jemand, den er verehrte, dem er Macht über sein Leben einräumte, den er über sich duldete, und den er doch heimlich haßte, dem er doch schließlich den Tritt in den Bauch gab! Vielleicht sein Vater? Oder einer seiner Vorgesetzten? Oder – oder war es am Ende –?

Klein riß die Augen auf. Er hatte ein Ende des verlorenen Fadens gefunden. Er wußte alles wieder. Der Traum war vergessen. Es gab Wichtigeres. Jetzt wußte er! Jetzt begann er zu wissen, zu ahnen, zu schmecken, warum er hier im Schnellzug saß, warum er nicht mehr Klein hieß, warum er Geld unterschlagen und Papiere gefälscht hatte. Endlich, endlich!

Ja, es war so. Es hatte keinen Sinn mehr, es vor sich zu verheimlichen. Es war seiner Frau wegen geschehen, einzig seiner Frau wegen. Wie gut, daß er es endlich wußte!

Vom Turme dieser Erkenntnis aus meinte er plötzlich weite Strecken seines Lebens zu überblicken, das ihm seit langem immer in lauter kleine, wertlose Stücke auseinandergefallen war. Er sah auf eine lange durchlaufene Strecke zurück, auf seine ganze Ehe, und die Strecke erschien ihm wie eine lange, müde, öde Straße, wo ein Mann allein im Staube sich mit schweren Lasten schleppt. Irgendwo hinten, unsichtbar jenseits des Staubes, wußte er leuchtende Höhen und grüne rauschende Wipfel der Jugend verschwunden. Ja, er war einmal jung gewesen, und kein Jüngling wie alle, er hatte große Träume geträumt, er hatte viel vom Leben und von sich verlangt. Seither aber nichts als Staub und Lasten, lange Straße, Hitze und müde Knie, nur im vertrocknenden Herzen ein verschlafenes, alt gewordenes Heimweh lauernd. Das war sein Leben gewesen. Das war sein Leben gewesen.

Er blickte durchs Fenster und zuckte erstaunt zusammen. Ungewohnte Bilder sahen ihn an. Er sah plötzlich aufzuckend, daß er im Süden war. Verwundert richtete er sich auf, lehnte sich hinaus, und wieder fiel ein Schleier, und das Rätsel seines Schicksals ward ein wenig klarer. Er war im Süden! Er sah Reblauben auf grünen Terrassen stehn, goldbraunes Gemäuer halb in Ruinen, wie auf alten Stichen, blühende rosenrote Bäume! Ein kleiner Bahnhof schwand vorbei, mit einem italienischen Namen, irgend etwas auf ogno oder ogna.

Soweit vermochte Klein jetzt die Wetterfahne seines Schicksals zu lesen. Es ging fort von seiner Ehe, seinem Amt, von allem, was bisher sein Leben und seine Heimat gewesen war. Und es ging nach Süden! Nun erst begriff er, warum er, mitten in Hetze und Rausch seiner Flucht, jene Stadt mit dem italienischen Namen zum Ziel gewählt hatte. Er hatte es nach einem Hotelbuch getan, anscheinend wahllos und auf gut Glück, er hätte ebensogut Amsterdam, Zürich oder Malmö sagen können. Erst jetzt war es kein Zufall mehr. Er war im Süden, er war durch die Alpen gefahren. Und damit hatte er den strahlendsten Wunsch seiner Jugendzeit erfüllt, jener Jugend, deren Erinnerungszeichen ihm auf der langen öden Straße eines sinnlosen Lebens erloschen und verlorengegangen waren. Eine unbekannte Macht hatte es so gefügt, daß ihm die beiden brennendsten Wünsche seines Lebens sich erfüllten: die längst vergessene Sehnsucht nach dem Süden, und das heimliche, niemals klar und frei gewordene Verlangen nach Flucht und Freiheit aus dem Frondienst und Staub seiner Ehe. Jener Streit mit seinem Vorgesetzten, jene überraschende Gelegenheit zu der Unterschlagung des Geldes – all das, was ihm so wichtig erschienen war, fiel jetzt zu kleinen Zufällen zusammen. Nicht sie hatten ihn geführt. Jene beiden großen Wünsche in seiner Seele hatten gesiegt, alles andre war nur Weg und Mittel gewesen.

Klein erschrak vor dieser neuen Einsicht tief. Er fühlte sich wie ein Kind, das mit Zündhölzern gespielt und ein Haus dabei angezündet hat. Nun brannte es. Mein Gott! Und was hatte er davon? Und wenn er bis nach Sizilien oder Konstantinopel fuhr, konnte ihn das um zwanzig Jahre jünger machen? Indessen lief der Zug, und Dorf um Dorf lief ihm entgegen, fremdartig schön, ein heiteres Bilderbuch, mit allen den hübschen Gegenständen, die man vom Süden erwartet und aus Ansichtskarten kennt; steinerne schön gewölbte Brücken über Bach und braunen Felsen, Weinbergmauern von kleinen Farnen überwachsen, hohe schlanke Glockentürme, die Fassaden der Kirchen bunt bemalt oder von gewölbten Hallen mit leichten, edlen Bogen beschattet, Häuser mit rosenrotem Anstrich und dickgemauerte Arkadenhallen mit dem kühlsten Blau gemalt, zahme Kastanien, da und dort schwarze Zypressen, kletternde Ziegen, vor einem Herrschaftshaus im Rasen die ersten Palmen kurz und dickstämmig. Alles merkwürdig und ziemlich unwahrscheinlich, aber alles zusammen war doch überaus hübsch und verkündete etwas wie Trost. Es gab diesen Süden, er war keine Fabel. Die Brücken und Zypressen waren erfüllte Jugendträume, die Häuser und Palmen sagten: du bist nicht mehr im Alten, es beginnt lauter Neues. Luft und Sonnenschein schienen gewürzt und verstärkt, das Atmen leichter, das Leben möglicher, der Revolver entbehrlicher, das Ausradiertwerden auf den Schienen minder dringlich. Ein Versuch schien möglich, trotz allem. Das Leben konnte vielleicht ertragen werden.

Wieder übernahm ihn die Erschlaffung, leichter gab er sich jetzt hin, und schlief, bis es Abend war und der volltönende Name der kleinen Hotelstadt ihn weckte. Hastig stieg er aus. Ein Diener mit dem Schild ›Hotel Milano‹ an der Mütze redete ihn deutsch an, er bestellte ein Zimmer und ließ sich die Adresse geben. Schlaftrunken taumelte er aus der Glashalle und dem Rausch in den lauen Abend.

›So habe ich mir etwa Honolulu gedacht‹, ging ihm durch den Kopf. Eine phantastisch unruhige Landschaft, schon beinahe nächtlich, schwankte ihm fremd und unbegreiflich entgegen. Vor ihm fiel der Hügel steil hinab, da lag unten tief geschachtelt die Stadt, senkrecht blickte er auf erleuchtete Plätze hinunter. Von allen Seiten stürzten steile spitze Zuckerhutberge jäh herab in einen See, der am Widerschein unzähliger Kailaternen kenntlich wurde. Eine Seilbahn senkte sich wie ein Korb den Schacht hinunter zur Stadt, halb gefährlich, halb spielzeughaft. Auf einigen der hohen Bergkegel glühten erleuchtete Fenster, bis zum Gipfel in launischen Reihen, Stufen und Sternbildern geordnet. Von der Stadt wuchsen die Dächer großer Hotels herauf, dazwischen schwarzdunkle Gärten, ein warmer sommerhafter Abendwind voll Staub und Duft flatterte wohlgelaunt unter den grellen Laternen. Aus der wirr durchfunkelten Finsternis am See schwoll taktfest und lächerlich eine Blechmusik heran.

Ob das nun Honolulu, Mexiko oder Italien war, konnte ihm einerlei sein. Es war Fremde, es war neue Welt und neue Luft, und wenn sie ihn auch verwirrte und heimlich in Angst versetzte, sie duftete doch auch nach Rausch und Vergessen und neuen, unerprobten Gefühlen.

Eine Straße schien ins Freie zu führen, dorthin schlenderte er, an Lagerschuppen und leeren Lastfuhrwerken vorüber, dann bei kleinen Vorstadthäusern vorbei, wo laute Stimmen italienisch schrien und im Hof eines Wirtshauses eine Mandoline schrillte. Im letzten Hause klang eine Mädchenstimme auf, ein Duft von Wohllaut beklemmte ihm das Herz, viele Worte konnte er zu seiner Freude verstehen und den Refrain sich merken:

> Mama non vuole, papa ne meno,
> Come faremo a fare l'amor?

Es klang wie aus den Träumen seiner Jugend her. Bewußtlos schritt er die Straße weiter, floß hingerissen in die warme Nacht, in der die Grillen sangen. Ein Weinberg kam, und bezaubert blieb er stehen: Ein Feuerwerk, ein Reigen von kleinen, grün glühenden Lichtern erfüllte die Luft und das duftende, hohe Gras, tausend Sternschnuppen taumelten trunken durcheinander. Es war ein Schwarm von Leuchtkäfern, langsam und lautlos geisterten sie durch die warm aufzuckende Nacht. Die sommerliche Luft und Erde schien sich phantastisch in leuchtenden Figuren und tausend kleinen beweglichen Sternbildern auszuleben.

Lange stand der Fremde dem Zauber hingegeben und vergaß die ängstliche Geschichte dieser Reise und die ängstliche Geschichte seines Lebens über der schönen Seltsamkeit. Gab es noch eine Wirklichkeit? Noch Geschäfte und Polizei? Noch Assessoren und Kursberichte? Stand zehn Minuten von hier ein Bahnhof?

Langsam wandte sich der Flüchtling, der aus seinem Leben heraus in ein Märchen gereist war, gegen die Stadt zurück. Laternen glühten auf. Menschen riefen ihm Worte zu, die er nicht verstand. Unbekannte Riesenbäume standen voll Blüten, eine steinerne Kirche hing mit schwindelnder Terrasse über dem Absturz, helle Straßen, von Treppen unterbrochen, flossen rasch wie Bergbäche in das Städtchen hinab.

Klein fand sein Hotel, und mit dem Eintritt in die überhellen nüchternen Räume, Halle und Treppenhaus schwand sein Rausch dahin, und es kehrte die ängstliche Schüchternheit zurück, sein Fluch und Kainszeichen. Betreten drückte er sich an den wachen, taxierenden Blicken des Concierge, der Kellner, des Liftjungen, der Hotelgäste vorbei in die ödeste Ecke eines Restaurants. Er bat mit schwacher Stimme um die Speisekarte, und las, als wäre er noch arm und müßte sparen, bei allen Speisen sorgfältig die Preise mit, bestellte etwas Wohlfeiles, ermunterte sich künstlich zu einer halben Flasche Bordeaux, der ihm nicht schmeckte, und war froh, als er endlich hinter verschlossener Tür in seinem schäbigen kleinen Zimmer lag. Bald schlief er ein, schlief gierig und tief, aber nur zwei, drei Stunden. Noch mitten in der Nacht wurde er wieder wach.

Er starrte, aus den Abgründen des Unbewußten kommend, in die feindselige Dämmerung, wußte nicht, wo er war, hatte das drückende und schuldhafte Gefühl, Wichtiges vergessen und versäumt zu haben. Wirr umherhastend erfühlte er einen Drücker und drehte Licht an. Das kleine Zimmer sprang ins grelle Licht, fremd, öde, sinnlos. Wo war er? Böse glotzten die Plüschsessel. Alles blickte ihn kalt und fordernd an. Da fand er sich im Spiegel und las das Vergessene aus seinem Gesicht. Ja, er wußte. Dies Gesicht hatte er früher nicht gehabt, nicht diese Augen, nicht diese Falten, nicht diese Farben. Es war ein neues Gesicht, schon einmal war es ihm aufgefallen, im Spiegel einer Glasscheibe, irgendwann im gehetzten Theaterstück dieser wahnsinnigen Tage. Es war nicht sein Gesicht, das gute, stille und etwas duldende Friedrich-Klein-Gesicht. Es war das Gesicht eines Gezeichneten, vom Schicksal mit neuen Zeichen gestempelt, älter und auch jünger als das frühere, maskenhaft und doch wunderlich durchglüht. Niemand liebte solche Gesichter.

Da saß er im Zimmer seines Hotels im Süden mit seinem gezeichneten Gesicht. Daheim schliefen seine Kinder, die er verlassen hatte. Nie mehr würde er sie schlafen, nie mehr sie aufwachen sehen, nie mehr ihre Stimmen hören. Er würde niemals mehr aus dem Wasserglas auf jenem Nachttisch trinken, auf dem bei der Stehlampe die Abendpost und ein Buch lagen, und dahinter an der Wand überm Bett die Bilder seiner Eltern, und alles, und alles. Statt dessen starrte er hier im ausländischen Hotel in den Spiegel, in das traurige und angstvolle Gesicht des Verbrechers Klein, und die Plüschmöbel blickten kalt und schlecht, und alles war anders, nichts war mehr in Ordnung. Wenn sein Vater das noch erlebt hätte! Niemals seit seiner Jugendzeit war Klein so unmittelbar und so einsam seinen Gefühlen überlassen gewesen, niemals so in der Fremde, niemals so nackt und senkrecht unter der unerbittlichen Sonne des

Schicksals. Immer war er mit irgend etwas beschäftigt gewesen, mit etwas anderm als mit sich selbst, immer hatte er zu tun und zu sorgen gehabt, um Geld, um Beförderung im Amt, um Frieden im Hause, um Schulgeschichten und Kinderkrankheiten; immer waren große, heilige Pflichten des Bürgers, des Gatten, des Vaters um ihn her gestanden, in ihrem Schutz und Schatten hatte er gelebt, ihnen hatte er Opfer gebracht, von ihnen her war seinem Leben Rechtfertigung und Sinn gekommen. Jetzt hing er plötzlich nackt im Weltraum, er allein Sonne und Mond gegenüber, und fühlte die Luft um sich dünn und eisig.

Und das Wunderliche war, daß kein Erdbeben ihn in diese bange und lebensgefährliche Lage gebracht hatte, kein Gott und kein Teufel, sondern er allein, er selber! Seine eigene Tat hatte ihn hierhergeschleudert, hier allein mitten in die fremde Unendlichkeit gestellt. In ihm selbst war alles gewachsen und entstanden, in seinem eigenen Herzen war das Schicksal groß geworden, Verbrechen und Auflehnung, Wegwerfen heiliger Pflichten, Sprung in den Weltenraum, Haß gegen sein Weib, Flucht, Vereinsamung und vielleicht Selbstmord. Andere mochten wohl auch Schlimmes und Umstürzendes erlebt haben, durch Brand und Krieg, durch Unfall und bösen Willen anderer – er jedoch, der Verbrecher Klein, konnte sich auf nichts dergleichen berufen, auf nichts hinausreden, nichts verantwortlich machen, höchstens vielleicht seine Frau. Ja, sie, sie allerdings konnte und mußte herangezogen und verantwortlich gemacht werden, auf sie konnte er deuten, wenn einmal Rechenschaft von ihm verlangt wurde!

Ein großer Zorn brannte in ihm auf, und mit einemmal fiel ihm etwas ein, brennend und tödlich, ein Knäuel von Vorstellungen und Erlebnissen. Es erinnerte ihn an den Traum vom Automobil, und an den Stoß, den er seinem Feinde dort in den Bauch gegeben hatte.

Woran er sich nun erinnerte, das war ein Gefühl, oder eine Phantasie, ein seltsamer und krankhafter Seelenzustand, eine Versuchung, ein wahnsinniges Gelüst, oder wie immer man es bezeichnen wollte. Es war die Vorstellung oder Vision einer furchtbaren Bluttat, die er beging, indem er sein Weib, seine Kinder und sich selbst ums Leben brachte. Mehrmals, so besann er sich jetzt, während noch immer der Spiegel ihm sein gestempeltes, irres Verbrechergesicht zeigte – mehrmals hatte er sich diesen vierfachen Mord vorstellen müssen, vielmehr sich verzweifelt gegen diese häßliche und unsinnige Vision gewehrt, wie sie ihm damals erschienen war. Genau damals hatten die Gedanken, Träume und quälenden Zustände in ihm begonnen, so schien ihm, welche dann mit der Zeit zu der Unterschlagung und zu seiner Flucht geführt hatten. Vielleicht – es war möglich – war es nicht bloß die übergroß gewordene Abneigung gegen seine Frau und sein Eheleben gewesen, die ihn von Hause fortgetrieben hatte, sondern noch mehr die Angst davor, daß er eines Tages doch noch dies viel furchtbarere Verbrechen begehen möchte: sie alle töten, sie schlachten und in ihrem Blut liegen sehen. Und weiter: auch diese Vorstellung noch hatte eine Vorgeschichte. Sie war zuzeiten gekommen, wie etwa ein leichter Schwindelanfall, wo man meint, sich fallenlassen zu müssen. Das Bild aber, die Mordtat, stammte aus einer besonderen Quelle her! Unbegreiflich, daß er das erst jetzt sah!

Damals, als er zum erstenmal die Zwangsvorstellung vom Töten seiner Familie hatte und über diese teuflische Vision zu Tode erschrocken war, da hatte ihn, gleichsam höhnisch, eine kleine Erinnerung heimgesucht. Es war diese: Vor Jahren, als sein Leben noch harmlos, ja beinahe glücklich war, sprach er einmal mit Kollegen über die Schreckenstat eines süddeutschen Schullehrers namens W. (er kam nicht gleich auf den Namen), der seine ganze Familie auf eine furchtbar blutige Weise abgeschlachtet und dann die Hand gegen sich selber erhoben hatte. Es war die Frage gewesen, wie weit bei einer solchen Tat von Zurechnungsfähigkeit die Rede sein könne, und im weiteren darüber, ob und wie man überhaupt eine solche Tat, eine solche grausige Explosion menschlicher Scheußlichkeit verstehen und erklären könne. Er, Klein, war damals sehr erregt gewesen und hatte gegen einen Kollegen, welcher jenen Totschlag psychologisch zu erklären versuchte, überaus heftig geäußert: einem so scheußlichen Verbrechen gegenüber gebe es für einen anständigen Mann keine andere Haltung als Entrüstung und Abscheu, eine solche Bluttat könne nur im Gehirn eines Teufels entstehen, und für einen Verbrecher dieser Art sei überhaupt keine Strafe, kein Gericht, keine Folter streng und schwer genug. Er erinnerte sich noch heut genau des Tisches, an dem sie saßen, und des verwunderten und etwas kritischen Blickes, mit dem jener ältere Kollege ihn nach diesem Ausbruch seiner Entrüstung gestreift hatte.

Damals nun, als er sich selber zum erstenmal in einer häßlichen Phantasie als Mörder der Seinigen sah und vor dieser Vorstellung mit einem Schauder zurückschreckte, da war ihm dies um Jahre zurückliegende Gespräch über den Verwandtenmörder W. sofort wieder eingefallen. Und seltsam, obwohl er hätte schwören können, daß er damals völlig aufrichtig seine wahrste Empfindung ausgesprochen habe, war jetzt in ihm innen eine häßliche Stimme da, die ihn verhöhnte und ihm zurief: schon damals, schon damals vor Jahren bei dem Gespräch über den Schullehrer W. habe sein Innerstes dessen Tat verstanden, verstanden und gebilligt, und seine so heftige Entrüstung und Erregung sei nur daraus entstanden, daß der Philister und Heuchler in ihm die Stimme des Herzens nicht habe gelten lassen wollen. Die furchtbaren Strafen und Foltern, die er dem Gattenmörder wünschte, und die entrüsteten Schimpfworte, mit denen er dessen Tat bezeichnete, die hatte er eigentlich gegen sich selber gerichtet, gegen den Keim zum Verbrechen, der gewiß damals schon in ihm war! Seine große Erregung bei diesem ganzen Gespräch und Anlaß war nur daher gekommen, daß in Wirklichkeit er sich selbst sitzen sah, der Bluttat angeklagt, und daß er sein Gewissen zu retten suchte, indem er auf sich selber jede Anklage und jedes schwere Urteil häufte. Als ob er damit, mit diesem Wüten gegen sich selbst, das heimliche Verbrechertum in seinem Innern bestrafen oder übertäuben könnte.

So weit kam Klein mit seinen Gedanken, und er fühlte, daß es sich da für ihn um Wichtiges, ja um das Leben selber handle. Aber es war unsäglich mühsam, diese Erinnerungen und Gedanken auseinanderzufädeln und zu ordnen. Eine aufzuckende Ahnung letzter, erlösender Erkenntnisse unterlag der Müdigkeit und dem Widerwillen gegen seine ganze Situation. Er stand auf, wusch sich das Gesicht, ging barfuß auf und ab, bis ihn fröstelte, und dachte nun zu schlafen.

Aber es kam kein Schlaf. Er lag unerbittlich seinen Empfindungen ausgeliefert, lauter häßlichen, schmerzenden und demütigenden Gefühlen: dem Haß gegen seine Frau, dem Mitleid mit sich selber, der Ratlosigkeit, dem Bedürfnis nach Erklärungen, Entschuldigungen, Trostgründen. Und da ihm für jetzt keine andern Trostgründe einfielen, und da der Weg zum Verständnis so tief und schonungslos in die heimlichsten und gefährlichsten Dickichte seiner Erinnerungen führte und der Schlaf nicht wiederkommen wollte, lag er den Rest der Nacht in einem Zustande, den er in diesem häßlichen Grad noch nicht gekannt hatte. Alle die widerlichen Gefühle, die in ihm stritten, vereinigten sich zu einer furchtbaren, erstickenden, tödlichen Angst, zu einem teuflischen Alpdruck auf Herz und Lunge, der sich immer von neuem bis an die Grenze des Unerträglichen steigerte. Was Angst war, hatte er ja längst gewußt, seit Jahren schon, nicht seit den letzten Wochen und Tagen erst! Aber so hatte er sie noch nie an der Kehle gefühlt! Zwanghaft mußte er an die wertlosesten Dinge denken, an einen vergessenen Schlüssel, an die Hotelrechnung, und daraus Berge von Sorgen und peinlichen Erwartungen schaffen. Die Frage, ob dies schäbige Zimmerchen für die Nacht wohl mehr als dreieinhalb Franken kosten würde, und ob er in diesem Fall noch länger im Hause bleiben solle, hielt ihn wohl eine Stunde lang in Atem, Schweiß und Herzklopfen. Dabei wußte er genau, wie dumm diese Gedanken seien, und sprach immer wieder sich selbst vernünftig und begütigend zu, wie einem trotzigen Kind, rechnete sich an den Fingern die völlige Haltlosigkeit seiner Sorgen vor – vergebens, vollkommen vergebens! Vielmehr dämmerte auch hinter diesem Trösten und Zureden etwas wie blutiger Hohn auf, als sei auch das bloß Getue und Theater, geradeso wie damals sein Getue wegen des Mörders W. Daß die Todesangst, daß dies grauenhafte Gefühl einer Umschnürung und eines Verurteiltseins zu qualvollem Ersticken nicht von der Sorge um die paar Franken oder von ähnlichen Ursachen herkomme, war ihm ja klar. Dahinter lauerte Schlimmeres, Ernsteres – aber was? Es mußten Dinge sein, die mit dem blutigen Schullehrer, mit seinen eigenen Mordwünschen und mit allem Kranken und Ungeordneten in ihm zu tun hatten. Aber wie daran rühren? Wie den Grund finden? Da gab es keine Stelle in ihm innen, die nicht blutete, die nicht krank und faul und wahnsinnig schmerzempfindlich war. Er spürte: Lange war das nicht zu ertragen. Wenn es so weiterging, und namentlich wenn noch manche solche Nächte kamen, dann wurde er wahnsinnig oder nahm sich das Leben.

Angespannt setzte er sich im Bett aufrecht und suchte das

Gefühl seiner Lage auszuschöpfen, um einmal damit fertig zu werden. Aber es war immer dasselbe: Einsam und hilflos saß er, mit fieberndem Kopf und schmerzlichem Herzdruck, in Todesbangigkeit dem Schicksal gegenüber wie ein Vogel der Schlange, festgebannt und von Furcht verzehrt. Schicksal, das wußte er jetzt, kam nicht von irgendwoher, es wuchs im eigenen Innern. Wenn er kein Mittel dagegen fand, so fraß es ihn auf – dann war ihm beschieden, Schritt für Schritt von der Angst, von dieser grauenhaften Angst verfolgt und aus seiner Vernunft verdrängt zu werden, Schritt für Schritt, bis er am Rande stand, den er schon nahe fühlte.

Verstehen können – das wäre gut, das wäre vielleicht die Rettung! Er war noch lange nicht am Ende mit dem Erkennen seiner Lage und dessen, was mit ihm vorgegangen war. Er stand noch ganz im Anfang, das fühlte er wohl. Wenn er sich jetzt zusammenraffen und alles ganz genau zusammenfassen, ordnen und überlegen könnte, dann würde er vielleicht den Faden finden. Das Ganze würde einen Sinn und ein Gesicht bekommen und würde dann vielleicht zu ertragen sein. Aber diese Anstrengung, dieses letzte Sichaufraffen war ihm zuviel, es ging über seine Kräfte, er konnte einfach nicht. Je angespannter er zu denken versuchte, desto schlechter ging es, er fand statt Erinnerungen und Erklärungen in sich nur leere Löcher, nichts fiel ihm ein, und dabei verfolgte ihn schon wieder die quälende Angst, er möchte gerade das Wichtigste vergessen haben. Er stöberte und suchte in sich herum wie ein nervöser Reisender, der alle Taschen und Koffer nach seiner Fahrkarte durchwühlt, die er vielleicht am Hut oder gar in der Hand hat. Aber was half es, das Vielleicht?

Vorher, vor einer Stunde oder länger – hatte er da nicht eine Erkenntnis gehabt, einen Fund getan? Was war es gewesen, was? Es war fort, er fand es nicht wieder. Verzweifelnd schlug er sich mit der Faust an die Stirn. Gott im Himmel, laß mich den Schlüssel finden! Laß mich nicht so umkommen, so jammervoll, so dumm, so traurig! In Fetzen gelöst wie Wolkentreiben im Sturm floh seine ganze Vergangenheit an ihm vorbei, Millionen Bilder, durcheinander und übereinander unkenntlich und höhnend, jedes an irgend etwas erinnernd – an was? An was?

Plötzlich fand er den Namen ›Wagner‹ auf seinen Lippen. Wie bewußtlos sprach er ihn aus: ›Wagner – Wagner.‹ Wo kam der Name her? Aus welchem Schacht? Was wollte er? Wer war Wagner? Wagner?

Er biß sich an dem Namen fest. Er hatte eine Aufgabe, ein Problem, das war besser als dies Hangen im Gestaltlosen. Also: Wer ist Wagner? Was geht mich Wagner an? Warum sagen meine Lippen, die verzogenen Lippen in meinem Verbrechergesicht, jetzt in der Nacht den Namen Wagner vor sich hin? Er nahm sich zusammen. Allerlei fiel ihm ein. Er dachte an Lohengrin, und damit an das etwas unklare Verhältnis, das er zu dem Musiker Wagner hatte. Er hatte ihn, als Zwanzigjähriger, rasend geliebt. Später war er mißtrauisch geworden, und mit der Zeit hatte er gegen ihn eine Menge von Einwänden und Bedenken gefunden. An Wagner hatte er viel herumkritisiert, und vielleicht galt diese Kritik weniger dem Richard Wagner selbst als seiner eigenen, einstigen Liebe zu ihm? Haha, hatte er sich wieder erwischt? Hatte er da wieder einen Schwindel aufgedeckt, eine kleine Lüge, einen kleinen Unrat? Ach ja, es kam einer um den andern zum Vorschein – in dem tadellosen Leben des Beamten und Gatten Friedrich Klein war es gar nicht tadellos, gar nicht sauber gewesen, in jeder Ecke lag ein Hund begraben! Ja, richtig, also war es auch mit Wagner. Der Komponist Richard Wagner wurde von Friedrich Klein scharf beurteilt und gehaßt. Warum? Weil Friedrich Klein es sich selber nicht verzeihen konnte, daß er als junger Mensch für diesen selben Wagner geschwärmt hatte. In Wagner verfolgte er nun seine eigene Jugendschwärmerei, seine eigne Jugend, seine eigne Liebe. Warum? Weil Jugend und Schwärmerei und Wagner und all das ihn peinlich an Verlorenes erinnerten, weil er sich von einer Frau hatte heiraten lassen, die er nicht liebte, oder doch nicht richtig, nicht genug. Ach, und so, wie er gegen Wagner verfuhr, so verfuhr der Beamte Klein noch gegen viele und vieles. Er war ein braver Mann, der Herr Klein, und hinter seiner Bravheit versteckte er nichts als Unflat und Schande! Ja, wenn er ehrlich sein wollte – wieviel heimliche Gedanken hatte er vor sich selber verbergen müssen! Wieviel Blicke nach hübschen Mädchen auf der Gasse, wieviel Neid gegen Liebespaare, die ihm abends begegneten, wenn er vom Amt zu seiner Frau nach Hause ging! Und dann die Mordgedanken. Und hatte er nicht den Haß, der ihm selber hätte gelten sollen, auch gegen jenen Schullehrer – – –

Er schrak plötzlich zusammen. Wieder ein Zusammenhang! Der Schullehrer und Mörder hatte ja – Wagner geheißen! Also da saß der Kern! Wagner – so hieß jener Unheimliche, jener wahnsinnige Verbrecher, der seine ganze Familie umgebracht hatte. War nicht mit diesem Wagner irgendwie sein ganzes Leben seit Jahren verknüpft gewesen? Hatte nicht dieser üble Schatten ihn überall verfolgt?

Nun, Gott sei Dank, der Faden war wieder gefunden. Ja, und über diesen Wagner hatte er einst, in langvergangener besserer Zeit, sehr zornig und empört gescholten und ihm die grausamsten Strafen gewünscht. Und dennoch hatte er später selber, ohne mehr an Wagner zu denken, denselben Gedanken gehabt und hatte mehrmals in einer Art von Vision sich selber gesehen, wie er seine Frau und seine Kinder ums Leben brachte.

Und war denn das nicht eigentlich sehr verständlich? War es nicht richtig? Konnte man nicht sehr leicht dahin kommen, daß die Verantwortung für das Dasein von Kindern einem unerträglich wurde, ebenso unerträglich wie das eigene Wesen und Dasein, das man nur als Irrtum, nur als Schuld und Qual empfand?

Aufseufzend dachte er diesen Gedanken zu Ende. Es schien ihm jetzt ganz gewiß, daß er schon damals, als er ihn zuerst erfuhr, im Herzen jenen Wagnerschen Totschlag verstanden und gebilligt habe, gebilligt natürlich nur als Möglichkeit. Schon damals, als er noch nicht sich unglücklich und sein Leben verpfuscht fühlte, schon damals vor Jahren, als er noch meinte, seine Frau zu lieben, und an ihre Liebe glaubte, schon damals hatte sein Innerstes den Schullehrer Wagner verstanden und seinem entsetzlichen Schlachtopfer heimlich zugestimmt. Was er damals sagte und meinte, war immer nur die Meinung seines Verstandes gewesen, nicht die seines Herzens. Sein Herz – jene innerste Wurzel in ihm, aus der das Schicksal wuchs – hatte schon immer und immer eine andere Meinung gehabt, es hatte Verbrechen begriffen und gebilligt. Es waren immer zwei Friedrich Klein dagewesen, ein sichtbarer und ein heimlicher, ein Beamter und ein Verbrecher, ein Familienvater und ein Mörder.

Damals aber war er im Leben stets auf der Seite des ›bessern‹ Ich gestanden, des Beamten und anständigen Menschen, des Ehemannes und rechtlichen Bürgers. Die heimliche Meinung seines Innersten hatte er nie gebilligt, er hatte sie nicht einmal gekannt.

Und doch hatte diese innerste Stimme ihn unvermerkt geleitet und schließlich zum Flüchtling und Verworfenen gemacht!

Dankbar hielt er diesen Gedanken fest. Da war doch ein Stück Folgerichtigkeit, etwas wie Vernunft. Es genügte noch nicht, es blieb alles Wichtige noch so dunkel, aber eine gewisse Helligkeit, eine gewisse Wahrheit war doch gewonnen. Und Wahrheit – das war es, worauf es ankam. Wenn ihm nur das kurze Ende des Fadens nicht wieder verlorenging!

Zwischen Wachen und Schlaf vor Erschöpfung fiebernd, immer an der Grenze zwischen Gedanke und Traum, verlor er hundertmal den Faden wieder, fand ihn hundertmal neu. Bis es Tag war und der Gassenlärm zum Fenster hereinscholl.

## 2

Den Vormittag lief Klein durch die Stadt. Er kam vor ein Hotel, dessen Garten ihm gefiel, ging hinein, sah Zimmer an und mietete eines. Erst im Weggehen sah er sich nach dem Namen des Hauses um und las: Hotel Kontinental. War ihm dieser Name nicht bekannt? Nicht vorausgesagt worden? Ebenso wie Hotel Milano? Er gab es indessen bald auf, zu suchen, und war zufrieden in der Atmosphäre von Fremdheit, Spiel und eigentümlicher Bedeutsamkeit, in die sein Leben geraten schien.

Der Zauber von gestern kam allmählich wieder. Es war sehr gut, daß er im Süden war, dachte er dankbar. Er war gut geführt worden. Wäre dies nicht gewesen, dieser liebenswerte Zauber überall, dies ruhige Schlendern und Sichvergessenkönnen, dann wäre er Stunde um Stunde vor dem furchtbaren Gedankenzwang gestanden und wäre verzweifelt. So aber gelang es ihm, stundenlang in angenehmer Müdigkeit dahinzuvegetieren, ohne Zwang, ohne Angst, ohne Gedanken. Das tat ihm wohl. Es war sehr gut, daß es diesen Süden gab, und daß er ihn sich verordnet hatte. Der Süden erleichterte das Leben. Er tröstete. Er betäubte.

Auch jetzt am hellen Tage sah die Landschaft unwahrscheinlich und phantastisch aus, die Berge waren alle zu nah, zu steil, zu hoch, wie von einem etwas verschrobenen Maler erfunden. Schön aber war alles Nahe und Kleine: ein Baum, ein Stück

Ufer, ein Haus in schönen heitern Farben, eine Gartenmauer, ein schmales Weizenfeld unter Reben stehend, klein und gepflegt wie ein Hausgarten. Dies alles war lieb und freundlich, heiter und gesellig, es atmete Gesundheit und Vertrauen. Diese kleine, freundliche, wohnliche Landschaft samt ihren stillheitern Menschen konnte man lieben. Etwas lieben zu können – welche Erlösung!

Mit dem leidenschaftlichen Willen, zu vergessen und sich zu verlieren, schwamm der Leidende, auf der Flucht vor den lauernden Angstgefühlen, hingegeben durch die fremde Welt. Er schlenderte ins Freie, in das anmutige, fleißig bestellte Bauernland hinein. Es erinnerte ihn nicht an das Land und Bauerntum seiner Heimat, sondern mehr an Homer und an die Römer, er fand etwas Uraltes, Kultiviertes und doch Primitives darin, eine Unschuld und Reife, die der Norden nicht hat. Die kleinen Kapellen und Bildstöcke, die farbig und zum Teil zerfallend, fast alle von Kindern mit Feldblumen geschmückt, überall an den Wegen zu Ehren von Heiligen standen, schienen ihm denselben Sinn zu haben und vom selben Geist zu stammen wie die vielen kleinen Tempel und Heiligtümer der Alten, die in jedem Hain, Quell und Berg eine Gottheit verehrten und deren heitere Frömmigkeit nach Brot und Wein und Gesundheit duftete. Er kehrte in die Stadt zurück, lief unter hallenden Arkaden, ermüdete sich auf rauhem Steinpflaster, blickte neugierig in offene Läden und Werkstätten, kaufte italienische Zeitungen, ohne sie zu lesen, und geriet endlich müde in einen herrlichen Park am See. Hier schlenderten Kurgäste und saßen lesend auf Bänken, und alte ungeheure Bäume hingen wie in ihr Spiegelbild verliebt überm schwarzgrünen Wasser, das sie dunkel überwölbten. Unwahrscheinliche Gewächse, Schlangenbäume und Perückenbäume, Korkeichen und andre Seltsamkeiten standen frech oder ängstlich oder trauernd im Rasen, der voll Blumen war, und an den fernen jenseitigen Seeufern schwammen weiß und rosig lichte Dörfer und Landhäuser.

Als er auf einer Bank zusammengesunken saß und nah am Einnicken war, riß ein fester elastischer Schritt ihn wach. Auf hohen rotbraunen Schnürstiefeln, im kurzen Rock über dünnen durchbrochenen Strümpfen lief eine Frau vorbei, ein Mädchen, kräftig und taktfest, sehr aufrecht und herausfordernd, elegant, hochmütig, ein kühles Gesicht mit geschminkter Lippenröte und einem hohen dichten Haarbau von hellem, metallischem Gelb. Ihr Blick traf ihn im Vorbeigehen eine Sekunde, sicher und abschätzend wie die Blicke des Portiers und Boys im Hotel, und lief gleichgültig weiter.

Allerdings, dachte Klein, sie hat recht, ich bin kein Mensch, den man beachtet. Unsereinem schaut so eine nicht nach. Dennoch tat die Kürze und Kühle ihres Blickes ihm heimlich weh, er kam sich abgeschätzt und mißachtet vor von jemand, der nur Oberfläche und Außenseite sah, und aus den Tiefen seiner Vergangenheit wuchsen ihm Stacheln und Waffen empor, um sich gegen sie zu wehren. Schon war vergessen, daß ihr feiner belebter Schuh, ihr so sehr elastischer und sicherer Gang, ihr straffes Bein im dünnen Seidenstrumpf ihn einen Augenblick gefesselt und beglückt hatten. Ausgelöscht war das Rauschen ihres Kleides und der dünne Wohlgeruch, der an ihr Haar und an ihre Haut erinnerte. Weggeworfen und zerstampft war der schöne holde Hauch von Geschlecht und Liebesmöglichkeit, der ihn von ihr gestreift hatte. Statt dessen kamen viele Erinnerungen. Wie oft hatte er solche Wesen gesehn, solche junge, sichere und herausfordernde Personen, seien es nun Dirnen oder eitle Gesellschaftsweiber, wie oft hatte ihre schamlose Herausforderung ihn geärgert, ihre Sicherheit ihn irritiert, ihr kühles, brutales Sichzeigen ihn angewidert! Wie manchmal hatte er, auf Ausflügen und in städtischen Restaurants, die Empörung seiner Frau über solche unweibliche und hetärenhafte Wesen von Herzen geteilt!

Mißmutig streckte er die Beine von sich. Dieses Weib hatte ihm seine gute Stimmung verdorben! Er fühlte sich ärgerlich, gereizt und benachteiligt, er wußte: wenn diese mit dem gelben Haar nochmals vorüberkommen und ihn nochmals mustern würde, dann würde er rot werden und sich in seinen Kleidern, seinem Hut, seinen Schuhen, seinem Gesicht, Haar und Bart unzulänglich und minderwertig vorkommen! Hole sie der Teufel! Schon dies gelbe Haar! Es war falsch, es gab nirgends in der Welt so gelbe Haare. Geschminkt war sie auch. Wie nur ein Mensch sich dazu hergeben konnte, seine Lippen mit Schminke anzumalen – negerhaft! Und solche Leute liefen herum, als gehörte ihnen die Welt, sie besaßen das Auftreten, die Sicherheit, die Frechheit und verdarben anständigen Leuten die Freude.

Mit den wieder aufwogenden Gefühlen von Unlust, Ärger und Befangenheit kam abermals ein Schwall von Vergangenheit heraufgekocht, und plötzlich dazwischen der Einfall: du berufst dich ja auf deine Frau, du gibst ihr ja recht, du ordnest dich ihr wieder unter! Einen Augenblick lang überfloß ihn ein Gefühl wie: ich bin ein Esel, daß ich noch immer mich unter die ›anständigen Menschen‹ rechne, ich bin ja keiner mehr, ich gehöre geradeso wie diese Gelbe zu einer Welt, die nicht mehr meine frühere und nicht mehr die anständige ist, in eine Welt, wo anständig oder unanständig nichts mehr bedeutet, wo jeder für sich das schwere Leben zu leben sucht. Einen Augenblick lang empfand er, daß seine Verachtung für die Gelbe ebenso oberflächlich und unaufrichtig war wie seine einstige Empörung über den Schullehrer und Mörder Wagner und auch seine Abneigung gegen den andern Wagner, dessen Musik er einst als allzu sinnenschwül empfunden hatte. Eine Sekunde lang tat sein verschütteter Sinn, sein verlorengegangenes Ich die Augen auf und sagte ihm mit seinem allwissenden Blick, daß alle Empörung, aller Ärger, alle Verachtung ein Irrtum und eine Kinderei sei und auf den armen Kerl von Verächter zurückfalle.

Dieser gute, alleswissende Sinn sagte ihm auch, daß er hier wieder vor einem Geheimnis stehe, dessen Deutung für sein Leben wichtig sei, daß diese Dirne oder Weltdame, daß dieser Duft von Eleganz, Verführung und Geschlecht ihm keineswegs zuwider und beleidigend sei, sondern daß er sich diese Urteile nur eingebildet und eingehämmert habe, aus Angst vor seiner wirklichen Natur, aus Angst vor Wagner, aus Angst vor dem Tier oder Teufel, den er in sich entdecken konnte, wenn er einmal die Fesseln und Verkleidungen seiner Sitte und Bürgerlichkeit abwürfe. Blitzhaft zuckte etwas wie Lachen, wie Hohnlachen in ihm auf, das aber alsbald wieder schwieg. Es siegte wieder das Mißgefühl. Es war unheimlich, wie jedes Erwachen, jede Erregung, jeder Gedanke ihn immer wieder unfehlbar dorthin traf, wo er schwach und nur zu Qualen fähig war. Nun saß er wieder mitten darin und hatte es mit seinem fehlgeratenen Leben, mit seiner Frau, mit seinem Verbrechen, mit der Hoffnungslosigkeit seiner Zukunft zu tun. Angst kam wieder, das allwissende Ich sank unter wie ein Seufzer, den niemand hörte. O welche Qual! Nein, daran war nicht die Gelbe schuld. Und alles, was er gegen sie empfand, tat ihr ja nicht weh, traf nur ihn selber.

Er stand auf und fing zu laufen an. Früher hatte er oft geglaubt, er führe ein ziemlich einsames Leben, und hatte sich mit einiger Eitelkeit eine gewisse resignierte Philosophie zugeschrieben, galt auch unter seinen Kollegen für einen Gelehrten, Leser und heimlichen Schöngeist. Mein Gott, er war nie einsam gewesen! Er hatte mit den Kollegen, mit seiner Frau, mit den Kindern, mit allen möglichen Leuten geredet, und der Tag war dabei vergangen und die Sorgen erträglich geworden. Und auch wenn er allein gewesen war, war es keine Einsamkeit gewesen. Er hatte die Meinungen, die Ängste, die Freuden, die Tröstungen vieler geteilt, einer ganzen Welt. Stets war um ihn her und bis in ihn hinein Gemeinsamkeit gewesen, und auch noch im Alleinsein, im Leid und in der Resignation hatte er stets einer Schar und Menge angehört, einem schützenden Verband, der Welt der Anständigen, Ordentlichen und Braven. Jetzt aber, jetzt schmeckte er Einsamkeit. Jeder Pfeil fiel auf ihn selber, jeder Trostgrund erwies sich als sinnlos, jede Flucht vor der Angst führte nur in jene Welt hinüber, mit der er gebrochen hatte, die ihm zerbrochen und entglitten war. Alles, was sein Leben lang gut und richtig gewesen war, war es jetzt nicht mehr. Alles mußte er aus sich selber holen, niemand half ihm. Und was fand er denn in sich selbst? Ach, Unordnung und Zerrissenheit!

Ein Automobil, dem er auswich, lenkte seine Gedanken ab, warf ihnen neues Futter zu; er fühlte im unausgeschlafenen Schädel Leere und Schwindel. ›Automobil‹, dachte er, oder sagte es, und wußte nicht, was es bedeutet. Da sah er, einen Augenblick im Schwächegefühl die Augen schließend, ein Bild wieder, das ihm bekannt schien, das ihn erinnerte und seinen Gedanken neues Blut zuführte. Er sah sich auf einem Auto sitzen und es steuern, das war ein Traum, den er einmal geträumt hatte. In jenem Traumgefühl, da er den Lenker hinabgestoßen und sich selber der Steuerung bemächtigt hatte, war etwas wie Befreiung und Triumph gewesen. Es gab da einen Trost, irgendwo, schwer zu finden. Aber es gab einen. Es gab, und sei es auch nur in der Phantasie oder im Traum, die wohltätige Möglichkeit, sein Fahrzeug ganz allein zu steuern, jeden andern Führer hohnlachend vom Bock zu werfen, und wenn das Fahrzeug dann auch Sprünge machte und über Trottoirs oder in Häuser und Menschen hineinfuhr, so war es doch köstlich und war viel besser, als geschützt unter fremder Führung zu fahren und ewig ein Kind zu bleiben. Ein Kind! Er mußte lächeln. Es fiel ihm ein, daß er als Kind und Jüngling seinen Namen Klein manchmal verflucht und gehaßt hatte. Jetzt hieß er nicht mehr so. War das nicht von Bedeutung – ein Gleichnis, ein Symbol? Er hatte aufgehört, klein und ein Kind zu sein und sich von andern führen zu lassen.

Im Hotel trank er zu seinem Essen einen guten, sanften Wein, den er auf gut Glück bestellt hatte und dessen Namen er sich merkte. Wenige Dinge gab es, die einem halfen, wenige, die trösteten und das Leben erleichterten; diese wenigen Dinge zu kennen war wichtig. Dieser Wein war so ein Ding, und die südliche Luft und Landschaft war eines. Was noch? Gab es noch andre? Ja, das Denken war auch so ein tröstliches Ding, das einem wohltat und leben half. Aber nicht jedes Denken! O nein, es gab ein Denken, das war Qual und Wahnsinn. Es gab ein Denken, das wühlte schmerzvoll im Unabänderlichen und führte zu nichts als Ekel, Angst und Lebensüberdruß. Ein anderes Denken war es, das man suchen und lernen mußte. War es überhaupt ein Denken? Es war ein Zustand, eine innere Verfassung, die immer nur Augenblicke dauerte und durch angestrengtes Denkenwollen nur zerstört wurde. In diesem höchst wünschenswerten Zustand hatte man Einfälle, Erinnerungen, Visionen, Phantasien, Einsichten von besonderer Art. Der Gedanke (oder Traum) vom Automobil war von dieser Art, von dieser guten und tröstlichen Art, und die plötzlich gekommene Erinnerung an den Totschläger Wagner und an jenes Gespräch, das er vor Jahren über ihn geführt hatte. Der seltsame Einfall mit dem Namen Klein war auch so. Bei diesen Gedanken, diesen Einfällen wichen für Augenblicke die Angst und das scheußliche Unwohlsein einer rasch aufleuchtenden Sicherheit – es war dann, als sei alles gut, das Alleinsein war stark und stolz, die Vergangenheit überwunden, die kommende Stunde ohne Schrecken.

Er mußte das noch erfassen, es mußte sich begreifen und lernen lassen! Er war gerettet, wenn es ihm gelang, häufig Gedanken von jener Art in sich zu finden, in sich zu pflegen und hervorzurufen. Und er sann und sann. Er wußte nicht, wie er den

Nachmittag verbrachte, die Stunden schmolzen ihm weg wie im Schlaf, und vielleicht schlief er auch wirklich, wer wollte das wissen. Immerzu kreisten seine Gedanken um jenes Geheimnis. Er dachte sehr viel und mühsam über seine Begegnung mit der Gelben nach. Was bedeutete sie? Wie kam es, daß in ihm diese flüchtige Begegnung, das sekundenkurze Wechseln eines Blickes mit einem fremden, schönen, aber ihm unsympathischen Weibe für lange Stunden zur Quelle von Gedanken, von Gefühlen, von Erregungen, Erinnerungen, Selbstpeinigungen, Anklagen wurde? Wie kam das? Ging das andern auch so? Warum hatten die Gestalt, der Gang, das Bein, der Schuh und Strumpf der Gelben ihn einen winzigen Moment entzückt? Warum hatte dann ihr kühl abwägender Blick ihn so sehr ernüchtert? Warum hatte dieser fatale Blick ihn nicht bloß ernüchtert und aus der kurzen erotischen Bezauberung geweckt, sondern ihn auch beleidigt, empört und vor sich selbst entwertet? Warum hatte er gegen diesen Blick lauter Worte und Erinnerungen ins Feld geführt, welche seiner einstigen Welt angehörten, Worte, die keinen Sinn mehr hatten, Gründe, an die er nicht mehr glaubte? Er hatte Urteile seiner Frau, Worte seiner Kollegen, Gedanken und Meinungen seines einstigen Ich, des nicht mehr vorhandenen Bürgers und Beamten Klein, gegen jene gelbe Dame und ihren unangenehmen Blick aufgeboten, er hatte das Bedürfnis gehabt, sich gegen diesen Blick mit allen erdenklichen Mitteln zu rechtfertigen, und hatte einsehen müssen, daß seine Mittel lauter alte Münzen waren, welche nicht mehr galten. Und aus allen diesen langen, peinlichen Erwägungen war ihm nichts geworden als Beklemmung, Unruhe und leidvolles Gefühl des eigenen Unrechts! Nur einen einzigen Moment aber hatte er jenen andren, so sehr zu wünschenden Zustand wieder empfunden, einen Moment lang hatte er innerlich zu all jenen peinlichen Erwägungen den Kopf geschüttelt und es besser gewußt. Er hatte gewußt, eine Sekunde lang: Meine Gedanken über die Gelbe sind dumm und unwürdig, Schicksal steht über ihr wie über mir, Gott liebt sie, wie er mich liebt.

Woher war diese holde Stimme gekommen? Wo konnte man sie wiederfinden, wie sie wieder herbeilocken, auf welchem Ast saß dieser seltne, scheue Vogel? Diese Stimme sprach die Wahrheit, und Wahrheit war Wohltat, Heilung, Zuflucht. Diese

Stimme entstand, wenn man im Herzen mit dem Schicksal einig war und sich selber liebte; sie war Gottes Stimme, oder war die Stimme des eigenen, wahrsten, innersten Ich, jenseits von allen Lügen, Entschuldigungen und Komödien.

Warum konnte er diese Stimme nicht immer hören? Warum flog die Wahrheit an ihm immer vorbei wie ein Gespenst, das man nur mit halbem Blick im Vorbeihuschen sehen kann und das verschwindet, wenn man den vollen Blick darauf richtet? Warum sah er wieder und wieder diese Glückspforte offenstehen, und wenn er hineinwollte, war sie doch geschlossen. In seinem Zimmer aus einem Schlummer aufwachend, griff er nach einem Bändchen Schopenhauer, das auf dem Tischchen lag und das ihn meistens auf Reisen begleitete. Er schlug blindlings auf und las einen Satz: ›Wenn wir auf unsern zurückgelegten Lebensweg zurücksehn und zumal unsre unglücklichen Schritte, nebst ihren Folgen, ins Auge fassen, so begreifen wir oft nicht, wie wir haben dieses tun, oder jenes unterlassen können; so daß es aussieht, als hätte eine fremde Macht unsre Schritte gelenkt. Goethe sagt im Egmont: Es glaubt der Mensch sein Leben zu leiten, sich selbst zu führen; und sein Innerstes wird unwiderstehlich nach seinem Schicksal gezogen.‹ – Stand da nicht etwas, was ihn anging? Was mit seinen heutigen Gedanken nah und innig zusammenhing? – Begierig las er weiter, doch es kam nichts mehr, die folgenden Zeilen und Sätze ließen ihn unberührt. Er legte das Buch weg, sah auf die Taschenuhr, fand sie unaufgezogen und abgelaufen, stand auf und blickte durchs Fenster, es schien gegen Abend zu sein.

Er fühlte sich etwas angegriffen wie nach starker geistiger Anstrengung, aber nicht unangenehm und fruchtlos erschöpft, sondern sinnvoll ermüdet wie nach befriedigender Arbeit. Ich habe wohl eine Stunde oder mehr geschlafen, dachte er, und trat vor den Spiegelschrank, um sein Haar zu bürsten. Es war ihm seltsam frei und wohl zumute, und im Spiegel sah er sich lächeln! Sein bleiches überanstrengtes Gesicht, das er seit langem nur noch verzerrt und starr und irr gesehen hatte, stand in einem sanften, freundlichen, guten Lächeln. Verwundert schüttelte er den Kopf und lächelte sich selber zu.

Er ging hinab, im Restaurant wurde an einigen Tischen schon soupiert. Hatte er nicht eben erst gegessen? Einerlei, er hatte große Lust, es sofort wieder zu tun, und er bestellte, mit Eifer den Kellner befragend, eine gute Mahlzeit.

»Will der Herr vielleicht heut abend nach Castiglione fahren?« fragte ihn der Kellner beim Vorlegen. »Es geht ein Motorboot vom Hotel.«

Klein dankte mit Kopfschütteln. Nein, solche Hotelveranstaltungen waren nichts für ihn. – Castiglione? Davon hatte er schon sprechen hören. Es war ein Vergnügungsort mit einer Spielbank, so etwas wie ein kleines Monte Carlo. Lieber Gott, was sollte er dort tun?

Während der Kaffee gebracht wurde, nahm er aus dem Blumenstrauß, der in einer Kristallvase vor ihm stand, eine kleine weiße Rose und steckte sie an. Von einem Nebentisch her streifte ihn der Rauch einer frisch angezündeten Zigarre. Richtig, eine gute Zigarre wollte er auch haben.

Unschlüssig stieg er dann vor dem Hause hin und her. Ganz gerne wäre er wieder in jene dörfliche Gegend gegangen, wo er gestern abend beim Gesang der Italienerin und dem magischen Funkentanz der Leuchtkäfer zum erstenmal die süße Wirklichkeit des Südens gespürt hatte. Aber es zog ihn auch zum Park, an das schattig überlaubte stille Wasser, zu den seltsamen Bäumen, und wenn er die Dame mit dem gelben Haar wieder angetroffen hätte, so würde ihr kalter Blick ihn jetzt nicht ärgern noch beschämen. Übrigens – wie unausdenklich lang war es seit gestern! Wie fühlte er sich in diesem Süden schon heimisch! Wieviel hatte er erlebt, gedacht, erfahren!

Er schlenderte eine Straße weit, umflossen von einem guten, sanften Sommerabendwind. Nachtfalter kreisten leidenschaftlich um die eben entzündeten Straßenlaternen, fleißige Leute schlossen spät ihre Geschäfte zu und klappten Eisenstangen vor die Läden, viele Kinder trieben sich noch herum und rannten bei ihren Spielen zwischen den kleinen Tischen der Cafés herum, an denen mitten auf der Straße Kaffee und Limonaden getrunken wurden. Ein Marienbild in einer Wandnische lächelte im Schein brennender Lichter. Auch auf den Bänken am See war noch Leben, wurde gelacht, gestritten, gesungen, und auf dem Wasser schwamm hier und dort noch ein Boot mit hemdsärmeligen Ruderern und Mädchen in weißen Blusen. Klein fand leicht den Weg zum Park wieder, aber das hohe Tor stand geschlossen.

Hinter den hohen Eisenstangen stand die schweigende Baumfinsternis fremd und schon voll Nacht und Schlaf. Er blickte lang hinein. Dann lächelte er, und es wurde ihm nun erst der heimliche Wunsch bewußt, der ihn an diese Stelle vor das verschlossene Eisentor getrieben hatte. Nun, es war einerlei, es ging auch ohne Park.

Auf einer Bank am See saß er friedlich und sah dem vorübertreibenden Volk zu. Er entfaltete im hellen Laternenlicht eine italienische Zeitung und versuchte zu lesen. Er verstand nicht alles, aber jeder Satz, den er zu übersetzen vermochte, machte ihm Spaß. Erst allmählich begann er, über die Grammatik weg, auf den Sinn zu achten, und fand mit einem gewissen Erstaunen, daß der Artikel eine heftige, erbitterte Schmähung seines Volkes und Vaterlandes war. Wie seltsam, dachte er, das alles gibt es noch! Die Italiener schrieben über sein Volk, genauso wie die heimischen Zeitungen es immer über Italien getan hatten, genauso richtend, genauso empört, genauso unfehlbar vom eigenen Recht und fremden Unrecht überzeugt! Auch daß diese Zeitung mit ihrem Haß und ihrem grausamen Aburteilen ihn nicht zu empören und zu ärgern vermochte, war ja seltsam. Oder nicht? Nein, wozu sich empören? Das alles war ja die Art und Sprache einer Welt, zu der er nicht mehr gehörte. Sie mochte die gute, die bessere, die richtige Welt sein – es war nicht mehr die seine. Er ließ die Zeitung auf der Bank liegen und ging weiter. Aus einem Garten strahlten über dicht blühenden Rosenstämmen hinweg hundert bunte Lichter. Menschen gingen hinein, er schloß sich an, eine Kasse, Aufwärter, eine Wand mit Plakaten. Mitten im Garten war ein Saal ohne Wände, nur ein großes Zeltdach, von welchem alle die zahllosen vielfarbigen Lampen niederhingen. Viele halbbesetzte Gartentische füllten den luftigen Saal; im Hintergrunde silbern, grün und rosa in grellen Farben glitzerte überhell eine schmale erhöhte Bühne. Unter der Rampe saßen Musikanten, ein kleines Orchester. Beschwingt und licht atmete die Flöte in die bunte warme Nacht hinaus, die Oboe satt und schwellend, das Cello sang dunkel, bang und warm. Auf der Bühne darüber sang ein alter Mann komische Lieder, sein gemalter Mund lachte starr, in seinem kahlen bekümmerten Schädel spiegelte das üppige Licht.

Klein hatte nichts dergleichen gesucht, einen Augenblick fühlte er etwas wie Enttäuschung und Kritik und die alte Scheu vor dem einsamen Sitzen inmitten einer frohen und eleganten Menge; die künstliche Lustbarkeit schien ihm schlecht in den duftenden Gartenabend zu stimmen. Doch setzte er sich, und das aus so vielen buntfarbigen gedämpften Lampen niederrinnende Licht versöhnte ihn alsbald, es hing wie ein Zauberschleier über dem offenen Saal. Zart und innig glühte die kleine Musik herüber, gemischt mit dem Duft der vielen Rosen. Die Menschen saßen heiter und geschmückt in gedämpfter Fröhlichkeit; über Tassen, Flaschen und Eisbechern schwebten, von dem milden farbigen Licht hold behaucht und bepudert, helle Gesichter und schillernde Frauenhüte, und auch das gelbe und rosige Eis in den Bechern, die Gläser mit roten, grünen, gelben Limonaden klangen in dem Bilde festlich und juwelenhaft mit.

Niemand hörte dem Komiker zu. Der dürftige Alte stand gleichgültig und vereinsamt auf seiner Bühne und sang, was er gelernt hatte, das köstliche Licht floß an seiner armen Gestalt herab. Er endete sein Lied und schien zufrieden, daß er gehen konnte. An den vordersten Tischen klatschten zwei, drei Menschen mit den Händen. Der Sänger trat ab und erschien bald darauf durch den Garten im Saale, an einem der ersten Tische beim Orchester nahm er Platz. Eine junge Dame schenkte ihm Sodawasser in ein Glas, sie erhob sich dabei halb, und Klein blickte hin. Es war die mit den gelben Haaren. Jetzt tönte von irgendwoher eine schrille Klingel lang und dringlich, es entstand Bewegung in der Halle. Viele gingen ohne Hut und Mantel hinaus. Auch der Tisch beim Orchester leerte sich, die Gelbe lief mit den andern hinaus, ihr Haar glänzte hell noch draußen in der Gartendämmerung. An dem Tisch blieb nur der alte Sänger sitzen.

Klein gab sich einen Stoß und ging hinüber. Er grüßte den Alten höflich, der nickte nur.

»Können Sie mir sagen, was dies Klingeln bedeutet?« fragte Klein.

»Pause«, sagte der Komiker.

»Und wohin sind all die Leute gegangen?«

»Spielen. Jetzt ist eine halbe Stunde Pause, und so lange kann man im Kursaal drüben spielen.«

»Danke. – Ich wußte nicht, daß auch hier eine Spielbank ist.«

»Nicht der Rede wert. Nur für Kinder, höchster Einsatz fünf Franken.«

»Danke sehr.«

Er hatte schon wieder den Hut gezogen und sich umgedreht. Da fiel ihm ein, er könnte den Alten nach der Gelben fragen. Der kannte sie.

Er zögerte, den Hut noch in der Hand. Dann ging er weg. Was wollte er eigentlich? Was ging sie ihn an? Doch spürte er, sie ging ihn trotzdem an. Es war nur Schüchternheit, irgendein Wahn, eine Hemmung. Eine leise Welle von Unmut stieg in ihm auf, eine dünne Wolke. Schwere war wieder im Anzug, jetzt war er wieder befangen, unfrei und über sich selbst ärgerlich. Es war besser, er ging nach Hause. Was tat er hier, unter den vergnügten Leuten? Er gehörte nicht zu ihnen. Ein Kellner, der Zahlung verlangte, störte ihn. Er war ungehalten.

»Können Sie nicht warten, bis ich rufe?«

»Entschuldigen, ich dachte, der Herr wolle gehen. Mir ersetzt es niemand, wenn einer drausläuft.«

Er gab mehr Trinkgeld, als nötig war.

Als er die Halle verließ, sah er aus dem Garten her die Gelbe zurückkommen. Er wartete und ließ sie an sich vorübergehen. Sie schritt aufrecht, stark und leicht wie auf Federn. Ihr Blick traf ihn, kühl, ohne Erkennen. Er sah ihr Gesicht hell beleuchtet, ein ruhiges und kluges Gesicht, fest und blaß, ein wenig blasiert, der geschminkte Mund blutrot, graue Augen voll Wachsamkeit, ein schönes, reich ausgeformtes Ohr, an dem ein grüner länglicher Stein blitzte. Sie ging in weißer Seide, der schlanke Hals sank in Opalschatten hinab, von einer dünnen Kette mit grünen Steinen umspannt.

Er sah sie an, heimlich erregt, und wieder mit zwiespältigem Eindruck. Etwas an ihr lockte, erzählte von Glück und Innigkeit, duftete nach Fleisch und Haar und gepflegter Schönheit, und etwas anderes stieß ab, schien unecht, ließ Enttäuschung fürchten. Es war die alte, anerzogene und ein Leben lang gepflegte Scheu vor dem, was er als dirnenhaft empfand, vor dem bewußten Sichzeigen des Schönen, vor dem offenen Erinnern an Geschlecht und Liebeskampf. Er spürte wohl, daß der Zwiespalt in ihm selbst lag. Da war wieder Wagner, da war wieder die Welt des Schönen, aber ohne Zucht, des Reizenden,

289

aber ohne Verstecktheit, ohne Scheu, ohne schlechtes Gewissen. Da steckte ein Feind in ihm, der ihm das Paradies verbot.

Die Tische in der Halle wurden jetzt von Dienern umgestellt und ein freier Raum in der Mitte geschaffen. Ein Teil der Gäste war nicht wiedergekommen.

›Dableiben‹, rief ein Wunsch in dem einsamen Mann. Er spürte voraus, was für eine Nacht ihm bevorstand, wenn er jetzt fortging. Eine Nacht wie die vorige, wahrscheinlich eine noch schlimmere. Wenig Schlaf, mit bösen Träumen, Hoffnungslosigkeit und Selbstquälerei, dazu das Geheul der Sinne, der Gedanke an die Kette von grünen Steinen auf der weißen und perlfarbigen Frauenbrust. Vielleicht war schon bald, bald der Punkt erreicht, wo das Leben nicht mehr auszuhalten war. Und er hing doch am Leben, sonderbar genug. Ja, tat er das? Wäre er denn sonst hier? Hätte er seine Frau verlassen, hätte er die Schiffe hinter sich verbrannt, hätte er diesen ganzen bösartigen Apparat in Anspruch genommen, alle diese Schnitte ins eigene Fleisch, und wäre er schließlich in diesen Süden hergereist, wenn er nicht am Leben hinge, wenn nicht Wunsch und Zukunft in ihm waren? Hatte er es nicht heut gefühlt, klar und wunderschön, bei dem guten Wein, vor dem geschlossenen Parktor, auf der Bank am Kai? Er blieb und fand Platz am Tisch neben jenem, wo der Sänger und die Gelbe saßen. Dort waren sechs, sieben Menschen beisammen, welche sichtlich hier zu Hause waren, gewissermaßen ein Teil dieser Veranstaltung und Lustbarkeit waren. Er blickte beständig zu ihnen hinüber. Zwischen ihnen und den Stammgästen dieses Gartens bestand Vertraulichkeit, auch die Leute vom Orchester kannten sie und gingen an ihrem Tische ab und zu oder riefen Witze herüber, sie nannten die Kellner du und mit den Vornamen. Es wurde deutsch, italienisch und französisch durcheinander gesprochen.

Klein betrachtete die Gelbe. Sie blieb ernst und kühl, er hatte sie noch nicht lächeln sehen, ihr beherrschtes Gesicht schien unveränderlich. Er konnte sehen, daß sie an ihrem Tische etwas galt, Männer und Mädchen hatten gegen sie einen Ton von kameradschaftlicher Achtung. Er hörte nun auch ihren Namen nennen: Teresina. Er besann sich, ob sie schön sei, ob sie ihm eigentlich gefalle. Er konnte es nicht sagen. Schön war ohne Zweifel ihr Wuchs und ihr Gang, sogar ungewöhnlich schön, ihre

Haltung beim Sitzen und die Bewegungen ihrer sehr gepflegten Hände. An ihrem Gesicht und Blick aber beschäftigte und irritierte ihn die stille Kühle, die Sicherheit und Ruhe der Miene, das fast maskenhaft Starre. Sie sah aus wie ein Mensch, der seinen eigenen Himmel und seine eigene Hölle hat, welche niemand mit ihm teilen kann. Auch in dieser Seele, welche durchaus hart, spröde und vielleicht stolz, ja böse schien, auch in dieser Seele mußte Wunsch und Leidenschaft brennen. Welcherlei Gefühle suchte und liebte sie, welche floh sie? Wo waren ihre Schwächen, ihre Ängste, ihr Verborgenes? Wie sah sie aus, wenn sie lachte, wenn sie schlief, wenn sie weinte, wenn sie küßte.

Und wie kam es, daß sie nun seit einem halben Tag seine Gedanken beschäftigte, daß er sie beobachten, sie studieren, sie fürchten, sich über sie ärgern mußte, während er noch nicht einmal wußte, ob sie ihm gefalle oder nicht?

War sie vielleicht ein Ziel und Schicksal für ihn? Zog eine heimliche Macht ihn zu ihr, wie sie ihn nach dem Süden gezogen hatte? Ein angeborener Trieb, eine Schicksalslinie, ein lebenslanger unbewußter Drang? War die Begegnung mit ihr ihm vorbestimmt? Über ihn verhängt?

Er hörte ein Bruchstück ihres Gesprächs mit angestrengtem Lauschen aus dem vielstimmigen Geplauder heraus. Zu einem hübschen, geschmeidigen, eleganten Jüngling mit gewelltem schwarzem Haar und glattem Gesicht hörte er sie sagen: »Ich möchte noch einmal richtig spielen, nicht hier, nicht um Pralinés, drüben in Castiglione oder in Monte Carlo.« Und dann, auf seine Antwort hin, nochmals: »Nein, Sie wissen ja gar nicht, wie das ist! Es ist vielleicht häßlich, es ist vielleicht nicht klug, aber es ist hinreißend.«

Nun wußte er etwas von ihr. Es machte ihm großes Vergnügen, sie beschlichen und belauscht zu haben. Durch ein erleuchtetes kleines Fenster hatte er, der Fremde, von außen her, auf Posten stehend, einen kurzen Späherblick in ihre Seele werfen können. Sie hatte Wünsche. Sie wurde von Verlangen gequält nach etwas, was erregend und gefährlich war, nach etwas, an das man sich verlieren konnte. Es war ihm lieb, das zu wissen. – Und wie war das mit Castiglione? Hatte er davon nicht heut schon einmal reden hören? Wann? Wo? Einerlei, er konnte jetzt nicht denken. Aber er hatte jetzt wieder, wie schon mehrmals in diesen seltsamen Tagen, die Empfindung, daß alles, was er tat, hörte, sah und dachte, voll von Beziehung und Notwendigkeit war, daß ein Führer ihn leite, daß lange, ferne Ursachenreihen ihre Früchte trugen. Nun, mochten sie ihre Früchte tragen. Es war gut so.

Wieder überflog ihn ein Glücksgefühl, ein Gefühl von Ruhe und Sicherheit des Herzens, wunderbar entzückend für den, der die Angst und das Grauen kennt. Er erinnerte sich eines Wortes aus seiner Knabenzeit. Sie hatten, Schulknaben, miteinander darüber gesprochen, wie es wohl die Seiltänzer machen, daß sie so sicher und angstlos auf dem Seil gehen konnten. Und einer hatte gesagt: ›Wenn du auf dem Stubenboden einen Kreidestrich ziehst, ist es geradeso schwer, genau auf diesem Kreidestrich vorwärtszugehen, wie auf dem dünnsten Seil. Und doch tut man es ruhig, weil keine Gefahr dabei ist. Wenn du dir vorstellst, es sei bloß ein Kreidestrich, und die Luft daneben sei Fußboden, dann kannst du auf jedem Seil sicher gehen.‹ Das fiel ihm ein. Wie schön das war! War es bei ihm nicht vielleicht umgekehrt? Ging es ihm nicht so, daß er auch auf keinem ebenen Boden mehr ruhig und sicher gehen konnte, weil er ihn für ein Seil hielt?

Er war innig froh darüber, daß solche tröstlichen Sachen ihm einfallen konnten, daß sie in ihm schlummerten und je und je zum Vorschein kamen. In sich innen trug man alles, worauf es ankam, von außen konnte niemand einem helfen. Mit sich selbst nicht im Krieg liegen, mit sich selbst in Liebe und Vertrauen leben – dann konnte man alles. Dann konnte man nicht nur seiltanzen, dann konnte man fliegen.

Eine Weile hing er, alles um sich her vergessend, diesen Gefühlen auf weichen, schlüpfrigen Pfaden der Seele in sich nachtastend wie ein Jäger und Pfadfinder, mit auf die Hand gestütztem Kopfe wie entrückt über seinem Tisch. In diesem Augenblick sah die Gelbe herüber und sah ihn an. Ihr Blick verweilte nicht lang, aber er las aufmerksam in seinem Gesicht, und als er es fühlte und ihr entgegenblickte, spürte er etwas wie Achtung, etwas wie Teilnahme und auch etwas wie Verwandtschaft. Diesmal tat ihr Blick ihm nicht weh, tat ihm nicht Unrecht. Diesmal, so fühlte er, sah sie ihn, ihn selbst, nicht seine Kleider und Manieren, seine Frisur und seine Hände, sondern das Echte, Unwandelbare, Geheimnisvolle an ihm, das Einmalige, Göttliche, das Schicksal.

Er bat ihr ab, was er heut Bittres und Häßliches über sie gedacht hatte. Aber nein, da war nichts abzubitten. Was er Böses und Törichtes über sie gedacht, gegen sie gefühlt hatte, das waren Schläge gegen ihn selbst gewesen, nicht gegen sie. Nein, es war gut so. Plötzlich erschreckte ihn der Wiederbeginn der Musik. Das Orchester stimmte einen Tanz an. Aber die Bühne blieb leer und dunkel, statt auf sie waren die Blicke der Gäste nach dem leeren Viereck zwischen den Tischen gerichtet. Er erriet, es würde getanzt werden.

Aufblickend sah er am Nebentisch die Gelbe und den jungen bartlosen Elegant sich erheben. Er lächelte über sich, als er bemerkte, wie er auch gegen diesen Jüngling Widerstände fühlte, wie er nur mit Widerwillen seine Eleganz, seine sehr netten Manieren, sein hübsches Haar und Gesicht anerkannte. Der Jüngling bot ihr die Hand, führte sie in den freien Raum, ein zweites Paar trat an, und nun tanzten die beiden Paare elegant, sicher und hübsch einen Tango. Er verstand nicht viel davon, aber er sah bald, daß Teresina wunderbar tanzte. Er sah: sie tat etwas, was sie verstand und bemeisterte, was in ihr lag und natürlich aus ihr herauskam. Auch der Jüngling mit dem gewellten schwarzen Haar tanzte gut, sie paßten zusammen. Ihr Tanz erzählte den Zuschauern lauter angenehme, lichte, einfache und freundliche Dinge. Leicht und zart lagen ihre Hände ineinander, willig und froh taten ihre Knie, ihre Arme, ihre Füße und Leiber die zartkräftige Arbeit. Ihr Tanz drückte Glück und Freude aus, Schönheit und Luxus, gute Lebensart und Lebenskunst. Er drückte auch Liebe und Geschlechtlichkeit aus, aber nicht wild und glühend, sondern eine Liebe voll Selbstverständlichkeit, Naivität und Anmut. Sie tanzten den reichen Leuten, den Kurgästen das Schöne vor, das in deren Leben lag und das diese selber nicht ausdrücken und ohne eine solche Hilfe nicht einmal empfinden konnten. Diese bezahlten, geschulten Tänzer dienten der guten Gesellschaft zu einem Ersatz. Sie, die selber nicht so gut und geschmeidig tanzten, die angenehme Spielerei ihres Lebens nicht recht genießen konnten, ließen sich von diesen Leuten vortanzen, wie gut sie es hatten. Aber das war es nicht allein. Sie ließen sich nicht nur eine Schwerelosigkeit und heitere

Selbstherrlichkeit des Lebens vorspielen, sie wurden auch an Natur und Unschuld der Gefühle und Sinne gemahnt. Aus ihrem überhasteten und überarbeiteten oder auch faulen und übersättigten Leben, das zwischen wilder Arbeit, wildem Vergnügen und erzwungener Sanatoriumspönitenz pendelte, blickten sie lächelnd, dumm und heimlich gerührt auf den Tanz dieser hübschen und gewandten jungen Menschen wie auf einen holden Lebensfrühling hin, wie auf ein fernes Paradies, das man verloren hat und von dem man nur noch an Feiertagen den Kindern erzählt, an das man kaum mehr glaubt, von dem man aber nachts mit brennendem Begehren träumt.

Und nun ging während des Tanzes mit dem Gesicht der Gelbhaarigen eine Veränderung vor, welcher Friedrich Klein mit reinem Entzücken zuschaute. Ganz allmählich und unmerklich, wie das Rosenrot über einen Morgenhimmel, kam über ihr ernstes, kühles Gesicht ein langsam wachsendes, langsam sich erwärmendes Lächeln. Gradaus vor sich hinblickend, lächelte sie wie erwachend, so als sei sie, die Kühle, erst nun durch den Tanz zum vollen Leben erwärmt worden. Auch der Tänzer lächelte, und auch das zweite Paar lächelte, und auf allen vier Gesichtern war es wunderhübsch, obwohl es wie maskenhaft und unpersönlich erschien – aber bei Teresina war es am schönsten und geheimnisvollsten, niemand lächelte so wie sie, so unberührt von außen, so im eigenen Wohlgefühl von innen her aufblühend. Er sah es mit tiefer Rührung, es ergriff ihn wie die Entdeckung eines heimlichen Schatzes.

»Was für wundervolles Haar sie hat!« hörte er in der Nähe jemand leise rufen. Er dachte daran, daß er dies wundervolle blondgelbe Haar geschmäht und bezweifelt hatte.

Der Tango war zu Ende, Klein sah Teresina einen Augenblick neben ihrem Tänzer stehen, der ihre linke Hand mit den Fingern noch in Schulterhöhe hielt, und sah den Zauber auf ihrem Gesicht nachleuchten und langsam schwinden. Es wurde halblaut geklatscht, und jedermann blickte den beiden nach, als sie mit schwebendem Schritt an ihren Tisch zurückkehrten. Der nächste Tanz, der nach einer kurzen Pause begann, wurde nur von einem einzigen Paar ausgeführt, von Teresina und ihrem hübschen Partner. Es war ein freier Phantasietanz, eine kleine komplizierte Dichtung, beinahe schon eine Pantomime, die jeder

Tänzer für sich allein spielte und die nur in einigen aufleuchtenden Höhepunkten und im galoppierend raschen Schlußtanz zum Paartanz wurde.

Hier schwebte Teresina, die Augen voll von Glück, so aufgelöst und innig dahin, folgte mit schwerelosen Gliedern so selig den Werbungen der Musik, daß es still in der Halle wurde und alle hingegeben auf sie schauten. Der Tanz endete mit einem heftigen Wirbel, wobei Tänzer und Tänzerin sich nur mit Händen und Fußspitzen berührten und sich, weit hintenüber hängend, bacchantisch im Kreise drehten.

Bei diesem Tanz hatte jedermann das Gefühl, daß die beiden Tanzenden in ihren Gebärden und Schritten, in Trennung und Wiedervereinigung, in immer erneutem Wegwerfen und Wiedergreifen des Gleichgewichtes Empfindungen darstellten, die allen Menschen vertraut und zutiefst erwünscht sind, die aber nur von wenigen Glücklichen so einfach, stark und unverborgen erlebt werden: die Freude des gesunden Menschen an sich selber, die Steigerung dieser Freude in der Liebe zum andern, das gläubige Einverstandensein mit der eigenen Natur, die vertrauensvolle Hingabe an die Wünsche, Träume und Spiele des Herzens. Viele empfanden für einen Augenblick nachdenkliche Trauer darüber, daß zwischen ihrem Leben und ihren Trieben so viel Zwiespalt und Streit bestand, daß ihr Leben kein Tanz, sondern ein mühsames Keuchen unter Lasten war – Lasten, die schließlich nur sie selber sich aufgebürdet hatten.

Friedrich Klein blickte, während er dem Tanz folgte, durch viele vergangene Jahre seines Lebens hindurch wie durch einen finstern Tunnel, und jenseits lag in Sonne und Wind grün und strahlend das Verlorene, die Jugend, das starke einfache Fühlen, die gläubige Bereitschaft zum Glück – und all dies lag wieder seltsam nah, nur einen Schritt weit, durch Zauber herangezogen und gespiegelt.

Das innige Lächeln des Tanzes noch auf dem Gesicht, kam Teresina jetzt an ihm vorüber. Ihn durchfloß Freude und entzückte Hingabe. Und als habe er sie gerufen, blickte sie ihn plötzlich innig an, noch nicht erwacht, die Seele noch voll Glück, das süße Lächeln noch auf den Lippen. Und auch er lächelte ihr zu, dem nahen Glücksschimmer, durch den finstern Schacht so vieler verlorener Jahre.

Zugleich stand er auf, und gab ihr die Hand, wie ein alter Freund, ohne ein Wort zu sagen. Die Tänzerin nahm sie und hielt sie einen Augenblick fest, ohne stehenzubleiben. Er folgte ihr. Am Tisch der Künstler wurde ihm Platz gemacht, nun saß er neben Teresina und sah die länglichen grünen Steine auf der hellen Haut ihres Halses schimmern.

Er nahm nicht an den Gesprächen teil, von denen er das wenigste verstand. Hinter Teresinas Kopf sah er, im grelleren Licht der Gartenlaternen, die blühenden Rosenstämme, dunkle volle Kugeln, abgezeichnet, hier und da von Leuchtkäfern überflogen. Seine Gedanken ruhten, es gab nichts zu denken. Die Rosenkugeln schaukelten leicht im Nachtwind. Teresina saß neben ihm, an ihrem Ohr hing glitzernd der grüne Stein. Die Welt war in Ordnung.

Jetzt legte Teresina die Hand auf seinen Arm.

»Wir werden miteinander sprechen. Nicht hier. Ich erinnere mich jetzt, Sie im Park gesehen zu haben. Ich bin morgen dort, um die gleiche Zeit. Ich bin jetzt müde und muß bald schlafen. Gehen Sie lieber vorher, sonst pumpen meine Kollegen Sie an.«

Da ein Kellner vorüberlief, hielt sie ihn an: »Eugenio, der Herr will zahlen.«

Er zahlte, gab ihr die Hand, zog den Hut, und ging davon, dem See nach, er wußte nicht wohin. Unmöglich, jetzt sich in sein Hotelzimmer zu legen. Er lief die Seestraße weiter, zum Städtchen und den Vororten hinaus, bis die Bänke am Ufer und die Anlagen ein Ende nahmen. Da setzte er sich auf die Ufermauer und sang vor sich hin, ohne Stimme, verschollene Liederbruchstücke aus Jugendjahren. Bis es kalt wurde und die steilen Berge eine feindselige Fremdheit annahmen. Da ging er zurück, den Hut in der Hand.

Ein verschlafener Nachtportier öffnete ihm die Tür.

»Ja, ich bin etwas spät«, sagte Klein und gab ihm einen Franken.

»Oh, wir sind das gewohnt. Sie sind noch nicht der letzte. Das Motorboot von Castiglione ist auch noch nicht zurück.«

Die Tänzerin war schon da, als Klein sich im Park einfand. Sie ging mit ihrem federnden Schritt im Innern des Gartens um die Rasenstücke und stand plötzlich am schattigen Eingang eines Gehölzes vor ihm.

Teresina musterte ihn aufmerksam mit den hellgrauen Augen, ihr Gesicht war ernst und etwas ungeduldig. Sofort im Gehen fing sie zu sprechen an.

»Können Sie mir sagen, was das gestern war? Wie kommt das, daß wir uns so in den Weg liefen? Ich habe darüber nachgedacht. Ich sah Sie gestern im Kursaalgarten zweimal. Das erste Mal standen Sie am Ausgang und sahen mich an, Sie sahen gelangweilt oder geärgert aus, und als ich Sie sah, fiel mir ein: dem bin ich schon einmal im Park begegnet. Es war kein guter Eindruck, und ich gab mir Mühe, Sie gleich wieder zu vergessen. Dann sah ich Sie wieder, kaum eine Viertelstunde später. Sie saßen am Nebentisch und sahen plötzlich ganz anders aus, ich merkte nicht gleich, daß Sie derselbe seien, der mir vorher begegnet war. Und dann, nach meinem Tanz, standen Sie auf einmal vor mir und hielten mich an der Hand, oder ich Sie, ich weiß nicht recht. Wie ging das zu? Sie müssen doch etwas wissen. Aber ich hoffe, Sie sind nicht etwa gekommen, um mir Liebeserklärungen zu machen?«

Sie sah ihn befehlend an.

»Ich weiß nicht«, sagte Klein. »Ich bin nicht mit bestimmten Absichten gekommen. Ich liebe Sie, seit gestern, aber wir brauchen ja nicht davon zu sprechen.«

»Ja, sprechen wir von anderm. Es war gestern einen Augenblick etwas zwischen uns da, was mich beschäftigt und auch erschreckt hat, als hätten wir irgend etwas Ähnliches oder Gemeinsames. Was ist das? Und, die Hauptsache: Was war das für eine Verwandlung mit Ihnen? Wie war es möglich, daß Sie innerhalb einer Stunde zwei so ganz verschiedene Gesichter haben konnten? Sie sahen aus wie ein Mensch, der sehr Wichtiges erlebt hat.«

»Wie sah ich aus?« fragte er kindlich.

»Oh, zuerst sahen Sie aus wie ein älterer, etwas vergrämter, unangenehmer Herr. Sie sahen aus wie ein Philister, wie ein

Mann, der gewohnt ist, den Zorn über seine eigene Unfähigkeit an andern auszulassen.«

Er hörte mit gespannter Teilnahme zu und nickte lebhaft. Sie fuhr fort:

»Und dann, nachher, das läßt sich nicht gut beschreiben. Sie saßen etwas vorgebückt; als Sie mir zufällig in die Augen fielen, dachte ich in der ersten Sekunde noch: Herrgott, haben diese Philister traurige Haltungen! Sie hatten den Kopf auf die Hand gestützt, und das sah nun plötzlich so seltsam aus: es sah aus, als wären Sie der einzige Mensch in der Welt, und als sei es Ihnen ganz und gar einerlei, was mit Ihnen und mit der ganzen Welt geschähe. Ihr Gesicht war wie eine Maske, schauderhaft traurig oder auch schauderhaft gleichgültig –« Sie brach ab, schien nach Worten zu suchen, sagte aber nichts.

»Sie haben recht«, sagte Klein bescheiden. »Sie haben so richtig gesehen, daß ich erstaunt sein müßte. Sie haben mich gelesen wie einen Brief. Aber eigentlich ist es ja nur natürlich und richtig, daß Sie das alles sahen.«

»Warum natürlich?«

»Weil Sie, auf eine etwas andere Art, beim Tanzen ganz das gleiche ausdrücken. Wenn Sie tanzen, Teresina, und auch sonst in manchen Augenblicken, sind Sie wie ein Baum oder ein Berg oder Tier, oder ein Stern, ganz für sich, ganz allein, Sie wollen nichts anderes sein, als was Sie sind, einerlei ob gut oder böse. Ist es nicht das gleiche, was Sie bei mir sahen?«

Sie betrachtete ihn prüfend, ohne Antwort zu geben.

»Sie sind ein wunderlicher Mensch«, sagte sie dann zögernd. »Und wie ist das nun: sind Sie wirklich so, wie Sie da aussahen? Ist Ihnen wirklich alles einerlei, was mit Ihnen geschieht?«

»Ja. Nur nicht immer. Ich habe oft auch Angst. Aber dann kommt es wieder, und die Angst ist fort, und dann ist alles einerlei. Dann ist man stark. Oder vielmehr: einerlei ist nicht das Richtige, alles ist köstlich und willkommen, sei es, was es sei.«

»Einen Augenblick hielt ich es sogar für möglich, daß Sie ein Verbrecher wären.«

»Auch das ist möglich. Es ist sogar wahrscheinlich. Sehen Sie, ein ›Verbrecher‹, das sagt man so, und man meint damit, daß einer etwas tut, was andre ihm verboten haben. Er selber aber, der Verbrecher, tut ja nur, was in ihm ist. – Sehen Sie, das ist die Ähnlichkeit, die wir beide haben: wir beide tun hier und da, in seltnen Augenblicken, das, was in uns ist. Nichts ist seltener, die meisten Menschen kennen das überhaupt nicht. Auch ich kannte es nicht, ich sagte, dachte, tat, lebte nur Fremdes, nur Gelerntes, nur Gutes und Richtiges, bis es eines Tages damit zu Ende war. Ich konnte nicht mehr, ich mußte fort, das Gute war nicht mehr gut, das Richtige war nicht mehr richtig, das Leben war nicht mehr zu ertragen. Aber ich möchte es dennoch ertragen, ich liebe es sogar, obwohl es soviel Qualen bringt.«

»Wollen Sie mir sagen, wie Sie heißen und wer Sie sind?«

»Ich bin der, den Sie vor sich sehen, sonst nichts. Ich habe keinen Namen und keinen Titel und auch keinen Beruf. Ich mußte das alles aufgeben. Mit mir steht es so, daß ich nach einem langen braven und fleißigen Leben eines Tages aus dem Nest gefallen bin, es ist noch nicht lange her, und jetzt muß ich untergehen oder fliegen lernen. Die Welt geht mich nichts mehr an, ich bin jetzt ganz allein.«

Etwas verlegen fragte sie: »Waren Sie in einer Anstalt?«

»Verrückt, meinen Sie? Nein. Obwohl auch das ja möglich wäre.« Er wurde zerstreut, Gedanken packten ihn von innen. Mit beginnender Unruhe sprach er fort: »Wenn man darüber redet, wird auch das Einfachste gleich kompliziert und unverständlich. Wir sollten gar nicht davon sprechen! – Man tut das ja auch nur, man spricht nur dann darüber, wenn man es nicht verstehen will.«

»Wie meinen Sie das? Ich will wirklich verstehen. Glauben Sie mir! Es interessiert mich sehr.«

Er lächelte lebhaft.

»Ja, ja. Sie wollen sich darüber unterhalten. Sie haben etwas erlebt und wollen jetzt darüber reden. Ach, es hilft nichts. Reden ist der sichere Weg dazu, alles mißzuverstehen, alles seicht und öde zu machen. – Sie wollen mich ja nicht verstehen und auch sich selber nicht! Sie wollen bloß Ruhe haben vor der Mahnung, die Sie gespürt haben. Sie wollen mich und die Mahnung damit abtun, daß Sie die Etikette finden, unter der Sie mich einreihen können. Sie versuchen es mit dem Verbrecher und mit dem Geisteskranken, Sie wollen meinen Stand und Namen wissen. Das alles führt aber nur weg vom Verstehen, das alles ist Schwindel, liebes Fräulein, ist schlechter Ersatz für Verstehen, ist vielmehr Flucht vor dem Verstehenwollen, vor dem Verstehenmüssen.«

Er unterbrach sich, strich gequält mit der Hand über die Augen, dann schien ihm etwas Freundliches einzufallen, er lächelte wieder.

»Ach, sehen Sie, als Sie und ich gestern einen Augenblick lang genau das gleiche fühlten, da sagten wir nichts und fragten nichts und dachten auch nichts – auf einmal gaben wir einander die Hand, und es war gut. Jetzt aber – jetzt reden wir und denken und erklären – und alles ist seltsam und unverständlich geworden, was so einfach war. Und doch wäre es ganz leicht für Sie, mich ebenso gut zu verstehen wie ich Sie.«

»Sie glauben mich so gut zu verstehen?«

»Ja, natürlich. Wie Sie leben, weiß ich nicht. Aber Sie leben, wie ich es auch getan habe und wie alle es tun, meistens im Dunkeln und an sich selber vorbei, irgendeinem Zweck, einer Pflicht, einer Absicht nach. Das tun fast alle Menschen, daran ist die ganze Welt krank, daran wird sie auch untergehen. Manchmal aber, beim Tanzen zum Beispiel, geht die Absicht oder Pflicht Ihnen verloren, und Sie leben auf einmal ganz anders. Sie fühlen auf einmal so, als wären Sie allein auf der Welt, oder als könnten Sie morgen tot sein, und da kommt alles heraus, was Sie wirklich sind. Wenn Sie tanzen, stecken Sie damit sogar andere an. Das ist Ihr Geheimnis.«

Sie ging eine Strecke weit rascher. Zu äußerst auf einem Vorsprung überm See blieb sie stehen.

»Sie sind sonderbar«, sagte sie. »Manches kann ich verstehen. Aber – was wollten Sie eigentlich von mir?«

Er senkte den Kopf und sah einen Augenblick traurig aus.

»Sie sind es so gewohnt, daß man immer etwas von Ihnen haben will. Teresina, ich will von Ihnen nichts, was nicht Sie selber wollen und gerne tun. Daß ich Sie liebe, kann Ihnen gleichgültig sein. Es ist kein Glück, geliebt zu werden. Jeder Mensch liebt sich selber, und doch quälen sich Tausende ihr Leben lang. Nein, geliebt werden ist kein Glück. Aber lieben, das ist Glück!«

»Ich würde Ihnen gern irgendeine Freude machen, wenn ich könnte«, sagte Teresina langsam, wie mitleidig.

»Das können Sie, wenn Sie mir erlauben, Ihnen irgendeinen Wunsch zu erfüllen.«

»Ach, was wissen Sie von meinen Wünschen!«

»Allerdings, Sie sollten keine haben. Sie haben ja den Schlüssel zum Paradies, das ist Ihr Tanz. Aber ich weiß, daß Sie doch Wünsche haben, und das ist mir lieb. Und nun wissen Sie: da ist einer, dem macht es Spaß, Ihnen jeden Wunsch zu erfüllen.«

Teresina besann sich. Ihre wachsamen Augen wurden wieder scharf und kühl. Was konnte er von ihr wissen? Da sie nichts fand, begann sie vorsichtig: »Meine erste Bitte an Sie wäre, daß Sie aufrichtig sind. Sagen Sie mir, wer Ihnen etwas von mir erzählt hat.«

»Niemand. Ich habe niemals mit einem Menschen über Sie gesprochen. Was ich weiß – es ist sehr wenig – weiß ich von Ihnen selbst. Ich hörte Sie gestern sagen, daß Sie sich wünschen, einmal in Castiglione zu spielen.« Ihr Gesicht zuckte.

»Ach so, Sie haben mich belauscht.«

»Ja, natürlich. Ich habe Ihren Wunsch verstanden. Weil Sie nicht immer einig mit sich sind, suchen Sie nach Erregung und Betäubung.«

»O nein, ich bin nicht so romantisch, wie Sie meinen. Ich suche beim Spiel nicht Betäubung, sondern einfach Geld. Ich möchte einmal reich sein oder doch sorgenfrei, ohne mich dafür verkaufen zu müssen. Das ist alles.«

»Das klingt so richtig, und doch glaube ich es nicht. Aber wie Sie wollen! Sie wissen ja im Grunde ganz gut, daß Sie sich nie zu verkaufen brauchen. Reden wir nicht davon! Aber wenn Sie Geld haben wollen, sei es nun zum Spielen oder sonst, so nehmen Sie es doch von mir! Ich habe mehr, als ich brauche, glaube ich, und lege keinen Wert darauf.«

Teresina zog sich wieder zurück.

»Ich kenne Sie ja kaum. Wie soll ich Geld von Ihnen annehmen?«

Er zog plötzlich den Hut, wie von einem Schmerz befallen, und brach ab.

»Was haben Sie?« rief Teresina.

»Nichts, nichts. – Erlauben Sie, daß ich gehe! Wir haben zuviel gesprochen, viel zuviel. Man sollte nie so viel sprechen.«

Und da lief er schon, ohne Abschied genommen zu haben, rasch und wie von Verzweiflung hingeweht durch den Baumgang fort. Die Tänzerin sah ihm mit gestauten, uneinigen

Empfindungen nach, aufrichtig verwundert über ihn und über sich. Er aber lief nicht aus Verzweiflung, sondern nur aus unerträglicher Spannung und Gefülltheit. Es war ihm plötzlich unmöglich geworden, noch ein Wort zu sagen, noch ein Wort zu hören, er mußte allein sein, mußte notwendig allein sein, denken, horchen, sich selber zuhören. Das ganze Gespräch mit Teresina hatte ihn selbst in Erstaunen gesetzt und überrascht, die Worte waren ohne seinen Willen so gekommen, es hatte ihn wie ein Würgen das heftige Bedürfnis befallen, seine Erlebnisse und Gedanken mitzuteilen, zu formen, auszusprechen, sie sich selber zuzurufen. Er war erstaunt über jedes Wort, das er sich sagen hörte, aber mehr und mehr fühlte er, wie er sich in etwas hineinredete, was nicht mehr einfach und richtig war, wie er unnützerweise das Unbegreifliche zu erklären versuchte – und mit einemmal war es ihm unerträglich geworden, er hatte abbrechen müssen.

Jetzt aber, wo er sich der vergangenen Viertelstunde wieder zu erinnern suchte, empfand er dies Erlebnis freudig und dankbar. Es war ein Fortschritt, eine Erlösung, eine Bestätigung. Die Zweifelhaftigkeit, in welche die ganze gewohnte Welt für ihn gefallen war, hatte ihn furchtbar ermüdet und gepeinigt. Er hatte das Wunder erlebt, daß das Leben am sinnvollsten wird in den Augenblicken, wo alle Sinne und Bedeutungen uns verlorengehen. Immer wieder aber war ihm der peinliche Zweifel gekommen, ob diese Erlebnisse wirklich wesentlich seien, ob sie mehr seien als kleine zufällige Kräuselungen an der Oberfläche eines ermüdeten und erkrankten Gemütes, Launen im Grunde, kleine Nervenschwankungen. Jetzt hatte er gesehen, gestern abend und heute, daß sein Erlebnis wirklich war. Es hatte aus ihm gestrahlt und ihn verändert, es hatte einen andern Menschen zu ihm hergezogen. Seine Vereinsamung war durchbrochen, er liebte wieder, es gab jemand, dem er dienen und Freude machen wollte, er konnte wieder lächeln, wieder lachen!

Die Welle ging durch ihn hin wie Schmerz und wie Wollust, er zuckte vor Gefühl, Leben klang in ihm auf wie eine Brandung, unbegreiflich war alles. Er riß die Augen auf und sah: Bäume an einer Straße, Silberflocken im See, ein rennender Hund, Radfahrer – und alles war sonderbar, märchenhaft und beinahe allzu schön, alles wie nagelneu aus Gottes Spielzeugschachtel genommen, alles nur für ihn da, für Friedrich Klein, und er selbst nur dazu da, diesen Strom von Wunder und Schmerz und Freude durch sich hinzucken zu fühlen. Überall war Schönheit, in jedem Dreckhaufen am Weg, überall war tiefes Leiden, überall war Gott. Ja, das war Gott, und so hatte er ihn, vor unausdenklichen Zeiten, als Knabe einst empfunden und mit dem Herzen gesucht, wenn er ›Gott‹ und ›Allgegenwart‹ dachte. Herz, brich nicht vor Fülle!

Wieder schossen aus allen vergessenen Schächten seines Lebens frei gewordene Erinnerungen zu ihm empor, unzählbare: an Gespräche, an seine Verlobungszeit, an Kleider, die er als Kind getragen, an Ferienmorgen der Studentenzeit, und ordneten sich in Kreisen um einige feste Mittelpunkte: um die Gestalt einer Frau, um seine Mutter, um den Mörder Wagner, um Teresina. Stellen aus klassischen Schriftstellern fielen ihm ein und lateinische Sprichwörter, die ihn als Schüler einst ergriffen hatten, und törichte sentimentale Verse aus Volksliedern. Der Schatten seines Vaters stand hinter ihm, er erlebte wieder den Tod seiner Schwiegermutter. Alles, was je durch Auge und Ohr, durch Menschen und Bücher, mit Wonne oder Leid in ihn eingegangen und in ihm untergesunken war, alles schien wieder da zu sein, alles zugleich, aufgerührt und durcheinandergewirbelt, ohne Ordnung, doch voller Sinn, alles wichtig, alles bedeutungsvoll, alles unverloren.

Der Andrang wurde zur Qual, zu einer Qual, die von höchster Wollust nicht zu unterscheiden war. Sein Herz schlug rasch, Tränen standen ihm in den Augen. Er begriff, daß er nahe am Wahnsinn stehe, und wußte doch, daß er nicht wahnsinnig werden würde, und blickte zugleich in dies neue Seelenland des Irrsinns mit demselben Erstaunen und Entzücken wie in die Vergangenheit, wie in den See, wie in den Himmel: auch hier war alles zauberhaft, wohllaut und voll Bedeutung. Er begriff, warum im Glauben edler Völker der Wahnsinn für heilig galt. Er begriff alles, alles sprach zu ihm, alles war ihm erschlossen. Es gab keine Worte dafür, es war falsch und hoffnungslos, irgend etwas in Worten ausdenken und verstehen zu wollen! Man mußte nur offenstehen, nur bereit sein: dann konnte jedes Ding, dann konnte in unendlichem Zug wie in eine Arche Noahs die ganze Welt in einen hineingehen, und man besaß sie, verstand sie und war eins mit ihr.

Trauer ergriff ihn. Oh, wenn alle Menschen dies wüßten, dies erlebten! Wie wurde drauflos gelebt, drauflos gesündigt, wie blind und maßlos wurde gelitten! Hatte er nicht gestern noch sich über Teresina geärgert? Hatte er nicht gestern noch seine Frau gehaßt, sie angeklagt und für alles Leid seines Lebens verantwortlich machen wollen? Wie traurig, wie dumm, wie hoffnungslos! Alles war doch so einfach, so gut, so sinnvoll, sobald man es von innen sah, sobald man hinter jedem Ding das Wesen stehen sah, ihn, Gott. Hier bog ein Weg zu neuen Vorstellungsgärten und Bilderwäldern ein. Wendete er sein heutiges Gefühl der Zukunft zu, sprühten hundert Glücksträume auf, für ihn und für alle.

Sein vergangenes, dumpfes, verdorbenes Leben sollte nicht beklagt, nicht angeklagt, nicht gerichtet werden, sondern erneut und ins Gegenteil verwandelt, voll Sinn, voll Freude, voll Güte, voll Liebe. Die Gnade, die er erlebt, mußte widerstrahlen und weiterwirken. Bibelsprüche kamen ihm in den Sinn, und alles, was er von begnadeten Frommen und Heiligen wußte. So hatte es immer begonnen, bei allen. Sie waren denselben harten und finstern Weg geführt worden wie er, feig und voll Angst, bis zur Stunde der Umkehr und Erleuchtung. ›In der Welt habet ihr Angst‹, hatte Jesus zu seinen Jüngern gesagt. Wer aber die Angst überwunden hatte, der lebte nicht mehr in der Welt, sondern in Gott, in der Ewigkeit.

So hatten alle gelehrt, alle Weisen der ganzen Welt, Buddha und Schopenhauer, Jesus, die Griechen. Es gab nur eine Weisheit, nur einen Glauben, nur ein Denken: das Wissen von Gott in uns. Wie wurde das in den Schulen, Kirchen, Büchern und Wissenschaften verdreht und falsch gelehrt!

Mit weiten Flügelschlägen flog Kleins Geist durch die Bezirke seiner innern Welt, seines Wissens, seiner Bildung. Auch hier, wie in seinem äußern Leben, lag Gut um Gut, Schatz um Schatz, Quelle um Quelle, aber jedes für sich, abgesondert, tot und wertlos. Nun aber, mit dem Strahl des Wissens, mit der Erleuchtung, zuckte auch hier plötzlich Ordnung, Sinn und Formung durch das Chaos, Schöpfung begann, Leben und Beziehung sprang von Pol zu Pol. Sprüche entlegenster Kontemplation wurden selbstverständlich, Dunkles wurde hell, und das Einmaleins wurde zum mystischen Bekenntnis. Beseelt und liebeglühend ward auch

diese Welt. Die Kunstwerke, die er in jüngeren Jahren geliebt
hatte, klangen mit neuem Zauber herauf. Er sah: die rätselhafte
Magie der Kunst öffnete sich demselben Schlüssel. Kunst war
nichts andres als Betrachtung der Welt im Zustand der Gnade,
der Erleuchtung. Kunst war: hinter jedem Ding Gott zeigen.

Flammend schritt der Beseligte durch die Welt, jeder Zweig
an jedem Baume hatte teil an einer Ekstase, strebte edler empor,
hing inniger herab, war Sinnbild und Offenbarung. Dünne violette Wolkenschatten liefen über den Seespiegel, schaudernd in
zärtlicher Süße. Jeder Stein lag bedeutungsvoll neben seinem
Schatten. So schön, so tief und heilig liebenswert war die Welt
noch nie gewesen, oder nie mehr seit den geheimnisvollen, sagen-
haften Jahren der ersten Kindheit. ›So ihr nicht werdet wie die
Kinder‹, fiel ihm ein, und er fühlte: ich bin wieder Kind geworden, ich bin ins Himmelreich eingegangen.

Als er Müdigkeit und Hunger zu spüren begann, fand er sich
weit von der Stadt. Nun erinnerte er sich, woher er kam, was
gewesen war, und daß er ohne Abschied von Teresina weggelaufen war. Im nächsten Dorf suchte er ein Wirtshaus. Ein kleiner
ländlicher Weinschank, mit einem eingepflockten Holztisch im
Gärtchen unterm Kirschlorbeer, zog ihn an. Er verlangte Essen,
man hatte aber nichts als Wein und Brot. Eine Suppe, bat er,
oder Eier, oder Schinken. Nein, es gab solche Sachen hier nicht.
Niemand aß hier dergleichen bei der teuren Zeit. Er hatte erst
mit der Wirtin, dann mit einer Großmutter verhandelt, die auf
der Steinschwelle der Haustür saß und Wäsche flickte. Nun
setzte er sich in den Garten unterm tiefschattenden Baum, mit
Brot und herbem Rotwein. Im Nachbargarten, unsichtbar hinter
Reblaub und aufgehängter Wäsche, hörte er zwei Mädchenstim-
men singen. Plötzlich fuhr ein Wort des Liedes ihm ins Herz,
ohne daß er es doch festhalten konnte. Es kam im nächsten
Vers wieder, es war der Name Teresina. Das Lied, ein Couplet
von halb komischer Art, handelte von einer Teresina. Er verstand:

> La sua mama alla finestra
> Con una voce serpentina:
> Vieni a casa, o Teresina,
> Lasc' andare quel traditor!

Teresina! Wie liebte er sie! Wie herrlich war es, zu lieben!

Er legte den Kopf auf den Tisch und dämmerte, schlummerte ein und erwachte wieder, mehrmals, oftmals. Es war Abend. Die Wirtin kam und stellte sich vor den Tisch, über den Gast verwundert. Er legte Geld hin, erbat noch ein Glas Wein, fragte sie nach jenem Liede. Sie wurde freundlich, brachte den Wein und blieb bei ihm stehen. Er ließ sich das ganze Teresina-Lied vorsagen und hatte große Freude an dem Vers:

> Io non sono traditore
> E ne meno lusinghero,
> Io son' figlio d'un ricco signore,
> Son' venuto per fare l'amor.

Die Wirtin meinte, jetzt könnte er eine Suppe haben, sie koche ohnehin für ihren Mann, den sie erwarte.

Er aß Gemüsesuppe und Brot, der Wirt kam heim, an den grauen Steindächern des Dorfes verglühte die späte Sonne. Er fragte nach einem Zimmer, es wurde ihm eines angeboten, eine Kammer mit dicken nackten Steinwänden. Er nahm es. Noch nie hatte er in einer solchen Kammer geschlafen, sie kam ihm vor wie das Gelaß aus einem Räuberdrama. Nun ging er durch das abendliche Dorf, fand einen kleinen Kramladen noch offen, bekam Schokolade zu kaufen und verteilte sie an Kinder, die in Mengen durch die Gasse schwärmten. Sie liefen ihm nach, Eltern grüßten ihn, jedermann wünschte ihm gute Nacht, und er gab es zurück, nickte allen den alten und jungen Menschen zu, die auf den Schwellen und Vortreppen der Häuser saßen.

Mit Freude dachte er an seine Kammer im Wirtshaus, an diese primitive, höhlenhafte Unterkunft, wo der alte Kalk von den grauen Mauern blätterte und nichts Unnützes an den nackten Wänden hing, nicht Bild noch Spiegel, nicht Tapete noch Vorhang. Er lief durch das abendliche Dorf wie durch ein Abenteuer, alles war beglänzt, alles voll geheimer Versprechung.

In die Osteria zurückkehrend, sah er vom leeren und dunklen Gastzimmer aus Licht in einem Türspalt, ging ihm nach und kam in die Küche. Der Raum erschien ihm wie eine Märchenhöhle, das wenige dünne Licht floß über einen roten steinernen Boden und verlief sich, ehe es die Wände und Decke erreichte, in

dichte warme Dämmerung, und von dem ungeheuer und tiefschwarz herabhängenden Rauchfang schien eine unerschöpfliche
Quelle von Finsternis auszufließen.

Die Frau saß da mit der Großmutter, sie saßen beide gebückt,
klein und schwach auf niederen demütigen Schemeln, die Hände
auf den Knien ausruhend. Die Wirtsfrau weinte, niemand kümmerte sich um den Eintretenden. Er setzte sich auf den Rand
eines Tisches neben Gemüseresten, ein stumpfes Messer blinkte
bleiern auf, im Lichtschein glühte blankes Kupfergeschirr rot an
den Wänden. Die Frau weinte, die alte Graue stand ihr bei und
murmelte mit ihr in der Mundart, er verstand allmählich, daß
Hader im Hause und der Mann nach einem Streit wieder fortgegangen war. Er fragte, ob er sie geschlagen habe, bekam aber
keine Antwort. Allmählich fing er an zu trösten. Er sagte, der
Mann werde gewiß schon bald wiederkommen. Die Frau sagte
scharf: »Heut nicht und vielleicht auch morgen nicht.« Er gab es
auf, die Frau setzte sich aufrechter, man saß schweigend, das
Weinen war verstummt. Die Einfachheit des Vorgangs, zu dem
keine Worte gemacht wurden, schien ihm wundervoll. Man
hatte Streit gehabt, man hatte Schmerz empfangen, man hatte
geweint. Jetzt war es vorbei, jetzt saß man still und wartete.
Das Leben würde schon weitergehen. Wie bei Kindern. Wie bei
Tieren. Nur nicht reden, nur nicht das Einfache kompliziert
machen, nur nicht die Seele nach außen drehen.

Klein lud die Großmutter ein, Kaffee zu kochen, für sie alle
drei. Die Frauen leuchteten auf, die Alte legte sofort Reisig in
den Kamin, es knisterte von brechenden Zweigen, von Papier,
von aufprasselnder Flamme. Im jäh aufflammenden Feuerschein
sah er das Gesicht der Wirtin, von unten her beleuchtet, etwas
vergrämt und doch beruhigt. Sie schaute ins Feuer, zwischenein
lächelte sie, plötzlich stand sie auf, ging langsam zum Wasser-
hahn und wusch sich die Hände.

Dann saßen sie alle drei am Küchentisch und tranken den heißen schwarzen Kaffee, und einen alten Wacholderlikör dazu.
Die Weiber wurden lebendiger, sie erzählten und fragten, lachten über Kleins mühsame und fehlerhafte Sprache. Ihm schien,
er sei schon sehr lange hier. Wunderlich, was in diesen Tagen
alles Platz hatte! Ganze Zeiträume und Lebensabschnitte fanden
Raum in einem Nachmittag, jede Stunde schien mit Lebensfracht

überladen. Sekundenlang zuckte Furcht in ihm wetterleuchtend auf, es könnte plötzlich Müdigkeit und Verbrauch der Lebenskraft ihn verhundertfacht überfallen und ihn aussaugen, wie Sonne einen Tropfen vom Felsen leckt. In diesen sehr flüchtigen, doch zuweilen wiederkehrenden Augenblicken, in diesem fremden Wetterleuchten sah er sich selbst leben, fühlte und sah in sein Gehirn und sah dort in beschleunigten Schwingungen einen unsäglich komplizierten, zarten, kostbaren Apparat vor tausendfacher Arbeit vibrieren, wie hinter Glas ein höchst sensibles Uhrwerk, das zu stören ein Stäubchen genügt.

Es wurde ihm erzählt, daß der Wirt sein Geld in unsichere Geschäfte stecke, viel außer Haus sei und da und dort Verhältnisse mit Frauen unterhalte. Kinder waren nicht da. Während Klein sich Mühe gab, die italienischen Worte für einfache Fragen und Auskünfte zu finden, arbeitete hinterm Glas das zarte Uhrwerk rastlos in feinem Fieber fort, jeden gelebten Moment sofort in seine Abrechnungen und Abwägungen einbeziehend.

Zeitig erhob er sich, um schlafen zu gehen. Er gab den beiden Frauen die Hand, der alten und der jungen, die ihn durchdringend ansah, während die Großmutter mit dem Gähnen kämpfte. Dann tastete er sich die dunkle Steintreppe hinauf, erstaunlich hohe Riesenstufen, in seine Kammer. Dort fand er Wasser in einem Tonkrug bereit, wusch sich das Gesicht, vermißte einen Augenblick Seife, Hausschuhe, Nachthemd, lag noch eine Viertelstunde im Fenster, auf das granitne Gesimse gestützt, zog sich dann vollends aus und legte sich in das harte Bett, dessen grobe Leinwand ihn entzückte und einen Schwall von holden ländlichen Vorstellungen weckte. War es nicht das einzig Richtige, stets so zu leben, in einem Raum aus vier Steinwänden, ohne den lächerlichen Kram der Tapeten, des Schmucks, der vielen Möbel, ohne all das übertriebene und im Grunde barbarische Zubehör? Ein Dach überm Kopf, gegen den Regen, eine einfache Decke um sich, gegen die Kälte, etwas Brot und Wein oder Milch, gegen den Hunger, morgens die Sonne zum Wecken, abends die Dämmerung zum Einschlafen – brauchte der Mensch mehr?

Aber kaum hatte er das Licht gelöscht, so waren Haus und Kammer und Dorf in ihm versunken. Er stand wieder am See bei Teresina und sprach mit ihr, konnte sich des heutigen Gespräches nur mit Mühe erinnern und wurde zweifelhaft, was er ihr eigentlich gesagt habe, ja ob nicht das ganze Gespräch nur ein Traum und Phantom von ihm gewesen sei. Die Dunkelheit tat ihm wohl – weiß Gott, wo er morgen aufwachen würde?

Ein Geräusch von der Tür her weckte ihn. Leise wurde die Klinke gedreht, ein Faden dünnen Lichtes sank herein und zögerte im Spalt. Verwundert und doch im Augenblick wissend, blickte er hinüber, noch nicht in der Gegenwart. Da ging die Türe auf, mit einem Licht in der Hand stand die Wirtsfrau, barfuß, lautlos. Sie blickte zu ihm her, durchdringend, und er lächelte und streckte die Arme aus, tief erstaunt, gedankenlos. Da war sie schon bei ihm, und ihr dunkles Haar lag neben ihm auf dem rauhen Kissen.

Sie sprachen kein Wort. Von ihrem Kuß entzündet, zog er sie an sich. Die plötzliche Nähe und Wärme eines Menschen an seiner Brust, der fremde starke Arm um seinen Nacken erschütterte ihn seltsam – wie war diese Wärme ihm unbekannt, wie fremd, wie schmerzlich neu war ihm diese Wärme und Nähe – wie war er allein gewesen, wie sehr allein, wie lang allein! Abgründe und Flammenhöllen hatten zwischen ihm und aller Welt geklafft – und nun war da ein fremder Mensch gekommen, in wortlosem Vertrauen und Trostbedürfnis, eine arme, vernachlässigte Frau, so wie er selbst jahrelang ein vernachlässigter und verschüchterter Mann gewesen war, und hing an seinem Hals und gab und nahm und sog mit Gier den Tropfen Wonne aus dem kargen Leben, suchte trunken und doch schüchtern seinen Mund, spielte mit traurig zärtlichen Fingern in den seinen, rieb ihre Wange an seiner. Er richtete sich über ihrem blassen Gesichte auf und küßte sie auf beide geschlossene Augen und dachte: sie glaubt zu nehmen und weiß nicht, daß sie gibt, sie flüchtete ihre Vereinsamung zu mir und ahnt die meine nicht! Erst jetzt sah er sie, neben der er den ganzen Abend blind gesessen hatte, sah, daß sie lange, schlanke Hände und Finger hatte, hübsche Schultern und ein Gesicht voll von Schicksalsangst und blindem Kinderdurst, und ein halb ängstliches Wissen um kleine, holde Wege und Übungen der Zärtlichkeit.

Er sah auch und wurde traurig darüber, daß er selbst in der Liebe ein Knabe und Anfänger geblieben war, in langer, lauer Ehe resigniert, schüchtern und doch ohne Unschuld, begehrlich und doch voll von schlechtem Gewissen. Noch während er mit durstigen Küssen an Mund und Brust des Weibes hing, noch während er ihre Hand zärtlich und fast mütterlich auf seinen Haaren fühlte, empfand er im voraus Enttäuschung und Druck im Herzen, er fühlte das Schlimme wiederkommen: die Angst, und es durchfloß ihn schneidend kalt die Ahnung und Furcht, daß er tief in seinem Wesen nicht zur Liebe fähig sei, daß Liebe ihm nur Qual und bösen Zauber bringen könne. Noch ehe der kurze Sturm der Wollust vertobt war, schlug in seiner Seele Bangigkeit und Mißtrauen das böse Auge auf, Widerwille dagegen, daß er genommen worden sei, statt selbst zu nehmen und zu erobern, und Vorgefühl von Ekel.

Lautlos war die Frau wieder davongeschlüpft, samt ihrem Kerzenlicht. Im Dunkeln lag Klein, und es kam mitten in der Sättigung der Augenblick, den er schon vorher, schon vor Stunden in so viel ahnenden wetterleuchtenden Sekunden gefürchtet, der schlimme Augenblick, wo die überreiche Musik seines neuen Lebens in ihm nur noch müde und verstimmte Saiten fand und tausend Lustgefühle plötzlich mit Müdigkeit und Angst bezahlt werden mußten. Mit Herzklopfen fühlte er alle Feinde auf der Lauer liegen, Schlaflosigkeit, Depression und Alpdruck. Das rauhe Linnen brannte an seiner Haut, bleich sah die Nacht durchs Fenster. Unmöglich, hierzubleiben und wehrlos den kommenden Qualen standzuhalten! Ach, es kam wieder, die Schuld und Angst kamen wieder und die Traurigkeit und die Verzweiflung! Alles Überwundene, alles Vergangene kam wieder. Es gab keine Erlösung.

Hastig kleidete er sich an, ohne Licht, suchte vor der Tür seine staubigen Stiefel, schlich hinab und aus dem Hause und lief, auf müden, einsinkenden Beinen, verzweifelt durch Dorf und Nacht davon, von sich selbst verhöhnt, von sich selbst verfolgt, von sich selbst gehaßt.

4

Ringend und verzweifelnd schlug sich Klein mit seinem Dämon. Was ihm seine Schicksalstage an Neuem, an Erkenntnis und Erlösung gebracht hatten, war in der trunkenen Gedankenhast und Hellsichtigkeit des vergangenen Tages zu einer Welle gestiegen, deren Höhe ihm unverlierbar erschienen war, während er schon wieder aus ihr zu sinken begann. Jetzt lag er wieder im Tal und Schatten, noch kämpfend, noch heimlich hoffend, aber tief verwundet. Einen Tag lang, einen kurzen, glänzenden Tag lang war es ihm gelungen, die einfache Kunst zu üben, die jeder Grashalm kann. Einen armen Tag lang hatte er sich selbst geliebt, sich selbst als Eines und Ganzes gefühlt, nicht in feindliche Teile zerspalten, er hatte sich geliebt, und in sich die Welt und Gott, und nichts als Liebe, Bestätigung und Freude war ihm von überall her entgegengekommen. Hätte gestern ein Räuber ihn überfallen, ein Polizist ihn verhaftet, es wäre Bestätigung, Lächeln, Harmonie gewesen! Und nun, mitten im Glück war er wieder umgefallen und klein geworden. Er ging mit sich ins Gericht, während sein Innerstes wußte, daß jedes Gericht falsch und töricht sei. Die Welt, welche einen herrlichen Tag lang durchsichtig und ganz von Gott erfüllt gewesen war, lag wieder hart und schwer, und jedes Ding hatte seinen eigenen Sinn, und jeder Sinn widersprach jedem andern. Die Begeisterung dieses Tages hatte wieder weichen, hatte sterben können! Sie, die heilige, war eine Laune gewesen, und die Sache mit Teresina eine Einbildung, und das Abenteuer im Wirtshaus eine zweifelhafte und anrüchige Geschichte.

Er wußte bereits, daß das würgende Angstgefühl nur dann verging, wenn er nicht an sich schulmeisterte und Kritik übte, nicht in den Wunden stocherte, in den alten Wunden. Er wußte: alles Schmerzende, alles Dumme, alles Böse wurde zum Gegenteil, wenn man es als Gott erkennen konnte, wenn man ihm in seine tiefsten Wurzeln nachging, die weit über das Weh und Wohl und Gut und Böse hinaufreichten. Er wußte es. Aber es war nichts dagegen zu tun, der böse Geist war in ihm, Gott war wieder ein Wort, schön und fern. Er haßte und verachtete sich, und dieser Haß kam, wenn es Zeit war, ebenso ungewollt und unabwendbar über ihn wie zu andern Zeiten die Liebe und das Vertrauen. Und so mußte es immer wieder gehen! Immer und immer wieder würde er die Gnade und das Selige erleben, und immer wieder das verfluchte Gegenteil, und nie würde sein Leben die Straße gehen, die sein eigener Wille ihm vorschrieb. Spielball und schwimmender Kork, würde er ewig hin und wider geschlagen werden. Bis es zu Ende war, bis einmal eine

Welle sich überschlug und Tod oder Wahnsinn ihn aufnahmen. Oh, möchte es bald sein!

Zwangsweise kehrten die ihm längst so bitter vertrauten Gedanken wieder, unnütze Sorgen, unnütze Ängste, unnütze Selbstanklagen, deren Unsinn einzusehen nur eine Qual mehr war. Eine Vorstellung kehrte wieder, die er kürzlich (ihm schien, es seien Monate dazwischen) auf der Reise gehabt hatte: Wie gut es wäre, sich auf die Schienen unter einen Bahnzug zu stürzen, den Kopf voran! Diesem Bilde ging er begierig nach, atmete es wie Äther ein: den Kopf voran, alles in Splitter und Fetzen gehauen und gemahlen, alles auf die Räder gewickelt und auf den Schienen zu nichts zerrieben! Tief fraß sein Leid sich in diese Visionen ein, mit Beifall und Wollust hörte, sah und schmeckte er die gründliche Zerstörung des Friedrich Klein, fühlte sein Herz und Gehirn zerrissen, verspritzt, zerstampft, den schmerzenden Kopf zerkracht, die schmerzenden Augen ausgelaufen, die Leber zerknetet, die Nieren zerrieben, das Haar wegrasiert, die Knochen, Knie und Kinn zerpulvert. Das war es, was der Totschläger Wagner hatte fühlen wollen, als er seine Frau, seine Kinder und sich selbst im Blut ersäufte. Genau dies war es. Oh, er verstand ihn so gut! Er selbst war Wagner, war ein Mensch von guten Gaben, fähig, das Göttliche zu fühlen, fähig zu lieben, aber allzu beladen, allzu nachdenklich, allzu leicht zu ermüden, allzu wohl unterrichtet über seine Mängel und Krankheiten. Was in aller Welt hatte solch ein Mensch, solch ein Wagner, solch ein Klein denn zu tun? Immer die Kluft vor Augen, die ihn von Gott trennte, immer den Riß der Welt durch sein eigenes Herz gehen fühlend, ermüdet, aufgerieben vom ewigen Aufschwung zu Gott, der ewig mit Rückfall endete – was sollte solch ein Wagner, solch ein Klein anderes tun als sich auslöschen, sich und alles, was an ihn erinnern konnte, und sich zurückwerfen in den dunkeln Schoß, aus dem der Unausdenkliche immer und ewig wieder die vergängliche Welt der Gestaltungen ausstieß? Nein, es war nichts anderes möglich! Wagner mußte gehen, Wagner mußte sterben, Wagner mußte sich aus dem Buch des Lebens ausstreichen. Es mochte vielleicht nutzlos sein, sich umzubringen, es mochte vielleicht lächerlich sein. Vielleicht war alles das ganz richtig, was die Bürger, in jener anderen Welt drüben, über den Selbstmord sagten. Aber gab es irgend etwas für den

Menschen in diesem Zustande, das nicht nutzlos, das nicht lächerlich war? Nein, nichts. Immer noch besser, den Schädel unter den Eisenrädern zu haben, ihn krachen zu fühlen und mit Willen in den Abgrund zu tauchen.

Auf schwankenden Knien hielt er sich Stunde um Stunde rastlos unterwegs. Auf den Schienen einer Bahnlinie, an die der Weg ihn geführt hatte, lag er einige Zeit, schlummerte sogar ein, den Kopf auf dem Eisen, erwachte wieder und hatte vergessen, was er wollte, stand auf, wehte taumelnd weiter, Schmerzen an den Sohlen, Qualen im Kopf, zuweilen fallend, von einem Dorn verletzt, zuweilen leicht und wie schwebend, zuweilen Schritt um Schritt mühsam bezwingend.

›Jetzt reitet mich der Teufel reif!‹ sang er heiser vor sich hin. Reif werden! Unter Qualen fertig gebraten, zu Ende geröstet werden, wie der Kern im Pfirsich, um reif zu sein, um sterben zu können! Ein Funke schwamm hier in seiner Finsternis, an den hing er alsbald alle Inbrunst seiner zerrissenen Seele. Ein Gedanke: es war nutzlos, sich zu töten, sich jetzt zu töten, es hatte keinen Wert, sich Glied für Glied auszurotten und zu zerschlagen, es war nutzlos! Gut aber und erlösend war es, zu leiden, unter Qualen und Tränen reif gegoren, unter Schlägen und Schmerzen fertig geschmiedet zu werden. Dann durfte man sterben, und dann war es ein gutes Sterben, schön und sinnvoll, das Seligste der Welt, seliger als jede Liebesnacht: ausgeglüht und völlig hingegeben in den Schoß zurückzufallen, zum Erlöschen, zum Erlösen, zur Neugeburt. Solch ein Tod, solch ein reifer und guter, edler Tod allein hatte Sinn, nur er war Erlösung, nur er war Heimkehr. Sehnsucht weinte in seinem Herzen auf. Oh, wo war der schmale, schwere Weg, wo war die Pforte? Er war bereit, er sehnte sich mit jeder Zuckung seines von Ermattung zitternden Leibes, seiner von Todespein geschüttelten Seele.

Als der Morgen am Himmel aufgraute und der bleierne See im ersten kühlen Silberblitz erwachte, stand der Gejagte in einem kleinen Kastanienwalde, hoch über See und Stadt, zwischen Farnkraut und hohen, blühenden Spiräen, feucht vom Tau. Mit erloschenen Augen, doch lächelnd, starrte er in die wunderliche Welt. Er hatte den Zweck seiner triebhaften Irrfahrt erreicht: er war so todmüde, daß die geängstigte Seele schwieg. Und, vor allem, die Nacht war vorbei! Der Kampf war gekämpft, eine Gefahr war überstanden. Von der Erschöpfung gefällt, sank er wie ein Toter zwischen Farn und Wurzeln auf den Waldboden, den Kopf ins Heidelbeerkraut, vor seinen versagenden Sinnen schmolz die Welt hinweg. Die Hände ins Gekräut geballt, Brust und Gesicht an der Erde, gab er sich hungernd dem Schlafe hin, als sei es der ersehnte letzte.

In einem Traume, von dem nur wenige Bruchstücke ihm nachher erinnerlich waren, sah er folgendes: An einem Tor, das wie der Eingang zu einem Theater aussah, hing ein großes Schild mit einer riesigen Aufschrift: sie hieß (das war unentschieden) entweder ›Lohengrin‹ oder ›Wagner‹. Zu diesem Tore ging er hinein. Drinnen war eine Frau, die glich der Wirtsfrau von heute nacht, aber auch seiner eigenen Frau. Ihr Kopf war entstellt, er war zu groß, und das Gesicht zu einer fratzenhaften Maske verändert. Widerwille gegen diese Frau ergriff ihn mächtig, er stieß ihr ein Messer in den Leib. Aber eine andere Frau, wie ein Spiegelbild der ersten, kam von hinten über ihn, rächend, schlug ihm scharfe, starke Krallen in den Hals und wollte ihn erwürgen.

Beim Aufwachen aus diesem tiefen Schlaf sah er verwundert Wald über sich und war steif vom harten Liegen, doch erfrischt. Mit leiser Beängstigung klang der Traum in ihm nach. Was für seltsame, naive und negerhafte Spiele der Phantasie! dachte er, einen Augenblick lächelnd, als ihm die Pforte mit der Aufforderung zum Eintritt in das Theater ›Wagner‹ wieder einfiel. Welche Idee, sein Verhältnis zu Wagner so darzustellen! Dieser Traumgeist war roh, aber genial. Er traf den Nagel auf den Kopf. Und er schien alles zu wissen! Das Theater mit der Aufschrift ›Wagner‹, war das nicht er selbst, war es nicht die Aufforderung, in sich selbst einzutreten, in das fremde Land seines wahren Innern? Denn Wagner war er selber – Wagner war der Mörder und Gejagte in ihm, aber Wagner war auch der Komponist, der Künstler, das Genie, der Verführer, die Neigung zu Lebenslust, Sinnenlust, Luxus – Wagner war der Sammelname für alles Unterdrückte, Untergesunkene, zu kurz Gekommene in dem ehemaligen Beamten Friedrich Klein. Und ›Lohengrin‹ – war nicht auch das er selbst, Lohengrin, der irrende Ritter mit dem geheimnisvollen Ziel, den man nicht nach seinem Namen fragen darf? Das weitere war unklar, die Frau mit dem furchtbaren Maskenkopf und die andere mit den Krallen – der Messerstoß in ihren Bauch erinnerte ihn auch noch an irgend etwas, er hoffte es noch zu finden – die Stimmung von Mord und Todesgefahr war seltsam und grell vermischt mit der von Theater, Masken und Spiel.

Beim Gedanken an die Frau und das Messer sah er einen Augenblick deutlich sein eheliches Schlafzimmer vor sich. Da mußte er an die Kinder denken – wie hatte er die vergessen können! Er dachte an sie, wie sie morgens in ihren Nachthemdchen aus den kleinen Betten kletterten. Er mußte an ihre Namen denken, besonders an Elly. Oh, die Kinder! Langsam liefen ihm Tränen aus den Augen über das übernächtige Gesicht. Er schüttelte den Kopf, erhob sich mit einiger Mühe und begann Laub und Erdkrumen von seinen zerdrückten Kleidern zu lesen. Nun erst erinnerte er sich klar dieser Nacht, der kahlen Steinkammer in der Dorfschenke, der fremden Frau an seiner Brust, seiner Flucht, seiner gehetzten Wanderung. Er sah dies kleine, entstellte Stück Leben an, wie ein Kranker die abgezehrte Hand, den Ausschlag an seinem Bein anschaut.

In gefaßter Trauer, noch mit Tränen in den Augen, sagte er ganz leise vor sich hin: »Gott, was hast du noch mit mir im Sinn?«

Aus den Gedanken der Nacht klang nur die eine Stimme voll Sehnsucht in ihm fort: nach Reifsein, nach Heimkehr, nach Sterbendürfen. War denn sein Weg noch weit? War die Heimat noch fern? War noch viel, viel Schweres, war noch Unausdenkliches zu leiden? Er war bereit dazu, er bot sich hin, sein Herz stand offen: Schicksal, stoß zu!

Langsam kam er durch Bergwiesen und Weinberge gegen die Stadt hinabgeschritten. Er suchte sein Zimmer auf, wusch und kämmte sich, wechselte die Kleider. Er ging speisen, trank etwas von dem guten Wein und spürte die Ermüdung in den steifen Gliedern sich lösen und wohlig werden. Er erkundigte sich, wann im Kursaal getanzt werde, und ging zur Teestunde hin.

Teresina tanzte eben, als er eintrat. Er sah das eigentümlich glänzende Tanzlächeln auf ihrem Gesicht wieder und freute sich. Er begrüßte sie, als sie zu ihrem Tisch zurückging, und nahm dort Platz.

»Ich möchte Sie einladen, heute abend mit mir nach Castiglione zu fahren«, sagte er leise.

Sie besann sich.

»Gleich heut?« fragte sie. »Eilt es so sehr?«

»Ich kann auch warten. Aber es wäre hübsch. Wo darf ich Sie erwarten?«

Sie widerstand der Einladung nicht und nicht dem kindlichen Lachen, das für Augenblicke seltsam hübsch in seinem zerfurchten, einsamen Gesicht hing, wie an der letzten Wand eines abgebrannten und eingerissenen Hauses noch eine frohe bunte Tapete hängt.

»Wo waren Sie denn?« fragte sie neugierig. »Sie waren gestern so plötzlich verschwunden. Und jedesmal haben Sie ein anderes Gesicht, auch heute wieder. – Sie sind doch nicht Morphinist?«

Er lachte nur, mit einem seltsam hübschen und etwas fremdartigen Lachen, bei dem sein Mund und Kinn ganz knabenhaft aussahen, während über Stirn und Augen unverändert der Dornenreif lag.

»Bitte, holen Sie mich gegen neun Uhr ab, im Restaurant des Hotel Esplanade. Ich glaube, um neun geht ein Boot. Aber sagen Sie, was haben Sie seit gestern gemacht?«

»Ich glaube, ich war spazieren, den ganzen Tag, und auch die ganze Nacht. Ich habe eine Frau in einem Dorf trösten müssen, weil ihr Mann fortgelaufen war. Und dann habe ich mir viel Mühe mit einem italienischen Lied gegeben, das ich lernen wollte, weil es von einer Teresina handelt.«

»Was ist das für ein Lied?«

»Es fängt an: Su in cima di quel boschetto.«

»Um Gottes willen, diesen Gassenhauer kennen Sie auch schon? Ja, der ist jetzt in Mode bei den Ladenmädchen.«

»Oh, ich finde das Lied sehr hübsch.«

»Und eine Frau haben Sie getröstet?«

»Ja, sie war traurig, ihr Mann war weggelaufen und war ihr untreu.«

»So? Und wie haben Sie sie getröstet?«

»Sie kam zu mir, um nicht mehr allein zu sein. Ich habe sie geküßt und bei mir liegen gehabt.«

»War sie denn hübsch?«

»Ich weiß nicht, ich sah sie nicht genau. – Nein, lachen Sie nicht, nicht hierüber! Es war so traurig.«

Sie lachte dennoch. »Wie sind Sie komisch! Nun, und geschlafen haben Sie überhaupt nicht? Sie sehen danach aus.«

»Doch, ich habe mehrere Stunden geschlafen, in einem Wald dort oben.«

Sie blickte seinem Finger nach, der in die Saalecke deutete, und lachte laut.

»In einem Wirtshaus?«

»Nein, im Wald. In den Heidelbeeren. Sie sind schon beinahe reif.«

»Sie sind ein Phantast. – Aber ich muß tanzen, der Direktor klopft schon. – Wo sind Sie, Claudio?«

Der schöne, dunkle Tänzer stand schon hinter ihrem Stuhl, die Musik begann. Am Schluß des Tanzes ging er.

Abends holte er sie pünktlich ab und war froh, den Smoking angezogen zu haben, denn Teresina hatte sich überaus festlich gekleidet, violett mit vielen Spitzen, und sah wie eine Fürstin aus.

Am Strande führte er Teresina nicht zum Kurschiff, sondern in ein hübsches Motorboot, das er für den Abend gemietet hatte. Sie stiegen ein, in der halboffenen Kajüte lagen Decken für Teresina bereit und Blumen. Mit scharfer Kurve schnob das rasche Boot zum Hafen hinaus in den See.

Draußen in der Nacht und Stille sagte Klein: »Teresina, ist es nicht eigentlich schade, jetzt dort hinüber unter die vielen Menschen zu gehen? Wenn Sie Lust haben, fahren wir weiter, ohne Ziel, solang es uns gefällt, oder wir fahren in irgendein hübsches stilles Dorf, trinken einen Landwein und hören zu, wie die Mädchen singen. Was meinen Sie?«

Sie schwieg, und er sah alsbald Enttäuschung auf ihrem Gesicht. Er lachte.

»Nun, es war ein Einfall von mir, verzeihen Sie. Sie sollen vergnügt sein und haben, was Ihnen Spaß macht, ein andres Programm haben wir nicht. In zehn Minuten sind wir drüben.«

»Interessiert Sie denn das Spiel gar nicht?« fragte sie.

»Ich werde ja sehen, ich muß es erst probieren. Der Sinn davon ist mir noch etwas dunkel. Man kann Geld gewinnen und Geld verlieren. Ich glaube, es gibt stärkere Sensationen.«

»Das Geld, um das gespielt wird, braucht ja nicht bloß Geld zu sein. Es ist für jeden ein Sinnbild, jeder gewinnt oder verliert nicht Geld, sondern all die Wünsche und Träume, die es für ihn bedeutet. Für mich bedeutet es Freiheit. Wenn ich Geld habe, kann niemand mir mehr befehlen. Ich lebe, wie ich will. Ich tanze, wann und wo und für wen ich will. Ich reise, wohin ich will.«

Er unterbrach sie.

»Was sind Sie für ein Kind, liebes Fräulein! Es gibt keine solche Freiheit, außer in Ihren Wünschen. Werden Sie morgen reich und frei und unabhängig – übermorgen verlieben Sie sich in einen Kerl, der Ihnen das Geld wieder abnimmt oder der Ihnen bei Nacht den Hals abschneidet.«

»Reden Sie nicht so scheußlich! Also: wenn ich reich wäre, würde ich vielleicht einfacher leben als jetzt, aber ich täte es, weil es mir Spaß machte, freiwillig und nicht aus Zwang. Ich hasse Zwang! Und sehen Sie, wenn ich nun mein Geld im Spiel einsetze, dann sind bei jedem Verlust und Gewinn alle meine Wünsche beteiligt, es geht um alles, was mir wertvoll und begehrenswert ist, und das gibt ein Gefühl, das man sonst nicht leicht findet.«

Klein sah sie an, während sie sprach, ohne sehr auf ihre Worte zu achten. Ohne es zu wissen, verglich er Teresinas Gesicht mit dem Gesicht jener Frau, von der er im Walde geträumt hatte.

Erst als das Boot in die Bucht von Castiglione einfuhr, wurde es ihm bewußt, denn jetzt erinnerte ihn der Anblick des beleuchteten Blechschildes mit dem Stationsnamen heftig an das Schild im Traum, auf welchem ›Lohengrin‹ oder ›Wagner‹ gestanden hatte. Genau so hatte jenes Schild ausgesehen, genau so groß, so grau und weiß, so grell beleuchtet. War dies hier die Bühne, die auf ihn wartete? Kam er hier zu Wagner? Nun fand er auch, daß Teresina der Traumfrau glich, vielmehr den beiden Traumfrauen, deren eine er mit dem Messer totgestochen, deren andre ihn tödlich mit den Krallen gewürgt hatte. Ein Schrecken lief ihm über die Haut. Hing denn das alles zusammen? Wurde er wieder von unbekannten Geistern geführt? Und wohin? Zu Wagner? Zu Mord? Zu Tod?

Beim Aussteigen nahm Teresina seinen Arm, und so Arm in Arm gingen sie durch den kleinen bunten Lärm der Schifflände, durchs Dorf und in das Kasino. Hier gewann alles jenen halb reizenden, halb ermüdenden Schimmer von Unwahrscheinlichkeit, den die Veranstaltungen gieriger Menschen stets da bekommen, wo sie fern den Städten in stille Landschaften verirrt stehen. Die Häuser waren zu groß und zu neu, das Licht zu reichlich, die Säle zu prächtig, die Menschen zu lebhaft. Zwischen den großen, finsteren Bergzügen und dem weiten, sanften See hing der kleine dichte Bienenschwarm begehrlicher und übersättigter Menschen so ängstlich gedrängt, als sei er keine Stunde seiner Dauer gewiß, als könne jeden Augenblick etwas geschehen, das ihn wegwischte. Aus Sälen, wo gespeist und Champagner getrunken wurde, quoll süße überhitzte Geigenmusik heraus, auf Treppen zwischen Palmen und laufenden Brunnen glühten Blumengruppen und Frauenkleider durcheinander, bleiche Männergesichter über offnen Abendröcken, blaue Diener mit Goldknöpfen, geschäftig, dienstbar und vielwissend, duftende Weiber mit südlichen Gesichtern, bleich und glühend, schön und rank, und nordische derbe Frauen, drall, befehlend und selbstbewußt, alte Herren wie Illustrationen zu Turgenjew und Fontane.

Klein fühlte sich unwohl und müde, sobald sie die Säle betraten. Im großen Spielsaal zog er zwei Tausenderscheine aus der Tasche.

»Wie nun?« fragte er. »Wollen wir gemeinsam spielen?«

»Nein, nein, das ist nichts. Jeder für sich.«

Er gab ihr einen Schein und bat sie, ihn zu führen. Sie standen bald an einem Spieltisch. Klein legte seine Banknote auf eine Nummer, das Rad wurde gedreht, er verstand nichts davon, sah nur seinen Einsatz weggewischt und verschwunden. Das geht schnell, dachte er befriedigt, und wollte Teresina zulachen. Sie war nicht mehr neben ihm. Er sah sie bei einem andern Tisch stehen und ihr Geld wechseln. Er ging hinüber. Sie sah nachdenklich, besorgt und sehr beschäftigt aus wie eine Hausfrau.

Er folgte ihr an einen Spieltisch und sah ihr zu. Sie kannte das Spiel und folgte ihm mit scharfer Aufmerksamkeit. Sie setzte kleine Summen, nie mehr als fünfzig Franken, bald hier, bald dort, gewann einige Male, steckte Scheine in ihre perlengestickte Handtasche, zog wieder Scheine heraus.

»Wie geht's?« fragte er zwischenein.

Sie war empfindlich über die Störung.

»Oh, lassen Sie mich spielen! Ich werde es schon gut machen.«

Bald wechselte sie den Tisch, er folgte ihr, ohne daß sie ihn sah. Da sie so sehr beschäftigt war und seine Dienste nie in Anspruch nahm, zog er sich auf eine Lederbank an der Wand zurück. Einsamkeit schlug über ihm zusammen. Er versank in Nachdenken über seinen Traum. Es war sehr wichtig, ihn zu verstehen. Vielleicht würde er nicht oft mehr solche Träume haben, vielleicht waren sie wie im Märchen die Winke der guten Geister: zweimal, auch dreimal wurde man gelockt, oder wurde gewarnt, war man dann immer noch blind, so nahm das Schicksal seinen Lauf, und keine befreundete Macht griff mehr ins Rad. Von Zeit zu Zeit blickte er nach Teresina aus, sah sie an einem Tisch bald sitzen, bald stehen, hell schimmerte ihr gelbes Haar zwischen den Fräcken.

Wie lang sie mit den tausend Franken ausreicht! dachte er gelangweilt, bei mir ging das schneller.

Einmal nickte sie ihm zu. Einmal, nach einer Stunde, kam sie herüber, fand ihn in sich versunken und legte ihm die Hand auf den Arm.

»Was machen Sie? Spielen Sie denn nicht?«

»Ich habe schon gespielt.«

»Verloren?«

»Ja. Oh, es war nicht viel.«

»Ich habe etwas gewonnen. Nehmen Sie von meinem Geld.«

»Danke, heut nicht mehr. – Sind Sie zufrieden?«

»Ja, es ist schön. Nun, ich gehe wieder. Oder wollen Sie schon nach Hause?«

Sie spielte weiter, da und dort sah er ihr Haar zwischen den Schultern der Spieler aufglänzen. Er brachte ihr ein Glas Champagner hinüber und trank selbst ein Glas. Dann setzte er sich wieder auf die Lederbank an der Wand.

Wie war das mit den beiden Frauen im Traum? Sie hatten seiner eigenen Frau geglichen und auch der Frau im Dorfwirtshaus und auch Teresina. Von andern Frauen wußte er nicht, seit Jahren nicht. Die eine Frau hatte er erstochen, voll Abscheu über ihr verzerrtes geschwollenes Gesicht. Die andre hatte ihn überfallen, von hinten, und erwürgen wollen. Was war nun richtig? Was war bedeutsam? Hatte er seine Frau verwundet, oder sie ihn? Würde er an Teresina zugrunde gehen, oder sie an ihm? Konnte er eine Frau nicht lieben, ohne ihr Wunden zu schlagen, und ohne von ihr verwundet zu werden? War das sein Fluch?

Oder war das allgemein? Ging es allen so? War alle Liebe so?

Und was verband ihn mit dieser Tänzerin? Daß er sie liebte? Er hatte viele Frauen geliebt, die nie davon erfahren hatten. Was band ihn an sie, die drüben stand und Glücksspiel wie ein ernstes Geschäft betrieb? Wie war sie kindlich in ihrem Eifer, in ihrer Hoffnung, wie war sie gesund, naiv und lebenshungrig! Was würde sie davon verstehen, wenn sie seine tiefste Sehnsucht kannte, das Verlangen nach Tod, das Heimweh nach Erlöschen, nach Rückkehr in Gottes Schoß! Vielleicht würde sie ihn lieben, schon bald, vielleicht würde sie mit ihm leben – aber würde es anders sein, als es mit seiner Frau gewesen war? Würde er nicht, immer und immer, mit seinen innigsten Gefühlen allein sein?

Teresina unterbrach ihn. Sie blieb bei ihm stehen und gab ihm ein Bündel Banknoten in die Hand.

»Bewahren Sie mir das auf, bis nachher.«

Nach einer Zeit, er wußte nicht, war es lang oder kurz, kam sie wieder und erbat das Geld zurück.

Sie verliert, dachte er, Gott sei Dank! Hoffentlich ist sie bald fertig.

Kurz nach Mitternacht kam sie, vergnügt und etwas erhitzt. »So, ich höre auf. Sie Armer sind gewiß müde. Wollen wir nicht noch einen Bissen essen, eh wir heimfahren?«

In einem Speisesaal aßen sie Schinkeneier und Früchte und tranken Champagner. Klein erwachte und wurde munter. Die Tänzerin war verändert, froh und in einem leichten süßen Rausch. Sie sah und wußte wieder, daß sie schön war und schöne Kleider trug, sie spürte die Blicke der Männer, die von benachbarten Tischen herüber warben, und auch Klein fühlte die Verwandlung, sah sie wieder von Reiz und holder Verlockung umgeben, hörte wieder den Klang von Herausforderung und Geschlecht in ihrer Stimme, sah wieder ihre Hände weiß und ihren Hals perlfarben aus den Spitzen steigen.

»Haben Sie auch tüchtig gewonnen?« fragte er lachend.

»Es geht, noch nicht das große Los. Es sind etwa fünftausend.«

»Nun, das ist ein hübscher Anfang.«

»Ja, ich werde natürlich fortfahren, das nächstemal. Aber das richtige ist es noch nicht. Es muß auf einmal kommen, nicht tropfenweise.«

Er wollte sagen: ›Dann müßten Sie auch nicht tropfenweise setzen, sondern alles auf einmal‹ – aber er stieß statt dessen mit ihr an, auf das große Glück, und lachte und plauderte weiter.

Wie war das Mädchen hübsch, gesund und einfach in seiner Freude! Vor einer Stunde noch hatte sie an den Spieltischen gestanden, streng, besorgt, faltig, böse, rechnend. Jetzt sah sie aus, als habe nie eine Sorge sie berührt, als wisse sie nichts von Geld, Spiel, Geschäften, als kenne sie nur Freude, Luxus und müheloses Schwimmen an der schillernden Oberfläche des Lebens. War das alles wahr, alles echt? Er selbst lachte ja auch, war ja auch vergnügt, warb ja auch um Freude und Liebe aus heitern Augen – und doch saß zugleich einer in ihm, der an das alles nicht glaubte, der dem allen mit Mißtrauen und mit Hohn zusah. War das bei andern Menschen anders? Ach, man wußte so wenig, so verzweifelt wenig von den Menschen! Hundert Jahreszahlen von lächerlichen Schlachten und Namen von lächerlichen alten Königen hatte man in den Schulen gelernt, und man las täglich Artikel über Steuern oder über den Balkan, aber vom Menschen wußte man nichts! Wenn eine Glocke nicht schellte, wenn ein Ofen rauchte, wenn ein Rad in einer Maschine stockte, so wußte man sogleich, wo zu suchen sei, und tat es mit Eifer, und fand den Schaden und wußte, wie er zu heilen war. Aber das Ding in uns, die geheime Feder, die allein dem Leben den Sinn gibt, das Ding in uns, das allein lebt, das allein fähig ist, Lust und Weh zu fühlen, Glück zu begehren, Glück zu erleben – das war unbekannt, von dem wußte man nichts, gar nichts, und wenn es krank wurde, so gab es keine Heilung. War es nicht wahnsinnig?

Während er mit Teresina trank und lachte, stiegen in andern Bezirken seiner Seele solche Fragen auf und nieder, dem Bewußtsein bald näher, bald ferner. Alles war zweifelhaft, alles schwamm im Ungewissen. Wenn er nur das Eine gewußt hätte: ob diese Unsicherheit, diese Not, diese Verzweiflung mitten in der Freude, dieses Denkenmüssen und Fragenmüssen auch in andern Menschen so war, oder nur in ihm allein, in dem Sonderling Klein?

Eines fand er, darin unterschied er sich von Teresina, darin war sie anders als er, war kindlich und primitiv gesund. Dies Mädchen rechnete, wie alle Menschen, und wie auch er selbst es früher getan hatte, immerzu instinktiv mit Zukunft, mit Morgen und Übermorgen, mit Fortdauer. Hätte sie sonst spielen und das Geld so ernst nehmen können? Und da, das fühlte er tief, da stand es bei ihm anders. Für ihn stand hinter jedem Gefühl und Gedanken das Tor offen, das ins Nichts führte. Wohl litt er an Angst, an Angst vor sehr vielem, vor dem Wahnsinn, vor der Polizei, der Schlaflosigkeit, auch an Angst vor dem Tod. Aber alles, wovor er Angst empfand, das begehrte und ersehnte er dennoch zugleich – er war voll brennender Sehnsucht und Neugierde nach Leid, nach Untergang, nach Verfolgung, nach Wahnsinn und Tod.

»Komische Welt«, sagte er vor sich hin, und meinte damit nicht die Welt um ihn her, sondern dies innere Wesen. Plaudernd verließen sie den Saal und das Haus, kamen im blassen Laternenlicht an das schlafende Seeufer, wo sie ihren Bootsmann wecken mußten. Es dauerte eine Weile, bis das Boot abfahren konnte, und die beiden standen nebeneinander, plötzlich aus der Lichtfülle und farbigen Geselligkeit des Kasinos in die dunkle Stille des verlassenen nächtlichen Ufers verzaubert, das Lachen von drüben noch auf erhitzten Lippen und schon kühl berührt von Nacht, Schlafnähe und Furcht vor Einsamkeit. Sie fühlten beide dasselbe. Unversehens hielten sie sich bei den Händen, lächelten irr und verlegen in die Dunkelheit, spielten mit zuckenden Fingern einer auf Hand und Arm des andern. Der Bootsmann rief, sie stiegen ein, setzten sich in die Kabine, und mit heftigem Griff zog er den blonden schweren Kopf zu sich her und in die ausbrechende Glut seiner Küsse. Zwischenein sich erwehrend, setzte sie sich aufrecht und fragte: »Werden wir wohl bald wieder hier herüber fahren?«

Mitten in der Liebeserregung mußte er heimlich lachen. Sie dachte bei allem noch ans Spiel, sie wollte wiederkommen und ihr Geschäft fortsetzen.

»Wann du willst«, sagte er werbend, »morgen und übermorgen und jeden Tag, den du willst.«

Als er ihre Finger in seinem Nacken spielen fühlte, durchzuckte ihn Erinnerung an das furchtbare Gefühl im Traum, als das rächende Weib ihm die Nägel in den Hals krallte.

›Jetzt sollte sie mich plötzlich töten, das wäre das richtige‹, dachte er glühend – ›oder ich sie.‹

Ihre Brust mit tastender Hand umspannend lachte er leise vor sich hin. Unmöglich wäre es ihm gewesen, noch Lust und Weh zu unterscheiden. Auch seine Lust, seine hungrige Sehnsucht nach der Umarmung mit diesem schönen starken Weibe, war von Angst kaum zu unterscheiden, er ersehnte sie wie der Verurteilte das Beil. Beides war da, flammende Lust und trostlose Trauer, beides brannte, beides zuckte in fiebernden Sternen auf, beides wärmte, beides tötete.

Teresina entzog sich geschmeidig einer zu kühnen Liebkosung, hielt seine beiden Hände fest, brachte ihre Augen nah an seine und flüsterte wie abwesend: »Was bist du für ein Mensch, du? Warum liebe ich dich? Warum zieht mich etwas zu dir? Du bist schon alt und bist nicht schön – wie ist das? Höre, ich glaube doch, daß du ein Verbrecher bist. Bist du nicht einer? Ist dein Geld nicht gestohlen?«

Er suchte sich loszumachen: »Rede nicht, Teresina! Alles Geld ist gestohlen, alle Habe ist ungerecht. Ist denn das wichtig? Wir sind alle Sünder, wir sind alle Verbrecher, nur schon weil wir leben. Ist denn das wichtig?«

»Ach, was ist wichtig?« zuckte sie auf.

»Wichtig ist, daß wir diesen Becher austrinken«, sagte Klein langsam, »nichts anderes ist wichtig. Vielleicht kommt er nicht wieder. Willst du mit mir schlafen kommen, oder darf ich mit dir gehen?«

»Komm zu mir«, sagte sie leise. »Ich habe Angst vor dir, und doch muß ich bei dir sein. Sage mir dein Geheimnis nicht! Ich will nichts wissen!«

Das Abklingen des Motors weckte sie, sie riß sich los, strich sich klärend über Haar und Kleider. Das Boot lief leise an den Steg, Laternenlichter spiegelten splitternd im schwarzen Wasser. Sie stiegen aus.

»Halt, meine Tasche!« rief Teresina nach zehn Schritten. Sie lief zum Steg zurück, sprang ins Boot, fand auf dem Polster die Tasche mit ihrem Geld liegen, warf dem mißtrauisch blickenden Fährmann einen der Scheine hin und lief Klein in die Arme, der sie am Kai erwartete.

## 5

Der Sommer hatte plötzlich begonnen, in zwei heißen Tagen hatte er die Welt verändert, die Wälder vertieft, die Nächte verzaubert. Heiß drängte sich Stunde an Stunde, schnell lief die Sonne ihren glühenden Halbkreis ab, schnell und hastig folgten ihr die Sterne, Lebensfieber glühte hoch, eine lautlose gierige Eile jagte die Welt.

Ein Abend kam, da wurde Teresinas Tanz im Kursaal durch ein rasend hertobendes Gewitter unterbrochen. Lampen erloschen, irre Gesichter grinsten sich im weißen Flackern der Blitze an, Weiber schrien, Kellner brüllten, Fenster zerklirrten im Sturm.

Klein hatte Teresina sofort zu sich an den Tisch gezogen, wo er neben dem alten Komiker saß.

»Herrlich!« sagte er. »Wir gehen. Du hast doch keine Angst?«

»Nein, nicht Angst. Aber du darfst heute nicht mit mir kommen. Du hast drei Nächte nicht geschlafen, und du siehst scheußlich aus. Bring mich nach Haus, und dann geh schlafen in dein Hotel! Nimm Veronal, wenn du es brauchst. Du lebst wie ein Selbstmörder.«

Sie gingen, Teresina im geborgten Mantel eines Kellners, mitten durch Sturm und Blitze und aufheulende Staubwirbel durch die leergefegten Straßen, hell und frohlockend knallten die prallen Donnerschläge durch die aufgewühlte Nacht, plötzlich brauste Regen los, auf dem Pflaster zerspritzend, voll und voller mit dem erlösenden Schluchzen wilder Güsse im dicken Sommerlaub.

Naß und durchschüttelt kamen sie in die Wohnung der Tänzerin, Klein ging nicht nach Hause, es wurde nicht mehr davon gesprochen. Aufatmend traten sie ins Schlafzimmer, taten lachend die durchnäßten Kleider ab, durchs Fenster schrillte grell das Licht der Blitze, in den Akazien wühlte Sturm und Regen sich müde.

»Wir waren noch nicht wieder in Castiglione«, spottete Klein. »Wann gehen wir?«

»Wir werden wieder gehen, verlaß dich drauf. Hast du Langeweile?«

Er zog sie an sich, beide fieberten, und Nachglanz des Gewitters loderte in ihrer Liebkosung. In Stößen kam durchs Fenster die gekühlte Luft, mit bittrem Geruch von Laub und stumpfem Geruch von Erde. Aus dem Liebeskampf fielen sie beide schnell in Schlummer. Auf dem Kissen lag sein ausgehöhltes Gesicht neben ihrem frischen, sein dünnes trockenes Haar neben ihrem vollen blühenden. Vor dem Fenster glühte das Nachtgewitter in letzten Flammen auf, wurde müde und erlosch, der Sturm schlief ein, beruhigt rann ein stiller Regen in die Bäume.

Bald nach ein Uhr erwachte Klein, der keinen längern Schlaf mehr kannte, aus einem schweren schwülen Traumgewirre, mit wüstem Kopf und schmerzenden Augen. Regungslos lag er eine Weile, die Augen aufgerissen, sich besinnend, wo er sei. Es war Nacht, jemand atmete neben ihm, er war bei Teresina.

Langsam richtete er sich auf. Nun kamen die Qualen wieder, nun war ihm wieder beschieden, Stunde um Stunde zu liegen, Weh und Angst im Herzen, allein, nutzlose Leiden leiden, nutzlose Gedanken denken, nutzlose Sorgen sorgen. Aus dem Alpdrücken, das ihn geweckt hatte, krochen schwere fette Gefühle ihm nach, Ekel und Grauen, Übersättigung, Selbstverachtung.

Er tastete nach dem Licht und drehte an. Die kühle Helligkeit floß übers weiße Kissen, über die Stühle voll Kleider, schwarz hing das Fensterloch in der schmalen Wand. Über Teresinas abgewandtes Gesicht fiel Schatten, ihr Nacken und Haar glänzten hell.

So hatte er einst auch seine Frau zuweilen liegen sehen, auch neben ihr war er zuzeiten schlaflos gelegen, ihren Schlummer beneidend, von ihrem satten zufriedenen Atemholen wie verhöhnt. Nie, niemals war man von seinem Nächsten so ganz und gar, so vollkommen verlassen, als wenn er schlief! Und wieder, wie schon oft, fiel ihm das Bild des leidenden Jesus ein, im Garten Gethsemane, wo die Todesangst ihn ersticken will, seine Jünger aber schlafen, schlafen.

Leise zog er das Kissen mehr zu sich herüber, samt dem schlafenden Kopf Teresinas. Nun sah er ihr Gesicht, im Schlaf so fremd, so ganz bei sich selbst, so ganz von ihm abgewandt. Eine Schulter und Brust lagen bloß, unter dem Leintuch wölbte sich sanft ihr Leib bei jedem Atemzug. Komisch, fiel ihm ein, wie man in Liebesworten, in Gedichten, in Liebesbriefen immer und immer von den süßen Lippen und Wangen sprach, und nie von Bauch und Bein! Schwindel! Schwindel! Er betrachtete Teresina

lang. Mit diesem schönen Leib, mit dieser Brust und diesen weißen, gesunden, starken, gepflegten Armen und Beinen würde sie
ihn noch oft verlocken und ihn umschlingen und Lust von ihm
nehmen und dann ruhen und schlafen, satt und tief, ohne
Schmerzen, ohne Angst, ohne Ahnung, schön und stumpf und
dumm wie ein gesundes schlafendes Tier. Und er würde neben
ihr liegen, schlaflos, mit flackernden Nerven, das Herz voll
Pein. Noch oft? Noch oft? Ach nein, nicht oft mehr, nicht viele
Male mehr, vielleicht keinmal mehr! Er zuckte zusammen. Nein,
er wußte es: keinmal mehr!

Stöhnend bohrte er den Daumen in seine Augenhöhle, wo
zwischen Auge und Stirn diese teuflischen Schmerzen saßen.
Gewiß hatte auch Wagner diese Schmerzen gehabt, der Lehrer
Wagner. Er hatte sie gehabt, diese wahnsinnigen Schmerzen,
gewiß jahrelang, und hatte sie getragen und erlitten, und sich
dabei reifen und Gott näher kommen gemeint in seinen Qualen,
seinen nutzlosen Qualen. Bis er eines Tages es nicht mehr ertragen konnte – so wie auch er, Klein, es nicht mehr ertragen
konnte. Die Schmerzen waren ja das wenigste, aber die Gedanken, die Träume, das Alpdrücken! Da war Wagner eines Nachts
aufgestanden und hatte gesehen, daß es keinen Sinn habe, noch
mehr, noch viele solche Nächte voll Qual aneinander zu reihen,
daß man dadurch nicht zu Gott komme, und hatte das Messer
geholt. Es war vielleicht unnütz, es war vielleicht töricht und
lächerlich von Wagner, daß er gemordet hatte. Wer seine Qualen
nicht kannte, wer seine Pein nicht gelitten hatte, der konnte es ja
nicht verstehen.

Er selbst hatte vor kurzem, in einem Traum, eine Frau mit
dem Messer erstochen, weil ihr entstelltes Gesicht ihm unerträglich gewesen war. Entstellt war freilich jedes Gesicht, das man
liebte, entstellt und grausam aufreizend, wenn es nicht mehr log,
wenn es schwieg, wenn es schlief. Da sah man ihm auf den Grund
und sah nichts von Liebe darin, wie man auch im eigenen Herzen nichts von Liebe fand, wenn man auf den Grund sah. Da
war nur Lebensgier und Angst, und aus Angst, aus dummer
Kinderangst vor der Kälte, vor dem Alleinsein, vor dem Tode
floh man zueinander, küßte sich, umarmte sich, rieb Wange an
Wange, legte Bein zu Bein, warf neue Menschen in die Welt. So
war es. So war er einst zu seiner Frau gekommen. So war die

Frau des Wirtes in einem Dorf zu ihm gekommen, einst, am Anfang seines jetzigen Weges, in einer kahlen steinernen Kammer, barfuß und schweigend, getrieben von Angst, von Lebensgier, von Trostbedürfnis. So war auch er zu Teresina gekommen, und sie zu ihm. Es war stets derselbe Trieb, dasselbe Begehren, dasselbe Mißverständnis. Es war auch stets dieselbe Enttäuschung, dasselbe grimme Leid. Man glaubte, Gott nah zu sein, und hielt ein Weib in den Armen. Man glaubte, Harmonie erreicht zu haben, und hatte nur seine Schuld und seinen Jammer weggewälzt, auf ein fernes zukünftiges Wesen! Ein Weib hielt man in den Armen, küßte ihren Mund, streichelte ihre Brust und zeugte mit ihr ein Kind, und einst würde das Kind, vom selben Schicksal ereilt, in einer Nacht ebenso neben einem Weibe liegen und ebenso aus dem Rausch erwachen und mit schmerzenden Augen in den Abgrund sehen, und das Ganze verfluchen. Unerträglich, das zu Ende zu denken!

Sehr aufmerksam betrachtete er das Gesicht der Schlafenden, die Schulter und Brust, das gelbe Haar. Das alles hatte ihn entzückt, hatte ihn getäuscht, hatte ihn verlockt, das alles hatte ihm Lust und Glück vorgelogen. Nun war es aus, nun wurde abgerechnet. Er war in das Theater Wagner eingetreten, er hatte erkannt, warum jedes Gesicht, sobald die Täuschung dahinfiel, so entstellt und unausstehlich war.

Klein stand vom Bett auf und ging auf die Suche nach einem Messer. Im Vorbeischleichen streifte er Teresinas lange hellbraune Strümpfe vom Stuhl – dabei fiel ihm blitzschnell ein, wie er sie das erste Mal gesehen, im Park, und wie von ihrem Gang und von ihrem Schuh und straffen Strumpf der erste Reiz ihm zugeflogen war. Er lachte leise, wie schadenfroh, und nahm Teresinas Kleider, Stück um Stück, in die Hand, befühlte sie und ließ sie zu Boden fallen. Dann suchte er weiter, dazwischen für Momente alles vergessend. Sein Hut lag auf dem Tisch, er nahm ihn gedankenlos in die Hände, drehte ihn, fühlte, daß er naß war, und setzte ihn auf. Beim Fenster blieb er stehen, sah in die Schwärze hinaus, hörte Regen singen, es klang wie aus verschollenen anderen Zeiten her. Was wollte das alles von ihm, Fenster, Nacht, Regen – was ging es ihn an, das alte Bilderbuch aus der Kinderzeit.

Plötzlich blieb er stehen. Er hatte ein Ding in die Hand

genommen, das auf einem Tische lag, und sah es an. Es war ein silberner ovaler Handspiegel, und aus dem Spiegel schien ihm sein Gesicht entgegen, das Gesicht Wagners, ein irres verzogenes Gesicht mit tiefen schattigen Höhlen und zerstörten, zersprungenen Zügen. Das geschah ihm jetzt so merkwürdig oft, daß er sich unversehens in einem Spiegel sah, ihm schien, er habe früher jahrzehntelang nie in einen geblickt. Auch das, schien es, gehörte zum Theater Wagner.

Er blieb stehen und blickte lang in das Glas. Dies Gesicht des ehemaligen Friedrich Klein war fertig und verbraucht, es hatte ausgedient, Untergang schrie aus jeder Falte. Dies Gesicht mußte verschwinden, es mußte ausgelöscht werden. Es war sehr alt, dies Gesicht, viel hatte sich in ihm gespiegelt, allzu viel, viel Lug und Trug, viel Staub und Regen war darüber gegangen. Es war einmal glatt und hübsch gewesen, er hatte es einst geliebt und gepflegt und Freude daran gehabt, und hatte es oft auch gehaßt. Warum? Beides war nicht mehr zu begreifen.

Und warum stand er jetzt da, nachts in diesem kleinen fremden Zimmer, mit einem Glas in der Hand und einem nassen Hut auf dem Kopf, ein seltsamer Hanswurst – was war mit ihm? Was wollte er? Er setzte sich auf den Tischrand. Was hatte er gewollt? Was suchte er? Er hatte doch etwas gesucht, etwas sehr Wichtiges gesucht?

Ja, ein Messer.

Plötzlich ungeheuer erschüttert sprang er empor und lief zum Bett. Er beugte sich über das Kissen, sah das schlafende Mädchen im gelben Haare liegen. Sie lebte noch! Er hatte es noch nicht getan! Grauen überfloß ihn eisig. Mein Gott, nun war es da! Nun war es soweit, und es geschah, was er schon immer und immer in seinen furchtbarsten Stunden hatte kommen sehen. Nun war es da. Nun stand er, Wagner, am Bett einer Schlafenden, und suchte das Messer! – Nein, er wollte nicht. Nein, er war nicht wahnsinnig! Gott sei Dank, er war nicht wahnsinnig! Nun war es gut. Es kam Friede über ihn. Langsam zog er seine Kleider an, die Hosen, den Rock, die Schuhe. Nun war es gut. Als er nochmals zum Bett treten wollte, fühlte er Weiches unter seinem Fuß. Da lagen Teresinas Kleider am Boden, die Strümpfe, das hellgraue Kleid. Sorgfältig hob er sie auf und legte sie über den Stuhl.

Er löschte das Licht und ging aus dem Zimmer. Vor dem Hause troff Regen still und kühl, nirgends Licht, nirgends ein Mensch, nirgends ein Laut, nur der Regen. Er wandte das Gesicht nach oben und ließ sich den Regen über Stirn und Wangen laufen. Kein Himmel zu finden. Wie dunkel es war! Gern, gern hätte er einen Stern gesehen.

Ruhig ging er durch die Straßen, vom Regen durchweicht. Kein Mensch, kein Hund begegnete ihm, die Welt war ausgestorben. Am Seeufer ging er von Boot zu Boot, sie waren alle hoch ans Land gezogen und stramm mit Ketten befestigt. Erst ganz in der Vorstadt außen fand er eins, das locker am Strick hing und sich lösen ließ. Das machte er los und hängte die Ruder ein. Schnell war das Ufer vergangen, es floß ins Grau hinweg wie nie gewesen, nur Grau und Schwarz und Regen war noch auf der Welt, grauer See, nasser See, grauer See, nasser Himmel, alles ohne Ende.

Draußen, weit im See, zog er die Ruder ein. Es war nun soweit, und er war zufrieden. Früher hatte er, in den Augenblicken, wo Sterben ihm unvermeidlich schien, doch immer gern noch ein wenig gezögert, die Sache auf morgen verschoben, es erst noch einmal mit dem Weiterleben probiert. Davon war nichts mehr da. Sein kleines Boot, das war er, das war sein kleines, umgrenztes, künstlich versichertes Leben – rundum aber das weite Grau, das war die Welt, das war All und Gott, dahinein sich fallen zu lassen war nicht schwer, das war leicht, das war froh.

Er setzte sich auf den Rand des Bootes nach außen, die Füße hingen ins Wasser. Er neigte sich langsam vor, neigte sich vor, bis hinter ihm das Boot elastisch entglitt. Er war im All. In die kleine Zahl von Augenblicken, welche er von da an noch lebte, war viel mehr Erlebnis gedrängt als in die vierzig Jahre, die er zuvor bis zu diesem Ziel unterwegs gewesen war. Es begann damit: Im Moment, wo er fiel, wo er einen Blitz lang zwischen Bootsrand und Wasser schwebte, stellte sich ihm dar, daß er einen Selbstmord begehe, eine Kinderei, etwas zwar nicht Schlimmes, aber Komisches und ziemlich Törichtes. Das Pathos des Sterbenwollens und das Pathos des Sterbens selbst fiel in sich zusammen, es war nichts damit. Sein Sterben war nicht mehr notwendig, jetzt nicht mehr. Es war erwünscht, es war schön und willkommen, aber notwendig war es nicht mehr. Seit dem Moment, seit dem aufblitzenden Sekundenteil, wo er sich mit ganzem Wollen, mit ganzem Verzicht auf jedes Wollen, mit ganzer Hingabe hatte vom Bootsrand fallen lassen, in den Schoß der Mutter, in den Arm Gottes – seit diesem Augenblick hatte das Sterben keine Bedeutung mehr. Es war ja alles so einfach, es war ja alles so wunderbar leicht, es gab ja keine Abgründe, keine Schwierigkeiten mehr. Die ganze Kunst war: sich fallen lassen! Das leuchtete als Ergebnis seines Lebens hell durch sein ganzes Wesen: sich fallen lassen! Hatte man das einmal getan, hatte man einmal sich dahingegeben, sich anheimgestellt, sich ergeben, hatte man einmal auf alle Stützen und jeden festen Boden unter sich verzichtet, hörte man ganz und gar nur noch auf den Führer im eigenen Herzen, dann war alles gewonnen, dann war alles gut, keine Angst mehr, keine Gefahr mehr.

Dies war erreicht, dies Große, Einzige: er hatte sich fallen lassen! Daß er sich ins Wasser und in den Tod fallen ließ, wäre nicht notwendig gewesen, ebensogut hätte er sich ins Leben fallen lassen können. Aber daran lag nicht viel, wichtig war dies nicht. Er würde leben, er würde wiederkommen. Dann aber würde er keinen Selbstmord mehr brauchen und keinen von all diesen seltsamen Umwegen, keine von all diesen mühsamen und schmerzlichen Torheiten mehr, denn er würde die Angst überwunden haben.

Wunderbarer Gedanke: ein Leben ohne Angst! Die Angst überwinden, das war die Seligkeit, das war die Erlösung. Wie hatte er sein Leben lang Angst gelitten, und nun, wo der Tod ihn schon am Halse würgte, fühlte er nichts mehr davon, keine Angst, kein Grauen, nur Lächeln, nur Erlösung, nur Einverstandensein. Er wußte nun plötzlich, was Angst ist, und daß sie nur von dem überwunden werden kann, der sie erkannt hat. Man hatte vor tausend Dingen Angst, vor Schmerzen, vor Richtern, vor dem eigenen Herzen, man hatte Angst vor dem Schlaf, Angst vor dem Erwachen, vor dem Alleinsein, vor der Kälte, vor dem Wahnsinn, vor dem Tode – namentlich vor ihm, vor dem Tode. Aber all das waren nur Masken und Verkleidungen. In Wirklichkeit gab es nur eines, vor dem man Angst hatte: das Sichfallenlassen, den Schritt in das Ungewisse hinaus, den kleinen Schritt hinweg über all die Versicherungen, die es gab. Und wer sich einmal, ein einziges Mal hingegeben hatte, wer einmal das große Vertrauen geübt und sich dem Schicksal anvertraut hatte, der war befreit. Er gehorchte nicht mehr den Erdgesetzen, er war in den Weltraum gefallen und schwang im Reigen der Gestirne mit. So war das. Es war so einfach, jedes Kind konnte das verstehen, konnte das wissen.

Er dachte dies nicht, wie man Gedanken denkt, er lebte, fühlte, tastete, roch und schmeckte es. Er schmeckte, roch, sah und verstand, was Leben war. Er sah die Erschaffung der Welt, er sah den Untergang der Welt, beide wie zwei Heerzüge beständig gegeneinander in Bewegung, nie vollendet, ewig unterwegs. Die Welt wurde immerfort geboren, sie starb immerfort. Jedes Leben war ein Atemzug, von Gott ausgestoßen. Jedes Sterben war ein Atemzug, von Gott eingesogen. Wer gelernt hatte, nicht zu widerstreben, sich fallen zu lassen, der starb leicht, der wurde leicht geboren. Wer widerstrebte, der litt Angst, der starb schwer, der wurde ungern geboren.

Im grauen Regendunkel über dem Nachtsee sah der Untersinkende das Spiel der Welt gespiegelt und dargestellt: Sonnen und Sterne rollten heraus, rollten hinab, Chöre von Menschen und Tieren, Geistern und Engeln standen gegeneinander, sangen, schwiegen, schrien, Züge von Wesen zogen gegeneinander, jedes sich selbst mißkennend, sich selbst hassend, und sich in jedem andern Wesen hassend und verfolgend. Ihrer aller Sehnsucht war nach Tod, war nach Ruhe, ihr Ziel war Gott, war die Wiederkehr zu Gott und das Bleiben in Gott. Dies Ziel schuf Angst, denn es war ein Irrtum. Es gab kein Bleiben in Gott! Es gab keine Ruhe! Es gab nur das ewige, ewige, herrliche, heilige Ausgeatmetwerden und Eingeatmetwerden, Gestaltung und Auflösung, Geburt und Tod, Auszug und Wiederkehr, ohne Pause, ohne Ende. Und darum gab es nur Eine Kunst, nur Eine Lehre, nur Ein Geheimnis: sich fallen lassen, sich nicht gegen Gottes Willen sträuben, sich an nichts klammern, nicht an Gut noch Böse. Dann war man erlöst, dann war man frei von Leid, frei von Angst, nur dann.

Sein Leben lag vor ihm wie ein Land mit Wäldern, Talschaften und Dörfern, das man vom Kamm eines hohen Gebirges übersieht. Alles war gut gewesen, einfach und gut gewesen, und alles war durch seine Angst, durch sein Sträuben zu Qual und

Verwicklung, zu schauerlichen Knäueln und Krämpfen von Jammer und Elend geworden! Es gab keine Frau, ohne die man nicht leben konnte – und es gab auch keine Frau, mit der man nicht hätte leben können. Es gab kein Ding in der Welt, das nicht ebenso schön, ebenso begehrenswert, ebenso beglückend war wie sein Gegenteil! Es war selig zu leben, es war selig zu sterben, sobald man allein im Weltraum hing. Ruhe von außen gab es nicht, keine Ruhe im Friedhof, keine Ruhe in Gott, kein Zauber unterbrach je die ewige Kette der Geburten, die unendliche Reihe der Atemzüge Gottes. Aber es gab eine andere Ruhe, im eigenen Innern zu finden. Sie hieß: Laß dich fallen! Wehre dich nicht! Stirb gern! Lebe gern!

Alle Gestalten seines Lebens waren bei ihm, alle Gesichter seiner Liebe, alle Wechsel seines Leidens. Seine Frau war rein und ohne Schuld wie er selbst. Teresina lächelte kindlich her. Der Mörder Wagner, dessen Schatten so breit über Kleins Leben gefallen war, lächelte ihm ernst ins Gesicht, und sein Lächeln erzählte, daß auch Wagners Tat ein Weg zur Erlösung gewesen war, auch sie ein Atemzug, auch sie ein Symbol, und daß auch Mord und Blut und Scheußlichkeit nicht Dinge sind, welche wahrhaft existieren, sondern nur Wertungen unsrer eigenen, selbstquälerischen Seele. Mit dem Morde Wagners hatte er, Klein, Jahre seines Lebens hingebracht, in Verwerfen und Billigen, Verurteilen und Bewundern, Verabscheuen und Nachahmen hatte er sich aus diesem Morde unendliche Ketten von Qualen, von Ängsten, von Elend geschaffen. Er hatte hundertmal voll Angst seinem eigenen Tode beigewohnt, er hatte sich auf dem Schafott sterben sehen, er hatte den Schnitt des Rasiermessers durch seinen Hals gefühlt und die Kugel in seiner Schläfe – und nun, da er den gefürchteten Tod wirklich starb, war es so leicht, war es so einfach, war es Freude und Triumph! Nichts in der Welt war zu fürchten, nichts war schrecklich – nur im Wahn machten wir uns all diese Furcht, all dies Leid, nur in unsrer eignen, geängsteten Seele entstand Gut und Böse, Wert und Unwert, Begehren und Furcht.

Die Gestalt Wagners versank weit in der Ferne. Er war nicht Wagner, nicht mehr, es gab keinen Wagner, das alles war Täuschung gewesen. Nun, mochte Wagner sterben! Er, Klein, würde leben.

Wasser floß ihm in den Mund, und er trank. Von allen Seiten, durch alle Sinne floß Wasser herein, alles löste sich auf. Er wurde angesogen, er wurde eingeatmet. Neben ihm, an ihn gedrängt, so eng beisammen wie die Tropfen im Wasser, schwammen andere Menschen, schwamm Teresina, schwamm der alte Sänger, schwammen seine einstige Frau, sein Vater, seine Mutter und Schwester, und tausend, tausend, tausend andre Menschen, und auch Bilder und Häuser, Tizians Venus und das Münster von Straßburg, alles schwamm, eng aneinander, in einem ungeheuren Strom dahin, von Notwendigkeit getrieben, rasch und rascher, rasend – und diesem ungeheuern, rasenden Riesenstrom der Gestaltungen kam ein anderer Strom entgegen, ungeheuer, rasend, ein Strom von Gesichtern, Beinen, Bäuchen, von Tieren, Blumen, Gedanken, Morden, Selbstmorden, geschriebenen Büchern, geweinten Tränen, dicht, dicht, voll, voll, Kinderaugen und schwarze Locken und Fischköpfe, ein Weib mit langem starrem Messer im blutigen Bauch, ein junger Mensch, ihm selbst ähnlich, das Gesicht voll heiliger Leidenschaft, das war er selbst, zwanzigjährig, jener verschollene Klein von damals! Wie gut, daß auch diese Erkenntnis nun zu ihm kam: daß es keine Zeit gab! Das einzige, was zwischen Alter und Jugend, zwischen Babylon und Berlin, zwischen Gut und Böse, Geben und Nehmen stand, das einzige, was die Welt mit Unterschieden, Wertungen, Leid, Streit, Krieg erfüllte, war der Menschengeist, der junge ungestüme und grausame Menschengeist im Zustand der tobenden Jugend, noch fern vom Wissen, noch weit von Gott. Er erfand Gegensätze, er erfand Namen. Dinge nannte er schön, Dinge häßlich, diese gut, diese schlecht. Ein Stück Leben wurde Liebe genannt, ein andres Mord. So war dieser Geist, jung, töricht, komisch. Eine seiner Erfindungen war die Zeit. Eine ferne Erfindung, ein raffiniertes Instrument, sich noch inniger zu quälen und die Welt vielfach und schwierig zu machen! Von allem, was der Mensch begehrte, war er immer nur durch Zeit getrennt, nur durch diese Zeit, diese tolle Erfindung! Sie war eine der Stützen, eine der Krücken, die man vor allem fahren lassen mußte, wenn man frei werden wollte.

Weiter quoll der Weltstrom der Gestaltungen, der von Gott eingesogene, und der andere, ihm entgegen, der ausgeatmete. Klein sah Wesen, die sich dem Strom widersetzten, die sich unter furchtbaren Krämpfen aufbäumten und sich grauenhafte Qualen schufen: Helden, Verbrecher, Wahnsinnige, Denker, Liebende, Religiöse. Andre sah er, gleich ihm selbst, rasch und leicht in inniger Wollust der Hingabe, des Einverstandenseins dahingetrieben, Selige wie er. Aus dem Gesang der Seligen und aus dem endlosen Qualschrei der Unseligen baute sich über den beiden Weltströmen eine durchsichtige Kugel oder Kuppel aus Tönen, ein Dom von Musik, in dessen Mitte saß Gott, saß ein heller, vor Helle unsichtbarer Glanzstern, ein Inbegriff von Licht, umbraust von der Musik der Weltchöre, in ewiger Brandung.

Helden und Denker traten aus dem Weltstrom, Propheten, Verkünder. ›Siehe, das ist Gott der Herr, und sein Weg führt zum Frieden‹, rief einer, und viele folgten ihm. Ein andrer verkündete, daß Gottes Bahn zum Kampf und Kriege führe. Einer nannte ihn Licht, einer nannte ihn Nacht, einer Vater, einer Mutter. Einer pries ihn als Ruhe, einer als Bewegung, als Feuer, als Kühle, als Richter, als Tröster, als Schöpfer, als Vernichter, als Verzeiher, als Rächer. Gott selbst nannte sich nicht. Er wollte genannt, er wollte geliebt, er wollte gepriesen, verflucht, gehaßt, angebetet sein, denn die Musik der Weltchöre war sein Gotteshaus und war sein Leben – aber es galt ihm gleich, mit welchen Namen man ihn pries, ob man ihn liebte oder haßte, ob man bei ihm Ruhe und Schlaf, oder Tanz und Raserei suchte. Jeder konnte suchen. Jeder konnte finden.

Jetzt vernahm Klein seine eigene Stimme. Er sang. Mit einer neuen, gewaltigen, hellen, hallenden Stimme sang er laut, sang er laut und hallend Gottes Lob, Gottes Preis. Er sang im rasenden Dahinschwimmen, inmitten der Millionen Geschöpfe, ein Prophet und Verkünder. Laut schallte sein Lied, hoch stieg das Gewölbe der Töne auf, strahlend saß Gott im Innern. Ungeheuer braust die Ströme hin.

(1919)

# Die Fremdenstadt im Süden

Diese Stadt ist eine der witzigsten und einträglichsten Unternehmungen modernen Geistes. Ihre Entstehung und Einrichtung beruht auf einer genialen Synthese, wie sie nur von sehr tiefen Kennern der Psychologie des Großstädters ausgedacht werden konnte, wenn man sie nicht geradezu als eine direkte Ausstrahlung der Großstadtseele, als deren verwirklichten Traum bezeichnen will. Denn diese Gründung realisiert in idealer Vollkommenheit alle Ferien- und Naturwünsche jeder durchschnittlichen Großstädterseele. Bekanntlich schwärmt der Großstädter für nichts so sehr wie für Natur, für Idylle, Friede und Schönheit. Bekanntlich aber sind alle diese schönen Dinge, die er so sehr begehrt und von welchen bis vor kurzem die Erde noch übervoll war, ihm völlig unbekömmlich, er kann sie nicht vertragen. Und da er sie nun dennoch haben will, da er sich die Natur nun einmal in den Kopf gesetzt hat, so hat man ihm hier, wie es koffeinfreien Kaffee und nikotinfreie Zigaretten gibt, eine naturfreie, eine gefahrlose, hygienische, denaturierte Natur aufgebaut. Und bei alledem war jener oberste Grundsatz des modernen Kunstgewerbes maßgebend, die Forderung nach absoluter ›Echtheit‹. Mit Recht betont ja das moderne Gewerbe diese Forderung, welche in früheren Zeiten nicht bekannt war, weil damals jedes Schaf in der Tat ein echtes Schaf war und echte Wolle gab, jede Kuh echt war und echte Milch gab und künstliche Schafe und Kühe noch nicht erfunden waren. Nachdem sie aber erfunden waren und die echten nahezu verdrängt hatten, wurde in Bälde auch das Ideal der Echtheit erfunden. Die Zeiten sind vorüber, wo naive Fürsten sich in irgendeinem deutschen Tälchen künstliche Ruinen, eine nachgemachte Einsiedelei, eine kleine unechte Schweiz, einen imitierten Posilipo bauen ließen. Fern liegt heutigen Unternehmern der absurde Gedanke, dem großstädtischen Kenner etwa ein Italien in der Nähe Londons, eine Schweiz bei Chemnitz, ein Sizilien am Bodensee vortäuschen zu wollen. Der Naturersatz, den der heutige Städter verlangt, muß unbedingt echt sein, echt wie das Silber, mit dem er tafelt, echt wie die Perlen, die seine Frau trägt, und echt wie die Liebe zu Volk und Republik, die er im Busen hegt.

Dies alles zu verwirklichen, war nicht leicht. Der wohlhabende Großstädter verlangt für den Frühling und Herbst einen Süden, der seinen Vorstellungen und Bedürfnissen entspricht, einen echten Süden mit Palmen und Zitronen, blaue Seen, malerische Städtchen, und dies alles war ja leicht zu haben. Er verlangt aber auch außerdem Gesellschaft, verlangt Hygiene und Sauberkeit, verlangt Stadtatmosphäre, verlangt Musik, Technik, Eleganz, er erwartet eine dem Menschen restlos unterworfene und von ihm umgestaltete Natur, eine Natur, die ihm zwar Reize und Illusionen gewährt, aber lenkbar ist und nichts von ihm verlangt, in die er sich mit allen seinen großstädtischen Gewohnheiten, Sitten und Ansprüchen bequem hineinsetzen kann. Da nun die Natur das Unerbittlichste ist, was wir kennen, scheint das Erfüllen solcher Ansprüche nahezu unmöglich; aber menschlicher Tatkraft ist bekanntlich nichts unmöglich. Der Traum ist erfüllt.

Die Fremdenstadt im Süden konnte natürlich nicht in einem einzigen Exemplar hergestellt werden. Es wurden dreißig oder vierzig solche Idealstädte gemacht, an jedem irgend geeigneten Ort sieht man eine stehen, und wenn ich eine dieser Städte zu schildern versuche, ist es natürlich nicht diese oder jene, sie trägt keinen Eigennamen, so wenig wie ein Ford-Automobil, sie ist ein Exemplar, ist eine von vielen.

Zwischen langhin gedehnten, sanft geschwungenen Kaimauern liegt mit kleinen, kurzen Wellchen ein See aus blauem Wasser, an dessen Rand findet der Naturgenuß statt. Am Ufer schwimmen unzählige kleine Ruderboote mit farbig gestreiften Sonnendächern und bunten Fähnchen, elegante hübsche Boote mit kleinen netten Kissen und sauber wie Operationstische. Ihre Besitzer gehen auf dem Kai auf und nieder und bieten allen Vorübergehenden unaufhörlich ihre Schiffchen zum Mieten an. Diese Männer gehen in matrosenähnlichen Anzügen mit bloßer Brust und bloßen braunen Armen, sie sprechen echtes Italienisch, sind jedoch imstande, auch in jeder anderen Sprache Auskunft zu geben, sie haben leuchtende Südländeraugen, rauchen lange, dünne Zigarren und wirken malerisch.

Längs dem Ufer schwimmen die Boote, längs dem Seerand

läuft die Seepromenade, eine doppelte Straße, der seewärts gekehrte Teil unter sauber geschnittenen Bäumen ist den Fußgängern reserviert, der innere Teil ist eine blendende und heiße Verkehrsstraße, voll von Hotelomnibussen, Autos, Trambahnen und Fuhrwerken. An dieser Straße steht die Fremdenstadt, welche eine Dimension weniger hat als andere Städte, sie erstreckt sich nur in die Länge und Höhe, nicht in die Tiefe. Sie besteht aus einem dichten, stolzen Gürtel von Hotelgebäuden. Hinter diesem Gürtel aber, eine nicht zu übersehende Attraktion, findet der echte Süden statt, dort nämlich steht tatsächlich ein altes italienisches Städtchen, wo auf engem, stark riechendem Markt Gemüse, Hühner und Fische verkauft werden, wo barfüßige Kinder mit Konservenbüchsen Fußball spielen und Mütter mit fliegenden Haaren und heftigen Stimmen die wohllautenden klassischen Namen ihrer Kinder ausbrüllen. Hier riecht es nach Salami, nach Wein, nach Abtritt, nach Tabak und Handwerken, hier stehen in Hemdsärmeln joviale Männer unter offenen Ladentüren, sitzen Schuhmacher auf offener Straße, das Leder klopfend, alles echt und sehr bunt und originell, es könnte auf dieser Szene jederzeit der erste Akt einer Oper beginnen. Hier sieht man die Fremden mit großer Neugierde Entdeckungen machen und hört häufig von Gebildeten verständnisvolle Äußerungen über die fremde Volksseele. Eishändler fahren mit kleinen rasselnden Karren durch die engen Gassen und brüllen ihre Näschereien aus, da und dort beginnt in einem Hofe oder auf einem Plätzchen ein Drehklavier zu spielen. Täglich bringt der Fremde in dieser kleinen, schmutzigen und interessanten Stadt eine Stunde oder zwei zu, kauft Strohflechtereien und Ansichtskarten, versucht Italienisch zu sprechen und sammelt südliche Eindrücke. Hier wird auch sehr viel photographiert.

Noch weiter entfernt, hinter dem alten Städtchen, liegt das Land, da liegen Dörfer und Wiesen, Weinberge und Wälder, die Natur ist dort noch, wie sie immer war, wild und ungeschliffen, doch bekommen die Fremden davon wenig zu sehen, denn wenn sie je und je in Automobilen durch diese Natur fahren, sehen sie die Wiesen und Dörfer genauso verstaubt und feindselig am Rand der Autostraße liegen wie überall.

Bald kehrt daher der Fremde von solchen Exkursionen wieder in die Idealstadt zurück. Dort stehen die großen, vielstöckigen

Hotels, von intelligenten Direktoren geleitet, mit wohlerzogenem, aufmerksamem Personal. Dort fahren niedliche Dampfer über den See und elegante Wagen auf der Straße, überall tritt der Fuß auf Asphalt und Zement, überall ist frisch gefegt und gespritzt, überall werden Galanteriewaren und Erfrischungen angeboten. Im Hotel Bristol wohnt der frühere Präsident von Frankreich und im Parkhotel der deutsche Reichskanzler, man geht in elegante Cafés und trifft da die Bekannten aus Berlin, Frankfurt und München an, man liest die heimatlichen Zeitungen und ist aus dem Operetten-Italien der Altstadt wieder in die gute, solide Luft der Heimat getreten, der Großstadt, man drückt frischgewaschene Hände, lädt einander zu Erfrischungen ein, ruft zwischenein am Telephon die heimatlichen Firmen an, bewegt sich nett und angeregt zwischen netten, gutgekleideten, vergnügten Menschen. Auf Hotelterrassen hinter Säulenbalustraden und Oleanderbäumen sitzen berühmte Dichter und starren mit sinnendem Auge auf den Spiegel des Sees, zuweilen empfangen sie Vertreter der Presse, und bald erfährt man, an welchem Werk dieser und jener Meister nun arbeitet. In einem feinen, kleinen Restaurant sieht man die beliebteste Schauspielerin der heimatlichen Großstadt sitzen, sie trägt ein Kostüm, das ist wie ein Traum, und füttert einen Pekinghund mit Dessert. Auch sie ist entzückt von der Natur und oft bis zur Andacht gerührt, wenn sie abends in Nr. 178 des Palace-Hotels ihr Fenster öffnet und die endlose Reihe der schimmernden Lichter sieht, die sich dem Ufer entlang zieht und träumerisch jenseits der Bucht verliert.

Sanft und befriedigt wandelt man auf der Promenade, Müllers aus Darmstadt sind auch da, und man hört, daß morgen ein italienischer Tenor im Kursaal auftreten wird, der einzige, der sich nach Caruso wirklich hören lassen kann. Man sieht gegen Abend die Dampferchen heimkehren, mustert die Aussteigenden, trifft wieder Bekannte, bleibt eine Weile vor einem Schaufenster voll alter Möbel und Stickereien stehen, dann wird es kühl, und nun kehrt man ins Hotel zurück, hinter die Wände von Beton und Glas, wo der Speisesaal schon von Porzellan, Glas und Silber funkelt und wo nachher ein kleiner Ball stattfinden wird. Musik ist ohnehin schon da, kaum hat man Abendtoilette gemacht, so wird man schon vom süßen, wiegenden Klang empfangen.

Vor dem Hotel erlischt langsam im Abend die Blumenpracht. Da stehen in Beeten, zwischen Betonmauern dicht und bunt die blühendsten Gewächse, Kamelien und Rhododendren, hohe Palmen dazwischen, alles echt, und voll dicker kühlblauer Kugeln die fetten Hortensien. Morgen findet eine große Gesellschaftsfahrt nach -aggio statt, auf die man sich freut. Und sollte man morgen aus Versehen statt nach -aggio an irgendeinen anderen Ort gelangen, nach -iggio oder -ino, so schadet das nichts, denn man wird dort ganz genau die gleiche Idealstadt antreffen, denselben See, denselben Kai, dieselbe malerisch-drollige Altstadt und dieselben guten Hotels mit den hohen Glaswänden, hinter welchen uns die Palmen beim Essen zuschauen, und dieselbe gute weiche Musik und all das, was so zum Leben des Städters gehört, wenn er es gut haben will.

(1925)

# Bei den Massageten

So sehr auch ohne Zweifel mein Vaterland, falls ich wirklich ein solches hätte, alle übrigen Länder der Erde an Annehmlichkeiten und herrlichen Einrichtungen überträfe, spürte ich vor kurzem doch wieder einmal Wanderlust und tat eine Reise in das ferne Land der Massageten, wo ich seit der Erfindung des Schießpulvers nie mehr gewesen war. Es gelüstete mich, zu sehen, inwieweit dieses so berühmte und tapfere Volk, dessen Krieger einst den großen Cyrus überwunden haben, sich inzwischen verändert und den Sitten der jetzigen Zeit möchte angepaßt haben.

Und in der Tat, ich hatte in meinen Erwartungen die wackeren Massageten keineswegs überschätzt. Gleich allen Ländern, welche zu den vorgeschritteneren zu zählen den Ehrgeiz haben, sendet auch das Land der Massageten neuerdings jedem Fremdling, der sich seiner Grenze nähert, einen Reporter entgegen — abgesehen natürlich von jenen Fällen, in denen es bedeutende, ehrwürdige und distinguierte Fremde sind, denn ihnen wird, je nach Rang, selbstverständlich weit mehr Ehre erwiesen. Sie werden, wenn sie Boxer oder Fußballmeister sind, vom Hygieneminister, wenn sie Wettschwimmer sind, vom Kultusminister, und wenn sie Inhaber eines Weltrekords sind, vom Reichspräsidenten oder von dessen Stellvertreter empfangen. Nun, mir blieb es erspart, solche Aufmerksamkeiten auf mich gehäuft zu sehen, ich war Literat, und so kam mir denn ein einfacher Journalist an der Grenze entgegen, ein angenehmer junger Mann von hübscher Gestalt, und ersuchte mich, vor dem Betreten des Landes ihn einer kurzen Darlegung meiner Weltanschauung und speziell meiner Ansichten über die Massageten zu würdigen. Dieser hübsche Brauch war also auch hier inzwischen eingeführt worden.

»Mein Herr«, sagte ich, »lassen Sie mich, der ich Ihre herrliche Sprache nur unvollkommen beherrsche, mich auf das Unerläßlichste beschränken. Meine Weltanschauung ist diejenige des Landes, in welchem ich jeweils reise, dies versteht sich ja wohl von selbst. Was nun meine Kenntnisse über Ihr hochberühmtes

Land und Volk betrifft, so stammen sie aus dem Buch ›Klio‹ des großen Herodot. Erfüllt von tiefer Bewunderung für die Tapferkeit Ihres gewaltigen Heeres und für das ruhmreiche Andenken Ihrer Heldenkönigin Tomyris, habe ich schon in früheren Zeiten Ihr Land zu besuchen die Ehre gehabt, und habe diesen Besuch nun endlich erneuern wollen.«

»Sehr verbunden«, sprach etwas düster der Massagete. »Ihr Name ist uns nicht unbekannt. Unser Propagandaministerium verfolgt alle Äußerungen des Auslandes über uns mit größter Sorgfalt, und so ist uns nicht entgangen, daß Sie der Verfasser von dreißig Zeilen über massagetische Sitten und Bräuche sind, die Sie in einer Zeitung veröffentlicht haben. Es wird mir eine Ehre sein, Sie auf Ihrer diesmaligen Reise durch unser Land zu begleiten und dafür zu sorgen, daß Sie bemerken können, wie sehr manche unsrer Sitten sich seither verändert haben.«

Sein etwas finsterer Ton zeigt mir an, daß meine früheren Äußerungen über die Massageten, die ich doch so sehr liebte und bewunderte, hier im Lande keineswegs vollen Beifall gefunden hatten. Einen Augenblick dachte ich an Umkehr, ich erinnerte mich an jene Königin Tomyris, die den Kopf des großen Cyrus in einen mit Blut gefüllten Schlauch gesteckt hatte, und an andere rassige Äußerungen dieses lebhaften Volksgeistes. Aber schließlich hatte ich meinen Paß und das Visum, und die Zeiten der Tomyris waren vorüber.

»Entschuldigen Sie«, sagte mein Führer nun etwas freundlicher, »wenn ich darauf bestehen muß, Sie erst im Glaubensbekenntnis zu prüfen. Nicht daß etwa das Geringste gegen Sie vorläge, obwohl Sie unser Land schon früher einmal besucht haben. Nein, nur der Formalität wegen, und weil Sie sich etwas einseitig auf Herodot berufen haben. Wie Sie wissen, gab es zur Zeit jenes gewiß hochbegabten Joniers noch keinerlei offiziellen Propaganda- und Kulturdienst, so mögen ihm seine immerhin etwas fahrlässigen Äußerungen über unser Land hingehen. Daß hingegen ein heutiger Autor sich auf Herodot berufe, und gar ausschließlich auf ihn, können wir nicht zugeben. – Also bitte, Herr Kollege, sagen Sie mir in Kürze, wie sie über die Massageten denken und was Sie für sie fühlen.«

Ich seufzte ein wenig. Nun ja, dieser junge Mann war nicht gesonnen, es mir leicht zu machen, er bestand auf den Förmlichkeiten. Hervor also mit den Förmlichkeiten! Ich begann: »Selbstverständlich bin ich darüber genau unterrichtet, daß die Massageten nicht nur das älteste, frömmste, kultivierteste und zugleich tapferste Volk der Erde sind, daß ihre unbesieglichen Heere die zahlreichsten, ihre Flotte die größte, ihr Charakter der unbeugsamste und zugleich liebenswürdigste, ihre Frauen die schönsten, ihre Schulen und öffentlichen Einrichtungen die vorbildlichsten der Welt sind, sondern daß sie auch jene in der ganzen Welt so hochgeschätzte und manchen anderen großen Völkern so sehr mangelnde Tugend in höchstem Maße besitzen, nämlich gegen Fremde im Gefühl ihrer eigenen Überlegenheit gütig und nachsichtig zu sein und nicht von jedem armen Fremdling zu erwarten, daß er, einem geringeren Lande entstammend, sich selbst auf der Höhe der massagetischen Vollkommenheit befinde. Auch hierüber werde ich nicht ermangeln, in meiner Heimat wahrheitsgetreu zu berichten.«

»Sehr gut«, sprach mein Begleiter gütig, »Sie haben in der Tat bei der Aufzählung unserer Tugenden den Nagel, oder vielmehr die Nägel auf den Kopf getroffen. Ich sehe, daß Sie über uns besser unterrichtet sind, als es anfangs den Anschein hatte, und heiße Sie aus treuem massagetischem Herzen aufrichtig in unserem schönen Lande willkommen. Einige Einzelheiten in Ihrer Kenntnis bedürfen ja wohl noch der Ergänzung. Namentlich ist es mir aufgefallen, daß Sie unsre hohen Leistungen auf zwei wichtigen Gebieten nicht erwähnt haben: im Sport und im Christentum. Ein Massagete, mein Herr, war es, der im internationalen Hüpfen nach rückwärts mit verbundenen Augen den Weltrekord mit 11,098 erzielt hat.«

»In der Tat«, log ich höflich, »wie konnte ich daran nicht denken! Aber Sie erwähnten auch noch das Christentum als ein Gebiet, auf dem Ihr Volk Rekorde aufgestellt habe. Darf ich darüber um Belehrung bitten?«

»Nun ja«, sagte der junge Mann. »Ich wollte ja nur andeuten, daß es uns willkommen wäre, wenn Sie über diesen Punkt Ihrem Reisebericht den einen oder andern freundlichen Superlativ beifügen könnten. Wir haben zum Beispiel in einer kleinen Stadt am Araxes einen alten Priester, der in seinem Leben nicht weniger als 63 000 Messen gelesen hat, und in einer andern Stadt gibt es eine berühmte moderne Kirche, in welcher alles aus

Zement ist, und zwar aus einheimischem Zement: Wände, Turm, Böden, Säulen, Altäre, Dach, Taufstein, Kanzel usw., alles bis auf den letzten Leuchter, bis auf die Opferbüchsen.«

Na, dachte ich, da habt ihr wohl auch einen zementierten Pfarrer auf der Zementkanzel stehen. Aber ich schwieg.

»Sehen Sie«, fuhr mein Führer fort, »ich will offen gegen Sie sein. Wir haben ein Interesse daran, unseren Ruf als Christen möglichst zu propagieren. Obgleich nämlich unser Land ja seit Jahrhunderten die christliche Religion angenommen hat und von den einstigen massagetischen Göttern und Kulten keine Spur mehr vorhanden ist, gibt es doch eine kleine, allzu hitzige Partei im Lande, welche darauf ausgeht, die alten Götter aus der Zeit des Perserkönigs Cyrus und der Königin Tomyris wieder einzuführen. Es ist dies lediglich die Schrulle einiger Phantasten, wissen Sie, aber natürlich hat sich die Presse der Nachbarländer dieser lächerlichen Sache bemächtigt und bringt sie mit der Reorganisation unseres Heerwesens in Verbindung. Wir werden verdächtigt, das Christentum abschaffen zu wollen, um im nächsten Krieg auch noch die paar letzten Hemmungen im Anwenden aller Vernichtungsmittel leichter fallenlassen zu können. Dies der Grund, warum eine Betonung der Christlichkeit unseres Landes uns willkommen wäre. Es liegt uns natürlich fern, Ihre objektiven Berichte im geringsten beeinflussen zu wollen, doch kann ich Ihnen immerhin unter vier Augen anvertrauen, daß Ihre Bereitschaft, etwas Weniges über unsere Christlichkeit zu schreiben, eine persönliche Einladung bei unserm Reichskanzler zur Folge haben könnte. Dies nebenbei.«

»Ich will es mir überlegen«, sagte ich. »Eigentlich ist Christentum nicht mein Spezialfach. – Und nun freue ich mich sehr darauf, das herrliche Denkmal wiederzusehen, das Ihre Vorväter dem heldenhaften Spargapises errichtet haben.«

»Spargapises?« murmelte mein Kollege. »Wer soll das denn sein?«

»Nun, der große Sohn der Tomyris, der die Schmach, von Cyrus überlistet worden zu sein, nicht ertragen konnte und sich in der Gefangenschaft das Leben nahm.«

»Ach ja, natürlich«, rief mein Begleiter, »ich sehe, Sie landen immer wieder bei Herodot. Ja, dies Denkmal soll in der Tat sehr schön gewesen sein. Es ist auf sonderbare Weise vom Erdbo-

344

den verschwunden. Hören Sie! Wir haben, wie Ihnen bekannt ist, ein ganz ungeheures Interesse für Wissenschaft, speziell für Altertumsforschung, und was die Zahl der zu Forschungszwecken aufgegrabenen oder unterhöhlten Quadratmeter Landes betrifft, steht unser Land in der Weltstatistik an dritter oder vierter Stelle. Diese gewaltigen Ausgrabungen, welche vorwiegend prähistorischen Funden galten, führten auch in die Nähe jenes Denkmals aus der Tomyris-Zeit, und da gerade jenes Terrain große Ausbeute, namentlich an massagetischen Mammutknochen, versprach, versuchte man in gewisser Tiefe das Denkmal zu untergraben. Und dabei ist es eingestürzt! Reste davon sollen aber im Museum Massageticum noch zu sehen sein.«

Er führte mich zum bereitstehenden Wagen, und in lebhafter Unterhaltung fuhren wir dem Innern des Landes entgegen.

(1927)

# Der Bettler

Vor Jahrzehnten, wenn ich an die ›Geschichte mit dem Bettler‹ dachte, war sie für mich eine Geschichte, und es schien
mir nicht unwahrscheinlich und auch nicht besonders schwierig,
daß ich sie eines Tages erzählen würde. Aber daß das Erzählen
eine Kunst sei, deren Voraussetzungen uns Heutigen, oder doch
mir, fehlen und deren Ausübung darum nur noch das Nachahmen überkommener Formen sein kann, ist mir inzwischen
immer klarer geworden, wie denn ja unsre ganze Literatur,
soweit sie von den Autoren ernst gemeint und wirklich verant-
wortet wird, immer schwieriger, fragwürdiger und dennoch
waghalsiger geworden ist. Denn keiner von uns Literaten weiß
heute, wie weit sein Menschentum und Weltbild, seine Sprache,
seine Art von Glauben und Verantwortung, seine Art von
Gewissen und Problematik den anderen, den Lesern und auch
den Kollegen, vertraut und verwandt, erfaßbar und verständlich ist. Wir sprechen zu Menschen, die wir wenig kennen und
von denen wir wissen, daß sie unsere Worte und Zeichen schon
wie eine Fremdsprache lesen, mit Eifer und Genuß vielleicht,
aber mit sehr ungefährem Verständnis, während die Struktur
und Begriffswelt einer politischen Zeitung, eines Filmes, eines
Sportberichts ihnen weit selbstverständlicher, zuverlässiger und
lückenloser zugänglich sind.

So schreibe ich diese Blätter, welche ursprünglich nur die
Erzählung einer kleinen Erinnerung aus meiner Kinderzeit sein
sollten, nicht für meine Söhne oder Enkel, die wenig mit ihnen
anfangen könnten, noch für irgendwelche andere Leser, wenn
nicht etwa die paar Menschen, deren Kinderzeit und Kinderwelt
ungefähr dieselbe wie die meine gewesen ist, und die zwar nicht
den Kern dieser nicht erzählbaren Geschichte (der mein persönli-
ches Erlebnis ist), doch aber wenigstens die Bilder, den Hintergrund, die Kulissen und Kostüme der Szene wiedererkennen
werden.

Aber nein, auch an sie wendet meine Aufzeichnung sich nicht,
und auch das Vorhandensein dieser einigermaßen Vorbereiteten

und Eingeweihten vermag meine Blätter nicht zur Erzählung zu erheben, denn Kulissen und Kostüme machen noch längst keine Geschichte aus. Ich schreibe also meine leeren Blätter mit Buchstaben voll, nicht in der Absicht und Hoffnung, damit jemanden zu erreichen, dem sie Ähnliches wie mir bedeuten könnten, sondern aus dem bekannten, wenn auch nicht erklärbaren Trieb zu einsamer Arbeit, einsamem Spiel, dem der Künstler gehorcht wie einem Naturtrieb, obwohl er gerade den sogenannten Naturtrieben zuwiderläuft, wie sie heute von der Volksmeinung oder der Psychologie oder der Medizin definiert werden. Wir stehen ja an einem Ort, einer Strecke oder Biegung des Menschenweges, zu dessen Kennzeichen auch das gehört, daß wir über den Menschen nichts mehr wissen, weil wir uns zuviel mit ihm beschäftigt haben, weil zuviel Material über ihn vorliegt, weil eine Anthropologie, eine Kunde vom Menschen, einen Mut zur Vereinfachung voraussetzt, den wir nicht aufbringen. So wie die erfolgreichsten und modernsten theologischen Systeme dieser Zeit nichts so sehr betonen als die völlige Unmöglichkeit irgendeines Wissens über Gott, so hütet sich unsere Menschenkunde ängstlich, über das Wesen des Menschen irgend etwas wissen und aussagen zu wollen. Es geht also den modern eingestellten Theologen und Psychologen ganz ebenso wie uns Literaten: die Grundlagen fehlen, es ist alles fragwürdig und zweifelhaft geworden, alles relativiert und durchwühlt, und dennoch besteht jener Trieb zu Arbeit und Spiel ungebrochen fort, und wie wir Künstler, so bemühen sich auch die Männer der Wissenschaft eifrig weiter, ihre Beobachtungswerkzeuge und ihre Sprache zu verfeinern und dem Nichts oder Chaos wenigstens einige sorgfältig beobachtete und beschriebene Aspekte abzugewinnen.

Nun, möge man dies alles als Zeichen des Untergangs oder als Krise und notwendige Durchgangsstation ansehen – da jener Trieb in uns fortbesteht und da wir, indem wir ihm folgen und unsre einsamen Spiele trotz aller Fragwürdigkeit auch unter allen Erschwerungen weitertreiben, ein zwar einsames und melancholisches, aber doch ein Vergnügen empfinden, ein kleines Mehr an Lebensgefühl oder an Rechtfertigung, haben wir uns nicht zu beklagen, obwohl wir jene unsrer Kollegen recht wohl verstehen, welche, des einsamen Treibens müde, der Sehnsucht nach Gemeinschaft, nach Ordnung, Klarheit und Einfügung nachgeben und sich der Zuflucht anvertrauen, welche als Kirche und Religion oder als deren moderner Ersatz sich anbietet. Wir Einzelgänger und störrischen Nichtkonvertiten haben an unserer Vereinsamung nicht nur einen Fluch, eine Strafe zu tragen, sondern haben in ihr auch trotz allem eine Art von Lebensmöglichkeit, und das heißt für den Künstler Schaffensmöglichkeit.

Was mich betrifft, so ist meine Einsamkeit zwar nahezu vollkommen, und was an Kritik oder Anerkennung, an Anfeindung oder Duzbrüderschaft aus dem Kreise der mir durch die Sprache Verbundenen an mich gelangt, trifft zumeist an mir vorbei, so wie einem dem Tode nahen Kranken etwa die Wünsche besuchender Freunde für Genesung und langes Leben am Ohr vorbei tönen mögen. Aber diese Einsamkeit, dies Herausgefallensein aus den Ordnungen und Gemeinschaften und dies Sichnichtanpassenwollen oder -können an eine vereinfachte Daseinsform und Lebenstechnik bedeutet darum noch lange nicht Hölle und Verzweiflung. Meine Einsamkeit ist weder eng noch ist sie leer, sie erlaubt mir zwar das Mitleben in einer der heute gültigen Daseinsformen nicht, erleichtert mir aber zum Beispiel das Mitleben in hundert Daseinsformen der Vergangenheit, vielleicht auch der Zukunft, es hat ein unendlich großes Stück Welt in ihr Raum. Und vor allem ist diese Einsamkeit nicht leer. Sie ist voll von Bildern. Sie ist eine Schatzkammer von angeeigneten Gütern, ichgewordener Vergangenheit, assimilierter Natur. Und wenn der Trieb zum Arbeiten und Spielen noch immer ein wenig Kraft in mir hat, so ist es dieser Bilder wegen. Eines dieser tausend Bilder festzuhalten, auszuführen, aufzuzeichnen, ein Gedenkblatt mehr zu so vielen andern zu fügen, ist zwar mit den Jahren immer schwieriger und mühevoller geworden, aber nicht weniger lockend. Und besonders lockend ist der Versuch des Aufzeichnens und Fixierens bei jenen Bildern, die aus den Anfängen meines Lebens stammen, die, von Millionen späterer Eindrücke und Erlebnisse überdeckt, dennoch Farbe und Licht bewahrt haben. Es wurden ja diese frühen Bilder in einer Zeit empfangen, in der ich noch ein Mensch, ein Sohn, ein Bruder, ein Kind Gottes war und noch nicht ein Bündel von Trieben, Reaktionen und Beziehungen, noch nicht der Mensch des heutigen Weltbildes.

Ich versuche die Zeit, den Schauplatz und die Personen der kleinen Szene festzustellen. Nicht alles ist genau nachweisbar, nicht zum Beispiel das Jahr und die Jahreszeit, auch nicht ganz genau die Zahl der miterlebenden Personen. Es ist ein Nachmittag wahrscheinlich im Frühling oder Sommer, und ich war damals zwischen fünf und sieben, mein Vater zwischen fünfunddreißig und siebenunddreißig Jahre alt. Es war ein Spaziergang des Vaters mit den Kindern, die Personen waren: der Vater, meine Schwester Adele, ich, möglicherweise auch meine jüngere Schwester Marulla, was nicht mehr nachweisbar ist, ferner hatten wir den Kinderwagen mit, in dem wir entweder eben diese jüngere Schwester oder aber, wahrscheinlicher, unsern jüngsten Bruder Hans mitführten, der noch nicht der Sprache und des Gehens mächtig war. Schauplatz des Spaziergangs waren die paar Straßen des äußeren Spalenquartiers im Basel der achtziger Jahre, zwischen denen unsre Wohnung lag, nahe dem Schützenhaus im Spalenringweg, der damals noch nicht seine spätere Breite hatte, denn zwei Drittel von ihr nahm die ins Elsaß führende Eisenbahnlinie ein. Es war eine kleinbürgerliche, heitere und ruhige Stadtgegend, am äußersten Rande des damaligen Basel, ein paar hundert Schritte weiter lag schon die damals endlose Prärie der Schützenmatte, der Steinbruch und erste Bauernhöfe am Wege nach Allschwil, wo wir Kinder manchmal in einem der dunklen warmen Ställe die Milch frisch von der Kuh zu trinken bekamen und von wo wir ein Körbchen Eier mit nach Hause trugen, ängstlich und stolz darauf, daß uns dies anvertraut wurde. Es wohnten harmlose Bürgersleute um uns herum, einige wenige Handwerker, meistens aber Leute, die in die Stadt zu ihrer Arbeit gingen und feierabends in den Fenstern lagen und Pfeifen rauchten oder in den kleinen Gärtchen vor ihren Häusern mit Rasen und Kies sich zu schaffen machten. Einigen Lärm machte die Eisenbahn, und zu fürchten waren die Bahnwärter, die am Bahnübergang zwischen Austraße und Allschwiler Straße in einer Bretterhütte mit winzigem Fensterchen hausen und wie die Teufel herbeigestürzt kamen, wenn wir einen hineingefallenen Ball oder Hut oder Pfeil aus dem Graben retten wollten, der die Bahnlinie von der Straße trennte und den zu betreten niemand das Recht hatte als eben jene Wärter, die wir fürchteten und an denen nichts mir gefiel als das allerdings entzückende, messingene Hörnchen, das sie an einem Bandelier über die Schulter hängen hatten und auf dem sie, obwohl es nur einen einzigen Ton hatte, alle Stufen ihrer jeweiligen Aufregung oder Schläfrigkeit auszudrücken vermochten. Übrigens war dennoch einmal einer dieser Männer, die für mich die ersten Vertreter der Macht, des Staates, des Gesetzes und der Polizeigewalt waren, überraschenderweise sehr menschlich und nett mit mir gewesen; er hatte mich, der ich mit Peitsche und Kreisel auf der sonnigen Straße beschäftigt war, herbeigewinkt, hatte mir ein Geldstück in die Hand gegeben und mich freundlich gebeten, ihm aus dem nächsten Laden einen Limburger Käse zu holen. Ich gehorchte ihm freudig, bekam im Laden den Käse eingewickelt und überreicht, dessen Konsistenz und Geruch mir allerdings unheimlich und verdächtig waren, kehrte mit dem Päckchen und dem Überrest des Geldes zurück und wurde zu meiner großen Genugtuung vom Bahnwärter im Innern seiner Hütte erwartet, das ich zu sehen längst begierig gewesen war und nun betreten durfte. Es enthielt jedoch außer dem schönen gelben Hörnchen, das zur Zeit an einem Wandnagel hing, und dem daneben an die Bretterwand gehefteten, aus einer Zeitung geschnittenen Bildnis eines schnurrbärtigen Mannes in Uniform keine Kostbarkeiten. Leider endete mein Besuch bei Gesetz und Staatsgewalt schließlich doch mit einer Enttäuschung und Verlegenheit, die mir äußerst peinlich gewesen sein muß, da ich sie nicht vergessen konnte. Der heute so gutgelaunte und freundliche Wärter wollte, nachdem er Käse und Geld in Empfang genommen hatte, mich nicht ohne Dank und Lohn entlassen, er holte aus einer schmalen Sitztruhe ein Laibchen Brot heraus, schnitt ein Stück ab, schnitt auch vom Käse ein tüchtiges Stück und legte oder klebte es auf das Brot, das er mir darreichte und das er mir mit Appetit zu essen empfahl. Ich wollte mich samt dem Brote aus dem Staube machen und dachte es wegzuwerfen, sobald ich den Augen des Spenders entronnen sein würde. Aber er witterte, wie es schien, meine Absicht, oder er wollte nun einmal gern bei seinem Imbiß einen Kameraden haben; er machte große und, wie mir scheinen wollte, drohende Augen und bestand darauf, daß ich gleich hier hineinbeiße. Ich hatte mich artig bedanken und in Sicherheit bringen wollen, denn ich begriff sehr wohl, allzu wohl, daß er mein Verschmähen seiner Gabe und gar meinen Widerwillen gegen die von ihm geliebte Speise als Beleidigung empfinden würde. Und so war es auch. Ich stammelte erschrocken und unglücklich irgend etwas Unbedachtes heraus, legte das Brot auf den Truhenrand, drehte mich um und ging drei, vier Schritte von dem Manne weg, den ich nicht mehr anzusehen wagte, dann schlug ich meinen schnellsten Trab ein und entfloh nach Hause.

Die Begegnungen mit den Wärtern, den Vertretern der Macht, waren in unsrer Nachbarschaft, in der kleinen heiteren Welt, in der ich lebte, das einzige Unvertraute, das einzige Loch und Fenster nach den Dunkelheiten, Abgründen und Gefahren hin, deren Vorhandensein in der Welt mir schon damals nicht mehr unbekannt war. Zum Beispiel hatte ich einmal aus einer Schenke weiter innen in der Stadt das Gegröle betrunkener Zecher vernommen, hatte einmal einen Menschen mit zerrissener Jacke von zwei Polizisten abführen sehen und ein andermal in der abendlichen Spalenvorstadt die teils schrecklich eindeutigen, teils ebenso schrecklich rätselhaften Geräusche einer Schlägerei zwischen Männern mit angehört und mich dabei so gefürchtet, daß unsre Magd Anna, die mich begleitete, mich eine Strecke weit auf den Arm nehmen mußte. Und dann gab es noch etwas, was mir unstreitig böse, scheußlich und durchaus diabolisch vorkam, es war der fatale Geruch im Umkreis einer Fabrik, an der ich mit älteren Kameraden mehrere Male vorbeigekommen war und deren Dunstkreis eine bestimmte Art von Ekel, Beklemmung, Empörung und tiefer Furcht in mir wachrief, welche auf irgendeine wunderliche Weise mit dem Gefühl verwandt war, das Bahnwärter und Polizei mir verursachten, einem Gefühl, an dem außer der bangen Empfindung von Gewalterleiden und Machtlosigkeit auch noch ein Zuschuß oder Unterton von schlechtem Gewissen teilhatte. Denn zwar hatte ich in Wirklichkeit noch nie eine Begegnung mit der Polizei erlebt und ihre Gewalt zu spüren bekommen, aber oft hatte ich von Dienstboten oder Kameraden die geheimnisvolle Drohung gehört: ›Wart, ich hole die Polizei‹, und ebenso wie bei den Konflikten mit den Bahnwärtern war da jedesmal irgend etwas wie eine Schuld auf meiner Seite, die Übertretung eines mir bekannten oder auch nur geahnten und imaginierten Gesetzes vorgelegen. Aber jene Unheimlichkeiten, jene Eindrücke, Töne und Gerüche hatten mich weit von Hause erreicht, im Innern der Stadt, wo es ohnehin lärmig und aufregend, wenn auch freilich höchst interessant zuging. Unsere stille und saubere Kleinwelt vorstädtischer Wohnstraßen mit ihren Gärtchen an der Front und ihren Wäscheleinen an der Rückseite war arm an Eindrücken und Mahnungen dieser Art, sie begünstigte eher den Glauben an eine wohlgeordnete, freundliche und arglose Menschheit, um so mehr als zwischen diesen Angestellten, Handwerkern und Rentnern da und dort auch Kollegen meines Vaters oder Freundinnen meiner Mutter wohnten, Leute, die mit der Heidenmission zu tun hatten, Missionare im Ruhestand, Missionare auf Urlaub, Missionarswitwen, deren Kinder die Schulen des Missionshauses besuchten, lauter fromme, freundliche, aus Afrika, Indien und China heimgekehrte Leute, die ich zwar keineswegs in meiner Einteilung der Welt an Rang und Würde meinem Vater gleichstellen konnte, die aber ein ähnliches Leben führten wie er und die sich untereinander mit Du und Bruder oder Schwester anredeten.

Damit bin ich denn bei den Personen meiner Geschichte angelangt, deren es drei Hauptpersonen: mein Vater, ein Bettler und ich, und zwei bis drei Nebenpersonen sind, nämlich meine Schwester Adele, möglicherweise auch meine zweite Schwester und der von uns im Wagen geschobene kleine Bruder Hans. Über ihn habe ich ein anderes, früheres Mal schon Erinnerungen aufgeschrieben; bei diesem Basler Spaziergang war er nicht Mitspieler oder Miterlebender, sondern nur eben die kleine, der Rede noch unmächtige, von uns sehr geliebte Kostbarkeit im Kinderwagen, den zu schieben wir alle als ein Vergnügen und eine Auszeichnung betrachteten, den Vater nicht ausgenommen. Auch Schwester Marulla, sofern sie überhaupt an jenem Nachmittag mit an unsrem Spaziergang teilnahm, kommt als Mitspielerin nicht eigentlich in Betracht, auch sie war noch zu klein. Immerhin mußte sie erwähnt werden, wenn auch nur die Möglichkeit bestand, daß sie uns damals begleitete, und mit ihrem Namen Marulla, der noch mehr als der ebenfalls in unsrer Umgebung kaum bekannte Name Adele als fremd und wunderlich auffiel, ist auch etwas von der Atmosphäre und dem Kolorit unsrer Familie gegeben. Denn Marulla war eine aus dem Russischen stammende Koseform von Maria und drückte, neben vielen anderen Kennzeichen, etwas vom Wesen der Fremdheit und

Einmaligkeit unsrer Familie und ihrer Nationenmischung aus. Unser Vater war zwar gleich der Mutter, dem Großvater und der Großmutter in Indien gewesen, hatte dort ein wenig Indisch gelernt und im Dienst der Mission seine Gesundheit eingebüßt, aber das war in unsrem Milieu so wenig besonders und auffallend, wie wenn wir eine Familie von Seefahrern in einer Hafenstadt gewesen wären. In Indien, am Äquator, bei fremden dunklen Völkern und an fernen Palmenküsten waren auch alle die andern ›Brüder‹ und ›Schwestern‹ von der Mission gewesen, auch sie konnten das Vaterunser in einigen fremden Sprachen sprechen, hatten lange Seereisen und lange, von uns Kindern trotz ihrer großen Mühsal höchst beneidete Landreisen auf Eseln oder Ochsenkarren gemacht und konnten zu den wunderbaren Sammlungen des Missionsmuseums genaue und zuweilen abenteuerreiche Erzählungen und Erklärungen geben, wenn wir dies Museum im Erdgeschoß des Missionshauses unter ihrer Führung besuchen durften.

Aber ob Indien oder China, Kamerun oder Bengalen, die andern Missionare und ihre Frauen waren zwar weit herumgekommen, schließlich waren sie aber doch beinahe alle entweder Schwaben oder Schweizer, es fiel schon auf, wenn einmal ein Bayer oder Österreicher sich unter sie verirrt hatte. Unser Vater aber, der seine kleine Tochter Marulla rief, kam aus einer fremderen, unbekannteren Ferne, er kam aus Rußland, er war ein Balte, ein Deutschrusse, und hat bis zu seinem Tode von den Mundarten, die um ihn herum und auch von seiner Frau und seinen Kindern gesprochen wurden, nichts angenommen, sondern sprach in unser Schwäbisch und Schweizerdeutsch hinein sein reines, gepflegtes, schönes Hochdeutsch. Dieses Hochdeutsch, obwohl es für manche Einheimische unser Haus an Vertraulichkeit und Behagen einbüßen ließ, liebten wir sehr und waren stolz darauf, wir liebten es ebenso wie die schlanke, gebrechlich zarte Gestalt, die hohe edle Stirn und den reinen, oft leidenden, aber stets offenen, wahrhaftigen und zu gutem Benehmen und Ritterlichkeit verpflichtenden, an das Bessere im andern appellierenden Blick des Vaters. Er war, das wußten seine wenigen Freunde, und das wußten schon sehr früh wir Kinder, nicht ein Allerweltsmann, sondern ein Fremdling, ein edler und seltener Schmetterling oder Vogel aus anderen Zonen zu uns verflogen, durch seine Zartheit und sein Leiden und nicht minder durch ein verschwiegenes Heimweh ausgezeichnet und isoliert. Wenn wir die Mutter mit einer natürlichen, auf Nähe, Wärme und Gemeinschaft gegründeten Zärtlichkeit liebten, so liebten wir den Vater mit einem leisen Beiklang von Ehrfurcht, von Scheu, von einer Bewunderung, wie sie die Jugend nicht für das Eigene und Heimatliche, sondern nur für das Fremde hat.

Sei das Bemühen um Wahrheit noch so enttäuschend, sei es noch so illusorisch, es ist dies Bemühen ebenso wie das Streben nach Form und Schönheit dennoch unentbehrlich bei Aufzeichnungen dieser Art, welche sonst auf keinerlei Wert Anspruch machen könnten. Es mag recht wohl sein, daß mein Bemühen um Wahrheit mich zwar der Wahrheit nicht näher führt, aber es wird, auf diese oder jene mir selbst vielleicht nicht erkennbare Weise dennoch nicht völlig vergeblich sein. So war ich, als ich die ersten Zeilen dieses Berichtes schrieb, der Meinung, es wäre einfacher und könne nichts schaden, wenn ich Marulla überhaupt nicht erwähnen würde, da es ja höchst zweifelhaft war, ob sie in diese Geschichte hineingehöre. Aber siehe, sie war eben doch nötig, schon ihres Namens wegen. Es hat schon mancher Schreiber oder Künstler sich in einem Werke um dies oder jenes ihm teure Ziel treulich und geduldig bemüht und hat zwar nicht dieses Ziel, wohl aber andere Ziele und Wirkungen erreicht, die ihm gar nicht oder doch weit weniger bewußt und wichtig waren. Man könnte sich etwa recht wohl denken, daß Adalbert Stifter in seinem ›Nachsommer‹ nichts so ernst und heilig genommen, nichts so geduldig und treulich angestrebt habe wie gerade das, was uns an diesem Werke heute langweilig ist. Und dennoch wäre das andere, der neben und trotz der Langeweile vorhandene, der die Langeweile weit überstrahlende hohe Wert dieses Werkes nicht zustande gekommen ohne dies Bemühen, diese Treue und Geduld, diesen Kampf um das dem Schreibenden so Wichtige. So muß auch ich mich bemühen, so viel Wahrheit einzufangen, als irgend möglich ist. Dazu gehört unter anderem, daß ich versuchen muß, meinen Vater noch einmal so zu sehen, wie er in jenem Tag unsres Spazierganges wirklich war, denn das Ganze seiner Persönlichkeit war ja meinem Kinderblick längst nicht übersehbar, ist es auch heute kaum, sondern ich muß versuchen, ihn noch einmal so zu sehen, wie ich ihn als

Knabe in jenen Tagen sah. Ich sah ihn als etwas nahezu Vollkommenes und Unnachahmliches, als eine Gestalt gewordene Reinheit und Würde der Seele, als einen Kämpfer, Ritter und Dulder, dessen Überlegenheit durch seine Fremdheit, seine Heimatlosigkeit, seine leibliche Zartheit gemildert und der wärmsten Liebe und Zärtlichkeit zugänglich wurde. Irgendeinen Zweifel an ihm, irgendeine Kritik an ihm kannte ich nicht, damals noch nicht, wenn auch Konflikte mit ihm mir leider nichts Unbekanntes waren. Aber bei diesen Konflikten stand er mir zwar als Richter, Warner, Bestrafer oder Verzeihender gegenüber, zu meiner Not und Beschämung, aber stets war er es, der recht hatte, stets fand ich Tadel oder Strafe durch mein eigenes Wissen bestätigt und anerkannt, noch war ich nie in Gegensatz oder Kampf mit ihm und seiner Gerechtigkeit und Tugend geraten, dazu führten erst viel spätere Konflikte. Zu keinem andern Menschen, er möge mir noch so sehr überlegen gewesen sein, habe ich dies Verhältnis einer natürlichen, durch Liebe des Stachels beraubten Unterordnung je wieder gehabt, oder wenn ich, wie etwa bei meinem Göppinger Lehrer, ein ähnliches Verhältnis einmal wiederfand, so war es nicht auf lange Dauer und stellte sich mir später beim Rückblick deutlich als eine Wiederholung, als ein Zurückbegehren in jenes Vater-Sohn-Verhältnis dar. Was ich von unsrem Vater damals wußte, war großenteils aus seinen eigenen Erzählungen gespeist. Er, der im übrigen keine Künstlernatur und an Phantasie und Temperament weniger reich war als unsre Mutter, fand ein Vergnügen und erwarb eine gewisse Künstlerschaft darin, von Indien oder von seiner Heimat zu erzählen, von den großen Zeiten seines Lebens. Vor allem war es seine Kindheit in Estland, das Leben in seinem Vaterhaus und auf den Landgütern, mit Reisen im Planwagen und Besuchen an der See, wovon er uns nicht genug erzählen konnte. Eine überaus heitere, bei aller Christlichkeit sehr lebensfrohe Welt tat sich da vor uns auf, nichts wünschten wir sehnlicher, als auch einmal dies Estland und Livland zu sehen, wo das Leben so paradiesisch, so bunt und lustig war. Wir hatten Basel, das Spalenquartier, das Missionshaus, unsern Müllerweg und die Nachbarn und Kameraden recht gern, aber wo wurde man hier auf weit entfernte Güter eingeladen, mit Bergen von Kuchen und Körben voll Obst bewirtet, auf junge Pferdchen gesetzt, in

Planwagen weit über Land gefahren? Einiges von jenem baltischen Leben und seinen Gebräuchen hatte der Vater auch hier einführen können, es gab bei uns Worte wie Marulla, es gab einen Samowar, ein Bild des Zaren Alexander, und es gab einige aus des Vaters Heimat stammende Spiele, die er uns gelehrt hatte, vor allem das österliche Eierrollen, zu dem wir etwa auch ein Nachbarkind mitbringen durften, um ihm mit diesen Sitten und Gebräuchen Eindruck zu machen. Aber es war wenig, was Vater hier in der Fremde seiner Jugendheimat anzugleichen vermocht hatte, auch der Samowar stand am Ende mehr wie ein Museumsstück da, als daß er benutzt wurde, und so waren es die Erzählungen vom russischen Vaterhaus, von Weißenstein, Reval und Dorpat, vom heimatlichen Garten, von den Festen und Reisen, in denen der Vater nicht nur sich selber des Geliebten und Entbehrten wieder erinnerte, sondern auch in uns Kindern ein kleines Estland anbaute und die ihm teuren Bilder auch in unsre Seelen senkte.

Damit, mit diesem gewissen Kult, den er seiner Heimat und ersten Jugend widmete, mochte es auch zusammenhängen, daß er ein ganz ausgezeichneter Spieler, Spielkamerad und Spiellehrer geworden war. In keinem Hause, das wir kannten, wurden so zahlreiche Spiele gekannt und gekonnt, wurden ihnen so viele und witzige Variationen ersonnen, wurden so viele neue Spiele erfunden. An dem Geheimnis, daß unser Vater, der Ernste, der Gerechte, der Fromme, uns nicht entschwand und zur Altarfigur wurde, daß er trotz aller Ehrfurcht durchaus ein Mensch und unsrem Kindersinn nah und erreichbar blieb, daran hatte sein Spieltalent großen Anteil, ebenso großen wie seine Schilderungen und Geschichten. Für mich, das Kind, war natürlich all das, was ich heute über die biographische und die psychologische Deutung dieser Spielfreude vermute, nicht vorhanden. Vorhanden und lebendig wirksam war für uns Kinder nur dieser sein Kult der Spiele selbst, und er hat nicht nur in unsrer Erinnerung seinen Platz, er ist auch literarisch dokumentiert: unser Vater hat bald nach der Zeit, von der hier die Rede ist, ein volkstümliches Spielbüchlein mit dem Titel ›Das Spiel im häuslichen Kreise‹ geschrieben, das im Verlag unsres Onkels Gundert in Stuttgart erschienen ist. Bis ins Alter und bis in die Jahre der Blindheit hinein blieb die Begabung zum Spielen ihm treu. Wir

Kinder wußten es nicht anders und hielten es für selbstverständlich, zum Charakter und zu den Funktionen eines Vaters gehörig: wären wir mit dem Vater auf eine wilde Insel verschlagen oder in den Kerker geworfen worden oder, in Wäldern verirrt, in der Zuflucht einer Höhle gelandet, so wären zwar vielleicht Not und Hunger, gewiß aber nicht Leere und Langeweile zu fürchten gewesen, Vater hätte Spiel um Spiel für uns erfunden, und dies auch noch, wenn wir in Fesseln oder im Dunkeln hätten weilen müssen, denn gerade die Spiele, zu denen es keines Apparates bedurfte, waren ihm die liebsten, zum Beispiel Rätselraten, Rätselerfinden, mit Worten spielen, Gedächtnisübungen anstellen. Und bei den Spielen, bei welchen Spielzeug und Hilfsmittel nicht entbehrlich waren, hat er stets Freude am Einfachsten und Selbstgefertigten und eine Abneigung gegen das von der Industrie Gemachte und im Laden Gekaufte gehabt. Viele Jahre lang haben wir Brettspiele wie Go Bang oder Halma auf Brettern und mit Figuren gespielt, die er selbst angefertigt und bemalt hatte.

Übrigens ist dieser sein Hang zum Zusammensein, zur Geselligkeit im Schutz und unter dem sanften Zwang von Spielregeln später auch bei einem seiner Kinder, seinem jüngsten, zu einem Kennzeichen und Charakterzug geworden: Bruder Hans war darin dem Vater ähnlich, daß auch er im Umgang und Spiel mit Kindern seine beste Erholung, seine Freude und seinen Ersatz für vieles fand, was ihm das Leben vorenthielt. Er, der schüchterne und zuzeiten etwas ängstliche Hans blühte, sobald er mit Kindern allein gelassen, sobald ihm Kinder anvertraut wurden, zu allen Gipfeln seiner Phantasie und Lebensfreude empor, entzückte und bezauberte die Kinder und versetzte sich selbst in einen paradiesischen Zustand von Gelöstheit und Glück, in dem er unwiderstehlich liebenswürdig war und von dem nach seinem Tode selbst nüchterne und kritische Augenzeugen mit einer betonten Wärme sprachen.

Vater also führte uns spazieren. Er war es, der den Kinderwagen die größte Strecke schob, obwohl er keineswegs rüstig war. Im Wagen lag, lächelnd und ins Licht staunend, der kleine Hans, Adele ging an Vaters Seite, während ich mich dem gemessenen Andante des Spazierschrittes weniger anzupassen vermochte und bald voraus lief, bald einer interessanten Ent-

deckung wegen zurückblieb und darum bettelte, den Wagen
schieben zu dürfen, bald mich ohne Rücksicht auf seine Ermüd-
barkeit an Vaters Arm oder Rock klammerte und ihn mit Fragen bestürmte. Was auf jenem Spaziergang, einem von tausend
ähnlichen, gesprochen wurde, davon ist mir nichts im Gedächtnis
geblieben. Geblieben ist mir, und auch Adelen, von diesem Tag
und Spaziergang nichts als das Erlebnis mit dem Bettler. Im Bilderbuch meiner frühen Erinnerungen gehört es zu den eindrück-
lichsten und anregendsten Bildern, anregend zu Gedanken und
Grübeleien verschiedenster Art, wie es denn noch heute, wohl
fünfundsechzig Jahre später, mich zu diesen Gedanken angeregt
und zu der Bemühung mit diesen Aufzeichnungen gezwungen
hat.

Wir wandelten gemächlich dahin, die Sonne schien und malte
neben jede der in Kugelform geschnittenen Akazien des Weges
ihren Schatten, was den Eindruck von Pedanterie, Regelmäßig-
keit und Linealästhetik noch verstärkte, den diese Pflanzung mir
immer machte. Es geschah nichts als das Gewohnte und Alltäg-
liche: daß ein Briefträger den Vater grüßte und ein vierspänni-
ger Bierbrauerwagen mit schweren, schönen Rossen beim Bahnübergang warten mußte und uns Zeit ließ, die herrlichen Tiere
zu bestaunen, die einen ansehen konnten, als wollten sie Gruß
und Rede mit uns tauschen, und an denen mir nur das Geheimnis unheimlich war, daß ihre Füße es ertrugen, wie Holz gehobelt und mit diesen klobigen Eisen beschlagen zu werden. Aber
als wir schon uns wieder unsrer Straße näherten, geschah doch
noch etwas Neues und Besonderes.

Es kam uns ein Mann entgegen, der ein wenig mitleiderregend
und ein wenig ungut aussah, ein noch ziemlich junger Mensch
mit einem bärtigen, vielmehr seit langer Zeit unrasierten
Gesicht, zwischen dem dunklen Haar und Bartwuchs waren
Wangen und Lippen von lebhaftem Rot, die Kleidung und Haltung des Mannes hatte etwas Verwahrlostes und Verwildertes,
sie machte uns ebenso bange wie neugierig, gern hätte ich mir
diesen Mann genauer betrachtet und etwas über ihn erfahren. Er
gehörte, das sah ich beim ersten Blick, zu der geheimnisvollen
und abgründigen Seite der Welt, er mochte einer von jenen rätselhaften und gefährlichen, aber nicht minder unglücklichen und
schwierigen Menschen sein, von denen man gelegentlich als von

Herumtreibern, Vaganten, Bettlervolk, Trinkern, Verbrechern sprechen hörte, in Gesprächen der Erwachsenen, welche sofort unterbrochen oder zum Flüstern gedämpft wurden, wenn man bemerkte, daß eins von uns Kindern zuhörte. So klein ich war, so hatte ich doch für eben jene drohende und beklemmende Seite der Welt nicht nur die natürliche, knabenhafte Neugierde, sondern, so glaube ich heute, ich ahnte auch schon etwas davon, daß diese wunderbar zwielichtigen, ebenso armen wie gefährlichen, ebenso Abwehr wie Brudergefühle aufrufenden Erscheinungen, diese Zerlumpten, Verwahrlosten und Entgleisten ebenso ›richtig‹ und gültig, daß ihr Dasein in der Mythologie durchaus notwendig, daß im großen Weltspiel der Bettler so unentbehrlich sei wie der König, der Abgerissene ebensoviel gelte wie der Mächtige und Uniformierte. So sah ich denn mit einem Schauder, an dem Entzücken und Furcht gleichen Anteil hatten, den zottigen Mann uns entgegenkommen und seine Schritte auf uns zulenken, sah ihn die etwas scheuen Augen auf unsern Vater richten und mit halbgezogener Mütze vor ihm stehenbleiben.

Artig erwiderte Vater seinen gemurmelten Gruß, und mit der größten Spannung sah ich, während der Kleine im Wägelchen beim Halten erwachte und langsam die Augen auftat, der Szene zwischen den beiden einander scheinbar so sehr fremden Männern zu. Stärker noch, als es auch sonst des öftern geschah, empfand ich die Mundart des einen und die gepflegte, genau akzentuierende Sprache des andern als Ausdruck eines innern Gegensatzes, als Sichtbarwerden einer zwischen dem Vater und seiner Umwelt bestehenden Scheidewand. Andrerseits war es aufregend und hübsch, zu sehen, wie der Angesprochene den Bettler so höflich und ohne Ablehnung oder Zurückzucken empfing und als Menschenbruder anerkannte. Der Unbekannte versuchte nun, nachdem die paar ersten Worte getauscht waren, das Herz des Vaters, in dem er einen gutmütigen und vielleicht leicht zu rührenden Menschen vermuten mochte, mit einer Schilderung seiner Armut, seines Hungers und Elendes zu bestürmen, es kam etwas Singendes und Beschwörendes in seine Redeweise, als klage er dem Himmel seine Not: kein Stückchen Brot habe er, kein Dach überm Kopf, keine ganzen Schuhe mehr, es sei ein Elend, er wisse nicht mehr, wohin sich wenden, und er bitte inständig um ein wenig Geld, es sei schon lange keines mehr in seiner Tasche gewesen. Er sagte nicht Tasche, sondern Sack, während mein Vater in seiner Antwort den Ausdruck Tasche vorzog. Ich verstand übrigens mehr die Musik und Mimik des Auftrittes, von den Worten nur wenige.

Schwester Adele, zwei Jahre älter als ich, war nun in einer Hinsicht über Vater besser unterrichtet als ich. Sie wußte, was mir noch lange Jahre verborgen blieb, schon damals, daß nämlich unser Vater so gut wie niemals Geld bei sich trug und daß er, wenn es doch einmal geschah, ziemlich hilflos und auch leichtsinnig damit umging, Silber statt Nickel und große statt kleine Münzen hingab. Sie zweifelte vermutlich nicht daran, daß er kein Geld bei sich habe. Ich dagegen neigte sehr zu der Erwartung, er werde nun, beim nächsten Ansteigen und Schluchzen der Töne in des Bettlers Klagelied, in die Tasche greifen und dem Mann eine ganze Menge von halben und ganzen Frankenstücken in die Hände drücken oder in die Mütze schütten, genug, um Brot, Limburger Käse, Schuhe und alles andre zu kaufen, dessen der Fremdling bedürftig war. Statt dessen aber hörte ich den Vater auf alle Anrufe mit derselben höflichen und beinah herzlichen Stimme antworten und hörte seine beruhigend und beschwichtigend gemeinten Worte schließlich zu einer kleinen, gut formulierten Rede verdichten. Der Sinn dieser Rede war, wie wir Geschwister uns später zu erinnern meinten, dieser: er sei nicht imstande, Geld zu geben, da er keines bei sich habe, auch sei mit Geld nicht immer geholfen, man könne es leider auf so verschiedene Arten verwenden, zum Beispiel statt zum Essen zum Trinken, und dazu wolle er in keiner Weise behilflich sein; dagegen sei es ihm nicht möglich, einen wirklich Hungernden von sich zu weisen, darum schlage er vor, der Mann möge ihn bis zum nächsten Kaufladen begleiten, dort werde er soviel Brot bekommen, daß er mindestens für diesen Tag nicht zu hungern brauche.

Während dieses Gesprächs standen wir die ganze Zeit am selben Fleck auf der breiten Straße, und ich konnte die beiden Männer mir gut ansehen, sie miteinander vergleichen und mir auf Grund ihres Aussehens, ihres Tonfalls und ihrer Worte meine Gedanken machen. Unangetastet natürlich blieb die Überlegenheit und Autorität des Vaters in diesem Wettstreit, er war ohne Zweifel nicht nur der Anständige, ordentlich Gekleidete, sich gut Benehmende, er war auch der, welcher sein Gegenüber ernster nahm, der besser und genauer auf den Partner einging und seine Worte unumwunden ehrlich meinte. Dafür hatte der andere aber diesen Beiklang von Wildheit und hatte hinter sich und seinen Worten etwas sehr Starkes und Wirkliches stehen, stärker und wirklicher als alle Vernunft und Artigkeit: sein Elend, seine Armut, seine Rolle als Bettler, sein Amt als Sprecher für alles verschuldete und unverschuldete Elend der Welt, und das gab ihm ein Gewicht, das half ihm Töne und Gebärden finden, die dem Vater nicht zur Verfügung standen. Und außerdem und über dies alles hinweg entstand während der so schönen und spannenden Bettelszene Zug um Zug zwischen dem Bettler und dem Angebettelten eine gewisse nicht zu benennende Ähnlichkeit, ja Brüderlichkeit. Sie beruhte zum Teil darauf, daß der Vater, von dem Armen angesprochen, ohne Sträuben und Stirnrunzeln den andern anhörte und gelten ließ, daß er keinen Abstand zwischen ihn und sich legte und sein Recht auf Angehörtwerden und Mitleid als ein selbstverständliches anerkannte. Aber dies war das wenigste. War dieser halbbärtige dunkelhaarige Arme aus der Welt der zufriedenen, arbeitenden und jeden Tag satt werdenden Leute herausgefallen, machte er inmitten dieser reinlichen kleinbürgerlichen Wohnhäuser und Vorgärtchen den Eindruck eines Fremdlings, so war ja Vater längst schon, wenn auch auf so ganz andere Weise, ein Fremdling, ein Mann von anderswoher, der mit Leuten, unter denen er lebte, nur in einer losen, auf Übereinkommen beruhenden, nicht gewachsenen und erdhaften Gemeinschaft stand. Und wie der Bettler hinter seinem eher trotzigen und desperadohaften Aussehen doch etwas Kindliches, Naturhaftes und Unschuldiges zu haben schien, so war ja auch bei Vater hinter der Fassade des Frommen, des Höflichen, des Vernünftigen viel Kindhaftes verborgen. Jedenfalls – denn alle diese klugen Gedanken hatte ich damals natürlich nicht – empfand ich, je länger die beiden miteinander und vielleicht aneinander vorbeiredeten, desto mehr eine wunderliche Art von Zusammengehörigkeit zwischen ihnen. Und Geld hatten sie also beide keines.

Vater stützte sich auf den Rand des Kinderwagens, während er dem Fremden Rede stand. Er machte ihm klar, daß er gesonnen sei, ihm einen Laib Brot zu geben, doch müsse dies Brot in

einem Laden geholt werden, wo man ihn kenne, und der Mann
sei nun eingeladen, dahin mitzukommen. Damit setzte der Vater
den Wagen wieder in Bewegung, drehte um und schlug die Richtung nach der Austraße ein, und der Fremde marschierte ohne
Widerrede mit, war aber wieder etwas scheu geworden und fühlte sich sichtlich nicht recht zufrieden, das Ausbleiben der Geld-
spende hatte ihn enttäuscht. Wir Kinder hielten uns dicht neben
dem Vater und dem Wagen, dem Fremden nicht zu nahe, der
sein Pathos aufgegeben hatte und jetzt still und eher mürrisch
geworden war. Ich betrachtete ihn aber im geheimen und machte
mir Gedanken, es war mit diesem Menschen so viel in unsre
nächste Nähe getreten, so viel Bedenkliches, im Sinn des zu
Bedenkenden sowohl wie in dem des Bangemachenden, und
jetzt, wo der Bettler schweigsam und anscheinend schlechter
Laune geworden war, gefiel er mir wieder weniger und glitt
wieder mehr und mehr aus jener Zusammengehörigkeit mit dem
Vater heraus und ins Unvertraute hinüber. Es war ein Stück
Leben, dem ich zusah, Leben der Großen, der Erwachsenen, und
da dies Leben der Erwachsenen um uns Kinder her äußerst selten so primitive und elementare Formen annahm, war ich tief
davon gefesselt, aber die Fröhlichkeit und Zuversicht von vorher
war hingeschwunden, wie an einem heitern Tag plötzlich ein
Schleier Licht und Wärme dämpfen und hinwegzaubern kann.

Unser guter Vater freilich schien keine solchen Gedanken zu
haben, heiter und freundlich blieb sein klares Gesicht, heiter und
gleichmäßig sein Schritt. So zogen wir, Vater, Kinder, Wagen
und Bettler, eine kleine Karawane, nach der Austraße weiter
und in ihr fort bis zu einem Kaufladen, den wir alle kannten
und wo es die verschiedensten Dinge zu kaufen gab, vom
Wecken und Brot bis zu Schiefertafeln, Schulheften und Spielzeug. Hier hielten wir an, und Vater bat den Fremden, hier eine
kleine Weile bei uns Kindern zu warten, bis er aus dem Laden
zurückkäme. Adele und ich sahen einander an, es war uns beiden
gar nicht wohl zumute, wir hatten etwas Angst, oder vielmehr
ziemlich große Angst, und ich glaube, wir fanden es auch vom
Vater sonderbar und nicht recht begreiflich, daß er uns da mit
dem fremden Manne so allein ließ, als könne uns unmöglich
etwas geschehen, als seien noch niemals Kinder von bösen
Männern umgebracht oder entführt und verkauft oder zum

Betteln und Stehlen gezwungen worden. Und beide hielten wir uns, zum eigenen Schutze wie auch zu dem unsres Kleinsten, dicht zu beiden Seiten an den Wagen geklammert, den wir unter keinen Umständen loszulassen gedachten. Schon war der Vater die paar Steinstufen zur Ladentür hinangestiegen, schon legte er die Hand auf die Klinke, schon war er verschwunden. Wir waren mit dem Bettler allein, in der ganzen langen und geraden Straße war kein Mensch zu sehen. Ich redete mir, in der Form eines Gelübdes, innerlich zu, tapfer und männlich zu sein.

So standen wir alle, eine Minute lang vielleicht, und wohl ums Herz war keinem von uns außer dem Brüderchen, das den Fremden überhaupt nicht wahrgenommen hatte und vergnügt mit seinen winzigen Fingerchen spielte. Ich wagte es, aufzublicken, nach dem Unheimlichen hin, und sah auf seinem roten Gesicht die Unruhe und Unzufriedenheit noch gesteigert, er gefiel mir nicht, er machte mir richtig Angst, deutlich sah man widersprechende Triebe in ihm kämpfen und nach Taten drängen.

Aber da war er auch schon mit seinen Gedanken und Gefühlen zu einem Ende gekommen, ein Entschluß durchzuckte ihn, und man konnte das Aufzucken mit Augen sehen. Aber wozu er sich entschlossen hatte und was er jetzt tat, war von allem, woran ich etwa gedacht oder was ich gehofft oder gefürchtet hatte, das Gegenteil, es war das Unerwartetste von allem, was geschehen konnte, es überrumpelte uns beide, Adele und mich, vollkommen, daß wir starr und sprachlos standen. Der Bettler, nachdem der Zuck in ihn gefahren war, hob einen seiner Füße in den mitleiderregenden Schuhen, zog das Knie an, erhob beide zu Fäusten geballte Hände bis in Schulterhöhe und lief in einem Schnellauf, den man seiner Figur kaum zugetraut hätte, die lange gerade Straße hinunter, er hatte die Flucht ergriffen und rannte, rannte wie ein Verfolgter, bis er die nächste Querstraße erreicht hatte und für immer unsern Augen entschwand.

Was ich bei diesem Anblick empfand, läßt sich nicht beschreiben, es war ebensosehr Schrecken wie Aufatmen, ebenso Verblüffung wie Dankbarkeit, aber zur selben Sekunde auch Enttäuschung, ja Bedauern. Und nun kehrte heiteren Gesichtes, mit einem langen Laib Weißbrot in der Hand, Vater aus dem Laden zurück, staunte einen Augenblick, ließ sich berichten, was geschehen war, und lachte. Es war am Ende das Beste, was er tun

konnte. Mir aber war, als sei meine Seele mit dem Bettler fort-
gerannt, ins Unbekannte, in die Abgründe der Welt, und es
dauerte lange, bis ich zum Nachdenken darüber kam, warum
wohl der Mann vor dem Brotlaib davongelaufen war, so wie
einst ich vor dem mir dargereichten Bissen des Bahnwärters
durchgebrannt war. Tage- und wochenlang behielt das Erlebnis
seine Frische und Unausschöpfbarkeit und hat sie, so einleuch-
tende Begründungen wir später auch dafür ausdenken mochten,
bis heute behalten. Die Welt der Abgründe und Geheimnisse, in
die der flüchtende Bettler uns entschwunden war, wartete auch
auf uns. Sie hat jenes hübsche und harmlose Leben des Vorder-
grundes überwuchert und ausgelöscht, sie hat unsern Hans verschlungen, und auch wir Geschwister, die wir bis heute und bis
ins Alter standzuhalten versucht haben, wissen uns und den
Funken in unsern Seelen von ihr umdrängt und umdunkelt.

*(1948)*

*Anhang*

# Volker Michels
## *Die Erzählungen Hermann Hesses*

*Die Kraft des Genießens*
*und die des Erinnerns sind voneinander abhängig.*
*Genießen heißt, einer Frucht ohne Rest ihre Süßigkeit entpressen.*
*Und Erinnerung heißt die Kunst,*
*einmal Genossenes nicht nur festzuhalten,*
*sondern immer reiner auszuformen.*
Hermann Hesse

Es gibt Bücher, deren Lektüre Arbeit ist und Kräfte raubt, und
andere, allzu wenige, die dem Leser Erholung und Regeneration
ermöglichen, ohne daß er sich dabei auf Konzessionen an Mode
und Publikationsgeschmack eingelassen hätte. Solcher Art sind
die Erzählungen Hermann Hesses. Kaum etwas in seinen Schilderungen ist erfunden, stilisiert oder konstruiert. Nichts greift
über den Wahrnehmungsbereich eigener Erfahrung hinaus. Sie
eröffnen kein Panoptikum unerhörter Begebenheiten, sondern
lösen dem Unerhörten in den alltäglichen Begebenheiten die
Zunge. Zwar kommen bei diesen lyrisch-psychologischen Studien
sensationshungrige Leser möglicherweise nicht auf ihre Kosten,
und doch besteht niemals die Gefahr der Langeweile. Denn trotz
des Mangels an Sensation und *action* sind seine Erzählungen
spannend. Diese, aller Prosa Hesses eigene Faszination wird
weniger durch das *Was* des Erzählten erreicht, sondern *wie*
es geschildert ist. Struktur und Sinnlichkeit, Handlung und
Beschreibung, Inhalt und Form sind bei ihm in einer Dosierung
ausgewogen, die offenbar derjenigen unserer psychologischen
Wahrnehmungsabläufe entspricht. Mit Proust'schem Raffine-
ment begleiten und steigern atmosphärische Valeurs der Witterung, Landschaftsschilderungen von unübertrefflicher Bildhaftig-
keit das Verhalten der dargestellten Menschen. »Hesse kann«, so
schrieb schon Kurt Tucholsky, »was nur wenige können. Er kann
einen Sommerabend und ein erfrischendes Schwimmbad und die
schlaffe Müdigkeit nach körperlicher Anstrengung nicht nur
schildern – das wäre nicht schwer. Aber er kann machen, daß
uns heiß und kühl und müde ums Herz ist.«

Nirgends in diesen Erzählungen wird einer Mission, einer Tendenz zuliebe dem Augenblick, der Gegenwart und ihren sinnlichen Qualitäten Gewalt angetan. Mit der Formel ›vollkommene Gegenwart‹ hat Hesse sogar den Begriff des Glücks definiert. Und jederzeit konnte er sich mit der Forderung Robert Walsers identifizieren: »Ich will keine Zukunft, ich will eine Gegenwart. Eine Zukunft hat nur, wer keine Gegenwart hat, und hat man eine Gegenwart, vergißt man, an eine Zukunft überhaupt zu denken.« Erzählen ist für Hesse Vergegenwärtigen, »Festhalten des Vergänglichen und Vergehenden im Wort, ein etwas Don Quichottehafter Kampf gegen den Tod, gegen das Versinken und Vergessen.«

Doch voll im gegenwärtigen Augenblick zu leben, erlaubt unsere Gesellschaft allenfalls noch den Kindern im Vorschulalter. Spätestens danach beginnen Dressur und Wettbewerb die Wahrnehmung zu kanalisieren. Aber »der Mensch, wie ihn die Natur erschafft«, schrieb Hesse 1905 in seiner Erzählung ›Unterm Rad‹, »ist etwas Unberechenbares, Undurchsichtiges, Gefährliches. Er ist ein von unbekanntem Berge herbrechender Strom und ist ein Urwald ohne Weg und Ordnung. Und wie ein Urwald gelichtet und gereinigt und gewaltsam eingeschränkt werden muß, so muß die Schule den natürlichen Menschen zerbrechen, besiegen und gewaltsam einschränken; ihre Aufgabe ist es, ihn nach obrigkeitlicherseits gebilligten Grundsätzen zu einem nützlichen Gliede der Gesellschaft zu machen und die Eigenschaften in ihm zu wecken, deren völlige Ausbildung alsdann die sorgfältige Zucht der Kaserne krönend beendigt.« Gegen solche, die freie Entfaltung der Persönlichkeit verkrüppelnde Zweckorientiertheit wird sich Hesse sein Leben lang wehren und immer wieder versuchen, die Sehnsucht nach der Alternative wachzuhalten, nicht nur mit dem Instrument karikierender Satire, sondern weit wirksamer mit dem so harmlos anmutenden Mittel genauer Erinnerung an die seltenen Augenblicke der Freiheit, an die Kindheit, wo es noch möglich war, »alles irgend Erdenkliche gleichzeitig zu erleben, Außen und Innen spielend zu vertauschen, Zeit und Raum wie Kulissen zu verschieben«.

»Hesse trinkt lieber an der Quelle als an der Mündung«, hat Franz Karl Ginzkey 1919 jenen Kritikern entgegengehalten, die schon damals ein Interesse daran hatten, diese Alternativen als nostalgisches Daumenlutschen abzutun.

Nahezu die Hälfte aller Erzählungen Hesses sind solche Erinnerungen an Kindheit und Schuljahre, an die Spannung zwischen Freiheit und erster Domestizierung, zwischen Gemeinschaft und Individuation, Neugierde und Tabus, instinktiven und konventionellen Verhaltensmustern. Sie schildern Begebenheiten, die in einem Alter erlebt wurden, in welchem die Psychologie die nachhaltigsten und für die spätere Entwicklung der Persönlichkeit entscheidenden Engramme und Prägungen zu suchen gelernt hat. Hesse selbst hat es so formuliert: »Der Mensch erlebt das, was ihm zukommt, nur in der Jugend in seiner ganzen Schärfe und Frische, so bis zum dreizehnten, vierzehnten Jahr, und davon zehrt er sein Leben lang.«

Die ersten fünfzehn Jahre seiner schriftstellerischen Tätigkeit könnte man geradezu ›à la recherche du temps perdu‹, als ein Aufarbeiten und peinlich genaues Rekonstruieren dieser frühen Erlebnisse bezeichnen. Erst nachdem sie gestaltet, aus den halbbewußt dämmernden Speichern der Vergangenheit befreit, ins Bild und Bewußtsein der Gegenwart übersetzt waren, erwies sich die Basis als tragfähig genug für alle seine künftigen Entwicklungen und Metamorphosen. Im Gespräch über Künstler und deren Verhältnis zur Tradition und zur eigenen Kindheit hat Hesse gerne auf das Beispiel des Baumes verwiesen, der, je höher er wächst, desto tiefere und fester verankerte Wurzeln treibt.

Doch hat die intensive Beschäftigung mit Themen der Pubertät und Entwicklung bei Hesse noch andere Gründe. Pubertät, also Notwendigkeit und Bereitschaft zu Wandlung, Veränderung, Differenzierung und Flexibilität, war für ihn nichts Einmaliges, altersmäßig und biologisch Fixiertes, sondern geradezu eine Grunddisposition. Hesses gesamte Biographie und folglich auch seine schriftstellerische Entwicklung und Wirkung stand unter diesem Vorzeichen, das sein Freund und Verleger Peter Suhrkamp einmal so beschrieben hat: »Es gibt unter den lebenden Autoren kaum einen, der so oft seinen eigenen Leichnam hinter sich begrub und jedesmal auf einer anderen Stufe wieder neu anfing. Und jedesmal geschah das aus einer wirklichen und ehrlichen Not heraus, und wenn man die ganze Existenz dann überblickt, ist sie doch eine Einheit geblieben.« Noch in seinem Alterswerk, dem ›Glasperlenspiel‹, wird Hesse dieses Gesetz gestalten, am eindringlichsten in dem vielzitierten Gedicht ›Stufen‹, das ein einziger Aufruf ist zu entschlossener und unbeirrbarer Evolution: »Es muß das Herz bei jedem Lebensrufe / bereit zum Abschied sein und Neubeginne, / um sich in Tapferkeit und ohne Trauern / in andre, neue Bindungen zu geben. / Und jedem Anfang wohnt ein Zauber inne, / der uns beschützt und der uns hilft zu leben. / Wir sollen heiter Raum um Raum durchschreiten, / an keinem wie an einer Heimat hängen, / der Weltgeist will nicht fesseln uns und engen, / er will uns Stuf' um Stufe heben, weiten. / Kaum sind wir heimisch einem Lebenskreise / und traulich eingewohnt, so droht Erschlaffen, / nur wer bereit zu Aufbruch ist und Reise, / mag lähmender Gewöhnung sich entraffen.« Die jeweils von der jungen Generation ausgelösten Hesse-Renaissancen haben nicht zuletzt mit dieser, aller Weiterdifferenzierung und Evolution offenen Haltung Hesses etwas zu tun.

Die meisten der frühen Erzählungen spielen in seinem Geburtsstädtchen Calw der späten achtziger und der neunziger Jahre. 1886 war sein Vater, der baltische Missionar Johannes Hesse, nach fünfjähriger Tätigkeit in Basel als Herausgeber des Missionsmagazins zurück nach Calw berufen worden und bezog dort mit seiner Familie das Haus der Calwer Verlagsanstalt. Hermann war damals gerade neun Jahre alt.

Das ländliche Städtchen an der Nagold, auf der in jenen Jahren noch Floße mit Schwarzwälder Tannenstämmen bis nach Holland und England befördert wurden, mit dem nahen Wald, den Mühlen, Brücken, Wehren und Schilfufern war ein in sich geschlossener Mikrokosmos, ebenso schwäbisch wie international, eine ›Kleine Welt‹, wie Hesse später seine Erzählungen über jene Jahre genannt hat. Bereits in dieser kleinen Welt standen den Flößern, den Händlern und Landstreichern die Seßhaften gegenüber, die bunte und vielgestaltige Symbiose zwischen einer Landwirtschaft und Handwerk treibenden Bevölkerung. In diesem Kraftfeld und dem seiner übernationalen Herkunft wuchs Hesse auf. Ihm verdankt er eine Kindheit mit allen Möglichkeiten sinnlicher Entfaltung: Krebsfang im Fluß und Angeln mit

Garn und gebogener Nadel, Heuernte, Hopfenpflücken, Most-
pressen, Kartoffelfeuer und Eislauf im Rhythmus der Jahreszei-
ten. Solche Elemente geben der Prosa Hesses ihre Kontur und
Anschaulichkeit, ihre Farbe und Frische. Mit einer sonst nur der
Malerei und der Musik eigenen sinnlichen Unmittelbarkeit werden diese Bilder bei ihm auch durch das sonst so spröde Medium
der Sprache vermittelt. Doch nicht nur die Bilder werden vermittelt, sondern etwas darüberhinaus, was man mit Kurt
Tucholsky ihren ›Duft‹ bezeichnen könnte. Immer wird bei
Hesse das Abbild zum Sinnbild.

»Zum Glück«, schrieb er 1923 rückblickend, »habe ich das fürs
Leben Unentbehrlichste und Wertvollste schon vor dem Beginn
der Schuljahre kennengelernt, unterrichtet von Apfelbäumen,
von Regen und Sonne, Fluß und Wäldern, Bienen und
Käfern . . . ich wußte Bescheid in unsrer Vaterstadt, in den Hüh-
nerhöfen und in den Wäldern, in den Obstgärten und in den
Werkstätten der Handwerker. Ich kannte die Bäume, Vögel und
Schmetterlinge, konnte Lieder singen und durch die Zähne pfeifen und sonst noch manches, was fürs Leben von Wert ist.«

Freilich hatte man auch damals schon ganz andere Vorstellungen von dem, »was fürs Leben von Wert« sei. So konnte es nicht
ausbleiben, daß Hesse bereits früh die Kluft zu spüren bekam
zwischen selbständiger Erfahrung und den Verhaltensritualen
der Konvention und der Umwelt. Ein Mißverhältnis, das Hesse
zeitlebens peinigen sollte und von dem man sagen kann, daß es
sein Lebenswerk entscheidend geprägt, ja geradezu provoziert
hat. Ein Lebenswerk, das sich heute dem Unvoreingenommenen
darstellt als ein von Buch zu Buch differenzierter Versuch,
Leben und Denken in Einklang zu bringen, die früh erlittene
Entfremdung, den scheinbaren Gegensatz von Vernunft und
Sensibilität aufzuheben. Hatte doch schon der Fünfzehnjährige
seine Eltern bestürzt mit der Radikalität seiner Erwartungen:
»Ich möchte mir den Schädel an diesen Mauern einrennen, die
mich von mir selber trennen!« (Brief vom 30. 8. 1892)

Hesse wußte um die Wandelbarkeit, also auch um den fortschreitenden Verfall und die Unwiederbringlichkeit dieser
›Kleinen Welt‹ vor der Jahrhundertwende. Und er hat nicht
geruht, bis sie in seinen Romanen, Betrachtungen, Erinnerungen
und Erzählungen festgehalten und vergegenwärtigt war. Doch

nicht als heile (weil vergangene) Welt, auch nicht als Karikatur zur Beförderung einer politischen Tendenz, sondern in liebevoll-realistischen Psychogrammen: eine Welt von Handwerkern, Lehrlingen, Fabrikarbeitern, Verkäufern, Dienstmägden, Friseuren, Fuhrleuten, Hausierern, Asylinsassen, Schiffbrüchigen und Ausrangierten, kurz: wahren Prachtexemplaren von ›Proletariern‹, doch außerhalb der ideologischen Schonungen, in naturalistischem Wildwuchs.

Es hat nicht an Stimmen gefehlt, die derlei unfeine Personagen beanstandet oder von ›skandalöser Harmlosigkeit‹ des Autors gesprochen haben. In einem Brief von 1908 rechtfertigt sich Hesse: »Namentlich aber wollen sie [die Kritiker] meine Stoffe nicht gelten lassen und meinen, ich solle von Herrenmenschen und Genies erzählen, nicht von Gemüsehändlern und Idioten, da freut es mich, daß Sie mich gelten lassen und es verstehen, daß in meiner scheinbaren Bescheidenheit auch Stolz liegt, und daß der Verzicht auf das Glänzende seine Gründe hat.« Durchschaut haben das nur wenige, und Stimmen wie die folgende (1912) waren an der Tagesordnung: »Warum mißbraucht ein Dichter seine guten Gaben dazu, in aller Ausführlichkeit einen Menschen zu entwickeln, dessen höchstes Ziel im Bartkratzen und Zöpfeflechten besteht? Man fragt sich händeringend, was der Erzähler eigentlich an den dürftigen Philistern findet, mit deren billigen Zielen er uns vertraut macht! Hermann Hesse ist zu gut dazu, um sich in kleiner Münze auszugeben und das verliehene Talent an das Nichtige zu verschwenden.«

Man braucht, um die Stoffwahl dieser frühen Erzählungen zu verstehen, mittlerweile nicht mehr Hesses Diktum »ich bin immer für die Unterdrückten gewesen, gegen die Unterdrücker« zu bemühen. Ungezählte Leserbriefe schon zu seinen Lebzeiten und heute millionenfach in alle Sprachen und Kulturkreise der Erde verbreitete Übersetzungen haben bewiesen, daß diese scheinbar so lokalen und provinziellen Charakterstudien aus dem schwäbischen Calw, dem ›Gerbersau‹ seiner Erzählungen, mit ihren so wohltuend unheldischen Helden die ganze Vielfalt menschlicher Psychologie und Verhaltensweisen in immer neuen Brechungen spiegeln. Denn so vertraut die Schauplätze auch anmuten, die Konflikte, die dort ausgetragen werden, wachsen weit über das Lokale hinaus, der Mikrokosmos des scheinbar

Provinziellen und des Individuellen verweist vom Detail auf das Ganze. Was ›Seldwyla‹ für Gottfried Keller, die ›Dubliners‹ für James Joyce oder für Martin Walser die Umwelt seines Anselm Kristlein, das war für Hesse die ›Kleine Welt‹ von ›Gerbersau‹. Hier wie dort kehren in den verschiedenen Geschichten mitunter sogar dieselben Lokalitäten und Namen wieder: Marktbrunnen und Mühlkanal, die noble Gerbergasse und die lichtlose Winkelwelt der Falkengasse mit ihren feuchten Fluren, den schadhaften Dachrinnen, geflickten Fenstern und Türen, den Unterprivilegierten und der Kleinstadtnoblesse, dem unheimlichen Hausierer Hottehotte, den Familien Mohr, Trefz oder Dierlamm und dem benachbarten Lächstetten.

Am besten hat bisher Max Herrmann-Neiße diesen Typus der Erzählungen erfaßt. Daher sollen hier zusammenfassend einige Sätze aus seiner nahezu unbekannt gebliebenen Besprechung von 1933 zitiert sein: »Die deutsche Kleinstadt der Vorkriegszeit wird hier von einem gleicherweise zärtlichen wie wahrheitsstrengen Kenner gemalt als der krause, unterschiedliche, nicht ganz ungefährliche, im Grunde doch fruchtbare Gottes-Tiergarten, der sie damals war. Mit ihren Käuzen und kleinen Abenteurern, soliden und wurmstichigen Geschöpfen, geachteten und zweifelhaften Existenzen, mit Schreibern, Handlungsgehilfen, Missionsanwärtern, Friseuren, Pfarrerstöchtern und Gerichtsvollzieherwitwen, Vereinsausflügen, Schützenfesten und Schmierentheater ... mit Griff in die Portokasse, Entgleisung und Selbstmord. Auch mit aller gegenseitigen Belauerung, Verlästerung, mit Bosheit, Klatschsucht, säuerlicher Selbstgerechtigkeit und grausamem Unverständnis ... Menschen, Eigengewächse leben hier noch mit ungehetzter, ausführlicher Selbständigkeit ihr unverwechselbares, wesentliches Einzelschicksal. Das kann harmonisch mit dem subalternen Alltagsglück einer Verlobung enden, aber auch im Gefängnis ... auch mit dem Verlust des seelischen Gleichgewichtes und völliger Verzweiflung an dem Sinn des Daseins. Denn die Himmel und Höllen dieser kleinen Welt sind nicht weniger hoch und tief als die Gipfel und Abgründe anspruchsvollerer Zonen. Und die Tragödien und Komödien des Lebens haben allenthalben ihre dunkle Glut, ihr vielfältiges Funkeln, ihre immerwährende Bedeutung, ihre Würde und Wirklichkeit, wenn ein echter Dichter sie aufzuspüren und zu gestalten weiß.«

Von den bisher charakterisierten Erzählungen enthält unsere Auswahl sechs Beispiele: den Calwer Rückblick ›Aus Kinderzeiten‹, entstanden 1903 oder 1904; die wenig später geschriebene Geschichte ›Heumond‹, eine der Lieblingserzählungen Kurt Tucholskys, vom erwachenden Interesse am anderen Geschlecht, worin ein frühes Erlebnis Hesses in Bad Boll verarbeitet ist; ›Das Nachtpfauenauge‹ (1911), eine Erinnerung an eine Begebenheit aus seinem zehnten Lebensjahr; ›Der Zyklon‹, entstanden 1913, greift zurück in die Zeit um 1895, als Hesse Volontär in einer Turmuhrenwerkstatt war. Ganz am Ende dieser ersten erzählerischen Entwicklungsphase steht ›Kinderseele‹, eine Erinnerung an die Gewissensqualen und Autoritätserfahrungen des damals Zwölfjährigen nach einem Diebstahl. »Diese Erzählung ist großartig, ihre Psychologie von äußerster Subtilität«, urteilte kürzlich Alexander Mitscherlich. Mit ihr und dem im selben Jahr erschienenen Roman ›Demian‹ (1919) war für Hesse die Thematik der kleinen Welt von Gerbersau (vgl. seine Bücher ›Hermann Lauscher‹, 1901; ›Unterm Rad‹, 1906; ›Diesseits‹, 1907; ›Nachbarn‹, 1908; ›Umwege‹ 1912; ›Knulp‹, 1915; ›Schön ist die Jugend‹, 1916) auf Jahrzehnte abgeschlossen. Erst der Siebzigjährige wird erneut die Notwendigkeit empfinden, sich früheste Kindheitssituationen zu vergegenwärtigen. Ein Beispiel solcher Altersprosa ist die letzte Erzählung unserer Auswahl ›Der Bettler‹ (1948), die sogar zurückreicht in die Basler Jahre, als Hesse zwischen fünf und sieben Jahre alt war, d. h. jünger als zu seiner Calwer Zeit.

Wären die unterschiedlichen Gattungen von Hesses Erzählungen in unserer Auswahl genau proportional vertreten, dann hätten etwa doppelt so viele Texte des ›Gerbersau-Typus‹ in diesen Band aufgenommen werden müssen, da sie mehr als die Hälfte des gesamten erzählerischen Werkes ausmachen. Unser Querschnitt setzt andere Akzente. Er läßt gerade die Erzählungen stärker zu Wort kommen, die durch ›Gerbersau‹ jahrzehntelang nahezu verdeckt waren; Erzählungen, wie sie Hesse immer dann schreiben konnte, wenn die Aufarbeitung des Vergangenen den Blick freigelegt hatte für Gegenwärtiges oder Zukünftiges. Sie zeigen, daß auch für Hesse die Wirklichkeit immer unerschöpflicher war als alle Phantasie. Daher schildern und variieren sie Beobachtungen und Erlebnisse aus seinem Alltag, am offensichtlichsten die Humoreske vom ›Autorenabend‹, die in heiterer Resignation die kulturellen Ansprüche des Publikums und der zuständigen Behörden beleuchtet. Erlebt hat er diesen Autorenabend am 22. 4. 1912 in Saarbrücken (»und es ist alles wörtlich wahr«, schrieb er 1957 einem Leser, »Philisterhaus mit goldenem Stuhl und Papagei, Vorlesung im halbleeren Sälchen überm Riesensaal mit Bierkonzert und alles«.)

Auch andere Texte schildern Eindrücke seines Alltags, so die in Schwabing spielende Erzählung ›Taedium vitae‹ (1908), worin Hesse anhand einer Liebesgeschichte seine Erfahrungen mit der Bohème umschreibt. ›Die Nichtraucherin‹ (1913), eine erst 1975 erstmals in Buchform gedruckte Geschichte, überliefert ein Reiseerlebnis mit dem befreundeten Komponisten Othmar Schoeck. Seine Beobachtungen des politischen Alltags, kristallisiert als zeitlose Parodien, zeigen die drei hier aufgenommenen Beispiele: ›Wenn der Krieg noch zwei Jahre dauert‹ (1917), ›Das Reich‹ (1918) und ›Bei den Massageten‹ (1927). Die erste wurde mitten im Krieg unter einem Decknamen publiziert und gipfelt in der geradezu sarkastischen Erfindung einer ›Existenzbewilligungskarte‹ zur Anregung für Politiker und Bürokraten künftiger Generationen. Erzählungen wie ›Die Stadt‹ (1910) und die ›Fremdenstadt im Süden‹ (1927) gehören zu den frappantesten Stücken dieser Gattung. Die erste, ein kompletter kultur- und entwicklungsgeschichtlicher Abriß unserer Zivilisation, gerafft auf knapp sechs, mit keinerlei Fachjargon überlasteten Seiten, die andere, eine leider nur zu genaue Vorwegnahme der künftigen und der bereits eingetroffenen Perversion des heutigen Massentourismus.

Die Geschichte vom Ende des deutschen Gemischtkostlers ›Doktor Knölge‹ (ca. 1910), der von einem zum Gorilla zurückgebildeten Naturburschen – dem die ›Rückkehr zur Natur‹ am besten geglückt war – erdrosselt wird, karikiert Beobachtungen aus dem Jahre 1907. Damals war Hesse knapp einen Monat lang zur Kur in Locarno und auf dem Monte Verità, wo sich eine buntgemischte Kolonie »weltflüchtiger Idealisten, heilsbegieriger Propheten, Vegetabilisten, Frugivoren, Okkultisten, Lichtanbeter, Asketen, Gesundbeter, Magnetiseure und Theosophen« niedergelassen hatte. In einem Brief vom Monte Verità schrieb er damals: »Ich hatte den unentbehrlichen, instinktiven Glauben an die Willensfreiheit nahezu verloren und genese hier recht wohlig zu einem sanskülottischen Urzustand zurück.« (14. 4. 1907)

Schon die früheste Erzählung unserer Auswahl hat eine wahre Begebenheit zur Vorlage, die Hesse 1900 einer Zeitungsnotiz entnommen hatte. Im westlichen Jura waren damals einige Wölfe aufgetaucht. Den aufgeschreckten Bauern gelang es, einen von ihnen einzuholen und zu erschlagen. Diese, durch die Identifikation des Autors mit dem verfolgten Einzelgänger so bewegende Geschichte ist eine ahnungsvolle Vorwegnahme seiner eigenen, der künftigen ›Steppenwolf‹-Problematik. Auch in dem autobiographischen Fragment ›Einkehr‹ (1918/19) kündigt sie sich an. Zum Ausdruck jedoch kommt sie erstmals in den beiden berühmten Selbstporträts ›Klein und Wagner‹ (1919) und ›Klingsors letzter Sommer‹ (1919), die nach mehrjähriger, durch Hesses freiwillige Kriegsgefangenenfürsorge, fast völliger schriftstellerischer Abstinenz in wenigen Wochen unmittelbar nacheinander entstanden sind. Wie Friedrich Klein, der ehrbare Beamte, treusorgende Ehegatte und Familienvater mit dem beziehungsreichen Decknamen Wagner, durchbricht Hesse plötzlich seine scheinbar so gesicherte häusliche Existenz, um irgendwo im Süden unterzutauchen, mit einem imaginären Verbrechen belastet, dem vierfachen Mord an seiner Frau und den drei Kindern. Jenseits der Alpen häutet er sich zum Maler Klingsor und assimiliert das Lebensgefühl der expressionistischen Künstler der ›Brücke‹ und des ›Blauen Reiters‹, zu welchen er über ›Louis den Grausamen‹, den mit August Macke und Paul Klee befreundeten Maler Louis Moilliet, Zugang findet.

Nicht ganz so unbekümmert läßt sich die Erzählung ›Pater Matthias‹ (ca. 1910) auf autobiographische Muster zurückführen. Diese hintergründige Burleske vom Doppelleben eines Klosterbruders, der auf einer Reise im Interesse der Wohltätigkeit seines Ordens arglos auf weltmännisch-lustige Wege gerät, ist wohl eine Fingerübung Hesses, ein spielerischer Versuch, den lebenslang bewunderten Erzähltypus altitalienischer Novellen auch einmal in der eigenen Sprache und mit eigenem Stoff nachzubilden.

Unsere Auswahl bringt die Erzählungen in der Reihenfolge ihrer Entstehung und gibt damit einen Überblick über Hesses epische Entwicklung, die zugleich Konstellationen seiner Biographie sichtbar macht. Denn, wie schon eingangs erwähnt, verhalten sich Leben und Werk dieses Autors geradezu wie die Komponenten einer mathematischen Gleichung zueinander, so daß jede exakte Analyse seiner Schriften notwendig auf ihre biographische Entsprechung stößt. Eine solche bruchlose Identität schlägt sich stilistisch als Klarheit und Einfachheit nieder. Um so schreiben zu können, muß man zuerst so gelebt haben. Dann ergibt sich ungesucht eine Präzision des Ausdrucks, deren suggestive Einfachheit manchem wie Harmlosigkeit vorkommen mag, weil er die Dinge selbst, nicht mehr über sie reden hört. Denn nicht die Dinge sind kompliziert, sondern nur ihre Darstellung, sobald mangelhaft Erlebtes formalistisch oder geistreich wettgemacht werden muß. Wir haben uns immer noch nicht abgewöhnt, das Unverständliche für genial zu halten.

Problematik wird bei Hesse nicht problematisch dargestellt. Sie wird nicht erst am Schreibtisch bewußt, sondern ist – als Voraussetzung seines Schreibens – der Niederschrift vorausgegangen. Das läßt sich auch an den Manuskripten seiner Prosawerke erkennen, von denen es in der Regel nur zwei Fassungen gibt, eine Handschrift und die Schreibmaschinenabschrift für den Drucker. Die Handschriften wirken wie unter Diktat entstanden, rasch und in einem Guß geschrieben, ganz selten einmal eine Einfügung oder Korrektur. Im Moment der Niederschrift ist bei Hesse der Kampf um Inhalt und Form überwunden. So glückt es ihm, ähnlich seinen lebenslang bewunderten Vorbildern, den altchinesischen Klassikern, das Komplizierteste mit den einfachsten Mitteln auszudrücken, in einer Sprache, in welcher das unbewußte Bild, die Melodie, ihr zugehöriges Wort zu suchen scheint. Diese, aller Prosa Hesses eigene Musikalität, die natürliche Anmut des scheinbar Leichten und Selbstverständlichen, die Schlichtheit und Unaufwendigkeit der Mittel, sowie die Reichhaltigkeit der Themen, Motive und Details haben Hesse einmal den Vergleich eingetragen, die Literatur um das bereichert zu haben, was Mozart der Musik erschlossen hat. Das scheinbar Mühelose, das den Umweg über den Intellekt beim Publikum nicht voraussetzt und beide Künstler vergleichbar populär werden ließ, macht eine solche Gegenüberstellung gar nicht so abwegig. Auf Mozarts musikalischen wie auf Hesses sprachlichen Stil trifft zu, was Hesse 1941 in seinem Gedicht ›Prosa‹ über einen wesensverwandten Dichter geschrieben hat: »So schlicht, unfeierlich und fast alltäglich / geht seine Prosa! Sie ihm nachzuschreiben / scheint Kinderspiel, doch laß es lieber bleiben, / denn schaust du näher hin, so wird unsäglich, / was harmlos einfach schien. Aus Nichtigkeiten / wird eine Welt, aus Atem Melodien, / die scheinbar zwecklos und vergnüglich gleiten, / doch sich auf andre mahnend rückbeziehen / und neue, nie erwartete vorbereiten. / ... Wie er es macht, wie er aus diesen simpeln / Worten des Tages ohne Zwang und Spreizen / Dichtwerke zaubert voll von tiefen Reizen / und Silben tanzen läßt gleich wehenden Wimpeln, / dies, Freunde, werden wir nie ganz verstehen. / Uns sei genug, mit Ehrfurcht zuzusehen, / so wie wir aufs Gebirg und auf die blauen Falter am Bach und auf die Blumen schauen, / die auch, so scheint es, sich von selbst verstehen, / doch Wunder sind für Augen, welche sehen.« Wie genau Bau und Rhythmus seiner Sätze dem natürlichen Atem angepaßt sind, mag eine Episode illustrieren, die Hesse am 24. 1. 1932 in einem Brief geschildert hat. »Ein Leserurteil, das mich freute, und auf das ich ein wenig stolz war, sprach einmal ein etwa dreizehnjähriges Mädchen aus, das seiner Mutter etwas von mir hatte vorlesen müssen. Es sagte: ›Das ist so fein bei Hesse, daß immer gerade da, wo man schnaufen muß, ein Komma oder Punkt kommt.‹«

Die Fähigkeit, Ursachen zu erkennen und ihre Wirkungen sinnlich beim Namen zu nennen, steht und fällt mit der Intensität des Erlebten und dem Grad der Verletzbarkeit. Diese bestimmen das Ausmaß, in dem Individuelles in Allgemeingültiges umschlagen und psychische Gesetzmäßigkeiten freilegen kann, die auch in der veränderten Umwelt anderer Generationen wiedererkannt und als gegenwärtig erlebt werden. Daß konzessionslose Analyse des privaten und individuellen Mikrokosmos nicht gar so unbeträchtliche Rückschlüsse auf den Makrokosmos des Gesellschaftlichen und Politischen erlaubt, daß sie hellhörig und immun macht gegen die Gefahren und Einschüchterungen des Quantitativen, das zeigen auch Hermann Hesses Erzählungen.

Doch nicht viel anders als auf seine frühen Erzählungen, deren unstandesgemäße Helden unter der Würde seriöser Rezensenten lagen, hat die deutsche Literaturkritik der letzten zwanzig Jahre auf Hesses einfachen Stil reagiert, auf sein Beispiel, nicht mehr vorzutäuschen, als man zu sagen hat: »Auf Kosten der Verständlichkeit und der klaren, eindeutigen Form originell zu sein, das ist nicht Kunst.«

Diese Absage an artistische Hochstapelei, an alles Kokettieren mit formalen und stilistischen Effekten, soweit sie nicht der Allgemeinverständlichkeit der Aussage dienen, ist heute unbequemer denn je. Denn die Avantgarde – soweit sie nicht überkommene Ideologien mit zeitgemäßer Konfektion ausstattet – begnügt sich meist mit Inhalten, die in einem geradezu tragikomischen Mißverhältnis zur Aufwendigkeit der formalen Mittel stehen. Die saturierte Öde einer gegen sich selbst und jede Extremsituation versicherten Gesellschaft ist kein Nährboden für selbständige Experimente. Zwischen Frühgymnastik und Tagesschau fehlt es einfach an Erfahrungen, die es mit den Sensationen manipulierter Effekte aufnehmen können. Statt auf unmittelbare Anschauung ist man angewiesen auf Arrangiertes und science-fiction-Phantastik, während die eigene Auseinandersetzung ersetzt wird durch Wohlverhalten oder eben auf ideologische Konservenkost angewiesen bleibt.

Dieser komplexen Problematik hat unser Kulturbetrieb sich entzogen, indem er die Kausalkette auf den Kopf gestellt hat und als Flucht bezeichnet, was Konfrontation ist. Die Konjunkturhörigkeit jedes Kulturbetriebs und der professionelle Zwang zu Kompromissen reizt seine Lohnabhängigen dazu, gerade diejenigen Künstler zu bagatellisieren, welche sich solcher Elastizität widersetzen und sich in einer Ausschließlichkeit mit den Neurosen der Zeit befassen, die einem Journalisten seine Position kosten würde. So wird es verständlich, warum unsere Tendenzexperten bevorzugt jene Künstler einer ›Flucht‹ in die sogenannte ›heile Welt‹ der ›Innerlichkeit‹ bezichtigt haben, die sich den Problemen der Zeit mit einer Intensität gestellt haben, daß ihre Werke von jedermann – nicht nur Kollegen – verstanden werden.

Die Wirkung, die heute wie damals von Autoren wie Hermann Hesse, Thomas Mann, Rainer Maria Rilke, Robert Walser oder auch Stefan Zweig ausgeht, ist nicht das Symptom einer Flucht in die ›heile Welt‹ der Vergangenheit (wann gab es eine solche?), sondern Alternative und Antitoxin zugleich gegen die Deformationen unserer Zeit.

Es ist ein Denkfehler, etwas als ›heil‹ zu bezeichnen, was Therapie ist, als ob Arznei und Gesundheit dasselbe wären. Wohl mag man sich einer derart selbstkritisch-introvertierten Therapie nicht gewachsen fühlen und sie deshalb beargwöhnen, doch kann ihr Erfolg all denen, die glauben, eine bessere zu haben, nicht mehr gleichgültig sein. Schon in der ›heilen‹ Vergangenheit vor den beiden Weltkriegen schrieb Hermann Hesse: »Unsere Zeit spricht und schreit mehr über Kunst, als je eine frühere es getan hat, aber sie hat zur Kunst keineswegs ein näheres oder gar reineres Verhältnis als frühere Generationen. Im Gegenteil. Ein Beweis dafür ist unter anderen der ganz lächerliche Mangel an Sinn für die Mannigfaltigkeit der Kunst. Man freut sich nicht am Einzelnen, man konstatiert nicht mit Dankbarkeit Gegensätze und Ergänzungen, sondern schafft Moden und Schablonen und verachtet aus Bequemlichkeit und Herzensenge alles, was nicht mit der momentan gültigen Schablone übereinstimmen will.«

*Frankfurt am Main, im Januar 1975*

## Bibliographische Daten

# Die großen
# *Erzähler der Weltliteratur*
# *im Diogenes Verlag*

● **W. Somerset Maugham**
*Meistererzählungen*
Ausgewählt von Gerd Haffmans. Aus dem
Englischen von Elisabeth Schnack
detebe 21726

● **Guy de Maupassant**
*Meistererzählungen*
Ausgewählt, übertragen und mit einem Nach-
wort von Walter Widmer. detebe 21897

● **Herman Melville**
*Meistererzählungen*
detebe 22435

● **Prosper Mérimée**
*Meistererzählungen*
detebe 22447

● **Conrad Ferdinand Meyer**
*Meistererzählungen*
detebe 22448

● **Frank O'Connor**
*Meistererzählungen*
detebe 22451

● **George Orwell**
*Meistererzählungen*
Ausgewählt von Christian Strich. detebe 21935

● **Konstantin Paustowski**
*Meistererzählungen*
Aus dem Russischen von Rebecca Candreia
und Hans Luchsinger. Eine Auswahl aus den
Bänden ›Das Sternbild der Jagdhunde‹ und
›Die Windrose‹. detebe 21956

● **Luigi Pirandello**
*Meistererzählungen*
Auswahl und Nachwort von Lisa Rüdiger. Aus
dem Italienischen von Percy Eckstein, Hans
Hinterhäuser und Lisa Rüdiger. detebe 21527

● **Edgar Allan Poe**
*Meistererzählungen*
Aus dem Amerikanischen von Gisela Etzel.
Auswahl und Vorwort von Mary Hottinger
detebe 21721

● **Alexander S. Puschkin**
*Meistererzählungen*
Aus dem Russischen von André Villard. Mit
einem Fragment »Über Puschkin« von Maxim
Gorki. detebe 21526

● **Alan Sillitoe**
*Meistererzählungen*
detebe 22402

● **Georges Simenon**
*Meistererzählungen*
Aus dem Französischen von Wolfram Schäfer
u.a. detebe 21620

● **Henry Slesar**
*Meistererzählungen*
Aus dem Amerikanischen von Thomas
Schlück. detebe 21621

● **Stendhal**
*Meistererzählungen*
Mit einem Nachwort von Maurice Bardèche
detebe 22463

● **Adalbert Stifter**
*Meistererzählungen*
detebe 21609

● **Rodolphe Toepffer**
*Meistererzählungen*
Ausgewählt und aus dem Französischen von
H. Graef. Mit einem Vorwort von Maurice
Aubry. detebe 21505

● **Leo Tolstoi**
*Meistererzählungen*
Ausgewählt von Christian Strich. Aus dem
Russischen von Arthur Luther, Erich Müller
und August Scholz. detebe 21700

● **B. Traven**
*Meistererzählungen*
Ausgewählt von William Matheson
detebe 21887

● **Iwan Turgenjew**
*Meistererzählungen*
Herausgegeben und aus dem Russischen von
Johannes von Guenther. detebe 21051

● **Mark Twain**
*Meistererzählungen*
Mit einem Vorwort von N.O. Scarpi. Auswahl
und Bearbeitung von Marie-Louise Bischof
und Ruth Binde. detebe 21888

● **Jules Verne**
*Meistererzählungen*
Aus dem Französischen von Erich Fivian
detebe 22416

# Briefeditionen
## im Diogenes Verlag

● **Alfred Andersch**
*»…einmal wirklich leben«*
Ein Tagebuch in Briefen an Hedwig Andersch
1943–1975. Herausgegeben von Winfried
Stephan. Leinen

● **Anton Čechov**
*Briefe 1877–1904*
5 Bände. Herausgegeben und neu übersetzt
von Peter Urban. Leinen. Auch als
detebe 21064–21068

● **Paul Cézanne**
*Briefe*
Aus dem Französischen übersetzt und
herausgegeben von John Rewald. Mit vielen
Reproduktionen von Bildern, Zeichnungen,
Fotos, Dokumenten
kunst-detebe 26005

● **Albert Einstein**
*Briefe*
Aus dem Nachlaß herausgegeben von Helen
Dukas und Banesh Hoffmann. detebe 20303

● **William Faulkner**
*Briefe*
Nach der Edition von Joseph Blotner heraus-
gegeben und neu übersetzt von Elisabeth
Schnack und Fritz Senn. detebe 20958

● **Gustave Flaubert**
*Briefe*
Herausgegeben, übersetzt und kommentiert
von Helmut Scheffel. detebe 20386

● **Vincent van Gogh**
*Briefe*
an den Bruder Theo. 2 Bände. Herausgegeben und kommentiert von Fritz Erpel
Deutsch von Eva Schumann
kunst-detebe 26073

● **Hermann Kükelhaus**
*»…ein Narr der Held«*
Gedichte in Briefen. Herausgegeben und mit
einem Vorwort von Elizabeth Gilbert
detebe 21339

● **D.H. Lawrence**
*Briefe*
Auswahl von Richard Aldington. Vorwort
von Aldous Huxley. Übersetzung und Nachwort von Elisabeth Schnack. detebe 20954

● **Ludwig Marcuse**
*Briefe von und an Ludwig
Marcuse*
Herausgegeben und eingeleitet von Harold
von Hofe. Leinen

● **Wolfgang Amadeus Mozart**
*Briefe*
Herausgegeben von Horst Wandrey
detebe 21610

● **Thomas Müntzer**
*Schriften und Briefe*
Herausgegeben und mit einem Vorwort von
Gerhard Wehr. detebe 21809

● **Georges Simenon**
*Briefwechsel mit André Gide*
Deutsch von Stefanie Weiß